笠原和夫傑作選

二

仁義なき戦い
実録映画篇

国書刊行会

目次

笠原和夫傑作選　第二巻　仁義なき戦い——実録映画篇

凡例

一、シナリオ内の略記号・用語について――Ⓣはタイトル＝画面に表示される文字、Ⓝはナレーション、F・Oはフェイド・アウト（溶暗）、F・Iはフェイド・イン（溶明）、〈モンタージュ〉は複数のカットやスチール（写真図版）による状況説明〈インサート〉は回想など異なる場面や補助説明的なカット・スチールを挿入すること、〈×　×〉は同一場面での時間経過や異なる場面の切り換えを表す。

一、各篇の扉裏にスタッフ・キャスト表と製作会社・上映時間・封切年月日を記した。

一、底本として基本的に著者が最終的に確認したと思われる決定稿（主に雑誌掲載・単行本収録版）を使用し、適宜作者所蔵のシナリオなどの別稿と照合した。いずれも採録シナリオではないので完成した映画とは異なる部分がある。

『仁義なき戦い』『同　広島死闘篇』『同　代理戦争』『同　頂上作戦』＝『笠原和夫シナリオ集　仁義なき戦い』（映人社、一九七七年）

『県警対組織暴力』＝「シナリオ」一九七五年五月号

『やくざの墓場　くちなしの花』＝「シナリオ」一九七六年十一月号

『沖縄進撃作戦』＝『映画はやくざなり』（新潮社、二〇〇三年）

『実録・共産党』＝準備稿

一、今日の人権意識に照らしあわせて不適当と思われる語句・表現については、時代背景を鑑み、また文学作品の原文を尊重する立場からそのままとした。

見返し図版

笠原和夫による『仁義なき戦い　代理戦争』年譜（前見返し）、『同　頂上作戦』人物相関図（後見返し）

仁義なき戦い

東映京都／九九分／昭和四八年一月一三日封切

スタッフ

企画　俊藤浩滋
　　　日下部五朗
原作　飯干晃一
監督　深作欣二
撮影　吉田貞次
照明　中山治雄
録音　溝口正義
美術　鈴木孝俊
編集　宮本信太郎
音楽　津島利章

キャスト

＊山守組
山守義雄　金子信雄
山守利香　木村俊恵
坂井鉄也　松方弘樹
広能昌三　菅原文太
新開宇市　三上真一郎
神原精一　川地民夫
矢野修司　曽根晴美
槙原政吉　田中邦衛
山方新一　高宮敬二
川西保　宮城幸生
杉谷伸彦　宇崎尚韶
岩見益夫　野口貴史
＊土居組
土居清　名和広
若杉寛　梅宮辰夫
江波亮一　川谷拓三
野方守　大前均
寺内八郎　池田謙治
＊上田組
上田透　伊吹吾郎
屋代光春　平沢彰
倉光正義　藤沢徹夫
古屋誠　白川浩二郎
＊村岡組
松永武　林彰太郎
垣内二郎　国一太郎
柳田敏治　壬生新太郎
川南時夫　木谷邦臣
打森昇　藤本秀夫
＊坂井組員
大竹勇　大木晤郎
石堂寅雄　松本泰郎
吉永進　西山清孝
西谷英男　笹木俊志
高野真二　西田良
＊新開組員
有田俊雄　渡瀬恒彦
下中隆次　福本清三
安条啓介　奈辺悟
広石金作　藤長照男
横川信夫　志賀勝
脇田登　友金敏雄
＊矢野組員
楠田丈市　北川俊夫
目崎武志　片桐竜次
大久保憲一　内田朝雄
中原重人　中村錦司
金丸昭一　高野真二
国弘鈴江　中村英子
山城佐和　小林千枝
新庄秋子　渚まゆみ
中村捜査係長　唐沢民賢
小室刑事　疋田泰盛
加谷刑事　山田良樹
ナレーター　小池朝雄

Ⓣ『この作品は、飯干晃一著〝仁義なき戦い〟を素材として創作したもので、人物名、団体名等はすべてフィクションであり、事実ではありません』

1　広島上空で炸裂する原爆

巨大な火の玉。地軸を揺がす爆発音。

メインタイトル『仁義なき戦い』

無気味な鳴動と共に、ゆるやかに天空に拡大してゆくキノコ雲——にかぶせてクレジット・タイトルが始まる。

「リンゴの唄」、ラジオの「尋ね人」の放送が流れる。

2　ニュース・フィルム

復員列車、焼け跡の露店に群がる人々、浮浪児、マッカーサー元帥——など。

Ⓝ「昭和二十年、日本は太平洋戦争に敗れた。戦争という大きな暴力は消え去ったが、秩序を失った国土には新しい暴力が吹き荒れ、戦場から帰った血気盛りの若者たちがそれらの無法に立ち向うのには、自らの暴力に頼る他はなかった」

3　焼け跡（中国地方のある小都市）

数人の米兵が若い事務員風の女（山城佐和）を輪姦している。

無気力に遠くから眺めているだけの通行人。

その中に、カッと凝視している海軍復員兵姿の若者、広能昌三と山方新一。

（タイトル、終る）

警官が一人駆けつけ、佐和を助け出そうと手真似で米兵を止めにかかる。

いきなり英語で罵りざま警官に殴りかかる米兵たち、丸腰の警官は無抵抗で逃げかかる。

米兵たち、面白半分に袋叩きにして痛めつける。

広能、棒切れを摑んで突進、米兵たちの中に殴り込む。

怒り狂って広能に向う米兵。山方も飛び込んでゆき、加勢。

警官、慌てて広能たちの制止に回る。

警官A「オイ、止さんか、進駐軍じゃないか!!」

広能「バカたれ、早よ女逃がせえ！」

警官、佐和を助けて急ぎ現場から逃げ去る。

殴り合っていた米兵が急に手で広能たちを制止し、
米兵A「オーケー、テイクリージイ！」
とあっさり態度を変えて握手を求めてくる。
ぶっきら棒に握手する広能と山方。
米兵たち、口々に英語で二人を賞め讃えながら、煙草やチューインガムを差し出す。
貰い煙草をつけて、いい気分で米兵たちと別れてゆく広能と山方。

4　盆踊り大会の神社境内（夜）

復員服やモンペ姿の男女のフォーク・ダンス。

グレン隊上田組の組員、屋代たちが、氷水や西瓜の屋台を回ってショバ代を徴収している。

×　×

近くの樹立ちで一人で立ち小便している組長の上田透。

四人の男が背後から迫る。博徒土居組の組長土居清、若頭の若杉寛、組員の野方守、江波亮一。いずれも海育ちの屈強な青年たちである。

上田、ハッと振り返る。

土居「上田、わりゃボンクラのグレン隊のくせして、ここらのカスリ取っとるげなのう。ここは前から土居のシマじゃ！」

逃げかける上田に野方等が組みつく。

土居「若杉、やれえ！」

若杉、提げていた日本刀を引き抜く。

暴れる上田を野方が羽交絞め、江波が左腕を逆手に取って引っ張る。同時に若杉が大上段から気合諸共叩き斬る。

吹き飛ぶ左腕と鮮血。絶叫を挙げて転げ回る上田。

屋代たちが駈けつけてきて、その光景に泡を喰って逃げる。

野方たちが屋代を摑まえて抑えつける。

若杉「こいつは右腕じゃ！」

上田同様に屋代の右腕を延ばさせる。

屋代「（半狂乱で）堪えてつかいや、堪えて！」

若杉、構わず、据物斬りのように屋代の右腕に一度刀を当てておいてから、一撃で斬り落す。

5　闇市

ゴッタ返す人波の中で、復員兵姿の槇原政吉、矢野修司、大柿茂男たちが雑炊鍋や闇物資の露店を出して稼いでいる。

その近くに、材木を積んだトラックが来て停まる。

荷台の胴に「土木請負・山守組」「駐留軍専用」のペ

ンキ書き。

坂井鉄也、神原精一、川西保が降りて、材木の蔭に積んでいたシートの包みを下す。槙原たちがそれを迎えて、一同で手伝ってシートを開ける。中は煙草や砂糖などの米軍の横流れ品。

槙原が数を当り、坂井に金を払う。

と、近くにジープがとまり、MPと前川巡査等警官の一隊が降りてきて、とり囲む。

坂井「逃げえ!!」

警官、MPたちをハネ飛ばし、蹴とばして四方へ逃げ散る坂井たち。

6　ハッピー食堂の店内（夜）

米軍の残飯加工の唯一の食堂で、闇屋やパン助たちの溜りになって賑々しい。

その一隅で広能が泡盛を煽りながら、古い電蓄の広沢虎造の浪曲レコードに聞き入っている。

不意にその音を打ち消すようなジャズの音響。

表の方を見やる広能の目に、いつかの女、佐和が米兵と手を組んで、ポータブルラジオをこれ見よがしに提げて入ってくる姿が留まる。

カッと睨みつける広能。

佐和もフト目が会い、バツが悪そうに米兵を促して急いで表へ出てゆく。

鬱屈した感情で泡盛を飲み下し、レコードの浪曲に惹きつけられている広能。

と、其処へ、表から川西が片手を血だらけにした山方を支えて入ってくる。

川西「広能いうもんおるか！」

広能「山方、どしたんない?!」

見て、駈け寄る広能。

山方「き、斬られた……！」

川西「川筋の特飲街での、わしと女ハリ合おうた極道もんがおってよ、これが止めに入ってくれたんじゃが、いきなり日本刀持出して斬ってきたんじゃ。済まんがの、土建屋の山守組の事務所知っちょろうが。其処にわしの仲間がおるけん、道具持って来い言うてくれや！」

広能「おう、分った！」

と飛び出してゆく。

7　山守組事務所の表（夜）

バラック建ての二階から外階段を駈け降りてくる坂井、神原、それに新開宇市、杉谷伸彦等。

それぞれ拳銃や日本刀などを持ち、待っていた広能に、坂井「喧嘩ア何処ない?!」

広能「川筋の特飲街じゃ」

坂井「よし、みんな分れて行け！」

ばらばらに駈け出してゆく一同。

新開が日本刀を服の内側に隠して突っ込みながら、
新開「人間一匹ぶった斬るとこ見せちゃるが、一緒に来んか！」

ついてゆく広能。

新開は刀の先がズボンの膝まで通っているので、ギブスでもはめたように跛をひいてゆく。

手を貸してやる広能。

8　特飲街の通り（夜）

ワッと通行人が逃げ散ってゆく。
その後から抜き身の日本刀を提げてブラブラ歩いている着流しのやくざ風の男。
×　　×　　×
神原と杉谷が走ってゆく。
×　　×　　×
坂井が懐の拳銃を握りしめながら探してゆく。
×　　×　　×
広能と新開が探してくる。
川西が一方から駈けてくる。
川西「おいッ、精ちゃんとノブがやられとるど！」
走ってゆく広能たち。
×　　×
ドブ川に落ち込んで、足を取られている神原と杉谷を、坂井が引っ張って上げている。
広能たち駈けつける。
新開「やられたんか、おい！」
神原「大丈夫じゃ。ノブと二人で見つけてかかったんじゃがの、もの凄う強うて、それで逃げ場がのうて……！」
杉谷「ありゃ、金筋の旅人じゃ！」
新開「なんぼ金筋じゃ言うて、仰山げな」
坂井「じゃったらお前一人でやってみイ！」
新開「（ためらって）わしゃ顔知らんしょ……」
川西「闇市の連中も呼んで手伝って貰おうた方がえかろうか」
広能「なんよう、わしが行こうか、のう。斬られたんはわしの友達じゃし、やってもみんで人頼んだらあんた等恥かこうが」
坂井「こんな、道具持っとるんか？」
広能「持っとらんよ。なんか探してくるよ。相手は今何処におるんの？」
神原「組合の事務所で脅しちょるらしい！」

坂井「こんなァもし、やってくれるんなら、これ持って
け！」
坂井、懐中の拳銃を出して渡す。
広能、無雑作にポケットに突っ込んで駈け出してゆく。
後を追ってゆく坂井たち。

×　×

特飲店組合事務所の表。

遠見の弥次馬の人垣を突きのけて広能が近づく。ポケットから拳銃を出し、ソッと表戸の隙間から中を窺う。

突然戸が開き、中から例の着流しの男が顔を出す。


男「また来やがったか！」

いきなり、日本刀で横殴り。

飛退った広能、両手で拳銃を持って引金を引く、が、カチッと空撃ちの音。

男、大上段に振りかざして迫る。

金縛りになったように動けない広能、突進してくる男の真ッ向から夢中で二発目の引金を引く。

銃声と同時に男の体がはね飛び、路上に叩きつけられる。

仰向けの死体の眉間から血しぶきが吹き上げている。

広能と後から来た坂井たちは一瞬呆けたように死体を囲んで眺める。

広能「おい、やったぞ！」

坂井「逃げい！　逃げい!!」
一目散に駈け出す広能、坂井たち。

9 裁判所の表

入ってゆく手錠、腰縄の囚人一行。その中に広能。直ぐ前に若杉がつながれている。

10 刑務所の食堂

食卓に就く囚人たち。

食器にはジャガイモと薄い味噌汁のみ。

それでも飢えた囚人たちはむしゃぶりつくように食べ始める。

突然、食器を払い飛ばす若杉、立ち上がって出て行こうとする。

看守たちが遮って、

看守Ａ「おい、何処へ行く！」
若杉「所長に会うて何喰っとるか聞いてみたる！　なーに吐しゃがるんない！」
看守Ｂ「席に戻れ！」
若杉「戻ってやるから米の飯出して来い。わし等にはわし等の配給分がある筈じゃ！」

看守A「食事が不満なら喰わんでおれ！」
若杉「ほうか。喰わんで待っとったら、そっちらが盗み喰
　いしとるわしらの米、返してくれるか！」
看守B「貴様！」
　引っ立てようとする看守たちに猛然と殴りかかる若杉。
　集まってくる看守、騒然となる囚人たちに、
看守C「席を立った者は三日の減食だぞ！」
　慌てて席に返る囚人たちの中から広能が立ち上がり、
　若杉に群がる看守たちに飛びかかってゆく。
　暴れまくる広能と若杉。

11　鎮静房の中

　押し籠められている広能と若杉。
若杉「こんなア（お前）何年打たれとるんない？」
広能「十二年です」
若杉「有期刑なら、保釈金さえ積みゃ出られようが。今は
　何処の刑務所も満員じゃけんのう。まァ十二年いうたら
　五万は要ろうが……」
広能「そんな銭いうて、出るとこありゃせんです」
　若杉、フト真剣な顔を近づけて、
若杉「のう、わしはこれから腹を切るけんのう、こんなア
　あとでちぃと手伝うてくれゃ」
広能「（びっくりして）腹切ってどうされるんですか?!」
若杉「ここじゃ直せんから、すぐ保釈で出られようが」
　若杉、囚着の襟の先を喰い破り、中から安全剃刀の刃
　二枚を取り出す。
若杉「ええとこで、自殺じゃ言うて騒いでくれ。もしも下
　手やって、切り過ぎて苦しむようじゃったら、一ト思い
　に殺してくれい。頼むど！」
広能「……うん、委しときない！」
　若杉、ジッと広能を見つめて、
若杉「のう、これを縁にわしと兄弟分にならんか。わしは
　土居組の若頭しとる若杉寛いうもんじゃが」
広能「前から知っとります。でも、わしは極道じゃないん
　で……」
若杉「誰も始めから極道者じゃ言うておるかい。ま、わし
　について来い。盃せんかい」
　広能、強く頷いて正座に変える。
広能「わし、改めて言うのも可笑しいですが、広能昌三い
　うもんです」
若杉「盃がないけん、これで腕切って血すすらんかい」
　若杉、剃刀の一枚を広能に渡す。
　二人、向き合って、互いに左腕に刃引きし、その腕を
　抱き取り合って傷口の血をすすり、終る。
若杉「ま、これから一生懸命やってゆかんかい！」

広能「はあ！」
若杉「わしが先に出られたら、こんなの保釈金を出してくれるとこを、どこか探したるわい」
若杉、あぐらに組みかえると、腹部を露出し、二枚の剃刀を束ね持って、無言の気合と同時に切り込み、横一文字に引き回す。苦悶のうめきと共にみるみる血が溢れ、腸まではみ出てくる。
広能、カッと見守っていたが、
広能「呼びますよ！」
頷く若杉。
広能、扉口に走ってガンガン叩きながら、
広能「おうーい、担当ッ、自殺じゃ、自殺じゃ……!!」

12 刑務所の表

広能が出されてくる。

「山守組」のトラックが駐まっていて、山守義雄と坂井、山方、それに野方を連れた土居が待っている。

山守は隙のない目つきの商人然とした中年男。

駆け寄る坂井や山方に、
広能「長いこと、心配さしたのう」

坂井「（山守を紹介して）保釈金出してくれた山守のおやじさんよ」

広能「（山守に）どうも済みません。お借りした分はその内働いて返さして貰います」

山守「なに言うんない。もともとはうちの若いもんのデイリの身代りになってくれたんじゃけん、もっと早よ分っとりゃの、この土居さんが相談に寄られて初めて知ったんじゃ」

土居に一礼する広能。

土居「寛が中でえろう世話になったそうで、ありゃ、まだ病院から出られんもんじゃけん、わしが代って礼を言っとく」

と、持ってきた祝いの酒包みを渡す。

恐縮して受け取る広能に、
山方「大したもんじゃ、土居の親分に迎えに来て貰ういうては昌ちゃんこんな一人ぐらいのもんよ！」

笑いながらトラックに乗る一同。

13 材木置場

坂井等と一緒に木材をトラックに積んで働いている広能。

14　闇市

広能と山方、坂井、神原、新開、川西、杉谷、それに槙原、矢野、大柿たちが集まって雑炊の丼をかっこんでいる。

そこへ前川巡査が息せき切って駆けつけてくる。

前川巡査「おい、お前等ちいと手伝うてくれんか?!」

坂井「なんです?」

前川巡査「駅前の衣料問屋によ、三国人のピストル強盗が押し込んで、わしらではどうもならんのよ。頼むけん来てくれい！」

坂井「そう言われても、わしらにゃなんも出来んですよ」

前川巡査「(小声で必死に) お前等、これ (ピストルの引金を引く手ブリで) 持っちょろうが！」

広能「ほいじゃア、ブチ殺しても構わんの？」

前川巡査「構わん、構わん！　後始末はこっちでやるけん、やってくれい！」

顔見合わせる一同。

坂井「よーしッ、男になっちゃろう!!」

一斉に丼を放り出して駆け出す。

15　衣料品問屋の表と中

遠巻きの人垣の中にトラックが一台横づけになり、拳銃を手にした強盗団が中から衣料品の梱包を運び出して積んでいる。

店内には縛られて集められている男女従業員たち。

離れた所に警察のジープが二三台集まっているが、警官たちは車の蔭に隠れて唯一の武器の警棒を握りしめて見守るのみ。

強盗団の見張り役が一発ブッ放す。

慌てて顔を引っ込める警官たち。

衆人環視の中で、悠々と作業を続けている強盗一味。

其処へ坂井等のトラックが乗りつける。

坂井が荷台から飛び降りてツカツカと見張り役に近づき、

坂井「おい、わしらにもくれいや」

見張り「オ前等日本人カ？　日本人ハ出シャバルナ！」

いきなり拳銃を抜いて見張り役に射ち込む坂井。

中から飛び出してきた二三人を広能たちが荷台上から一斉乱射、一瞬にして射ち倒す。坂井たち、更に店内へ数発射ち込んで、

坂井「中のもん、出て来いッ!!」

拳銃の他、日本刀、匕首を引ッこ抜いて取り囲む広能たち。

中から強盗団の残党数人が手を挙げて出てくる。素早

く拳銃などを取り上げる坂井たち、トラックに飛び乗り、全速で走り去る。ワッと大喚声を挙げる見物の弥次馬たち。待機していた警官隊が一斉に強盗団に殺到する。

16 闇市のバラックの屋根裏部屋（夜）

坂井や広能等山守組一同と槇原のグループ、山方も加わって、飲み且つ喰い、軍歌をがなって気勢を挙げている。
一ト騒ぎが静まった時、
坂井「のうや、わしらもよ、のう、いつまでもこうバラバラにやっとったんじゃラチがあかんけん、ここらでキチンとした組でも作ってまとまったらどうか思うんじゃが、こんなら、どうない？」
槇原「組いうて、どういう風にするんの？」
坂井「うちの山守のおやじいうんは戦前大阪の陸岡組で博奕を打ちよられとってじゃ。ほいじゃが、あの通り男前が冴えんもんじゃけん、自分でも愛想尽かして終戦からこっち足を洗った言うて言うとられたが、昔の縁筋に声かけたら、のれんを立てられんこともないんじゃ」
神原「土居組とおかしゅうならんかの」
坂井「土居には土居のシマがあるじゃない。要はこの闇市を誰が守るかいうことよ。昌ちゃん、こんな、どう思うや？」
広能「うーん、軍隊で酒や女覚えてしもうたけん、今更学校にゃ行けんし……天皇陛下いうてもコローッと人間になってしもうたんじゃけん、何してええのか分らんし……」
坂井「ほうじゃけん、わしらで団結してしたいことしちゃりゃええんじゃ。それにはよ、土居のような古い筋目の傘に入っちゃ出来ゃせん。山守のおやじなら、わしらが男にしてやるんじゃけん、言う通りになろうじゃない」
新開「鉄つあんの言う通りよ、わしらで新しい一家を作らにゃよ、このままでおったら、年寄りどもに利用されるだけで」
大柿「今は軍隊ものうなったんじゃけん、わしらはわしらで強うならにゃ」
山方「どっちみち、今でもわしら喧嘩やなんかやっとるんじゃけんの」
矢野「わしゃ博奕をしたいのう！」
広能「わしは山守さんに保釈金借りっ放しになっちょるけん、山守さんが立つ言うんじゃったら、ついて行ってもええで」
坂井「よしッ、じゃ、わしゃ今からおやじに話してくる！待っとれい！」

川西「こっちはそれまで乾盃じゃ！」

　下へ駆け降りてゆく坂井。

　乾盃に湧く一座。

17　ハッピー食堂の二階広間

テーブルなどを隅に片づけた板の間の上に山守と坂井、広能等若衆が対座し、大久保憲一親分の媒酌で一人ずつ盃を受けている。見守る土居、若杉それに参列の親分衆。
山守から盃を受ける広能
——

Ⓝ「その年、山守組は創立され若者たちは山守組から親子の盃を受けた。媒酌人は、長老大久保憲一親分、見届人は土居組々長土居清であった」

18　ニュース・フィルム

笠置シズ子の爆発的な「東京ヴギウギ」にのせて——

銀座を走る輪タク、三鷹事件、下山事件、飛魚古橋の力泳、松川事件、ノーベル賞の湯川博士、など。

19　山守組の賭場（夜）

本引博奕が開かれている。

合力を勤めている広能と矢野。

諸肌脱ぎの広能の肩から背中へかけて鮮やかな刺青。

Ⓣ『昭和二十四年』

客の中に、隻腕の上田透が乾分の倉光正義、古屋誠を連れて張っている。

負け続けて不機嫌な上田。

上田「なんなら、このイモ博奕や！　おう、闇屋でのしゃ上がった成金の盆屋は愛想がないのう！」

ムッと睨むが自制している広能。

広能の舎弟岩見益夫が気をきかして上田の側にビールを持ってゆく。

岩見「ま、一ト息入れて下さいや」

上田「おう」

　ビールを飲みながら、また張りゴマを抜かれる上田、八ッ当りに、
上田「こりゃ馬のションベンか！　ビールならもっと冷やして持ってこい！」

　とコップのビールを岩見にぶっかける。

広能「（カッとして）おう、言うたのう！　もういっぺんいうてみィ！　馬のショウベンいらんじゃったら、ほん

とのショウベン飲ましたろうか！」
上田「（殺気走って）おう、飲ましてみい！」
広能「おう、飲ましたるけん、表へ出え！」
古屋がいきなりビール瓶を壁でブチ割って広能に刺突する。
蹴り返す広能。
忽ち双方の匕首が閃き、格闘。
坂井（若頭）が、槇原に、新開、弟分の大竹勇などと駆け込んできて、
坂井「やめえ、やめんか！」
懸命に双方を分ける。

20 山守組新事務所（住居兼用）の表

渋面の山守が槇原を連れて帰ってくる。

21 同・表座敷

広能と坂井、神原、矢野、新開など幹部連が山守の妻利香と待っている。
上がってくる山守と槇原。
利香「どうじゃった？」
山守「（広能に）いたしいことしてくれたよのう、こいつが喧嘩売った上田というボンクラよ、ありゃ、わしらの媒酌してくれた大久保親分の遠縁に当る男じゃげな」
顔見合わせる広能たち。
山守「さんざん仲人を当ってみたが、上田一人が相手なら話のつけようもあるが、後に大久保がおっては貫録が違いすぎるいうて、みんな断りよった。どうするんない」
坂井「非は上田の方にあるんですけん、わしが直接大久保さんに会って話しつけてきます」
山守「話はつこうが、大久保の腹は収まりゃせんよ。大久保いうたら政治家連中にも顔がきけとるし、いずれは手回して、わしらを締めにかかってくるのは目に見えちょる」
利香「お金で謝まるしかないじゃろね」
山守「（広能に）調子んのりやがって、おうええ加減にせえよ、銭になりもせんことしやがって！」
広能「わしが指詰めますけん、それで話つけて下さい」
山守「おう、詰めい、詰めい。銭使うよりその方がマシじゃ！」
といい捨てて、利香と奥の方へ立っていく。
坂井「おやじのケツのこまいのは分っておったが、考え過ぎよ。大久保がやるいうんじゃったらいつでも喧嘩買うたりゃええよ。のう」
広能「おやじは、いろんな事業に噛んどるけん、わし等と

立場も違うんじゃろうじゃない」
新開「おまえ、本気で詰めるんか」
槇原「やめとけい、やめとけい、一生不自由するど！」
広能「いったん口に出したんじゃけん、やらにゃいけんよう。ところで、どう詰めたらええのかのう、誰か知っちょるもんおらんの」
　利香が戻ってきて、
利香「詰め方が分らんのなら、あたしが教えて上げる。うちのと大阪に居た頃、見たことがあるんじゃけん」

×　　×

　縁側に小畳が置かれ、利香の指図で広能が出刃包丁を左の小指に当てがう。
　見守っている坂井たち。
利香「そう、それで体の重味でいっぺんに押しゃええんよね」
　一気に斬り落す広能。
　赤い糸のような血が吹き飛ぶ。
広能「(しかめッ面で）おう、シビれるのう！」
　新開たちが急いで傷口にガーゼを巻く。
坂井「早よ病院に連れてったれい！」
神原「(見回して）おーう、指が見えんぞ！」
　ウロウロ周りを探す一同。
利香「庭に飛んだんと違うの？」
　神原たち庭に降りて探す。
　広能も傷口を抑えながら一緒に探し回る。
広能「無いなったら、えらいこっちゃけんのう！」
　神原が白くなった小さな肉片を見つけて拾い上げる。
神原「おう、有った、有ったど……!!」

22　大久保の家・客間

　テーブルに奉書紙の上に置かれた指。
　山守、坂井、広能が来ており、側に上田を伴った大久保が磊落に笑って、
大久保「こがいなことせんでもよ、のう山守さん、たかが若いもん同志のやったことで、どういうこともないのに。それに、このたびのことは上田の方も悪いんじゃけん、水に流して下さいや」
山守「そういうて貰ゃあ、わしらの方は……」
大久保「これは（指）そちらで手厚く葬ってやって下さいや（と幾らかの金を差し出して）些少ですが、これは埋葬料の足しに……」
山守「そがな気遣いまでして貰うたんでは……」
大久保「まアええじゃないの。これは縁によのう、あんたの力添えでこのボンクラを男にしてやってくれんですか。わしはもう表には立たんようにしとるけん、あんただけ

が頼りじゃけん」
山守「わしでお役に立つようなら、なんなりというてつかあさい」
上田「(神妙に)叔父貴さん、御一党さん、ひとつ宜しゅう頼みます」
面喰らって目礼を返す坂井と広能。
大久保「そっちらとこの上田が一緒になりゃ怖いもんなしよ、のう、そうじゃろう。山守さん、ところで、丁度ええ折じゃけん、あんたに引き合わせたい人がおるんじゃが、会うてみてくれるか?」
山守「はア、喜んで……」
大久保「実は市会議員の中原先生じゃが」

23 料理屋の一室

密会している市議中原重人と山守、上田の三人。
中原「知っての通り、この町にはまだ海軍関係の隠退蔵物資が五百億円がとこ眠っとるんですよ。わしらはそれを市の復興計画に利用しようと考えとるんじゃが、金丸派の府中が妨害しとってのう……」

24 道

『隠退蔵物資五百億円の私物化を企む中原一派を市会より追放せよ!!』と垂れ幕をつけたオート三輪の宣伝カーが走る。ビラを撒いているのは土居組の野方や貫田秀男、水谷文次等。後からついてゆくセダンの中に土居と同乗している市議の金丸昭一。

中原のⓃ「あいつらは綺麗ごとをいうとるが、黒幕の池島代議士の選挙費用に当てるのが目的なんじゃけん。あさっての議長選挙の投票で事は決するんじゃが、形勢は全く五分五分でのう……」

25 山守組事務所・奥座敷

山守と坂井、広能の三人が密談している。
坂井「で、どうせいいうとるんですか?」
山守「金丸派の票を一つ減らしてくれいうて頼まれたんじゃ」
顔見合わせる坂井と広能。
広能「どう返事をされたんですか?」
山守「どういうて、大久保の口ききじゃけんやらんいう訳にはいかんじゃないか。上田も側におって手伝ういうとるしよ……」

広能「金丸には、同じ町内出身で土居組が応援についているんですよ。それに上田は昔から、土居に睨まれとるし、そんなもんに肩入れして土居と張り合うようなことがあったら、どうするんですか?!」
山守「…………」
坂井「おやじさん、こりゃ初めから大久保が絵かいたんじゃないですかね、上田が盆にアヤつけたんも……わしらのケツかいて土居を叩こういう……」
山守「大久保さんはそがな腹黒い人じゃないよ。それより金丸派が勝ってみイ、土居の力はいよいよ強うなって手におえんようになるど」
坂井「上田みたいなもんと一緒じゃ、土居に太刀打ち出来やせんですよ。みすみす罠にはまるようなことはわしらは御免です」
山守「じゃったら、大久保と対立せいいうんか！」
坂井「ほいじゃけん、わしゃ、初めから大久保に弱味見せたらいけんいうとったでしょうが！」
山守「(急に半泣き声で)のう、鉄、昌三、わしの立場いうもんも分ろうが。それにの、中原さんとの約束でよ、銀行から無担保で無利子、無期限の事業資金がなんぼうも引き出せるようになってじゃ。これからの極道は銭の勝負よ。こがな機会いうたらまたとないで。土居に知られんようにさえやりゃええよ。わしを助ける思うて頼まれてくれい、のう、頼むわい！」
広能「(坂井に)おやじさんがああまでいわれてるんじゃけん、わしがやってもええが……」
坂井「お前は土居の若杉と盃をしとろうが……(と沈思してから)わしに委しとけ。誰にも喋らんとおって下さいや」
山守「おう、分っちょる！」

26 待合の並ぶ小路(夜)

セダンが着き、金丸がボディ・ガード役の貫田、水谷に付添われて降りる。
金丸「ここから先は一人にさせてくれんか」
と別れて待合の一軒に入っていく。

27 待合の風呂場(夜)

湯舟の中で金丸が若い芸者初子とイチャついている。
初子「もう、おしまい！」
と先に出て脱衣所へ上がっていく。
一人で湯につかっている金丸。
金丸「さア、明日はいよいよ、決戦じゃ……」
と、フト前の鏡を見て顔が硬直する。

焚き口の潜り木戸が開かれ、サングラスにマスクをした坂井が拳銃を向けている姿が映っている。

湯舟の中で動けぬ金丸。

坂井、神原、上田組の古屋、倉光の四人が侵入し、拳銃で取り囲んで金丸を湯舟から出し、裸のまま焚き口の木戸から連れ出してゆく。

古屋がわざと水道のコックを開いて水音を立てておく。

一同の姿が消え、木戸が閉まる。

初子が引戸を開けて脱衣所から覗き、
初子「パパ……アラ……パパ、何処……?!」

28 市議会議場

金丸派の怒号、実力妨害の中で投票が行なわれている。

何喰わぬ顔で投票する中原。

29 山守組事務所・奥座敷

山守が電話している。
山守「こっちは終った。荷物は返せ……」

30 温泉ホテルの一室

坂井が借り着姿の金丸を送り出し乍ら、
坂井「わしは山守組の坂井鉄也いうもんですが、名乗りを上げた以上、無事に帰してあげますけん、先生も男らしゅうしとってつかいや」
金丸、ムッとした顔で急ぎ出てゆく。
入れ替りに隣室から入ってくる神原と古屋、倉光たちに、
坂井「わしはこれから旅を打つけんの、こんなら、もし土居にカマかけられたら、わしに誘われて遊びに行ったというとけ」

31 キャバレーの中（夜）

神原がホステスに囲まれてメートルを上げている。

神原「五百億よ、おう、わしらが段取りしてやってじゃけん、そこらの市会議員はペコペコしとるわい……」

ホステスの一人、珠美がさりげなく立って別のボックスにゆき、其処に居る土居組の野方、江波、寺内八郎等に耳打ち。

野方たち、立って神原の席の前を通りながら、
野方「おう、精一つあんか、やっとるのう！」

神原「おう、元気か！」

野方たち、ドヤドヤとホステスたちを追い立てるよう

に、神原を取り巻いて席を占め、
野方「おい、精ちゃんよい、五百億円の話、もっと詳しゅう聞かせてくれいや」
懐中に手を突っ込んだ三人の視線に、色を失う神原。

32　土居組事務所の中（夜）

天井から吊された神原を竹刀で狂気のように打ちのめしている土居。野方たちも囲んで、失神する神原にバケツの水を浴せている。
土居「おう、山守の指図か、どうなんじゃい‼」
神原「（うめき声で）ああ……ああ……！」
若杉が来て、ジッと見ている。

33　バー街「姫」の表（夜）

広能と山守が急ぎ足で入ってゆく。

34　「姫」店内（夜）

入ってくる広能と山守。
迎えるママの国弘鈴江。
カウンターの奥に若杉が待っている。

若杉「（鈴江に小声で）みんな帰して、表を閉めとってくれい」
鈴江「ええ」
ホステスたちに耳打ちして他の客たちを立たせてゆく。
若杉と並んで腰かける広能、山守。
広能「なんの話ですか？」
若杉「神原が全部うとうとる」
愕然と顔を見合わせる山守、広能。
若杉「わしの立場でこがなことはいえんのですが、兄弟分の昌三もいることじゃし……」
広能「済みません、兄貴……」
山守「よう教えてくれた。のう、寛ちゃん、あんたの力で土居さんによういうとってつかいや。わしも大久保に頼まれてしたことじゃけん、のう、恩に着るわい！」
若杉「わしがいうても、うちのおやじはおおやまを返しとりますけん、収まらんですよ。山守さん、わしがこれから広島の村岡親分に会うてですね、訳話して仲裁に立って貰いますけん、あんたはその間どこか姿を隠しとってつかいや。わしら、なんとしてでも喧嘩しちゃいけんのですけん」
山守「おう、分った、分った！」
若杉「昌三はそっちの組のもんを抑えとけいや」
広能「はア、分りました。兄貴、この通りです（と頭を下げて）」
若杉「済んだことは仕様がないよ……」
　その時、鈴江が閉めた表戸を叩く音。
　広能たち一瞬緊張し、若杉の目配せを受けた鈴江が、
鈴江「どなた……？」
神原の声「神原じゃ、電話貸してつかあさいや！」
山守「あのクソよごれが！（と鈴江に）入れたれ」
　鈴江が表戸の錠を外す、と同時に、神原が先に立って
　ドッと入ってくる土居と野方等の一団。
　「あ！」と席を立つ若杉。広能は山守を後に庇う。
土居「（満面の怒気で）若杉……!!　わりゃ、ここへなん
　しに来てるんない?!」
若杉「（宥めて）まア、おやっさん……」
土居「どいとれえ！　おう、山守、ようもわしの裏をかい
　てくれたの！」
　いきなり拳銃を抜いて構える。若杉が必死にその腕に
　飛びついて、
若杉「待ってつかい、頼みますけん！」
土居「この馬鹿、どっちの身内ない！」
若杉「山守にはわしが話をつけますけん……！」
土居「バカたれ！　話をする前になんでブチ殺さんのな
　い！」
　拳銃を持った手で激しく若杉の横ッ面を殴り飛ばす。
　カッとして向き合う若杉。
若杉「おやっさん、盆の上のイザコザならいざ知らず、そ
　こらの議員連中に尻かかれてのことですけん、早まった
　ことは出来やせんですよ。もし、やるいうたら、そこら
　の犬と一緒じゃないですか！」
土居「じゃったら、どした云うんない!!」
若杉「じゃけん、体を張ってまで出来んいうことです！」
土居「おどれは破門じゃ!!」
　銃口を向ける土居に若杉飛びかかり、凄惨な格闘。
　広能、山守も、野方たちも茫然と見守っている。
　若杉、土居を殴り倒して拳銃を奪い取り逆に突きつけ
　て、
若杉「あ、ほうですか！　ほいじゃ一口いわせて貰います
　が、わしの目の黒い内は絶対やらしませんで！　先、手
　出した方をやったる！」
土居「寛ッ、覚えとれい……!!」
　土居、野方たちを促して出てゆく。
　立ちすくんでいる神原に、
広能「神原……！」
　神原、恐怖の顔で身を翻えして土居たちの後を追って
　飛び出してゆく。思わず匕首を抜いて追いかける広能
　を若杉が抑えて、
若杉「われも追うな！　あんとな馬鹿を！」

広能「……………」

蒼くなっていた山守が不意に若杉の前に土下座して、

山守「済まん、済まん、わしゃ初めてあんたいう人間を知った！　寛ちゃん、この通りじゃ、この通りじゃ……」

何度も床に頭をなすりつけている山守。

35　若杉の家の表（幾日か後）

山守が広能と入ってゆく。

中から迎えに立ってくる若杉。

若杉「あ、山守さん……」

山守「どうない、落着いたかの」

若杉「はア、お蔭さんで」

山守、分厚い札束の入った袋を差し出して、

山守「小遣いに使うてくれ。足らんようになったらいつでも用意するけん、言うてきてくれよ」

若杉「こりゃ頂けません。こうして家までお世話して貰ろうてますけん、その上にまた……」

山守「まアそう言わんで。あんたはわしの命の恩人じゃけん、当り前のことをさせて貰ろうてるだけよ、のう」

広能「兄貴、実はわし、博奕の手入れ食って、サツの目をかわす為にちょっと旅をせにゃいけんのですが、留守の間、おやじさんの相談にのってやってくれんですか。頼みますけん」

若杉「ほうか、旅に出るんかい……（と山守に）わしに出来ることならどんなことでも言うてつかあさい。こんな能無しですが、宜しゅう頼みます」

山守「ま、こうなったのも縁じゃけん、お互い力になり合おうじゃないの、のう！」

かしこまっている若杉の肩を気さくに叩く山守。

36　瀬戸内海をゆく連絡船

37　デッキ

広能が景色を観ている。

「おい、広能……」

声で振り向くと、広島村岡組々長村岡常夫が幹部組員の松永武、垣内二郎を連れて立っている。

広能「村岡の親分……！（と丁重な礼で）」

村岡「どこへ行くんない、四国へ遊びにゆくんか？」

広能「はア、ちょっと体をかわさにゃいけんことがありまして」

村岡「ほうか、気をつけんさいよ。帰りに広島にも寄りんさいや」

広能「有難うございます」
松永「待っとるわい」
　別れてゆく村岡たち。

38　松山・ホテルの一室

　広能がベッドに寝ながら電話している。
広能「どうない、そっちは……？」

39　山守組事務所

　電話に出ている新開。
新開「若杉の兄貴がのいろいろ力になってくんなっとるけん、おやじも委せっきりよ。土居もよ、あれからグスーッとも言うてきやせん。ただ神原のバカがよ、土居のバッジつけて、大きなツラして歩きよるという話じゃ」

　画面半分に、座敷で談笑しながら酒を飲んでいる若杉と山守夫婦。利香がしきりに若杉をもてなしている。

×　　×

　土居と並んで町をゆく神原。

40　元のホテルの一室

広能「ま、頼むわい。わしはこのあと、広島へ回って村岡に寄るけんのう（と切る）」

41　村岡組の賭場（数ケ月後）

　垣内始め、打森昇、柳田敏治、川南時夫など村岡組幹部に混って広能が遊んでいる。そこへ松永が入ってきて、
松永「昌ちゃん、姫いうバーのママから電話がかかってきとるが」
広能「あ、ほうか……（と立ってゆく）」

42　広島城跡

　鈴江が車の側に立って待っている。
　タクシーが着いて広能が降り立つ。
　鈴江の方に駆け寄ると、車の中から若杉が出てくる。
広能「兄貴……」
　若杉、広能を促して歩きながら、
若杉「おまえ、ちょっと村岡から体をかわしとってくれんか？」

広能「そりゃええですが、なんかあったんですか？」

若杉「実はなんよう、土居がここでキャバレーを開くいうんで、近いうち村岡へ挨拶に来るようになっとるんじゃ」

広能「土居がなんかしたんですか？」

若杉「ほうよ、おまえ、山守の盆を荒しやがってよ、おまえのおやじが魚市場の理事をやっとろうがの、その市場の連中を博奕場へ引っ張り出したりで、出鱈目しやがるんじゃ。山守のおやじは、わしの手前黙っとらすが、放っときゃ、何処までもツケ上がりやがるんじゃ」

広能「ほうですか……！」

若杉「ほいじゃけん、わしが格好をつけにゃいけんようになっとるんじゃ。それで、地元でやっては山守に疑いがかかるけん、こっちに来た時、やったろうと思うとるんじゃ」

広能「兄貴、それであんたがやるんの?!」

若杉「…………」

広能「あんたじゃ、なんぼうにもいけんよ、のう、盃を返したいうた所で、元でもおやじはおやじじゃけん。第一、あんたが手にかけたら、ヒトが嗤いますよ！」

若杉「(苦しく)…………」

広能「ま、わしもいることじゃし、兄貴は手を出しならん方がええです。これから一緒に帰って、おやじやみんなと相談してやりましょうや！」

43　山守組事務所・表座敷

山守夫婦を囲んで、広能、若杉、それに新開、槇原、矢野の幹部三人が集まっている。

広能「こうなるまで、なんでわしに報せて貰えんかったんですか！」

山守「みんなに報せて、騒ぎにでもなったら土居も感づくけんの、それで若杉だけに相談しとったんじゃが……若杉の言うたことは本当よう。わしはただ真面目に仕事しとるんじゃが、土居のやついうたら、どうしてもわしをこみおうてきて、下手売らしやがるんじゃ……！」

利香「口惜しい口惜しい言うてねえ、夜も眠れんでおるんよ」

広能「それならそれで、兄貴だけ報せて、わしらに報して貰えんのじゃ、格好がつかんじゃないですか！」

山守「それはわしとしても嬉しいが、どうしたらええかのう……デイリになると、わしの商売の方にも響くしよ……」

広能「おやっさん、商売とかなんとかいうことはないじゃないですか！　この際、やってしまわんと！」

若杉「昌三、考えてみりゃ、おまえの言う通りで。一緒にやるいうんじゃったら広島でやるいう訳にゃいかんけん、今ここにいる五人で、これからでも土居へ殴り込みをかけたろうかい！」

広能「（新開たちに）みんなはどうなんない？」

　シン、と深刻に考え込む新開たち。

新開「うむ、わしゃそれでもええが……ただ、ここんとこ体の調子が悪うて、行っても働けるかどうかよ……」

矢野「わしゃ、他にも手があると思うが……」

広能「ほいじゃどういう手よ？」

矢野「（詰まって）…………」

　不意に槇原が号泣し始める。びっくりして見る一座。

広能「おい、どうしたんない？」

槇原「わしゃ、死ぬいうて問題じゃないが……女房がよ、腹に子がおって……これからのことを思うちゃったら、可哀そうで、可哀そうで……！」

若杉「（慰めながら）分った、分った、こんなは行かんでもええ、早よ帰って女房の側へおったれい」

　槇原、泣きながら、みんなに頭を下げてソソクサと出てゆく。

　山守、見送って不機嫌丸出しに、

山守「あれも頼りにならんいうたら！　ええわい、ええわい、わしと土居が刺し違やあ済むんじゃけん、刺し違えたるよう！　組を潰す気じゃったら問題ないんじゃ。わしが死んだら、おまえらはおまえらでやって行けい！」

広能「（決意を固めて）おやっさん、土居一人やるのに、なんでこう騒がにゃいけんのですか。村岡さんには悪いが、わしが広島ででもやります！」

若杉「昌三……！」

広能「兄貴、もし組同士の喧嘩になったりしたら、どうしても兄貴にゃ残って貰ろとらにゃいけません。そうして下さい！」

山守「昌三、もしおまえがやったら、おまえにゃ前があるんじゃけん、今度は、死刑になるかも知れんど！」

利香「そうか言うても、ねえ、坂井の鉄ちゃんもおらんし、一人で土居をやれるいうたら……」

広能「わたしに委せて下さい。死刑になったけん言うて、極道しとったら当り前のことで。それに、やる云うても、反対にわたしがやられるかも知れんです」

　山守、急に目に涙を浮かべて広能の前に手をつき、

山守「昌三、わしゃ生涯忘れん、この通り頼む、わしを男にしてくれい！」

広能「（面喰らって）おやっさん……！」

山守「その代りよ、もしおまえが無期か二十年ぐらいの刑で帰ってこれたら、その時アわしの全財産をお前にくれてやる！　金儲けならわしも才覚は有るつもりじゃけん、おまえの代りにわしが金儲けしようる思うとりゃええ、

のう！」
利香「（も泣きながら）ほんとよ、昌ちゃん、うちらには
子供がおらんけんね、いつもこの人と昌ちゃんの噂ばか
りしとったんよ。あんたに万一のことがあったら、うち
がきっと骨を拾いに行って上げるけんね……」
山守、箪笥の中から札束や小銭までかき集めて出して
きて、広能の前に置き、
山守「昌三、今うちにある金いうたらこれだけじゃが、こ
れ持って思いきり遊んで来い」
広能「おやっさん、そんな気づかいまでして貰わんでもえ
えんです」
山守「構わん、構わんから持ってけ。のう！」
その情に打たれてしんみりしてくる広能。
若杉も男泣きして、
若杉「済まんのう、おまえの後はわしが追うよう。が昌三、
おまえはええおやじと姐さんを持ったのう。幸せじゃわ
い……！」
つられて目頭を拭う広能。新開や矢野も一緒になって、
ただ涙に暮れている一同。

44 広島・特飲街の一軒（夜）

酔っぱらった広能が村岡組の松永や垣内、柳田を引き
連れて陽気に繰り込んでくる。娼婦たちに、
広能「おう、みんな来い、みんな来い！」
と娼婦を片っ端から松永たちに押しつけてめいめいに
金を渡してゆく。思いの他のチップに歓んでキャアキ
ャア松永たちに絡みつく娼婦たち。
松永「昌ちゃん、そがに荒い金遣いしとってええんか、お
まえ」
広能「ええんじゃ、ええんじゃ、早よ上がれい！」
女たちに引っ張られて上がってゆく松永たち。
広能も娼婦のけい子ともつれ合って上がってゆく。

45 同・一室（夜）

広能とけい子の荒々しい情交。
広能の目にはついさっきまでの陽気さはなく、ただひ
たすらに女の肌を貪り尽す激情に燃え上がっている。
けい子「ね……ちょっと……もっと静かにやってよ
……！」
広能「（うわ言のように）……あとがないんじゃ……あと
が……」

46 同・廊下と隣りの部屋（夜）

広能がけい子の部屋から出てくる。

ポケットをまさぐって残りの札を勘定してみる。表の方から客を送った娼婦のれい子が隣室に戻ってくる。

広能、摑まえて、
広能「おまえ、あいとるんか？」

れい子「え……？」

広能「来い、来い！」

残金を押しつけて部屋の中へ押し込む。

見ていたけい子が怒って、
けい子「ちょっと、あんた……！」

広能、けい子を突きのけて襖を閉め立て、再び荒々しくれい子に挑みかかる——

47　村岡組本宅の一室

窓外の雨。
広能がポツンと独り拳銃の手入れをしている。
其処へ松永、垣内、柳田等が入ってきて、
松永「麻雀やらんか……（と見て）ほう、マメじゃのう」
広能「（内心の動揺を隠して）退屈なけんのう……」
松永、広能の拳銃を取って、
松永「こりゃ、モーゼルの三十二口径か。こがなこまい口径じゃ役に立ちゃせんよ。五米も離れたら当りやせん。わしのを見てみ」
と懐から大型拳銃を出して見せ、
松永「四十五じゃ。喧嘩いう時はこれくらいのもんじゃなけにゃよ」
垣内「わしのは三十八じゃ」
と一同持ち物の拳銃を出して見せ合う。不安な気持でモーゼルの小口径弾を掌に転がして見ている広能。
其処へ若衆が来て広能に、
若衆「客人、電話です」
松永「誰からよ？」
広能「いや、分っちょる！」
慌てて立ってゆく広能。

48　山守組事務所・奥座敷

電話に出ている山守。
山守「昌三か……お前、何しとるんない、一週間も経っとるいうのに……！」

49　村岡組本宅の電話口

広能、手で受話器を囲いながら、
広能「土居がこっちに来んのですけん、仕様がないじゃな

いですか。それに、こう度々電話せん方がええですよ、
ここの連中に悟られたら終いですけん……」

50　山守組事務所・奥座敷

山守「分ったがよ、おまえ、土居は必ず仕止めいよ、やり損うたらえらいことになるけんの、そん時ゃ直ぐ旅へ行けい……ま、失敗したら自決するくらいの覚悟しとらにゃ、男は上がらんがよ……」
若林が側で呆れ顔で聞いている。

51　村岡組本宅の電話口

ブスッとした顔で電話を切る広能。

52　同・一室

麻雀をしている広能と松永たち。広能は上の空で焦々と煙草をつけたり消したりしている。
松永「(気づいて) 広能、どうしたんない、えらい落着かんが……?」
広能「頭が重うて……おい、クスリないか?」
垣内「ヒロポンか。二階にいる若いもんに言や分る」
広能、側の若衆に代りを頼んで立つ。

53　同・隣室

広能、出かかり、脱ぎ捨ててある松永の上衣を見留め、その内ポケットの大型拳銃を自分のモーゼルとスリ替える。

54　同・表玄関

広能来て二階へ行きかけ、迷い、思い直して玄関の雪駄を突っかけて出かかる。と、出会い頭に、土居が野方を連れて入ってくる。一瞬棒を呑んだようになる広能。
土居「(磊落に) おう、お前ここにおるんか」
広能「はア……こんにちは (とお辞儀)」
土居「兄弟に挨拶してよ、直ぐ終るけん、一緒に飯でも喰わんかい」
広能「はア……」
土居「待っとれいよ、のう」
と若衆たちに迎えられて上がってゆく。
ウロウロして外に飛び出してゆく広能。

55 同・表

雨の中、広能、行きも戻りも出来ず、向いの洋品店の前へ行って覗く。

店主が出てきて、
店主「何か……?」

広能「(詰まって)か、傘、貸してくれんか」

店主「へえ、どうぞ」

店主、番傘を出してきて渡す。

広能、それをさして、洋品店の横の露地に潜み、村岡家の表口を見張る。

降り続く雨。広能、番傘に隠れるようにして蹲まっている。

時折、武者震いが襲う。

ひっきりなしに煙草をふかしている。

不意の人声に、見ると、村岡の家から土居と野方が松永たちに送られて出てくる。広能を探しているらしく、辺りを見回して諦めた様子で松永たちに別れを告げ、傘をさして行く。

カーッと凝視していた広能、拳銃を右手に、傘を目深くさして上半身を隠し、速足で追う。

広能「叔父さん!」

呼声に振り返る土居——に、広能、傘を投げつけざま、二発射つ。

はじけるように転倒する土居と野方。

走り寄る広能に、顔中血だらけになった野方が組みついてくる。広能、夢中で拳銃で殴り倒す。

致命傷を負いつつ逃げる土居。

追う広能に、駆けつけた松永たちが飛びつく。

松永「広能ッ、やめいッ!!」

広能、振り払って走る。

56 附近の闇市マーケット

必死に逃げる土居。

広能追いながら更に射つ。

逃げ惑う人々。

バラックの間の小路から小路へ、逃げる土居も追う広能も、命がけの応酬に形相は一変している。

広能が追い詰める。

雨と泥の中を這いずる土居。

土居「待てい、待てッ、話しゃ分る、のう、話しゃ……!!」

広能、全弾射ち込む。

血まみれになってまだ逃れようとする土居。

広能、拳銃を捨て、傍らの肉屋の店に飛び込み、肉切包丁を奪って土居を追う。
回り道してきた松永たちが土居を囲んで立ちはだかり、
拳銃や匕首を抜いて、
松永「広能ッ、やめいやッ!!」
立ちすくむ広能。
一方から巡査たちが駆けてくる。
広能、肉切包丁を放り、露地に飛び込んで必死に逃げる。

57 町外れの隠れ家の表（夜）

雨の中、トラックが一台やってきて、一軒の小さな家の前に停まる。
家の中は電気もついていない。

58 隠れ家の中（夜）

暗い中で、広能が独り電話している。
広能「今よ、姐さんが教えてくれた隠れ家におるんですが、土居はどうなってですかの……？」

59 バー「姫」の電話口（夜）

若杉「広島の病院に担ぎ込まれてのう、まだ息をしようるいう話じゃ。そっちに行きたいんじゃが、サツが張っってよ、それに土居の連中が山守のおやじを血眼で追うとるいうんで、そっちの方も心配なし、ま、其処なら土居組には知られておらんし、迎えに行くまでもうちっと辛抱しとってくれい……」

60 隠れ家の中（夜）

広能「はァ、分りました……」
と電話を切る。と、表戸を叩く音。
広能、ギクッとなり、武器を探して見回し、火鉢の火箸を摑んで玄関へ降り、
広能「誰ない……?!」
表の声「広能か。わしよ……」
雨音でよく声が聞こえず、広能用心しながら錠を外して表戸を薄目に開ける。
闇の中に立っている神原。
一瞬、血の気が引く広能。
広能「神原……!!」
神原「さっき、山守のおやじから電話があっての、こんなを逃がしてやれんか云うんで、車持って迎えに来たんじゃ」

広能「おやじが……?!」
神原「おお。サツに張られて動けん云うてよ。それに、下（しも）へ行きゃ広島の村岡組が網張っちょるし、上（かみ）へ逃げるにゃ土居のシマン中抜けにゃいけんじゃろが。わしなら土居組の目をかわせるけん、頼む云うてよ、それで、わしが一人で来たんじゃ」
広能「………！」
神原「わしを疑っとるんか、おう？　山守に頼まれんのじゃったら、わしがこの隠れ家知っとる訳がなかろうが」
広能「………」
神原「わしを信じられん云うんじゃったら仕様がない、わしゃ帰るわい」
　トラックの方へ戻ってゆく神原。
　激しく迷っている広能――（あいつを帰したら土居組に売られる……）

61　国道（夜）

　警官隊の検問を通ってゆく神原のトラック。

　雨に叩かれている荷台のシートの下からホッと顔を出す広能、まだ火箸をしっかり握りしめている。

62　トンネルの中（夜）

　神原のトラックが来て、停まる。
　神原が降りて、
神原「詰まらんとこでエンコしやがった！」
　ボンネットを開けて調べている。
　荷台から気がかりに覗く広能。
　と、後方からゆっくりと近づいてくるセダンらしいヘッドライト。
　広能、それを見てフト悪い予感で、
広能「神原……おい、神原……！」
　だが、神原の姿は見えなくなっている。
　追ってくるセダン。
　凝視する広能。
　セダン、間を隔てて停まり、ヘッドライトが消え、数人の男が降りてくる。
　広能、ジャンプして荷台から飛び降り、夢中で走って逃げる。
　追う男たち――土居組の江波、寺内等。
　トンネルに乱れた足音が無気味に反響して何処までも広能を追いかけてくる。

63 刑務所の面会室

若杉が来て、広能と会っている。
若杉「土居は死んだど……」
広能「（頷いて）…………」
若杉「これからは山守組の天下じゃ」
どこか淋しげに笑って見せる若杉。
若杉「坂井の鉄ちゃんも帰ってきたし、もうわしの役目は終った。こんなには済まんが、わしは山守組を離れて旅へ出るわい」
広能「兄貴……！　山守を助けたのはあんたじゃけん、坂井が帰ったいうて関係ないじゃない、今まで通り居てやってつかいや」
若杉「うん、その気持も分らんことはないが……わしゃの、どうも山守いう人が分らんようになったんじゃ……こんなのとこへ神原を迎えにやらせた件にしても、他に手段がなかったというのも分るが、なんよのう何か本心が分らん怖しさのある人じゃ……」
広能「…………」
若杉「（立って）体だけは大事にしとけいよ……」
看守が時間切れの合図。
行きかける若杉へ広能、金網に縋って、
広能「兄貴ッ、わしも今度出たら、あんたのとこへ行くよう、のう、絶対ゆく、わしが帰るのを待っとってつかいや！」
若杉「おう、よしよし、一生懸命やって、早う帰って来い！」
ニッコリ笑って去る若杉。

64 遊園地（夜）

鈴江が立っている。

神原がやってくる。

神原「おう、ママ……わしに用ってなんじゃ……？」

鈴江「うち、相談が有るんよ……」

と一方へ誘って歩いてゆく。

その先で、若杉がブランコに乗ってニコニコ笑いながら迎えている。

神原、訝り顔で、
神原「なんない、用いうて、若杉さんか？」

ブランコ降りて歩み寄る若杉。

若杉「済まん済まん、ひとに知られとうないんでの。実はよ、わしは旅に出るつもりじゃけん、土居組がどうなっとるんか気になっての」

神原「土居の若いもんいうたらみんなしっかりしとるけん、あんたが心配するようなことはないよ、のう！」

若杉「ほうか、それ聞いて安心したが、ところで、わりゃとわしがおらんようになったら、どうするのかのう……」
神原「(愕然と)――!!」
若杉、拳銃を抜きざま、一発――、
神原の眉間がザクロのように割れ、驚愕の目を見開いたままブッ倒れる。

65 警察署の表（夜）

非常手配に出動してゆく警官たち。

警官B「犯人はピストル持っとるけん、注意せえよ!」

その玄関口に、一台のセダンがスピードを落して近づき、丸めた紙を放り込んで走り去る。

(車中の人物は見えず)。

出かかった加谷刑事が気づいて拾う。

66 元の遊園地（夜）

中村捜査係長、小室刑事等の捜査陣が神原の死体を検屍している。
加谷刑事がくる。
加谷「係長、本署にこがなもんを投げ込んだもんがおるんですが」
と、一枚の地図を差し出す。
中村係長「市内地図じゃないか」
小室刑事「この赤丸はなんの意味かの?」
加谷刑事「調べてみましたら、姫のママで国弘鈴江いう女の実家じゃいうことです」
中村係長「やくざ仲間のチンコロか……」

67 鈴江の実家の一室（夜）

鈴江が若杉に大学の学生服を着せている。
鈴江「ピッタリやわ!　こうして見ると戦死したお兄ィちゃんにそっくり」
若杉「テンプラがバレんかのう」
鈴江「ポリ公なんかに分るもんですか」
鈴江の母のとめがお茶を運んでくる。
とめ「鈴江がいつもお世話になっとりまして」
鈴江「お母アちゃん、明日一番の汽車で大阪へ行くけん、起してネ!」
鏡に映して浮き浮きしている若杉。
その時、間近く吠え立てる犬の声。
鈴江がハッと感づく。

68 同・表（夜）

中村以下の捜査陣が音を殺して各持場に散ってゆく。

69 同・寝室（夜）

鈴江が若杉を引っ張ってきて、寝入っている妹弟の布団の中へ押しこむ。

鈴江「早よ！　早よして！」

表戸を叩く中村たちの声。

鈴江が電灯を消して駆け出てゆく。

布団をかぶり、その下で拳銃を握りしめている若杉。

70 同・玄関（夜）

鈴江が戸を開ける。入ってくる中村、小室、加谷。
鈴江「なんですか？」
中村「若杉が来とろうが。逮捕状じゃ」
鈴江「おらんですよ、そんな人……」
小室「あんたの情夫じゃろ！」
中村「一応見さして貰います！」
踏み込む中村たち。

71 同・寝室と附近（夜）

中村たち素早く見て回る。

寝室を覗く中村に、鈴江が、
鈴江「そこは子供部屋ですから、起こさんで下さい！」

中村、出かかり、垂れ下がった電灯の笠がかすかに揺れているのに気づく。

中村、入って、布団をまたいで電灯のスイッチをひねる。

その瞬間、若杉、寝たまま拳銃を三発中村に射ち込む。

中村は即死。

はね起きて縁側に飛び出す若杉に小室が飛びつく。若杉、拳銃を小室の体に押しつけて四発射ち込む。小室、即死。

庭に面したガラス戸に体当りする若杉に加谷が狙い射ちの一発。ガラス戸ごと庭に転げ落ちた若杉、立ち上がって数歩行きかけ、バタッと前のめりに倒れる。

子供たちの泣き声と激しい犬の遠吠え。警官たちが集まり、加谷が若杉の髪を摑んで顔を引き起すが、既に絶命している。血に染まった学生服。

加谷「コン外道がッ!!」

若杉の頭を地面に叩きつける――

72 **朝鮮動乱の実写フィルム**

Ⓝ「昭和二十五年、朝鮮戦争が勃発し、山守組は米軍の弾薬荷役を請負って一挙に巨額の資金を獲得して、名実ともに揺ぎない王国を形成した。だがそれと共に、膨張する傘下組員の統制は乱れ始め、その破綻の因(もと)となったのは、当時蔓延していた覚醒剤ヒロポンの密売事件であった」

73 **梱包を満載して進む艀**

74 **高級外車に乗って新築の事務所へ入る山守**

75 **繁華街のシマを乾分を引き連れて闊歩する坂井**

76 **大流行のパチンコ屋の表で景品買いの山守組若衆**

77 **ヒロポンを注射している娼婦たち**

78 **新聞記事**

『山守組本部を家宅捜査、覚醒剤密売の疑い!!』

79 **場末のマーケットの表**

車が乗りつけ、坂井が乾分の大竹勇、石堂寅雄、吉永進、西谷英男、高野真二等と険しい剣幕で入ってゆく。

Ⓣ『昭和二十九年』

80 **マーケット裏の空地**

空箱や野菜屑が散乱している一角に、小さな倉庫があり、中からポン中でバイ人の横川信夫が出てくる。

出会い頭にくる坂井、いきなり横川を摑まえてポケットからポンの包みを奪い取る。

横川「なンしゃがるんない、おどりゃ!」

抵抗する横川を殴りつける大竹たち。

81 **倉庫の中**

ダンボール箱が積み重なる中に事務机と簡単な蒸溜装置が据えられ、新開の弟分有田俊雄と配下の下中隆次、安条啓介、広石金作たちがポンを計量して包装している。
入ってくる坂井たちに驚いて、
有田「兄貴……！」
坂井、大竹たちに合図して周りのダンボール箱を片ッ端から開けさせ、モミガラの中に隠してあるポンの包みを放り出す。
坂井「有田、ポンは止めえいうとるんが聞けんのか！」
有田「やれんのう、いちいちわしらのやることにケチつけられたんじゃ」
坂井「おどれらの為にわしらまでサツのガサ喰らうじゃないか！」
有田「わしらはそがなヘマはせんですわい」
坂井の激しい平手打ち。有田、ニタニタ笑って見返している。
坂井「いっぺん組の行儀いうもん教えちゃるけん、来い！」
有田、背広の上衣を着込んで悠々とおめかししながら、ポンを集めて蔵っている大竹等に、
有田「おい、よう勘定して持ってけよ。もし一つでも横へ流れたら、お前等ただで済ますんじゃないんど！」

82 マーケット裏の空地

倉庫から有田を連れ出してくる坂井たち。
と其処へ、先刻の横川に案内されて急ぎやってくる新開と乾分の脇田登。
新開「おう、兄貴、有田はわしの舎弟ですけん、話が有るならわしにしてつかいや」
坂井「何遍いうても聞きやせんじゃないか、あんな外道だきゃ！　お前こそどう恰好つけるんない！」
新開「あんたの立場になって、いちいちポンぐらいのこということはないじゃない」
坂井「おやじが止めさせいいうんじゃ」
新開「おやじもおやじよ、カスリいうたら殆どみな取っとって、あんたらと一緒に。それでちょっとわしらがポンをいろうたいうて取り上げることはないじゃない。じゃ、あれらはなんで喰ってゆけい、いうんの。ポンやるぐらいは当り前じゃ！」
坂井「………」
新開「とも角ここはわしの城じゃけん、帰ってつかい！」
坂井「よし、わりゃがそういうんじゃったらいっぺんおやじの前で白黒つけんかい！　それまでこいつは預けとく！」
と坂井たちは押収したポンだけを持って立ち去る。
新開「(見送って) おやじおやじいやがって、あいつ跡目でも貰うたつもりで居るんかの！」
有田「(横川に) おい、あれらが持ってったヤク何処へ流

しとるんか、いっぺん調べてみ」

横川「へえ！」

83 料亭の広間

上座の山守以下、坂井、上田、新開、矢野、槙原、山方、川西、杉谷の幹部一同が集まっている。

坂井「わしも新開のいうことは一理有ると思います。若いもんが殖えとるのに、カスリの上納金が今のような割当てじゃ、尻に火がつくのは当然です。それで上田の兄弟とも相談した上でのことですが、これからは盆のカスリだけは今まで通りとして、シマ内のバーやパチンコのしのぎは一切上納金の対象から外すいうことにして貰えんですか」

山守「(露骨な不満で) ほう、ほうか、それで組がやってゆける思とるんか？」

坂井「その代り、わしらは万一の時もおやっさんの世話にならんよう、めいめいが自立して組を運営すりゃええんです。大きな組はどこでもそうしとるですよ」

山守「自立するのはええがよ、こんならになんぼうの商売が出来るんない、おう。わしはよ、みんなのこまい銭集めて、大きな商売に張ってきたけん、ここまでのれんが売れてきたんじゃないか。その恩も忘れくさって、勝手にやれるんならやってみィ！」

上田「叔父貴、わしゃ兄弟に賛成ですがの。カスリの七分も取るいうんは取り過ぎですよ。キンキラの外車乗り回すより、その分、若いもんに分けてやった方が親分らしゅう思いますが」

山守「…………！」

新開「(山守の顔色を窺ってから) わしゃ反対です」

坂井「(気色ばんで) 新開、なんなら、わりゃが先にこのことをいい出したんじゃないか！」

新開「兄貴のいう通りにしよったら、おやじはおってもおらんでも一緒で。ええことをするのは一部のもんだけいうことになるんですよ」

坂井「わしのことというとるのか、おう！」

新開「おやじはおやじとしとかにゃいけん。それより、組全体で上ったカスリを公平にみんなに分配すりゃええじゃないの」

矢野「わしもその説に賛成するのう。一家を中心に考えにゃ外のもんにも舐められてしまうよ」

口々に意見をいい合う一座。

山守「(立ち上がって) ま、お前等同志で決めい。いうとくがよ、おう、子が親に銭出し渋る極道が何処におるんない！」

精一杯の皮肉を投げつけて出てゆく。

上田「（見送って）出し渋っとるのはどっちなら！」
坂井「どっちこっち決めよう。反対は誰と誰よ？」
　拳でテーブルを叩く新開と矢野。
坂井「新開と矢野の二人だけか。そんならわしのいうた通りに決めるが、ええんじゃのう？」
矢野「兄貴、山守組はあんた一人がこしらえたもんじゃないんで！」
上田「若頭の決めたことにケチをつけるんなら、わしが相手になったる、おう！」
　憤然と席を立つ新開、矢野。
坂井「新開、有田がおるとサツがうるさいけん、半年所払いにしとけい！」
　黙って出てゆく新開、矢野。

84　喫茶店の中

　新開が有田と会っている。側に脇田と下中も。
新開「半年ほど所払いじゃげな……」
　ニタッと不敵に笑う有田。
有田「兄貴、坂井が取り上げたポン、どうなっとる思うの。山守がよ、広島で売りさばいとるよ」
新開「おやじが……?!」
有田「坂井の兄貴が山守を操ってのことよ。兄貴も安う買われとりますよ」
新開「…………」
有田「のう、兄貴……兄貴を男にしたいいうての人がおられるんですが、会われんですか？」
新開「誰よ？」
有田「まア、わしに委しときない」
　有田立ってゆき、レジの側の電話を取ってダイヤルを回す。
有田「もしもし、金丸事務所かの、先生を呼んでくれ……」
　レジ係のウエイトレス秋子がキラッと聞き耳を立てている。

85　同・表

　駐まっている有田の車の中に安条。
　店内から秋子が急ぎ足で出てゆき、二三軒先のビリヤードに入ってゆく。
　訝って見ている安条。
　秋子が山方と連れ立って、道端で何か重大事のように耳打ちしている。
　見守っている安条。

86 小料理屋の奥座敷（夜）

新開と有田が金丸市議と酒を飲んでいる。

金丸「有田君は学生時分にわしの選挙運動員として働いて貰うたことがあっての、あんた等のことは一部始終聞いとったよ」

新開「そうとは知らんで、御挨拶が遅れまして……」

金丸「わしは常々有田にもいうとるんじゃが男が世に立つ以上は、人の風下に立ったらいけん。一度舐められたら、終生取り返しがつかんのがこの世間いうもんよ、のう。ましてや侠客渡世なら尚更じゃ。時には命を張ってでもいうくらいの性根がなけにゃァ親分といわれるような男にはなれんわね」

新開「………！」

金丸「のう、新開さん、あんたも男になりんさい。わしがなんぼうでも応援して上げるけん。それにはよ、山守組の跡目に立つような意志がなけにゃの。まァ山守如きは相手にせんでもええがよ、問題は坂井じゃ。あの男を早い内に叩いとかにゃ、あんたも有田も男にはなれんよ」

新開「よう分っとりますが……」

金丸「あんたがその気になっとるんなら、わしが一つええ贈りもんをしよう」

と隣室に向って手を叩く。

入ってくる土居組の江波、寺内。

驚く新開に、

金丸「ハハハ、座興が過ぎたかのう。これはしかし酔興じゃないんだ。のう、あんたの力で土居組を再建させちゃったらよ、あんたは押しも押されもせん大親分じゃ」

緊張して思い詰めている新開に、

有田「兄貴、戦争はもう始まっとるんで……」

87 小料理屋の表（夜）

物蔭から中を窺っていた山方が急ぎ足で一方へ歩き出す。

前方の電柱の蔭から横川が拳銃を両手で握りしめ、七発全弾射ち込む。

蹲まるように路上に倒れる山方。

横川、ポン中独特の憑かれたような目つきでフラフラと立ち去ってゆく。

88 繁華街の路上

有田が下中、安条、広石を連れて愉快そうに闊歩してくる。その横に急停車したセダンから、大竹等を連れた坂井が降り、殺気走って立ちはだかる。

坂井「有田、山方を殺ったんはおどれか?!」
有田「なんの話よ?」
大竹「自首した犯人はわれンとこに出入りしとったバイ人じゃ。知らんとは言わせんど!」
有田「(不意に兇暴な目で)おい、喧嘩売るんならもうちっとマシな売り方せいや!」
坂井「おどりゃ、わしの伝達聞いとるんか?!」
有田「所払いか、おお、聞いとるよ」
坂井「じゃったら早よ出て行けい!」
有田「それより、山守のおやじが流しとるポン、何処から出とるんの、わしの他にポン売ってるもんがおるんの?!」
坂井「おやじが流しちょる……?!」
有田「若頭ともあろうもんがよ、人の茶碗盗むな!!」
絶句する坂井を尻目に立ち去る。

89 山守の新居の玄関内

大竹を連れた坂井が激しい剣幕で山守と対峙し、
坂井「わたしは、止めさせい言われますけん、ポンを抑えてきとりましたが、それを横へ流しとられるのはどういう訳ですか!」
山守「まァ聞けい、おう、抑えたポンをそこらに積んどくいう訳にもいかんじゃないか、ほいじゃけん、わしゃわざわざ広島へ運んでよ、堅いルートを通じて、サツの目のつかんようにさばいとったんじゃ」
坂井「そりゃ屁理屈です! わしの立場はどうなるんですか!」
山守「親のわしがやることに一々口出しするな! 前にもよ、上納金けずれ言うたんはわりゃじゃないか。じゃけん、わしはわしの才覚でしのいでおらにゃなるまあが。わしのやることが気に喰わんのなら、盃返して出て行けい!」
坂井「おやじさん、言うとってあげるが、あんたは初めからわしらが担いどる神輿じゃないの。組がここまでなるのに、誰が血流しとるんや。神輿が勝手に歩けるいうんなら歩いてみないや、のう!」
山守「(蒼くなって)…………!!」
坂井「わしらの言うた通りにしとってくれりゃ、わしらも黙ってこのまま担ぐが、のう、おやじさん、喧嘩は銭がなんぼあっても勝てんのですよ!」
山守「…………!」
坂井「新開と有田に破門状出しますが、ええですか?」
山守「破門状……?!」
坂井「殺された山方の女から聞いたんじゃが、あいつ等金丸市議を担ぎ出して土居の残党と手組んどりやがる。とも角これからは黙ってわしに委しとってつかい！」
坂井、大竹を促して出てゆく。
利香も奥から出てきており、
利香「あんた、なんで怒鳴りつけてやらんのね、あんなやつ」
山守「お前は黙っちょれ！」
利香「言うに事欠いて神輿じゃなんて！　あんた山守組の親分じゃろうがね、なんにも実権のない親分なんて飾りもんにもなりゃせんじゃないの！」
山守「（何事か考え廻らせて）…………」
利香「勝手に破門状まで……新開さんはあんたを庇うてくれてるんよ！」
山守「あれらにゃアやりたいようにやらせときゃええ。若いもんには智恵いうもんがないけん、喧嘩してどっちも消耗するだけよ。その時になりゃ、わしがただの神輿じゃないいうことがよう分る……」
利香「じゃけん、坂井には上田がついちょるしねえ……」
聞き流すフリで奥へゆく山守。

90　同・応接室（夜）

山守が電話のダイヤルを回している。

91　上田の家の電話口（夜）

上田が出て、
上田「ああ、叔父貴ですか……話……？」

92　山守家応接室（夜）

山守「新開の破門状の件でよ、一度こんなと腹割って話したいんじゃが、ま、聞いてくれや……」

93　上田の家の電話口（夜）

上田「今夜はもう遅いけん、明日の朝九時に散髪してからそっちへ回るわいの……おお、じゃそうしてつかい」

94　山守家応接室（夜）

山守、電話を切り、暫くジッと考えてからまたダイヤルを回し始める——。

95　床屋の店内（翌朝）

上田が顔の髭を剃って貰っている。

顔に当っていた陽ざしがフトかげる。

黙って表から入ってくる二人の男、有田と江波。

上田、チラと上目づかいに見やった時、間近に寄った有田がコルト拳銃を抜きざま、四発連射。

血が飛び散るごとに上田の体は四回スプリング台ではねるように飛び上がり、動かなくなる。

96　坂井の事務所

Ⓝ「上田の死を聞いた坂井は、ついに暴力に依る新開一派の狩り出しに立ち上がり、血で血を洗う凄惨な抗争事件に発展したのである」
拳銃を懐にして飛び出して行く坂井。

97　小料理屋の一室

密議をこらしていた新開、有田、江波、寺内それに脇田や下中たちが一斉に立ち上がってゆく。

98　バー街で下中を囲んで刺殺する大竹たち

99　白昼の路上に横たわる寺内の死体

100　路上で安条・広石等を袋叩きにする吉永たち

101　土塀を背にハリツケのような恰好で銃弾の乱射を浴びる江波

102　国道（夜）

非常検問ラインにさしかかったセダンを警官の一人が停めて近づく。

いきなり中から拳銃を射って警官を射殺する有田。

疾走するセダン、前方から来たトラックをかわし損ねて激突。

拳銃を構えて囲む警官たちの前に、顔を血だらけにした有田がニヤニヤ笑いながら両手を挙げて出てくる。

103　駅のホーム

サングラスで変装した新開が脇田とホームの外れに立って汽車を待っている。

近くで駅員の一人が水を撒いており、もう一人の駅員が荷物用手押し車を押して近づいてくる。新開に言われて脇田が売店の方へ買物に走ってゆく。

その一瞬、新開に駆け寄る二人の駅員（坂井組、石堂と西谷の変装）、挟みうちに匕首で刺突。崩折れる新開。二人、線路に飛び降りて逃げ去る。

脇田を始め誰も惨劇に気づいた者は居ない――。

104　刑務所の表

Ⓝ「それから間もなく、広能は講和条約の恩赦減刑もあって、岐阜刑務所を仮釈放で出た」
広能が出されてくる。
大きく深呼吸している処へ駆け寄る舎弟の岩見と利香。
岩見「兄貴！」
広能「姐さん……！」
利香「御苦労さんじゃったねえ……うちが其処まで来て待っとるんよ。早よ会ってやって……」
広能「おやじさんが……！」
利香「（歩きながら目頭を抑え）昌ちゃん、新開が坂井に殺されたんは知っとろう……坂井はねえ、うちの人の命まで狙おうとるんよ……」
広能「（暗澹とした気持で）…………！」

105　旅館の座敷

ささやかな祝い酒の膳を囲む広能と山守、利香、岩見の四人。

山守、卑屈にも見える萎縮した様子で広能の顔色を窺いながら。

山守「上田も死んで今、坂井の独り天下じゃ。この頃はわしの向う張って会社まで作りやがった。他のもんは誘い込んどるのに、わしには一言も挨拶しやがらん。あの外道、わしを追い落して、組を仕切る腹でおるんじゃ」

広能「…………！」

山守「わしゃよ、のう、昌三、おまえらの為に骨身削って働いてきたいうのによ、あいつはわしから何もかも奪い取ろうとしとるんじゃ、あいつに利用されてきたのよ。のう、これが仁義に生きる極道の姿かい……わしゃ、情けのぅて、悲しゅうてよ、のう、分ってくれるか……！」

ポロポロと泣き出す。

白けた気分でその姿を眺める広能。

利香「ねえ、昌ちゃん、今は矢野が一人でうち等庇うてくれとるんじゃけど、あんたさえ立ち上がってくれたら、他のもんも加勢してくれる思うんよ。それにねえ、気をつけて貰わにゃいけんのじゃけど、うちのが昌三さえ出てきたら言うとるのを、坂井が耳にしてねえ、広能は消しちゃる言うて触れ回ってるそうなんよ……」
広能「…………」
山守「昌三、わしに力貸して、坂井を殺ってくれい、頼む！」
広能「よう分りましたが、わしはまだ出たばかりで西も東も分らんけん、暫く時間を下さい……おやじさんの悪いようにはせんですけん」
山守「(急に相好を崩して) ほうか、力になってくれるか！こんなだきゃそう言うてくれると信じとった。よしよし。所で、今後のことじゃけんど、わしの方も不景気でよ、のう、こんなの方まで手が回らんのじゃが、わしの言う通りにしとったら毎月月給を出しちゃる。それで当分遊んどれ」
　利香が用意の金包みを出して、
利香「これは今月分のいうことで……」
山守「わしら他に用もあるけん、先に発つが、頼んだど。ここの払いはそン中から払っといてくれい」
　と利香を促しソソクサと出てゆく。
　広能、薄い月給袋を開いてみる。
岩見「なんぼ入っとるんです？」
広能「一万二千円よ……」
岩見「そんなもんじゃ、遊ぶも遊ばんも足しになりやせんですよ」
広能「そがに景気が悪いんかい……？」
岩見「めっそうな。最近出来た競艇場の施設会社に資金出しなって、重役になっとってですけん、県下でも指折りの実業家ですよ、現にゆうべも名古屋で芸者総揚げして遊んできとってです。のう、兄貴、出所しなったら全財産渡すいう約束はどうなっとるんですか？」
　黙って苦い酒を呷っている広能。

106 あるアパートの表

　広能が近くの住人に尋ね、教えられた部屋を探してゆく。

107 同・一室

　秋子が赤ン坊のオムツを替えている。

　ノックの音に出てゆく。広能。

広能「わしは、亡くなった山方君と戦友じゃった広能いうもんですが、仏さんを拝ませて貰えんですか」

秋子「どうぞ、どうぞ……」

　秋子、急に落着きのない様子で、閉めっ放しの小さな仏壇の扉を開き、広能を招き入れる。

広能「このお子さんは、新ちゃんの……？」
秋子「……ええ、はい」
　感無量に赤ン坊を見つめてから仏前に向う広能。山方の写真が祀ってある。
広能「新ちゃん……」
　深く合掌祈念する広能。
　その時、表から、玩具らしい包みを抱えて入ってくる坂井。
坂井「（秋子に）お客さんか……？」
　振り返る広能。
坂井「（ハッとした様子で）広能……！」
広能「あんたか……！」
　広能の視線を避けている秋子。

108　附近の寿司屋の中

　酒を汲み交わす広能と坂井。
　互いにぎこちない沈黙ののち、
広能「あんた、新ちゃんの女と出来とるんの……？」
坂井「（頷いて）あれが抱いとったんは、わしの子じゃ……」
　また少時の沈黙ののち——。
広能「山守のおやじが迎えにきてくれたよ……他は誰も来とらんじゃったが……」
坂井「（鋭い反応で）…………！」
広能「おやじに聞いたがよ、のう、狭い町でよ、なんで揉めにゃいけんのよ」
坂井「あがなこすったれ、相手にしとるかい。わしゃ、つくづく愛想が尽きとるんじゃ。山守さえしっかりとしとってくれたら、新開も山方も上田も死なんで済んだんじゃ」
広能「じゃが、おやじはおやじじゃない」
坂井「わしらに親を見る目がなかったいうことよ」
広能「…………」
坂井「のうや、わしゃの、近々会社興すんじゃ。大新興業言うての、港湾運送やるのよ。槇原や他の連中も設立発起人にさしての、これを機会に山守と手え切って独立しよう思うんじゃが。広島の村岡とも縁組の話が進んどるんじゃ。こんなも手伝わんか。わしらが最初に考えた、したいことが自由に出来る組を作り直すんよ、のう！」
広能「ほうや……じゃが、わしゃおやじから、あんたを殺れい言われて来とるんじゃ」
坂井「（凝然と）…………!!」
　広能、脱ぎ捨てて置いた上衣をフト引き寄せる。途端に血相を変えて椅子から飛び立つ坂井。
坂井「待てい！　待ってくれい！　わしを射つのは待って

くれい！　わしゃ、そがなつもりはないんじゃ！　の、分ってくれい、分ってくれい……！」

泣き出さんばかりの坂井の様子を、広能唖然と眺めながら、上衣のポケットから煙草とライターを出して点ける。

広能「まア坐んないや」

坂井「（ホッとしながら半信半疑で）わしを殺るつもりじゃなかったんか……?!」

広能「わしまで信用出来んようになっちょるんか？」

坂井「………！」

広能「のう、鉄つあん、わしもの、若杉の兄貴が生きちょったら、山守組には戻らんつもりじゃったんじゃが……刑務所で考え直してよ……のう、だいたいわしが山守から盃貰うたんはよ、やくざいうもんの世界で男の命を燃やしてみたかったけん、それでまァ極道になったんじゃが、そういうことじゃけん、例えおやじがおやじらしゅうなかってもよ、のう、一旦貰うた盃は大事にせにゃ男いうもんになれんじゃない」

坂井「………」

広能「ま、あんたの言うちょることが分らんこともないが、なんにしても山守をもういっぺん男にしてやろうじゃないの。ま、そこまでしてまだおやじが男になれんいうんじゃったら、仕様がない、わしらに力がないんじゃけん、その時はその時で盃返すか堅気になるかすりゃええじゃない。そう思わんや？」

坂井「………」

広能「わしゃ、ちょっと旅へ挨拶に回るけん、あんたその間に一度おやじと会うてよ、よう話してみないや」

坂井「分った……よう分ったよ……」

広能「頼むけんのう」

坂井「それで、こんな、金の方は足りるんか？」

広能「おやじから月給一万二千円貰うたが……」

坂井、財布を出してそのまま渡し、

坂井「いつでも言うてきてくれ」

広能「済まんのう……」

109　坂井組事務所の中（夜）

大竹たちが新会社設立祝賀パーティの招待状発送の準備をしている。

奥のソファで独りウイスキーを呷っている坂井。目を据えて何事か思い詰めていたが、いきなり戸棚から日本刀を取り出して、凄い勢いで表へ出てゆく。

大竹「おやっさん……?!」

110　同・表（夜）

坂井、車に乗り込み、走り出す。

呆気にとられて見送る大竹たち。

111　山守の家の表（夜）

乗りつける坂井の車。

坂井、日本刀を鷲摑みに降りて、表戸をガンガン叩く。

住みこみの若衆が中から開けるのと同時に飛び込む坂井。

112　同・寝室（夜）

寝ていた山守と利香が仰天して起き上がる。

踏み込む坂井。

山守「て、鉄……!!」

坂井「あんた、昌三にわしを殺れい言ったらしいが、殺れるもんなら殺ってみない！　なんなら、わしが先にやっちゃろか！」

部屋伝いに必死に後退りする山守。

抜き身を提げて追ってゆく坂井。

利香は布団の上で腰を抜かし、二三人の若衆も震えて見守るのみ。

山守、全く追い詰められて、
山守「な、何が欲しいんない、な、何でも欲しいもんはやるけん、云うてくれ、云うてくれ……?!」

ギラギラと見据えている坂井。

113　「大新興業」新事務所のホール

華々しい飾りつけの中で、盛装した坂井と槇原、大柿、川西、杉谷の幹部連、大竹等坂井組の組員たち。来賓席に大久保、村岡組松永の姿も見え、中原市議が挨拶している。
中原「伝え聞く所によりますると、山守親分は、坂井鉄也君に跡目を譲るとの引退状を既に発表した由でありまして、本日発足の新会社同様、坂井君の未来には、前途洋々たるものがあるのであります。坂井君こそは、人徳、度胸、器量三拍子揃った大俠客にふさわしい男の中の男でありまして……」

×　　×

パーティになって、バンド演奏も始まっている。
テーブルを回っている坂井に槇原が近づいて、小声で、
槇原「矢野がの、広島の村岡へ会いに行ったらしいど」
坂井「矢野が……？」

槇原「ありゃ、あんたの跡目に反対しとったけん、村岡との縁組の話をこわしに行ったんじゃあるまアかのう」
坂井「(笑って) ほう、まア好きなようにやらしとけい」
槇原、離れてゆく。
坂井、さりげなく組員が居る方へ行って、高野を招き寄せ、
坂井「直ぐ広島へ行けい……」

114　広島・ある橋の袂附近 (夜)

タクシーから矢野が子分の楠田丈市、目崎武志と降りて歩き出す。
追うようにきたもう一台のタクシーが側で急停車して、中から、
「おう、矢野さんじゃないの!」
矢野が誰かと二三歩近寄った時、声の主の高野が車中から拳銃で狙撃。
橋ゲタに叩きつけられ、血を吹いて絶息する矢野。
楠田と目崎が拳銃を抜き出すより早くタクシーは疾走し去る。

115　松山・某一家の賭場

広能がサイ本引に加わっている。
若衆が来て広能に、
若衆「お客さん、電話です」
立ってゆく広能。

116　同・電話口

広能が出て、
広能「広能ですが……おう、こんなか……」

117　ナイトクラブの電話口

槇原が話している。
槇原「新聞読んだかい？　なに云うてよ、矢野が殺られたよ、坂井のもんに……」

118　元の電話口

広能「(一瞬呆然と) 矢野が……!」

119　ナイトクラブの電話口

槇原「そのことでよ、大至急こんなに相談したいことがあ

るんじゃがの……」

120 元の電話口

広能「おう、おう、分った、必ず行く！」

121 競艇場

白熱しているレース。

122 同・表口

槙原が立って待っている。
タクシーが来て、広能が降り立つ。
槙原「おう、済まんのう（と迎えて）こっち来てくれ」
広能「他にも誰かおるんか？」
槙原答えず、広能を中へ連れてゆく。

123 同・役員室

窓からレースが見えている。
槙原と入ってくる広能、一瞬啞然となる。豪華なソファに傲然と寛いで見迎えている山守。

広能「ほうか、おやじさんはここの重役じゃったの！」
と思い当るように槙原を見て、
広能「こんな、坂井についとったんと違うんかい……？」
槙原「（薄く笑って）わしのことは、おやじさんがよう知って居よんなる」
冷ややかに広能を見つめている山守。
山守「昌三、おまえいう男もいよいよ頼りにならん屑じゃの。おう、折角わしが迎えに行って話したことをよ、坂井の外道にみんな喋りやがって。あいつはの、それをタネにわしを脅しに来やがって、無理矢理引退状を書かして、あれの会社の創立パーティにみんなの前で発表しよったんじゃ」
茫然と聞いている広能。
山守「矢野はよ、おう、それを止めさせようと広島の村岡の所に相談に行こうとしてよ、坂井に殺られたんじゃ。云うなりゃ、われが矢野を殺しちょるんど！」
広能「（次第に怒りを含んで）………！」
山守「わしゃ、余ッ程おどれを殺っちゃろうと思うとったがよ、これ（槙原）が堪えい云うもんじゃけん、堪えとるんよ。坂井の舌にのせられりゃがって、おう、おどりゃどこまで馬鹿かい！」
広能「…………」
槙原「のうや、おやじはもう黙っておれん云うて、坂井を殺るつもりでおられるんじゃ。こんなも、矢野に済まん思うちょるんなら、わしらの側で立ってくれい。のう」
広能「(思い詰めて)…………」
槇原「坂井は村岡組と縁組して、山守組を解散させてよ、坂井組を興そう云うとるんじゃ。こんな、坂井の盃受けるんか?」
山守「押しつけはせんがよ、わしがどれ程の男か、ここにこうして坐っとるの見りゃァ分ろうが。あとで泣き面かかんようにせいよ」
激しい気魄を籠めて山守を見る広能。
広能「おやじさん、はっきり云わして貰いますが、坂井も悪いがおやじさんも悪い。どっちこっち云うてないですよ!」
山守「なにイ……!」
広能「わしゃ、本当愛想が尽きた。もう、あんたの手にゃ乗らん。盃は返しますけん、今日以後わしを山守組のもんと思わんでつかい!」
槇原「広能!」
広能「ただし、わしを騙した坂井はわしの手で殺す。あんたらは手出しするな!」
云い捨ててドアの方へ向う広能に、
槇原「待てよ、殺る云うても、坂井は摑まらんど。警戒しとって、女の家も隠しとるけんの」
とポケットから市内地図を取り出し、デスクの赤鉛筆を取って一ヵ所に丸印を書き、渡しながら、
槇原「毎日、午後、三時過ぎには、ここのホテルの四階三号室に籠っちょる」
広能、何気なく地図を持って出かかり、フト思い当って鋭く槇原と山守を振り返る。
広能「おい、若杉の兄貴の隠れ家を地図に書き込んでチンコロしたんは、おまえらか……?!」
黙って無気味な目で見返している山守、槇原。
殺気をはらんだ沈黙ののち、
山守「そがな昔のこと誰が知るかい!」
広能、踵を返し、出てゆく。
見送ってから急いで電話を取る槇原。

124 同・表口

広能が出てゆく。

近くの喫茶店の中で電話を受けていた矢野の子分、楠田と目崎が出てきて、広能の後を尾行してゆく。

125 ホテルの表

タクシーが着き、広能が降りる。

腕時計を見、三時を回っているのを確かめてから中へ入る。

126 同・フロント

広能が係のボーイに、
広能「四〇三号の坂井はおるかい？」
ボーイ「はい。失礼ですがお名前は？」
広能「（一瞬考えて）広能云うてくれ」
電話で部屋に取次ぐボーイ。
ボーイ「モシモシ、広能さんいう方が来とられますが……承知しました（と切って広能に）どうぞ、上へ」
広能、エレベーターに向う。

127 エレベーターの中

広能、拳銃の弾倉を確認して内ポケットに蔵う。

128 同・四階廊下

広能がくる。部屋の中から大竹が出てきて愛想よく迎え、
大竹「兄貴、お久しぶりで！」
広能「おう！」
と、中へ。

129 同・四〇三号室

入ると同時に内ポケットの拳銃を抜く広能。がそれより早く、内側に隠れていた石堂と西谷が広能に体当り、大竹が羽交い締めにして、吉永が拳銃を奪い取る。
すべて計算通りのわなである。
奥のソファから立ってくる坂井。
坂井「まア坐れや」
大竹たちの拳銃に囲まれて椅子にかける広能。
坂井「わしを殺しに来たんか、おう？」
広能「おお、殺しにきた」
坂井「山守に頼まれてか？」
広能「山守には盃を返した。わしの一存よ」
坂井「なんでよ……？」
広能「おどれの胸に聞きゃ分ろうが！」
坂井「…………」
広能、ポケットからハンカチでくるんだ素焼きの盃を出して床に置き、靴で踏み潰す。
広能「あんたとの兄弟盃もこれで終いじゃ。さ、殺れい」
坂井「…………」

広能「わしを逃がしたら何べんでも狙うぞ」
坂井「昌三……こんなの考えちょることは理想よ。夢みたいなもんじゃ。山守の下において仁義もクソもあるかい。現実いうもんはの、おのれが支配せんことにゃどうもならんのよ。目え開いてよ、わしに力貸せ、のう、こんなが上に立って、わしが下でおってもええのよ。坂井組でやろうと広能組じゃろうと、おう、要は山守を叩き潰しゃええのよ」
広能「それで新開や矢野が戻ってくるんかい」
坂井「聞けにゃア、こんなを殺るしかないがよ」
広能「おどれの手はもう汚れとるんじゃ。黙って早よやれい！」
坂井、大竹たちに合図して広能を立たせる。

130 ホテルの駐車場

坂井、大竹、石堂の三人が広能を連れてきて、目隠しをしてから一緒に車に乗せる。

131 走る車の中

後部シートに並ぶ坂井と目隠しのままの広能。
重い沈黙――に堪えられぬように、
坂井「のう、昌三……わしらよ、何処で道間違えたんかのう……」
広能「………」
坂井「夜中に酒飲んどるとよ、つくづく極道がいやになっての……足洗うちゃるか思うんじゃが……朝起きて若いもんに囲まれちょるとよ、のう、夜中のことは忘れてしまうんじゃ……」
広能「……最後じゃけん、云うとったるがよ、狙われるもんより狙うもんの方が強いんじゃ……そがな考えしとったら、スキが出来るぞ……」
坂井「………」

132 下町の商店街

人通りを外れた所に坂井の車が来て停まる。
坂井「(広能に) わしは家に帰るけん、ここで降りる……」
目隠しの顔をジッと向ける広能。
見つめる坂井、深い吐息で一瞬考えてから、内ポケットの広能の拳銃を出して、広能の手に握らせ、
坂井「あと、好きな所で降りない……」
広能「(意外な驚きで) ………!!」
坂井「今日は、おまえを殺る気にはなれん……勝負はこの次つけよう」

車を降りる坂井。

車、ドアを閉めて走り去る。

商店街に入ってゆく坂井。

その後から追尾してきたセダンが停まり、楠田と目崎が降り立つ。気楽そうに商店を覗きながらゆく坂井、玩具屋の前で立ち停まり、あれこれ土産の物を品定めしている。

その背後に歩み寄る楠田と目崎。

楠田「坂井!!」

ハッと振り返る坂井に、二人の拳銃が同時に火を吐く。

「待て！」と手を打ち振るような恰好のまま、一瞬にして血ダルマとなって崩折れる坂井、尚も渾身の力で逃れようと這いずる。

楠田が近づき、その後頭部に銃口を押し当てて、射つ
——

133 寺の本堂（幾日か後）

坂井の葬儀が盛大に行なわれている。

坂井の写真が飾られ、一方に喪主の山守始め槇原、大柿、川西、杉谷等が紋服で居並び、大久保、村岡と松永たち、中原市議など参会者が次々に焼香するのへ、とり澄ました返礼をしている。

その時、一同の目が参道の方へ流れる。

広能が真ッ直ぐ霊前に向って入ってくる。

その異様に殺気走った表情に、声を呑んで見迎える山守、槇原や大久保、村岡たち。

広能、周囲を無視して霊前に立ち、ジッと坂井の写真を見上げる。

広能「鉄つあん……あんた、こがなことして貰おうてて、満足か……満足じゃないよ、のう……わしも、おんなじじゃ……」

いきなり内ポケットから拳銃を抜き出し、射つ。

香炉を吹ッ飛ばし、供物の花を吹ッ飛ばし、灯明を吹ッ飛ばす。

茫然と見守るのみの一同。

山守「広能ッ、おまえ、腹くくった上でやっとるんかッ!!」

拳銃を持ったまま山守を振り向く広能。

広能「山守さん……弾はまだ残っとるがよう……」

山守「…………!!」

広能、拳銃を蔵い、参会者には一瞥もくれず、踵を返して参道を戻ってゆく。

シン、と見送る一同の視線の中で、不敵に歩み去ってゆく広能。その、孤独な、殺意に充ちた顔に——

〈エンド・マーク〉

仁義なき戦い　広島死闘篇

東映京都／一〇〇分／昭和四八年四月二八日封切

スタッフ

企画　日下部五朗
原作　飯干晃一
監督　深作欣二
撮影　吉田貞次
照明　中山治雄
録音　溝口正義
美術　吉村晟
編集　宮本信太郎
音楽　津島利章

キャスト

＊広能組
広能昌三　菅原文太
島田幸一　前田吟
岩見益夫　野口貴史
弓野修　司裕介
＊山守組
山守義雄　金子信雄
山守利香　木村俊恵
＊村岡組
村岡常夫　名和広
松永弘　成田三樹夫
山中正治　北大路欣也
江田省三　山城新伍
岩下光男　川谷拓三
野中雄二郎　宇崎尚韶
友田孝　笹木俊志
下条章一　木谷邦臣
助藤信之　白川浩二郎
片倉克己　藤沢徹夫
高梨国松　小池朝雄
上原靖子　梶芽衣子
＊大友組
大友勝利　千葉真一
須賀政男　大木晤郎
中原敬助　室田日出男
寺田啓一　志賀勝
神谷英司　広瀬義宣
三上善輝　北川俊男
浅野卓也　八名信夫
川口芳夫　片桐竜次
国貞清次　北十学
＊大友連合会
大友長次　加藤嘉
倉光俊男　中村錦司
景浦辰次郎　堀正夫
時森勘市　遠藤辰雄
浜田隆吉　国一太郎
竹原　矢奈木邦二朗
植木　岩尾正隆
野尻　松田利夫
南良坂誠　小松方正
石田栄輔　北村英三
佐野刑事　宮城幸生
和田　鈴木康弘
バーのホステス　松平純子
お灸する坊さん　汐路章
ナレーター　酒井哲

Ⓣ『この作品は、飯干晃一著〃仁義なき戦い〃を素材として創作したもので、人物名、団体名等はすべてフィクションであり、事実ではありません』

1　第一部の広能と事件のフラッシュ・ダイジェスト

米兵と争う広能。

×　　×

闇市で遊び人を射殺する広能。

×　　×

山守と親子盃の広能たち。

×　　×

土居を追いかけ射殺する広能。

×　　×

山方の最後。
新開の最後。
上田を射殺する有田。
矢野の最後。

×　　×

坂井を射とうとして捉われる広能。

Ⓝ「昭和二十年、敗戦によって戦場から復員した広能昌三等一団の若者たちは、鬱屈した青春を暴力に叩きつけて戦後の荒廃に挑み、山守義雄を親分として一家を創立した。老獪な山守の才覚と広能たちの命をかけた闘いによって、山守組は呉で一大王国を築いていったが、権力の拡大につれて内部の分裂が始まり、山守の画策に乗ぜられた幹部組員たちは相次ぐ仲間内の抗争によって次々と倒れ、広能も山守に盃を返して

×　　×

坂井の最後。

×　　×

坂井の葬儀場で山守と対決する広能。

×　　×

広島駅前マーケットの路上で三国人を日本刀でブッタ斬る村岡と松永等村岡組員たち。

袂を分った」

Ⓝ「一方、広島では、村岡常夫が率いる村岡組が強大となりつつあった」

2　朝鮮動乱と世相のニュース・フィルム

基地を立つ米軍ジェット機。
船積みされる戦車。
朝鮮戦線の砲火。
特需工場の活況。
株式市場の喧騒。
第一回ミス日本選出風景。
競輪場を埋めるファンの熱狂。
画面ストップ・モーショ

Ⓝ「時は昭和二十五年にさかのぼる。その年六月、朝鮮動乱が起こり、米軍の軍需基地と化した日本は、戦後初めての好景気に湧いて繁栄への道を歩み始めたが、その一方では米軍の強力な占領支配に依って労働運動は抑圧され民衆の貧困と混迷は

ンにかぶせて、
メインタイトル
『仁義なき戦い・広島死闘篇』

まだ根強く続いていた。

その中で広能たちよりも遅れてきた若い暴力の世代が育ちつつあったのである」

3 クレジット・タイトル・バック

薄暗い工場の中で旋盤にとりついている若い工員、山中正治。

『月産目標貫徹!!』などの貼り紙。

生アクビをしてノロノロと部品の取り替えをしている山中。

× ×

キャッチボールをしている工員たち。

庭の隅で、ボソボソと昼飯のコッペパンを噛っている山中。

× ×

製品を運んでいる山中、怒ったように乱暴に放り出す。

班長が来て給料袋を渡す。当てつけに中身を陽にかざして見る山中。

× ×

帰ってゆく工員たち。


山中、空の給料袋を粉々に引き裂いて吹き飛ばし、みんなとは違う方向へ独り走ってゆく。

クレジット・タイトル終り。

Ⓣ『広島』

4 賭場（裏通りの仕出し屋の二階）

地元一家の胴、合力で商店主や職人たちの本引き博奕が開かれている。

隅の席に工員服のままの山中がいる。

工場にいた時とは打って変った生気、真剣勝負さながらの目の輝きで、既に手許にはかなりの勝ちゴマ（札束）が積まれてある。

何度目かの勝負。

カミシタを開く胴の豆札を見ながら、張り札を開いてゆく山中、その一枚をトンと軽く叩いて表返す（コットンと呼ばれる絵替りのベカ札）。が、視線を散らしていたせいか、ベカ札の表が半々になって返っている。

一瞬、殺気立って見る合力たち。

合力A「おう、何じゃい、そりゃア?!」

山中「(不貞腐れて）何じゃいいうて、見りゃア分ろうがの、コットンよ」

合力B「おどれクソ、舐めよってから!!」

山中「こりゃア、わりゃンとこのもんから買うた札じゃ、何がいけんの。半分出とるんじゃけん、黙って半分ツケないや！」
合力たち「出ろ、クソッ‼」
飛びかかる乾分たち。山中、死物狂いの体当りで暴れるが、腕力は口程もなく、忽ち袋叩きにされて連れ出される。

5　同・廊下土間

山中を好き放題に殴りのめす乾分たち、ポケットの金を洗いざらい奪い取って、
合力A「堅気じゃけん帰しちゃるが、おう、今度ツラ見せたらブチ斬ってくれちゃるど‼」
と二階に引き揚げてゆく。
山中、強情な顔で立ち上がり、洗い場にいって顔の血を洗い落しながら、フト側の菜ッ葉包丁に目を留める。

6　同・元の賭場

勝負が再開されている。
と、包丁を提げて黙然と入ってくる山中、乾分たちが気づくより早く、合力A・B始めさっきの乾分たちの顔面を一瞬に斬り裂いて回る。
絶叫、血しぶき。
逃げる乾分をまだ追いかける山中のストップ・モーションに、
Ⓣ『山中正治　十九歳
傷害罪で逮捕』

7　検事室

若い検事が威丈高になって山中に怒鳴りつけている。

検事「訊いとることに返事せんか！　未成年のくせに舐めた真似しとると、定年刑務所に放り込んで網走まで送らせてやるぞ！」

上目づかいに黙って睨んでいる山中。

×　×

検事が穏やかに調書を書き取っている。
神妙に答えている山中。
検事「今までの供述に間違っていると思う所はないか？」
山中「有りません」
検事「よし、初めからそういう素直な態度を取っとればいいんだ。ここに拇印を押しなさい」
山中、椅子から立って拇印を押すフリをしながら、机上のインキ瓶を取っていきなり調書の上にブチまける。

検事「(激怒) 貴様ッ！」
山中「おどれが勝手に書いとるんじゃけん、何べんでも書き直しゃえかろうが、のう！」
検事「貴様ッ、最高刑喰わして定年刑務所へブチ込んでやる!!」
山中「なにいうとるんなら、このクソ、満期になりゃア五分じゃけん、挨拶に行っておどれのドタマぶち割ってやるよう。そン時なってカバチ垂れんな!!」

8　刑務所の検身所

素ッ裸のカンカン踊りで通ってゆく囚人たち。その中に山中もいる。

看守A「○○番（山中）、もっと股開けい！　聞こえんかッ、ケツの穴拡げて見せいいうとるんじゃ！」

山中に駆けよって頭を張る。猛然と組みついてゆく山中。

他の看守たちが集まり袋叩きにして押えつける。暴れ狂う山中。

騒然となる囚人たちの中で、着替え室から作業衣を着た広能昌三が出てきて見守っている。

Ⓣ『広能昌三　のち、呉・広能組組長』

Ⓝ「広能昌三はこの時土居組長射殺事件の罪で服役中であった」

9　同・鎮静房

革手錠をはめられて正座の山中。口もきけぬ程腫れ上がった顔で何かブツブツ呟いている。

山中「……ぶち殺しちゃる……ぶち殺しちゃるんじゃけん……ぶち殺しちゃる……」

と、眼前のシキ天（覗き口）が開き、炊事番の広能が覗く。

広能「コゲ飯よそってきちゃったけん、よう噛んで元気つけいや、のう」

下の差入れ口から山盛りの飯椀が入れられる。目礼する山中。手錠のまま犬のようにガツガツ頬張る。

シキ天を閉めて去る広能。

10　広島駅前マーケット・大衆料理屋『一福』の店内

丼物をかっこんでいる山中。
Ⓣ『山中正治　二十一歳
　広島刑務所を仮出所』
若い女主人の上原靖子がお茶を注ぎにくる。
山中「ねえさん……わし、ここで働かせて下さいや」

靖子「さア……板場は人手が足りとるけん、よそで聞いてみんさい」
山中「ここで働いて返そう思うたけん、わし、銭がありゃせんのじゃが……（とはめていた安物の腕時計を外して）……これを代りに預かっといてくれんですかのう」
靖子「（呆れて）なんネ、綺麗に済ましちょってから……（と時計を返して）いいから、早よ出て行きんさい！」
山中「（ムッと）わしゃ、乞食じゃないで！」
靖子「（気丈に）あんた、無銭飲食しとってインネンつけるん?!」
ハン台に並んで前から様子を窺っていたグレン隊風の若者たち、大友勝利（かつとし）と須賀政男、寺田啓一、神谷英司、三上善輝等、パッと立ってきて山中を取り囲む。
勝利「ヤッちゃん、わしに委しない！」
靖子「あんた等は出んといて！」
須賀「（山中に）馬鹿、この！　この姐さんはの、村岡組の親分の姪に当る人じゃ、おう、何んない、こりゃア！」と卓上の腕時計を土間に叩き落して踏み潰す。カッと立ち上がる山中に、
勝利「わしゃ、ここら仕切っとる大友連合会のもんじゃ。村岡さんにも顔が立たんけん、出いや」
と手にしていた三尺程の青竹の先を板場の出刃を取ってスパッと切り落し、即製の竹槍にして山中に突きつける。
Ⓣ『大友勝利　のち博徒大友組組長』

11　マーケットの露地

山中、一同に囲まれてきて、いきなり勝利に頭から体当り。凄まじい山中の気迫に初めは圧され気味の勝利たちも相手の腕力を見ぬいてから、カサにかかって集中攻撃。

勝利、青竹で滅茶苦茶にブン殴る。

ちぢこまって殴られっぱなしの山中。

靖子が飛んでくる。

靖子「そのくらいにして止めときんさい、堅気の人じゃけんに！」

勝利たち、手を引く。と、ギラッと目を上げて睨み回す山中。

山中「おう殺せいや、のう、おどれ等の顔はよう覚えちょるけん、わしを生かしとったら、おどれ等あとで一人ずつブチ殺しちゃるんど!!」

勝利「なに、外道ッ!!」

烈火の如く再び襲いかかる勝利たち。

全身血に濡れてノビる山中。

一方から、大友長次が世話人倉光俊男、若衆中原敬助

等と来かかり、
大友「勝利ッ！」
勝利「いかん、おやじじゃ！」
勝利たち、素早く逃げ去る。
大友「あの馬鹿がまたボンクラ集めよって」
Ⓣ『大友長次、テキヤ大友連合会会長』
倉光、中原と共に山中を助け起す靖子。

12 靖子のアパートの部屋（翌朝）

「上原靖子」の標札のドアが開き、寝不足気味の靖子が、小学校へゆく一人娘の美代を送り出す。
靖子「終ったら早よ帰ってくるんよ」
美代「ハアーイ」
室内に、包帯姿の山中が布団にくるまって唸っている。
靖子、附添って水手拭いを絞り替える。
靖子「あんたも馬鹿じゃネ、余計な口きくもんじゃけん……」
と、ドアが開き、着流し姿の村岡常夫が若衆の松永弘を連れて入ってくる。
靖子「叔父さん……」
村岡「大友から言うてきよったが、こいつか？」
Ⓣ『村岡組々長　村岡常夫』
松永「医者に診せられたんですか？」
Ⓣ『若衆頭　松永弘』
靖子「ええ、内出血がひどいもんじゃけん、二三日熱は引かんじゃろう言われて……お金も身寄りもない言うもんじゃけん……」
村岡「女の部屋にこんなもん置いとって、世間の体裁いうもんも有ろうが」
箪笥の上に、予備学生出身らしい海軍少尉の遺影（靖子の亡夫）。
村岡「若いもん寄越すけん、わしんとこに移させい」

13 村岡組事務所・二階の賭場

「村岡道場」と墨痕淋漓の掲額。
その下で本引博奕の静かな熱気が昂まっている。
隅の方で、傷がまだ直らない山中が正座して一心にシキを見つめている。
松永が上がってきて、山中を呼ぶ。

14 同・階下事務所　奥の座敷

山中が松永と入ってきて正座する。
村岡と舎弟の高梨国松が居る。

高梨「怪我も良うなってのようじゃけん、改めて話すんじゃが、おやじさんが警察や観察所と話つけてこられて、こんなの身許引受人として預かられるようになってじゃ。それで訊くんじゃが、堅気で通したい言うんじゃったら、それなりの仕事を世話する言うておられるし、野良(のら)をつく言うんなら、それなりの修業をして貰わにゃいけん。こんなの腹をききたいんじゃが」

山中「(一徹な目で)わし……マーケットでわしにこみ合うたやつ等、一人ッつトッたる思うちょりますけん……極道にさしてつかァさい……頼みます……!」

薄く笑う村岡。

村岡「極道になってから言うたら、そがな勝手な喧嘩は許さんが、その根性はええ、この高梨はわしの舎弟じゃけん、いっときここへおれいや」

山中「はい、宜しゅうお願いします!」

高梨に目配せして立つ村岡、山中の側を通りながら、

村岡「こんな、靖子の店で腕時計こわされたらしいが、代りは持っちょるんか?」

山中「いえ……」

村岡「じゃったら、これ使え(と自分の手首から外した高級腕時計を渡し)ええ男になれよ」

ニッコリ笑って山中の肩を叩き、出てゆく。

松永「ええもん貰ったのう、そりゃスイス製の何十万もするもんで。おやじさんいう人は、のう、ああいうハラのふといお方よ」

腕時計をはめながら涙ぐんでいる山中。

15 売春ホテル「ロマンス」の表(夜)

客待ちしている娼婦たちの脇のベンチで山中が若衆仲間の江田省三、野中雄二郎等と花札遊びしている。

タクシーが着き、酔っ払って足許も覚束ない靖子が降りてくる。

飛んでゆく山中。

山中「姐(ねえ)さん……!」

靖子「部屋空いてない? 休ませて欲しいんよ、飲み過ぎちゃって……」

16 同・一室(夜)

ベッドに横になった靖子に水を飲ませている山中。

山中「帰って休んだ方がええですよ、美代ちゃんも待っとるじゃろうし……」

靖子「うちだって、たまにゃ独りで居たい時も有るんよ……」

山中「…………」

靖子「ネエ、ちょっと寝たら帰るけん、ここにキスして……」
山中「…………」
靖子「うちは、あんたの命の恩人じゃろうネ……いや……?」
山中、顔を寄せて靖子の顔に軽くキスする。
安らかな微笑で見上げる靖子。
釘づけに瞶めている山中、不意に靖子を抱きにかかる。
靖子「(激しく逆らい)なンすんの、いかんッ……!」
バチン、平手打ちを喰わせる山中。
靖子、茫然──夢中で抱きつく山中を迎え入れるように抱き包む。
靖子の白い裸身の中に割り込んでゆく山中。

17 靖子のアパートの部屋(数日後)

窓で洗濯物を干している靖子。
山中が美代の相手になってプロレスごっこをして笑いこけている。
笑って見ている靖子。
山中が美代に押えこまれる。ふざけてカウントをとる靖子。
突然、ドアが開いて、血相を変えた高梨が松永と飛び込んでくる。
山中にいきなり往復ビンタを喰わせる松永。
靖子「なんネ、いきなり……?!」
高梨「ヤッちゃんにゃ後で話す!」
二人で山中を外へ引き摺り出す。

18 同・階段の踊り場

また山中に往復ビンタを喰わせる高梨。
高梨「おどりゃ分際言うもんが分らんのか! ましてよ、おう、あの人は靖国神社に祀られとる人の未亡人じゃろうが。おやじが感づいて、日本刀持ち出しておどれを探し回っちょるど!」
山中「はア……」
高梨「はアじゃあるかい、馬鹿たれが! おやじにゃわしから話しつけるけん、直ぐ旅に発て、旅に! 松永、駅まで送ったれい!」
松永「はア!」
急いで、靖子の部屋へ戻ってゆく高梨。
松永、山中に用意の封書を渡して、
松永「小父貴の念達が入っとるけん……急がんと、おやじに真ッ二つにされるど!」
階段を駆け降りてゆく山中、松永。

19 **スナップ写真**

温泉宿の浴衣姿でしかめッ面をしている山中。

粋なサングラスとコート姿で展望台に立っている山中。

キャバレーで「旅」の兄弟分たちと豪快に乾杯している山中。

20 **九州のある町・小料理の表**

山中がブラブラやってくる。地元竹原組の若衆野尻が表で待っている。
山中「わしに用いうて、何ですか？」
野尻「客人に地元の料理ば御馳走したか言われちょりますけん、組長は用談が済んだらこられますけん、先に上がっとってつかアさい」
山中「ほうか……（と気軽に上がって）」

21 **同・座敷**

二の膳つきの料理を前に山中が独りで飲んでいる。フト、膳の下に包み物が置いてあるのに気づき、取り出して開く。四十五口径、蓮根式弾倉のごついレボルバーである。

訝って手にして眺め回している時、隣室から密談らしい声が聞こえてくる。

立ち聞きする山中。

22 **同・隣室**

竹原が幹部の植木と話している。
竹原「和田建設のガキちゅうたら、わしと盃しとってから、蔭で五木とも盃しとるんじゃ。えらい笑いもんにされとったわい」
植木「やはり五木と組んで、おやっさんに弓引く腹ですたい」
竹原「そうか言うてもよ、正面から構えたら別府とも戦争せにゃいけんと……」
植木「のれん守る為ですけん、わし等死ぬ覚悟は出来ちょります……」
と言いながら隣り座敷に目を走らす。

23 **同・元の座敷**

考え込んでいる山中。ソッと音を殺して持っている拳銃を元の包みに戻そうとする。

その時を計っていたように、野尻が入ってくる。

野尻「客人……お済みでしたら、次の席へ御案内しますが……」
山中「おう……」
山中、一瞬迷い、もうためらわず、拳銃をベルトに差し込んで立ってゆく。

24　同・隣室

気配を窺っていた植木が竹原に頷いてみせる。

25　山間の道

野尻の運転する車が来て停まり、山中が降りて、野尻に指された方へ登ってゆく。

26　「和田建設」飯場事務所内

和田組長が一人で日程表を見ている。

戸口に山中が入ってきて、立つ。

和田「なんな……？」

山中「和田さんいう人おられてですか？」

和田「わしじゃが……」

ベルトの拳銃を抜く山中。

息を呑んで棒立ちの和田。

山中、拳銃を構えた右手首を左手でガシッと抑え、両足を踏ン張り、腰を落し、射つ。（一発のみ）

ハネ飛び、床に叩きつけられる和田。頭部は粉砕され、赤い肉塊と化している。

ピクッと四肢が痙攣し、止まる。

山中、深い深呼吸のあと、不意に激しい震えが襲ってくる。が、重い荷物を下したように不思議に晴れ晴れとした安らかな顔になる。「予科練の唄」を口笛で吹きながら、冷静に注意深く和田の死体に近づいて、手首を取って脈を診る。死を確認し、落着いた足取りで出てゆく。

Ⓝ「この事件は、公けには迷宮入りとしてほうむられたが、山中の名は暴力団関係者の間でひそかな評判となり……」

27　スチール

村岡と山中の親子盃の模様を収めたスナップ数種。景浦、時森、高梨、松永等の顔。
古風に坊主頭、盲縞の着
Ⓝ「やがて広島に帰参を許された山中は、改めて正式の若衆として村岡の盃を受けた。
媒酌人は長老景浦辰次郎

物で正座した山中の姿。

親分、見届人は景浦の舎弟時森勘市。後見人には高梨国松が就いた」

28　競輪場

白熱のレース展開に湧く満員のファン。

Ⓝ「だが、その式日から間もなく、広島全市を震がいさせた抗争事件の火蓋が切って落された。その発火点となったのは、新設の競輪場の警備を村岡組が請負ったことからであった」

29　同・便所

勝利の子分浅野卓也と川口芳夫がダイナマイトに点火している。

30　同・前の通路

江田が「警備」の腕章をつけた若衆の下条章一、岩下光男等を連れて来かかる。
便所から飛び出してゆく浅野、川口。
江田たち訝って駆け寄る。
轟音と共に便所から吹き出す白煙。
伏せる江田たち。

江田「あいつ等じゃ!!」
　浅野等を追いかける。

31　同・自転車振興協会役員室

暴れる浅野を殴りつけている江田たち。
側でハラハラ見守っている理事長の南良坂誠（市議・公安委員）と役員たち。
電話に出ていた事務員が、
事務員「理事長、警察からですが」
南良坂「(代って) ああ、いや、酔っ払いが便所へ花火を放り込んだだけじゃけん、こっちに委しといてくれ。村岡の若い衆も来ちょるけん……」
　江田たち、やっと浅野を抑えつけて、
江田「これで二度目じゃ。前のもおどれ等か⁈」
浅野「知らんいうたら知らんよう!」
下条「おどれ等が逃げる現場見とるんじゃ!」
浅野「逃げたんが悪いんか、おう、中へ入ったらマイトが燃えちょるけん、逃げたんじゃ!　わしが犯人じゃ言うんじゃったら、はっきりした証拠でも出してみ、おう!」
江田「外道、体に訊いちゃろかい!」
　また殴ろうとするのを抑える南良坂。
南良坂「暴力はいかん!　それより、何処のもんな?」

江田「大友の実子とツルんどるボンクラです」
南良坂「大友の……?!」
その時、ドアを開けて乱入してくる一味、木刀を提げた勝利を先頭に須賀、寺田、神谷、三上の面々、いづれもいかついグレン隊の風貌に変容している。
勝利「(周りを無視して) おう、タク、どしたんなら!」
浅野「若! 馬鹿が揃うて、わしを犯人じゃいうて責めよりますけん……!」
勝利「ほうか、それで殴られとったんか、可哀そうに、どいつがこみ合うたか言うてみ、わしがこの場でブチ殺してやるけん!」
殺気立って対決する。
江田「勝利、面倒起すのもええ加減にせえ。そうせんと、大友のもんはこれから一人も場内に入れさせることはありゃせんど!」
勝利「なアにコキよるんない、クソったれ! おどれ等そこにつけとるんはなんなら、警備員じゃろが。番人なら番人らしゅう便所でも何処でも這い回って注意しとらんかい。おどれ等の手落ちで事件起しとりやがって、わし等に罪なすりつける言うんじゃったらよ、そんならそれで買うちゃるよう!」
江田「なんじゃい……!」
南良坂が慌てて仲に入り、
南良坂「のう、大友君、村岡さんはよ、この協会の正式の理事として警備を担当されとるんじゃけん、村岡組の顔も立てて上げないや」
勝利「ほうですか、じゃったら、わし等の顔はどう立ててくれるんですか、のう!」
南良坂「………!」
勝利「そっちら市会の連中にゃ村岡にケツかかれとる議員さんも多いけん、理事やら何やらにはまり込んだんじゃろうがよ、広島のやくざは村岡組だけじゃ有りゃせんので!」
南良坂「どいせい言うちょるんの?」
勝利「あんた等の方で考えないや。ただ、わしレンとこの若いもんにはレースで飯喰うちょるもんも大勢おりますけんの、もしで、それらが飯喰えんようになったら、あんた等も飯喰えんような体になって貰いますけん、覚えとってつかい!」
木刀でデスクを叩きつけ、浅野を連れて引き揚げてゆく。

32 村岡組事務所の一室

村岡が南良坂と警察署次長石田栄輔と会っている。側に松永と野中。

南良坂「混乱を防ぐ為にあんたにお願いしたことなんじゃが、どうも裏目に出たようで……」
村岡「勝利がなに言うとるか分らんですが、おやじの稼業にも背を向けているボンクラですけん、相手にせんで下さい」
松永「警備面についての補強は直ぐ手を打ちますけん」
石田「のう、いっそ大友さんにも理事になって貰うたらどうかいの？」
村岡「（厳しい冷たさで）そういうことじゃったら、わしは手を引かさせて貰いますけん」
　黙り込む石田。

33　マーケットの大友連合会事務所内

　大友、倉光、中原、その他一門の帳元連が集まっている前に、勝利。
大友「村岡さんとわしとはで、戦後の闇市時代からの義兄弟じゃ。このマーケットもよ、村岡さんと二人で作ったもんだがよ、商いは神農の稼業じゃいうて言われて綺麗に手を引かれよってじゃけん」
勝利「こがなマーケットが何の役に立つんなら。見とってみい、今に物が自由に出回るようになったらで、客は誰も寄りつかんようになるがよ。それに比べて、競輪場いうたらよ、のう、安う見ても年に十億の売上げじゃけん、四パーセント市に納めたら、残りは理事連中の山分けじゃ。他にも宣伝やら売店やらいうてよ、なんぼうも銭が転がっとる。黙っとりゃア、それらはみんな村岡の懐に入るんで」
大友「競輪は博奕じゃけん、博奕打ちのテラじゃろうが。神農道の稼業人が手をつけては、仁義が立たん言うちょるんど！」
　笑い出す勝利。
勝利「なにが博奕打ちなら！　村岡が持っちょるホテルは何を売っちょるの、淫売じゃないの。言うなりゃあれらはおめこの汁で飯喰うとるんで。のう、おやじさん、神農じゃろうと博奕打ちじゃろうとよ、わし等うまいもん喰ってよ、マブいスケ抱く為に生れてきとるんじゃないの。それも銭がなけにゃア出来やせんので。ほうじゃけん、銭に体張ろう言うんが、どこが悪いの?!」
倉光「若、村岡に喧嘩売って、勝てる思うとるんですか?!」
勝利「やかましいッ！」
　突然狂ったように灰皿を投げつける。
勝利「やってもみんで勝つも負けるもあるかい！　おどれ等いうたら、村岡言うたらシビリやがって、おう、あんとなもんの風下に立ってよ、これだけ大勢の若いもんがおってから、センズリかいて仁義で首くくっとれい言うんか！　言うとったるがよ、広島にやくざは二つも要りゃアせんのじゃ。競輪場の銭で村岡がふとうなってからいうたら手遅れじゃけん、今の内にトッたれい言うちょるんじゃ！」
大友「そう言うんじゃったらよ、何も言わん。ただし、連合会はこの倉光を実子分にして継いで貰うけん、縁は切れたと思え！」
勝利「おお、わしが欲しいんは広島よ。好きなようにやりないや！」
飛び出してゆく勝利。

34　同・表の露地

須賀たちが集まって勝利を迎える。
須賀「どう言われたですか？」
勝利「あがな爺ィ、こっちから勘当じゃ！」
中原が後から追いかけてくる。
中原「若、今なら詫びもかないますけん、戻って下さいや、のう！」
勝利「中原……こんな、昔、博奕を打ちよったいうて言うちょったの？」
中原「はア……」
勝利「わしも盆を開くけん、手伝えや」
中原「若、そがなことしよられたら村岡組が……！」
勝利、いきなり殴りつけ、懐から拳銃を出して中原のこめかみに突きつける。
勝利「返事はどうなんじゃい、おう！」
中原「………‼」
勝利、須賀を始め、寺田、神谷、三上、浅野たちにも一人ずつ銃口を向けて、
勝利「お前等、文句有るか⁈　おう、文句有るか！　有るんなら言うてみイ、ブチ殺してやるけん、言うてみイ、おう……‼」
無言で合意を示す須賀たち——

35　町外れのしもた家の賭場

花札博奕を開帳している勝利始め、中原たちの一党。
入ってくる松永と、若衆の友田、片倉、助藤の一団。
殺気立って迎える須賀たち。
勝利「（落着き払って）おう、なんなら、弘？」
松永「勝利、盆屋の仁義は知っとろうが。今日までのことは目をつむるけん、ゴザは巻いてくれ。それとも、テラをわし等の方にいれるか」
勝利「ほう、博奕打ちが盆開いてはいけんのかのう」

松永「誰が博奕打ちよ……?!」
その時、奥の部屋から若衆の浜田隆吉を連れて現われる時森。
松永「(驚いて) 爺ッつあん……!」
時森「勝利にゃアわしののれんを継いで貰うことになったけん、口は出さんとけ!」
松永「勝利が……?! うちのおやじさんも承知しなってのことですか?!」
時森「村岡がなんなら! おどれ一人羽ぶりようしよって。博奕の垢ならわしの方が古いんじゃいうてよう言うとけ!」
勝利「(ニヤニヤして) これからは博徒大友組じゃけん、仲良うしてつかいや、のう!」
松永、黙然と友田等を連れて引き揚げる。
冷やかしの喚声を浴びせる須賀たち。

36 キャバレー (夜)

ホステスを集めて大盤振舞いの勝利一味の面々。(中原、須賀、寺田、神谷、三上、浅野)
勝利「(抱いているホステスに) わし等七人は特攻隊よ、のう、死ぬ時は一緒じゃ!」
ホステス「死ぬ言うて、どこへぶつかるの?」
勝利「決っちょろうがここへ突ッ込むんじゃ!」
ホステスのスカートをまくって股の間に頭を突っ込む。
「同期の桜」をがなり出す須賀たち。
そこへ、浜田を連れた時森が慌てた様子で駆け込んでくる。
勝利「おう、おやじさん……!」
時森「(一通の回状を出して見せ) 村岡がこがなもん回しよった……絶縁状じゃ!」
勝利「絶縁状……?」
時森「わしの兄貴分の景浦も名前出しとるけん、広島ではもう渡世は出来ん——どうするかよ、のう……!」
急に馬鹿笑いする勝利。
勝利「こっちから絶縁してやりゃアええじゃないの、のう! (と回状に火をつけて振り回しながら) 絶縁じゃ、絶縁じゃア……」

37 村岡組事務所・奥の座敷 (夜)

村岡以下、江田、野中等若衆一同が揃って褌やらパンツ一枚になり、旅の修験者風の男に思い思いの所へお灸をすえて貰っている。

村岡は腕に大蛇、背に不動明王の刺青。

その他、各種刺青あり刀傷ありの壮観。

松永が友田を連れ外出から戻ってくる。
村岡「おい、お前等もこっちへ来てやって貰え！」
松永「（辟易して）わし等、元気ですけん……」
村岡「精神修養よ！　やれん言うんじゃったら破門するど！」
松永「悪い癖じゃのう、おやじさんの連れションベンは……（とぼやいて友田と服を脱ぎながら）山中がおらんの……？」
村岡「ありゃアどうしても逃げ回るけん、便所掃除させとる」

38　同・便所（夜）

雑巾、バケツを側に置き、ランニング姿に鉢巻の山中が、壁に寄りかかって居眠りしている。

39　同・事務所（夜）

友田「アッチチチ……！」

裸の友田が飛び出してきて「三里」にすえたモグサを払い落す。

続いて江田も。

江田「かなわんのう！　あの山伏のクソ、あとでピストルぶち喰らわしちゃる！」

その時、突然大きな音を立てて表ガラス戸を体当りで破って転がり込んでくる浅野、両手に持った二挺拳銃で盲滅法に射ちまくり出す。

仰天して物蔭に飛び込む江田たち。

40　同・奥の座敷（夜）

総立ちになる村岡たち。

41　同・事務所（夜）

浅野、射つだけ射って外へ逃げ出す。

拳銃を摑んだ松永たちが飛び出してくる。

松永「なんじゃ?!」

江田「殴り込みじゃ、クソッ!!」

裸のまま外へ追いかける。

42　同・表（夜）

浅野を追いかける松永たち。

と、それを見計らったように、近くに停まっていたセダンから勝利、寺田、神谷等の一隊が日本刀、拳銃を持って中へ躍り込む。

43 同・事務所（夜）

武器類を引き出していた下条他若衆数人があッという間に襲われる。

勝利、拳銃で下条を射殺、乱射しながら中へ突っ込む。

44 同・奥の座敷近辺（夜）

慌てて服を着る者、モグサを払い落す者など、大混乱の中に突入してくる勝利たち。

手当り次第の物を武器に必死で防禦する岩下等若衆。斬り合い、殴り合い、格闘が始まる中で村岡が二三人の若衆に担がれて押入れに隠れようとするが、先に修験者が飛び込んでいて鉢合せになって滑り落ちる。

勝利「村岡ッ、勝負つけちゃる!!」

勝利が日本刀を振り回しながら迫る。

その時、頭から布団をかぶった山中が火の玉のような頭突きの体当り。

転がる勝利。

山中、布団を振り回して寺田等の攻撃をかわしつつ村岡を守って階段口へ逃げさせる。

45 同・台所（夜）

野中が駆け込んできて出刃包丁を摑み、何を思ったか坐り込んでオハチの飯をシャモジでムシャムシャ喰い始める。

46 同・二階道場広間（夜）

無人の広間に駆け上がってくる村岡。

と、屋根伝いに来た須賀、三上、川口等の一隊が窓を破って乱入。

村岡、木刀を取り出して必死に渡り合いながら逃げ回る。

山中、岩下、助藤等が駆け上がってきて、村岡を守って応戦。

47 同・階下（夜）

引き返してきて松永たちと勝利たちの凄絶な乱闘。

双方、拳銃の盲射ち。

怒鳴り、吠え、中には泣き出す者も。

松永が射った拳銃弾が勝利の腕を貫く。

勝利を守って外へ脱出する寺田たち。

48 同・二階（夜）

村岡が須賀と格闘している。須賀が村岡を組み敷き、馬乗りになってベルトに差した拳銃を引き抜き射ち込もうとする。

気づいた山中が須賀に飛びかかる。

山中「クソッ、ぶち殺しちゃるッ!!」

須賀「こン糞イモ！　シビれて動けんくせに!!」

憎しみをぶっつけ合って、転がり回りながらの激しい格闘。

須賀、懸命に銃口を山中に向けようとする。

山中、その腕に噛みつく、ひるむ隙に須賀が握ったままの拳銃をねじ曲げて顔に向け、引金を上から抑えつけて射つ。

一発、二発、三発——飛ぶ血しぶき。

山中、更に拳銃で須賀の顔面を滅茶苦茶に叩き潰す。

49 繁華街（夜）

裸の上からコートを引っかけたり、浴衣を巻きつけたり、珍妙な恰好の松永たちが、腹に二挺拳銃をブチ込んで、勝利等を追って駆け回っている。

呆気にとられている通行人たち。

50 町外れの畠

セダンが乗り込んできて、友田が顔中腫れ上がった浜田を引き摺り降す。後から、煙草に火をつけながら降りてくる山中。

Ⓝ「この殴り込みに対して、村岡は直接報復に出ることを避けた。ただ一人山中だけが行動を命じられていた」

友田「おう、時森は何処へズラかったんない！」
浜田「わしゃ知らんのですけん、ほんとに……」
山中、黙ったまま、例の四十五口径レボルバーを引き抜く。
浜田「（坐り込んで）堪えてください、わしゃ親がまだ生きとりますけん、堅気になります……!!」
山中、一発、射つ。
人形のように転がる浜田。
山中「穴掘って埋めとけい」
友田「はア！」
山中、吸い差しの煙草を浜田の鼻の前に当ててみて絶息を確かめ、その唇にくわえこませて、歩み去る。

51 呉・造船所のスクラップ置場

山と積まれた船の解体スクラップを鉄屋のトラックが

来て積み込んでいる。
広能昌三が若衆の島田幸一、岩見益夫、弓野修、関屋太七、水上登等とそれを手伝い、指図している。
近くに粗末なプレハブの事務所。
Ⓣ『呉』
Ⓝ「この頃呉では山守と絶縁した広能昌三が広能組々長としてささやかな一家を構えていた」
一方から高級車が滑り込んできて離れた所に停まり、山守利香が広能の側にやってくる。
利香「昌ちゃん……」
広能「（無愛想に）あ……何ですか？」
利香「あんたにねぇ、折入って頼みたいことが有るんよ。お客さんをねぇ、一人預かって欲しいんじゃけど」
広能「誰のお客人ですか？」
利香「（声をひそめ）あんたも聞いとろう、広島で起っていること……あれで村岡さんと反目に回った時森さんいう人がねえ、ウチと戦前からのつき合いで、逃げてきとるんよ」
高級車の中に、時森と山守義雄の顔が見える。
Ⓣ『呉・山守組々長、山守義雄』
利香「ウチは村岡さんともつき合いが有るけん、どっちにも立場が悪いし、上（かみ）の方に念達する間、四五日囲うてあげて欲しいんじゃけど……」
広能「…………」
利香「（ハンドバッグから若干の札束を出して）これは、当座のお礼のつもりじゃけん……ネエ、あんたの方も不自由しとるんでしょ」
広能「あねさん、わしゃ、山守さんには盃を返した筈ですけん」
利香「そりゃいろいろ有ったじゃろうけど、ウチの人はまだあんたが可愛い言うてねえ、目をかけとるんよ。じゃけん、破門状もまだ出しとらんじゃないの……」
広能「（キッパリと）わしには仕事がありますけん……」
作業に戻る広能。
車に戻る利香。
恨めしそうに広能の方を睨む山守。

52 道

広能が島田、岩見、弓野を連れて帰ってゆく。
いずれもやくざとは見えない冴えない身なりである。
あちこちで犬が吠え立てている。
島田「おやっさん、わし等、晩飯の支度に肉屋に寄って帰りますけん」
広能「おう、ゼニ持っちょるんか？」
島田「ハア、間に合います」

島田と弓野、一方へ走ってゆく。
広能「ここらの犬は躾が悪いのう、犬殺しと間違えちょるんかのう……！」
呆けてついてゆく岩見。

53 裏通り

島田と弓野が棍棒と縄を持って赤犬を追いかけ回している。

54 木賃宿の一室（夜）

男世帯の集団生活で乱雑な小部屋。
広能が焼肉をパクパク食べている。
お茶漬をかっこんでいる島田たち。
広能「お前等もやれいや」
島田「いえ、おやっさん用に買うた肉ですけん」
窓の外で、また激しく犬が吠え立てている。
広能「（気にして）腹すかしとるんかの……」
肉を一切れつまんで窓を開け、
広能「オイ、こっち来い……」
牙をむいて一層吠え立てる野良犬。
広能、ハッと気づいて島田たちに、
広能「お前等……肉屋でなんの肉買うてきたんない?!」
首をすくめている島田たち。広能、憮然——肉を放り出す。
島田「済んません……銭を始末しよう思うて……わし、指詰めますけん……！」
広能「馬鹿、この！（と考え込んでから）……山守に会うてくるけん……」
背広を取って立ってゆく。

55 スクラップ置場の事務所内

宿直用の小座敷に布団を敷き、時森が仕出しの据膳で酒を飲んでいる。広能、岩見等が詰めている。
時森「（愚痴って）おう、客には客の扱いうもんが有ろうが。なんなら、この豚小屋は！」
広能「（ムッと）わし等はスクラップの番をしとらにゃアいけんのですけんの、気に入らんのじゃったら一人で何処へでも移ってつかあさいや」
時森「…………」
表から島田が飛び込んでくる。
島田「（小声で）おやっさん、広島から山中いう人が来とられます」
広能「山中……?!（と思い当って不吉な予感で）何処にお

ってや?」
島田「こっちに呼んだらいけん思うたもんですけん、表の喫茶店に待たしてあります」
広能「…………」
島田「(察して匕首を取り出し)わしがやってきます!」
広能「(抑えて)わしが行って話してる間に、山守の事務所へ移させい」
島田「はア!」
時森「(感づいてオドオドと)誰が来よったんじゃ、のう……?!」
広能「わし等の指図通りにしとってくれりゃア保証しますけん、肝やかんでもええですよ」
と、机の引出しから拳銃を出して内懐に収め、出てゆく。

56 近くの喫茶店内

入ってくる広能。
一方の席に、細身の黒背広にサングラスの山中が待っている。
広能「(近づいて)おう……!」
山中「(快活な笑顔で)広能さん、暫くです」
広能「元気でやっとるんか、おう?」
山中「はア、お蔭さんで」
広能「村岡さんのとこで売り出してるいう噂は聞いとったが……」
女店員に注文してから、ピーンと冷たい緊張が二人の間に漲る。
広能「(声を落して)……おう、時森なら、わしが囲うちょるよ……」
山中「ほうですか……」
広能「時森に用があってじゃろうがよ、わしも山守さんから頼まれてしとることじゃけん、黙って広島へ帰ってくれいや」
山中「広能さんや山守さんの顔は潰しませんよ……あれが一人になるまで待っとります……」
広能「ほうか……手ブラじゃア帰れん言うんか……」
山中「わしも、恰好つけにゃアならんですけん……」
互いに視線を避けながら、息詰まるような思惑。
苦しく思い詰めている広能。
広能「……のう、こんなとわしとでトリ合いするいうても馬鹿臭いけん、こうしよう、のう、わしが時森を説いて広島へ送り帰すけん、向うで恰好つけいや……わしも山守に義理があるけん、のう、こっちで血を流すいう訳にはいかんわい……」
山中「…………」

広能「時森の落着き先は、わしが電話で報せてやるけん、
　その上でこんなの立場つけいや、のう」
山中「…………」
広能「わしも若い頃村岡さんには世話になっちょるけん、
　義理欠くようなことはせんわい」
山中「（やっと頷き）頼みますけん……（とメモを書い
　て）ここへ電話して下さい」
広能「おう、分った」
　緊張が解け、笑顔で煙草を差し出す山中。

57 広島近郊の道・走る車

　島田が運転し、広能と時森が乗っている。時森、落着
きなく辺りを見回して、
時森「おう、ここでちょいと降してくれい！　女の家があ
　るけん、着替えしてゆくわい」
　車を停める島田。
時森「（広能に）この先に勝利の隠れ家の質屋があるけん、
　先行って待っとってくれい」
広能「済むまで待っとりますけん……」
時森「心配要らん。直ぐ追いかけるけん」
　ソソクサと降りて小路へ消えてゆく時森。
　広能、迷うが、車を出させる。

58 質屋（勝利の隠れ家）の表（夜）

　駐めた車の中で、島田が不安そうに様子を窺っている。

59 同・奥の座敷（夜）

　広能を囲むようにしてウイスキーを飲んでいる勝利等
一同。
　気まずく白けた沈黙の中で、焦立って何度も時計に目
を走らす広能。
　フト、席を立つ。
勝利「（鋭く）何処へ行くんない⁈」
広能「ションベンじゃ……」
　出かかった時、浅野が入って来て、
浅野「（広能に）呉の山守さんから電話じゃ」
広能「（意外な驚きで）…………⁈」
　浅野に促がされ、出てゆく。
　勝利、見送ってから、側の戸棚を開く。

60 同・表の店土間

　広能、独りできて、電話に出る。
広能「わしですが……」

61　村岡組事務所の電話口（夜）

電話に出ている山守。側に松永。

山守「おう、時森が報せてくれて分ったがよ、わりゃア何の企みでわしに黙って時森を帰させたんない、おう……?!」

62　質屋の電話口（夜）

広能「（声をひそめ）時森が何か言ったですか……?!」

63　村岡組事務所の電話口（夜）

山守「何いうて、わりゃア時森を山中に殺さそう思うとったんじゃろが。馬鹿が、この」

64　質屋・奥の座敷（夜）

戸棚の中の隠し電話で盗聴している勝利。みるみる血走った目で。

山守の声「時森はよ、わりゃアが山中と刑務所からのつき合いじゃいうことは前から分っとってで、おう、取引もせんで山中が呉から引き揚げる訳はあるまアが……！」

65　村岡組事務所の電話口（夜）

山守「わしは今村岡さんとこに来とるが、時森が詫び入れたい言うちょるけん、その仲立ちをしてやっとるんじゃが、話がまとまるまで、おまえ、そっちにおって、勝利の目くらましとれい、おう、おまえにゃ銭(ぜに)払うてあるんじゃけんのう……」

66　質屋の電話口（夜）

広能「（喧嘩腰で）広島に顔を売るのはええですがの、そがなことは勝利にも直ぐ分ることですけん、呉でも血の雨が降ることになりますよ。わしゃそうしたくないけん、時森一人のオトシマエで済まそう思うとったんです……！」

凝然と電話を切る広能。フト気配に振り返ると、勝利始め一同がとり囲むように入ってきている。
烈火のような酔眼で見据える勝利。

勝利「おい……チョボくりゃがって、おう、呉のやくざは芸がこまいの！」

広能「…………！」

勝利「今の電話は、奥でみんな聞いたわい、おう、このクサレ外道！」

血の凍る思いで釘づけの広能。
勝利「テラ、道具貸せい……！」
中原「若！」
勝利「貸せい言うたら貸せいッ!!」
寺田が拳銃を出して渡そうとする。
その一瞬、勝利目がけてテーブルを引っくり返す広能、
側の窓に体当りして外へ飛び出す。

67 同・表（夜）

車に駆け込む広能。

広能「飛ばせい！　飛ばせい！」

島田、フルスピードでダッシュ。

家の中から銃声が二三発。

68 道・走る車（夜）

広能「停めい、停めい……！」
島田、車を停める。広能、股間を抑えながら駆け降りて行って、道端で立小便。
額の脂汗を拭いながら、
広能「クソッ、時森の外道ッ……!!　おい、道具持ってきちょるか……？」
島田「はア」
広能「クソッ……あの外道だきゃ……!!」

69 アパートの廊下（夜）

部屋番号を探してくる広能と島田。

目ざすドアを見つけて、ノック。

70 同・室内（夜）

独りで酒を飲んでいた時森が、ギクッとなって慌てて電気を消す。

71 同・廊下（夜）

広能「時森さん……わしですよ、広能です……」

返事はない。広能、島田に目配せして、
広能「話はうまくつきましたけん。山守さんの言伝てがありますけん、読んで置いて下さいや……」

と紙片を出してドアの隙間から差込み、わざと靴音を鳴らして遠のいて行ってから振り返る。

残っている島田が拳銃を抜いて構える。

紙片がスッと中へ引かれる。

同時に、ドア越しに数発射ち込む島田。

72　同・室内（夜）

驚愕の目を開いたまま悶絶する時森。

73　キャバレーの中（夜）

村岡、山守、松永たちがホステス連も混えて賑やかに飲んでいる。
その前に現われる広能。
山守「昌三……！」
松永「昌ちゃん！　若いもんを探しにやらしとったんじゃ！」
広能「心配かけた、のう」
村岡「話はこれ（松永）から聞いた。無事で良かった、のう！」
広能「おじさん、時森はたった今、わしがトッてきましたけん……」
呆然とする山守始め一座。
広能「わしはわしの立場で恰好つけにゃア収まらんのでやりましたが、親分に迷惑がかかることでしたら、どういうオトシマエでも受けます……」
山守「馬鹿たれが、この！　折角わしが円く収めようい うて働いちょるのに、村岡さんも時森の詫びは呑んでおられてよ、手打ちの話まで進んでおったんじゃ。おどれ一人がブチこわしちょるんど！　勝利が狂い出したらどう始末つけるんない！」
冷ややかに無言で見返している広能、内ポケットから若干の札束を出して山守の前に放る。
広能「これは返しますけん」
山守「銭返しゃよ、義理も返せると思うちょるんか、わりゃア……!!」
村岡「山守さん、死んだもんは返らんのじゃけん……広能、よう言うてきてくれた。こっちの喧嘩はこっちで恰好つけるけん、後始末だけしておきないや」
広能「これから若いもんを自首させますけん」
村岡「ほうか。松永、一緒についてったれい」
松永「はア」
村岡「（島田の方へ）まア、一杯飲んで行きない」
松永が島田にグラスを渡してビールを注いでやる。
直立してゴクゴクとビールを飲み干す島田。
広能、島田を促し、村岡たちに、会釈を残して行こうとした時、側のボックスから立ってくる山中。
山中「広能さん……」
広能「（見て）おう……」

目顔で頷き合ってから、松永と出てゆく広能。

74 ストップ・モーション

中華料理店で談合する景浦と倉光。

× × ×

勝利の賭場の家から出てくる倉光と中原。

× × ×

競輪場役員室で談合する村岡、景浦、南良坂、倉光、中原たち。

Ⓝ「時森を失った大友勝利が全く孤立状態に陥ったのを見てとった村岡は、景浦を仲裁人に立て、手打ちを申し入れたが、その条件は、大友連合会二代目倉光に競輪場の利権の一部を譲る代り、勝利の一家を解散させることであった。警察からも追及を受けていた勝利は、その条件を呑んで関西へ逃れたが野望貫徹の為の牙はひそかに広島に残して置いたのである」

75 広島駅

サングラス、マスクで顔を隠した勝利が、寺田の肩を抱え込むように密談を交してから改札口へ出てゆく。寺田と共に見送る若衆の川口と余田金一。

76 料亭の座敷

村岡が山中の盃に酒を注いでやっている。側に松永も。

村岡「こんなにゃ苦労かけたけん、のう、東京へでも遊びにゆくか？」

山中「いや、わしは、広島が好きですけん……」

村岡「ほうか……（と思い出したように）あれから後、靖子に会うたか……？」

山中「（はっきりと）いえ、いっぺんも……」

村岡「ほうか……」

そこへ、襖を開けて入ってくる芸者、靖子である。

ハッと目を疑う山中。靖子も驚いて入りかねている。

村岡「靖子、わしが呼んだんじゃけん、入らんかい」

と松永と目配せして立ってゆく。

靖子「叔父さん……！」

村岡「惚れ合うとるんなら、二人で相談して決めてゆきゃええ、のう……（と山中に）靖子はわしが娘代りに面倒みてきた子じゃけん、大事にしちゃってくれい」

出てゆく村岡と松永。

ぎこちなく山中の前に坐る靖子。

硬直して正座している山中。

靖子「御免ネ……居所も報せんと……うち、あれから後、叔父さんから勘当されとったんよ……マーケットのお店も、取り上げられたもんじゃけん、こんなお座敷商売で……」

山中、不意にバネ仕掛けのように立って飛び出してゆく。

77 同・玄関

出て行きかける村岡と松永の前に、山中が駆けてきて、いきなり土下座して手を突き、

山中「おやじさん……!!」

目に涙を溜めて何度も頭を下げる。

村岡「馬鹿、グツ悪いことすんな……」

笑って出てゆく村岡と松永。

78 靖子の家（芸者屋）の中（夜）

寝ている美代。奥の寝室から浴衣姿の山中が出てきてその枕許で寛ぎ、寝顔を覗き込んでいる。後から、靖子が乱れた髪を繕って出てくる。

山中「可愛いのう……わしの子にならんかの……」

靖子「うちも、そうして欲しいんじゃけど……里がいい顔しよらんのよ、籍の話になると……」

山中「里……？」

靖子「あの人の……」

飾ってある亡夫の遺影。

靖子「特攻隊で死んだ人じゃけん、みごうが悪いけん、再婚はやめて欲しい言うてねえ……するんなら、あの人の弟いう人と一緒になってくれ言うもんじゃけん、うち、それがいやで、こっちで自活しとるんよ……」

山中「籍は抜かんでもよ、のう、わし等一生続けばええじゃないの……特攻で死んだ人は大事にせにゃよ……わしも、子供の頃、予科練にゆくつもりじゃったんじゃけん」

靖子「ほうネ……それで志願したん……？」

山中「いや、わしは胸が悪かったけん……」

電話が鳴り、山中が出る。

山中「はア……はい……（と切って）おやじさんが呼んでおられるけん、行ってくるわい」

靖子「遅くなるの……？」

山中「分らん」

急いで着替えする山中を手伝う靖子。

79 前の勝利賭場のしもた家の中（夜）

寺田と川口、余田の三人が黙々と拳銃の分解掃除

Ⓝ「その夜、勝利からの指示を受けた寺田たち三

をしている。

と、表戸をドンドン叩く音。

緊迫して気配を窺う寺田たち。


人は隠れ家に集結していた。

かねての計画通り、倉光を殺して大友連合会の実権を握り、再度村岡と覇を争う為の布石であった」


表の声「御免下さい、御免下さい……隣りの家のもんですが……」

寺田が舌打ちして土間へ降りてゆき、表戸の錠を開ける。

寺田「やかましいの、何じゃい……」

入ってくる山中。一瞬、顔が硬張る寺田にニコッと笑って見せ、
山中「おう、久しぶりじゃのう（と拳銃を引き抜き）往生してくれんけえ……!!」

一発。土間に叩きつけられる寺田。

愕然となる川口、余田、慌てて分解中の拳銃を摑むがどうにもならない。

部屋に踏み込む山中、立往生の川口にゆっくり銃口を向けて、一発。

鮮血と共に壁に叩きつけられる川口。

引きつった悲鳴をあげ、両手を挙げて後退りする余田に、一発。

宙に飛び上がって叩きつけられる余田。

暗い電灯の中に浮かぶ凄惨な血の海の中を、山中、一人ずつ屍体の脈を診て回る。例の「予科練の唄」の口笛で。

80　靖子の家の表（早朝）

タクシーが着き、着流し姿に着替えた山中が降りて、軽い足取りで戸口に向う。
その瞬間、近くでゴミ箱を漁っていた乞食（佐野刑事）が矢のように飛びかかる。更に新聞配達員（美保刑事）、牛乳屋（黒川刑事）等も。
格闘——山中の手首にかかる手錠。
そのストップ・モーションに、
Ⓣ『山中正治、二十三歳、
殺人罪で無期懲役』

81　スチール

村岡と倉光の結縁式の記念写真。

取持人景浦の顔もみえる。


Ⓝ「勝利の野望を未然に防いだ村岡は倉光と結縁の盃を交わし事実上大友

連合会をその傘下に従え、再び競輪場を独占したのみならず、広島全市に君臨する一大王国を形成しつつあった。だが、その報復は直ちに訪れた」

82 走る夜行寝台車の中（夜）

カーテンを閉じて就寝中の車内。

神谷が若衆の国貞清次と共にデッキから入ってきて、両側のベッドを上下段共覗き込んで通路を進んでくる。と、その目前の下段ベッドのカーテンが開き、寝巻姿の景浦が便所へゆく様子でスリッパを履き、神谷たちと視線が合う。

拳銃を抜き出す神谷。間一髪、組みつく景浦、揉み合い、必死の力で神谷の手から拳銃を奪い取ってデッキの方へ逃げる。

国貞が匕首を抜いて追う。

デッキに飛び出した景浦が次の車両に飛び込もうとした瞬間、国貞が背後から刺突。続いて神谷が拳銃を奪い返し、景浦の体に押しつけながら射つ。

列車の轟音の中で鈍い銃声が数発。

神谷、デッキのドアを開けて、景浦の体を車外へ蹴落す。

背広を脱いで辺りの血を拭き取る国貞。

83 新聞記事

『列車殺人の組員神戸で自首声明!! 異例の記者会見!!』の記事と、記者団に会っている神谷、国貞、附添いの勝利、右翼らしい人物などの写真

神谷のⓃ「以上の如く景浦辰次郎が仲裁人としての公正を欠くばかりか村岡の横暴に迎合していた事実は明々白々であり、ここに我々は任侠道に照らして断固天誅を加えた次第であります……」

84 その写真の情景再生（旅館の一室）

声明文を読み上げている神谷。

神谷「……この上は一日も早く法の裁きを受け、一層任侠の大道に邁進せんが為にも、直ちに広島に戻り自首する決意を固めた次第であります。以上。昭和二十九年○月○日、大友組内神谷英司、同国貞清次」

記者A「（勝利に）一体、抗争はいつまで続ける気なんや？」

勝利「わし等がやっとる訳じゃありゃせんので、おう、大体市の腐敗議員や警察が村岡のケツかいとるんじゃけん、のう、あれらの不浄役人を一掃するまではトコトンやり

抜くんが、国定忠治以来のやくざの伝統いうもんじゃろうが！」
記者B「あんた等の目当ても結局金なんじゃないの？」
勝利「（憤然と）広島の喧嘩いうたらよ、のう、銭でカタつきゃアせんのよ！」
記者C「（神谷に）凶器はピストル？」
神谷「おう、こいつじゃ！」
内懐から拳銃を抜き出して得意気に見せる。国貞が記者たちの前のコップに一升瓶の酒を注いで回る。
国貞「御苦労さんです、御苦労さんです……」
カメラマン「（神谷に）こっち向いて下さい」
神谷「（そっちを向いて）こんなポーズでええかの」

85　刑務所内の検身所着替え室

山中が着替えしている。フト背中をつつくもの。振り返ると同じ受刑者の中に高梨がいる。
山中「小父貴……！」
高梨「（側へよって）冴えん話よ、コレ（小指）が男作りよったけん、ちょいと痛めつけたら訴えられての、ションベン刑じゃ……のう、こんながここへ落ちてから、村岡が面会に来たか？」
山中「いえ……」
高梨「ほうか……ほうじゃったら靖子のことは聞いとらんのか……」
山中「（キッと）靖子がどうしよってですか?!」
高梨「いや……ま、考えるな……（と離れて）」

86　同・教誨堂

受刑者たちが集められて教誨僧の説教を聞いている。その中で高梨と並ぶ山中。
山中「靖子に何があったんですか?!」
高梨「……村岡がよ……前の婚家に戻して、跡継ぎの次男と一緒になれ言うてケツ叩いちょるげな……」
山中「おやじさんが?!」
高梨「子供と一緒にもう向うへ帰らせて、式の日取りも決まった言いよった」
山中「じゃが、わしと靖子の間は、おやじさんが……」
高梨「あの村岡がよ、無期懲役のこんなをいつまでも面倒みるとでも思っちょるんかい」
山中「…………」

87　前の靖子の家の中

激しい剣幕で表から入ってくる村岡と連れの野中。

風呂敷包みを膝に抱えたままボンヤリ座り込んでいた靖子がビクッと立ち上がる。

村岡「靖子ッ……！」

靖子「(哀訴するように) 叔父さん……！」

村岡「式の日取りも決まっちょるいうのに、恰好つかんようなことするな！　上原の家のもんが迎えに来ちょるけん、直ぐ帰れ！」

靖子「うちはうちでやってゆくんじゃけん、叔父さんはもう黙っといて！」

いきなり平手打ちを喰わせる村岡。

村岡「子供もおってからいうのに、先のこと考えんかい！」

靖子「あの人と二人で決めたらええ言うたんは叔父さんじゃないんネ……！」

88 刑務所の食堂

絶食を続ける山中。両脇の同房囚A、Bがヨロクを受けている。

89 同・廊下

蒼ざめ、痩せ衰えてよろめきながら作業に向う山中。その両眼に、鬼気迫るような執念。

90 同・房内

寝ている同房囚たちの脇で、山中が集めたマッチ棒の先の硫黄薬をはがして飲み込んでいる。こみ上げる吐気を必死に抑えながら飲む。ついに堪らず、激しい咳と共に吐き、のたうち回る。介抱し看守を呼ぶ同房囚A、B。

声のみ前シーンに続き、

村岡「ありゃアあの時のことよ。考えてみイ、山中が何時出てこれると思うとるんや、おう、無期懲役じゃ言うとろうを、まァ二十年もすりゃ出られんこともないがよ、わりゃアそれまで待つ言うんか?!」

靖子「(泣き声で) 待ちます……！」

村岡「馬鹿たれ、この！　待つ言うとって三年も待ったやつが何処におるんなら。わしはイヤという程見てきとるんじゃ。第一、美代はどうするんない、無期喰うた極道の親、義理に持ってよ、おう、人並みの娘に育つと思うちょるんか。わしが極道じゃけん、お前も美代もよ、この機会に堅気の暮しに戻れい言うとるんじゃ。のう、お前が可愛いけん、言うとるのよ。山中のことは忘れい……ありゃアもう死んだも同じ人間なんじゃけん……」

91 同・作業場

同房囚Aがくすねてきた注射器をこっそり山中に手渡す。

自らの腕の血管に注射器を刺し、血を抜く山中。

92 同・検身所の着替え室

注射器の血を呑む山中。

口に含んだまま検診所に出て、看守達の目の前でいきなり咳込み、一気に血を吐いて倒れる。

驚いて集まる看守たち。

看守D「喀血じゃ！　病監に運べ！」

93 競輪場の役員室

村岡「脱走?!　山中が」

思わず席を立つ村岡。側の松永も。

石田次長が佐野刑事と来ている。

石田「大分ひどい喀血もあったそうじゃけん、結核じゃろういうて、市立病院に移して検査させてみたら、仮病じゃいうことが分ってですけん。明日にでも送監する予定でいた所が、今朝、便所の窓から逃げよってですよ」

茫然としている村岡、松永。

佐野「ほんとに連絡はしとらんのでしょうな?」

松永「あんた等に嘘言うても仕様がないじゃないの！」

石田「村岡さん、法は法ですけんのう、あの男だけは隠さんようにしてつかいや。そうせんと、そっちらにもガサ入れにゃならんですけん、のう（と行きかけて）お、それから勝利がこっちに舞い戻ったという情報が入ってますけん、注意しとってつかアさい」

出てゆく石田、佐野。

村岡「……あの馬鹿が、なに考えて……！」

険しい顔でジッと考えつめていた村岡が、

村岡「こんな上原の家へ行って、直ぐ靖子を連れ戻してこい」

松永「はア……」

村岡「あれの脱走の目的は靖子よ、誰かがナカで言うとるんじゃ……！」

94 村岡組事務所の表（夜）

車で帰ってくる村岡と野中等若衆。

迎えに出て来た江田が

江田「おやじさん、山中が……！（中をコナす）」

険しい顔が更に険しくなる村岡。

95　同・奥の座敷（夜）

蒼白い顔の山中がコート姿のまま硬く正座し、再び手にした例の四十五口径レボルバーの弾倉に一発ずつ弾を詰めている。

無気味な思いで囲んでいる友田たち。

村岡が入ってくる。

野獣のような血走った目で浅く会釈する山中。

村岡の目配せで友田たち出てゆく。

無言で対座する村岡。山中、拳銃をテーブルの上に置く。

村岡「（露骨な不機嫌さで）馬鹿なことしよって、のう、どうするんない、おう、わしがかくまいおおせるとでも思っちょるんか?!」

山中「…………」

村岡「無期じゃいうてもよ、おう、十八年か二十年で仮釈いうことがあろうが。こんなが戻ってこれるいうたらその途しかないじゃないか、真面目に勤めとるじゃろう思うて、わしも安心しとったんじゃが……なんでそがな馬鹿せにゃアいけんのない、おう、言うてみ！」

山中「……勝利を、トリたい思うたもんですけん………」

村岡「誰が勝利のこと言うたんない？」

山中「高梨の小父貴に……」

村岡「（険しい反応で）……こんながおらんでも、戦争は出来るわい。それより、おまえの事件で警察につきまとわれる方が余ッ程面倒で。二十四時間以内なら脱獄にはならんけん、早よ自首せい、おう?!」

山中「…………」

村岡「それとも、おまえ、他に何か気になることがあるんか……？」

ギラッと燃えるような目で村岡を凝視する山中。が、言いたいことは声に出ない。

不安の色が走る村岡。

その時、松永が靖子を連れて入ってくる。

虚をつかれたように靖子の姿に見入っている山中。

目顔で示し合う村岡、松永。

泣いている靖子。

山中、深くうな垂れている。

不意に拳銃を村岡の方へ押しやって、

山中「おやじさん、これでわしを射ち殺して下さい!!　わしゃ、おやじさんを疑うとって、この目でたしかめたかったんです……!!」

泣き出す山中。

山中「わしゃ、おやじさんが、靖子を裂こうとしちょるいうて小父貴から聞かされたもんですけん……わしゃ、おやじさんを疑おうて……!!」
　自制して、見すえている村岡。
村岡「ほうか……ほいで、納得したんか……？」
山中「わしをブチ殺して下さいッ……!!」
村岡「納得したらそれでええじゃないか……」
　身悶えするように泣いている山中。
　松永が村岡に目配せして立たせる。
　村岡、靖子を連れて出てゆく。
　きびしい表情で山中に向き合う松永。
松永「ヤッちゃんのことで気を回しとったんか、おう？」
山中「…………！」
松永「馬鹿、この、現にああしておるじゃないか」
山中「…………」
松永「山中、よう聞けよ、おう、よしんばヤッちゃんに縁談が有ったとしてもよ、それを歓んでやるのがおまえ本当の愛情いうもんと違うか？　おまえがナカにおってよ、ヤッちゃんに何をしてやれるんない？　黙って二十年も待たす気か？」
山中「…………！」
松永「待たす身になっても待つ身にはなるないうて言うちょろうが、のう、それによ、この世界で留守の女(おなご)を守りする程難しいもんはないんで……おのれの勝手だけ考えて、おう、おやっさんまで疑うてよ、それで村岡の若衆じゃいうて言えるんか、男になりゃせんじゃないか！」
山中「兄貴……！　よう分りましたけん……！」
松永「おまえの気持も分るがよ、もう少し大人になれよ、のう……ヤッちゃんと会うたら、早よ自首せい、のう……」
山中「兄貴……頼みますけん……ナカの暮しいうたら、生き恥さらすような毎日ですけん、生きたムクロで二十年待つより、償いに死花咲かさして下さい！　勝利は、わしがトリます……頼みます……!!」
松永「…………」
　そこへ友田が慌ただしく入ってきて、
友田「兄貴……！（目顔で招いて）」

96　同・表事務所（夜）

　村岡を囲んで、江田、野中、片倉等が集まっている。
　友田とくる松永。
村岡「光男が勝利等に摑まっちょる言うとるんじゃが……！」
松永「勝利に……?!」
片倉「わしと駅の裏歩いとったら、あれらに出ッくわして、わしゃ逃げてきたんですが……！」

村岡「山中はどうしとるんない？」
松永「おやっさんへの詫びに、働かせてくれいうて言いよってきかんのですが……このまま見とってやってくれませんか」

97　同・奥の座敷（夜）

松永と戻ってくる村岡。

山中の姿は無い。テーブルの拳銃も。

松永「山中ッ……！」

庭に飛び出してゆく。

98　同・別室（夜）

独り座っていた靖子、ハッと立ち上がる。

出て行こうとして、思いとどまり、ジッと自らの責苦に耐え忍んで。

99　海上を走る伝馬船上（夜明け）

ロープでくくった岩下に凄まじいリンチを加えている勝利と中原、三上、浅野、その他森久猛、西山明などの配下一党。

勝利「山中はどこに隠れとるんない、おう！」
岩下「し、知らんッ……‼」
三上「おどれ、外道ッ、山中の代りにわりゃアをのしゃげちゃる！」
岩下「み、水……水飲ましてつかい……！」
勝利「おお、飲ましちゃるわい！」
ロープの先を固定しておいて、一同で岩下を担ぎ上げ、海の中に放り込む。
勝利「ほれ、好きなだけ飲めい！」
浮き沈みしながら曳っ張られる岩下を、ウイスキーを呷って楽しそうに眺めている勝利。

100　無人島の磯

ギラつく太陽の下、樹に吊された半死半生の岩下。

勝利たちが伝馬船から運び上げた行李を開き、ライフル、猟銃、拳銃などをそれぞれ取り出して、弾を装塡している。

女の名前を叫んでうめいている岩下。

勝利「（一同に）こういう時に射ち方覚えとかにゃア、イザいう時に役に立ちゃアせんど。ま、見とれい！」

ライフルを取り、岩下を狙って全弾連射。

はねながらキリキリ回る岩下の体。

勝利「よう当るわい。やってみイ！」

三上、浅野等が次々と拳銃を持って試射を始める。

顔を背けている中原。

既に絶命し、真ッ赤なボロ雑巾のようになって回り続ける岩下の体。

101 宇品港・埠頭

ランチが着き、岩下を納めた棺が松永等組員たちに運ばれて上がってくる。

附添う警官たち。

同じランチで上がってきた村岡が、警察のトラックに積まれる棺を沈痛に見送ってから、野中等と車に乗り込もうとした時、バーン!! ドアを破る銃弾。

近くの駐車場から、勝利、浅野等数人が拳銃を発射しながら走り迫る。

逃げる村岡。

江田たちも拳銃を抜いて応射。

車の間を縫っての乱射戦になる。

阿鼻叫喚の通行人たち。

群集に紛れこんで右往左往している警官たち。

江田の拳銃弾を喰って路上にノビる三上。

近くの駐車場で、車に逃げこもうとしたタクシー運転手が流弾を喰らって崩れ折れる。

勝利たち、村岡を断念し、用意のセダンに飛び乗って猛スピードで逃走する。

102 新聞記事

『タクシー運転手巻添えで重傷!!』

Ⓝ「この乱射事件は世論の囂々たる批判を浴び、警察もついに取締まり本部を設けて一斉捜査に乗り出した」

103 村岡組事務所の表

捜査員に連行される江田と下ッ端組員たち。

104 ドヤ街・屋台置場

勝利、中原、浅野等の一味が屋台の蔭に集まって新聞を読んでいる。

勝利、ポプコーンを頰張りながら、
勝利「おう、見たれい、村岡の外道手も足も出んようになっちょろうが。勝負かけるんなら今じゃ」

中原「まだ動かん方がええでしょうが」

勝利「パクられたやつ等が保釈で出てきよったら、こっちが後手じゃ。のう、明日、競輪場で役員会があるけん、村岡も出て来ようが。ダイナマイト仕掛けて殴り込みせんかい、競輪場も村岡もぶっ飛ばしたれいや、おう！」
決意を示して頷く浅野たち。
勝利「タク、わりゃア今夜中に道具全部集めて来い！」
浅野「はア！」
勝利「中原、来んかい、作戦じゃ、作戦！」
中原を促していく。

105 近くの児童公園

勝利が中原とポプコーンを頬張りながらくる。

子供たち「よう、わしにもくれ！」

勝利「おう、手え出せ」

群がる子供たちにポプコーンを分けてやる勝利の天真爛漫な姿。

離れた所から、その勝利にジッと目を注いでいる男、鳥打帽、眼鏡、マスク、コートで変装した山中。ポケットに手を突っ込み、ゆっくりと近づいてゆく。

フト、勝利が気づいて見る。

足を早める山中。

勝利、子供たちを突き飛ばして逃げながら拳銃を抜く。

四十五口径レボルバーを引抜く山中、仁王立ちで狙いをつけ一発。

太ももを貫通され、つんのめって転がる勝利。

中原が体当りで山中の腕にしがみつく。

泣き声を挙げながら逃げ惑う子供、母親たち。

足を引き摺り必死に逃げる勝利。

附近の住民たちが驚いて集まってくる。

山中、勝利の姿を見失い、中原を振り放して逃げてゆく。

106 バタヤ部落の小屋の中（夜）

傷の痛みに獣のように吠えている勝利。

中原、西山たちが懸命に介抱している。

中原「のう、若……チャンとした医者に診て貰わにゃアいけんですけん、のう、村岡に話つけて、手打ちにしたらどうですかの……？」

うめいている勝利。

中原「若頭の松永なら懇意ですけん、わしが若の顔の立つよう恰好つけますけん……のう、わしに委せてくれんですか、若……」

脂汗の顔でギラッと中原を見る勝利。

中原、決意を固めて、西山たちに、
中原「タクが戻ったら、わしが帰るまで勝手に躍るないうて言うといたれい」

西山「はア！」

出て行こうとする中原。

突然、側の木刀を摑んで中原の足を叩き払う勝利。

中原「若ッ……！」

勝利、必死の形相で起き上がるなり、中原に飛びついて凄まじい激しさで殴りつける。防ごうとする中原と格闘。

双方死物狂いで争い転げ回る。

呆然として手出しも出来ない西山たち。

中原に馬乗りになる勝利。

勝利「おどりゃア、裏切りよって、こンクソよごれが、ぶッ殺しちゃる!!」

満身の力で中原の首を絞める。

驚いて勝利に飛びつく西山たち。

西山たち「若ッ、若ッ……!!」

中原、その隙に表へ飛び出してゆく。

今度は西山たちを相手に荒れ狂う勝利。

107 「ロマンス」表と中（夜）

浅野、森久が乗った車が通りかかる。

フト、運転の森久の手をとめる浅野。

「ロマンス」の表で、片倉等村岡組員二三人が娼婦たちとからかいあっている。

浅野「おう、前夜祭に一発ブチかましちゃろうかい！」

後部シートに積んだ武器類を隠した行李、トランクを開けて、先を斜めに切断した猟銃を取り、散弾を詰める。

浅野「エンジン停めるな！」

猟銃と弾帯を持って降りる浅野、いきなり片倉たちの方へ向ってブッ放す。

泡を食って中へ逃げ込む、片倉や女たち。

二発目をブッ放す浅野。

浅野「おどれ等ア、出て来いッ!!　皆殺ししちゃるけん!!」

中へ躍り込んで、廊下の中央に立ちはだかり、盲滅法に射ちまくる。壁、ドアに突き刺さる散弾。

一室から素ッ裸で飛び出してきた娼婦が散弾を浴びて絶叫、転倒。

窓から逃げ出す客や娼婦たち。

狂気の形相で射ちまくっている浅野。

108 料亭の玄関脇帳場（夜）

松永が目をギラつかせて電話を受けている。

松永「怪我人は何人ない？……ほうか、分った、こっちに委しとけい……」
表から野中、友田を連れた村岡が入ってくる。松永、電話を切って、村岡に耳打ち。村岡、険しい顔で頷き、そのまま表へ引き返す。

109　同・一室（夜）

中原が一人で待っている。
松永が入ってくる。
松永「済まんがのう、今晩はおやっさんは急用があるけん、日を改めてくれいや」
中原「ほうか……わしは今度のケンカだけは疲れた……こっちは何時までも待っちょるけん、村岡さんに宜しゅう伝えといてくれい」
松永「よう分っとるけん、それで、勝利は今どこにおるんの？」
中原「西じゃ」
松永「ほうか……車が呼んであるけん……」
促されて立つ中原。

110　同・表

中原が松永と若衆たちに送られて、駐めてある車に乗る。
その時、反対側から滑り込むように乗り込む友田、匕首を抜きざま刺突。
驚愕の色を浮かべて逃げようとする中原。松永がドアを叩きしめる。
友田、止どめの刺突。
二人を乗せたまま走り出す車。

111　バタヤ部落（早朝）

包囲態勢で乗りつける警察のジープ、トラック。
×　×　×
小屋を片ッ端から捜査する警官隊。
脅えている住民たち。
×　×　×
死物狂いで逃げる浅野たち。
逮捕される者、暴れ狂う者。
×　×　×
一軒の小屋から、包帯姿の勝利が警官たちに引き摺り出されてくる。
いきなり警官の拳銃を奪おうとして暴れだす勝利。
Ⓝ「大友勝利の逮捕によって大友組一派は潰滅し、

しゃにむに勝利に飛びつき、殴り、押えつける警官たち。

抗争事件の終止符が打たれた。もはや、広島で村岡と覇を争う者はなかったが、代って強敵となるのは警察であった」

112　同・取調べ室

村岡を威圧するように囲む石田次長、佐野、美保、黒川刑事たち。

佐野「（激しく机を叩き）現に勝利を射ったのは山中じゃろうが、知らんとは言わせんど!!」

村岡「そりゃア山中を摑まえて訊いてみないや。わし等は知らんことなんじゃけん」

石田「のう、山中にゃアよ、県警本部から指名手配の他に射殺命令も出とるんじゃけん。強情張らんで引き渡してくれんかの。ほうせんと、あんたに全責任取って貰って、送検せにゃアならんがのう」

村岡「（苦笑して）あんた、わしにようそんなことが言えるの。勝利を掃除してくれい言うちょったのは誰よ……」

石田「物事には順序いうもんがあるけんの」

村岡「（怒りの表情で）………」

113　呉・造船所のスクラップ置場

雨の中を空トラックが帰ってくる。

広能が助手席から、「おや?!」と見る。

事務所の庇の下でコートの襟に顔を埋めてポツンと立っている山中。

広能「おう……！」

降りて、駆け寄る。

山中「広能さんに、挨拶せにゃいけん思うたもんですけん……」

窶（やつ）れ、虚脱したような山中の表情に一瞬声を呑む広能。

広能「よう来た、のう……（と中へ入れ）」

114　バーの中（夜）

痛飲している広能と山中。

山中にしな垂れていたホステスが、胸の辺りに触って、

ホステスA「アラ、これ、なんネ、ごっつい……?!」

山中「わしのゼロ戦よ」

ホステスB「ゼロ戦？」

山中「おお、そうよ」

内懐から例のレボルバーの銃把を覗かせてみせる。

ホステスA「ワァ、見せてえ！」

嬉しがって騒ぐホステスたち。
流しのコンビが入ってくる。
山中「おう、お前等、予科練の唄やれい！（と札束を放る）」
広能「やめい、そがな唄。軍隊はコリとるけん、もっと切ないもんやれ、切ないもん！」
流行歌を唄い出す流し。
広能、ホステスたちに耳打ちして立たせてから、小声で山中に、
広能「のう、こんな、指名手配されとるんじゃろうが。こんなとこにおったらいけんよう、のう……」
山中「わしゃ、広島から離れとうないんですよ……」
広能「わしが関東の知り合いに念達しちゃるけん、早い内にかわせいや……」
山中「いや……そのことなら、組の方からも香港へかわす段取りはつけてくれてますけん……」
広能「そんなら早よそうせい。香港でヤッちゃんと二人だけで暮すのが、おまえにとって一番幸福な道なんじゃけん……」
山中「わしも、そう出来たらいうて思っとりますが……おやっさんを置いて、靖子だけ取ってゆく訳にゃアいかんのですよ……わしゃ、おやっさんには、一生かかっても恰好つけにゃアならんカリが出来とるんですけん……」
広能「そのことなら、わしも噂で聞いとったが……」
山中「広能さん……わしらのこの世界も、難しいいうことがよう分りましたよ……靖子のことも、わしがやってきたことも、今までのことが、みんな夢で、一人っきりになれたら、と何度も思う時があるんですが……」
ホステスAが戻ってきて
ホステスA「山中さんて、こちら？」
広能「おう……？」
ホステスA「広島から電話が……」
山中「誰からない？」
ホステスA「村岡さんじゃ言うてますけど」
山中、飛ぶように電話口へ立ってゆく。

115 村岡組事務所・奥の座敷（夜）

村岡が一人、電話している。
村岡「おう、やはりそっちにおったんか……話いうこともないんじゃが、高梨が今日仮釈で出てきよってじゃけん……」

116 バーの電話口（夜）

山中「（険しい色で）小父貴が……?!」

117　村岡組事務所・奥の座敷（夜）

村岡「前のことじゃがよ、のう、あれがナカで言うたことよ、わしが言うたことと、どっち取るか、ハラ決めとけい……ありゃア、あっちこっち喋り散らすやつじゃけん……」

118　バーの中（夜）

山中「はア……ほいで、小父貴は今どちらに……はア、分りましたけん……」
　電話を切り、何か考えていたが、札束を出してバーテンに払いを済ませ、広能には見向きもせず足早やに出てゆく。

広能「山中……！　おう、待てい……！」

　急いで戸口へ追う。

　雨の降りしきる闇の中に、山中の姿はもう見えない。

119　広島・料理旅館の二階座敷（夜・後刻）

　丸裸になって芸者と情事の真ッ最中の高梨。

　雨に叩かれているガラス窓。

　その外（庇の上）にボンヤリ浮かぶ人の顔。ガラス窓に貼りつく。

　山中である。

　気づかず熱中している高梨。

　山中、ジッと見下している。ゆっくりとレボルバーを引き抜いている。

　ガチャン!!

　ガラスの割れる大きな音に、ハッと窓を見やる高梨、その鼻ッ先に突き出された銃口が火を吐く。

　一発、二発、三発……全弾連射。

芸者「キャーッ!!」
　仰向けの芸者の顔に血と肉片が。更にグシャグシャになった高梨の上半身の赤い肉塊がドタッと真上から覆いかぶさるように落ちてくる。

芸者「（絶叫）ああッ……ああッ……!!」

120　アパートの松永の部屋（夜）

　ノックの音に、松永が寝巻きを羽織りながら起きてきて、電気をつけ、

松永「誰な……？」

山中の声「わしです」

　驚いてドアを開ける松永。

　ズブ濡れになった山中が疲れ切ったように入ってくる。

松永「山中！　どしたんなら……なんしてきたんない……?!」
山中「水、くれんですか……」
松永「おう！」
　山中、上がりがまちに坐り込む。
　グラスの水を持ってくる松永。
松永「おまえ、なんしとったんない……?!」
山中「小父貴を……トッてきた……」
松永「高梨の……?!」
　一瞬に悟る松永。
松永「馬鹿、この！　馬鹿たれが……!!　おう、高梨の小父貴がよ、ナカでこんなに言うとったことは、ありゃ本当のことよ!!」
山中「（茫然と）…………」
松永「いつかは言うちゃろうと思っとったがよ、おやじさんはヤッちゃんの行末を心配しなってじゃけん……ヤッちゃんを上原に送り返したんも、こんなが脱獄したいうけん、急いで連れ戻したんも、みんなわしが段取りしてやってのことじゃけん……馬鹿が、おう、おまえをだましたんはわしなんじゃけん、トルならなしてわしをトリに来んのよ、おう、おう……!!」
　山中の手から落ちるグラス。
　パトカーのサイレンが聞こえている。
松永「待っとれい、わしがええ所へ逃がしちゃるけん！」
　着替えに奥に飛び込んでゆく松永。
　山中、フラッと立って、出てゆく。

121　通り（夜）

道の真ン中を雨に打たれながら虚脱したように歩いている山中。

その真後からヘッドライトの光芒。パトカーが急停止する。

怪しんで降りてくる警官。

山中、思わず拳銃を抜き出して引き金を引く。

だが弾が尽きている。

恐怖で棒立ちの警官。

警官「待てッ、待てッ……!!」

　山中、その隙に家並みの中へ逃げ込む。

122　警察署の中（夜）

出勤支度の警官、刑事たち。

　緊急出動の石田が入ってくる。

石田「相手は気狂いじゃけん、町ごと包囲して住人を避難させい。避難が終えたら、拳銃使用もよし。射殺しても構わん！」

123　現場の町（夜）

続々と到着する警官隊のトラック。

包囲態勢で散開し、走る警官隊。

広報車の拡声器が鳴っている。

アナウンス「この付近に、拳銃所持の殺人犯が潜んでいます。住民の皆さん、周囲によく注意して、直ちに退去して下さい……」

雨の中を、脅えた顔で出てくる住民たち。

×　　　×

露地。

追い詰められ、逃げ惑う山中。

×　　　×

一軒ごとにシラミ潰しに捜索してゆく警官隊。

124　洋裁店の家の中（夜）

勝手場から音を殺して入ってくる山中。

表で戸を叩く音。

警官の声「留守ですか、留守ですか?!」

山中、急いで脇の風呂場へ飛び込む。

和風の埋め込みの浴槽。

山中、蓋を開け、水を張った中へ飛び込み、中からまた蓋で覆う。

激しい物音がして、表戸をこわしたらしい警官隊の足音が踏み込み、懐中電灯のスポットが交錯し、勝手場を通って裏へ抜けてゆく。

山中、ポケットの中を探してみるが、出てくるものは空の薬莢のみ。

拡がる絶望——

その時、空薬莢の中から一発だけ実弾が転がり落ちる。

宝物のようにしっかりと握りしめる山中。

125　村岡組事務所の表（夜）

乱暴に組員たちを突き飛ばして出てゆく佐野刑事たちの一行。

幾人かが張り込みで表玄関に残る。

126　同・奥の座敷（夜）

シンと村岡を囲んで坐り込んでいる松永始め幹部組員たち。そして靖子。

突然、靖子が立って出て行こうとする。

村岡「靖子っ、何処へ行く！」
靖子「叔父さん、なんとかならんネ……ね、なんとかして、叔父さん！」
村岡「落着かんか、来る時が来たんじゃけん……わしらに何が出来る……！」
靖子「叔父さんッ、なんで助けに行ってやらんの！　なんで行ってやらんの！　あの人がしたことは、みんな叔父さんたちがやらせたことなんじゃないんネ!!　叔父さんがあの人の身代りになるんが道じゃろうネ！　叔父さん、男らしゅう自首して出んさいッ!!」
激しい平手打ちを食わせ、黙ったまま奥へ立ってゆく村岡。
靖子、飛び出して行こうとする。
懸命にそれを引きとめる松永たち。
松永「ヤッちゃんッ……!!」
松永たちにも向って、狂気のように泣き叫ぶ靖子。
靖子「あんた等もうちの人見殺しにするんネ！　あんた等だって、みんなうちのと同じ罪じゃろうネ、そうじゃろうネ、人を殺してきたんじゃろうネ、うちのを見殺しにするんなら、あんた等も自首して出んさい、早よ自首して出んさいッ……!!」
押えられ、力尽きて泣き崩れる靖子。

127　洋裁店の風呂場（夜）

蓋を開けた浴槽の中に、ジッと浸ったままの山中。右手に掴んでいる拳銃と左手の中の一発の実弾。

激しい悪寒と震えが襲ってくる。

不意に慟哭する山中。

身悶えし、子供のように泣きじゃくる。

128　表の通り（夜）

家探しに狂奔する警官隊。

夜食のオニギリを頬張って走ってゆく者も。

129　洋裁店の風呂場（夜）

山中、水道の蛇口から滴り落ちる水滴を掌に溜めて、なめている。

130　付近の民家（夜）

夕食中の一家を乱暴に追い出して、家探しを強行する警官隊。

131

表の通り（夜）

次々と家を追い立てられた住民たちが道端に雨を避けて立ち並んでいる。

それに目もくれず、怒鳴り、走り回る警官たち。

一人の若い警官が山中のものと同じ四十五口径レボルバーの蓮根型弾倉に弾を詰めている。

132

洋裁店の風呂場（夜）

山中がボンヤリと、拳銃の弾倉を、カチ、カチ、と廻しながら、「予科練の唄」をとぎれとぎれに唄っている。が、長くは続かず、深い絶句に落ち込んでゆく。

山中の脳裡をかすめる回想のフラッシュ。

×　　×

工員時代の昼食のコッペパン。

賭場のやくざたちに袋叩きにされた情景。

刑務所のカンカン踊り。

畠の中で射殺した浜田の最後の顔。

×　　×

山中、手中の一発の実弾を震える手で慎重に弾倉に詰める。

133

表の通りの特設テント（夜）

石田が佐野刑事たちと打ち合わせている。
佐野「どうも逃げたようですねえ、一応引き揚げましょうか」
石田「もう一度一軒一軒洗い直すんだ！　見つけるまでは絶対包囲を解くな！」

134

洋裁店の風呂場（夜）

山中、大きな深呼吸を二度三度と繰り返している。

最後に大きく息を吸い込み、同時に、拳銃の銃口をこめかみに当てがい、力一杯引金を引く。

轟然——!!

血しぶきと共に上半身から逆落しに浴槽の中へ落ち込む。

赤い水が溢れて、タイルの床に拡がってゆく。

135

料亭の表

『故山中正治　追悼式会場』の華々しい掲示。

黒背広の村岡組員が整列して迎える中を、次々と高級車が乗りつけて、来賓親分衆が入ってゆく。

136 同・中

一室を仏間に仕立て、山中の写真を祀った祭壇。

友田等が記帳を受けつけている。

その机上に山積みされた香典袋。

焼香し、顔見知りの者は賑やかに談笑しながら奥へ通ってゆく親分衆。

広能が入ってきて焼香し、合掌する。

案内係の片倉が、

片倉「どうぞ……」

襖一つ隔てた奥の広座敷は供養花会の賭場で、村岡始め親分衆一同が、芸者、酒、料理に囲まれて陽気な談笑裡に手本引が進行している。

広能、山守の横の座に就く。

山守、チラッと広能を見てから、近くの親分衆に、

山守「あの山中いうなア、シャンとしとったのう、親にも一家にも迷惑かけずに死んでいったが、村岡さんもええ若衆持っとった、のう！」

親分A「射ち合いもせんじゃったけん、警官が表彰もんじゃいうて言いよった！」

親分B「ありゃア男の中の男じゃ！」

晴れやかな村岡の顔。

広能、ムッツリと札を張っている。

137 市外山麓の墓地（現代）

小さく、色褪せて眠る山中の墓。


Ⓝ「山中正治は、広島やくざの典型として現在もその名が語りつがれている。

だが、今、その墓を訪れる者は一人もない。

そして、広島やくざの抗争は更に激しく拡大の一途を辿っていったのである」


〈エンド・マーク〉

仁義なき戦い　代理戦争

東映京都／一〇三分／昭和四八年九月二五日封切

スタッフ

企画　日下部五朗
原作　飯干晃一
監督　深作欣二
撮影　吉田貞次
照明　中山治雄
録音　野津裕男
美術　雨森義允
編集　堀池幸三
音楽　津島利章

キャスト

＊広能組
広能昌三　菅原文太
水上　登　五十嵐義弘
岩見益夫　野口貴史
西条勝治　川谷拓三
弓野　修　司　裕介
関屋太市　松本泰郎
倉元　猛　渡瀬恒彦
＊山守組
山守義雄　金子信雄
山守利香　木村俊恵
＊槇原組
槇原政吉　田中邦衛
的場　保　平沢　彰
森久　宏　大木晤郎
＊村岡組
村岡常夫　名和　広
武田　明　小林　旭
松永　弘　成田三樹夫
江田省一　山城新伍
杉原文雄　鈴木康弘
長尾博光　丘路　千
＊打本組
打本　昇　加藤　武
早川英男　室田日出男
高石　功　山本　清
＊明石組
明石辰男　丹波哲郎
宮地輝男　山本麟一
相原重雄　遠藤辰雄
岩井信一　梅宮辰夫
和田作次　木谷邦臣
＊神和会
神代巳之吉　小田真二
伊丹義市　中村錦司
大久保憲一　内田朝雄
上田利男　曽根晴美
栗山　清　国一太郎
吉倉　矢奈木邦二朗
三杉　熊谷　武
豊田良平　堀　正夫
浜崎四郎　岩尾正隆
千原守男　宮城幸生
小森安吉　阿波地大輔
野戸呂勇　宇崎尚韶
若松三郎　大前　均
橋詰観察所長　北村英三
安田保護士　疋田泰盛
青木彦次郎　汐路　章
倉元うめ　荒木雅子
弘美　堀越光恵
江奈　中村英子
桃子　太田のり子
富枝　池　玲子
ナレーター　酒井　哲

Ⓣ『この作品は、飯干晃一著〝仁義なき戦い〟を素材として創作したもので、人物名、団体名等はすべてフィクションであり、事実ではありません』

1 広島市の繁華街

杉原文雄（村岡組長舎弟）、広能昌三の三人が歩いている。打本昇（同、打本組々長）、若松三郎を連れ、派手なダンディ姿。打本はプロレスラーの

杉原「（広能に）呉でくすぶってても詰まらんじゃないの。東京へ出てみんかい、のう、打本の兄弟なら向うでも顔が広いけん」

広能「まだ仮釈中ですけん、住民制限で呉から出られんのですよ」

打本「そう言や、昌ちゃんの放免祝いをまだしとらんじゃったの。プロレスの興行請けて花集めたらどうない（と若松に）こりゃアわしの弟分みたいにつき合うとる男じゃけん、お前等も体あけてやれいや」・

若松「ハア、喜んで」

広能「じゃったら小屋当ってみますけん、宜しく頼みます」

サングラスの若い男が側を追い越して行きながら、

若い男「杉原のおじさん、今日は」

杉原「（気軽に）おう……（と見送って）どこのもんな、ありゃア？」

打本「そこらのボンクラじゃろう」

若い男、数歩先へ行ってかがみ込み、靴のヒモを締め直している。

杉原、側を通りながら顔を覗き込もうとする。

その瞬間、拳銃ごと杉原に体当りする男。立て続けの鈍い銃声。よろめき逃れようとする杉原の背中にしがみつき、五発、射ち込む。

我に返った広能、男に飛びかかる。

振り放し逃げる男。

集まる通行人に遮られて見失う広能。

打本「おいッ、杉原ッ!!」

オロオロと杉原の死体にとり縋っている打本。

Ⓝ「昭和三十五年四月、広島市最大の暴力団村岡組の杉原文雄が白昼の路上で射殺された。杉原は村岡組長の舎弟で、病気療養中の村岡に代り、組の実権を掌握していた実力第一人者であった」

2 入院中の村岡常夫と一緒の杉原の写真

3　村岡組事務所内（夜）

杉原の通夜が行なわれている。

上座を占める打本。

Ⓣ『村岡舎弟、打本組々長　打本昇』

その横の広能。

Ⓣ『呉・広能組々長　広能昌三』

それに村岡組の松永。

Ⓣ『村岡組若頭　松永弘』

病身（貧血症）らしい武田。

Ⓣ『村岡組幹部　武田明』

その他、長尾博光、助藤信之、川南時夫、友田孝、柳田敏治など主立った村岡組員が参集している。

弔問客が次々と焼香し、柩の中の遺体の顔に合掌してゆく。

その中の一人、九州栗山組々長栗山清が、柩の中を覗いた途端、「ウッ！」と吐きかけ、蒼白な顔になって席に戻る。

それまで私語で騒がしかった室内が一瞬シンと静まり、打本始め一同の異常に尖った視線が栗山に注がれる。

読経の声だけが流れる殺気をはらんだ沈黙。

硬直し、目も上げられぬ栗山、居たたまれぬように席を立って出てゆく。

黙って見送った一座の視線が今度は自然に打本の方に集まる。

列席の親分吉倉「ありゃ、誰ない……？」

松永「おやっさんの見舞いに九州から出てきとられる栗山さんです」

列席の親分三杉「栗山いうたらよ、前に博奕のホシのことで杉原に殴られたいうていうとったの」

吉倉「あれが絵図画（か）いたんじゃ。わりゃアが殺したもんじゃけん、吐きよってからよ、おう！」

決断に迷っているような打本。

広能「（迫るように）打本さん、兄弟分のあんたが筋目つけてやらにゃア浮かばれませんよ。わしも手伝いますけん！」

武田「（松永等と示し合わせて）杉原のおじさんにはわし等も恩になってますけん、やられるんなら、わし等は知らんことにしています」

思いあぐねて苛々と珠数を揉んでいる打本。広能、決意して立って追って行こうとする。打本、それを抑えて、
打本「広能！　ありゃア、村岡さんが呼んどる客人じゃけん……村岡の兄貴に弓引くような真似は、出来やせんよう、のう……」

広能始め、緊迫して打本に注目していた一座に白けた

気配が拡がってゆく。

Ⓝ「杉原につぐ実力者打本のこの時の弱腰がのちに村岡組の跡目問題を紛糾させ、やがては西日本最大の抗争事件の芽ともなっていったのである」

4 メイン・タイトルとクレジット・タイトル

5 ニュース・フィルム

安保反対デモの国会乱入。
×　×
浅沼委員長テロ事件。
×　×
池田首相の施政方針演説。
×　×
コンビナートの建設。
集団就職の風景等――

Ⓝ「昭和三十五年六月、安保闘争国会デモで頂点に達した保守、革新の激突は、岸内閣瓦解、浅沼委員長刺殺事件等の改変の中で流れを変え、池田内閣の所得倍増政策のもとで経済万能の世相へと変質していった」

6 呉・造船所のスクラップ置場

広能組の岩見益夫、弓野修等がトラックの荷積みを監督している。

7 同・事務所の中

広能「おどりゃ、この馬鹿たれ!!」
広能が、土下座した若衆の西条勝治を木刀でブチのめしている。
見守る水上登（若頭格）、関屋太市等の組員。
広能「泥棒の番しとるもんが、おどれで泥棒しとったら、誰がケツ拭くんじゃい！　盗んだスクラップはなんぼで売ったんじゃ！」
西条「二十万とちょっとで……」
広能「出せ、その金！」
西条「女が、テレビが欲しい言いますけん、昨日買うちゃって……」
広能「このクソッ!!」
また木刀で滅多打ち。
血だらけになって堪えている西条。
表に車が着き、上田利男が降りて入ってくる。
Ⓣ『呉・上田組々長　上田利男』
上田「兄貴、大久保のおじさんが会いたいいうて呼んどんなるんじゃがのう」
広能「大久保さんが何の用な……？」
上田「観察所の所長と保護司も見えとってじゃが」

8　**走る上田の車の中**

後に乗っている広能。

×　×

（白黒のスチールで）

組結成当時の山守と広能等の写真。

有田事件の新聞記事。

路上に横たわる坂井の死体写真等。

×　×

保護観察台帳に載っている広能の顔写真と記載事項。

Ⓝ「広能昌三は戦後復員して間もなく、仲間たちと共に山守義雄を親分と仰いで一家を創立したが、山守の貪慾な支配と仲間割れに愛想を尽かし、盃を返して山守組から飛出していた。しかし彼には殺人罪の刑期が残っており、引退した長老大久保憲一だけが唯一の相談相手であった」

9　**大久保邸の応接室**

その台帳を拡げて見ている大久保と観察所長橋詰、保護司の安田。

三人の前の椅子に広能。上田も同席。

橋詰「安田保護司もあんたの他に何人も被観察者を抱えとって手が回らんけんの、それに、あんた等のような世界の人にゃ、それなりに話の分る人でなけにゃア、気持が通じんいうこともあるし……それで大久保さんとも相談した上でのことだが、あんたの身許引受人は今後山守さんになって貰おうと決めたんじゃが、異存は有るかね？」

広能「（唖然と）山守さんが……?!」

安田「あの人なら実業界にも信用の厚いお方じゃけん、私等も安心してお委せ出来るんじゃが」

広能「こっちが頼んでも、向うで受けやせんでしょう」

大久保「この話は山守の方から切り出してきよったんじゃ」

広能「（呆然と）…………?!」

大久保「こんなが居らにゃア組が持たんいうことが分ったんじゃろう。そっちにしてみても、なんよのう、この狭い町でいつまでも山守に向き合うてたら、つき合いが細くなる一方じゃけん、ウダツが上がるまアが。先々を考えたら、ここらで山守と盃を直しないや、のう」

広能「（深刻に考え込んで）…………」

大久保「（やや高圧的に）わしが口きいとることじゃけん、迷うことはあるまアが。堅気になる言うんなら別だが……」

広能「はア……もう少し考えさせて下さい」

10　**同・玄関**

出てくる広能。入れ違いに山守が幹部の槇原を連れて入ってくる。
Ⓣ『呉・山守組々長　山守義雄』
Ⓣ『山守組幹部　槇原政吉』
山守、一瞬呆けた笑顔で、
山守「おう、昌三か。わしも呼ばれて来たんじゃが、なんの話ない？」
広能「（呆けて）わしの方は別に……」
山守「ホウ……ま、たまにゃア飯でも食いに来んかい、のう！」
と奥へ入ってゆく。
出て行こうとする広能を槇原が追って、
槇原「のうや、聞いちょろうが、広島の村岡さんが体が良うならんけん引退するげないうて……誰が跡とるんかのう？」
広能「知らんのう」
槇原「おやじはあっちにも店を持っとるけん、気にしなってじゃ。昌ちゃんなら村岡組にも顔が広いけん、耳に入ったことがあったら報せてくれい、のう」
広能「ほうか……それでわしを抱こういう腹じゃったんかい……手回しがええのう」
槇原を振り切るように出てゆく。

11 広能組事務所

広能がムッツリ帰って来る。

水上が迎えて、
水上「おやっさん……」

目でコナす方に、西条が情婦の富枝（ホステス）と椅子に並んでかしこまっている。その左手首が奇妙に丸く包帯で包まれている。

広能「（それに気づいて）どしたんない……？」

水上「指詰めい言いましたら、二三本じゃ足らんじゃろう言うて、わし等が止めるのに……」

と机の上の油紙の包みを開いて見せる。

ブチ切られた左手首がそっくり乗っかっている。

呆れて眉をひそめる広能。

西条、蒼白い顔でニッと虚勢を張って笑ってみせる。

水上「おどれでナタでブチ切りよってです」

広能「クソ、馬鹿ッ!!　こんなバカしくさって、喧嘩の時ア何持って飛ぶんじゃい!!」

西条「道具なら持てますけん！」

と立ち上がって右手で懐中から拳銃を抜いてみせた途端、体のバランスを失って右手側によろけ倒れる。慌てて支え起す富枝。

富枝「済イません、うちが我侭いうたもんですけん、この人が無理してスクラップを……」
広能「もうええ、行け、馬鹿！（とポケットから有るだけの金をつかみ出して富枝に渡し）チャンと医者に見せとけいや！」
富枝「はい！」
富枝に支えられて出てゆく西条。
広能、手首の包みを側の弓野に放り、鬱屈した表情でウイスキーを出して飲み始める。
ジッと思い詰めてから、水上に、
広能「オイ……大久保さんに電話せい……」
水上「ハア……（と電話に向って）」
Ⓝ「その翌日、広能は大久保憲一の仲介で、再び山守組に復帰したのである」

12 呉・公会堂の特設リング

若松と外人レスラーのプロレス試合が行われている。リングを包む喚声。

13 同・控え室

控えのレスラーたちに混って広能が水上、西条等とビールを飲んでいる。

打本が若衆の早川を連れて入ってくる。

Ⓣ『打本組若衆　早川英男』

打本「よう入っとるじゃないの」

広能「お蔭さんで……（とビールをすすめながら）湧き方がもう一つ足らんのですが」

打本「気合い入れたれい。放っとくとあれらァ遊び半分でやりよるけんの」

若松が引き揚げてくる。

広能「御苦労さん。勝負はどうなったんない？」

若松「反則負けですわ」

早川「アホか、こいつ！　毛唐に反則負けしとって客が喜ぶと思うとるんか！」

打本「遺恨試合じゃ言うてもういっぺんやって来い！」

渋っている若松。

広能、いきなりビール瓶を取って若松の額にガチンと一撃――

血が溢れ出し、さすがにムッとなる若松。

広能「これなら遺恨試合になろうが。あとでミス瀬戸内海を抱かしちゃるけん、早よ行け、早よ！」

若松、血だらけの顔でまた出てゆく。

場内の凄い喚声が聞こえてくる。

其処へ、若衆二三人（和田作次、他）を供に連れた岩井信一が入ってくる。

広能「オウ、信ちゃん！」

　迎え出て握手する広能。

岩井「車で通ったらポスター貼ってあったさかい寄ってみたんや。元気でやっとるな！」

広能「どうにかしのいどるよ！」

　祝儀袋を出して渡す岩井。

　Ⓣ『神戸・明石組若衆、岩井組々長　岩井信一』

　打本が横目でその方を見ている。

14　呉・バー「あかね」（夜）

　一方のボックスで飲んでいる広能と打本、早川。
打本「あの岩井いうたらよ、明石組の斬込み隊長じゃいうて言われとろうが。こんなも旅のつき合いが広いのう、羨ましいわい」
広能「若い時、旅ばかり打ってましたけん、自然にそうなったんですよ」
打本「それに比べて、わしの兄弟分いうたらよ、みんな殺されよってから、考えると淋しゅうてやれんわい……のう、昌三、さっきの岩井に言うてよ、明石組の中で誰かわしと兄弟分になるもんがおらんかいうて一度頼んでみてくれいや」
広能「きくだけならきいてみますが……明石組いうたらこらのもんとは比べもんにならん大きな組ですけん、よう考えてからにされた方がええですよ」
打本「（乗り出して）考えたけん、言うとるのよ。村岡さんもあの体じゃけん、近々の内に跡目いう問題も出てこようが。わしの他に誰があとを仕切れるんない、のう！明石組と兄弟分いうたら、わしも恰好がつくし、神戸にとっても損な取引にゃなるまアが！」
広能「（苦い顔で）打本さん、跡目に立とういう考えで旅と盃したら、間違いの因（もと）になりますよ」
打本「こんなの考えは古いのよ。これからの極道いうたらよ、つき合いの広さで。言うなりゃア国際外交の時代なんじゃけん、頭を使わにゃアよ、おう」
広能「ほうですかのう……わしゃ馬鹿でええと思ってますが」
早川「（皮肉に）山守さんにしたって、広能さんを抱き戻したんは、広島に気があってのことなんでしょう」
広能「（ムッと）そんなことわしが知ったことかい……」
　と、広能の前に、若いホステスが酔った若松に追われて逃げてくる。
ホステス「いやアあの人、怖い……」
　若松を懸命に抑えている西条や岩見たち。
広能「（西条に）約束じゃけん、どっかで女当てがってやらんかい！」

西条「はア！」

15 バー街の路上（夜）

西条が呼び出した富枝を口説いている。

富枝「うちがミス瀬戸内海になるんの?!　いやよ、あんなお化けみたいな男と……！」

西条「アッチの大きさは変りゃせんのじゃけん、おう、おやっさんへの義理考えてみイ！」

離れた所で苛々とウイスキー瓶をラッパ飲みしている若松、空瓶を側のラーメン屋の屋台に叩きつけて割る。

飛び散る破片を浴びた客のジャンパー姿の青年（倉元猛、工員崩れ）、血走っていきなり腰掛けのベンチを振り上げるや、若松の脳天に叩きつける。

若松「この野郎ッ!!」

倉元「クソ、この馬鹿、勝負せんかいッ!!」

怒り狂って倉元に摑みかかる若松。

凄まじい凶暴さで向ってゆく倉元。

見ていた西条、これ幸いと富枝を連れて逃げて行く。

若松、圧倒的な力で倉元を殴りのめし、西条を探して追ってゆく。

血だらけの顔でやっと立ち上がる倉元、屋台の包丁を二本鷲摑みに取ると、若松の後を追いかけて背中から一突き。

悲鳴を上げて倒れる若松に、もう一本の包丁で叩きつけるようにその片耳を切り落す。

16 広能組事務所（数日後）

一同が屯（たむろ）している所へ、初老の中学教師、青木彦次郎が入ってきて、
青木「広能君はおるかね？」
西条「広能クン?!　誰のことじゃい！」
青木、表にいる倉元と母親のうめを招き入れる。うめは日雇い労務者らしい武骨な体つきで、形ばかりの黒紋付を着込んでいる。
倉元の姿にびっくりする西条。
青木「（二人に）怖がらんでもええ。ここのバカは、わしの昔の教え子なんじゃけん」

17 同・客間の小座敷

青木たちと会っている広能。

青木「警察に自首するつもりだったらしいんじゃが、何処へ逃げても、あんたの手のもんに仕返しされるじゃろう言うて、わしのとこに相談に来よったんじゃ。のう、広

能、この子もわしが教えた子じゃけん、言うなりゃ、こんなの後輩で。考えちゃってくれんかのう」
広能「よう分りました。斬られたもんも命には別状なかったですけん、わしらの方で話はつけましたから、心配せんで下さい」
青木「そりゃア助かった、のう」
青木に促されて手をついて深々とお辞儀する倉元とうめ。
青木「それでの、こいつの今後の身の振り方なんじゃが、どうじゃろう、こんなの下で極道修業さしてみちゃってくれんかのう、トッパもんじゃけん、極道ならまア将来の見込みはあるけん、わしが推薦するよ」
広能「教育者の先生がそがなこと言うたらいかんですよ。(と倉元に)これまで何しとったんない?」
倉元「大阪で、溶接工を……」
広能「溶接工じゃ喰えんのか?」
倉元「ゼニァどうでもええんです……」
広能「じゃったらなして堅気でやれんの?」
倉元「……分らん……」
青木「(うめを見てから)内輪の話じゃが……これの親父いうんがのう、やはり府中の方の極道で、喧嘩で死んどるんよ」
広能「(胸を衝かれて)ほうですか……」
青木「こりゃアこまい頃からその親父を見て育ってきとってじゃけん、お袋さんも諦めとられるんじゃ」
広能「(うめに)のう、おッ母さん、極道になるいうたらですよ、生みの親は捨てにゃいけんのですけん、あんた、それでもええんですかいの?」
うめ「(俯向いて)はア……この子の罪の半分はわたしに有るんじゃ思うちょりますけん……宜しゅうお願いします……」
広能「(返す言葉がなく)…………」

18 同・事務所

青木とうめが広能に送られて出てくる。
うめ、持ってきた風呂敷包みを倉元に渡して、
うめ「腹巻きも入っちょるけん……」
倉元「うん……」
広能、拳骨で倉元の頭をゴツンとやり、
広能「履物揃えてやらんかい!」
慌てて下へ降りて二人の履物を揃える倉元。うめ、それを見て、フト崩れそうな泣き顔になって、
うめ「ありがと……辛抱するんよ……」
倉元「…………」
青木に促されトボトボと出てゆくうめ。

広能、また倉元の頭をゴツン、
広能「挨拶して送らんかい！」
　倉元、急いで表へ出て、直立不動、最敬礼で送っている。

19　刑務所の表

出所した江田が打本始め広能、松永、武田等に迎えられて金ピカの外車に乗り込む。尊大で粗暴な物腰。
Ⓝ「その年の暮、江田省一が広島刑務所を出所した。江田は村岡組切っての暴れン坊で、村岡組の今日を築いた最大の功労者であった。江田の歓心を買おうとした打本の呼びかけによって、間もなく打本と広能を始め村岡組幹部との兄弟盃が交わされ、打本は兄貴分として広島の若い世代の頂点に立ったのである」

20　広島・打本組事務所

「国光運輸株式会社」のトラック・センターも兼ねている。

打本が広能、松永、武田、江田と事務所から出てきて得意げに事業の説明をしている。

その五人が肩を組んだ記念写真。

21　造船所のスクラップ置場

　歩いてくる広能と若林所長。
広能「山守さんが……?!」
若林「あんたも諒解しちょるけん言われて、トラック二台分ゴソッと持ち出していきんさったんじゃが」
広能「(怒りの色で)…………!」
若林「値段にして五百万にはなろうかの。わしも半信半疑じゃったんじゃが、あんたの親分じゃけん、断るいう訳にもいかんし……」

22　山守の家の応接室

　山守に詰め寄っている広能。

　槇原と山守の妻利香も近くに居て。

広能「わしが諒解したいうて持ち出すのは非道いじゃないですか。わしの信用はどうしてくれるんですか？」

山守「そう腹を立てなや。わしの知合いが手形を落せんで苦しんでおったけん、急場しのぎに融通してやったんじゃや」

広能「じゃったら、その人と話つけますけん、何処の誰ですか?」
山守「(カッと) お前が出る幕かい、おう、大体よ、誰のお蔭でスクラップの番しとられるんない。わしの目が光ってるからじゃないか。親のやることに文句つけるんなら、お前の首ぐらい何時でもスゲ替えてくれちゃるんど、おう!」
広能「…………!」
槇原「昌三、おやっさんはよ、こんなの身許引受人じゃけん、余り逆らうと仮釈は取り消しになるど」
山守「放っとけ、放っとけ。こいつはわしよりも打本にべったりなんじゃけん。おう、笑わすなや、打本がなんなら。あのクサリ外道が村岡の跡目をもう取った気になりよってから、あんとな馬鹿に二代目ヅラされてたまるかい。十年早いいうて言うちゃったれい、おう、お前も広島へ出て行けいや、広島へ。呉におっても目障りじゃけん、おう!」
広能「はア、今度わしの仕事を邪魔されたら、やりたいようにやりますけん!」
山守「帰れ帰れ!　お前の面やなんかもう見とうもないわい!」
其処へ若い者の案内で、江田がイカれたような若い女(ミサ子)を同伴して入ってくる。
山守「おお、省一つアんか!」
江田「おじさん、留守の間は組のもんがいろいろお世話になりまして」
山守「(満面の愛想で) いやア、よう来てくれた。こんなが戻ってきたけん、広島もようやっと筋が通るようになった、のう。(と側の手提げ金庫から百万程の札束を出して) 放免祝いの祝儀じゃけん、納めといてくれ」
江田「(感激して) 御丁寧に、頂いときます (と貰ってミサ子に渡す)」
ミサ子「ワア、有るとこには有るもんじゃネエ!」
山守「ま、奥へ上がらんかい」
江田、槇原等と奥へ入ってゆく。
利香「昌ちゃんもこっち上がって、どう?」
広能「わしゃええですよ!」
背を向けて出てゆく。

23 表の道

倉元が待っていて、出て来た広能にすかさず煙草をつけて渡し、後に従ってゆく。そんなことは眼中になく思い詰めた表情の広能。

Ⓝ「翌三十六年春、広能は打本を連れて神戸の明石組を訪れた。打本のかねてからの希望に従ったのであるが、広能自身にとっても、打本に力を貸

24
神戸・明石組事務所

大きな代紋をつけた表戸。
車から降りる広能と打本を岩井と組員たちが丁重に迎えている。

して、将来の見通しを立てて置かなければならない危機感があったのである」

25
明石組本家応接室

幹部会開催の一同。
中央に宮地。
Ⓣ『若衆頭　宮地輝男』
岩井もいる。舎弟連中の席に相原の姿。
Ⓣ『明石舎弟　相原重雄』

Ⓝ「打本の盃の申し入れを最高幹部会で慎重に検討した明石組は、それから半年後、明石組々長明石辰男の舎弟相原重雄を打本の相手に決め、その年の秋、盛大な兄弟盃の式を披露した」

26
同・奥の一室

宮地と岩井の説明を頷きながら聞き入っている明石辰男。

27
打本と相原の兄弟盃の写真。広能も列席

28
神和会事務所と代紋

会長神代巳之吉と副会長伊丹義市の姿。
Ⓣ『神和会々長　神代巳之吉』
Ⓣ『副会長　伊丹義市』
Ⓝ「この頃、全国制覇を呼号する明石組と、地元神戸でのライバル神和会との間で、西日本における系列化の暗闘が次第に激烈化していた」

29
Ⓣ **昭和三十五年四月、大阪義友会事件**

早朝、アパートの外階段を駆け上がってゆく一団の組員、一室に拳銃乱射。
血だるまになって転がり出てくる男。

30
Ⓣ **昭和三十六年六月、奈良石川組々長刺殺事件**

夕方、風呂帰りの石川組長を匕首で襲う数人のやくざ。

31 Ⓣ 昭和三十六年十月、鳥取檜山組々長斬殺事件

夜、夜行寝台車のベッドから引き摺り出された檜山を日本刀で滅多斬りにする二人組。

32 Ⓣ 昭和三十六年十二月、京都木屋町事件

夜、駐車場で匕首、出刃を持った数人のやくざ同志の凄惨な死闘。

33 Ⓣ 昭和三十七年一月、九州博多事件

昼、マンションの一室に入ってきた二人のやくざがベッドの男をいきなり拳銃で射殺。

Ⓝ「こうした状勢の中で、広島は、明石組、神和会双方にとって、共に譲ることの出来ない戦略上の要衝だったのである」

34 広島・ホテルのスタンドバー

広能が相原と会っている。

広能「九州では大変だったそうで……」

相原「岩井が応援に行って逮捕されてもうたんや」

広能「ほうですか……」

相原「福岡の拘置所へ面会に行った帰りなんやが、あんたに力になってくれ云うとった。それで相談に寄ったんやが、どやろ、打本の兄弟は村岡さんの跡目に決まりそうか？」

広能「わしの口からはっきりしたことは云えんのですが、わしはそのつもりで働こう思うとります」

相原「頼むで……それとなア、あの打本は広島の村岡さんとどういう関係なんや？」

広能「どういうて、村岡さんの舎弟ですよ」

相原「はっきり盃をした間か？」

広能「そうですが……なんでですか？」

相原「けったいな真似してけつかる。あいつ、明石さんの直盃の舎弟にして貰えんかちゅうて、人を介して姐さんに頼み込んでるそうなんや。今度の九州の事件で助ッ人に行った功績を買うてくれちゅうとるそうや。そりゃええが、わしには一言も断りなしにやで」

広能「…………！」

相原「そんな大事な話を、兄弟分のわしに内証にしとるなんて、三千世界の何処にある。第一、極道ちゅうもんは、直盃の兄貴を二人は持たんちゅうのが鉄則やろ。なア、広島のやくざは、盃ちゅうもん、どう考えとるんや」

広能「（困惑して）はア……あの人は事業家ですけん、極

道の筋が分らんこともあって……わしに免じて堪えてつかアさい……」
相原「どうもなんやなア、明石さんもわしらも、あの男にはメスったンと違うか」
広能「…………！」

35　呉の通り（二ヶ月後）

うめが男女労務者と道路補修で働いている。
倉元がブラブラやってくる。
倉元「母アちゃんよい……」
うめ「猛……遊んどってえぇのんか」
倉元「おやじさんのお供じゃけん、あこの店でお客さんと話しとられるんじゃ」
と外国煙草を出して一本火をつけ、うめに渡して、
倉元「洋モクじゃ」
うめ「ほうか……！」
嬉しそうに吸ううめ。倉元、煙草の箱を一度ポケットに蔵うが何となく気が咎めて、箱ごとうめに渡し、
倉元「みんなに分けてやれいや」
うめ「ほうか……！」
カッコよく肩をそびやかせて戻ってゆく倉元。
うめ、貰った煙草を近くの労務者たちに分けてやる。
労務者Ａ「ええ若衆になったのう、おかやん」
うめ「（嬉しく）はア……！」

36　喫茶店の中

広能が松永、武田と会っている。
広能「なんない、話いうて……？」
松永「うん、実はこのたびよう、おやじがいよいよ引退することに決められたんじゃ」
広能「ほうか！　村岡のおじさんも汐時かも知れんのう」
松永「それで、ゆうべおやじと話をまとめたんじゃがのう、おやじの跡をよ、山守のおじさんに継いで貰おういうことになったんじゃが、どう思うかいの？」
一瞬、絶句する広能。
広能「おやじに……?!　そりゃア止めとけい。あのおやじが上に立ったら、こんな等先行って泣かにゃならんようになるど。それじゃったら、なんで打本の兄貴に話を持っていかんの？」
武田「ここだけの話じゃがよ、おやじは打本さんが明石組と盃したことについて、内心怒っとられるんじゃ。広島を神戸に売り渡すようなもんじゃいうて云われてよ、ありゃアイカレとるいうて全然相手にはされとらんのよ」
広能「打本さんを神戸に取り持ったんはわしじゃけん、そ

ういうことならわしゃイモ引くわい。あんた等でええようにやりないや」
松永「余計な騒ぎは起したくないけん、こんなに根回しだけして貰いたいんじゃ、のう」
広能「打本さんを外す云うんじゃったらよ、村岡組の中から跡目を出すのが筋で。お前が継ぎゃええじゃないか」
松永「江田がおるけん、わしゃ立てんよ……」
広能「江田じゃいけんのか？」
武田「ありゃァ女狂いしとって、旅に出せん男じゃいうて、おやじが乗らんのじゃ」
広能「(武田に) そっちはどうない？」
武田「わしゃ……持病があるし……人の上に立つ程、勲章を持っとらんしのう……」
松永「のう、わしらとていつまでも山守さんを親分にいうて考えとりゃアせんのよ。いずれはそっちも含めてわしら幹部の誰かが三代目を継ぎゃええんじゃけん、その間の一年ぐらい、山守さんに面倒みて貰うた方がサマがええ思うとるんじゃがのう」
広能「…………」
三人三様の思惑で考え込んでいる。
と、表に派手な色のスポーツカーが着いて、女連れの打本が店に入ってくる。
打本「おう、何の話な、お前等？」
気まずく顔を背ける松永と武田。
打本「おう、昌三、おどりゃこの前、相原に詰まらんこと云うたげじゃのう！」
広能「なんの話ですかいの？」
打本「何いうてよ、おう、わしが村岡と舎弟盃しとるとか云うてよ！」
広能「ああ、云いましたよ」
打本「馬鹿たれ、クソ、知らん云うときゃええじゃないか！」
広能「事実ですけん、なして云うたらいかんのですか？」
打本「お前が詰まらんこと喋るけん、相原がツムジ曲げよってよ、明石さんとの盃は無期延期になってで。おう、わしに恥かかせて。どうしてくれるんない！」
広能「兄貴の方こそ、考え直した方がええですよ、突ッ転ばしの女郎みたいにあっちこっち売り込むのは……」
打本「(昂ぶって) なに云うとってや、おどりゃア、明石さんと兄弟になりゃア位が上がるんじゃけん、高う売れるもんなら高う売るのが当り前じゃろうが、おう、わしが出世し損ったら、お前が責任とれよ、責任を！」
広能「(ムッと) なんでわしが責任取らにゃいけんのですか！　位を云うんなら、死んだ杉原さんのオトシマエをきっちりつけとくことが、極道の位いうもんでしょうが！」

打本「お前みたいな百姓の意見など聞きとうないわい。これからはもうわしのつき合いに口出すな、おう！」
広能「ああ、わしも手引きますよ！」
いつの間にか倉元が殺気立って打本の側に詰め寄っている。
打本、ビクッとしながら急いで出てゆき、また車を走らせて去る。
白けて黙り込む広能たち。
松永「のう……打本さんにはっきり云うといた方が良かったかのう……？」
広能「口出すな云うんじゃけん、放っときゃええ……あの人だきゃア、見損ったわい……（と重い溜息で）……わしから、山守のおやじに話してみるよ……知らん仏より知ってる鬼の方がまだマシじゃけん……」

37 広島の料亭の表

『山守組相続披露宴』の掲示。礼服に身を固めた旧村岡組員と、広能、槇原等山守組員一同が迎える中で、来賓が次々と入ってゆく。その中に、大久保と上田、それに明石組の宮地等の姿。
風格充分の豊田良平も。

Ⓝ「それから二ケ月後、村岡組と山村組の合併が実現し、山守は村岡の跡を継いで傘下二百余名の組員に君臨する広島の大組長の地位に就いたのである」

Ⓣ『山口・豊田会々長　豊田良平』
喜色満面の山守が手を取らんばかりに豊田を迎えている。
浜崎組々長・浜崎四郎が若頭の千原守男を連れて、槇原に挨拶している。
浜崎「兄貴、このたびはお目出とうさんです」
槇原「おう、浜崎、岩国で小森と揉めとるそうじゃが、片づいたんか？」
千原「今話つけてる所ですけん、御心配は要りません」
槇原「ほうか、それならええが」
一方から打本が早川を連れて、不貞腐れたような顔でやってくる。
受付の広能と顔が会う。
打本「（睨みつけて）おう、広能、そっちゃ腹が黒いのう！」
ムッと見返し、自制する広能。
打本、通ってゆき、山守には素知らぬフリをして中へ。
山守も鼻であしらって見送っている。

38　広島・クラブ「クラウン」（夜）

披露宴の二次会でテーブルを囲んでいる山守と宮地、それに広能と槙原、松永、武田、江田等のメンバー。

山守「（上機嫌で宮地に）わしゃ全く、この世へ向いて親分になる為に生まれてきたようなもんですよ。運のええ男ですけん。わしが広島を迎えたからにゃ、もう他処のもんにゃグスーッとも云わしゃアせんですよ」

苦笑いしている宮地。

広能「（二人を気にして）グスーッと云わさんのもええですが、余り憎まれん方がええですよ」

山守「（気づいて愛想のように）ところでおたくの組もなかなか発展しとられますなア」

宮地「まアお蔭さんで。おやじも偉いですが、下の若いもんがようやってくれるからですよ」

山守「その通り、右左にしっかりした若いもんがおらにゃア親は立てんものですけん。ウチじゃアですよ、（と武田を指し）あいつが一番しっかりしとって、金も六千万ぐらいは持っとりますよ。その次は、（と松永を指し）こいつです。四千万ぐらいでしょうな。（江田を指して）ありゃア出てきたばかりですけん、次云うたら（と槙原を指し）これで三千万は持ってますかな。あとのやつは一山なんぼの方です」

鼻白んでいる広能。

ホステスの弘美「お父うちゃんはなんぼ持っとるん？」

山守「お父うちゃんは金の玉を二つ持っとる」

と、弘美とイチャついて大笑いしている。

槙原の側にホステスが一人来て耳打ちする。立ってゆく槙原。

広能、フトほの暗い照明の店内をすかして見ると、奥のテーブルに打本が早川と小森組々長小森安吉、その若衆野戸呂勇等と同席しているのが見える。

槙原、打本たちの前に来て、

槙原「なんですか？」

打本「こんなア浜崎いうんと兄弟分じゃろ？」

槙原「それがどうかしたですか？」

打本「岩国でこれらと揉ましとるそうだが、この小森はよ、わしの舎弟じゃけん、わしが間に立つからそっちゃ口はさまんようにしとけよ。わしゃよ、まだお前等にツラ突かれる程甘くなっとりゃアせんのじゃ、おう！」

槙原「円く収まるんならそれでええですよ」

其処へ江田が追うように来て、

江田「おう、打本さん、向うにおやじや神戸のお客さんも来とられますけん、顔出してつかいや」

山守たちも見ているので、打本仕方なく早川と渋々立って一同のテーブルに向う。

打本「どうも。他に客が有ったもんで」
山守「（皮肉に）広島におってよ、わしらより大事な客があるんか、おう？」
打本、仏頂面でソッポを向いている。
山守「（宮地に）こういう馬鹿ですけん、村岡さんもサジ投げられとってですよ」
宮地「（苦々しく）まア皆さんで仲良うやっていっておくんなはれ」
山守「おう打本、宮地さんもこう云われちょるけん、わしの組に来て働かんかい、のう」
打本「例え舎弟にいうて云われても断りますよ。わしゃ、明石さんを親分と思うとりますけん！」
山守「誰が舎弟にいうて云うちょるかい。そっちで若衆にさせてくれい云うてきたら、使っちゃろうと云うとるだけよ。（と宮地に）全くこの打本いうやつは偉うない偉うない云うたら、こんな馬鹿はおらんです。もう明石さんにベタ惚れで、朝から晩まで神戸の方ばかり気にしとりますわい。こんとな馬鹿たれですが面倒みてやって下さい」
口惜しさに俯向いて必死に堪えている打本。山守、それを覗き込むように、
山守「ありゃ、お前泣きよるんか？　泣くことあるかい。ま、飲めい、飲めい！」

無理にビールをつきつける。宮地、若衆たちと示し合わせて立ち、
宮地「わしらはこの辺で……」
山守「まアまア、おい打本、お前の店に案内せんかい、おう！」
動こうとしない打本に代って早川が、
早川「わしの女房がやっとる店がありますけん、そっちへ先に寄ってつかあさい」
山守「おう、そうしよ！」
と一同席を立って、打本一人を置いて出てゆく。広能だけが見かねて、打本の側に戻ってきて、
広能「のう、神戸も一緒じゃけん、気分直してつき合って上げないや」
打本「（睨んで）放っとけ！　おどれみたいな腹黒いやつと飲めるかい！」
広能「（カチンときて）なに云うとるの、さっきから黒い黒い云うて、わしのどこが黒いんかいの！」
打本「云われにゃ分らんのか！」
広能「おう、云うてみないや！」
打本「ほいなら云おうか。そっちゃ、村岡の引退聞いとってから、わしにゃ一言も教えもせんで、山守のケツかきよったんじゃろうがよ！」
広能「おやじの跡目は村岡さんが決めたことじゃけん、わ

しが知るかい。第一あの時、もう口出すな云うたのは誰よ！」
打本「…………！」
広能「よしんばわしがおやじを押したとしてもよ、あんたア神戸に向いて村岡さんとは盃しとらんいうて云うとったんじゃないの。盃もしとらんもんがなんで跡目継ぐ資格があるんの?!」
打本「ま、みとれい。わしゃよ、いずれ山守を潰したるけん、そン時ゃそっちを真ッ先に的にかけちゃるけんの！」
広能「（激昂して）トルんなら今ここでトリないや、おう!!」
様子を見に戻ってきた松永が慌てて広能を抑えて、
松永「昌ちゃん、止めいや！」
広能「文句は要らんよう、来い云うたら来りゃええんじゃけん、何時でも来い!!」
松永、懸命に広能を連れて出てゆく。
昂奮して蒼白な顔で立ちすくんでいる打本の側に、小森と野戸呂が近寄る。

39　岩国・基地附近の特飲街路上（夜）

浜崎組の千原が供の若衆を連れ、二、三人の米兵と娼婦たちの仲に立って交渉をしている。

と、直ぐ脇に一台の乗用車が突っ込んできて、小森組の野戸呂他数人がバラバラと飛び降り、「あ！」という間に千原を囲んで刺殺。

魂消て逃げ散る米兵や娼婦たち。

40　広島・山守の妾宅（弘美）の一室

山守が弘美と朋輩のホステス二、三人を相手に花札博奕をしている。

その側に集まっている広能以下、槇原、松永、江田、それに長尾、助藤等の幹部連。

山守「みんな揃ったか……？」

松永「はア。武田は持病の貧血症が再発して入院してますけん」

山守、やっと博奕を中断して一同の方に向き直る。

山守「話いうのはよ、このたびの浜崎と小森の喧嘩よのう、これを組の喧嘩として受けて立たんかい、おう。浜崎は槇原の舎弟なんじゃけん、あの小森いうんをいっぺんに潰しちゃってよ、打本の外道もぶしゃアげちゃったれい。あの外道いうたらよ、仲裁人のフリして小森のケツかいとるんじゃけん、おう！」

槇原を除いて、困った顔を見合わせている広能たち。

山守「差し当り明日の浜崎ンとこの葬式によ、各自の組からトラック部隊を編成して岩国に繰り込ましちゃれい。指揮は槇原、お前が執れい。これでよし、解散！」

とまた女たちの方を向く。

松永「待って下さい……ウチはまだ合併して間なしですけん、もう少し時間をかけてガッチリ組を固めてからの方が……それに小森は豊田会と近いし、打本には神戸が後におるんですよ。そんな喧嘩を本気で考えとられるんですか？」

山守「(向き直ってヒステリックに) ほう、大したもんじゃの、お前等！　今まで若衆は沢山連れたが、若衆から意見されたんは始めてじゃ。わしもええ若衆持ったもんよ！」

松永「そう云われては物も云えんですよ」

山守「お前等がそがにやる気がない云うんなら、それでええよ！　わしは一人でもやるけん！　打本みたいな外道に舐められてよ、わしがどれ程苦しんどるか、おう、村岡さんから預かった大勢の若衆が可愛いけん、無理にも意地を立てちょるんど。この心がお前等に分ってたまるかい……」

感極まって男泣きに泣き出す山守。

唖然としている松永たち。

弘美が山守の涙を拭ってやり、

弘美「お父うちゃん、泣かんの、泣かんのよ、人前が有るんじゃけん」

江田「(松永に喰ってかかり) お前が詰らんこと言うけんど。おやじに謝まれい！」

松永「(思い直して) わしの云い過ぎでした。みんなと相談して決めてゆきますけん」

山守「ほうか、よしよし……」

とケロリとした顔になって、ポケットからコンパクトを出してパフで涙の跡をパタパタ叩きながら、

山守「総指揮はわしが執るけん、なんでも相談に来い (と弘美たちに) お父うちゃんも昔取った杵柄じゃけんのう。おう、飯喰いに行こう！」

と弘美たちを引連れて出てゆく。

広能「(見送って) ヤレヤレ、今日の泣きは出来が悪かったのう……」

すっかり白けている松永たち。

槇原「よしッ、わしゃトラック集めてくるけん、お前等若衆を用意しとってくれい！」

と出てゆく。

松永「(見送って、江田に) そっちゃ分っとらんのか。おやじはよ、槇原を男にしてわしらを抑え込もうと考えとるんじゃけん、ほいで詰まらん喧嘩を大きくしようとしちょるんど。馬鹿らしくて、本気で出来るかい！」

江田「…………！」

41　岩国・浜崎組事務所の表

トラックが三台連なって乗りつけてくる。先頭車に槇原と広能、松永、江田。
他に岩見や弓野など各組若衆が乗り組んでいる。
千原の密葬を行っていた浜崎たちが迎えて酒などで招待する。

浜崎「兄貴さん、皆さん、御苦労さんです！」
槇原「（車上から）おう、わしらがついちょるけん、一歩も引くな。よしこれから小森の所へ押し出しちゃれい、出発ッ！」
広能「待ていや、押し出してどうするんない？」
槇原「どうするいうて、殴り込んでやるんじゃ！」
松永「誰がよ?!　わしらは降りるけんの」
江田「わしら、打本さんとは盃しとる仲じゃけんの、殴り込みまでは出来んわい」
槇原「わし一人でどうせい云うんない！」
広能「指揮官は一人おりゃア充分じゃない。お前がやられたら骨は拾ってやるけん」
槇原「じゃったら、わしも止めるわい！」
松永「わしらに遠慮せんと行きないや、おう、殴り込みによ！」
槇原「…………！」
広能「イモじゃ、イモじゃ。おい、広島へ帰るぞ、回れ、回れ！」
方向転換して戻ってゆくトラック部隊。

42　広島のバー「エデン」（夜）

山守が若いホステス桃子を抱き寄せて槇原と飲んでいる。近くに森久等ガード役の組員たち。
槇原「（ボヤいて）他のやつ等いうたら文句ばかり垂れて一向に立ち上がりゃせんのですけん」
山守「あれらァ打本の外道と盃しとってじゃけん、初めから当てにゃならんことぐらい分っとるわい。作戦変更じゃ」
槇原「どうされるんですか？」
山守「分らんのか、おう、わしがなんの為にこの店に通ってきとるか、おう？」
ママの江奈（早川の妻）が他の客をそらして山守の側にやってくる。
江奈「親分、打本さんの組と揉ますいうて云うとられるの、本当なんですか？」
山守「ママは気にせんとけい」
江奈「（真剣に）ウチの早川なんですけど、あの人は打本さんにいうてそう深い義理はないんですよ。ただ頼まれて若い人預かってるだけで……いつも山守さんだけが広島の親分じゃいうて話してるくらいなんですから」
山守「分っとるけん、今これが（槇原が）殺っちゃろうか云うちょるのをわしがとめとるんじゃ。わしゃこの年まで人の命取ったことはありゃせんので。（と桃子を更に抱き寄せ）のう、優しいパパさんじゃろが……」
その時、表から早川が入ってくる。山守たちの姿に気まずく表へ戻りかけるのへ、
山守「おう、早川、こっち来んかい！」
江奈が急いで早川を引き留めにゆき、
江奈「あんた、山守さんが話があるいうて待ちんさっとるんじゃけん、聞いときんさいネ」
ためらいながら山守の方へゆく早川。

43 広島の山守組事務所

広能、槇原、松永、江田たち幹部が集まっている。
広能「早川を？　こっちに抱こう言うんか?!」
槇原「打本の組ではあれが一番若衆を抱えちょるけん、あれを引抜きゃア喧嘩をせんでも打本組は骨抜きになるいうておやじは言うとられるんじゃ」
江田「早川はどう言うとってや？」
槇原「こっちに任す言うちょる」
広能「馬鹿臭い！　考えてみイ、喧嘩がいやじゃけん若衆引抜いてで、ほいで相手潰したいうたらよ、わしら渡世内の笑いもんになるだけで！」
松永「早川も早川よ。わが親分が詰まらんけんいうてよ、今度はあっちの親分にいうてええとこづきするようなもんは、わしゃ好かんわい！　どうでも抱こういうんじゃったらよ、わしゃ組を出てゆくけん！」
槇原「ほいじゃったら云うちゃるがの、そっちらは打本と盃しとるけんいうて、ちっとも立ちゃアせんじゃないの。ほうじゃけん、当てにならんけん早川を抱こういうておやじは言うとられるんど！」
松永「立つも立たんも、こんなの舎弟の喧嘩じゃけん、そっちが一人で打本トリに行きゃ済むことじゃないか！」
槇原「こっちの喧嘩じゃアあるかい。因は広能と打本の喧嘩から始まっとるんで！」
広能「ほうか、そうまで云うんじゃったらよ、打本と盃を水にしてはっきり対決しちゃるけん、その代り例え明石組が出てきてもお前等逃げ隠れすんなよ！」
槇原「…………！」
江田「まア落着かんかい。打本さんと水にするいうたら、わしらも考えにゃならんしよ……」
と、その時、表から覗き込んでいる高校生風のチンピラ二人に気づいて、

江田「なんなら、お前等……？」
いきなりその一人が、火のついた円筒形の物を放り込んでダッと逃げてゆく。
思わず総立ちになる一同。
槇原「爆弾じゃッ!!」
泡を喰って机の下や物蔭に飛込む一同。
ボスン、と音がしてピンク色の煙りがモウモウと立ちこめる。
広能「落着け、発煙筒じゃ！」
松永「消火器、消火器！」
と煙に追われて右往左往しながら、
江田「ありゃア打本のボンクラじゃ！　クソッ、あの外道ッ……!!」

44　打本組・国光運輸の社長室

打本の前に並んで腰かける広能、松永、江田の三人。

卓上には発煙筒の残骸。

打本、落着かず貧乏ゆすりしながら、
打本「わしが知ったことかい！　そこらのボンクラのやることまで責任取れやせんよう！　第一こんなもんで怪我したいう訳でもあるまアが、おう！」

松永「ほうですか……それはそれとして、打本さん、今までいろいろ世話になったですが、今日限りで他人になって貰いますけん」

と各自の盃をまとめて包んだ白布の包みを前に置く。

一瞬、血の気が引く打本。

松永「武田の分も入ってますけん」

絶句したままの打本。

江田がわざと拳銃を取り出して弾倉を覗いたりしている。

広能「じゃア……」

無言の威圧を示して席を立って出てゆく広能たち。

すっかり思い詰めている打本。

45　広島の山守組道場（賭場）

大勢の客に混って、山守が桃子を側に引きつけて遊んでいる。
松永が入ってきて、
松永「おやっさん、チョット……」

46　同・組事務所

槇原に連れられた早川が来ている。

側に広能、江田たちも。

山守が松永と出てくる。

山守「なんなら……？」

早川、薬の空き瓶を差し出す。中にアルコール漬けの小指が入っている。

早川「ウチのおやじが指詰めましたけん……届けてくれいうて頼まれましたけん……」

山守「（手に取って眺め）あのクサリ外道が、指の一本や二本で済むかい、命乞いじゃったらおどれが来い言うたれい」

早川「それが、今朝から姿が見えんのです！」

槇原「シビれて神戸へ逃げやがったんですよ、これらを置き去りにして！」

早川「全く頭にきたですよ。乾分を放ったらかしにして逃げる親分が何処におるですか。盃叩ッ返しちゃろうと思うとるんです！」

槇原「こう云うてますけん、のう、おやっさん、こいつの力になってやってくれんですか？」

山守「打本が逃げたらええ汐時じゃないか、おう、お前が号令してこの際打本組を解散させんかい」

早川「ハア……それもええですが、わしが二代目に立ついうことで面倒みて貰えんですか。小森は必ずトッてきますけん……」

広能「早川、おどりゃア男らしくせい！　親分がおらんでも戦うのが若衆じゃないんか。そうまでこっちにつきたい言うんじゃったらよ、打本の首取ってきてから来い。それが筋いうもんど！」

山守「お前は黙っとれい！」

広能「こんとなもん相手にしとる時じゃありませんよ。コレ（指の瓶）が神戸に聞こえたらどうなるか、分っとるんですか！」

山守「（ハッと事態に気づいて）…………」

その時、近くの電話が鳴る。松永が出て短かい応答をしてから切って、

松永「（山守に）明石組からです……打本のことで訊きたいことがあるいうて、相原さんと宮地が近い内こっちに来る言うとってです！」

山守「わしゃ知りゃアせんど、おう、打本に盃返して追い込んだんはお前等なんじゃけん、お前等で神戸と話つけい！」

広能「もう手遅れですよ。こうなったら神戸と一戦交えるしかありゃアせんのですけん！」

山守「（蒼ざめて）…………」

松永「こんなことしておれんぞ！　わしゃ支度にかかるわい！」

松永、江田は若衆を連れて飛出してゆく。槇原も早川も消えるように出てゆく。広能も最後に岩見や弓野等

を連れて出てゆく。
独り残されて茫然としている山守。

47　呉・広能の家の表（夜）

倉元が木刀を持ち、グレートデン、土佐犬、シェパードなどの猛犬を数頭引連れて見回っている。

48　同・座敷（夜）

広能が水上たちと麻雀をしている。周りに猟銃や日本刀を用意した組員たちが取り巻いている。
電話が鳴り響く。西条が出て、
西条「（広能に）御大（おんたい）の姐さんです」
広能「（代って）わしですが……？」

49　山守の家の電話口（夜）

寝巻き姿の利香が震えながら、
利香「昌ちゃん、早よこっち来て、早よ、家の前でさっきからウロウロしてる連中がおるんよ、それも関西弁じゃけん、明石組からウチのをトリに来たんじゃなかろうか思うんよ、ネ、お願いじゃから早よう……！」
利香の後に脅えきった山守の顔。

50　広能の家の座敷（夜）

広能「ハア、直ぐ行きますけん！（と切って一同に）お前等、道具持って来い！」
一斉に飛び出してゆく。

51　山守の家の表（夜）

突っ走ってくる広能たちの車。

52　同・応接室（夜）

独りで待っていた利香がパッと喜色で迎えて立つ。下働きの若衆の案内で入ってくる広能、水上等の一同。
利香「昌ちゃん！」
広能「どうもありゃせんですよ、酔っ払った船員連中が騒いでただけですけん」
利香「そうじゃったの。でもほんとによう来てくれて、槙原にも電話したんじゃけど、来る来る云うて誰も来やせんのじゃけん、やっぱり昌ちゃんだけが頼りなんよ！」
広能「若いもん残しときますけん、もう心配せんでええですよ」

利香「ネエ、昌ちゃん、イザいう時はウチのと一緒に死んじゃってやってねえ、誰も彼も頼りにならんいうてねえ、この頃は不眠症で食欲ものうなっとるんよ……」

そこへ奥から山守がわざと寝呆け顔を装って出てくる。

山守「どうしたんなら、よう眠っとるのに叩き起しゃがって！」

利香「あんたア、昌三はネ、あんたと一緒に死んじゃるいうて云いよるんよ。これからはもう安心して寝んさいネエ！」

山守「（バツが悪く）誰が寝られん云うとってや……わしゃよ、早川の外道に腹立てて考えごとしとっただけじゃ……」

広能「早川がどうしたんですか？」

山守「全く頭へ来らしゃがるでよう、あの外道いうたら、明石組が打本抱いちょると聞いたら、途端にシッポ振って神戸まで打本迎えに行っとるんじゃ。あのカタリめ、今度会ったらブチ斬ってくれちゃる！」

広能、ヤレヤレという顔で。

53 広島・ホテルの玄関

広能が水上と車を降りる。明石組のバッジをつけた組員二、三人が迎えて中へ案内してゆく。

54 同・一室

広能、一人が入ってくる。

迎える相原と宮地。

広能「（硬い緊張感で）どうも……」

相原「突然で堪忍や。いっぺんあんたと腹割って話してみたかったんや」

広能「なんのお話ですか？」

宮地「（語気鋭く）わしらと構えるんか、手打ちにすんのか、どっちなんや?!」

広能「（殺気走って受け）頭からそう出られたら、どっちこっちいうてありゃアせんですよ、あんた等が構えるんならこっちも構えますけん！」

相原「（穏やかに双方を宥めて）まア静かに話そうやないか、知らん間やないのやし。なア広能、打本と仲直りしてやってくれんか」

広能「…………」

相原「小森と浜崎の喧嘩については、わしが山口の豊田さんに会うて、打本を仲裁人にして手打ちにするいうことで諒解して貰ろてきたんや。それには、あんた等が打本と仲直りしてくれんことには恰好がつかんのや」

広能「分りました……わしの一存では返事出来ませんから相談してきます」
宮地「この際だからブチまけて云うが、今、広島で構えてるのはあんたただけなんやで」
広能「…………？」
宮地「この前、うちの舎弟頭の家の法事に、槙原が山守さんの代理で香典届けに来よってな、今度のことは一切あんた等若衆が勝手に仕組んでることや、酔ったような若衆抱えて山守さんは往生しとるちゅうて、泣き入れに来とるんや」
広能「…………」
宮地「その槙原にしてからが、いつでも山守組は出るさかい、明石組で骨拾ってくれちゅうて泣いてる始末や」
相原「わしのとこにも江田が電話入れて来て、自分だけはやる気はないんやちゅうて弁解してきよったよ」
宮地「松永も四国に遊びに行ってるそうやないか。みんなバラバラで、やる気でいるのはあんた一人や。下手するとわしらや山守、打本みんなを相手にして玉砕しなきゃならんような情勢になっとったんやで」
愕然とした様子で絶句している広能。

55 広島の山守組事務所の大広間

山守を上座に、広能、槙原、松永、江田その他幹部クラスの一同が集まっている。山守は足の水虫に薬を塗っている。
槙原が立って、
槙原「この度、山口の豊田さんから申し入れがあって、打本組の仲裁で浜崎と小森が手打ちをすることになったけん、みんなもこの席に出席してくれいや」
ざわつく一座。
長尾「明石組とはどう話がついたんかのう？」
槙原「わしが神戸に行って、今後山守組として一切浜崎の援助はせんいうことで、諒解に達しとるんじゃ」
江田「それじゃアわしら打本に敗けたいうことになるじゃないか！」
槙原「打本は関係ないよ。浜崎と小森の喧嘩を止めさせるいうだけのことじゃけん」
松永「馬鹿云うな！　今わしらと打本はどういう関係にあるんない。その打本が持つ席に出るいうんじゃったらよ、まずわしらが打本と元へ戻らにゃ順序にならんじゃない！」
江田「そうまでして出る必要はあるかい！」
槙原「打本とこじれたのはそっちらだけの問題で。山守組として元へ戻るも戻らんもありゃアせんじゃない！」
松永「お前みたいな馬鹿とは物云う気せんわい。初めから明石組に呑まれて帰ってきとるんじゃないか！」
槇原「誰がよ！　わしゃ明石組の幹部連中前にしてよ、ウチのおやじは日本一の親分じゃいうて啖呵切ってきちょるんど、おう！」
一座めいめい云い争いを始めて騒ぎ出す。馬耳東風で水虫の足の指を吹いている山守。
それまで黙りこくっていた広能が、
広能「槇原、こんな神戸に行ったいうて云うちょったが、何の用で行ったんない？」
槇原「(一瞬詰まって) おやじさんの用でよ……！」
広能「おやっさん、何の用が有ったんですか?!」
山守「(ビクッとして) 何の用いうて……法事じゃいうてチラシが来たけん……」
広能「それじゃアわしらにだけ構えさせといて、あんた一人ゃ明石組になびいとったんですか?!」
山守、ムキになって広能に向き直り何か云おうとするが文句が出て来ない。
広能「酔ったような若衆抱えて往生しとるいうて云われとったそうですが、誰が酔っとるんですか?!」
山守「(槇原に) そがなことまで喋ったんか、お前?!」
槇原「(慌てて) わしゃ云わんですよ……！」
広能「わしは相原さんや宮地さんからはっきり聞いとるんで！　組離れるけん、骨拾ってくれい云うて明石組に泣き入れたんは誰よ！」
蒼ざめて絶句する槇原。
広能「他にも蔭に回ってカバチ垂れちょるもんがおるらしいが、そんなに命が惜しいんじゃったらよ、口先だけおものたれるより、打本と仲直りして手打ちでも何処でも出て行きゃアええじゃないか。その方が余ッ程正直で。こんとな喧嘩、わしゃもう投げたわい！」
シーンとなっている一座。
山守「ま、お前等同志でええ話にせいや」
と、吐き捨てるように云って出てゆく。
下を向いたきりの松永、江田。

56　山口の温泉旅館の表

手打式会場に入る小森と浜崎。

×　×　×

一室で、相原の立会いで打本に挨拶する広能、松永、江田の三人。

×　×　×

広能たちが会場入口にさしかかると、早川とその組員たち（大貫光男、木下勉、久納完治、谷川義明、他）

Ⓝ「間もなく小森・浜崎両組の手打式が行なわれ、席上広能たちは打本に詫びを入れることで形式上の和解をした」

が立ちはだかり、
早川「失礼ですが、改めさせて貰いますけん」

と一人ずつ衣服を点検する。

苦虫を嚙み潰している広能たち。

広能「（皮肉に）二代目になり損ねたのう、おう……？」

早川「（ギラッと見返し）お蔭さんで、若頭にさせて貰いましたけん、今後も宜しゅう」

通ってゆく広能たち。

57 神戸の料亭

明石辰男と向き合い、感激の面持ちで固めの盃を飲み干す打本の顔。

Ⓝ「この手打ちは事実上山守組の敗北であった。そうして意気上がる打本はその年の秋、念願の明石組々長明石辰男の六十一番目の舎弟盃を受けて、その傘下に加わり、山守組の対抗組織としての立場をはっきりと示し始めたのである」

58 打本会事務所の表

『明石組中国支部・打本会』の新しい掲札。

明石組の代紋に似たバッジをつけて、意気揚々と出てくる打本と早川たち。

59 病院の廊下

いつになく真剣な面持ちの山守が利香を連れてやってくる。
Ⓝ「それから一ヶ月後、山守は、入院中の幹部武田明をひそかに訪ねた」

60 同・病室

利香が持って来た花を飾っている。

話しこんでいる山守と武田。

山守「打本の外道いうたら、おう、道で会ってもロクに挨拶もせんのじゃけん、肩で風切ってよ！」

武田「若いもんから聞いとります」

山守「こうなったんも、のう、みんな広能のせいよ。わしがうまく捌こういうのを、あれが一人でみんな引っくり返してしまうんじゃけん、ありゃァよ、打本なんかより余ッ程明石組の手先になっとるんで。あいつを広島から追い出さんことにゃ、わしゃ枕を高うして眠れんのじゃ」
利香「最近はメッタにうちにも顔見せんしねえ」
山守「のう、明ちゃん、ほうじゃけんよ、わしは合併の時に廃止した若頭の役を復活させて組の中を締めにゃアいけん思うとるんじゃが、こんな、やってくれんか？」
武田「わしには……家賃が高すぎますよ……」
山守「いや、こんなしかおらんのじゃ。松永は広能にペタペタしちょるし江田は働かんし、槇原いうたらいよいよ度胸がつかんのじゃけん、広能に対抗出来るいうたらこんなしかおらんのじゃけん、のう、頼むわい、わしを助けてくれい、この通りじゃ！」
目をうるませて膝に手をついて頭を下げる。利香も涙を抑えながら、
利香「病気のあんたにねえ、こんな無理頼むのもよくよくのことなんじゃから……」
武田「ま、手を上げてつかアさい。よう分りましたけん」
山守「ほうか！　やってくれるか！」
武田「ただ、なった以上は、わしも他のもんに負けられん意地がありますけん、わしのしたいようにやらせて貰えますか？」
山守「おお、思う通りにやってくれりゃアええ。わしゃ跡目もお前にと考えとるんじゃけん」
武田「早速ですが、今、仲立ちしてくれる人がおって、神戸の神和会と縁組せんかいう話がきとるんです。打本を抑えて組に一本ピシリと筋金を通すのには、ええ機会じゃと思うとるんですがのう」
山守「ほうか……その神和会いうんは、ちイとは強いんか？」
武田「明石組と五分で勝負出来るいうたら、神和会しかありゃアせんのですけん」

61　呉・山守の家の広間

正面に正月の掛軸と各組長から贈られた鏡餅。

Ⓣ『昭和三十八年一月五日』

山守が上座に、武田以下各幹部が紋付袴姿の正装で勢揃い。

山守「本年もひとつ頼みます」

一同、礼。

山守「前にも報せたように、武田も病気が治ったので、これから若頭として先頭に立って貰うから、みんなも協力してやってくれ」

武田が代って一同に向き直り、
武田「えー、早速ですが、ウチは今度神戸の神和会と親戚

の縁を組むことにしますけん、皆さんに伝えておきます。盃の日にちは追って報せますから、その時はひとつ頼みます」

一座から「ほう!」とどよめきが起る。

端の方で、我関せずという顔の広能。

山守が手を打ち、待機していた芸者衆と一緒に、江奈や桃子など「エデン」のホステスたちが着飾って入ってきて賑やかに宴席の仕度が始まる。

62 同

座が大分乱れてきて、山守は江奈と桃子を横に抱き込んでふざけ合っている。
武田がお銚子を持って広能の前に来て坐り込み、
武田「のうや、神和会との縁組よのう、これの取持ちを山口の豊田さんに頼もう思うんじゃが、こんな一緒に頼みに行ってくれんか。わしゃこれまでつき合いがないけん」
広能「わしゃその話には乗らんのう。今のままで他処と縁組みしたら、先になって神和会にも豊田さんにも迷惑をかけることになるだけじゃけん」
武田「ま、そう云うなや。これからはわしが絶対組をシャンとさすけん」
其処へ酔っ払った松永が絡んできて、
松永「どうシャンとさすんや、おう、神和会と縁組じゃ何じゃ云うちょる口の下で、見てみイ、あれらア何処の女ない、早川の店の女共じゃないか。おやじは槇原と組んで早川をまた抱え込んどるらしいど。明石組が怖いけん、シッポ振っとるんじゃ!」
近くで知らんフリをしている槇原。
今度は江田が絡んできて、
江田「若頭が云うとるんじゃけん、協力してやりゃアええじゃないか!」
広能「そっちらがやるんならやるでええよ。わしゃ、そうなったら明石組と事を構えるようなもんじゃけん、その時になってまた考えるけん」
武田「(ムッと)ほうか、それなら仕方ないが、じゃったら神和会との縁組がはっきりするまで、明石組のもんとは会ってくれなや」
広能「(カッと)なんでよ! おやじがあんなことしとるのに、なんでわしだけが束縛されにゃならんの。大体おやじがだらしのうて敵味方の筋がガタガタじゃけん、こっちも安全保障をつけとかにゃアなるまアが!」
江田「じゃったら明石組に抱えて貰えや!」
松永「おどりゃ武田にケツかかれて跡目に欲があるけんそれでえかろうがよ、こっちはそう単純にいかんわい!」

江田「（色をなして）わしがいつ跡目を口にしたい！」

血走った対決になり、双方の若衆も殺気立って集まってくる。

広能「お前等ア坐っとれい!!」

抑えて回る広能と武田。騒ぎを尻目に槇原が立って山守の前に行き、何か告口している。

険悪な表情で広能を見ている山守。

63 呉の繁華街

買物包みを提げた広能が来かかり、路傍に駐車している車をフト見て、
広能「おう、弘美さんじゃないの」
運転席のサングラスをかけた弘美が驚いた様子で、
弘美「あ、昌ちゃん……」
広能「何しとるんの？」
弘美「チョット、ドライブで……」
広能「独りでや？」
弘美「そう……」
広能「ほうか、まア気いつけなや」
気にせずに行く。

64 近くの川端の通り

倉元が車を停めて待っている。

広能が来て、倉元が運転席から降りてドアを開けて迎えようとした時、近くにいた若者（槇原組員的場保）がいきなり駆け寄って、拳銃を構える。

一瞬、棒立ちの広能、倉元。

的場、顔面蒼白で必死な力で引金に指をかけているが、引けない。

広能「（間をみてとり）おう、なんしとるんな、そんともん持ってから！　安全装置が外れとらんど!!」

思わず的場がピストルに目を落した隙に持っていた包みを投げつける。

暴発する拳銃。その衝撃にびっくりして、的場拳銃を捨てて逃げ出す。

追いかける広能と倉元。

65 元の繁華街の通り

追ってくる広能たち。的場の姿は見えず、さっきの弘美の車が猛スピードで走り去ってゆくのが見える。
怪しんで見送る広能に、
倉元「おやっさん、あの外道、槇原組に出入りしとったボ

ンクラですけん、間違いありません！」
怒りと思惑が交錯する広能の顔。

66 ラーメン屋台（夜）

店の脇に出したベンチで西条が倉元とラーメンをすすっている。
西条「のう、お前、おやっさんから盃貰うとるんか？」
倉元「いや、まだです」
西条「そりゃア早よ貰わにゃのう、旅にも出られんし、詰まらんぞ」
倉元「…………」
西条「（声をひそめて）おう、こんなよ、わしと組んで飛んでみんかい？」
倉元「飛ぶいうて……?!」
西条「おやじが的にかけられたろうが。絵図かきよったんは槙原よ。おやじは山守の御大に遠慮して辛抱しとられるんじゃ。じゃったら、わしらでトッたりゃアええ、おう」
倉元「（意気込んで）ハア、兄貴、わしに是非やらせて下さい！　頼みます！」
西条、懐中からソッと拳銃の包みを出して倉元に渡し、
西条「わしゃ片手がこんなじゃけん、槙原のおる所に案内しちゃるけん、お前が射て！」
倉元「はい！」
西条「二人で手柄を立てて男にならんかい、のう、まア落着け、お前、女あるんか？」
倉元「いえ……」
西条「ほうか……万一摑まったらナカの勤めは長いけんのう、よし、わしがこれから世話しちゃるけん、わしのアパートへ行って待っとれ」
倉元「ハア、お世話になります！」
西条「よし。おい、おやじ、酒くれ、酒！」

67 西条のアパートの表（夜）

西条が富枝を連れてくる。
西条「部屋におるけん、早よ行ってやれ！」
富枝「うち、いやよ……」
西条、バチン、と平手打ち。
西条「わしが男になるかならんかいうて言うちょるんど！　ありゃアわしらの仲は知らんのじゃけん、知らんフリしとりゃア一回で済むことじゃないか。早よ行けい！　三十分で切り上げいや！」

68 同・部屋（夜）

倉元が寝転んで煙草をふかしている。

富枝がしおたれて入ってくる。

慌てて正座して迎える倉元。

富枝「コンバンは……」

倉元「コンバンは……」

富枝、もじもじと前に坐る。

視線を避けてオドオドしている倉元。

富枝「……抱かんの……？」

倉元「…………」

富枝「早よ、済まして……」

倉元、はずみをつけるように富枝に抱きついて押し倒そうとする。

富枝「電気……」

急いで電気を消してまた挑む倉元。

富枝「ズボン……」

急いでズボンを脱ぐ倉元。

ひたむきに富枝の体の中に溺れてゆく。

その激しさに煽られて燃え上がってゆく富枝。

69 広島・「エデン」の表通り（夜）

打本、槇原、早川の三人が中から出てきて歩いてゆく。

槇原「おやじも一度話したい云うてますけん、会ってつかアさいや」

打本「おう、わしゃいつでも構わんが、広能がゴチャゴチャ言うとるそうじゃないか」

槇原「ありゃア相手にせんで下さい。その内、手も足も出んようになりますけん」

早川「おやっさんが留守の間、組解散せいうてわしに迫ったのもあいつですよ」

打本「昌三のやつ、そんなこと云うとったんか？」

槇原「わしも側で聞いてましたけん」

打本「あの外道、木ッ葉喰らわしちゃる！」

その先の角にサングラス、マスク、ソフト帽の倉元が待伏せている。道の向いで合図を送っている西条。

三人が通り過ぎてゆくと同時に、拳銃を抜き出し、背後から狙いをつけて力一杯引金を引く。

ダーン!! 衝撃で空を向く銃口。

仰天する打本たち。

倉元、慌てて下に向けて二発目。今度は路面に向けて暴発。

打本たち、駐車している車の中に転げ込む。

倉元、更に全弾撃ち尽すが、銃口は上下動して一二発が車のボディに命中したのみ。

倉元、諦めてダッと逃げ出す。
西条も素早く逃げる。

70　呉・料亭の一室（夜）

広能が、若衆の和田を連れた岩井と会っている。水上も側についている。

岩井「保釈やさかい、まだ裁判が有ると思うと気鬱なもんや」

広能「無事に出られて良かった、のう」

広能「こっちもいろいろ有ってのう」

岩井「うちの頭（かしら）から聞いたよ。早速やが、神和会と盃するいうのは本当か？」

広能「武田やおやじが云うとるけん、そうなるじゃろう」

岩井「そりゃア困る。なんとかこわせんか？」

広能「わしの力では出来んわい。それに、わしゃもう余り表に出とうないんじゃ」

岩井「それならよ、こうせんかい、頭とも話したんやが、打本とあんたや武田等との兄弟盃を元に戻してくれんか。そうすりゃア明石組としても山守さんの方に道がつくのやさかい」

広能「難しいのう……」

岩井「なア昌ちゃん、こりゃアあんたにとっても正念場やで。打本から聞いたんやが、武田はこの正月に、山守の使いじゃいうてビール二十箱と五十万包んで届けに来たそうや」

広能「武田が……?!」

岩井「分かるか？　あんただけが広島で浮いてるいうことや。浮いとるだけならええが、神和会と縁組しよったら、あんたいう存在ははっきり邪魔になる」

広能「（胸にこたえて）………！」

岩井「どうや、ここらで山守を引退に追い込んで、あんたが広島を取らんか。わしらも応援するよ。実は、打本はこっちの旗を持たしてるだけで、実力はわしらもう当てにはしとらんのや」

広能「わしゃ、呉で収まっとりゃアええ……」

岩井「そんな極楽は極道の世界にはないよ。ひとを喰わにゃアおのれが喰われるんや。そうと違うか？」

広能「そりゃア分っちょるが……事実、山守から的にかけられたこともあるし……そうか言うてもよ、のう、親子の間で寝首掻くいう訳にゃアいかんじゃないの……」

岩井「じゃアどうしたら山守を追込めるんや。黙って首の座に就くつもりか？」

広能「………」

岩井「ともかく、打本との盃の復活は武田にあんじょう伝えといてや。うちとしても後には引けん所やさかい、頼んだで」

広能「(苦しい迷いで)…………！」

室内の電話が鳴り、水上が出る。

水上「はい、わしや。ああ、ここにおられる……なに……?!（と緊迫した顔で）おやっさん……！」

電話に代って出る広能。

71 広能組事務所（夜）

岩見が電話。側に蒼ざめた倉元と拳銃。
岩見「はア、そうなんです……今の所、まだ槇原やなんかから何も云って来ませんからこいつが仕掛けたいうことは気づいてないと思とりますが……」

72 元の料亭の電話口（夜）

広能「よし、直ぐ帰るけん、其処に坐らしとけい！」

73 広能組事務所の土間（夜——後刻）

広能「このクソッ!!」
土下座した倉元を木刀で殴りつけている広能。
広能「誰が飛べ云うたんない！」
倉元答えようとするが顔中腫れ上がって言葉にならない。
岩見「自分一人の考えでやった云うとります」
広能「馬鹿たれが、この、おどれの勝手な考えで組潰す気か、わしの立場いうもんが分らんのか、立場いうもんがよ！」
倉元「(必死な声で）頼みます……もう一度やらせてつかい……今度は決っとトッてきますけん……！」
広能「おどりゃ、タコのクソ頭に上りやがって!!」
激した感情で八ツ当りのように力任せにブッ叩く。パクッと頭蓋が割れる音がして倉元の頭から滝のような流血が吹き出すが、まだ頑張って座っている。
水上「おやっさん！」
と一同で広能を宥めて倉元に駆け寄る。
西条が奥から出てきて覗き、ソッとまた引き返してゆく。

74 病院の個室（夜）

ベッドで看護婦からリンゲル注射を受けている倉元。

広能が心配そうに付添っている。

広能「猛……」

倉元、何か詫び言を云おうとしている。

広能「(それを抑えて) もうええ……のう、今の時代はよ、飛ぶかトラれるかで勝てる時代じゃありゃアせんので……それが分ってくれりゃアええ……」
岩見が入って来て
岩見「武田さんから電話ですが」
広能「武田……? ついててやれ (と出て)」

75 同・廊下の電話口 (夜)

水上が出て応答している。広能がきて替る。
(画面半々に山守組事務所の武田も見せて)
広能「わしよ……」
武田「こんな、今日、岩井と会うてたそうじゃないか、どういう話か聞かしてくれんか」
広能「ほう、なんじゃやげな、そっちゃスパイの網まで張っちょるんか……(と考えてから) なんの話もないよ……九州から保釈で出て来たけんいうて挨拶に寄っただけじゃ……」
武田「ほんとにそれだけか……それならええが……」
広能「のう、明、わしもつくづく考えたんじゃがの、こんなが云うとることも一理あることで、神和会の盃よ、わしも乗るけん、豊田さんの所へ一緒に行ってやってもええが、のう……」
武田「ほうか、そりゃア助かるわい、是非頼むわい、のう!」
広能「ほいなら、明日会おう……」
(武田の部分、消えて)
電話を切る広能。
水上「おやっさん、神和会の縁組に手貸して、岩井さんの方はええんですか……?」
そのままジッと考え詰めている広能。
広能「山守を追込んでみせちゃるけん……まア見とれ……!」

76 スチール

豊田を中にして盃を結ぶ山守と神和会々長神代巳之吉。神和会副会長伊丹義市、山守組の武田、広能等幹部一同の姿も見えて。
× ×
媒酌人を中にして並ぶ明石辰男と児島会々長児島喜一。

Ⓝ「その年二月、山守組と神戸神和会は豊田の取持ちで五分の兄弟盃を結んだ。一方、明石組もその一週間後、岡山最大の暴力団児島会と客分の盃を交わして対決の姿勢を打ち出し、更に時を置かず最高幹部の一団を広島に送り込んで、山守組幹

部と打本との盃復活を強硬に求めてきたのである」

×　×

広島の高級旅館に入る相原、宮地、岩井とそれを取り巻く大勢の精鋭組員。

77 山守組事務所の座敷

広能を囲むようにして集まっている武田、松永、江田、他に長尾、助藤などの幹部組員たち。

武田「(広能に険しく) そっちゃよ、打本との盃の件は前から岩井に云われて聞いとったそうじゃないか、おう、なしてその時にいうてくれなかったんない?!」

広能「云うた所で仕様がないじゃない、そっちゃ神和会との縁組でのぼせ上がっとる時じゃけん!」

武田「ともかく打本と盃は出来ん。こんなが行って断ってきてくれい!」

広能「おう、行け云うんじゃったら行ってやるが、そっちら、それでええんか?」

江田「今更、明石組の文句なんか聞けやせんよう。あれらア、わしらと神和会の間を骨抜きにしようというて考えとることじゃけんのう!」

松永「お前はどうするんない?」

広能「みんなの意見は意見として伝えるが、わしは断り切れんかも知らんから、呑むか呑まんかは向うで考えるわい」

武田「そんな勝手は止めてくれい。若頭として許さん!」

広能「ほうじゃったらよ、みんなで断りに行きゃえかろうが。じゃったらわしもそっちらの意見に従うけん。ただ、話を蹴りに行くんじゃけん、その場から喧嘩になるいうことだけは覚悟しとってくれい」

深刻に考え込んでいる武田たち。

78 高級旅館の廊下

明石組員に案内されて通ってゆく広能と武田、松永、江田たち。

フト見ると脇の広間に二三十人の黒背広を着込んだ明石組員たちが詰めていて、四人に丁重だが無気味な沈黙で目礼を送っている。

表情が硬張る武田たち。

79 同・一室

宮地、相原、岩井、それに打本が居る。

入ってくる広能たち。

岩井「おう、どうも、まア入って下さい」

穏やかな笑顔を浮かべながらも目だけは刺すように鋭い。
武田たちも会釈して坐ったきり、ムッと押し黙って煙草をつけたりしている。
暗黙裡の駆引のように白々しい、が、張りつめた沈黙。
広能が見かねて、
広能「わざわざ遠い所をどうも。今、みんなに意見を聞いてみたんですがのう、打本さんとの盃は蹴るいうことになりましたけん」
宮地たち、黙ったまま武田たちを見据えている。と、隣りの広間から、和田など主な組員十人程が入ってきて隅の方に座を占めて並ぶ。礼儀正しい振舞いだが無言の威圧。
八方に神経を散らして黙りこくったままの武田、松永、江田。
宮地「（重く厳しい口調で）こちらの云い分を云うときますが、因は小森と浜崎の喧嘩から始まったことや。それで打本さんとの盃を水にされたんは認めていいことだが、その為に打本さんも指を詰めたんや。それなのに、まだ盃がそのまま水にしてあるいうことは、どんなもんか、それでは平和は維持出来んと思うが、どうですか？」
武田「わしらは、一度打本さんに詫びを入れとるけん、それで済んどると思うてますが」
相原「仲直りはそれで済んでるが、兄弟が指詰めたことの決着はついとらんやろ。やはり盃を復活してやるいうのが、やくざの筋いうもんと違うか？」
武田「わしらにも立場がありますけん、それだけは絶対に出来んことです」
宮地「そうなると、わしらもあんた方とは全く縁が切れるいうことになるが……松永さん、あんたそれでほんとにいいか……？」
松永「（動揺して）わしは……蹴るということは云うちょらんですよ……おやじや若頭がそうせい云うとるんで……」
岩井「（江田に）あんたはどう思うてますか？」
江田「（も動揺して）わしゃ、まだよう考えとらんのじゃ……」
宮地「どうも頭（かしら）だけが反対されとる様子だが、なア武田さん、あんた、神和会に余計な気兼ねしてるようやな。実はわしは神戸で神和会の連中ともよう会うて話しとるんやが、向うは、今度の山守さんとの盃は仕事の上だけの縁組やとそうハッキリ云うとる。つまりまア、あんたの方で手を借りたいことが起きても、よう動いてはくれへんのと違いますか？」
武田「（次第に焦燥の色で）…………！」
宮地「なんならわしが今神和会の伊丹さんに電話して確か

めてやってもええ（と和田に）おい、電話ここへ持ってこい」
武田「（慌てて）まア、そこまでせんでも……あんたの云うてる意味はよう分っとりますけん……」
苦しい思案に追込まれている武田。
とそこへ、大久保が上田を連れて入ってくる。
驚いて見る武田たち。
武田「大久保さん……?!」
大久保「結論は出たんか?」
岩井「わざわざ御足労で……武田さん、実はあんた等が承知してくれる思うて、取持人を大久保さんにお願いしてましたんや。大久保さんなら山守さんもいかんとは云わんでしょう」
宮地「（きめつけるように）わしらはともかく、大久保さんの顔まで潰しては、あんた等広島で立場がのうなるんと違うか?」
打ちのめされたように肩を落す武田。
武田「（大久保に）おじさん……ひとつ宜しゅう頼みます……」
大久保「ほうか、そういうことなら力になるけん、のう」
それまで憂鬱そうにウイスキーを呷っていた打本が急に喚き出す。
打本「兄弟、わしにも一言云わせてくれい！　わしゃよ、他のもんはええが、この広能とだけは絶対盃はせんど！」
相原「あんたもひつこい人やなア、その話はええ加減にせんかい！」
打本「わしゃ人形じゃないけん、ええ加減にゃ出来んよう！　第一、早川が前にこいつに木ッ葉喰わされちょるけん、絶対承知せんのじゃ！」
冷静に見ている広能。
宮地「早川のことはあとで話そう。話もまとまったさかい、外へ出て飲もうや」
と打本を連れ出し、大久保や松永、江田も誘って一同席を立ってゆく。
広能と武田が何となく意識し合って対決するように居残る。
キラッと激しい一瞥をくれる武田。
武田「おう……大久保さんを引き出したんはよ、そっちが仕組んだことじゃろうが……明石組があの人を知っとる訳アないんじゃけん、おう……?!」
広能「（見返して）…………」
武田「そっちゃ、初めから筋書を知っとってよ、わしらをここへ引ッ張り込んだじゃろうが……神和会との縁組に協力してみせたのも、こういう裏まで考えた上でのことじゃろうが、おう……?!」
広能「そう思うんなら、それでええよ……」

武田「負けたわい、こんなにゃア……！」
広能「のう、明、わしゃのう、そっちを苦しめようとしてしとることとじゃないんで。わしが的にかけちょるんは、山守よ。あれが上におる内は、なんぼうやっても広島はまとまらん。ほうじゃけんよう、あれを明石組と神和会のセリ合いの場に引き摺り出して、二進（にっち）も三進（さっち）もならんような恥かかせてから、引退に追込んだれい思うとるんじゃ」
武田「（ジッと聞いて）…………」
広能「山守が引退したら、こんなが跡目に立ちないや、そうなりゃア、わしゃトコトンそっちについて行っちゃるけん、のう、わしらばかりが火の粉を浴びることはないじゃない、山守に火傷（やけど）させたれいや、のう……」
同意するように頷きながら聞き入っている武田。

80 フラッシュ・カット

打本、相原、岩井の前で破門宣告を受けている早川。

× ×

打本会事務所のドアを蹴飛ばして出てゆく早川と連れの若衆。
見送る新若頭の高石功等。

× ×

大久保の媒酌で打本と盃を交わす広能、武田、松永、江田。

× ×

山守組事務所の表で車から降り立つ伊丹と物々しい組員一行。

× ×

豊田を囲んで協議する山守、武田と伊丹たち。

Ⓝ「この縁組復活を広島へのテコ入れとして強行したい明石組は、打本を説得して早川を破門させ、予定通り一同の盃復活を済ませた。だが、それを知った神和会は、直ちに抗議の使者を派遣して山守の責任を難詰する一方、豊田に決着の裁断を委ねた。すべては、広能の思い通りに、山守は追い詰められていたのである」

81 大久保の家の表

広能が車を乗りつけて降りる。
Ⓝ「だが、事態は思わぬ所で逆転していた」
丁度、中から出てきた武田が供の若衆と車に乗り込もうとしているのを見て、
広能「おう、武田……」
武田、振り返るが返事もせず、走り去る。
訝る広能。

82　同・応接間

広能と向き合う大久保と上田。

大久保「今、武田が来て、豊田さんと山守や伊丹とで出した結論を伝えに来たんじゃがよ、こんなに堅気になって貰えんかいうて云うとるんじゃ」

広能「わしが堅気に……?!」

大久保「豊田さんの言い分としては、この際明石組に一番近いお前がドロをかぶるのが子としての筋道じゃけん、代りに山守が一生お前の面倒をみるという条件で神和会を納得させたげな」

広能「しかし、なんで武田はおじさんにそんな話を……?」

大久保「実は前から、武田によ、お前をこっちに預けてくれいいうて話を通してあったんじゃ。コレ（上田）が明石組の岩井と盃することになったけん、お前にも一枚入って貰おう思うてよ、それが明石組の条件じゃけん……」

広能「…………!」

大久保「ほうじゃけん、わしゃ広能は堅気にならんよいうて云うちゃったらよ、豊田さんと決めたことじゃけんいうてこんなもん渡して行きやがった」

と一枚の書状を出して見せる。墨書きの破門状の内達書である。

茫然と手に取って読む広能。

大久保「まァ、覚悟決めい、のう、こっちもそっちも得するよう、わしが考えちゃるけん、おう」

広能の顔に次第に怒りの色が拡がり、黙って破門状を手に立ってゆく。

83　広島・山守組事務所

武田始め、松永、江田、槇原その他組員たちが見守る中で、広能が服の襟のバッジを外して、武田の前に置く。

黙って受け取る武田。

カチッと火花を散らすように目が合う。

広能「そっちの筋書き通りにいったのう、うまく大久保さんを引っかけてよ……!」

武田「大久保さんを引き出したんはそっちじゃけん、自縄自縛じゃろうが」

広能「こんなを信じこんだわしが甘かったわい……」

武田「組があってのわしらなんじゃけん、お前のようなもんは出て貰うしかないんじゃ！」

槇原「ざまみやがれい、おう、口惜しけりゃア勝負せんかい！」

広能「おうおう、こうなったら五分じゃけん、山守先頭に
いつでも来い、相手になっちゃるけん！」
江田「首洗って待ってろや！」
広能、出てゆく。それを見届けてから奥から出てくる
山守。
山守「クソ、あの外道だきゃア！　おどれ等あれを黙って
見ちょる気かい、おう、やれいッ、やっちゃれいッ!!」

84　広能組事務所

倉元たちが道具類を出して手入れしたり、電話の応答、
表との出入りに忙しい中を広能が指示して回りながら、
広能「一人歩きは止めい、歩く時は道具持ったもんと必ず
組んで歩けい、まだこっちから仕掛けるな、山守の方か
ら仕掛けてくるまで筋は通しとけい……！」

85　富枝が働くスタンド・バー

富枝「東京へ……?!」
悪酔いした西条が飲んでいる。
西条「喧嘩で死ぬよりマシじゃ、のう、わしと一緒に逃げ
てくれい……！」
富枝「いやよ、第一そんなお金どこにあるン！」
西条「ぜにがなけにゃついて来んいうんか！」
いきなりひっぱたく。
富枝「あんたなんかとゆくもんか！　うちはネ、もう猛の
もんじゃけん……！」
西条「おどりゃあ……！」
摑みかかろうとする手を抑えられる。
いつの間にか槇原と森久、的場の一味が取り巻いてい
る。槇原、富枝を外に出させ、色を失っている西条を
腰かけさせ、その前に札束を出して置く。
槇原「取っとけい、おう、要るんじゃろうが」
西条「…………！」

86　打本会事務所

打本の前に相原と岩井。
相原「あんたの為に広能が破門されたようなもんやさかい、
あんたの方からも山守組の連中に絶縁状を出すのが筋や。
直ぐ出してくれ」
打本「（渋って）山守と広能の親子喧嘩によ、わしまで巻
添え喰わすことないじゃないの！」
岩井「そうせんと、わしら、広能を助けてやれんのですよ。
これはうちの頭からの達しです」
打本「…………！」

87 山守組事務所・座敷

松永が不安な顔で居る。

武田が江田と入ってくる。打本からの絶縁状のチラシを見せて、

江田「こんな、広能とは昵懇じゃったらしいが、どっちの側で戦うんない？」

松永「どっちいうて、わしゃどっちにも恨みはないけん、中立でおるよ」

武田「中立は認めん。こっち側で立てんいうんじゃったら、この際足洗って堅気になってくれい！」

松永「…………！」

武田「以後、ここへは出入りせんでくれ！」

と非情に云い捨てて出てゆく。

88 「エデン」の中

早川が電話に出ている。側で聞いている組員の大貫たち。

早川「どっちつくいうて、そりゃアどういうことです……？」

89 山守組事務所

武田が電話している。

武田「打本や広能と喧嘩になるけん、わしらにつくいうんなら組として抱えてやるが、どうするんない？」

90 「エデン」の中

早川「そりゃ、是非そうして頂けたら……」

91 山守組事務所

武田「じゃったら、ハッキリ立場を示すような土産を持ってきてくれい」

92 「エデン」の中

早川「（呆然と）…………！」

93 キャバレー「ハレム」（夜）

表から見たその三階の窓の一つから、打本会の少年組員が拳銃片手に下を見張っている。

その通りに三台の車が乗りつける。早川組の大貫、木下、久納、谷川たち七、八名が拳銃や猟銃を手にバラバラと降りてくる。

少年組員、「あ！」と身を乗り出して、いきなり発砲。

大貫たち、慌てて車の蔭に飛び込んで応射。

× ×

三階の室内で花札遊びをしていた打本会若頭の高石始め数人の組員たちも慌てて道具類を持ち出してきて窓際に飛びつき、狙撃。

× ×

三階と路上からの激しい銃撃戦。

逃げ惑う通行人の悲鳴、叫喚。

狙撃されてのた打ち回る早川組員。

パトカーが突っ込んでくる。

Ⓣ『昭和三十八年五月二十六日、山守組系早川組、打本支部を襲撃、広島抗争事件、起る』

94 呉・バー「あかね」（夜）

電話に出ている広能。ボックスで上田を始め水上、西条、倉元など組員一同が景気づけに飲みまくっている。

広能が戻ってきて、
広能「いよいよやりゃアがった。早川のもんが、打本のキャバレーに殴り込んだげな」

上田「ようし、こっちもやったれいや！」

広能「みんなを事務所に集めい！」

騒然と席を立つ一同。

そこへ流しの演歌師が飛び込んできて、
演歌師「おやじさん、槇原の組長が今、中央劇場で映画観てますけん！」

広能「ほうか（とチップを摑ませて）また教えてくれい」

倉元がフッと裏口の方へ出てゆく。

それを見咎める西条。

95 同・裏通り（夜）

倉元、タクシーに乗り込む。

96 走るタクシーの中（夜）

倉元、ソッと拳銃を出して安全装置を外し、ベルトに差し込む。

97 中央劇場の支配人室（夜）

槇原が森久、的場と入ってきて、置いてある受話器を取る。
槇原「おお、なんじゃい……？」

98 公衆電話（夜）

西条がかけている。

西条「ウチの若いもんが一人そっちへ行きましたけん、かわして下さい！　ほいで、わしはこれきりで東京へ立ちますけん……」

と一方的に電話を切って。

99 中央劇場の支配人室（夜）

電話を置いて、飛び出してゆく槇原たち。

100 道（夜）

電話ボックスから飛び出した、西条が走るように急いでゆく。

脅えるように回りを見回しながら。

101 中央劇場の表（夜）

タクシーが着く。

倉元が降りて、真ッ直ぐ入口に向う。

その時、近くに停めた車の向うから森久が拳銃で一発。

ガクッと膝まづき、尚も拳銃を抜き出して応射しようとする倉元に、森久、続けて数発。倉元一発も射たぬまま路上に仰向けにひっくり返って倒れる。

無気味に路上に伝わる流血。

森久、的場が運転する車に乗って逃走し去る。

倉元の死体を遠巻きに見る通行人たち。

102 焼場の炉前

炉から出された倉元の骨を、うめと広能が長いはしを一本ずつ持って、合わせて骨ガメの中に拾い入れている。

僧侶の読経。

青木先生と水上が見守っている。

呆けたように、手をとめてしまううめ。

青木がはしを代って持ち、広能と続けてゆく。

103 焼場の表の駐車場

広能が、骨箱を抱いたうめの肩を抱えるようにして車の方に向う。

従う青木先生と水上等の組員。

うめ「この子いうたら……警察で解剖されて……お腹の中までカラッポにされて……ズタ袋みたいに縫い合わされちょってですけん……この子の中身は、何処に棄てられたんじゃろうか思うと……」

広能「(痛恨を嚙みしめるように)…………!」

セキを切ったように泣き出すうめ。

広能、骨箱を持ってやって、うめを車に乗せる。

その時、近くの車の中から銃声。

飛びのく広能、抱いていた骨箱に一弾が命中し、中のカメごと骨片が辺り一面に散乱する。

逃げる車を追って、岩見たちが車に飛び乗って追跡してゆく。

呆然としているうめと青木。

水上が急いで散った骨片を拾おうとして、「アチッ!」と放り出す。

広能も拾う。

まだ灼けるような熱さの骨片を一つ一つ、その熱さをジッと掌の中で握りしめるようにして、初めて広能の眼尻から激しい悔恨の涙が伝わり落ちてゆく。


〈エンド・マーク〉

仁義なき戦い　頂上作戦

東映京都／一〇一分／昭和四九年一月一五日封切

スタッフ

企画　日下部五朗
原作　飯干晃一
監督　深作欣二
撮影　吉田貞次
照明　中山治雄
録音　溝口正義
美術　井川徳道
編集　宮本信太郎
音楽　津島利章

キャスト

＊広能組
広能昌三　菅原文太
河西清　八名信夫
竹本繁　黒沢年男
岩見益夫　野口貴史
水上登　五十嵐義弘
弓野修　司裕介
関谷太一　松本泰郎
＊打本会
打本昇　加藤武
森田勉　西田良
福田泰樹　長谷川明男
柳井秀一　岡部正純
谷口寛　小林稔侍
本田志郎　高月忠
三上達夫　有川正治
＊川田組
川田英光　三上真一郎
野崎弘　小倉一郎
＊山守組
山守義雄　金子信雄
山守利香　木村俊恵
吉井信介　志賀勝
＊槇原組
槇原政吉　田中邦衛
森久宏　白井孝史
的場保　成瀬正孝
上原亮一　平和勝次
＊武田組
武田明　小林旭
織田英士　笹木俊志
丸山勝　北十学
友田孝　沢美鶴
山崎恒彦　福本清三
古賀貞松　高並功
＊江田組
江田省一　山城新伍
江田欣三　栩野幸知
山本邦明　大木晤郎
金田守　誠直也
＊早川組
早川英雄　室田日出男
仲本博　夏八木勲
楠田時夫　白川浩二郎
松井隆治　宮城幸生
＊明石組
明石辰男　丹波哲郎
岩井信一　梅宮辰夫
相原重雄　遠藤太津朗
和田作次　木谷邦臣
＊神和会
神代巳之吉　小田真士
伊丹義一　中村錦司
＊義西会
岡島友次　小池朝雄
藤田正一　松方弘樹
沖山昭平　小峰一夫
大久保憲一　内田朝雄
上田利男　曽根晴美
吉倉周三　岩尾正隆
応援の旅人　藤本秀夫
安川昌雄　国一太郎
前島幸作　阿波地大輔
県警本部課長　芦田鉄雄
部長刑事　鈴木康弘
新聞社編集長　鈴木瑞穂
看守　汐路章
老師　吉田義夫
三重子　渚まゆみ
千鶴子　城恵美
明美　葵三津子
光川アイ子　堀越光恵
菊枝　中原早苗
ナレーター　酒井哲

Ⓣ『この作品は、飯干晃一著〝仁義なき戦い〟を素材として創作したもので、人物名、団体名等はすべてフィクションであり、事実ではありません』

1　前三部のダイジェスト

（主要人物に適宜紹介タイトル）

敗戦直後の広能の喧嘩、殺人。

山守と盃を交わす広能たち若衆。

広能に哀訴する山守、利香（土居殺し事件）。

有田事件の抗争新開殺し。

坂井の最後。

×　　×

村岡組跡目相続式の山守。

山守と睨み合う打本。

明石辰男と兄弟盃の打本。

新年宴会で挨拶する武田。

山守と神和会々長の兄弟盃。同席する副会長伊丹義市。

×　　×

数々の抗争流血事件。

×　　×

広能と話す大久保と上田利男。

広能と話す岩井。

明石組宮地、岩井等と対決する武田。

広能・武田の対決。

武田にバッジを返す広能と、挑発する槇原、江田。

打本や岩井から破門状を受ける早川。

×　　×

打本会事務所に殴り込みをかける早川指揮下の組員。

×　　×

銃撃、鮮血、叫喚の中で、題名と、

クレジット・タイトル

Ⓝ「昭和二十年、焼土と化した広島県呉の町で、復員兵広能昌三等一団の若者たちは、青春の欲望が奔しるままに暴力世界の制覇に命を燃やした。だが、親分山守義雄の老獪な支配と権力争いの仲間割れとで、若者たちは次次と葬り去られていった。

昭和三十七年、広島市最大の暴力団村岡組の跡目を山守が相続して広島に君臨したが、これを不満とする村岡の舎弟打本昇は、神戸の広域暴力団明石組と盃を交わして対決の構えを見せた。

山守組もまた若頭武田明の献策によって明石組のライバル神和会と結託し、広島は西日本を二分する二大組織の対決の最前線となった。広能はその危機を回避すべく、呉の長老大久保憲一、明石組若衆岩井信一と組んで山守引退の工作を進めたが、組の防衛を主張する武田と衝突して山守組を破門された。

これを知った明石組もまた山守に接近する打本の乾分早川英男を破門させて報復した。

早川は山守組に走って打本への攻撃に転じた。こうして広島・呉を舞台に、明石組系列下の打本会と広能組、神和会系列の山守組及び早川組との間で、血で血を洗う一大抗争の火蓋が切って落されたのである」

2　世相モンタージュ

町に溢れるオリンピック・マーク。

演説する池田首相。

ビル工事。

コンビナートの煙突群マイカーの行列。

「暴力・脅喝事件はすぐ一一〇番へ」の立看板。

Ⓝ「昭和三十八年春、東京オリンピックを翌年に控え、池田内閣の高度経済成長政策の下で繁栄に向って急ピッチな前進を始めた市民社会は、秩序の破壊者である暴力集団にようやく批難の目を向け始め、それに呼応して警察も頂上作戦と呼ばれる全国的な暴力団壊滅運動に乗り出していた」

3　打本会事務所の中

凶器探知器や投光機などを動員した警察の大がかりなガサ入れが行われている。

涼しい顔で眺めている打本と若頭高石功それに組員の森田勉㉞、福田泰樹㉘、柳井秀一㉒、谷口寛㉑、本田志郎㉑等。

捜査員が奥から火縄銃を一丁持って捜査主任の許へくる。

署員「道具らしいもんいうたら、こんとなもんしかありゃアせんです」

主任「（いまいましげに）火縄銃か……こんとなもんで喧嘩しとる訳じゃあるまアが、お前等！」

呆けて冷笑している打本たち。

4　広島市中心街

自店のクラブ「クラウン」から二十人程のボデーガードに守られた山守が向いの銭湯に入ってゆく。びっくりして見ている通行人たち。

Ⓝ「警察陣の躍起な予防作戦にもかかわらず、広島市の中心街は東西に二分されて、打本会と正面から対決する構えになった山守組には山陽道・中国地方から続々と助ッ人の組員が集結していた」

5　広島・旅館の玄関

五、六人ずつ次々と広島入りしてきた各応援組員たちを武田と江田が丁重に挨拶して迎え、若衆たちが部屋へ案内してゆく。その中にキビキビと働く武田組若衆の織田英士(23)、丸山勝(20)、江田組若衆の山本邦明(20)、金田守(19)等の姿。

6　呉・繁華街

槇原組的場保(24)が走り回っている。

的場「非常呼集じゃ！　非常呼集じゃッ!!」

あちこちから飛出してくる組員の上原亮一(22)等。

Ⓝ「一方、呉では、山守組傘下の槇原組が広能組と対決して既にゲリラ戦の様相を呈していた」

7　槇原組・事務所

槇原が集結した森久宏(27)以下の組員たちの前で、

槇原「中通りで広能が上田と飯食っちょるけん、行ってトッてきちゃれい!!」

8　繁華街の料理屋の表

広能が上田と連れ立って中から出てくる。その前に急停車のセダン。若衆の河西清(33)、竹本繁(31)、岩見益夫(27)等がバラバラと飛降りてきて、

河西「乗ってつかい!!　槇原のやつ等が来ますけん!!」

広能と上田を突き飛ばすように車の中へ。同時に側を通過して停まる的場等の車。河西等は間一髪、反対方向へ疾走し去る。

Ⓝ「こうした緊張の中で、生き返ったように躍動し始めたのは、かつての広能たちのように若い野心と欲望に飢えた各組の若衆たちであった」

9　広島・露地奥の空地

打本会の柳井、谷口、本田の三人がスコップで穴を掘り、その中に、拳銃類を詰め込んだバッテリー・ケースを埋め、上から用意の鉛板をかぶせて土をかけ、更にバケツの水をまきながら何度も土をかぶせて痕跡を消す。一心不乱な三人の表情。

10　床屋の表

江田組若衆の山本と金田がツルツルの坊主頭をなでながら颯爽と出てくる。

水商売らしい二三人の女たちが通りかかって、

女A「アリャア、どうしたん、その頭！」

山本「戦争が始まるけんのう、身心共に清めとるんじゃ！」

金田「お前等とのつき合いも断つけん、近づくなや！」

女B「フン、いびせくてチンポ立ちゃせんのじゃろ！」

山本「なんど、こんクソ袋！」

からかって逃げる女たちを追いかける。

11　河原

停まっているタクシーの中から悲鳴を挙げて逃げ出してくる女高生の千鶴子。

不良運転手の古川が追いかけてシートに引き摺り込み、犯しにかかる。と、いきなり両足を引っ張られて河原に投げ出される。武田組若衆の織田と丸山が若さに委せて凄まじいヤキ入れ。

織田「コン外道ッ、なんの真似じゃい!!」

丸山「わりゃアの腐りマラ、ブチ切ってくれちゃろかい!!」

古川「（売上げ金を摑み出して）こ、これで、こ、堪えてつかい、のう……！」

織田「舐めなや、強姦未遂はなんぼ打たれるか分っちょるんか、おう、二万や三万でカッコつくかい!!」

千鶴子、鞄を拾って夢中で逃げてゆく。

丸山「（その方へ）オーイ、弁償金取っちゃるけん、待っとれえ……！」

12　バー「エデン」（早川の店）（夜）

早川と若衆の仲本博㉙、楠田時夫㉔等が集まっている所へ、表から旅装の松井隆治㉚（病身、癌）が情婦の三重子に支えられて入ってくる。走り寄って手を添える仲本。

仲本「兄貴！　そがな体で帰ってこられんでも……！」

松井「（早川に）おやっさん、この度は面倒なことで」

早川「オウ、こんな故郷（くに）で入院しとったんじゃろうが」

松井「喧嘩と聞いちゃ、カッカして身が持たんですけん、弾除けぐらいならまだ役に立ちますけん、頼ンます！」

早川「まア養生せんかい。三重ちゃんもこっちの水は久しぶりじゃろうが、のう」

三重子「ええ、三年ぶりで……」

と落着かない目で店内の客の目を気にしている。

13　岩国・基地附近の特飲街路上（夜）

米兵や娼婦たちの間を縫ってゆっくり進んでくるセダン。車中には、打本会若衆の森田と福田。
短かくクラクションを鳴らす。
路傍で米兵とキスしていた売春婦（明美）がそれに気づいて、車に駆け寄ってくる。中に迎え入れる森田。
森田「手に入ったかの？」
明美、持っていた紙袋から米軍用拳銃を二丁と予備弾倉を出して渡す。
森田「ええ手ざわりじゃのう（と一丁は福田に渡して）また頼むわい、戦争になりゃア消耗品じゃけんの」
と用意の札束を渡す。明美、数えながら、福田に、
明美「ヤッチン、ミーコが広島に戻ってきちょるの、知っとって？」
福田「ミーコ？」
明美「三重ちゃんよ、あんたの前のレコじゃった、広島で見たもんがおってじゃけん」
福田「どんなスケじゃったかのオ……」
相手の米兵が催促して窓を叩く。急いで降りてゆく明美。
福田「（まだ考え込んで）どがな体しとった女かのう……」
森田「馬鹿この、早よやらんかい！」
福田、車を走らせる。

14　呉・ドック附近の工場街

岩見が運転する広能の車が、裏通りの人目に立たない廃工場の中に滑り込んでゆく。

15　廃工場の中

薄暗い裸電球の下で、河西が組員の弓野修、関谷太一等と拳銃の先半分を斜めに切断している。側で竹本が散弾に何やら白い粉をマブしている。他に、鉄パイプや分解したダイナマイトなどが散乱し、武器製造所の観がある。
車の音に電気を消して窺う河西たち。
広能「清、わしじゃ」
広能と岩見が入ってくる。
河西、電気をつけ直して、
河西「お出かけですか？」
広能「広島で合わにゃならん人がおるけん……（と内懐から拳銃を出して）撃針がイカレとるげじゃけん、みとってくれい」
河西「ハア。じゃったらコレを持ってつかい」

と自分の拳銃を差し出す。
広能「わしゃ構わん」
河西「万一ということもありますけん」
と無理に広能に渡し、受け取った拳銃は自分のベルトに差し込む。
広能、工作の武器類を見て回り、
広能「事故起さんようにせいや（と竹本に）なんしとるんな？」
竹本「（白い粉を見せて）青酸カリです。こいつマブしてブチ込んだりゃア一発でコローッとイキよりますけん」
苦笑いする広能。
河西「おやっさん、道具も揃ってますけん、わしに槇原トリに飛ばせてつかあさい！」
広能「まア、もうちっと様子みんかい。なんぼ敵でも山守組はわしの元の親筋じゃけん、こっちから殴り込むという訳にゃいかんじゃない」
岩見「ポリのやつ等がおやっさんの仮釈取り消しちゃるいうて嗅ぎ回ってるようですけん、そこらも考えられんと……」
広能「ま、用心だけはしとけい。町へ出る時は一人で歩くなや」

Ⓝ「この時広能は、十四年前の殺人による二十年の刑が残っており、仮釈放中の身であった」

16　広島・打本会事務所の表

「国光運輸」のトラック・センターも兼ねていて出入りするトラックの間を縫って広能の車が乗りつけ、クラクションを鳴らす。
途端に、事務所の中から飛出してきた男（三上達夫(34)）がいきなり拳銃を抜き出して突きつけ、覗き込む。
広能「（怒鳴って）呉の広能じゃ！」
三上「ハ、失礼しました！」
急いで事務所へ戻る。
中から、打本と岩井が高石等組員たちに守られて出てくる。打本の脇には、愚連隊川田組々長の川田英光(34)と若衆の野崎弘(23)がついている。
打本「（広能に）西の川田じゃ。わしの側（がわ）で立ついうて言うてくれちょるけん、一緒に連れちゃってくれい」
川田「川田です。宜しゅう」
広能「おう！」
岩井「（広能に）今電話があって、向うで待っとるそうや」
広能「ほうの、直ぐ行こうかい」
打本、岩井は広能の車に、川田も野崎を連れて自分の車に乗る。
広能「（打本に三上をコナして）ありゃア皮が剝けちょらんのう、旅のもんな？」

打本「ああボデーガードやらしとるんじゃが、出所して間なしなけん、気が立っとるんじゃ」
　出発する二台の車。

17　市西郊のスラム街を通ってゆく広能等の車

18　岡島の家の表

　車に乗り込む岡島友次㊳（紹介Ⓣ）と若衆の沖山昭平㊲。

19　割烹旅館の表

　広能等の車が着く。中から、義西会若頭の藤田正一㊱、（紹介Ⓣ）他二三名が迎えに出て、広能たちを案内してゆく。

Ⓝ「この日、広能たちが訪ねた相手は、広島市西郊で古くから博奕の縄張りを守る義西会の会長岡島友次であった。岡島は度々の抗争事件にも常に中立の立場を守ってきた穏健な人物であったが、広能たちが広島で優位に立つ為には是が非とも自陣に加えておかなければならない実力者であった」

20　同・座敷

　テーブルにつく広能、岩井、打本、川田たちに、藤田が、
藤田「おやじは直ぐ見えられますけん……（と広能に小声で）おじさん、わしら若いもんはおじさんの側で立つと腹くくっちょりますけん、そのつもりでおやじに押してみてつかい」
広能「ほうか、済まんの。こんな、胸の方はどうな？」
藤田「お蔭さんで、今の所は……」
　軽く咳込みながら（結核）退席する藤田。岩井が見送って、
岩井「ありゃア昌ちゃんと懇意やったんか？」
広能「岐阜の刑務所にいた頃一緒になっての、ここ（胸）がイカレとるけん面倒みちゃってたんじゃが、恩返しじゃいうて苦労してくれちょる」
打本「（二人の顔色を窺いながら）のう、岡島が乗らんいうて言うんじゃったらよ、この話ァ無理に押すこともなかろうじゃない。ここだけの話じゃがよ、ここらの野球（ぶーや）賭博の胴はコレ等（川田）にやらしとるんじゃが、岡島のとこでも近頃メッコ入れて乗り出しちょるげな……助（す）けてくれるのはええが、コレのシマが荒されては詰まらんけんのう……」

岩井「（キメつけるように）打本はん、あんたが自分で自分の首守れるような人やったら、わいらもこんな苦労せんですよ」
打本「（ブツブツと）こっちの喧嘩じゃありゃアせんのに……（と広能に）おう、そっちが山守と向き合うたけん起きたことで。早よ山守トッてみせんかい！」
広能「（とりあわず川田に）のう、岡島は筋の通らんことはやりアせんよ」
川田「わしらのことは気になさらんでつかい」
其処へ岡島が藤田、沖山と入ってくる。
互いに顔見知りの挨拶で座に就き、
岡島「おおよその筋はコレ（藤田）から聞いちょりますけん、正直申し上げて、わしゃどっちに肩入れするいうて決める訳にゃいかんのですよ。わしはこの昌ちゃんとも、山守組の武田とも同じ兄弟盃しちょる間柄ですけん」
広能「武田からも言うてきたの？」
岡島「いや、が言うてきても答えは同じじゃ。それにのう、ここで喧嘩してみたけんいうて、後に何が残るんの。金は使う、若いもんは失くすで、全体誰がどう得するんや。わしも一方に傾いて、一方から恨まれるのは詰まらんけん、のう、山守と話はつかんのかのう」
打本「わしゃ、山守と話す用意はあるが……これ（広能）が突っ張っちょるけん……」
広能「わしはの、組が出来てから今日まで十八年間山守と話をしてきて、この結論になっとるんで。あの人はの、話がついても平気で寝首掻きにくる男なんじゃけん。兄弟もで、黙っちょるけん、今でも山守にカスリ取られとるんじゃないんの？」
岡島「………」
広能「ここでわしらが引いてみないな、山守が黙ってあんたのシマ放っとくと思うてや？」
岩井「（ドウカツとも見える押しで）岡島はん、あんたがどう思われようと、戦争は避けられまへんのや、その際に敵か味方か色分けをキチーッとしとかな、被害を受けるのはあんさん方や。中立やなんや言うた所で、頭に血イの上った若いもんには見境いつかしまへんさかいな」
岡島「………」
岩井「名前だけでも貸して頂けまへんか。この通りだす！」
テーブルに手をついて頭を下げる。
深い吐息で沈思する岡島。

21 同・表（夜）

車の中で野崎がカーラジオの野球中継を聞いている。
藤田がやってきて、
藤田「待たして済まんのう（とラジオに聞き入り）どっち

が勝っとってや？」
野崎「巨人が三ゼロで……」
藤田「そっち今日なんぼのハンデでいっとるの？」
野崎「広島に三点ですけん」
藤田「ほうか。わしらの方は二点で切って出したんじゃが、甘かったのう（と二三枚の万札を出して）これからもハンデ教えてくれい。そっちらとはいずれアンコになるんじゃけん、の」
野崎「（貰って）ハア、済まんです……」
帰り支度の川田が出てくる。
川田「（藤田に不機嫌な顔で）わしゃ帰るけん。そっちらの大将はよ、おう、歌なんか唄うとりやがって、煮え切らんのう！」
と、ドアを開ける野崎にいきなり平手打ちを喰わせ、
川田「よそのもんとチョロチョロしよんな！」

22 同・元の座敷（夜）

酒肴の膳と芸者達で寛いでいる広能、岩井、打本たち。
岡島が芸者の三味線で都々逸を唄っている。
一区切り終って、
岩井「（芸者たちに）この声でお前等みんな穴あけられとるんと違うか」
芸者「イヤア、大将にはチャーンとシビれちょる人がおってじゃけん」
岡島「（改まって）のう、昌ちゃん、よう分ったけん、役に立つんならわしの名前使ってくれい。ただ、わしにも考えがあるけん、そっちらからは手は出さんと約束してくれいや、のう」
広能「おお、分っちょるけん！」
打ちとけて乾盃し直す一座。

Ⓝ「だが、その頃、呉では、広能たちの予想外の事件が突発していた」

23 呉・バー街（夜）

一軒のバーから槇原が吉倉周三（呉の小組長(39)）、と出てくる。従う森久と的場。

吉倉「わしゃいつでもそっち側で立つけん、のう！」

槇原「ま、頼むわい！」

的場がタクシーを探して、通りかかった一台のセダンを停める。

的場「おい、タクシー！」

と近づいてハッと立ちすくむ。

車はタクシーではなく、運転席から顔を出す河西。

槇原等も一瞬釘づけ。

河西、不敵な態度で車から降り、からかうように、
河西「オウ、槇原か！　車がないんじゃったら送っちゃるけん、乗れいや！」

棒立ちで睨んでいる槇原、
河西「イモ引くなや、道具は持っちょるが、トリゃせんわい」

と内懐から拳銃（広能の預かり物）をちょっと抜いてみせる。

槇原、動転して森久たちに、
槇原「殺れいッ、殺っちゃれいッ!!」

拳銃を抜く森久。

河西「（カッとして）おどりゃア、じゃったら往生せいッ!!」

拳銃を持ち直して槇原に向け、一発、二発、三発、と引金を引くが不発——ハッと拳銃の不調に気づくと同時に、森久の銃弾がつるべ撃ちに射ち込まれる。愛車の脇で鮮血に染まって崩折れる河西。

Ⓣ『槇原組、森久宏、二十七歳、懲役十年』

24　広能組事務所の表（後日）

河西の密葬が行われている。

近くで警戒している警察のジープ二台。

25　同・葬場

高石、三上を連れた打本が霊前でそそくさと焼香し終え、退席しかかる。
広能組若頭水上登が近づいて、
水上「会長、上でおやっさんが大久保さんや岩井さん方と待っとられますけん」
打本「わしゃ広島に急用があるけん」
水上「今後の相談がありますけん、是非いうて言われとりますが……」
打本「（ヒステリックに）表に警察が張っちょるんど！　葬式にきてよ、そっちの喧嘩の巻き添え喰わされて堪るかい！　第一なんど、今ここに山守の方から殴り込みがあったらで、わしの命ア誰が保証してくれるんない！」
喚いて大急ぎで出てゆく。

26　同・二階の部屋

集まっている広能と岩井、大久保、上田たち。
窓から外を見ていた岩井の若衆和田作次が、
和田「打本はん、帰られますが」
岩井「（広能に）留めなんだのか？」
水上が上がってきて、

水上「おやっさん……」
広能「もうええ！」
　昂ぶった色でウイスキーを呷る広能。
広能「あんとなもん当てにしとりゃアせんよ。清はわしの身代りで死んだんじゃけん、わしの手で山守トルしかないんで！（と、水上に）表のシケバリが解けたら広島へ押し出すけん、用意しとけい！」
水上「ハア！」
大久保「それりゃア止めとけい」
広能「なしてですか?!」
大久保「そっちらが出て行きゃア県警も放っとかんじゃろうが。それに向うは山口の豊田会や岡山の朝井組からも応援を集めとるんじゃけん、はっきり言うて喧嘩は負けど」
広能「勝ち負けを言うてたら喧嘩は出来やせんですよ！」
大久保「まア聞かんかい。山守も槙原も広島に逃げとるんじゃけん、後を追って火事場で栗拾うような真似はせんでも、呉だけをがっちり固めてアレ等が戻れんようにしたりゃア、向うで音を上げてくるけん。山守の金ヅルはこの呉のシマが主じゃけんの」
岩井「わしも賛成や。昌ちゃんが広島に出て行ったら話つける糸口ものうなるし、血を見んことには引ッ込みがつかんやろ」
広能「話?!　山守とどう話つけるんない！　神戸の喧嘩はそれで済むかも知れんがの、広島の極道いうたらトルかトラれるかの二つしかないんで。一度後手喰うたら死ぬまで先手は取れんのじゃけん。現にわしがカッコつけちょったけん、清がトラれちょるんど！」
岩井「（激昂して）わしゃ仁義の立たんことはすな言うとるんや！　なんぼ悪人でも山守はそっちの元の親やないかい！」
広能「この場にきて仁義もクソもあるかい！　山守トッたらわしも死んでやるよう！」
岩井「ほな勝手にせい！　明石組には明石組のメンツがあるさかい、筋の通らん喧嘩に応援は出来ん！」
広能「誰が応援してくれい言うとってや！」
上田「兄貴！（と仲に入って）岩井さん、兄貴の応援ならわしもいますけん、そりゃええですが、明石組のメンツと呉のもんの血とどっちを大事にするのか、神戸の本家のはっきりした返事を貰ってつかい。それに依って敵か味方かわしらも決めますけん！」
岩井「（自重を取り戻して）……昌ちゃん、わしも苦しい立場なんや……本家は今、関東の連中とゴタゴタしよって、おやっさんも上京中やさかい、こっちには火イつけんな言うてきとるんや……今日の葬式にしたって、わしの他は誰もよう寄越さへん……なア、もうちいっと時期を待ってくれ。せやないと、わしは、昌ちゃんにも本家にも立場がつかんよってな……」
広能「………」
岩井「それに、あんた仮釈中やさかい、もしパクられて残りの弁当（刑）喰わされたら、こっち側はバラバラや。そこらも考えてや」
鬱屈を籠めて立て続けにグラスを呷っている広能。
大久保「神戸に楯ついて、何が出来るんない、おう、そっち一人でよ！」
と、上田を誘って室外に出てゆき、
大久保「トシ、おどりゃ余計な口はさむな。誰が広能に助ッ人せいいうて言うたい！」
上田「（意外で）おじさん……?!」
大久保「わしには事業があるけん。アレにつくいうんじゃったら、わしと縁切ってからにせい！」
茫然とする上田を置いて降りてゆく。

27 大久保の家の表

車が着き、大久保が降りる。と同時に、近くに駐車していたセダンの中から武田が乾分の友田孝(33)、伊村政之(26)と降りて来てとり囲む。
大久保「（ギクッとして）いつまでわしを追い廻すんじゃ！」
武田「広能によう話してくれましたか？」
大久保「呉から出るないうて釘差しといたけん、それでえかろうが……人目に立つけん、帰ってくれい！」
武田「そういうことなら今日は黙って帰りますがのう、もし広能が広島に出てくるようなことがあったら、例え叔父貴さんじゃろうと今度は遠慮なく首を貰いに来ますけん、よう見とってつかアさいや！」
脅える大久保を尻目に車に戻る。

28 広島の武田組（土建業）事務所の表

武田の車が帰着。

29 同・中

応援の旅人らしい男が酔っ払って武田組若衆の山崎恒彦(24)、古賀貞松(21)と喚き合い揉み合っている。入ってくる武田たち。
旅人、武田の姿に慌ててお辞儀をして表へ逃げてゆく。
武田「どうしたんなら？」
山崎「鳥取から応援に来ちょるやつですが、小遣いが足らんいうて絡みよるもんですけん」

武田「あんとなもん鉄砲玉にもならん。今度言うてきたら
ぶしゃアげちゃったれい！」
古賀が分厚い請求書を差し出して、
古賀「さっき山守の御大から使いが来て、コレをいうて
……」
武田「（見て）応援の連中の旅館代じゃないか。こんとな
銭ぐらいおやじに払って貰え！」
古賀「御大は一銭も出しよらんもんですけん、宿屋が往生
しよって警察に訴えるいうて騒いどるそうです」
請求書を机に叩きつける武田、置いてある他の請求書
も目に留まる。
武田「（一枚ずつ見て）麻雀屋、芸者屋、酒屋……人の懐
じゃ思うてようけ遊んどりやがるの……なんない、この
十八万いうなア？」
山崎「山守さんが旅の連中を連れて行かれるウドン屋の代
金です」
武田「（嘆息して）枯木も山の賑わいじゃがのう、この分
だと枯木に山が喰い潰されるわい……」
と、算盤を取って計算し
始める。

Ⓝ「喧嘩の助ッ人はその
殆どが態のいいタカリで
あり、その為の莫大な出
費は喧嘩以上に当事者の
頭痛の種であった。

30 旅館

芸者、酒、麻雀で乱痴気
騒ぎの応援組員たち。

31 バー街

パトロールの警官に突き
出される山崎、古賀たち。

一方、それを察知した警
察は、縄張り内のカスリ
の取り立てに監視の目を
光らせ資金源根絶の作戦
を進めていた」

32 公園（夜）

売春婦たちからカスリを取り立てていた江田組幹部の
江田欣三(29)（省一の弟）、山本、金田たち、パトロ
ールのライトを浴びてパッと逃げ散る。

33 銀行の応接室

支店長の前に武田と友田。
友田「この担保で、なして二千万ぐらい出せんの?!」
支店長「実は……県警の方から、あんた等への貸し出しは
封鎖せいいう指令がきちょるもんで……」
武田「そがに杓子定規に考えんでも、裏道はなんぼでもあ
ろうじゃない、のう、頼むけん」
支店長「どうも……私等法規に背くことは……」

武田「ほうですか……じゃったら言わせて貰いますが、この土地を世話してくれいうてわしに頼みに来たのは、誰じゃったですかのう」
支店長「………！」
武田「堅気さんは都合のええ時に義理人情を忘れるけん、楽じゃのう！」
席を蹴って立つ。

34 「クラウン」店内（夜）

中二階のボックスに集まっている山守と武田、江田、槇原、早川の一同。山守は側にホステスの光川アイ子を抱き寄せている。近くに山守のガード役の吉井信介(23)。
山守「このままでおったらよ、槇原も呉に戻れんようになるけん、みんな一致団結して呉に押し出さんかい、おう！」
武田「まア待って下さい。呉は明石組の橋頭堡ですけん、相手は広能一人じゃ済まなくなりますよ」
江田「相手が明石組じゃいうことは、初めから分っとるわい！」
武田「じゃったらそっちでやってくれい！」
槇原「そっちゃこっちの安全地帯でヌクヌクしちょるけん笑っておられようがよ、わしの立場に立ってみいや！」
武田「誰がヌクヌクしとるの、おう、ほう言うんじゃったらよ、この勘定払ってから言うてくれい！」
と先程の分厚い請求書の束を前に叩きつける。
武田「旅の連中の勘定で。そっちら一円でも払ったことがあるとや?!」
山守はアイ子に頬摺りして胡麻化し、他の一同も黙り込んでしまう。
武田「おやっさん、わしのとこにはもう一千万しか残っとらんのですけん、銀行は封鎖されるし、カスリは不自由になるし、ほいで明石組とどう闘え言われるんですか？」
山守「（やっと深刻な表情を見せて）………」
アイ子、フト一方に誰かを見留めて、山守の脇から立ってゆく。
吉井が見送っている。
早川「資金なら、山守さんは競艇の会長もしとられるし……」
山守「ありゃアこっちの渡世と関係ないわい！」
武田「じゃったらわしの言うことを聞いて下さい。この喧嘩はウチが守る側ですけん、旅から攻めてくるやつ等は何処へでも飛べますが、こっち側の若いもんいうたらパクられるだけです。その後から明石組が乗り込んできたら、防ぐ兵隊がおらんのですけん、向うの言いなりになるしかないでしょう。喧嘩に勝っても勝負に負けるということです」
江田「どうせえ言うちょるんの！」
武田「そっちらは若いもんによう言うちゃってハネッ返りは絶対せんように抑えとってくれい。その間、わしの方で分断工作するけん」
山守「分断工作……？」
武田「大久保はもう動けんように木ッ葉喰らわしてありますけん。打本は自分からは動かんでしょう。ほうすると、広能と明石組が当てにするのは西の岡島だけです……」
吉井「岡島ならあそこに来てますけん」
　吉井がコナしてみせるフロアで、岡島がアイ子とチークダンスをしている。
山守「(立ち上がって) あン外道、ネコかぶりやアがってわしの店で……！　若いもん呼んで事務所へ引っぱってきちゃれい！」
武田「(強く) 岡島はわしに委せて下さい。みんなも席かえてくれ！」
山守「あのアイ子にゃア二百万も前借渡しちょるんど。泥棒猫みたいな真似しとりゃアがって、ありゃアわしの女なんじゃけん、クソあの、こっちにゃオメコも見せよらんで……！」
　武田、山守を宥めて一同を立たせる。
　フロアの岡島とアイ子。
アイ子「山守さん、見えとってよ……」
岡島「気にすな、こんなの前でトラれりゃア本望じゃ」
アイ子「いやッ……馬鹿じゃネェ。同じ広島のもんがなしてカタキ同志にならにゃいけんの」
岡島「わしが広能についたけん、山守も手が出せんようになって戦争にならんのよ……その内、わしが山守と話つけるけん……」
　二人の姿をジッと見下している武田。

×　　×　　×

35　「国光運輸」・打本会事務所の表（夜）

　タクシーが一台来て停まる。安川昌雄（食堂店主、㊳）が降りる。中に前島幸作（自動車修理業、㊵）とホステスが二人。いづれもかなり酔っている。
安川「待っとれえ、財布が軽いけん、打本のおやじにちっと金借りてくるけん」
前島「おやじに会うんじゃったら、わしも行こう！」
ホステスＡ「大将、打本の親分知っちょるん？」
安川「おお、闇市時代からのポン友じゃ！」
　とフラフラ事務所の方へ。

表にいた谷口と本田が怪しんで、
谷口「なんな、お前等?!」

安川「おやじ、おるか、金貸せえいうて言うちゃってくれえ！」

本田「馬鹿たれ、酔っ払いよって、何処じゃ思うとるんない、帰れえ！」

前島「お前等じゃ話ァ分らん、おやじは何処ない、中か！」

谷口「待て、この！」

追い返そうとする谷口たちを突きのけ安川が駆けて行きながら、
安川「おーい、打本……！」

その時、中から飛び出してきた三上、目の前に迫る安川に思わず拳銃を抜きざまブッ放す。驚いて逃げかけた前島にも。四発の銃声。

（安川は腹部命中、のち死亡。前島は太腿部重傷）

中から高石たちが駆け出てくる。

血みどろで倒れている二人を見て、
高石「こりゃ、おやじの堅気のお客さんど!!」

三上、蒼白な顔になって一目散に外に逃げ走ってゆく。

Ⓣ『打本会、三上達夫、三十四歳、懲役二十年』

高石たち急いで倒れた二人を車に乗せて運び出させ、血痕を水で洗い流す。

36 市民殺傷事件を報道する新聞記事

Ⓝ「罪のない市民の一人が死亡、一人が重傷を負ったこの事件は、それまで無力な沈黙に浸っていた地元一般市民と新聞界の反発を一気に燃え上がらせた。それに合わせて、警察も県下四百名の係官を動員して対策本部を設置し取締りの強化に正面から取り組み始めた」

37 「暴力団犯罪一斉検挙本部」の掲札

38 県警本部・記者会見室

殺気立った記者たちに囲まれる担当課長。
課長「目撃者の証言によって容疑者の身許は近日中に判明するものと……」
記者A「犯人より打本会は捜査せんのですか！」
記者B「因（もと）は今度の抗争事件じゃけん、何故山守組長も摑まえんの！」
記者C「あんた等、まるで舐められとるんじゃないか！」
轟々たる声に立往生の課長。

39 新聞社の編集室

記者たちを前に編集長が、

編集長「こんなことをいつまでも許していたら我々新聞人の恥だよ！　徹底的に叩いてやろうじゃないか！　こと組員の犯罪はどんな些細な事件でも記事にすること、それから犯罪に結びつかないことでも、脱税、事業のからくり、衣の下の鎧を全部あばき出して紙面に載せてやるんだ。やくざが勝つか我々が勝つか、潰すか潰されるかだ。命を賭けるつもりで取材してくれ！」

40　バー街（夜）

福田と柳井等数人がぶらついている。

福田「（一方を見て）おいッ、早川ど!!」

楠田を連れた早川が来かかり、気づいて逃げる。追う福田たち、逃げ遅れた楠田を摑まえて殴りかかる。と、いきなりパッとフラッシュの閃光。

福田「（その方へ）おどりゃア、この!!」

追いかけられて、転がりながら必死に逃げる記者とカメラマン。

楠田もその隙に逃げる。

41　打本会事務所・社長室

福田の写真が載った新聞を机に叩きつける打本。

福田等組員一同が集められている。

打本「こがな写真撮らりゃアがって、この馬鹿たれらが！　県警も新聞も頭にのぼせとる時によ、おう、カッコつけて踊る馬鹿おるかい！　アレ等アわしの事業免許取り消せいうてほたえちょるんど。お前等、わしに首くれい云うんか、おう！」

ふくれッ面の福田たち。

打本「大体この度の喧嘩はよ、広能が勝手に起しとることで、こっちにゃア関係ないんど。わしゃこれから東京へ行んで桑原代議士に今後のことを相談してくるけん、お前等も頭使ってやっとれい、おう、頭をよ！」

42　木賃アパート・古川運転手の部屋

妊娠中の古川の女房が幼児を背中におぶって、外廊下で洗濯をしている。
女房「（泣いている幼児に）やかましいネ、黙らんと殺されるよ！」
中の上がり口で、織田が古川から受け取った札束を数えている。側に丸山も。
織田「六十万か、まア良しとしようかい」
丸山「会社の銭くすねたんじゃあるまアの?!」
古川「車買う資金じゃったですけん……」

女房「(恨めしそうに睨んで) コン人の浮気は直らんのじゃけん、あんた等殺しちゃってつかいネ!」
織田「納得がいかんいうんじゃったらの、何時でも警察に訴えないや。わしら、何でも喋っちゃるけん、のう!」
と行きながら札束を割って、
織田「半分は組の資金に出すけん、わりゃア十万にしとけい」
丸山「ハア! (と受け取って)」

43 病院の表 (夜)

早川と楠田が車を降りて入ってゆく。
Ⓣ『六月十一日』

44 病室 (夜)

点滴輸血を受けて昏睡している松井。
仲本と三重子が附添っている。
早川、楠田が入ってくる。
早川「容態はどうな……?」
仲本「はあ。もう持たんようです……」
早川「迷惑かけに帰ったようなもんよのう」
仲本「(ムッと) ……このまま黙って兄貴を男にさせちゃっといてつかい……」
三重子「買物してきますから、お願いします」
出てゆく三重子。

45 近くの中華料理店 (夜)

福田が二三人のチンピラと飲んでいる。
福田「おやじはよ、銭残しちょるけん、喧嘩は馬鹿らしゅうて出来んじゃろうがよ、おう、こっちらア早川みたいな外道等に舐められとって道歩けるかいや、のう……!」
買物袋を提げた三重子が入って来て一方の椅子にかける。
三重子「ヤキソバ、急いでネ……」
フト、視線が会う福田と三重子。
三重子「ヤッチン……!」
福田「おう……どうしとった、お前……!」
三重子「達者でおったん……」
福田「(側に寄って) そっちもよ、暫く見ん内に皮が剝けちょるけん、誰か思うとったわ」
三重子「三年じゃけんネ、うちも大人になったんよ、あんたのような馬鹿と手が切れて……」
福田「何処へ行っとったんない、ちいっと肥えてきたのう……（と手を握る）」
三重子「（放して）うちネ、あんたにヌードスタジオに売り飛ばされたこと、まだ忘れとらんのよ！」
福田「ま、云うなや、あの時ゃわしも足軽口で考えが浅かったんじゃけん……オイ、酒こっちにもくれい！」
其処へ表から柳井が駆け込んでくる。
柳井「兄貴、早川の車がこの先に駐めてありますけん！」
福田「早川の?! ようし、何処に潜っとるか調べて来い。わしがトッちゃるけん！」
柳井「おやじに叱られんですかのう？」
福田「おやじは東京じゃけん、留守の間にやりゃアげたるんじゃ！」
柳井「ハア！ お前等来い！」
とチンピラ達を連れて飛び出してゆく。
硬張った顔の三重子。
福田「の、知っとろうが、早川よ、あン外道、おやじに破門されたけんいうて弓引いとるんじゃ。ま、みとれい、わしがどれ程の男になっちょるか……（と懐の拳銃を覗かせて見せる）」
三重子「（凝然と）…………！」
福田「ほいじゃがよ、の、別嬪になったのう」
とまた手を握る。放せない三重子。

46 附近の路上に駐車の車の中（夜）

後部シートで激しく性交する福田と三重子。
尽き果て、離れようとする福田の首にしがみついて放さない三重子。
三重子「また会って……！」
福田「おお、なんじゃったら荷物持ってわしのアパートへ移ってこい、の」
三重子「ほんと……！」
福田「わしゃ、戻らにゃならんけん」
ズボンをはき直して車から出る福田。

47 病院の病室（夜）

早川の姿はなく、仲本と楠田が眠っている松井の顔を見守っている。
三重子が戻ってくる。浮き浮きした陽気さで買物の品を片づけながら、
三重子「組長は……？」
楠田「この近くの知り合いの家に寄っとられます」
三重子「打本会の連中がツケとるんよ。あんた早よ行って外へ出んように云うてやって！」
楠田「ハア……！」

飛び出してゆく楠田。

仲本、妙に暗い目で三重子の動きを追いながら、

仲本「ねえさん……打本会がツケとるいうのは、誰に聞かれてですか……?」

三重子「(一瞬ギクリと）誰って……見たんじゃけん、うちが……」

仲本の目が、三重子のスカートの外れたままのホックに留まる。

三重子の前に歩み寄る仲本。

仲本「あんた、ヤッチンに会うたんじゃないんの?」

三重子「(蒼ざめて）会う訳ないじゃろうネ!」

バシッ、仲本の凄い平手打ち。

仲本「……兄貴は命捨てに帰ってきとられるのに、外道が……!!」

バシッ、また打つ。

三重子「(狂乱したように）うちは早川も打本も関係ないんじゃけん、なんネ、なんが悪いんネ……!!」

48 元の中華料理店の裏手露地（夜）

福田が口笛を吹きながら出てきて立小便を始める。突然、左右から躍りかかった仲本、楠田がドスを当てがって懐中の拳銃を奪い取り、拉致してゆく。

49 商店街の露地（夜）

全店シャッターを降した墓場のような暗闇の中で、仲本、楠田が滅多突きに福田を刺す。憎悪の極限のような酸鼻。

仲本、更に福田の鼻下にドスを当てがって、

仲本「クサリ外道ッ、云うといちゃるがの、わりゃアを売ったんは三重子じゃ。みやがれいッ!!」

云うなり力まかせにドスを押し上げて福田の鼻をそぎ落す。

絶叫し、尚も這いつくばって逃げようとする背後から、奪った拳銃で止めをブチ込む。

Ⓝ「この惨殺事件をきっかけとして、それまで及び腰だった両陣営の若衆たちは堰を切ったように暴走し、激突した」

50 「クラウン」表（夜）

車で乗りつけた森田、柳井等が二丁拳銃で乱射。

51 公園（夜）

登山ナイフを振りかざした本田が猛り狂って江田欣三、

山本を追い廻す。

悲鳴を挙げて逃げ廻る売春婦たち。

52 麻雀屋（夜）

森田、本田がテーブルを囲んでいる所へ乱入してくる江田欣三、山本、武田組の織田、丸山たち。

Ⓣ『六月十九日』

53 江田産業（採石業）店内（夜）

欣三、山本、金田、織田、丸山たちがスコップ、厚板、小型のプロパンガスボンベなどで森田と本田に凄惨なリンチを加えている。

一方でウイスキーを飲みながら眺めている江田。

江田「半殺しは可哀いそうなけん、帰すか眠らすか、どっちかにしちゃれい！」

丸山「わしがやりますけん！」

ナイフで森田の胸部を一撃する丸山。

54 早朝の路上

パトカー、救急車が停まって、捨てられた森田の死体を収容している。 ―― Ⓝ「こうした殺傷事件の頻発にたまりかねた広島市中心街の住民たちは、ついに町ぐるみの暴力追放運動に立ち上がった。その結果、縄張りを追い立てられた組員たちは警察の厳しい追求を受けて次々と検挙されていったのである」

55 スチール

「暴力追放決起大会」「もう黙ってはいられない」などの立看板や幕。鉢巻を締めて結集する住民たちの顔、顔。

× × ×

飲食街で市民や新聞記者、機動隊員等の包囲の中、逮捕連行される仲本。

Ⓣ『早川組、仲本博、二十九歳、懲役十八年』

× ×

各所で逮捕される江田欣三や織田。
Ⓣ『江田組、江田欣三、二十九歳、懲役五年』
Ⓣ『武田組、織田英士、二十三歳、懲役十年』

56 繁華街の通り（夜）

客待ちのタクシーが並んでいる所に、ボストンバッグを提げた丸山がやってきて、周りを警戒して窺っている。
離れた所でその姿に目を留める古川運転手。
丸山、タクシーの一台に乗り込む。
丸山「下関まで飛ばしてくれい！（と怪しむ運転手に）早よせんかい！」
走り出すタクシー。
と、瞬間的に他のタクシーがその前をふさいで急停車。
続いて左右後にも、同僚のタクシー群が包囲して一斉にクラクションを鳴らす。
驚いて窓から首を出す運転手に、
古川「指名手配の犯人じゃ!!」
丸山、車中から飛び出して、タクシーの間を縫って必死に逃げる。
それを追う古川と運転手たちの群れ、総がかりで摑まえる。
古川「コン外道ッ、わしゃ、こいつにゆすられたんじゃ!!」
運転手たち「ぶしゃアげちゃれい!!」
運転手一同の凄まじい袋叩き。
獣のように喚き泣いている丸山。
警官たちが駆けつける。
Ⓣ『武田組、丸山勝、二十歳、懲役八年』

57 呉・広能組事務所の表

雨の中、駐まっているシケバリの警察ジープ。
竹本、岩見等が畳や机、椅子などを運び出してきて、車体の上や周りに積み上げている。
ジープの警官「こいつ等ァ、どかさんと公務執行妨害で放り込むぞ！」
竹本「大掃除しとるんじゃ！ 文句云うんじゃったら車の方どかせい！」
事務所からうんざりした顔で見ている広能。そのストップモーション。

× × ×

「明石組横浜支部」の前で地元暴力団組長と並ぶ宮地。

× × ×

関東連合会石神健次郎会長と膝詰め談判する宮地たち。

× × ×

ホテルに入る岩井指揮下の明石組関東応援組員。

Ⓝ「その頃、広能は呉署の厳重な監視下に置かれて全く動きを封じられていた。それに加えて、広能側の指導部とも云える神戸明石組は、関東に進出しようとして激しい抵抗を受けその収拾に追われて広能を応援する余力はなかった。それを見たライバル神和会は実力者伊丹義市が二代目を襲名して、力のバランスに依る共存を計ろうとしてい

た」

×　×

襲名式で神代神和会々長から盃を受ける伊丹。

×　×

元の広能の顔。

岩見「おやっさん、武田から電話がかかっとります……」

広能「武田……?!」

58　同・電話口

広能、電話を取る。

広能「明か……仰山に構えちょるが、ちっとも攻めてきやせんじゃないの、おう！」

×　×

武田組事務所で。

武田「そっちこそ山守トルトル云うとってトレやせんじゃないか。打本はそっぽ向いちょるし、明石組には見捨てられるし、締まらん話よ、のう！」

×　×

広能「おうおう、どうとでも云いないや、いよいよ動きがつかんけん、電話でカバチ垂れるしかないんじゃろうが、おう、クソ馬鹿たれ……！」

×　×

武田「動きがつかんのはお互いよ、の、ほうじゃけん忠告しちゃるんじゃが、わりゃアええ加減堅気になれ。口で云うても信用出来んけん、新聞に発表せい。ほうしたらわしも後々そっちの立場は考えちゃるけん……」

×　×

広能「おう、なんなら出しちゃってもええよ、そっちも堅気になる云うんじゃったらの、山守と連れで……」

×　×

武田「（暫く考えて）……わしは、今はなれん……わしが足洗ったらで、若いもんが路頭に迷うけんじゃないの……昌三、よう考えてくれい、このままでおったら、わしら警察と新聞に潰されるだけで……の、そう思わんや……」

×　×

広能、黙ったまま受話器を切る。

不意に焦立たしく、立てかけてあった猟銃を掴んで壁に叩きつける。

上田「兄貴……！」

上田が事務所に来ている。

上田「大久保さんの伝手での、市会の連中から呉署にかけ合うて貰うたんじゃが、シケバリは解けんいうて強硬なんじゃ」

広能「…………！」

上田「わしが手足になれりゃアええんじゃが……大久保のおじさんがどうでも許さんのじゃけん……ほいで山守いうたらよ、のう、アレ一人ノウノウと動き回っとるんじゃけん、神和会の襲名披露にも江田を連れて出る云うとってで。山守いうたら県警はグーの音も出んのじゃけん、金じゃのう、世の中は！」
広能「（フト閃いて）山守が神戸に行くんか……神和会の襲名披露いうたら、何時じゃったかの……?!」

59 同（夜）

酒を飲み散らしながら麻雀台を囲んでいる組員たち。
水上が二階から降りてきて目配せ。
受けた関谷と弓野が突然喚き合う。
関谷「おどりゃクソ、来い云うたら来い!!」
弓野「このクソ、ぶっ殺すど!!」
表戸に向けて猟銃をブッ放す弓野。

60 同・表（夜）

シケバリのジープから警官たちが駆け出てきて表口に殺到。
警官「おいッ、開けんか……！」
その頭上、二階の窓から出てくる広能、庇伝いに電柱に取りついて降りてゆく。
続いて竹本、岩見も。

61 道（夜）

疾走する大型ダンプカー。
運転する竹本、助手席の岩見、後の寝台に広能、いずれも土工風の変装。
不意に車を停める竹本。
広能「どうした……？」
竹本「おやっさん……おやっさんはやっぱり神戸に行かれんほうがええです。わしとこいつで山守は決(き)っとトリますけん、おやっさんは引っ返してつかァさい！」
広能「文句云うてる暇かい、やれい！」
竹本「のう、おやっさん、蛇はなんぼ切られても頭さえ残っとりゃ生き返るんです。頭が喰われたら生き返るもんも返らんですけん……おやっさんは最後まで呉に残っとらにゃアいけんです！」
広能「山守には十八年の恨みがあるけん、わしがジキリかけて刺し違えちゃらにゃア済まんのじゃ！　やるのかやらんのか！」
竹本「（頑固に）…………！」

岩見「わし、この間にちっとクソしてきますけん……」
広能「また糞か、腹でもこわしたんかい？」
　岩見、腰巻に突っ込んである二丁の拳銃を見せて、
岩見「コレが冷えて冷えて、下痢しとるもんですけん……（と車から降りて）」
竹本「わしも可怪しゅうなった……！」
　竹本も拳銃を突っ込んだ腹を抑えながら急いで車を降りてゆく。
広能「連れグソか、クサイ仲じゃのう、お前等……！」
　冷やかしながら煙草を点ける。
　竹本の言葉を反芻するようにジッと考え込む。
　フト、不安に突き当り、急いで車から降りて、二人が消えた暗闇の方へ、
広能「繁ッ……おいッ、竹本ッ……岩見……！」
　返事は返って来ない――

62 神戸

　双眼鏡のフレームに映る料亭の表。
　Ⓣ『神戸』
　豪華な花輪が飾り立てられ、「神和会二代目襲名披露」の掲示、天幕張りの受付を中心に神和会系組員たちが黒背広姿で整列している。
　ボツボツと車で到着する招待客。

×　　×

　旅館の二階座敷の窓際で双眼鏡に喰いついている竹本。
　岩見が敷きっ放しの布団の上で、拳銃に丹念に弾を詰め直している。

×　　×

　双眼鏡のフレーム（後刻）
　車の数が増してきている。
竹本の声『おいッ、来よった!!』
　到着した一台から降りる山守と江田。
　江田が記帳に受付へ向う。

×　　×

　竹本と岩見、拳銃を腹に突っ込み、布団の上で用意の靴を履いて立ち上がった時、突然襖が開いて乱入してくる数人の男たち（明石組々員）、二人が叫ぶ間もなく頭から布団蒸しにして押え込む。

63 明石組宮地組事務所の一室

　竹本と岩見を囲む宮地と岩井、それに襲撃組員の一同。
宮地「（激怒して）山守やるんなら広島でやらんかい！こっちまで来て、それも相手の祝儀の日狙ったちゅうたらよ、われ達ァ気ィゆくやろが、明石組の立場はどうな

るんや！　こりゃ広能の指図か！」
竹本「わしらだけの考えです。頭、行儀は後で受けますけん、仕事させてつかアさい！」
宮地「神戸で戦争は出来ん！　岩井、お前が連れてこいつ等呉へ帰せ！」
岩井「はあ……ただ、わしも手ブラじゃア広能に会えまへん。頭、カッコだけでも、応援の兵隊出して貰えまへんか？」
宮地「お前も分らんやっちゃな、おやじは広島は間引け云うとるやないけ！　おやじがそう云うとるのに、どんな口実で兵隊出せるんや！」
岩井「口実なら有ります！」

64　河西清の葬儀案内状

65　岩井、打本、岡島、川田、上田等と密談する広能

66　廃工場のマンホールに武器類を集めて隠している竹本、岩見たち

Ⓝ「岩井が計画したのは、射殺された広能組員河西清の本葬であった。岩井から決断を求められた広能は直ちに準備に取りかかる一方、葬儀終了と同時に一気に広島に攻め込む手筈も整えていた。こうして葬儀は七月八日と決まり、その数日前から、明石組を始め全国各地から参加団体組員が続々と呉に集結し始め、その数は千六百人に達した」

67　数台の大型外車から降り立つ応援組員

×　×　×

駅頭に群がる応援組員。

×　×　×

フェリーから桟橋に降りる応援組員。

×　×　×

空港ロビイに屯する応援組員。

68　広島・繁華街の喫茶店の表

車が着き、打本がガード役の谷口、柳井等と降り、二人を表で張らせて中へ入ってゆく。
Ⓣ『七月四日』

69　喫茶店の中

打本、入ってきて、若い情婦の菊枝（芸者）が待つテーブルへ。
菊枝「いつも同じお店で会っとって大丈夫？」

打本「ここは表がよう見えるけん、安全なんじゃ（と側にきたボーイに）コーヒー」

ボーイが突っ立ったまま動かないので、フト見る。トレーの陰から向けられている拳銃の銃口。ボーイは武田組の古賀である。

同時に、近くのテーブルにいた学生服姿の山崎たちが立ってきて、打本と菊枝を裏口の方へ拉致してゆく。ウインドウの向うの路上で何も気づかず立っている谷口と柳井。

70 「クラウン」の事務室

山崎、古賀たちに囲まれて顔色なく小刻みに震えている打本。菊枝は平然と煙草を吸っている。
山守を先頭に武田と江田たちが入ってくる。
山守「おう、打本、こんなもいよいよウロがきたの、オメコばかりほじくっとったけんじゃ。おう、どうしたい、その顔は！」
と側の算盤を取ってゴリゴリ打本の頭をこすり回す。
打本「（必死に）まア、待ってつかい、のう、わしはですよ、喧嘩しちゃいけんいうて若いもん抑えとったですけん、現にですよ、殺られとるのはみんなウチの若いもんだけじゃないですか、のう！」
山守「ほう、お前この場になってまだ助かろう思うちょるんか、ほうかほうか、じゃったら助けちゃるけん、の、ここでよ、この女とシロクロやってみせい、おい、やってみせい、ほれほれ早よ裸にならんかい、裸に！」
顔が引きつって声にならない打本。
菊枝「親分、うちは辛抱しますが、この人だけはいたぶんで下さい！　うちと一緒じゃったけんいうて後で知れたら、この人の奥さんにうちが申し訳立たないんです！お願いします！」
江田「わりゃア黙っちょれい！」
菊枝「（気丈に）あんた等、逢引の時でも狙わにゃアこの人の命トレんの！」
菊枝に平手打ちをかます江田、拳銃を抜き出して、
江田「ざまくな、クソ、よう見とれ！」
打本、上ずった叫びで菊枝の後に隠れる。それまでジッと見ていた武田が江田の手を押えて、
武田「待ちないや……コレをやったら、次はそっちが打本会から的かけられるだけで」
江田「ほうじゃけんいうて生かして返すことないじゃない！」
山守「おう、やれやれ、省一、やっちゃれい！」
武田「おやっさん、コレの首が残っとる内は話のつけようもありますがの、首を取ってしもうたら、誰と話つける

んですか。トコトン戦争せいいうて云うんじゃったらそれでも構わんですが、わしゃ責任取らんですけん！」
黙り込む江田、山守。
武田「打本、広能組で河西の本葬やるげじゃがの、葬式は表向きで、こっちに攻め込むんが腹なんじゃろうてや？」
菊枝「（口を閉している打本に）あんた、助かるんじゃけん、云いんさいネ！」
頷いてみせる打本。
武田「ようし、その話を詳しく聞かせてくれい」

71　県警本部の表

車が着き、吉井を連れた山守がいかめしくネクタイを直しながら入ってゆく。

72　呉・広能組事務所の表（早暁）

警察のジープが各所に配置され、ヘルメット、防弾チョッキ姿の機動隊員が足音を忍ばせて散開している。
Ⓣ『七月五日』
マイクのアナウンスが始まる。
アナウンス「広能組全員に告げる。事務所の周囲は機動隊で完全包囲してある。そのままの状態で指示に従いなさい。指示に反する者は公務執行妨害で逮捕する。広能昌三、これより逮捕状を持ってゆくから、温馴しく出てきなさい。繰返す……」

73　同・事務所

二階からシャツを羽織って降りてくる広能。既に竹本等組員一同が寝起き姿のまま猟銃や木刀を手に手に駆け集まってきている。

アナウンスが聞こえている。

呆然と聞いている広能。

竹本「おやっさんッ、わしらで一戦交えますけん、逃げてつかい！」

手早く窓から銃を構えている岩見たち。

一瞬、判断に苦悩する広能。

広能「……時が来たんじゃけん、成るようにしか成らんよ……」

水上「おやっさん、大事な時ですけん……！」

広能「どうせ別件の木ッ葉の事件じゃけん、直ぐ戻るわいの……止さんかい……」

広能、立ってゆき、表戸を開け放つ。

刑事二三人が近づいてくる。

刑事A「広能……（逮捕状を出して）暴行傷害容疑じゃ」

広能「ほうの……（と令状を取って見る）」
刑事A「去年の夏、槇原組員を広島の山守組事務所に引き摺り込んでやりやげたじゃろうが」
広能「ほうですか……この事件を知っとるもんいうたら山守だけの筈じゃが、アレのチンコロかいの？」
刑事B「まア来い！」
手錠がかけられる。
広能「（周りの機動隊員を眺めて）税金の無駄使いじゃのう」
ジープの方に曳かれてゆく広能。
竹本「おやっさんッ……!!」
表口に坐り込んで男泣きに泣いている竹本。

74 スチール

河西葬儀での岩井の無念そうな顔。

× ×

警官隊の検問を受ける帰り仕度の応援組員たち。

× ×

山守邸に入る山守と槇原の一同。

Ⓝ「広能の逮捕は別件容疑であったが、再び抗争の場に戻ることはなかったのである。その三日後、主なきまま葬儀は終り応援組員は為すことなく呉から引き揚げていった。それと共に山守、槇原が呉に復帰して、形勢は全く逆転し、追い詰められた広能組との間で再び血の応酬が続けられたのである」

75 夜の路上、岩見を出刃で刺す槇原組上原

Ⓣ『八月十三日』
Ⓣ『槇原組、上原亮一、二十二歳、懲役七年』

76 白昼の路上、槇原組的場を匕首で刺す竹本

Ⓣ『八月十六日』
Ⓣ『広能組、竹本繁、三十一歳、懲役七年』

77 広島球場（夜）

ナイターが行われている。

ホームランがかっ飛ばされ、歓呼が湧き上がる。

その外野スタンド最上段で、腹巻ステテコ姿の野崎が四五人の人夫風の男たちに追われ、殴られている。

一方から駆けつけてくる藤田と義西会員二三人。

藤田「（野崎を庇い）止めい！　なんなら、お前等！」

人夫A「わしゃの、今のホームランに千円張っとったけんじゃ！　それを五百円じゃいうてヒンガモにしよるんじゃけん！」
野崎「わしのツケヒキは狂っとりゃせんわい！」
人夫B「おどりゃ何処のもんな！」
藤田「義西会じゃ。文句あるか！」
慌てて逃げてゆく人夫たち。
藤田、野崎を介抱してやって、
藤田「こんな一人で仲師やっちょるんか？」
野崎「ハア、ポリがやかましいですけん……」
藤田「舐められとったらプーヤは終いで。（と懐から拳銃を出して）貸しちゃるけん、アヤつけられたらカマしちゃれい」
野崎「（嬉しく拳銃を握りしめ）ハイ！　お借りしますけん！」

78　球場内の食堂

一隅の席で密談している岡島、沖山と川田。
岡島「広能が挙げられるとは予想もしとらんじゃったけんのう、こうなりゃアわしらと山守組との戦争で。武田のとこじゃ、金が続かんけんいうて、応援の連中も追い追い返しちょるげな……のう、打本は頼りにならんけん、わしと組んでよ、山守に勝負かけちゃらんかい？」
川田「わしは喧嘩どころか、野球の方の資金を集めるのに……これまでは打本の兄貴が面倒みてくれてたんですがの、近頃あの人も握りキンタマになっとってじゃけん……正直いうて打本さんにはもう義理はないんですけん……」
藤田も戻ってきて席に加わる。
岡島、沖山に目配せして、札束の紙包みを出させ、川田の前に置く。
岡島「そんな噂も聞いたけん、当座に五百万円用意してきたけん……の、収めてくれい」
川田「（意外な思いで）…………」
岡島「わしゃ打本じゃ明石組じゃいうても少しも義理はないが、このまま広能等が叩かれッ放しになるのを見とったら、次はわしらで。の、力貸してくれい、頼むけん！」
川田「（頷いて）出来るだけのことは……！」

79　バー「絹」店内（夜）

マダムの貫禄がついたアイ子がカウンターで武田をもてなしている。
武田「こっちに移ってから、の、いよいよ磨きがかかっとるじゃないの」

アイ子「アラ、じゃあの人と別れてもう一度売り出そうかしら」
武田「おお、わしが立候補するけん、の」
アイ子「新車に乗りかえるか！（と笑い合ってから）でも冗談でなく、武田さんにはお礼の云いようがないわ……前のお店にあのままおったら、山守さんにいびり抜かれて広島にはおられんじゃったろうし……これが武田さんのお蔭じゃいうことを岡島も知ってくれてたら、あの人も構えてなんておられんのじゃろうけど……」
武田「わしがここに世話したいうことは、死んでも云わんでくれい、のう、アレもがんぼたれのきかん男じゃけん……それより、の、アレの居場所だけを、毎日わしに電話で教えてくれい……わしゃ、アレの命だけは守ってやりたいんじゃけん……アレをトルトル云うちょるもんが大勢おるけんの……」
アイ子「（真剣な目で）ええ……します！」
　と、戸口を見てハッと武田に目配せ。
　岡島が入ってくる。
岡島の友人「おう、友ちゃんよう！」
　入口付近のボックスに陣取っていた数人の客が岡島を呼びとめて談笑を交わす。
　武田、その間に気取られぬように立って行き、外へ出てゆく。
　岡島、談笑相手の客たちをアイ子の前に連れてくる。
岡島「わしのよ、小学校の同級生じゃ！」
アイ子「まア、ほうじゃったん！」
岡島の友人「のう、友ちゃん、こりゃ一度同窓会開かにゃいけんのう！」
岡島「おお、拳骨ラッパも連れちゃってのう！」
アイ子「なんネ、拳骨ラッパって？」
岡島「わしらの担任の先生じゃ」

80 裏通りの公衆電話（早朝）

起き抜けの姿でアイ子が来て、メモ帳を見ながら電話をする。相手が不在らしく、別の所へまたかけ直している。

Ⓣ『九月八日』

81 山守組道場（賭場）

徹夜の博奕で疲れ気味の山守と江田の顔が見える。
吉井が近くの電話に出ている。
吉井「……ちょっと待ってつかい……」
　と、山守の側に行って、
吉井「前に店におったアイ子から、武田さん見えとらんかいうてかかっとりますが……」
山守「(不意に眼光険しく)アイ子……?!」
江田「武田の若いもんじゃいうて用件聞いてみイ!」
吉井「はア」
電話に戻る吉井。
目顔を合わせる山守と江田。

82 元の公衆電話

話しているアイ子。

83 山奥の温泉旅館の玄関

貸切バスが到着し、老師を囲んだ岡島と同窓会の一同がはしゃぎながら降りる。

84 同・大浴場

老師の背中を流している岡島。
岡島「のう、わしゃ、よう拳骨喰らって云われたですけん、わりゃアみたいなもんは少年院に入った方が真面目になろうっちゃいうて云われて……それでまア今も極道しとりますが、真面目になっとりますかのう、先生」
老師「いやア、それ云われると、顔に電気がつくわい」
大笑いする仲間の一同。

85 同・中庭

ステテコに浴衣の裾をからげて浴場から出てくる岡島、濡れ手拭いを頭にのせて踏み石伝いに部屋の方へ戻ってゆく。と、行手脇の石灯籠の蔭から、農協の帽子に手拭いを首に巻いた百姓風の男がブラリと出てくる(吉井の変装)。

吉井「あんたア、岡島さんな……?」

岡島「おお、そうじゃが……?」

吉井、後に回していた右手を一直線に突き出す。四十五口径大型レボルバーの銃口が凄まじい音響と共に火を吐く。

はじけ飛ぶようにのめりながら前へ走ってゆく岡島。

吉井、全弾発射——最後の一発で敷石に叩きつけられ動かなくなる岡島。

浴場出口で呆然と見ている老師と同行の一同。

吉井、ジロリとその方を一瞥して、
吉井「見とった通りじゃ!」

落着き払って木戸口から外へ。

86　同・表の道

出てくる吉井、急に駆け出して、駐めてある自分の車に飛び込む。
エンジン・キーを差し込む手が激しく震えてうまくはまらない。
ハンドルの上でもう抑えようがなく踊っている右手。
ガクン、ガクン、と二段噴射のような加速で猛スピードで突っ走ってゆく。
Ⓣ『山守組、吉井信介、二十三歳、懲役十八年』

87　スチール

山守組事務所で山守と江田に怒気鋭く難詰する武田。

×　　　×

武田を先頭に山守組事務所を引き揚げてゆく武田組々員。

88　岡島の密葬斎場（寺）

Ⓝ「岡島の死を聞いた武田は、山守の独断に激怒した。世論を敵としては勝てないことに既に気づいていた武田は、主戦派の山守、江田と対立して抗争の前面から手を引くに至った。一方打本も、再三にわたる岩井の決起要請にも応えず、徒らに決着を長引かせるのみであった」

打本に喰ってかかっている岩井、川田と藤田、沖山等の義西会員一同、野崎や谷口等打本会若衆も集まっている。

岩井「山守とやるのかやらんのか、あんたの腹訊いとるんや、わしは！」
打本「そがに云われても……広能もおらんし……わし一人がやってみたところで、勝てやせんじゃない、のう……」
岩井「打本はん、あんたそれで極道か、それともそこらのただのトラック屋のオッさんか、どっちなんや?!」
打本「どっちかいうて云われたら……わしゃ事業一本にしぼりたいんじゃが……」
川田が途中から知らん顔で奥へ立ってゆく。
歯嚙みするように怒りを抑えて俯向いている藤田たち。
岩井「(呆れ果てたように) さよか、ほなそうしなはれ。その代り、わしらトラック屋には用ないさかい、これからはあんた一人で歩いて行きなはれや。ただし、前向いても崖、後向いても崖や。あんじょう性根入れて歩くこっちゃな！」
云い捨てて立ってゆく。
打本「(藤田等に) のう、わしの云うとることにも一理有るじゃろうが、のう……あんた等、まア頑張りンさいや……」


とそそくさと席を外して去る。無念そうに見送る藤田たち。

それに野崎や谷口、柳井など若衆たちだけが残る。

Ⓝ「こうして抗争の炎は一時鎮静したかに見えたが、その火を再び燃え上がらせたのは各組の若衆たちであった」

89　藤田の家の表（夜）

藤田と野崎、谷口、柳井たちが土間からオートバイ二台を曳き出してくる。

いづれも工員服の変装。

藤田が用意してきたジュース缶（ダイナマイト）を分配する。

黙って目配せで別れ、谷口は柳井と、藤田は野崎と同乗、二台それぞれの方向に突っ走ってゆく。

Ⓣ『九月十二日』

90　「クラウン」表（夜）

表戸に張りついた谷口と柳井が、束ねたジュース缶爆弾に点火している。

ダッと退避して逃げる二人。

轟然と、爆発――

91　「江田産業」の表（夜）

パトロールの警官が去ってゆく。

それを見届けて忍び寄る藤田と野崎。

藤田が同じジュース缶爆弾に点火し、野崎がガラス戸を叩き割ると同時に、中へ放り込んで逃げる。

凄まじい爆発音と共に表戸が吹ッ飛び、モルタルが崩れ落ちる。

92　新聞記事

『図にのる無法の狼ども!!

抗争、ついにダイナマイト戦争へ!!』

93　バー「エデン」の中

憔悴した顔の山守が電話をかけている。

小脇に確り抱えこんでいる金庫代りの鞄。江田と早川が付添っている。

Ⓣ『九月二十一日』

山守「（電話に）県警本部、県警本部か……なにイ、山守じゃ、山守義雄じゃ……なんじゃいうことあるかい、あれ程電話かけて保護せい云うちょるのに、そっちゃちっともパトロール寄越さんじゃないか、おう、これ程爆弾が放り込まれとるのに、わしゃ身を隠す場所もないんど……善良な市民を庇護するなア警官の務めじゃアないんか、わしが死んだら責任取ってくれいよ、おう、責任を……」

94 県警本部

電話口の課長「……ほいで今何処におるの、あんた……よし分ったけん、そこにおったらええ」
と切る。側にいた新聞記者が、
記者Ｄ「山守がなんじゃ云いよるんですか？」
課長「善良な市民を保護せんのか云うての」
記者Ｄ「バカな！　そんとな電話いちいち聞いちょるけん、あんた等、あいつ等に……」
課長「（腹立たしげに）容疑が決まらん内は一般市民と同じだ！」

95 「エデン」の表

楠田等若衆が張っている所に、中から早川が出てきて、
早川「おやじがパトカー呼んだけん、こんな等散っとれ」
楠田「ええんですか?!」
早川「わしらより警察当てにしとるんじゃけん、つき合えんわい！」
車に分乗して去ってゆく一同。
一方から打本会の本田がそれを見届けている。

96 場末の喫茶店

谷口、柳井など打本会員数人が屯している所へ、本田が飛び込んでくる。
本田「おい！　山守がの、江田と二人で早川の店に隠れちょるど！」
谷口「ほんとか！」
本田「確かじゃ！　出入りの氷屋が教えてくれたんじゃけん！　ほいで早川等はよ、事務所へ引き揚げたけん、トルなら今で！」
柳井「ようし、やっちゃるか、おう！」
谷口「よし、やっちゃれい！」
本田「みんな来い!!」
殺気立って飛び出してゆく一同。
心配そうに見送っていた店主の親爺が急いで電話に飛

びつく。

97　「国光運輸」社長室

電話を取る打本。
打本「おう、わしじゃ……ああ……ほいでどうした……あ、山守を?!」

98　露地奥の空地（冒頭と同じ所）

谷口たちが埋めたバッテリー・ケースを掘り出し、中の拳銃類を分配している。

99　武田組事務所

電話に出る武田。
武田「武田じゃ……おう……なんなら……?!」

×　　×

「国光運輸」社長室から。
打本「この前の借りもあるけん教えちゃるがよ、わしとこの若いもんがの、山守トルけんいうて今出て行った所じゃ。早川のやっとるエデン云うとってで。早ようそっちから報せてかわさんと間に合わんど……！」

×　　×

武田「馬鹿この！　なんでそっちで止めてくれんのよ……!!」

×　　×

打本「止めい云うてなしてわしが止めにゃならんの、そっちと喧嘩しとるのに！　のう、ほいで山守が助かったらよ、わしに二千万ぐらい融通せい云うて頼んでみてくれいや」

×　　×

武田「（呆れて）喧嘩相手に金貸す馬鹿おるかい！（と電話を叩き切って）」

100　「エデン」表

猛スピードで乗りつける数台のセダン。
武田を始め友田、伊村等精鋭組員が降り立つ。

101　同・中

山守、アル中染みした飲み方でウイスキーを呷りながら、鞄の中の証書類を見たり札束を勘定したりしている。
江田がウイスキーを注いでやりながら自分も飲んでい

る。

表から、友田たちを連れた武田が飛び込んでくる。

江田「なんなら、明……?!」

武田「(有無を云わせぬ語気で）省一、わりゃアこんとな無防備な所におやじを呼んどりゃアがって、それで若衆が勤まるんか!!」

江田「なにイ、表にパトカーがおらアの！」

武田「そんなもんおるかい、見て来いや！」

山守「武田、わしゃ江田を信用して命を預けちょるんど、わりゃアに用はないけん！」

武田「ほうですか、じゃったら今、打本会のやつ等が仕掛けに来ますけん、そっちら二人だけで戦ってつかい！」

山守「(腰を浮かして急いで書類を鞄に詰め）ま、待っとれい！　わしも行くけん……!!」

(と出かかる)」

武田「(カサにかかって）来られるのはええですがのう、一体この喧嘩はわしに委すんですか、委さんのですか?!」

山守「(泣き声で必死に）委さんとは云うとりゃアせんじゃないの、のう……！」

その時、突然裏手のドアが蹴り開けられ、飛び込んでくる谷口等の一団。

友田たちが椅子を投げつけて防ぐ間に山守と江田を連れて脱出する武田。

谷口「表じゃ!!　表へ回れえ!!」

102　同・表附近

車へ逃げてゆく山守等の姿を、張込みの車中から見つけた柳井等が追ってゆく。

その柳井等を更に追う江田組の山本、金田たち。

繁華街の雑踏が忽ち騒然と入り乱れて、追う者も追われる者も人波に紛れて区別がつかない。

一方からフルスピードで乗り入れてくるパトカー。

我先に車に飛び込んで逃げ出す一同。

武田「(組員等に）かわせい、かわせいッ!!」

巡査に追われた柳井が目の前をドアを半開きにして走り過ぎようとした車に飛び乗る。

103　走る武田の車の中

飛び乗った柳井、ホッと同乗者の顔を見て仰天。武田と友田、山本、金田たちである。慌ててドアを開けようとするが押えこまれる。

山本「おどりゃア、クソよごれッ!!」

匕首を抜く山本たちを武田が制止。

武田「待ていッ、待ていッ、こんとなとこでやるな！　呉越同舟じゃけん！」
首を縮めて顔色ない柳井。

104　ラーメン屋の屋台（夜）

谷口ら柳井、本田等さっきの襲撃メンバーが飲んでいる。
谷口「ほいで、どう逃げたん？」
柳井「ほうしたらよ、の、途中でエンスト起しよっての、みんなで車降りて押したんじゃ」
本田「わりゃアも押したんか？」
柳井「ほうよ、ほいじゃが考えてみたら、わしが手伝わにゃならん筋合いはないけんの、ほいで逃げてきたんじゃ。ほいじゃがよ、武田が云うとったが、わしらの今日の殴り込みは打本のおやじが向うにチンコロしたげで！」
谷口「おやじが……?!　クソ、ほうじゃけん、舐められとるんじゃ、わしら！」
本田「のう、マン糞悪いけん、ま一度、押し出さんかい！」
谷口「ようし、押し出しちゃれい!!」

105　繁華街の中心・新天地広場（夜）

遊び客の出盛りの中を背広を粋に羽織って傍若無人に濶歩してゆく谷口たちの一団。

106　附近の露地（夜）

山本たちが屯している所へ駆けてくる金田。
金田「打本会のやつ等がまた新天地歩いちょるど！」
山本「あン外道等!!」
一斉に駆け出す。

107　新天地広場（夜）

山本、金田等の一団が探しながらくる。
一方からやってくる谷口たち。
双方相手の姿に気づき、わざと人波を縫って接近し合う。
間近く迫る両者。
山本「クソども、出て行かんかい!!」
谷口「バカたれらが、くるんなら来い!!」
いきなり入り乱れて殴り合い、格闘が始まる。
幾つかの旋風に分れて通行人を蹴散らしながら走り回る。
喧嘩に気づいて逃げ出す人々。

立看板を振り回して谷口を追いかける山本。谷口、逃げ切れず、拳銃を抜いて射つ。腹、肩をブチ抜かれた山本がボロ屑のように転がる。

それをきっかけに、双方のグループの拳銃の応酬が火を吹く。

逃げ惑う人々の悲鳴。

銃弾で飛び散る商店の窓ガラス。

広場は射ち合う双方の若衆だけを残して荒涼たる修羅場に一変。

谷口「逃げえ、逃げえ!!」

谷口の合図で一斉に退却する打本会。

金田「待てえクソッ!!」

追いかける金田、谷口の後から追いつきざま、拳銃で殴りつける。

瞬間、暴発——脳天を射貫かれた谷口ら棒切れのように倒れて即死。

呆気にとられて見下している金田。

Ⓣ『江田組、金田守、十九歳、懲役十年』

108 スチール

交番で警官に喰ってかかる会社員、主婦たち。
× ×
記者会見の市長。
× ×
住民有志の自警パトロール。
× ×
「江田産業」から逮捕連行される江田。
× ×
逮捕されパトカーに乗る打本。

Ⓝ「市民生活を直接脅やかしたこの乱射事件は、暴力団追放の世論を沸騰させ、各界の激しい突き上げを受けた警察と検察当局は、ついに幹部組長の一斉検挙に踏み切った」

109 病院の表

刑事たちを先頭に踏み込む新聞記者、カメラマンの一団。

110 病室

ベッドの上で山守が見舞いのホステス連中に囲まれ、ふざけ合っている。

踏み込んでくる刑事たち。

刑事C「山守、逮捕状じゃ！」

山守「(慌てて寝込んで) わしに何の容疑じゃ！」

刑事D「二年前、競艇場の職員を殴ったことがあるじゃろうが！」
山守「わしゃカリエスで腰が立てんのじゃ、院長に訊いてみイ！」
刑事C「なんがカリエスじゃ！（とホステス連を見渡し）やり過ぎのヤリエスじゃろが！」
側でふくれッ面をしていた女房の利香が山守を起しにかかって、
利香「新聞社も見えとってじゃけん、男らしゅうしんさい！」
山守「放っとけ、クソたわけ！」
利香「性根抜かして、この人は！」
と側の洗面器で山守の背中を引っぱたく。刑事たちが強引に立たせる。
山守「待っとれえ、記者会見するけん！」
カメラマンのフラッシュの閃光。

111　義西会事務所の表

藤田等に迎えられて入る岩井と和田など岩井組員一行。

×　×

「義西会」と並んで「明石組広島支部」の掲礼。

Ⓝ「山守の逮捕を知った岩井は、直ちに広島に乗り込んで、岡島亡き後の義西会を中心に陣営の再建に取りかかった。一方武田は、嘗ての宿敵であったテキヤ大友連合会を始め群小暴力団を糾合して広島やくざの大同団結を呼びかけ、岩井の挑戦を真ッ向から受けて立ったのである」

112　大友連合会事務所

幹部の栗田等と談合する武田、早川。

113　料亭

呉の吉倉始め、組長連と協議する武田、早川、栗田たち。

114　義西会事務所の表

車が着き、武田、早川、栗田、吉倉、それに友田等幹部組員が降りて、藤田等義西会員の殺気立った迎えを受けて入ってゆく。

115　同・一室

対決する武田たち一行と、岩井、藤田、沖山たち。
武田「広島には広島極道の性根いうもんがあるんじゃけん

の、わしらの方でも神戸の神和会から代紋飾らせてくれいいうて云いよるんを蹴っとるんじゃ。あんたが此処におるのは構わんが、明石組の看板だけは即刻下してくれい！」
岩井「わしは明石組の若衆やさかい、わしが居る場所に本家ののれんを下げてどこが悪いんや！」
武田「じゃったら、今直ぐ義西会と手え切るいうて宣言してくれい！　コレ等（藤田たち）と組んで事務所開くいうなア、わしら広島のもんに対する内政干渉じゃ！」
岩井「ほな、死んだ岡島のオトシマエはどうつけてくれるんや！」
早川「戦争じゃけん、トル、トラれるのは当然じゃろうが!!」
藤田「じゃったらわりゃアも的にかけちゃるけん、勝負に来い!!」
吉倉「おお、買うちゃるけん、来いッ!!」
武田「（一同を制止して岩井に）今のそっちの言葉は、本家の答えとして受け取ってええんか?!」
岩井「わしゃ明石組の岩井や!!」
武田「よう分ったけん！　云うといちゃるがの、広島極道は芋かも知れんが、旅の風下に立ったことはいっぺんもないんで。神戸のもんいうたら猫一匹通さんけん、よう覚えとってくれい！」
岩井「そうかい、われたちも吐いた唾は呑まんとけや！」
睨み合って出てゆく武田たち。

116　駅のホーム

列車に乗り込む若衆の山崎と古賀を、武田と友田、伊村が送っている。

Ⓣ『九月二十四日』

伊村が山崎たちにボストンバッグを渡す。

伊村「扱いに注意せえや」

武田「明石組長だけは傷つけなや、後がこじれるけん。他は何処でも構わん、ブッ飛ばしちゃれい！」

緊張して中に入る山崎、古賀。

動き出す列車を見送る武田たち。

117　神戸・明石組事務所の表（夜）

宮地が車で帰ってきて入ってゆく。
横手の電柱に電力会社の作業員が登って配線工事をしている。
Ⓣ『神戸・明石組事務所』
電柱の作業員二人は山崎と古賀の変装である。
表が静まったのを見届け、用意のダイナマイトの束に点火し、眼下の便所らしい窓の中を目がけて放り込む。
轟音と閃光――猛煙が吹き出す。
素早く電柱を降りて車で逃げてゆく山崎たち。
色めき立って飛び出してくる明石組員たち。

118　**神和会事務所を車から銃撃する明石組員**

119　**電話を受けている岩井**

120　**武田組事務所を車から銃撃する岩井組の和田たち**

121　**路上で射殺される吉倉組長**

122　**タクシーを降りかかった所を射殺される早川組楠田**

Ⓝ「襲撃を受けた明石組では、神和会の仕業と誤解して即座に報復を加えた。事件はその日の内に広島にも飛び火して、武田組と岩井組との間で早くも銃撃戦の火蓋が切って落された。こうして広島抗争事件は、広島対神戸の西日本を揺るがす大流血事件に発展しかかっていたのである」

123　**川田組事務所**

藤田が沖山等数人を連れて来ている。
しばらく激しく咳込んでいる藤田。
川田、ゴルフクラブを持ってティーショットの真似をしながら眺めている。
藤田「(やっと咳が切れて)……岩井さんが立ってくれとるんじゃけん、のう、旅の連中に委せて、地元のわしらがすくんでおったんじゃ先々頭が上がらんじゃない……わしらも立つけん、あんたの方からも兵隊出してつかいや、のう……！」
川田「わしにいうてきても筋違いで。わしゃ打本さんの舎弟なんじゃけん、打本の兄貴が腰上げんのに、勝手に喧嘩は出来やせんよう」
藤田「あんたの立場も分るが、おやじもあんたを当てにしたけん、肩を貸しとったんじゃないの。他人じゃないんじゃけん……」
川田「銭の話出すのは止めてくれい！　確かに岡島さんに借りはあるが、わしらの方でも埋め合わせに毎月カスリをそっちに出しとるんじゃけんの！」
沖山「(カッと)銭勘定で義理が返せるんか！」
川田「そっちが先に口に出しちょるんど！」
藤田「(沖山を抑えて、川田に)無理にとは言わんですが、のう、あんたがいくらやる気がない云うても、山守や武田はそうは見んですよ」

川田「…………！」

藤田「（懸命に情熱を籠めて）川田さん、あんたが立ってくれたら、打本さんも決っと立ってくれるんじゃけん、おやじが浮かばれるのも浮かばれんのも、あんたの腹一つなんで……のう、わしらを男にしてつかい、頼みますけん！」

と、また咳込んで苦しみ出す。

川田もさすがに気の毒そうに介抱の手を貸してやりながら、
川田「一度、打本の兄貴にも打診してみるけん……心配しなんなや、のう……」

頷いて答える藤田を沖山たちが支えるようにして出てゆく。

124 同・表

沖山たち、藤田を車に乗せる。
同時に、喀血してシートに倒れる藤田。
沖山「（介抱しながら）兄貴ッ……おい、急げ！」
走り出す車の中で、
藤田「（喘ぎながら）……こんな等、ええか……川田の返事があるまで、抜け駆けはすなや……」
沖山「兄貴ッ、あんなもん相手にせんで、わしらだけでやりますけん！」
藤田「（首を振って）……おやじの仇は、わしが息のある内に決っと取っちゃるが……川田は……クセのある男じゃけん……敵に回したら、こんな等が難儀するんど、後で……わしゃ、そう長くは持たんけん……」
沖山たち「（暗然と）…………！」

125 藤田の家の中

藤田が床に横たわりながら、側でジュース缶爆弾を作っている野崎に導火線のつけ方を教えてやっている。

Ⓣ『十月十三日』

咳込む藤田に、野崎が背中をさすったり白湯を呑ませてやったりしている。

土間の入口から川田組員の一人が顔を覗かせ、野崎を招いて耳打ちする。

野崎、藤田の枕辺に戻って、
野崎「おやじが呼んでますけん……」

藤田「おう……」

出てゆく野崎。

126　広島球場内の食堂（夜）

テレビに映るナイターの進行と共にスタンドからの喚声が響いてくる。
一隅のテーブルで、川田が二三人の組員たちと集めたテラ銭の札束を数えながら、テレビに目を走らせている。
　野崎がやってくる。
川田「ようしやったやった！　もう一点取りゃア今日の片もり（胴元の負担分）はこっちのもんじゃ！（とまた札束勘定に戻って）おう、弘……」
野崎「はア……」
川田「わりゃア義西会の藤田を手伝っちょるげじゃがの、ええ加減手え引け」
野崎「はア……じゃけん、藤田さんには義理がありますけん……」
川田「義理？　どがな義理なら、アレ等ア風上に立ったふうしよってから、わしのシマ荒し回っちょるんど。スタンド見てみイ、義西会のバッジばかりじゃ、おう！」
野崎「そう云われても……戦争になったら、義西会につかにゃならんですけん……」
川田「誰がよ？　わしゃ、どっち側にも立たんど」
野崎「…………！」
川田「何が悲しゅうて義西会助けにゃアならんのよ。やりたいもんにゃアやらしとけい、わしらにとって大事なんはよ、おう、このシマをどう守るかよ……（と声をひそめて）のう、弘、こんながやってくれると、助かるんじゃがのう……」
野崎「はア……?!」
川田「義西会の二代目継ぐんは、あの藤田じゃろうてや……アレさえおらなんだらよ、義西会も馬の糞と同じじゃ……のう……」
野崎「（茫然と川田を見つめて）…………!!」
川田「（札束の幾らかを摑んで）これだけの分がよ、おう、義西会にカスリで持ってかれるんど……藤田がおらにゃア、こんなの方にゆく分じゃ……」
　泣きそうな顔になって考え込んでいる野崎。
川田「まア、つき合いもあったけん、やれんいうんじゃったら仕方がないが、のう、弘、こんなもここらで男にならにゃア、もう舞台は回って来んど……おう！」

127　野崎の家の中（夜）

原爆スラムの中の犬小屋のような一部屋だけ。
野崎が、母親や小さい弟妹たちと食膳を囲んでいる。
母親の顔にケロイドの傷痕。

セコハンのテレビが点いているが、故障で画像が乱れっ放し。弟が焦立たしくチャンネル・スイッチを回している。

ボソッと考え込んでいる様子の野崎。


母親「（弟に）やかましいけん、消しな！」

弟、一生懸命チャンネルを回し続ける。

母親、側の物を取って放りつけ、

母親「やかましいけん！」

弟、泣き出す。つられて妹の方も。

野崎、ボンヤリその様子を眺めていたが、フト立ち上がる。

野崎「（弟に）オイ、飯喰え——あんちゃんが新しいテレビを買うちゃるけん……」
腑抜けのような顔でノッソリ外へ出てゆく。

128　藤田の家の裏手（夜）

藤田が井戸端で顔を洗っている。

フト背後の気配に振り返る。

暗闇に野崎が黙って立っている。


藤田「おう、弘か……」

野崎、何か云おうと大きく口を開け、声が出ぬまま、両手で握りしめた拳銃（藤田から貰った物）を真ッ直ぐ藤田に向けて、一発射つ。

躰を二ツ折りに崩れ伏す藤田。

藤田「弘ッ……!!（と絶息）」

129　原爆スラムの一隅（夜）

パトカー、ジープ、警官隊のトラックなどが唸りを挙げて殺到してくる。

集まっていた住民たちが警官に、

住民たち「こっちじゃ、こっちじゃ！」

×　　×

ひしめき合う小屋と小屋の間の下水溝に警官隊が集まって、投光器を点灯。

そのスポットの中に、下水溝の中程でへばりついていた野崎がビクッと頭を上げる。向う側からも投光器の照射。

目も眩む強烈なライトの集中照射の中で、拳銃を胸に抱きしめたまま大声で泣いている野崎。

Ⓣ『川田組、野崎弘、二十歳、懲役二十年』

130　警察署の便所

窓際に後姿の岩井が立っている。

廊下を手錠姿の広能が警官に曳かれて入ってくる。広能の会釈を受けて、警官は廊下で背を向けて立つ。
振り向く岩井。
広能「おう……！」
岩井「よう……！」
広能「いろいろ済まんのう……」
岩井、煙草を出して点けてやる。
岩井「昌ちゃん……義西会の藤田がなア……殺られよった……」
広能「（耳を疑い）……藤田が……」
岩井「やったんは川田組のチンピラや……同志討ちや……もう義西会もなんもバラバラや……もうわしの手ではどうもならん……昌ちゃん、わしはサジ投げたよ……」
広能「…………！」
岩井「それになア、神戸の本家は、兵庫県警の仲立ちで神和会と手打ちしよってなア……わしにも、引き揚げい云うてきとるんや……」
懸命に敗北感に堪えようとしている広能の顔。
岩井「神戸に帰るか、本家に盃返してもこっちに残るか、二つに一つしかないが……わしも若衆抱えとるこっちゃしな……なア昌ちゃん、済まんが手え引かせてくれ……この通りや……（と頭を垂れて）」
広能「済まんのはこっちよ……信ちゃんの気持はよう分るけん……これまで、ようやってくれたのう……」
岩井「今、打本にも会ってきたが、ブタ箱に入ってホッとした云うとったよ……」
広能「…………」
岩井「あんなもん担いで……昌ちゃん、出直してくれい……」
警官の合図に、互いに軽く腕を握り合って、岩井から先に出てゆく。
窓外に目をそむける広能の顔に堪えようもなく虚しさが拡がってゆく。

131　同・取調べ室

打本が部長刑事と向き合って、
部長刑事「一体、事業の方を続けるんか、やくざ続けるのか、どっち取るの、あんた？　それに依ってあんたの事業免許取り消すことも出来るんで！」
打本「そりゃア、わしもズーッと考えとってじゃけん、ほいじゃがの、極道社会におる内は鎧着て生きにゃならんのじゃけん、口に出せんのじゃ……」
部長刑事「（脅しで）打本会を解散するのか、せんのか!!」
打本「（泣きそうな顔で必死に）ほうじゃけん、ここに入って覚悟は決まったいうて言うとるじゃないの!!」

132　留置場（夕方）

広能、膝頭を抱えて思いふけっている。
看守の巡査が重箱の弁当を差し入れに来る。

看守「オイ、岩井からの差し入れじゃ」

広能、受け取り、蓋を開くが、食べる気になれず感無量に見つめている。
看守、それを覗きながら意地悪く、

看守「極道いうても親分になるとええ目見るのう、おう、こんとな所でも料理が喰えるんじゃけん」

聞き流している広能。

看守「お前が起した喧嘩で死んでいった若衆は、あの世に行ってどう思うちょるかのう」

広能「（睨みつけて）そっちらと世界は別じゃけん、知らんことは黙っとれい！」

看守「カッコつけるな、外道が！　極道じゃなんじゃ云いよってから、本音は命が惜しいけん、ひとのケツだけかいて、おどれだきゃア生き延びようとしとるんじゃろうが！」

133　同（夜）

立ち上がり、重箱を鉄格子に叩きつける広能。
寝ている広能。胸苦しそうに輾転反側して悶えている。

×　　×

（夢）
朦朧とした視野の中に、血のような赤い川が横たわり、其処を、死んだ時のままの服装の河西が、岡島が、藤田が、その他幾人かの若衆たちが、こちらには背を向けたまま黙々と渡って彼岸に去って行こうとしている。

広能の声『清ッ……岡島ッ……藤田ッ……!!』

が、呼ばれた者は、冷たく無感動な一瞥をくれたきり、更に遠去かってゆく。

看守の声『カッコつけるな、外道が！　本音は命が惜しいけん、ひとのケツだけかいて、おどれだきゃア生き延びようとしとるんじゃろうが!!』

×　　×

毛布をはねて起き上がる広能。
満面の脂汗。
やがて打ちひしがれたように頭を抱え込んで――

134　別の警察署の面会室

刑事の立会いで、山守が利香や弁護士と会っている。

弁護士「拳銃不法所持と脱税の容疑に関してはこちらで担当検事と折衝中ですから、必要以外のことは喋らんで下さい……」

すっかり老けこんだ顔で眠むそうに頷いているだけの山守。利香が差し入れのチャンチャンコを着せてやりながら、

利香「ほいじゃけど、あんまり皆さんに逆らわんでネエ、早よ出てきんさい。今、市の方から競艇会社の権利を十億で買収しようという話も出とるんじゃけん、一生困ることはないんじゃけん、跡目も誰かに渡して、ネエ……」

山守、そんな利香の声には上の空で、前にあるお茶の茶碗をしきりと気にして覗き込み、

山守「こりゃア、酒か……？」

震える手で茶碗を取り、ひたすら匂いを嗅いでいる。

135 裁判所の廊下

窓の外は雪が降り続いている。広能が、打合せしている看守たちから外れて、窓外を見やっている。

Ⓝ「それから間もなく広能は仮釈を取り消されて広島刑務所に収監され、翌三十九年一月、更に七年四ケ月の懲役判決を受けた」

手錠をかけた手や突っかけ草履の素足が寒く、小刻みに体を動かしている。

武田「昌三……」

声に振り返ると、同じ手錠姿の武田が後に立っている。

一瞬、無言で見つめ合う。

武田も小刻みに体を震わせている。

武田「何年打たれたんない……？」

広能「七年と四ケ月じゃ……そっちゃ……？」

武田「神戸にダイナマイト放り込んだけん、なんぼにつくかのう……」

広能「ほうの……」

武田「江田は五年、槇原も三年ぐらい喰うたげな……打本は執行猶予になったけん……」

広能「山守は……？」

武田「あれゃア一年半じゃ」

広能「（自嘲して）一年半と七年か……間尺に合わん仕事したのう……」

武田「わしも全財産はたいて一文無しじゃけん……ほいで新聞にア叩かれるし……これからはのう、政治結社にでも変えていかにゃアやっていけん……」

広能「そりゃアそれでええかも知れんが……もう、わしらの時代は終いで……十八年も経って、口が肥えてきたけんのう、わしら、もう野良犬く程の性根はありゃせんのよ」

武田「(深く頷いて)…………」
　武田側の看守たちが連れにくる。
武田「昌三……辛抱せいや……」
広能「おう、そっちもの……」
　曳かれ去ってゆく武田。
　シン、と冷たく人気ない廊下にいつまでも立ち尽している広能。
Ⓝ「こうして広島抗争事件は、死者十七人、負傷者二十余人を出しながら、実りなき終焉を迎え、やくざ集団の暴力は市民社会の秩序の中に、埋没していったのである」

136　原爆ドーム

Ⓝ「だが、暴力そのものの行方は、決して我々の周囲から離れ去った訳ではない」
〈エンド・マーク〉

県警対組織暴力

東映京都／一〇一分／昭和五〇年四月二六日封切

スタッフ

企画　日下部五朗
監督　深作欣二
撮影　赤塚　滋
照明　中山治雄
録音　溝口正義
美術　井川徳道
編集　堀池幸三
音楽　津島利章

キャスト

久能徳松　菅原文太
海田昭一　梅宮辰夫
吉浦勇作　佐野浅夫
河本靖男　山城新伍
塩田忠二郎　汐路　章
下寺刑事　林　彰太郎
得田刑事　有川正治
丹保刑事　森　源太郎
池田課長　藤岡重慶
大坪署長　北村英三
佐山巡査　笹木俊志
三浦二課長　鈴木瑞穂
正岡県警副本部長　中村錦司
＊大原組
広谷賢次　松方弘樹
大原武男　遠藤太津朗
柄原進吾　室田日出男
庄司　悟　奈辺　悟
大貫良平　成瀬正孝
沖本九一　曽根晴美
三杉　寛　藤沢徹男
是貞　充　司　裕介
平田芳彦　片桐竜次
児島二郎　幸　英二
小宮金八　田中邦衛
＊川手組
川手勝美　成田三樹夫
松井　卓　川谷拓三
水谷文治　岩尾正隆
土屋　保　白井孝史
俵　功二　平沢　彰
竹内　秋山勝俊
柳井　野口貴史

友安政市　金子信雄
向井万太郎　志摩靖彦
久保直登　小松方正
菊地東馬　安部　徹
岡元秀雄　国　一太郎
住岡清治　小田真士
塚田弁護士　鈴木康弘
久能玲子　中原早苗
麻里子　池　玲子
美也　弓　恵子
ユリ　小泉洋子
カスミ　橘　真紀
千代美　白川みどり
光代　松本政子
真佐江　林　三恵
吉川　宮城幸生
佐山の同僚　鳥巣哲生
ダンプカー助手　池田謙治
新聞記者A　唐沢民賢

1　倉島市・道端のラーメン屋台（夜）

ねじ鉢巻、サングラス、油の染みたジャンパー、一見仲仕風の男が、グラスの酒を煽り、ラーメンをすすり、ゆで玉子にもかぶりついている。

貪欲というよりも、賤しいまでに動物的な活力に溢れた喰いっぷりである。

倉島署捜査二課部長刑事、久能徳松。

と、その横に、自動車整備工のユニフォームを着た若い男（広谷組員、庄司悟）が飛び込んできて、ゆで玉子を作業帽の中に幾つも放り込む。

チラッと見る久能。

庄司のユニフォームの下は地下足袋。


庄司「（屋台の親爺に）勘定は事務所から貰ってくれい！」

塩の瓶もかっさらうようにして飛び出していく。

道路を越えた向いに、セダンが一台停まっていて、車内で、種々の作業衣を着込んだ庄司の仲間四人（大貫良平、他）が、せかせかとラーメンをかっこんでいる。

庄司が戻ってきて、ゆで玉子を一同に配る。誰も声を出す者はなく、妙にシンとなって、ひたすら喰うことに一心になっている。

と、ウィンドウの外に久能の顔が現われ、無遠慮に車内を覗き込む。

フロアに日本刀の束らしいものがコートにくるんで置いてある。

庄司「なんじゃい……?!」
久能「今ごろ地下足袋履いて、何処へ行くんない？」
無言、殺気走って見返す五人。
久能「お前等、広谷ンとこのモタレじゃろうが……ほうか……広谷の店のホステスが、最近川手のやっとるオーシャンに引き抜かれたいうて言うちょったが……殴り込みか……？」
車内の五人、ダッと飛び出して久能を囲み、庄司の拳銃が脇腹へ。
庄司「わりゃア川手組の外道かい?!」
久能、黙ってジャンパーの右裾を払ってみせる。その腰のベルトに、手錠とコルト・ショットノーズ。
ハッとなって五人が車に飛び込もうとするより早く、久能、足ッ払いで庄司を引っくり返し、目にもとまらぬ敏捷さで拳銃を取り上げて後向きにさせ、
久能「二課の久能じゃ！　バタバタしよるとコッパ喰らわしちゃるんど、おどれら！　両手を挙げて頭の上に組めい！」
言われた通りの恰好で釘づけの五人を素早く所持品検査する久能、拳銃や匕首を取り上げて車内のシートの上に放り出す。更に庄司のポケットから煙草とライタ

ーも取り上げて、
久能「ほう、ダンヒルか、ええもん持っちょるのう……（と一服つけて）……銃砲刀不法所持……兇器準備集合罪……公務執行妨害……ま、お前等みたいな足軽引っくくってブタ箱に泊めちゃってみても税金の無駄遣いじゃ、のう……どいつもこいつも鼻血の溜まったツラしとってから、おう、そがにイキリたいいうんじゃったら、やってこい、のう、やるだけやって死んでこい、その方が掃除が早いけん」

唖然としている五人。

久能「ほいじゃが勘定だけはしとけい。無銭飲食はわしゃ許さんけん」

庄司が小銭を出して、久能の突き出した掌に渡す。

久能「これで足りるかい、わしの分もあるんど！」

庄司の財布を引ったくって中の四五枚を抜いて返し、
久能「ようし、早よ殴り込みに行けい！　行けい！　行かんかい、馬鹿！」

五人を突き飛ばすように車内に押し込んで、ドアを叩きしめる。

庄司がウィンドウから手を出して、
庄司「あのオ……ライター……」

久能「馬鹿この、死んでくもんに用があるかい！　行かんかい！」

ボディを蹴ッ飛ばす。

車、ダッシュして走り出す。

画面ストップ・モーション、にかぶせて、
メイン・タイトル

2 疾走する庄司たちの車（夜）

クレジット・タイトル
車内からのアングルで、フロント・ガラスの視界の中に、地方小都市のこの町のさまざまな断面が展開する。

海岸沿いに巨体を浮かべる石油貯蔵タンクの群れ。

タンカー用の波止場。

貧しい漁港と、旧街道沿いのスラム。

市役所、警察署のあるメイン・ストリート。

商店街、花柳街。

バー、飲み屋が蝟集した歓楽街の中心部へ——

以上の展開の中に、左記の新聞記事の見出しや顔写真が効果的にフラッシュ・インサートされる。

記事A『大原組、三国人同盟に殴り込み!!（昭和二十一年頃。大原武男の写真）』

記事B『大原組マーケットを手入れ、幹部を検挙!!（昭和二十五年頃。大原と、幹部友安政市、三宅守の写真）』

記事C『大原組内紛激化!!　三宅組長が独立宣言!!（昭和

三十二年頃。三宅の写真)』
記事D『三宅組長射殺さる!!(昭和三十二年)』
記事E『大原組長逮捕、抗争事件に終止符!!(昭和三十二年)』
記事F『友安組(三宅派)解散声明。(昭和三十五年頃)』
記事G『大原組長代理が襲わる!! 川手組とシマのもつれ!!(昭和三十八年。組長代理広谷賢次と川手組々長川手勝美の写真)』
タイトル終る。
不夜城のようなキャバレー「オーシャン」の表。
Ⓣ『昭和三十八年、倉島市』
記事H『友安市議、市政刷新を語る(友安の写真)』

3 「オーシャン」の中(夜)

盛況の中、一際賑やかにホステス連を集めた一隅のボックスで、友安政市がマイク片手に軍歌をがなっている。
側には、市長の向井万太郎、日光石油倉島製油所長の久保直登など。
離れた席で、その方を盗み見しながらしきりに時計を気にしてる様子の海員姿の若い二人組、沖本九一、三杉寛(共に広谷組員)。友安の席に、身だしなみのいい青年紳士然とした川手勝美が、美貌のハイティーン・ホステス麻里子を連れてやってくる。
川手「(関西弁で)先生、今夜はお揃いでお越し頂きまして」
友安「おう、カッチン、紹介せにゃア、市長の向井クン、こちらは日光石油の久保所長じゃ(と向井たちに)わしとこで実業の見習いしとった川手いうボンクラですがのう、このオーシャンを橋頭堡に、男になっちゃろういうとるんじゃ、ひとつ応援しちゃってつかいや」
川手「(麻里子を紹介して)新しく入った麻里子いう子です。宜しゅうに」
友安「おう、こんな、バージンかいや?」
麻里子「(顔を覆って)いやア……」
友安「ヨシヨシ、わしがソーッと破いちゃるけん、のう」
川手「(友安に)なんぞ御用談中じゃ……?」
友安「例の製油所の敷地の件じゃ。ま、あとで相談するけん……(と麻里子を誘って)わしと踊らんかい」
麻里子「先生、ダンス出来るん?」
友安「なに言うてくれるの、わしゃハワイ生まれじゃけん」
麻里子とフロアに出てゆき下手なダンスを踊り始める友安。
久保「ハワイ生まれちゅうのは本当ですか?」

向井「さア、この前はブラジルじゃいうて言うちょったが……」

その時、時計を確かめて示し合った沖本と三杉が席を立ってきて、いきなり麻里子に絡みつく。

沖本「おう、わりゃアなんの、珊瑚におった麻里子じゃないんか、いつからこっちに鞍替えしよったんじゃ！」

三杉「川手の外道に札束でツラ張られたんか、のう！」

沖本「ほいじゃわしら、オメコ可愛いがっちゃろうかのう！」

友安を突きのけて麻里子のドレスを引ン剝ぐ。

飛んできたボーイたちに、待ってたように懐中から千枚通しを抜いて突っかかる。

騒然となる場内。

川手がボーイの一人を奥へ走らせる。

4　同・裏通り（夜）

さっきの庄司たちの車と、もう一台のセダンから時計を見計らって飛び出してくる柄原進吾（広谷舎弟）と是貞充、平田芳彦、児島二郎、それに庄司、大貫たち、用意の日本刀、木刀、鉄パイプを手に「オーシャン観光」と標札のある裏口に殺到。

5　同・中の事務所附近（夜）

ボーイの急報で、川手組の松井卓、土屋保等が事務所から飛び出してホールの方へ走ってゆく。

そのあと裏口から入ってきた柄原たちが事務所に突入、手当たり次第に破壊して回る。

物音に松井たちが戻ってきて、
松井「殴り込みじゃ!!」

柄原「クソ馬鹿、くたばれい!!」

忽ち乱闘になる。

ピストル、猟銃の音がはじけ飛ぶ。

6　同・ホール（夜）

沖本たち、表から加勢の川手組員（俵功二、他）と、逃げ惑う客やホステスの間を縫いながら乱闘。

川手、友安たちを懸命に外へ逃がす。

友安「一一〇番！　一一〇番せい！」

裏手の柄原たちの乱闘がホールにもなだれこんできて、阿鼻叫喚。

7　同・表（夜）

集まる弥次馬を蹴散らして、パトカーが一台乗りつける（佐山巡査と同僚）。中から逃げ出してくる友安たち。

友安「（佐山たちに襟のバッジを見せて）市会議員の友安じゃ、早よせい、中じゃ、中じゃ！」

佐山たち、パトカーを降りて中へ向おうとする隙に、友安が向井と久保をパトカーに押し込み、川手に運転させて走り出す。

佐山巡査「（気づいて）おいコラッ、停まれい！」

慌ててパトカーを追いかける佐山たち。

8 同・表（翌日）

巡査がロープを張って警備している。

警察ジープが着き、久能が初老の吉浦勇作部長刑事等と降りて入ってゆく。

9 同・事務所

川手が松井たちを指図して、荒れ放題の室内を片づけさせている。
ボーイの案内で入ってくる久能たち。
川手「（下手の物腰で）御苦労はんだすな。御覧の通りですワ……」
吉浦「そのまま手をつけんで、お前等は向うへ行っとれ」
川手「わいら被害者ですさかい、そこらあんじょう考えってておくんなはれや。怪我人まで出てまんねやさかい……殴り込みにきた広谷組のやつらのメンは、こいつらがよう覚えとります……」
吉浦「（皮肉に）極道も変ったもんじゃ、のう、昔は相手の名前は死んでも謳わんもんじゃったがのう」
その間にも久能たちは手早く家宅捜査を始めている。
川手「なんですねや、わいらになんぞ嫌疑でもおまんのか？」
久能「令状じゃ」
ポケットから捜査令状を出して放る。
松井たちがイキリ立って、
松井「なんでや！　殴り込んだんは向うやないけ！　被害者のわいらがなんでガサ喰わなあかんのじゃい！」
久能「川手よ、わりゃアなんよのう、大阪の新明会の筋を引いとるげなのう？」
川手「旅のつき合いだけですワ」
吉浦「シラぱっくれても、大阪府警からカードが回ってきちょるんど」
久能「旅の流れもんじゃったらよ、のう、もうちっと行儀よう野良ついとらんと詰まらんぞ。ここらは大原のノレン内じゃけんのう」

川手「ここらじゃ極道の看板上げるのに、いちいち警察の許可が要りまんのか?」

久能「新明会が仕切っちょるヤクが、ここらにも出回っちょるいう情報があるんじゃがのう、わりゃアが捌いとるんじゃあるまアの?」

川手「それと、このザマと、どう関係がおまんねや!」

久能「こっちの訊いたことに返事せい! 昨日のデイリもそっちの方のもつれじゃないんか?!」

松井が激昂した形相で詰め寄り、

松井「なんじゃいや、この百姓、おどれらア税金で喰うとるんなら公平にやらんかい! 広谷の仕掛けじゃとはっきり言うとるやないけ!」

吉浦「わりゃア税金払うとるんか?!」

松井「おどれら広谷の方から袖の下の税金取っとるそうじゃの?! いっぺん裁判に曳っ張り出して、おどれらの汚れたケツ洗ったろうかい!」

吉浦「なにイ!」

摑みかかろうとする吉浦を久能が抑え、松井の前に立ってサングラス越しにジッと凝視する。薄気味悪いほど無表情である。

久能「わりゃア、松井いうんじゃったのう?」

松井「おお、松井じゃ! それがどうしたい!」

久能「裁判に出たいいうて言うんじゃったら、出しちゃってもええがのう……のう……?」

松井「………!」

10 倉島署・刑事課

「刑事課長」の札を立てたデスクの電話が鳴る。

派手なズボンの両脚をデスクの上に投げ出して、椅子にふんぞり返っている男が受話器を取り上げる。

大原組若衆頭、広谷組々長広谷賢次。

広谷「ハイ、こちら刑事課……」

11 「金融・不動産・友安商事」の社長室

友安が掛けている。

友安「池田クンか……友安じゃがの、ゆうべのオーシャンのよ、のう、ありゃア広谷が仕掛けさせたもんで。暴れ込んだもんの中に、わしの知った顔もあったけん。あのクサレ外道がよ、わしが近頃川手に目えかけちょるけんいうて、女狐みたいにドウクレとるんじゃ。のう、この際によ、令状取って徹底的に蒸し上げちゃってやらんかい、市政刷新の為じゃけん……」

× ×

黙って聞いている広谷。

×　×

友安「ほいでの、ゆうべわしらがパトカー借りたんは、新聞には黙っとってくれい、のう、いっぺん芸者でも揚げて飲ましちゃるけん……のう……のう……（と訝り始めて）あんた、池田課長か……？」

×　×

広谷「わしゃ、広谷賢次という女狐ですがのう、小父貴……」

×　×

友安「（愕然）…………?!」

12　倉島署・刑事課

ケラケラ笑って電話を切る広谷。

側に、緊張した顔の庄司が立っている。

室内には、老齢最古参の塩田忠二郎刑事の他、下寺、丹保、得田などの刑事連もいるが、特に広谷の傍若無人を咎める者もない。

池田課長が所用から戻ってきて、

池田「どこからの電話ない？」

広谷「友安の小父貴がのう、早よわしをブチ込めいいうてほえたちよりましたがのう」

池田「（気まずく）ここを何処じゃと思うとるんない、どかんか！」

広谷「（席を譲って立ち）あんたも友安の小父貴とは腐れ縁じゃけん、気苦労が絶えんのう」

池田「広谷！　いい気になってチョボくっとるとほんとにブチ込んじゃるぞ！　極道なら極道らしゅうそこらの隅でゴザ舐めとれい！」

広谷「（持前の短気で）ほうの、ほいじゃアあんたはなによ！　昔を忘れたんかの、三宅や友安のケツかいて家まで建てて貰ってからに、おどれの才覚で飯喰ってから物言え！」

下寺「課長に向って、なんじゃい！　この野郎、道場へ来い！」

広谷「おお、行っちゃろかい！」

塩田「まァまァ、ええ加減にせんかい。暴力団いうてものう、アカの連中に比べたら可愛いもんじゃ」

とその時、広谷の頭を後から張ッ飛ばす者――久能が吉浦たちと帰ってきている。

久能「なンしとるんじゃ、賢！」

広谷「（久能だけには低姿勢で）あんた待っとる間、喧嘩売られとったんよ。怖いのう警察は……（と庄司をコナして周りに聞えよがしに）ゆうべのオーシャンの喧嘩ですがのう、わしの方で若いもん集めて調べてみたんじゃが、このクソッタレがですよ、わしの店から移った麻里子いうホステスにハネ喰らわされたけんいうて、仲間のボンクラとカッコつけに行きよってですよ。ほうじゃろが、悟?!」

直立不動で頷いてみせる庄司。

広谷「ほうじゃけん、わしが付き添って自首させたんです。まア宜しゅう面倒みちゃってつかい」

池田「そがなイモ芝居が検事に通用するかい、わりゃアがやらせたんじゃろうが！」

久能「課長……（と小声で）抗争事件にすると県警からも資料提出を言うてきますけん、昔の三宅事件までバラさにゃァならんですよ……課長の立場もありましょうが……」

池田「…………」

久能「わしがええ具合に話つけさせて、後引かんようにさせますけん」

池田「（仏頂面で）君が専従員じゃけん、わしゃ口は出さんが、責任も君が取れいよ」

吉浦が庄司を連れ出してゆく。

久能、広谷を促して廊下へ。

13　同・廊下

久能「馬鹿たれ、この、ホステス一人ぐらいでいちいちカッコつけんな！　お蔭でこっちが往生するわい」

広谷「ほうじゃけんいうてよ、川手みたいな旅のボンクラに飯ビツ荒されて、放っとけやせんじゃないの。おやじも近々仮釈で出よんなるけん、それまでに掃除しとかにゃア、留守預かってるわしの顔が立ちゃせんわい」

久能「わりゃア大原の二代目継ぐ体じゃァないんか。無駄な傷はつけるな言うとるのよ。川手の方はわしに委せとけい。ほいで、アレの仲間四、五人曳っ張らにゃならんが、用意しとってくれい。直ぐ保釈で出しちゃるけん」

広谷「おう、判った。ついでにの、川手が引き抜いた麻里子いうホステスのヤサも当ってみてくれんかのう。あのオメコだきゃア、わしゃいっぺんシャブらせてみたいんじゃ」

久能「マラ呆けしちょると命を落すぞ。表にも尾けてきちょるけん……」

14　同・表

道の向いにクリーニング屋のライトバンが停まっていて、運転手と助手（川手組土屋、他）が玄関を見張っている。

出てくる広谷、チラッとその方を見やり、是貞が待っている車に乗り込み、自分で運転席につく。

スタートと同時に、凄いスピードでUターンしながら、ライトバンの横ッ腹に激突。

更に一度後退しておいて、またぶつける。

泡を喰ってライトバンから逃げ出してゆく土屋たち。

署内から飛び出してくる警官たちを尻目に、広谷、ケラケラ笑いながら、一直線に疾走し去る。

15 同・取調室

吉浦が庄司を調べている。
吉浦「年は……?」
庄司「(精一杯の虚勢で)二十二じゃ!」
吉浦「こっちのカードにゃ、十九となっちょるがのう」
庄司「わしがやったいうて自白しとるんじゃけん、早よ調書取らんかい!」
吉浦「(しんみりと)お母やんは達者でおるんか? 心配かけたらいかんぞ……」
庄司「(フト情がこみ上げて)…………」
バン! といきなり机を叩いて、
吉浦「出鱈目吐すと許さんぞ!!」
びっくりして椅子から飛び上る庄司。
庄司「わしゃ……わしゃ……頭から言われて……組の仁義がありますけん……!」
ベソをかき始める。
ウンザリした顔の吉浦。
久能が入ってくる。
吉浦「徳さんよ、こりゃ送検出来んわい。金ン玉がこまアて、こまアて、ガセは勤まらんよ」
久能、水のグラスを庄司に持たせて、
久能「オイ、水飲んで落着け(と下を見て)なんじゃア、もう洩らしとるんか、お前、可愛いのう」
小便を垂れ流しながら、夢中で水を飲んでいる庄司。
久能、苦笑いしながら、ポケットから例のダンヒルを出して庄司の前に返し、
久能「カッコつけ損なってから、のう、お前は市役所の戸籍係りにでもなっとった方が良かったんじゃないのか」

16 バー「珊瑚」の中(夜)

バシッ、バシッ、庄司を張り飛ばす広谷。

広谷「クソ馬鹿この、シビれやがって、なんの為に極道のメシ喰ってきとるんじゃい!!」

久能が来ている。周りに柄原、是貞、平田、沖本、大貫たち。

久能「(広谷に)こがな青チンポに因果含めるお前も悪い

んで、三年ぐらいの実刑は覚悟せにゃならんのじゃけん、もうちっと性根の入った男出しちゃらんと、持たんぞ」
柄原「兄貴、やっぱわしが行きますけん」
久能「わりゃア賢の右腕じゃろうが。こんなが出るほどの事件じゃないよ」
広谷「こん中にあんたの眼鏡にかなうやつがおるかのう?」
ジロリと一同を見渡す久能、沖本の面上で視線が止まる。広谷、見てとって、
広谷「クッピン、腹くくらんかい!」
沖本、思わず「ヒエッ!!」と電殺器を当てられた豚のように竦んで、飲みかけていたグラスを落す。
沖本「ハ、ハイ! 腹は出来とりますけん……」
広谷「(久能に)アレも脂抜かんと往生出来んけん、なんぼか呉れんかのう?」
久能「おお、三日ぐらいなら待っちゃるけん」
広谷、ホステスのユリに、
広谷「ユリ、あいつにオメコ貸してやらんかい」
ユリ「ウン……」
広谷の情婦でママの美也が、
美也「うちが旅の段取りつけちゃるけん、うちの部屋に行って待っとりんさい、ユリちゃんも」
沖本「ほいじゃ、姐(あね)さんのお世話になりますけん……(と久能にも)その節は宜しゅう」
久能「おう」
沖本とユリ、連れ立って出てゆく。
柄原「悟、こっちきて飲め」
柄原の誘いで、大貫やホステスのカスミたちが庄司を別席に伴ってゆく。
久能「(小声で)麻里子いうたかのう、あのホステス、外勤に調べさせたんじゃが、このアパートに移っちょるげな(とメモを渡す)」
広谷「ほいじゃが、判らんのう、友安の小父貴がなして川手みたいな大阪くんだりの外道抱え込んどるのか……わしゃ、何か裏があると睨んどるんじゃがのう……そっちで当ってみちゃってくれんかの……」
久能「手は打ってあるけん、心配すなや……」
と其処へ、友安が二三人の朋輩市議を引き連れて、陽気を装って入ってくる。
友安「おお、賢坊! おった、おった、こんなを探しとったんで!(と連れの市議たちに)こいつはよ、のう、こがアなションベン臭い頃から、わしが手取り足取りして極道の所作覚え込ませたんで。それが今はどうじゃ、大原組の若衆頭じゃけん、のう、わしゃ宝もんを探すことにかけては天才なんだわ!」
相手にならずソッポを向いている広谷。
友安「(しつこく絡んで)の、のう、さっきの電話は気に

せんとけい、コレ（襟のバッジ）つけとる手前、ああでも言わにゃアカッコつかんじゃないの、わしゃほんとはこんなを頼りに思うとるんで……」
広谷「（せせら笑って）……」
友安「ほいでのう、この際じゃけん、ぶっちゃけて相談するんじゃが、川手とのう、兄弟の盃せんかい。ありゃア懲役済ませて旅打っとるのを、可哀いそうなけん、わしが拾うてやったんじゃが、大原組に骨埋めてもええいうて本人も言うとるんじゃ……」
広谷「（開き直って）小父貴、言うときますがのう、あんたァ昔、大原のおやじに弓引いて、ほいで足洗った人ですけんのう、わしゃ極道の屑じゃ思うとりますよ！」
友安「なんど、賢ッ、わしゃ足洗っても大原の兄貴との盃は残っとるんで。それが小父貴に向っての言葉かい！」
広谷「市会議員の先生を的にかけたりゃアしませんがのう、事故には気イつけてつかいや！」
言い捨てて広谷は柄原たちを誘って出てゆく。
友安、所在なく久能の側に摺り寄って、
友安「久能クン、あんた、あんまりアレを甘やかしとったらいかんぞ。極道がいつまでも天下取っちょる時代じゃないんで、のう、あんたからよう言うてやらにゃア……」
知らん顔でいる久能に、友安、していた腕時計を外して、
友安「こりゃア県会議員の菊地先生がヨーロッパ旅行の土産にくれんさったもんじゃ。ハンドメイドの超高級品で……よかったら、使ってくれいや、のう……」
ジロリと見て薄笑いの久能。
久能「……二千万あると、一軒、売りに出とる旅館があるんですがのう……」
友安「（白けて）…………！」

17　ホテル「若葉」一室

乱れ放題のベッドの上で、素っ裸で朽ち果てたような麻里子を、同じく裸の広谷が引き摺り起して更に挑みかかる。
麻里子「いやッ、いやッ……もう……死んじゃう……！」
広谷「おお、死ね、死ね、オメコがシビれて立てんようにしちゃるけん……！」
猛獣の交接のようなのたうち回り。

18　同・前の廊下

大貫が張り番している。
室内から服を着た広谷が出てくる。

広谷「鍵しめて表に出すなや、性教育もしんどいもんじゃのう」
と、別の一室から吉浦が人妻らしい中年増（真佐江）と出てきて、顔が合う。
吉浦「（バツ悪く）おう……」
人差指を口に当てソソクサとゆく。
広谷「勘定はええですけん……」
吉浦、頼むという手つきで去る。
広谷「（大貫に）どっかで見た女じゃがのう……」
大貫「ありゃア駅前の薬屋の女房ですけん」
広谷「ほうか……昔から間男は医者と坊主と警察官いうて言いよるけんのう……」

19 「川手建材」表

ダンプカーが出入りしている。

久能が、新任の河本靖男刑事を連れてやってくる。近くの運転手竹内に、
久能「松井はおるかいや？」

竹内「（無愛想に事務所の方をコナして）用もないイヌがウロウロしよると、轢きつぶしちゃるど！」

河本がカッとなりかけるのを、久能が制止して事務所へ。

20 同・社長室

友安が来ていて、川手と松井、建材店の責任者水谷文治等と密談している。
友安「広谷の方もわしと構える姿勢なんじゃけん、こんなも正面から向いたれいや」
川手「広谷は二課のデカどもとアンコになっとるさかい、出方考えな難儀だっせ」
友安「ほいじゃけん、のう、市長に音頭取って貰ろて、川手勝美を男にする会いうもんを打ち揚げちゃろういうて話進めとるんじゃ。ほうなりゃア、ここらの警察なんどグスーッとも言わさんけん」
川手「そら是非乗らせておくんなはれ。例の土地の件の談合にも弾みがつきまっさかいなア……」
其処へ組員の先触れで入ってくる久能と河本。
友安「（豹変して）やア、よう来てくんなった、まア入んないな！」
久能「（河本を紹介して）今度わしの組に回ってきた河本君です。覚えとってつかい」
友安「おお、わしゃ市会議員を勤めとる友安じゃ、気張りんさいや、いつでも相談に乗るけん」
と名刺を渡すと直ぐ財布から四五枚抜いて河本のポケットに捩じ込む。

河本「(生一本に) あんた、こんなことすると贈賄現行犯だよ (と返しかける)」
久能「(抑えて) 市の予算が余っちょるけん、捜査費に使ってくれいいうて言われとるんじゃ、構わん、構わん」
友安「(久能に) そっちにゃア、あとで考えちゃるけん、のう……」
久能「松井…… (と令状を出して) 逮捕令状が出とるんじゃがのう」
松井「わしが何をしたちゅうんじゃい!」
久能「(柔かく) 投書があってのう、脅喝容疑じゃ。まア手間は取らせんけん、の、ちいっと足運んでくれい」

21 倉島署・取調室

河本刑事の前でそっくり返って煙草を吸っている松井。

久能、これから大手術に向う外科医のように、ネクタイを外し、シャツを腕まくりし、惨忍な笑いを浮かべながら松井の顔を覗き込んで、
久能「のう、松井、わりゃアこの前ええこと言うてくれたのう……誰が袖の下の税金取っとってや、ひとつ教えてくれんかのう……」

松井「そんなことより、早よ調べんかい!　わしゃお前等みたいなヒマ人とちゃうねやさけの!」

久能「ほうの……じゃア始めちゃるがのう……わりゃア誰の許し得て煙草吸うとるんじゃ?」

松井「(久能の形相に気圧されて) ……」

パシッ、と煙草を払い飛ばして、
久能「舐めなや、こン外道!!」

松井の襟首を摑んで立たせるや、足ッ払い、転倒したのを引き起して蹴り上げ、引き回し、髪を摑んで壁に頭をぶつけさせる。

松井が必死に抵抗しようとすると、河本も一緒になって殴り、叩きつける。

言語に絶するような凄惨なリンチ。

松井「殺せい、殺せいクソッ、おどれら訴えちゃるさけの……!!」

久能「おお、おお、訴えないや、こっちゃ十年でも二十年でも仕掛けちゃるヒキネタ揃えとるんで、一生刑務所にブチ込んじゃるけんのう、やってみィや、クソ馬鹿!!」

と、窓をわざと半開きにしてから、
久能「おどりゃ脱走の前歴があるのう。今も窓開けて逃げようとしたんじゃろが、おう! (と河本に) 逃げられんようにしちゃれい」

暴れる松井を更に殴りのめしながら、背広からズボン、下着まで引ン剝いて、文字通りの真ッ裸にしてしまう。

刺青の肌も、惨めにおののくばかり、床を這い回って

泣き出している松井。
松井「堪忍しとくなはれ、もう……済ンまへん……済ンまへん……!!」
久能「立てい、真ッ直ぐ立たんかい!!」
尚も松井の裸身を靴で蹴飛ばし踏みにじる。

22 同・取調室（数日後）

連日の取調べに憔悴しきった無精髭面の松井が、河本の調書聞き取りに応えてボソボソと喋っている。

久能が中断させて、煙草を吸わせてやる。

すっかり従順になってしまっている松井。

久能「のう、やくざいうもんは詰まらんもんじゃろが。組やら頭（かしら）やらに命張ってで、ほいでこうなって、組が何してくれとるの……弁当の差し入れもしてくれんじゃないか、のう……」

松井「（頷いて）……」

画面、ストップ・モーション。

23 同・捜査二課室

水谷が差し入れの豪華な重箱弁当を持ってきているのへ、久能が、
久能「本人がのう、組に迷惑かけとうないけん、官弁でええいうて言うとるんじゃ。持って帰れ！」

24 同・元の取調室

前の芝居が続いて——
久能「弁護士にしてからがよ、金がかかるけん言うて、声もかけやがりゃアせんので、川手いう男の正体がよう判ったじゃろうが」
松井「（頷いて）………」
画面、ストップ・モーション。

25 同・署長室

大坪署長と塚田弁護士、久能。
大坪「（久能に塚田を紹介して）前に地検の検事を勤められとった塚田さんじゃ。今度弁護士事務所を開かれてのう、友安さんの依頼で例の松井の弁護を担当されなってじゃ」
塚田「早速会わせて貰いたいんじゃがのう」
久能「本人がですのう、金がないけん、官選にしてくれいいうて言いよるんですがのう」
塚田「………！」

久能「(冷笑して) 先生も白くなったり黒くなったり、忙
　しいお人ですのう」

26　同・元の取調室

　前の芝居が続いて、
久能「まア、わしがええように加減しちゃるけん、のう」
松井「(頭を下げて) …………」
　巡査が入ってきて、久能に耳打ち、
　久能頷いて松井に、
久能「どれ、便所に行って新鮮な空気でも吸ってこんか
　い」
　と連れ出す。

27　同・便所

　久能が松井を連れて入ってくる。
　中に、水商売風の女千代美(松井の妻)が差し入れの
　包みを持って待っている。
千代美「あんた……!」
松井「(狂喜の表情で) おう……!!」
　久能、松井の腰縄を解きながら、
久能「奥さん、あんたからものう、川手組から足洗うよう
　によう言うちゃってつかアさいや、のう」
千代美「ハイ、ハイ……!」
久能「(松井に大便所をコナして) 中へ入って仲良う話し
　合ってみないや、のう」
松井「(ポロポロ落涙して) おおきに……おおきに……!」
　松井と千代美を大便所へ入れて戸を閉める久能。
　　×　　×　　×
　大便所の中で、早速、猛烈な立ちボボが始まる。
　　×　　×　　×
　池田課長が小便をしに入ってくる。慌てて久能も小便
　を始める。
　大便所の中でゴトゴト壮烈な音と息遣いが聞えている。
　怪しむ池田。
　知らん顔の久能。
　池田、何となく判ったような顔で出てゆく。
久能「(中へ) オイ、もっと上品にやらんかい!」
　千代美の泣き声が聞えてくる。

28　「大原組・大原興業」の表

　広谷が出てきて、是貞運転の車に乗り込む。車中に久
　能。
　走り出す車。

久能「松井がすっかり謳おうてくれたよ」
広谷「ほいで、あいつ等なに企んどるの？」

29 海辺の船体解体所（山陽船体工業敷地）

広大な海岸べりに破船やスクラップが散乱して、働く人影も見えない。
見て回る久能と広谷。
久能「ここの山陽解体工業が倒産しよっての、これだけの土地が競売に回されとるんじゃ。こいつに日光石油が目ぇつけよってのう……」

× × ×

（モンタージュ）
日光石油所長室で密議している久保所長と友安。

× × ×

「オーシャン観光」事務所で相談している友安と川手。

× × ×

料亭で三人ほどの談合屋と会談している友安と川手。

久能のⓃ『石油タンクを増設しようというんじゃが、公けにすると漁業組合なんかがやかましいけんの、ほいで友安が仲に立って、川手のオーシャン観光をダミーにして、レジャー用地として買収しようという相談が成っとるんじゃ。川手が談合屋とも話をつけて、五百万のリベート

用意の五百万ほどの札束が談合屋たちに渡される。

× × ×

裁判所の競売告示板。

で落札する手筈になっちょるげな……』

× × ×

広谷「なんぼの担保で競売にかかっとるの？」
久能「三千万じゃいうとるらしい」
広谷「談合つけとるんなら、四、五百万の上乗せで落ちるよのう……ここなら五万坪はゆうにあるけん、坪五千円としても二億五千万、番人小屋建てて地上権設定すりゃア、三億で売れるのう……ヒンガモがネギ背負って寝とるようなもんで……」
久能「今から談合に割り込んでも、リベートが吊り上るだけじゃけん、競売は川手に落させたりゃアええ。その後での、チョローッと仕掛けのネタがあるんじゃがのう……」
と、ポケットから一枚の写真を出して見せる。
パト係りの佐山巡査がホステス光代と並んで写っている。
久能「オーシャンのホステスで、前に関係しとった言うんじゃがのう……」

30　倉島署・食堂の片隅

その写真を前にして、小声で相談している久能と佐山巡査。

久能のⓃ『こいつが今度結婚するいう話聞きよって、手切れ金出せいうて難儀つけとるんじゃ……』

久能「なんぼ出せい言うちょるんの？」

佐山「五十万出さにゃア訴えるけんいうて……わしゃアそがぁな貯金もないし……」

31　喫茶店の中

前のシーンの写真を中に久能と広谷、柄原たち。

久能「この女に船員の亭主がおっての、後でケツ叩いちょるげな……そっちで段取りつけてくれたら、あとはわしが川手を仕掛けちゃるけん」

広谷「判った。なんちゅう船じゃ？」

32　タンカー埠頭

船員の吉川が船を降りてくる。

その前に近づく柄原、庄司、大貫たち。

柄原「なんじゃい、わりゃア、メン切りよって！　来いッ、勝負せんかい！」

吉川「わ、わしゃ、勝負する気なんかありません……！」

柄原「なくてもせんかい！」

物蔭に曳っ張り込んで袋叩き。

33　「オーシャン」裏口（夜）

ホステスの光代が帰り支度で出てくる。

待伏せていた三杉、平田たちがアッと言う間もなく車の中に押し込む。

34　「大原興業」の一室（夜）

青ぶくれの顔の吉川と、パンティ一枚に引ン剝かれた光代の夫婦を、広谷、柄原たちが取り巻いて、

広谷「おどれらがツツもたせやっとるいうんじゃったら、このままじゃア済まさんがのう、ほうじゃなかろうてや、川手に強制されてオメコ売っとるんじゃろうが、のう、アレ等のやっとること全部お前等が証言してくれたりゃア、わしら力になっちゃってもええんで……」

顔見合わす吉川と光代。

柄原「話してみんかい！」

三杉が用意の録音テープを回す。

35 **裁判所内の競売場**

係官「三千五百万、オーシャン観光に落ちました！」
拍手。談合屋たちと握手する川手。

36 **料亭**

川手、友安、久保たちが芸者総揚げでドンチャン騒ぎに痴れ狂っている。
仲居に呼ばれて、電話に出る川手。
川手「……なにイ、売春……?!」

37 **「オーシャン」の表と中**

久能を先頭に捜査員一行、新聞記者たちが踏み込む。
×　×
事務所をガサ入れする久能たち。
連行される支配人。
カメラのフラッシュ。
×　×
新聞記事『オーシャン観光を管理売春で手入れ！　支配人を逮捕！』

38 **法務局支局を訪れる久能と刑事官一行**

×　×
係官に上申書を手渡す一行。
×　×
裁判所の告示。
『オーシャン観光は暴力団関係者につき競売無効』
（文案後考）

39 **船体解体所**

柄原の指図でプレハブの番人小屋が建てられている。
Ⓣ『山陽船体工業、競売に異議申立て。買戻し請求』
Ⓣ『買戻し請求、受理』

40 **日光石油所長室**

久保所長と広谷。
広谷「山陽さんの方から売買の権利一切を委譲されとりますけん、御相談に伺った訳ですが……」
久保「第三者の仲介は断る」

広谷「しかし物件はもうわしら大原興業の名義で仮登記してありますがのう……」
久保「いくらなんだね……？」
広谷「地上権と併せて、五億以下では……」
久保「そんな予算はない」
広谷「お買いにならなきゃそれでも結構ですがのう、あんた等がダミーを使って不正に土地利用を計画しとったいう事実は、公表させて貰いますけん」
久保「…………!!」
向井「…………!!」

41　市役所・市長室

テーブルに「川手勝美を男にする会」の案内状。
久能と向井市長。
久能「発起人筆頭に市長のお名前が載っとられますけん、新聞社の連中がどういう関係じゃいうて騒いどるんですが……」
向井「新聞社なんか気にせんでええ」
久能「ほうですか……ほいじゃが、署の古い資料に、終戦直後、あんたが大原組長と組んで、元の海軍燃料廠のタンクからガソリンを無断で抜きとって売ったという事件の調書が残っとりますが、これも公表してええんですかのう……？」

42　スチール・モンタージュ

「川手勝美を男にする会」の垂れ幕の下で挨拶する向井。
×　　×　　×
向井の招きで壇上に現われる広谷。
唖然としている川手と友安。
×　　×　　×
向井の媒酌で急場の手打ちの盃を干す広谷と、憤懣やるかたない川手。
×　　×　　×
パーティ席上でグラスを床に叩きつける川手。
一方では向井や久能と晴れやかに談笑している広谷。

川手のⓃ『こんなアホな話がおますかいな。市長がなんで土壇場でションベンしよったか判らんが、招んだりもせん広谷を連れてきよってから、急に手打ち式や言い出しよって、まるで広谷に頭下げる為に呼ばれたようなもんや。あれじゃァ川手勝美を男にする会じゃのうて、男を下げる会だっせ……！』

43 ゴルフ場のクラブ・ハウスのサロン

Ⓝの続きで友安に愚痴っている川手。
久保も同席。

川手「ほんまにここらの人間は、誰を信用してよいやらサッパリ判らん……！」
友安「わしも、市長がどがアな経緯であんとな馬鹿しよったんか、見当もつかんのじゃ。まア委しとけい、わしもお前を男にせにゃア所長さんに顔が立たんけん」
久保「いや、一企業というより、市の発展に響くことだよ」

そこへゴルフ・スタイルでやってくる県会議員の菊地東馬。

菊地「おう、遅れて失礼……」

丁重に迎える友安たち。

菊地「(久保に）先日は無理なお願いをして……」
久保「いや、たいしたことが出来んで……」
友安「(菊地に）これが川手君でして……（と川手に）県会の警察委員長をしとられる菊地先生じゃ」

44 同・コース

ティーショットの四人。

菊地「ここらの田舎警察は地元と癒着しとるけん、一朝一夕には刷新出来んよ。県警を導入させて叩くのが一番手ッ取り早いんじゃが、要はそのキッカケよのう……」
友安「キッカケならなんぼでも作れますけん、のう、カッチン」
川手「はァ……」

菊地が打つ。

友安「ナイス・バッチング！」
菊地「ナイス・ショット言うもんじゃ、君」

45 倉島署・裏手構内

拘置所送りの沖本に、見送りにきた柄原と庄司、ユリが煙草を吸わせている。

柄原「辛抱せえよ」
ユリ「面会に行っちゃるけんネ」
沖本「(庄司にユリをコナして）コレを頼むわい、のう」
庄司「はア！」

押送員が促して沖本を護送車に乗せ、出てゆく。
柄原、帰りかけて、一方から巡査たちと連れ立ってくる私服の河本を見かけ、

柄原「おう、ヤッチンじゃないんか！」
河本「おう、柄原……！」

柄原「卒業以来じゃのう！　なんとしゃ、わりャァもパクられよったんか?!」
河本「なに言うてくれるの、わしゃ警察官になっとるんで！」
柄原「ポリ公か、わりャァ、世の中狂っとるのう！」

46　バー「珊瑚」の中（夜）

柄原と河本に加えて、久能、吉浦、それに広谷たちが美也を始めホステスたちを集めて騒いでいる。麻里子もすっかり場慣れした上ッ調子で同席。
柄原「こりゃわしと同級でのう、気がこまアて女のケツばかり追い回しとったんじゃが、二課のデカとはのう……！」
河本「言いなんなや、シビれるわい！」
広谷「わしも警察に入っとりゃア、まアちっと花が咲いたかも知れんのう」
久能「お前等にこんとな安月給が勤まるかい」
吉浦「極道じゃア警察官じゃアいうて変りゃせんよ、仁義の代りに法律がものを言うとるだけで、中身いうたらよ、おんなじ民間会社の売れ残りじゃ、のう」
柄原「わしも集団就職の売れ残りじゃけんのう」
カスミ「うちらだってそうじゃもんねえ」
久能「（麻里子を抱いて）一つ違うんは、わしら、こがな美人は抱けんいうことじゃ」
麻里子「ほいじゃったら、部長さん、なんで警察に入ったん？」
久能「ピストル持ちたかったけんよ、戦争に負けて、ピストル持てるいうたら警官と麻薬Gメンしかなかったけんのう……それに、お前等にゃア判らんが、あの頃は食いもんがのうてよ、ほいでヤミ米買い出しにゆくたんび警察の一斉に引っかかって、みんな没収されるんじゃ。じゃったら、没収する方に回っちゃろう思うてのう」
麻里子「ほいで、ピストル持って、気がイッたん？」
久能「イッとりゃァこんな所で飲んどりゃアせんわい、お前等みたいに気軽にブッ放す訳にアいかんけんのう」
広谷「チョンガーの腐れマラみたいなもんじゃのう」
美也「下品じゃねえ、あんたは！」
吉浦「腐れマラよ、わしらみたいな下ッ端巡査はのう、なんぼヤマ踏んでも昇進試験に通らにゃア一生番犬で終いじゃ。大学出のヒヨコに顎で使われて、かかはんにゃコケにされるしのう……」
広谷「まアまア、わしが花咲かせちゃるけん、のう、例のヒンガモがネギ背負って鍋に入ったら、あんた等にも店を一軒ずつ持たしちゃるけん、のう！」

47　同・表の通り（夜）

河本が柄原や庄司、大貫たちを連れてフラフラ酔って出てくる。

河本「オイ、みんな、わしの家まで来い！」

佐山巡査のパトカーが通りかかる。

河本、停めて、

河本「こいつ等緊急逮捕じゃ！　乗れ、乗れい！」

一同、寿司詰めでパトカーに乗り込む。

48　久能のアパートの表（夜）

広谷が運転するセダンが着き、広谷が乱酔した久能を抱えて降し、アパートへ入る。助手席に残る麻里子。

49　同・階段と二階の廊下（夜）

久能を抱えて登る広谷。

久能「賢ッ……わしゃのう、ヒンガモの分け前寄越せ言うとるんじゃないんで……！」

広谷「判っとる、判っとる」

久能「わしゃア、こんなに惚れとるんじゃ、おう……のう、覚えちょろうが、六年前……」

広谷「おお、覚えとる、覚えとる……」

久能「わりゃアが三宅ブチ殺して、このわしの部屋に自首しに来よったじゃろうが……」

50　同（六年前）（夜）

部屋のドアを開ける寝巻姿の久能。

廊下に、雨に打たれて濡れ鼠になった広谷が立ち、目をギラつかせながら黙って内懐から拳銃を出して、渡す。

51　同（現在）

廊下に坐り込んでいる久能。

久能「パセリみたいに、蒼い顔しとってから、のう……」

広谷「あン時、あんたに喰わして貰った茶漬の味は、今でも忘れんよ……」

52　同（六年前）

部屋の中でガツガツと茶漬をかっこんでいる広谷。

それを見ながら服を着ている久能。

53　同（現在）

久能「あの時よ、のう……わしゃ、お前が茶碗洗うの見て……」

54　同（六年前）

管理人室の前で電話を掛けている久能。

フト、その目が、共同流し場で一心に使った茶碗を洗っている広谷の後姿に留まる。

久能のⓃ『こいつによ、のう、十五年、二十年の刑喰わせて、ほいで誰が得するんか思うたんじゃ、わしゃア……』

通じた電話を黙ったまま切る久能。

（インサート）

新聞記事『三宅組長射殺事件
犯人不明のまま捜査本部解散』

55　同・元の廊下と室内（夜）

久能「あの時からのう、わしゃア広谷賢次いう旗を掲げ持ったんで……のう、旗も揚げん男が人を裁けるかいや……わしゃ、この旗は一生降さんど……のう、賢ッ、早よ男になれい、大原の二代目継いで、男になれい……！」

広谷「判っちょる、判っちょる……」

広谷、久能を部屋の中に運び込む。

独身住まいの乱雑な室内。

広谷、布団を出して敷いてやり、久能を寝かせてやる。

久能「（眠りかけながら）……賢……男になれいや、のう、男に……」

広谷、フト簞笥の上の写真に目が留まる。赤ン坊を抱いた久能の妻（玲子）。

広谷、寝入った久能の顔を痛々しく見下し、ソッと電気を消して出る。

56　同・表（夜）

出てくる広谷、車内の麻里子に、
広谷「来いや……」
車を降りてくる麻里子に、
広谷「（アパートをコナして）わりゃア今日から世話みちゃってくれい」
麻里子「なんで、うちが……！」
広谷「言うたようにせんと、ケツの穴焼きやげたるど！」
麻里子を残して、車を走らせてゆく。

57 町外れの狭い坂道（夜）

佐山巡査のパトカーが下りてくる。
反対側から、川手建材の竹内のダンプカーが登ってきて、双方クラクションを鳴らして譲らず。
佐山が頭にきてパトカーを降りてゆき、
佐山「コラッ、バックせい、ここは下り優先ど！」
竹内「図体のこまい方がのきゃアえかろうが！」
佐山「法規を守れ！」
竹内「カバチ垂れんな、どかんとぶつけるど！」
佐山「このクソ、降りて来い、免許証に墨つけちゃるけん！」
竹内「なんじゃい、威張りくさりゃアがって！」
竹内と助手が飛び降りてきて、佐山を小突く。揉み合いになって、
竹内「ポリのくせして、勝負売るんか、わりゃア！」
佐山「（カッとなって）おお、男同志でカタつけちゃるけん、来いッ！」
制帽をかなぐり捨てて取ッ組み合いになる。竹内の連れの助手や、パトカーの同僚巡査も加勢し合って乱闘。
パトカーに同乗していた帰宅途中の柄原、庄司、大貫たちが、酔った勢いで飛び出してくる。
柄原「あんた等ァかわしとれえ、喧嘩アこっちがプロじゃ！」
佐山たちに代ってアッという間に竹内と助手を殴りのめし、大貫の匕首が竹内の腹に——

58 病院（翌日）

廊下の公衆電話でヒソヒソ相談していた川手が、終って、竹内が収容されている病室に戻ってくる。
集まっている水谷、土屋、俵たちに、
川手「……戦争や、いてこましたれ！」

59 繁華街

庄司たちと俵一味の衝突、流血。

60 バー「珊瑚」（夜）

満員の客の中に、表から猟銃の散弾が射ちこまれる。

61 通り

二台の車（平田一派と土屋一派）で突っ走りながら拳銃の射ち合い。

悲鳴を挙げて逃げ惑う通行人。

62 中華料理店の中

二階から是貞を連れて降りてくる広谷、と、階下のテーブルに居た工員風の男（柳井）がいきなり立ち上って広谷の頭にピタッと拳銃の銃口を当てがう。

柳井「往生せい……！」

釘づけの広谷。是貞はオロオロするばかり。店員や客たちも表へ逃げ出す。

カチッ、引金を引くが、不発。

思わず目をつむった広谷、居直って、

広谷「待てい……わりゃア、どこの子や……？」

初弾の失敗で、ガタガタ震えながら二発目の引金を引こうとしている柳井。

広谷「（必死な胆力で）……往生せい言うんじゃったら観念するが……どこの誰とも判らんもんに殺られては、死にきれんわい、のう……」

柳井「（弱気が出てきて）……！」

広谷「旅のもんじゃろうが……懲役に行くより、わしと話つけんか……立場はつけるけん……のう……」

柳井「……！」

柳井、銃口を下げる。

広谷「ま、道具はそこ置いてくれ……（と是貞に）酒持ってこんかい！」

是貞が急いで板場から一升瓶とグラスを二つ持ってくる。

広谷、注いでやって、

広谷「飲んでくれい、のう……」

柳井、飢えたようにグラスを煽る。

その隙に、さりげなく拳銃を取る広谷。

広谷「ごついもん持っとるのう……こういうもんは初弾は安全装置の代りに空包になっとるんじゃ……次からは、二発目で勝負せい、のう」

と、立ち上りざま、柳井に向けて全弾射ち込む。

63 通り

必死に逃げる平田。後から日本刀を振り回して追う俵。

平田、路傍の自動車に飛び乗って逃げる。俵も自転車をかっぱらって追う。

路地から路地へ、逃げる方も追う方も必死の力走。

呆気にとられて見送る通行人。

俵が次第に追いつき、

俵「ギャアッ!!」

絶叫と共に日本刀を叩きつける。

平田の自転車が電信柱にぶつかり、首がゴロンと落ちて先へ転がってゆく。

64　**新聞記事**

『白昼の無法街!!　無力の警察に市民の怒り爆発』

65　**倉島署・会議室　A**

大坪署長以下の捜査会議。

大坪「署の表看板である刑事課が暴力犯罪を野放しにして面目が立つか！　鼠を捕えん猫は要らん！　留置場が空じゃけんお前等が入っとれ！」

66　**同・会議室　B**

池田課長以下の捜査会議。

池田「広谷を曳ッ張って来い！」

久能「誰を曳ッ張った所で、暴力団は無くなりゃアせんですよ！　コトの起りは川手ですけん、川手組を解散させりゃア元の鞘に収まるんです！」

塩田「やくざは放っといてもカタがつくけん、それよりアカの連中を引ッくくって死刑にせにゃア日本は良くならん！」

67　**「大原興業」の表**

続々と車で到着する岡元秀雄会長以下の広島宏道会、住岡清治等の兄弟会の面々を、広谷たちが丁重に迎えている。

68　**フェリー桟橋**

到着する大阪新明会の一行を迎える水谷たち。

69　**倉島署の表**

セダンが着き、正岡県警副本部長、三浦二課長の一行が入ってゆく。

70　**新聞記事**

『県警、暴力団壊滅に乗り出す!!』

71　**倉島署・玄関**

「倉島地区暴力犯罪合同取締本部」の新しい札が掛けられる。

72 寺町

道一つ隔てて向き合った二つの寺で、広谷組の平田、川手組の柳井の密葬がそれぞれ開かれている。

対峙する双方の応援組員の間にはさまって右往左往している交通係りの巡査たち。

そこへ乗りつける武装警官隊のトラック。

手際よく二手に別れて、それぞれの応援組員たちを片ッ端からゴボウ抜きで境内から曳き出す。

警官A「お前等はサッサと帰れ！」

警官B「ウロウロしとるとブチ込むぞ！」

宏道会組員A「なンじゃ言うんかい！」

大柄の組員Aが暴れ出す。

警官隊を指揮していた若い背広姿の青年、県警二課海田昭一警部補が近づき、組員Aの襟首に手をかけた瞬間、鮮やかなハネ腰で路上に叩きつける。

73 倉島署・取締本部室

池田課長と並んだ三浦二課長が、海田を、集まった久能、吉浦、河本等に紹介している。
三浦「この海田警部補は諸君等より年は若いが、県警本部の捜査畠では私が一番頼りとしている頑張り屋だ。この海田君に、大原組担当の班長を勤めて貰う。大学時代には、全国大会にも出場した柔道四段の猛者(もさ)だから、喧嘩を吹っかけない方が得だ」
海田、快活明朗に笑って挨拶してから、
海田「早速だが、三つのことを君たちに守って貰いたい。一つ、法に厳正であること、二つ、組織に忠実であること、三つ、暴力団員と私的な交際は一切断つこと。これは僕の信念でもある」
馬耳東風の表情の久能や吉浦。
海田「直ぐ捜査会議を開きたいが、吉浦君、資料を持ってきてくれ」
吉浦「吉浦クンか……」
ブツクサと呟いて出かかるのへ、
海田「返事をせんか！　組織に忠実に、と今言った筈だ！」
吉浦「はァ！（と出てゆく）」
海田「久能君、広谷賢次に関して、君の知ってる範囲のことを説明してくれんか？」
久能「（反撥も含んで）班長、ハタケは自分で耕すもんですけん、直接広谷に会われたらどうですか……？」
海田「（挑戦するような目で）……！」

久能「丁度今日は大原組長も出所して帰ってくる日ですけん……」

74 「大原興業」の表

広谷たち組員一同が威儀を正して待つ所へ、車を連ねて到着する一行。

先頭車から、迎えの柄原の先導で大原武男が降りてくる。後に従う若い男、小宮金八。

広谷「おやっさん、御苦労さんでした！」

大原「賢……苦労かけたのう……！」

広谷の肩に手を掛けてホロホロと落涙する大原。

そこへ車を乗りつけて慌しく降りてくる友安。

友安「(オーバーに) おう、おう、兄貴、達者で良かったのう……！」

大原「マアちゃん……わしゃアの、ながアーいトンネルを抜けて、ようやっと目が醒めたけんよ……！」

またシミジミと泣いている。

大原の枯れきったような変貌に、違和感で途惑っている広谷。

75 同・奥の一室

仏壇に亡き三宅の写真が飾られ、大原が数珠を手に一心に読経に励んでいる。側で甲斐甲斐しく身の回りを気遣っている小宮。
表座敷の方では友安や住岡など一門の幹部が集まって、祝いの膳を前に大原の着座を待っている。
広谷が気にして側に来て、
広谷「おやっさん、皆さんも待っとられますけん……」
小宮「(重々しく) 親分さんはナカにおられた時から、毎日一時間、勤行に精進なさるのが日課でございます。どちらさんもお静かにお控えなすっておくんなさいやし」
広谷、呆れた顔で立ってゆき、廊下にいる柄原に小声で、
広谷「なんない、あのチャラチャラしよる関東もんは……?!」
柄原「おやっさんがナカで連れとったアンコじゃいうとるようですがのう……」
広谷「(溜息をついて) えらいことになってきよったのう……！」
そこへ三杉が来て、
三杉「頭(かしら)……(と玄関の方をコナす)」

76 同・玄関

海田が立っている。
柄原たちと出てくる広谷。

広谷「なんじゃい……?!」
海田「取締本部の海田というもんだが、広谷だな?」
広谷「おう、取締マラレ本部の広谷じゃ!」
海田「首洗って待ってろ」
広谷「外道クソ、やってみイ、馬鹿!」
海田「お前の味方はもう一人もおらんぞ」
と言い捨てて出てゆく。
口々にののしって送る柄原たち。
広谷、海田の最後の言葉が妙に気にかかっている。

77 山陽船体工業の解体所

海田が河本を連れて見回っている。

河本「詳しくは知らんのですが、広谷が大原興業の土地と建て物を担保に信用組合から金を引き出して、落札価格の全額を払い込んだそうです」
海田「よくある手口だ……(と向き直って)河本君、君は将来ある身だから、よく考えた方がいいぞ」
河本「はァ……?」
海田「一部の連中のことだがね……」

78 料亭の広間(夜)

鍋ものを囲んで県警側と倉島署側の刑事たちの懇親会が開かれ、座も大分乱れ始めている。三浦、池田の他、海田、久能、吉浦、河本、塩田等の顔。
海田がお銚子を持って久能の前にきて、

海田「これからひとつ頼むよ!(と注ぐ)」
久能「どうも……」
海田「広谷なんだがねえ、あいつを曳ッ張るうまいネタはないかねえ……?」
久能「…………」
海田「中華料理店の射殺事件が臭いんだが、逮捕状取るにはもう一つウラが足らん……君なら知ってる筈なんだが……」
久能「そりゃアどういう意味ですかのう?」
吉浦「(酔って絡み)本部のデカさんはキツイのう、懇親会じゃアいうのに班長風吹かすけんのう!」
海田ジロリと一瞥、無視している。
そこへ仲居が数本のノシ紙つきの一升瓶を運んできて、
仲居「(久能に)これが久能さんにいうて届けられたんですけど」

ノシ紙に「大原組内広谷組」の墨書き。

吉浦「おう、間がえぇのう！」

　早速、栓を抜こうとする。

海田「オイ、寄越せ！（と取り上げて）やくざの酒なんか要らん！」

　海田、縁側から外へ、運ばれた一升瓶をすべて叩き割って放り捨てる。

海田「こういう習慣は今後一切許さん！　この中にも、バーや飲み屋でツケ回しをやってる者が居るらしいが、反省して貰いたい。改めない者は監察官室に報告する！」

　知らん顔でいる久能。

吉浦「（鬱屈して）それでネタが取れるいうんじゃったらのう、やってみてくれい。極道張るにゃアこっちも極道の分際まで落ちにゃならんいうんが、二課担当の心得で！」

海田「それが君の信条なら、僕の班から外れてくれ！」

吉浦「（激昂してきて）あんたアどこの学校出たか知らんが、デカのハタケなら、わしの方が先輩で！　わしから見たら、伜みたいな年しとってから、ひっぺった転んだいうて言うなア、十年早いわい！」

海田「人妻と密通するのも、二課担当の心得かね?!」

　一瞬、絶句して蒼ざめる吉浦。

　隅の席で顔を伏せている河本。

久能「（激しい語気で）海田さん、おなじ班におってから、腹の探り合いは止めんかい！」

海田「事実だから言ってるのだ！」

　いきなり昂奮した吉浦が立っていって海田の頬を殴りつける。

　慌てて制止に入る久能たち。

　三浦や池田は笑って眺めている。

海田「（冷笑して）警察官が暴力振るうのはいかんなア。正々堂々と来いよ！」

　次の間の襖を開いて誘いをかける。

　吉浦、久能たちの手を振り払って、海田に飛びかかってゆく。次の瞬間、見事な腰車で叩きつけられる。

　向っては投げられ、向っては投げられ、惨めな老いをさらけ出している吉浦。

79　倉島署・署長室

　吉浦から大坪署長の前に「退職願」が出される。傍らに池田課長。
大坪「考え直せんのか……？」
吉浦「（頑なに）…………」
池田「（大坪に）あとのことは、わしが面倒みますけん……」

大坪「そうしてやってくれ」

80　同・刑事課

吉浦が戻ってきて、机やロッカーから私物を出して包みにまとめる。

複雑な視線で見ぬフリをしている刑事たち。久能が近づいて、

久能「浦さん……辛抱出来ないんか……？」

吉浦「（薄く涙組んで）辛抱しても……部長止まりじゃけんの、わしら……」

塩田「近頃の若いもんは気合いがええけんのう、あの気合いでアカを退治してくれりゃアええんじゃが……」

下寺「徳長（とくちょう）さん、奥さんが来よんなっとるが」

振返る久能。

妻の玲子が案内も待たずにヅカヅカと久能の前に来て、一枚の紙を突きつける。

離婚証明書。

玲子「ハンコ下さい……！」

久能「（忿懣を自制して）正夫はどうしとるン？」

玲子「元気で幼稚園に行ってます……学校へ上る前に戸籍をハッキリさせておきたいんですよ……ハンコ押して下さい……」

久能「（拒否の色で）…………！」

玲子「（ヒステリー気味に）いやじゃ言うんなら、家裁に提訴しますけん！」

久能「勝てると思うんか……?!」

玲子「夫婦生活が成り立っていないのは事実じゃありませんか！」

久能「帰れ！」

玲子「だからハン押して下さい！」

久能「場所柄を考えろ！」

玲子「こうでもしなきゃ、あんたが逃げるからよ！」

久能「そんとなもん、わしゃ一生判押さんけん、家裁でもどこでも勝手に行けいや！」

玲子「（昂奮してきて）離婚すると昇進に響くけん言うんでしょ！　あんたなんか、始めから失格じゃないの！　なにが警察官ですか（と周囲の一同に）この人いうたらそこらのやくざもんにええようにかまわれてから、ワイロ取ったりタダ飲みしとるんですけんね、こんな人こそ留置場にブチ込んでやったらええんですよ、入れちゃって下さい、こんな人……」

バシッ、思わず玲子の頬を殴る久能。

いつか海田が来て見守っている。

81　旅館の一室（早朝）

情事のあと、裸の背中を揉んでやっている麻里子。

麻里子「なんで別居したン？」

久能「別居じゃない……向うが逃げよったんじゃ、土建屋の若い男と出来よってからのう……」

麻里子「ほいじゃアあんたが奥さんに捨てられたン？　シマらん人じゃねえ、警察官じゃいうのに、逃げるの摑まえるんが商売じゃないの」

久能「警察官じゃけん愛想尽かされたんじゃ……警部補の昇進試験を諦めるいうて言い出したあたりからのう、女房が内職に通い出して……」

麻里子「うちじゃったら辛抱するねえ、あんた優しいもん……恩給もつくし……」

久能「後妻にくるか、おう？」

麻里子「（ケラケラとはしゃいで）恩給がついたら、アメリカへ行かん？　あんた、私立探偵になって、うちはお座敷バー開くけん、ネエ……！」

久能「（醒めた笑いで）私立探偵か、ええのう……（とピストルを射つ手真似で）パン、パン、パン……！」

枕許の電話が鳴る。

久能「（取って）おう……賢、なんない……？」

82　「大原興業」奥の電話口（早朝）

小声で話している広谷。その周囲で、ガサ入れをしている海田、河本、下寺等の一行と、寝起きっぱなの騒動に呆然としている柄原たちの姿。

広谷「なんじゃいうて、こっち来て見イ、朝っぱらからガサ喰らわせよってから、あんた、なして前もって教えてくれんの！」

83　旅館の一室

久能「ガサやっとる?!　わしゃ知らんど……」

84　「大原興業」の電話口

広谷「そがな馬鹿なこというてあるかい、あんたの連れがみんな来とるのに……まァたいしたもんは出んが、おやじが帰ったばかりじゃいうのに、わしゃア立場がつかんわい……！」

その間に、大貫が裏手の方からドーベルマンやグレートデンなど大型犬数頭を曳ッ張ってきて、綱を解き、けしかける。

もの凄い咆哮に襲われて逃げ回る捜査員一行。

海田が飛んでいって大貫を引ッ立てる。

海田「来いッ、公務執行妨害だ！」

大貫「（暴れて）家の中で犬放（はな）ってなんがいけんのじゃい！」

85 旅館の一室

久能、怒りの色で電話を叩き切り、急いで服を着る。

86 倉島署・取調室前の廊下

険しい顔でくる久能。

取調室から海田が出てくる。

久能「班長、あんた、わしに恥かかす気か！　昨日の打合せで、大原興業のガサ入れは聞いとりゃアせんですよ、わしゃ！」

海田「（冷ややかに）新しい情報が入ったんで、急に決まったことなんだ。アパートに連絡したが、君は居なかったじゃないか？」

久能「わしがアパートに帰っておらんのを確かめてから、決めたことじゃないんですか?!」

海田「僕がなぜそんなことをしなきゃならないんだ？　それとも君の方に、そう思い当る理由でもあるのか？」

久能「極道扱うにゃ要領いうもんがあるんです。若いもんを刺激して怪我人を出しても、わしゃ責任取らんですけんの！」

海田「まア協力してやって行こうじゃないか。君には、広谷の偽装落札のウラを取ってきて貰いたいんだが、やってくれるかね？」

久能「…………！」

取調室から下寺が大貫を連れ出してくる。

海田「（大貫に）もういい、帰れ」

大貫、妙にオドオドと久能の視線を避けて通ってゆく。

87 大原の自宅の奥座敷（夜）

大原の出所を祝う花会が開かれている。

大原を始め岡元や住岡などの一門内の他、旦那衆も顔を揃え、美也など「珊瑚」のホステスたちや芸者連がサービスして回っている。

回銭を仕切っている広谷。

女たちと供応に働いていた大貫がフト目立たぬようにして立ってゆく。

88 同・浴室（夜）

暗い風呂場に大貫が入ってきて、窓を開ける。窓外の闇の中に海田の顔が見える。

前の廊下を庄司が通りかかって、気配に浴室を覗く。

急いで出てくる大貫。

庄司「なンしとるんじゃ？」

大貫「足洗っとったんじゃ」

89 同・奥座敷（夜）

庄司、大貫が戻ってくる。
と、間を置かず、室外で激しい物音。
三杉が飛び込んできて、
三杉「手入れじゃ!!」
声と同時に広谷、柄原たちが秘密通路の押入れを開けて、大原や岡元たちを逃がす。
廊下を、平田たちに体当り喰わせて飛び込んでくる制服警官。
警官Ａ「手を上げろ、動くな!!」
天井に向けて拳銃を一発射つ。
茫然と釘づけになる居残りの一同。
突然、電気が消える。
怒号、悲鳴の混乱。

90 倉島署・玄関

車が着き、下寺刑事の一行に連行された大原が、新聞社のカメラのフラッシュを浴びて降りてくる。

新聞記事Ⓣ『大原組出所祝いの花会を手入れ、大原組長に逮捕状!!』

その直ぐ後についてきた車から広谷や柄原たちが飛び出してきて、カメラマンたちに体当りを喰わせる。

待機していた警官たちと揉み合い。

広谷、下寺に喰い下って、
広谷「おやじは知らんのじゃ、わしを挙げんかい！」

下寺相手にならず、広谷は警官たちに押し戻される。

大原「（悟りきった顔で）賢、心配すなや……」

中へ連れこまれてゆく大原。

警官たちと八ッ当りでド突き合う広谷。

91 「友安商事」表の通り

パトカーが着き、大貫が降りる。

中に海田の姿。

パトカーは去り、大貫は「友安商事」に入ってゆく。

その後に、尾行してきたタクシーが徐行してきて着け、久能が降り立つ。

92 同・中

大貫が女事務員に案内されて奥へ入ろうとした時、

久能「大貫！」

表から飛び込んできた久能が大貫の腕を捉えて、引き出そうと揉み合う。

吉浦「徳さん、越権行為だぞ！」

奥から出てくる吉浦。以前とは打って変った派手な背広姿。

久能「（驚いて）浦さん……！」

吉浦「（大貫を庇って）ここの顧問をしとるんじゃ……こいつに何の用な？」

久能「……注意しちゃろう思うての……誰がチンコロしよったかいうて、広谷等が頭にのぼせて密告者狩りしとるけんのう……」

吉浦「こいつのことは喋るなや……もしコレが的にかけられたら、こんなの責任で」

久能「浦さん……あんた、海田が憎くて罷めたんじゃないんか……？」

吉浦「わしも、家庭持ちじゃけんのう……こんなものう、首洗う番で……警察やめてこっちへ来いや、のう……」

久能「わしゃア、死ぬまで罷めんよ……」

吉浦「六年前、広谷を逃がしたことがバレてもか？」

久能「…………！」

吉浦「わしゃア売る気はないが……」

久能、黙って出てゆく。

93 倉島署・待機寮の一室

ガランとした殺風景な座敷で、大原が菊地、友安、三浦と会っている。

三浦「広谷が借りた金は、返済期限が一週間後だが、信用組合の方ではもう期限の書き換えはせんと我々に約束してくれておるんだ。ということは、大原興業の土地建物は担保として取られることになるんだよ」

友安「兄貴、あんたア賢坊を甘う見すぎとるんで。ありゃアなかなかの悪党なんじゃけん、そんとなもんと同じ腹に見られて、またナカへ戻るなァ詰まらんじゃないの」

いちいち素直に頷いている大原。

菊地「大原君、君の任侠精神はわしらも大いに評価しとるんだよ。わが郷土をアカハタから守る為にも、君たちの力は要るんじゃ。しかし、暴力はいかん。判ってくれるかね、君の腹一つで、この町は平和な秩序ある町に戻れるんだ。なア大原君、わしからも頼むよ！」

大原「先生、わしみたいなもんに……！」

　両手をついて感涙に咽(むせ)んでいる。

　そこへ、海田が川手と共に入ってくる。

菊地「やア、サ、サ、こっち、こっち！」

　丁重な物腰で大原の側に寄る川手。

94　倉島署・記者会見室

　大原が三浦、友安、住岡と同席で声明書を読み上げている。

　詰めかけている記者、カメラマン。

大原「……深く皆さまにお詫び申し上げると共に、本日をもって渡世より引退し、大原組の解散を決意した次第であります……」

95　新聞記事

　大原の引退・解散声明のもの。写真。

大原の声明Ⓝ『なおわたくし引退後の諸事業及び組内若衆の処理については、特に当局の深い御理解を頂いた上、川手勝美氏に一任することが、当市発展にいささかなりとも貢献する途であると信じております……』

96　バー「珊瑚」の中（夜）

　客もホステスたちもおらず、広谷を始め柄原以下の組員一同（庄司を除く）が殺気立った顔で集まっている。
　入ってきた久能の前に、広谷が大原の記事の新聞を放る。
広谷「どう返事してくれるの……?!」
久能「どう返事したら得心がゆくんない？」
柄原「花会もこのたびのことでも、わしら警察にええように仕掛けられとるんじゃ。ほいで、あんたがなんも判らんいうてすくんどるんは、どういう訳よ？」
久能「知らんもんは知らんと言うしか言いようがあるまアが……わしの知らん所で動いとるんじゃけん……」
柄原「浦さんが友安の会社におるわのう、あんたも会ったらしいが、そこからチンコロしよった大貫が出て行きよったいうんは、どうつながっとるんの？」
久能「…………！」
広谷「徳さんよ、わしゃ腹アくっとるんで。誰がおやじを操っとるの、友安か、川手か、海田いう警部補か……あんたが屋台裏教えてくれにゃア、こっちゃヤカンの蛸で手も足も出んのじゃ……のう、どいつを殺(と)りゃアカタがつくんじゃ？」
久能「賢……辛抱せんかい、今ジキリかけたら、くくられるだけで……」
広谷「どう辛抱せい言うんの?!」
久能「広谷組のノレンだけは残るように細工しちゃるけん……」
広谷「極道は顔でメシ喰うとるんじゃ、顔で！　ここまでイモにされてメシが喰えるかい！　あんた、いつから説教する側に回ったんじゃ！」
久能「（語気荒く）立場いうもんもあろうが、互いに！　わしが今動いたらで、いよいよそっちとの仲疑われて、六年前のことも洗われるんど！」
広谷「おお、バレるならバラしゃアええ、こっちゃ首をもぐかもがれるか勝負かけとるんじゃ！」
久能「見損なったわい、おどれの頭ア、コンマ以下じゃ！」
柄原「わりゃア番犬以下じゃ、飼い主の恩も忘れくさりゃアがって！」
久能「（カッとなって）おどりゃア、誰が飼い主じゃ言うんかい！」
柄原「文句あるかい！」

広谷、懸命に割って入り、
広谷「やめい、やめんかい……！（と久能に）ポリ公はやっぱりポリ公よ、のう、上が青い服着りゃア青い服着るんじゃけん……あんたにゃアもう相談はないけん、出てってくれい……」
久能、惨めな屈辱感を懸命にハネ返すかのように、ゆっくりと出てゆく。

97　あるアパートの表（夜）

ユリが後を気にしながら入ってゆく。
数歩遅れてついてゆく庄司、カチカチに硬張った顔。

98　同・廊下とカスミの部屋（夜）

ユリが来て標札を確かめ、ノック。
ユリ「カスミちゃん……居(お)るン……？」
ドアが開き、カスミが顔を出して、
カスミ「ユリ……なンしたん……？」
ユリ「少し、貸して欲しいんじゃけど……」
カスミ「お金？　ウン、いくら？」
ユリ「二千円……」
カスミ「ウン、待って」

奥へカスミが戻る隙に、室内を覗くユリ。

大貫がテレビを見ている。

ユリ、キッと廊下を振り返る。

ドア口を避けて佇んでいた庄司が、匕首を抜きざま室内に躍り込む。

カスミの悲鳴。

庄司、大貫の背中から滅多突きに刺して刺して、刺しまくる。

大貫、異様な声で血ダルマになりながらも立上り、物の怪のように両手を拡げて庄司に向ってゆく。

仰天する庄司、ユリも、カスミも、三人一団となって転がるように逃げ出す。

タタキに落ちて、目を剝いて死んでいる大貫。

99　旧街道沿いのスラム（夜）

パトカー、指令車、輸送車の一団が突っ走ってゆく。

100　漁師町の庄司の家の表（夜）

武装警官隊が包囲、海田の指揮で久能以下の捜査陣が家宅捜査している。

中から酔っ払った庄司の兄剛（漁師）が警官たちと揉み合って曳き出されてくる。

剛「誰がわしらの漁場奪ったんじゃい！　悟を極道にしたんは誰ない！　おどれらア泥棒の手伝いしとってから、わしの家入るんじゃったら裏から回って来いッ……！」

101　同・近くの網小屋（夜）

久能が探しながらくる。フト気にかかって、こわれかけた小屋の戸を開いて中を覗く。

そこに、庄司が漁網にくるまってガタガタ震えながら潜んでいる。

懐中電灯のライトを当てる久能。

庄司、泣き出しそうな顔で、ポケットをまさぐり、いつかのダンヒル・ライターを出して、必死な哀願をこめてオズオズと久能の方に差し出す。

久能の顔に言いようのない悲しみが拡がる。

久能、ライトを消し、戸を閉める。

やってきた下寺たちに、

久能「おらんのう、何処にも……」

102　同・表（夜）

捜査を諦めた一行がそれぞれの車に戻って去ってゆく。

地べたにあぐらをかいて、まだ訳の判らないことを怒鳴っている剛。

最後に海田が下寺と指令車に乗りかけ、何か気に引っかかったように、下寺を連れてまた中へ戻ってゆく。

103 倉島署・取締本部室（夜）

夜食のカレーライスをパクついている久能たち捜査陣の一行。三浦や池田、塩田等も。

新聞記者Aが久能の側で、
記者A「あんた、広谷組と縁が深かったけん、癒着しとりゃアせんかいう評判が立っちょるがのう……」

久能「癒着？　ほいじゃアあんた等アどうなっとるの、正義のペンじゃなんじゃ言うとってから、広告でメシ喰うとるんじゃないの？」

記者A「広告は正当な商取引だよ！」

久能「ほうじゃけん、商売と正義は使い分けりゃアええいうんかい?!　わしらの仕事は使い分け出来んけんのう！」

記者A「…………！」

その時、表の方から海田、下寺が手錠をかけた庄司を曳っ張ってくる。

茫然と見る久能。

騒ぎ出す記者たちの間から久能の姿を見た庄司、暴れ出し、久能の前へ、
庄司「カタリめ、この、カッコつけよって、他のもんにチンコロせんと、わりゃアの手でわし縛ったらどうかい、縛ってみイ、縛れるんか、わりゃア……‼」

散乱するカレーライスの皿。

庄司、下寺たちに抑えられ、奥へ連れ去られる。

深い沈黙の久能。

海田、久能の存在を無視したように、朗らかに、
海田「みんな御苦労さん。お蔭でうまい夜食にありつけたよ」

残ったカレーライスを取って食べ出す。

その様子をジッと見ている久能。

不意に立上ってゆくと、海田の皿を激しく手で払い飛ばす。

床に割れて飛び散る皿と飯。

海田「（あくまで冷静に）なんの真似だ……？」

久能「海田さん……あんた、年はなんぼじゃ?!」

海田「二十八だが……」

久能「じゃったら、日本が戦争に負けた時ア十（とお）じゃったのう。あの頃はの、上は天皇陛下から下は赤ン坊まで、みんな横流しのヤミ米喰らって生きとったんで！　あんたもその米で育ったんじゃろうが。綺麗ヅラして法の番人じゃなんじゃ言うんじゃったらの、十八年前わりゃアが

冒した罪ハッキリ清算してから、うまい飯喰ってみイや！」
海田「それが、あのチンピラを逃がそうとした言い訳か？」
久能「あいつに大貫を殺させた張本人は誰ない?!　あんたがおらにゃア、こんとな事件は起きとらんのじゃ！」
海田「気をつけてものを言え、君は警察官だということを忘れたのか！」
久能「あんたのしとることは人間のやることかどうか訊いとるんじゃ！」
海田「殺人犯だった広谷を逃がすことが人間的だと言うのか！」
久能「わしゃこの眼で極道を見とるんじゃ、上だけ見とるようなおどれに何が判るんじゃい！」
塩田「久能！　わりゃァアカみたいなこと言うちょるのう、アカの手先か?!」
　一瞬、血相変った久能、ベルトのコルトを抜いて塩田に向けようとする。
「久能!!」「徳さん!!」
池田や河本たちが懸命に久能を制止。
塩田、びっくりして机の下に潜り込んでいる。
やっと自制してコルトを腰に戻す久能。
三浦が前に来て、
三浦「久能君、事情を調べてからでなくては判断がつかんが、君はひとまず本部から外れて貰う。家で待機して反省してみてくれ」
久能「……………」
　出てゆく久能。

104　文化住宅の表（朝）

　吉浦が出勤姿で自宅から出てゆく。と、駐車していた車の中から三杉、児島たちが飛び出して襲いかかり、車中に拉致して疾走し去る。

105　倉島署・取締本部室

　海田が入ってきて三浦に、
海田「広谷の逮捕状取ってきました」
三浦「よし、直ぐ行ってくれ！」
　電話に出ていた河本が、
河本「班長、広谷からです！」
海田「広谷……?!」

106　ホテル「若葉」一室

（既に全館広谷組が占拠中）

ベッドに腰かけて電話している広谷。

部屋の隅で、柄原たちが、猿轡をはめられ縛られた吉浦を思うさま殴りのめしている。

広谷「そっちゃ誰ない……?」

× × ×

海田「海田だ……」

× × ×

広谷「一度しか言わんからよう聞いとれ。吉浦いう男をホテル若葉で預かっとるけん、こいつの命を助けたきゃア、われ一人こっちに出向いて来い、取引しちゃるけん。期限は晩の十二時までじゃ。来なきゃア町中鍋に入れてチンチン回しちゃるけん、腹くくっとれいよ!（と叩き切る）」

107 同・表

追い出されてウロウロしているホテルの従業員たち。

パトカーが急行してくる。

途端にホテルの窓から、柄原、三杉、児島たちが、猟銃や拳銃で威嚇射撃を始める。

クモの子を散らすように逃げ惑う警官たち。

108 久能のアパートの部屋

万年床の中で酒を飲んでいる久能。

表で、けたたましいサイレンの音が通りすぎてゆく。

ドロンとした眼で、聞き耳を立てている久能。

と、ノックもなしに、ドアを開けて転がり込んでくる美也。

美也「うちの……うちの人が……籠城しよったんです……!!」

109 ホテル「若葉」の表（後刻）

パトカー、警官隊で包囲している。

その後に新聞社、弥次馬の人垣。

向いのスナックの「指揮所」に慌しく出入りする三浦たち。

時折、窓からの発砲。

海田が拡声器で、
海田「発砲は止めろ、ホテルは完全に包囲してある、警察は取引は一切しない、無駄なことは止めて直ぐ出て来い……!」

110　同・中のロビイ

広谷がソファに陣取って、中に入れた数名の記者たちに談話を発表している。二三名のカメラマンも。

油断なく警備している柄原たち。

広谷「わしも極道じゃけん、のう、臭いメシ喰えいうて言うんじゃったら、いつでも喰うちゃるがよ、ほいじゃア市長やら市会議員やら警察はなにやっとるの、おんなじ穴の貉（むじな）じゃなかろうてや。極道じゃけん、われだけ牢屋に入ってこいいう理屈があるかい。入るなら市長から署長から、ツルんどるやつらアみんな一緒に来い言うとるんじゃ、わしゃア……！」

柄原の側に、カメラマンの一人がスッと近づく。眼鏡をかけ変装した河本。

河本「（小声で）柄原……」

柄原「（驚いて）ヤッチン、わりゃア……！」

河本「親友じゃけん、頼む！　ありゃア（広谷）カッカしとるけん、お前が外に出て、本部と話つけてくれい、のう！」

柄原「わりゃア退（の）いとれい！」

河本「お前の身を考えて言うちょるんど！」

柄原「わしゃ極道じゃけん！」

隙を見て河本が柄原に手錠を掛けようとする。振り放して揉み合う柄原。

河本「柄原ッ!!」

カメラの中に隠していた小型拳銃を抜いて構える河本、同時に柄原も拳銃を抜いて射つ。

総立ちになる一同の前で、柄原の銃弾を浴びて崩折れる河本。

111　病院の一室（夜）

輸血中の河本の枕頭に、正岡県警副本部長を始め、大坪署長、三浦、海田等の一行が詰めかけて、重苦しく見守っている。

そこへ、池田に連れられた久能が急ぎ入ってくる。

医師が一同に臨終の目配せ。

粛然となる一同。

久能、無言で合掌し、出て行こうとする。

三浦「久能君……君を呼んだのは……どうだろう、君から広谷をなんとか説得出来んか……？」

久能「…………」

大坪「これ以上、死者や怪我人は出せん……」

海田「久能君、僕からも頼む……！」

久能、海田を鋭く見返し、黙ったまま出てゆく。

112　ホテル「若葉」の表（夜）

投光器でホテルの前面は華やかに夜空に浮かび上っている。

機動隊が動員され、催涙弾を射ち込んでいる。

中からは時折応射。

113　同・中の各室（夜）

柄原たちが催涙弾に逃げ回りながら、右往左往している。

114　同・裏口（夜）

猟銃を抱いて落着かない張り番の児島。

と、ノックする音。

児島「（銃を構え）退けいッ、ブチ殺すど!!」

美也の声「ジロちゃんじゃネ……うちヨ、開けて！」

児島「姐さん！」

ロックを解いてドアを開ける児島。

買物籠を抱えて入ってくる美也、と同時にその後についてきた久能が飛び込みざま、児島を組み伏せる。

115　同・一室（夜）

半死半生で倒れている吉浦。

その体を靴で蹴飛ばしながらウイスキーをラッパ呑みしている広谷。

ドアを開けて美也が入ってくる。

美也「あんた……！」

広谷「美也！　なんしにわりゃア……」

美也に近づいた時、ドアを蹴り開けて飛び込む久能。

久能「賢ッ、観念せい!!」

広谷「外道クソッ!!」

凄まじい二人の格闘。

美也、廊下から、
美也「誰か来てッ、誰か来てッ!!」

取ッ組み合い、殴り合う間に、久能、僅かな隙を捉えて広谷の手首に片手錠をかけ、ベッドの支柱に固定する。

前の廊下に駆けつける柄原たちにコルトを抜いて構え、
久能「おどれらア出とれい！　悪いようにせん、わしを信用しとれ！　誰か交換室へ行って電話つないでくれい！」

言うだけ言って、ドアをロックする。

ベッドを引き摺って暴れ狂っている広谷。

116 向いのスナック内の「指揮所」（夜）

沈痛な顔で集まっている正岡、大坪、三浦、池田、海田等の首脳陣。

電話が鳴り、下寺が出て、

下寺「徳さんからじゃ！」

海田が急いで代る。

海田「海田だ、何処に居る……?!」

117 ホテル「若葉」の一室（夜）

久能「(電話) 海田さんか、あんたと取引したいんじゃがのう……」

×　×

海田「……聞こう……」

×　×

久能「広谷は捕えた。浦さんもなんとか無事じゃ。これから言うことをあんたが呑んでくれたら、広谷をそっちに渡す……」

力尽きて聞いている広谷。

×　×

海田「言ってくれ……」

×　×

久能「第一に、川手組を解散させる。第二に、広谷と柄原の刑は十年以下に抑えちゃってくれい。最後に、わしのやり方が成功したんじゃけん、今後一切、わしのやってきたことに干渉するな……条件が呑めんいうんじゃったら、こいつらを元に戻して、わしはホテルを出る……」

×　×

海田「上司と相談するから待ってくれ……」

×　×

久能「約束が守れなかった場合は、わしの分も含めて、倉島署内部の腐敗を全部新聞に公表するけん、上のもんによう伝えちゃってくれい」

電話を切る久能。

久能「賢……聞いとった通りじゃ……往生してくれい、のう……」

広谷「そがなもん、警察が聞くかい！」

久能「聞いたら、出てくれるの？」

広谷「あんたも底の見えん男よ、のう……上に吐いた唾が下に落ちんと思うちょるんか」

久能「…………」

広谷「デカのあんたにゃア判らんじゃろうがの……」

118 スナック内の指揮所（夜）

会議を終る首脳陣。
海田が電話をかける。

119 ホテル「若葉」の一室（夜）

吉浦を介抱していた久能が電話を取る。
久能「わしじゃ……判った（と切って広谷に）呑むいうて言うちょるがのう……」
広谷「……」
久能「若いもんのことも考えてやらんかい」
広谷「（暫く考えてから）……交換室に柄原を呼んでくれい……」

120 同・表（夜）

緊迫して踏み込む準備をしている海田たち包囲陣。

121 同・一室（夜）

電話している広谷。
広谷「……わしも行くけん……聞いてくれい、のう……」

122 同・交換室（夜）

電話で応えている柄原と一同。
柄原「（泣きながら）よう判りましたけん……！」

123 同・表（夜）

玄関から、投光器のライトを浴びて、両手を挙げて出てくる三杉、児島たち、吉浦を支えた美也、殿りに柄原。直ちに包囲陣に逮捕される。

124 同・ロビイ（夜）

部屋から出てくる久能と両手錠の広谷。
広谷「徳さん……花道じゃけん、カッコつけさせてくれんかのう……（手錠を示して）」
久能「裏切らんと約束するか？」
広谷「わしの目を見てくれい」
久能、広谷の手錠を外してやる。
久能「（見つめて）賢……男にさせちゃることも出来んで……済まなんだ、のう……」
広谷、冷たく笑って。

125 同・表（夜）

出てくる久能と広谷。

待ちかねたように海田たちが駆け寄る。

その時、久能に体当り喰わした広谷、真ッしぐらに海田に飛びかかってゆく。

海田の投げ業、が、必死に蹴り上げる広谷、格闘。

久能「広谷ッ!!」

久能が駆け寄ろうとするより早く、広谷は海田の拳銃を奪ってその頭に擬し、
広谷「柄原ッ、来いッ、こっち来いッ!!」

茫然と釘づけになっている警官隊の中から、柄原が駆け出してくる。

広谷、柄原と共に近くの乗用車へ海田を拉致したまま乗り込もうとする。

久能「広谷……!!」

久能を振り返る広谷。

広谷「わしゃアおどれの旗じゃアあるかい！　わしゃア、わしの旗振っとるんじゃ!!」

車に乗りかける。

久能、コルトを抜き、正確に一発、射つ。

頭部を射ち抜かれ車から転がり落ちる広谷、即死。

美也「あんたッ……!!」

殺到する包囲陣が暴れ狂う柄原を叩きのめして捕える。

広谷の死体に近づく久能。

海田が側に来て、久能に握手の手を差し延べる。

久能、厳しい拒否の視線で、ダラリと地に伸びた広谷の手を取り、固く握りしめている。

126 日光石油・事務所前

自家用車が着き、背広で出勤姿の海田が降りる。

Ⓣ『昭和四十年』

127 同・総務課

「総務課長」のデスクに就く海田、課員一同に明朗快活に、
海田「皆さん、お早う！　サァ、仕事始めの体操をやろう！」
体操を始める一同。

128 島の派出所の表（夜）

土砂降りの雨。

「倉島署・大橋島巡査派出所」の標札。

窓ガラス越しに、制服巡査姿の久能が電話を受けて話しているのが見える。

合羽を着て交通事故処理の要具を持ち、表へ出てくると、バイクに乗って走らせてゆく。

離れた所にライトを消して停まっていたセダンがゆっくり追尾してゆく。

129 島の道（夜）

久能のバイクが現場に着く。

乗用車が一台、電信柱にぶつかって小破しているが、辺りに人影はない。

久能、懐中電燈で検分して回る。

道の向うからヘッドライトが近づいてくる。

久能、道の真ン中に立って、「止まれ」の合図で懐中電燈を振る。

グングン迫るヘッドライト。

懐中電燈を振り続ける久能。

そのストップ・モーションに、

Ⓣ『久能徳松巡査部長、昭和四十年三月、交通事故現場で検証中、暴走車にはねられ即死。加害車、不明』

〈エンド・マーク〉

やくざの墓場　くちなしの花

東映京都／九六分／昭和五一年一〇月三〇日封切

スタッフ

企画　松平　乗道
　　　杉本　直幸
　　　奈村　協
監督　深作　欣二
撮影　中島　徹
照明　増田　悦章
録音　野津　裕男
美術　富田　治郎
編集　市田　勇
音楽　津島　利章

キャスト

黒岩　竜　渡　哲也
＊西田組
杉　政明　藤岡　琢也
杉　美香　丸平　峰子
岩田五郎　梅宮　辰夫
松永俊二　今井　健二
松永啓子　梶　芽衣子
若本英夫　矢吹　二朗
北島　明　小林　稔侍
小西正雄　松本　泰郎
藤岡　修　檀　喧太
＊江崎組
江崎敏夫　有川　正治
江崎信久　八名　信夫
水谷　志茂山高也
安西　小峰　一男
大河原義市　島田　秀雄
上島　隆　藤長　照夫
西畑　福本　清三
＊大阪警察捜査四課
大村本部長　大島　渚
野崎副本部長　成田三樹夫
西尾刑事部長　芦田　鉄夫
古島捜査四課長　藤岡　重慶
小池係長　宮城　幸生
日高善人　室田日出男
庶務課々員　疋田　泰盛
＊山王署
赤間署長　金子　信雄
梶山刑事　川谷　拓三
浅井刑事課長　白川浩二郎
看守巡査　広瀬　義宣
＊山城組
山城剛志　吉田　義夫
奥谷　勇　木谷　邦臣
竹内清治　秋山　勝俊
＊武田組
武田健吉　鈴木　康弘
楠本正春　岩尾　正隆
金井勝次　曽根　将之
三宅　昇　笹木　俊志
岡本　井上　茂
＊雄心会
波多野武市　織本　順吉
山岡　進　小田　正作
国崎兼松　矢奈木邦二朗

寺光伝之助　佐藤　慶
鬼頭　林　彰太郎
町永　成瀬　正
宮崎　白井　孝史
堀越　友金　敏雄
若本君代　菅井　きん
荒井真吉　志賀　勝
荒井初江　八木　孝子
千崎文平　中村　錦司
パチンコ屋の労務者　片桐　竜次
同　店員　浅野謙次郎
看守　有島　淳平
パトカーの巡査　藤沢　徹夫

1　球場（夜）

ナイターがはじまっている。望遠カメラが外野スタンドをパンして、最後方附近で周りの客と野球賭博の賭け金を授受している若い組員（若本英夫）の姿を捉える。

その後の通路で仲間らしい男（北島明）が、三人連れのよその組員らしい男たちと口論している。

突然、殴り合いになる。

スタンドの男（若本）が内懐から拳銃らしいものを出して、その方へ駆けてゆき、何発か射つ。

三人組はバラバラになって逃げ出し、周囲の客もクモの子を散らすように避難するが、大部分の観衆は大喚声の中で全く気づいていない。

パントマイムのように拳銃を構えて射っている男（若本）、それも一瞬の出来事で、仲間の男（北島）とアッという間に、どこかへ消えてしまっている。

大村大阪警察本部長「最近の暴力団の傾向を見ると、広域暴力団の規模が拡大する一方で傘下構成団体の末端組織は、地盤の固定化、昨今の経済不況等によって、資金源の獲得が困難になってきており、その為、他組織の縄張りへの介入侵食が目立ってきている。当警察本部管轄内の問題としても、巨大組織である山城組傘下の在阪団体の一部が、ミナミを地盤としている西田組と縄張りをめぐって極めて危険な緊張関係がつづいておりいつ全面戦争の火がつくか、全く予断を許さない状勢にあるといってよい……」

2　大阪警察本部・表（実景）

3　大阪警察本部・大会議室

整列する刑事部課員を前に訓示する大村本部長。
大村「われわれとしては絶対そのような事態にならぬよう、全力を挙げてこれが防止に当らなければならぬのは言うまでもないが、とくに、近々総選挙が行われるとみられる時期であるだけに、民主主義体制の堅持、民主警察の信望を損わぬよう、市民生活の保安には万全を期さねばならぬ。諸君の一層の自覚と奮起を望む」
野崎副本部長「本部長訓示、終り。つづいて刑事部長より若干補足説明をする」

西尾刑事部長が代って立つ。
背後の黒板に、「山城組」「西田組」「雄心会」の最高幹部の写真が名前と共に貼り出されてある。
西尾「山城組は現在構成員一万一千人を抱えているが、組長の山城剛志（山城の写真指摘）は老齢の為ほとんど表に出ず、若者頭の奥谷（奥谷勇の写真）が舎弟頭の竹内（竹内清治の写真）と相談して組を運営している。この為、統制力が弱化していると言われ、下部団体のハネ上りが目立ってきているのであるが、ことに在阪構成員の責任者である武田組々長（武田健吉の写真）系の楠本組（楠本正春と舎弟金井勝次の写真）が斬込隊となって南部地域への侵食を進めているようである。これに対し、西田組は現在の二代目組長（杉政明の写真）は襲名して日も浅く、若者頭の松永（松永俊二の写真）は入所中であり、極めて弱体である。その為、最近、舎弟の岩田（岩田五郎の写真）が中心となって、反山城組連合の雄心会メンバーである岡山の波多野（波多野武市の写真）、広島の山岡（山岡進の写真）に接近をはかっているようであるが……四課長、この方の最近の情報は……？」
古島捜査四課長「その点については黒岩君に情報蒐集を……（と周りを見て）黒岩、おらんのか……？」
小池係長「黒岩は、ゆうべのナイター発砲事件の土地鑑を取りにゆくと言いまして……」
古島「今日の会議には全員出席するように命じておいたはずだ！　君が出したのか?!」
小池「いえ……本人が是非行かせてくれと言うので……」
古島「本人の意志はどうでもいい！　警察は規律で動いてるんだ、規律で！」

4　通天閣

「王将」「軍艦マーチ」などのレコード、宣伝放送が入り混って――

5　パチンコ店の中

酔っ払ったアブレ労務者が台のガラスを叩きながら店員と口論している。
労務者「なにぬかしよんね、わい、ここ入るのはっきりこの目で見とったんやで！」
店員「なか調べても入っとらんのじゃ！」
労務者「支配人呼んでこい！」
店員「大概にせえよ、コラ！」
労務者「なんやい、その言い方！」
小突き合いになる。
側の台で無関心にタマをはじいているアロハシャツ、

サングラスの男（黒岩竜）。

そこへ表の方から縞ズボンのトッポイ恰好の若本が、
マサ（小西正雄）、修（藤岡修）らと乗りこんできて
労務者を取り囲む。

若本「オッさん、表でひと眠りして頭冷やした方がええのとちゃうか！」

労務者「なんんや、お前ら……！」

マサ「分かっとるやろ、西田組や！」

有無を言わさず外へ曳っ張り出す。

無表情で見送る竜、労務者の台の受け皿に残っているタマをそっくり自分の台に移して、また続ける。

険しい目で見ている店員。

6　パチンコ店横の交換所

竜、景品の包みを金と換えている。

行こうとすると、前に若本たちが立ちはだかっている。

若本「ワシらが知らんと思てけつかるのか、われ！」

竜「…………」

マサ「パチンコのタマでも盗ッ人は盗ッ人や。警察に突き出したろか！」

竜、薄笑いを浮かべて、交換したばかりの金を黙って若本に渡す。

若本「われ、舐めとるんか！　ワシらの顔土足で踏んだ挨拶はどうしてくれるんじゃ！」

竜「顔……？」

修「ここらはな、西田組のシマ内や。事務所で話つけたってもええねんで！」

竜、渋々財布を出して中の万札をそっくり出して渡す。

マサが財布をふんだくって中がカラなのを確かめてから放り出す。

若本「これからは足許よう見てから歩け！」

ガチン、と竜の向う脛（ずね）にキックを一発カマして、マサたちと立ち去る。

痛そうに蹴られた脛にツバをつけている竜、若本たちの姿を目で追いながら急いでアロハを脱いで腹に巻く。下はダボシャツを着こんでいる。手拭いを出して捩じ鉢巻にし、サングラスも別のを出してかけ替える。

素早く変装を済ましてから、若本たちのあとを尾行してゆく。

メイン・タイトル

7　天王寺公園

若本たち、アイスキャンデー屋から、二、三本がっさ

めて頑張りながらゆく。

以下の画面に、クレジット・タイトル。

尾けている竜。

8 アーケードの商店街

与太ってゆく若本たち。雑貨屋の店頭で若本がハナ紙を一束失敬して鼻をかみ、残りをポケットに突っこんでゆく。

尾けてゆく竜。

9 山王署前の労働者街

ふらついたり寝そべったりしているアブレ労務者たちの間を傍若無人に通ってゆく若本たち。

若本が駐車している無人のパトカーの胴体にナイフでこすり傷をつけてゆく。

尾行する竜。

× ×

その他、マーケット、商店街のすぐ裏につづく廂をくっつけ合うようなスラムの露地、旧特飲街通りなどで、周辺地域（このドラマの背景となる土地柄の紹介）を与太ってゆく若本たちと、尾行の竜。マサと修は適当な所で別れてゆく。

10 高速道路建設現場

若本が独りきて立ち小便をする。
クレジット・タイトル、終る。
フト、気配に脇を振り返る。
竜が突っ立ってジッと見ている。
若本「…………!!（さっきの男と分かる）」
竜「軽犯罪法違反やな」
若本「なんじゃ、われ、あとつけ回しよってから！」
竜「仕事なんでな」
若本「仕事……？」
竜、警察手帳を見せてから手錠を取り出して近づく。
若本「…………!!」
竜「あれからあと、ようけ点数稼がせてくれたな。恐喝、無銭飲食、窃盗、器物損壊、立ち小便、全部合わせると三年ぐらいか………」
若本、横ッ飛びに逃げようとする。

竜、猟犬のように飛びかかり、手錠で強烈な一撃。

額から血を吹いてぶっ倒れる若本。

竜「公務執行妨害……は見逃したる。遠慮せんとかかってこい」

手を止めて楽しそうに見下している。

若本「クソッ……!!」

若本がやっと立ち上って逆襲に出ようとするところを、腹にキック一発。

若本、またダウン。

竜、煙草を出してうまそうに一服つけながら眺めている。

若本がまた立ち上ったところを、軽く足ッ払いで転がす。

鼠をなぶる猫のように――

完全にダウンした若本にやっと手を貸して立たせ、手錠をかけてから、素早く自分のポケットから出した小粒の品を若本のズボンの尻ポケットに滑りこませる。

竜「(優しく)歩けるか、大丈夫か？　一応署まで来て貰わんとな……」

と所持品調べをするフリで、若本の尻ポケットから自分が入れた物をいかにも訝し気に取り出し、
竜「なんじゃ、こりゃ……？」

竜の掌に、改造モデルガン用の模造弾が数ケ。

竜「改造ガンのギョクやないかい？　こんなもん、なんに使うんじゃ、わりゃ?!」

若本「ワシゃ、そんなもん、知らんで………！」

竜「知らん?!　お前のポケットから出てきてなにが知らんのじゃ！　舐めるな、この野郎ッ！」

バシッ、バシッ、張り飛ばす。

11　山王署の表（実景）

12　山王署・取調室

机上にさっきの模造弾。
山王署四課の梶山刑事がこめかみに大きな絆創膏を貼った若本を訊問している。
梶山「こりゃア、モデルガン改造したやつに使うマメやろ。ゆうべの野球場の発砲事件の現場からも、これとおんなじ弾が出てきとんねやぞ。道具はどこに隠してあるんや？」
若本「知るかい、そんなもん！」
梶山「ゆうべ、球場には行っとったな？」
若本「記憶にございまへん！」
梶山「お前があこでプー屋仕切ってるいうのは割れとるん

じゃ！　相手はどこの組や？」
若本「アホクサ、今朝の新聞に書いてあるやないけ、山城組のシマ荒しやて！　安月給じゃ新聞もよう読めへんのか！」
梶山「若本、今度の事件は本部のデカさんも乗り出してきとるんや。いつもの伝でかわせると思ったら大間違いやぞ！」
　そこへ天井とお茶を載せた盆を大事そうに運んでくる竜、若本の前に置いて、
竜「（優しく）腹へったやろ、喰えよ」
若本「（意外な感じで）…………！」
竜「遠慮すんな。腹一杯になったら、男同志で話しようや」
若本「…………」
竜「どうした？　元気出せや。極道はな、ワッパはめられてからが槍舞台や言うとるじゃないか。クヨクヨせんで腹一杯喰って男になれ……お前の言いたいことはなんでも聞いてやるよ……」
　若本、段々うな垂れてくる。
　そこへ、赤間署長が浅井刑事課長らを連れて入ってくる。
赤間「御苦労さん。あんたが本部のデカさんか？」
浅井「（竜に）赤間署長や」
竜「黒岩です」
赤間「本部もいろいろ気をつかってくれとるようで、ウチとしても大助かりや。ほんまにこいつらときたら警察舐めきっとる。西田組はわしも多少情報を握っとるから、分からんことがあったら相談してくれたまえ」
竜「はア」
赤間「（若本に）コラ、わりゃ、若本やったな？」
若本「（顔見知りの安心感で）へえ、いつもお世話になってま」
赤間「甘ったれるんじゃないぞ、コラ、本部のデカさんの顔立ててやらんと、目一杯クサイ飯喰わしたるぞ！（と机上の模造弾を手に取って）これか、問題になっとるのは……この薬莢は三十八口径のもんやな。ここらに流れとる改造ガンは安もんでこわれやすいさかい、二十二口径以上の薬莢はよう使わんと聞いとるが……これをこのチンピラが持ってたいうのんは、けったいやな……」
若本「（俄然力を得て）そうでっしゃろ、署長はん、それをこの本部のドクサレ岡っ引が、ワシ疑おうて叩きよりまんにゃ！」
　竜、形相一変して若本の前に詰め寄り、ポケットから机上のものと同じ模造弾を一つ取り出して、比べてみせる。
竜「手品のネタが分かったか。お前がなんぼシラ切っても、

これくらいの細工は警察はいくらでも出来るんじゃ。素直にせんと、無期でも死刑でも好きなフダ首くくりつけて、ヨセ場に叩ッこむぞ！」

　言うなり若本の額の絆創膏を、ベリッ、と引ッ剝がす。

若本「痛ッ……!!（飛び上って）殺せいッ、クソッ、やってみイや、われ!!」

　ヤタケタになって竜に突っかかる。

竜「上等や！　来いッ！」

　本気になって若本と取ッ組み合いをはじめる竜。

　梶山と浅井らが慌てて二人の間に割って入る。

　ニヤニヤ笑って出てゆく赤間署長。

13　大阪警察本部・捜査四課室（翌日）

　机を叩く古島四課長。
古島「君には情報蒐集だけを命じておいたはずだ！　捜査は担当のもんがおる！　余計なことはするな！」
　前に立っている竜と小池係長。側の椅子に赤間署長も。
小池「（とりなして）今回の事件は黒岩君がここへ移って初めての仕事ですし、なんとか功労を立てたいという熱意のあらわれで……」
　竜、黙ったまま、机の端を拳骨でコツンコツン殴りながら聞いている。
古島「そういうスタンド・プレーがいかんと言ってるんだ！　昨日調べた男にも、君は何度か暴力を振るったそうだな？　署長さんも行き過ぎではないかとわざわざ注意を促しにきて下さってるんだ！」
赤間「いや、わしゃ行き過ぎだとは……ただ一部の記者連中に署内の暴行沙汰が洩れたらしいんで、昨日のチンピラはわしの判断で釈放したことを諒解して頂こうと思って……」
竜「私には私のやり方があるんです……四課のハタケは十年も渡り歩いてきてるんですから……黙って見とって下さったら……」
古島「ヒラのくせに生意気言うな！（と竜の拳骨叩きが気になって）止めんかッ……そういう考えだから、この前のような発砲事件を起してるんじゃないか。相手が例え暴力団であっても、警察は法律で取締るんだ。暴力で取締るんじゃない。とにかく君は、私が命じたことだけを忠実に実行しとればいいんだ！」
　竜、頭を下げて行こうとする。
古島「君、拳銃は……？」
　竜、ベルトを見せる。拳銃は吊っていない。
古島「どこに置いてあるんだ？」
竜「庶務課に預けてあります」
古島「宜しい」

竜、行きかけて我慢しかねたように、
竜「課長……そんなに御心配なら……拳銃も暴力も必要ない部署に配置替えしてくれませんか……」
古島「人事は私の管轄ではないよ！」
小池「君、課長は君の経歴を買ってなんとか一人前の捜査官にしてやろうと心を砕いておられるんだし、第一、転任早々でそんな我儘言っちゃいかんよ」
竜「…………」
竜、拳骨で壁を叩いている。
そこへ堂々たる紳士の風采の寺光伝之助（山光(さんこう)総業社長）が入ってくる。
古島「ヤア、寺光さん！」
寺光「本部長に会いにきたんやが、会議中なんでな」
赤間「お久しぶりで。山王署の赤間です」
寺光「オウ、君か、元気でやっとるかね」
赤間「おかげさまで……」
古島「お急ぎなら御用件は私が承っておきますが」
寺光「いや、近々署長クラスの異動があると聞いたもんでネ……（と鋭く竜を一瞥して）君は、たしか二年ほど前に、城北署で射殺事件を起した……？」
古島「あの時の黒岩君です。あの事件以来、外勤に回されてクサってたんで、こっちハタケに呼び戻してやったんですが……（と竜に）前の副本部長の寺光さんだ」
竜、会釈をして、まだなにか言いたそうにコツコツ壁を叩いている。
古島「（神経質に咎めて）君ッ……！」
竜「（気づいて）済イません……」
一礼して出ていきしなに、ガーンとドアを思いきり蹴飛ばしてゆく。
古島「（喚く）コラッ……!!」

14　同・廊下

竜、一方へ行きかけると、
赤間「黒岩君……」
赤間署長が追って出てくる。
赤間「（小声で）昨日の件で、西田組の組長が君に詫びを言いたいうて、席こしらえて待ってんのや。ちょッと顔出してやってくれんか」
竜「わしゃ別に詫びて貰うことなんか……」
赤間「ま、ま、ええがな。な、手間とらせんさかい……」

15　ミナミの料亭・座敷

酒席の支度で、竜と赤間を迎える西田組々長杉政明、若頭松永の妻啓子、以下江崎敏夫（若頭補佐）、弟の

江崎信久、一門の上島隆、矢野寅吉、大河原義市ら各
　組長たち。
赤間「(竜に) 早速やが、こちらが西田組の二代目、なか
なかのキレモンや。この人は今ナカに入っとる若頭の松
永のヨメはんや。西田組の財布はこのヨメはんが握っと
るようなもんや。そっちが若頭補佐の江崎、弟の信久、
あとは若中の連中や」
杉「このたびは若いもんがいろいろお手数かけまして」
　啓子がビールの栓を抜いて、
啓子「どうぞ、おひとつ」
竜「(断って) 酒飲まんでも、わしの耳はよう聞こえる。
(と杉に) デカとやくざの話いうたら相場はきまっとる。
あんたの言い分はなんや?」
杉「そない言うて下さると、わしの方も話がしやすい。本
部の皆さんはわしらが山城組と構えとるという見方で気
イ遣っておられるようやが、ぶっちゃけた話、わしら西
田組は先代の代から、六枚のカルタしかよう分からん博
奕一本の極道ですねや。御承知でしょうが、博奕打ちは
喧嘩したら盆が立ちまへん。そやさかい、わしらの方か
ら、もまそういう料見はこれっぽっちもおまへんのや」
赤間「それは確かや。喧嘩売ってるのは山城組の方や。あ
　この武田組系のなんやらいう男……」
江崎「金井、言いまんね」
赤間「そや、金井いうトッパが先頭立って、ここいらがや
　っとる盆、毎晩みたいに荒し回っとるそうや。わしがみ
とっても、よう辛抱しよると感心するほど、こいつら我
慢を重ねてきとるんや」
　竜、焦立つようにテーブルをコツコツ拳骨で叩いてい
る。
竜「だから、なんや?」
杉「野球場の一件だすが、時期がきたら、わしらの方でお
どったやつ探して自首させま。それまで笑ろてておくん
なはれ」
竜「…… (赤間に) それでいいんですか、署長……?」
赤間「よくはないが……ま、わしの経験だと、事件解決の
近道はそれしかない、ということかな……本部には内緒
にして貰わんと困るが……」
杉「それと、そちらで摑んだ山城組の情報、わしらと取引
させて貰えまへんか。山城組はわしらの何倍もの大きな
組織やさかい、懐が深くて、向こうの動きがわしらには
よう摑めまへんのや。動きがわかったいうても血の雨降
らそういうつもりはおまへん。用心の為だけだす。その
代り、あんさんの手柄になるようなネタ、わしらもせい
だい探して提供しま。これも御縁でっさかい、お互い損
ならんようなおつき合いさせて貰いとおすな」
　と、啓子に目配せ。啓子、用意の金包みを竜に差し出

して、
啓子「お帰りのお車代に……」
竜、黙って包みを放り返す。
竜「杉、お前らも暴力団やったら暴力団らしゅう、山城組と川中島で勝負つけたったらどや。警察のフンドシで相撲とるような考えせんどけ！」
杉「………！」
赤間、鼻白んでソッポを向いている。
竜「わしゃ、お前らと男同志腹割って話そうとここへ来たんや。そんな取引しに来たんじゃない。出直して来い！」
席を蹴って出てゆこうとしたとき、襖を開けて若本が飛びこんでくる。
若本「二代目、岩田の叔父貴がお帰りに……」
と、竜と顔が合ってギクッとなる。
つづいて北島を伴って入ってくる大柄の猛牛のような男、岩田五郎。
ジロリ、竜を見て、若本たちに、
岩田「こいつか……？」
若本「へえ……！」
岩田「（竜に）こいつを可愛がってくれたデカいうのは、われかい？」
竜「岩田、やったな……？」
岩田「わしゃ、タボ牛いうてな、底なしのアホじゃ」
言うなり、竜の横ッ面に猛烈な一撃。
竜、吹ッ飛んで引っくり返る。
赤間「オイッ、止さんか！」
びっくりして総立ちになる一座。
岩田「（竜に）極道にも赤い血は流れとるんや。どういう喧嘩するか教えたる！　来いッ！」
竜、立ち上って岩田の前に立ちはだかる。
その前をさえぎるようにハンカチを差し出す啓子。
竜「おおきに」
啓子「この席で起きたことは、うちに責任がおます。お伴します」
竜、一緒についてゆこうとする啓子を押し返して、ひとり出てゆく。
岩田「なんや、あの三文デコは！」
赤間「まアまア、わしの顔に免じて気分直しイな」
杉「ああいう猪みたいのんが、風向き次第で、コローッと変るもんや。啓ちゃん、あの男あんたに委せるさかい、あんじょう計って団子喰わしたってや」
啓子「へえ……」
杉「（岩田に）で、九州の方はどうや？」
岩田「こっちで鉄砲鳴ったら、すぐタマ送ってくれるいうてます。岡山も広島も尻上げて待ってます。早目に雄心会と結縁の段取りつけて山城の首にドス突きつけたった方がええと思いますが、その方は、わしと啓ちゃんに委せてくれまへんか?」
杉「ウム……」
赤間「そんな話より早よ芸妓呼ばんか、芸妓を!」
と、襖が開いて、竜がヌッと戻ってくる。
ギョッとする赤間。
竜、若本と北島に、
竜「お前ら二人、ちょっと来い」
ためらう二人。
竜「ちょっと来い……!」
杉が目配せ。
若本、北島、渋々竜のあとについて出てゆく。

16 場末のキャバレーの中(夜)

薄暗いムード照明の中で、ネグリジェ姿の年増ホステスたちがあちこちのボックスでおさわり遊びの乱痴気騒ぎを繰り拡げている。隅のボックスに竜が若本と北島を腰掛けさせてビールをすすめている。
竜「気イ回すなよ、お白州の話は一切抜きや……お前らと一度パーッと飲もうと思ってな……」
若本、北島、頑固な反抗の色で硬張った表情を変えようとしない。
竜「お前らにも赤い血が流れとるんやろ……わしもや……どうせつき合わにゃならんのなら、キンタマ見せあってつき合おうや」
と、誰かを探すように店内を見回す。
その視線が留まった先に、ネグリジェの裾を腰までまくって客とふざけ合っているホステス初江の姿。
竜「(若本たちに)勝手にやっててくれ」
と立ってゆき、ボーイに耳打ち。
ボーイが初江に伝える。
竜の姿を認めて立ってくる初江。
初江「なんや、来てたの……」
竜「(腕時計を外して)仕事で飲ませなならんのや、少し足らんからこれで勘定しといてくれ」
初江「(ムクれて)ウチは質屋と違うねんよ、お金のない時ばかり顔出して、最低やんか」
竜「頼むワ……」
初江「今夜、どうすンの?」
竜「お前が来るんなら……いつもの所で待ってる」
初江「あっちのお客さん次第やけど……ほな、先行っといて」
初江、腕時計を胸のパットの中に落してボックスに戻ってゆく。
竜、元の席に帰る。

若本と北島の姿が見えない。
通りすがりのボーイに、
竜「ここの二人は……？」
ボーイ「帰らはりましたで。なんや、ケッタくそ悪い言うて」
竜「…………」
竜、ホステスもつかないボックスで一人ビールをすすっている。
その視線が、また初江の方に――
馬鹿笑いしながら客ともつれ合っている初江。

17 （回想）ある場末のアパート（二年前）

ドアを開けるネグリジェ姿の初江。

ダッと踏みこむ竜と同僚刑事の日高。

布団の中にいた男（荒井真吉、幹部組員）がバネのように飛び起きる。

竜「荒井、往生して出て来い！」

荒井「クロさんか、ようここが分かったな………」

竜「お前のテカがみんなゲロしとるんや。極道が殺しの一つぐらいで逃げ回っとったらみっともないぞ」

荒井「分かったよ……」

日高が手錠を出して荒井の方に進む。

その瞬間、荒井、枕の下から拳銃を出して射つ。

足を射たれて転がる日高。

ほとんど同時に竜も拳銃を抜いて射つ。

眉間のド真ン中から血を吹き飛ばして引っくり返る荒井。

初江「チキ生ッ、人殺しッ、人殺しッ!!」

手当り次第の物を竜にぶつける初江。

竜、茫然としたまま、その初江を見つめている。

18 連れこみホテルの一室（夜）

覗きこんでいる初江の顔。
ベッドで服を着たままうたた寝していた竜、目醒めて、起き上る。
竜「今、来たのか……？」
初江「（酔いどれて）ちょっと前や……呼んでも起きへんし、帰ろうか思って……」
竜、テーブルの飲み残しのビールをすする。
初江「どっかパーッと車走らせて、飲み直しにいかへん？」
竜「大分出来上っとるやないか……」
初江「いつもおんなじホテルで、おんなじことして……面白くも可笑しくもあらへん………」
竜「…………」

初江「ネエ、今日のお客さん、警備会社の専務さんなんやて。それで、ガードマンを監督する主任みたいな役の人探してるんやて。元警察官なら最高や言うてはったけど、あんた、会ってみイへん？」
竜「…………」
初江「警備会社は景気がええんやてネ……そんな、極道相手の刑事してるより余ッ程カッコええわ……うち、頼んでやろか……？」
竜「わしのことは放っとけ！」
初江「放っといたら、昇進するン？　なに威張ってるのサ、三十ヅラして、ヒラの巡査やて！」
竜「…………」
初江「うちのことも大概考えて欲しいワ、ほかのコはどんどんお店持ってママになってるのに……あんた、なにしてくれたの！」
竜「だから、いつでも別れてやると言ってるやろ！」
初江「よう言うワ！　亭主ブチ殺しといて、うちまでこんな女にしといて！　あんた、責任感じへんの！」
竜「お前……そんなつもりでいたのか……?!」
初江「ほな、あんたはどんなつもりや！」
竜「(何か言いかけてやめる)…………！」
初江「あんたネ、うち捨てるつもりなら、お店の一軒も買えるお金、キチンと用意してや！　いくらポリ公だって、人間一人殺したら弁償金ぐらい払って欲しいワ！」
竜、怒りの形相で立ち上る。
初江「なんやの、殴りたかったら殴ってみ、一一〇番してやるから！　殴れ、サア、殴ってみ!!」
竜、グラスを壁に叩きつけ、初江の罵声を後に部屋から飛び出してゆく。

19　ホテルの前の道（夜）

ホテルを出てゆく竜の後姿。

その姿が、車のフロントガラスのフレームの中に据えられ、ゆっくり追尾している——車内、運転する北島と助手席の若本。

北島「ほんまにやるんか……?!」

若本「イワしたらな、岩田の叔父貴になに仕掛けるか分からへん、あいつ！」

北島「顔見られんようにせえよ」

若本、用意の手拭いでマスク、赤ヘルをかぶり、内ゲバ学生宜しく鉄パイプを手に握りしめる。

北島、車をダッシュ。

一気に竜の側をスリ抜けてから前を塞ぐように急停車、同時に躍り出た若本が鉄パイプで殴りかかる。

転倒して避ける竜、必死に襲いかかる若本と格闘。

竜、やっと鉄パイプを奪い取り、野獣のように若本を殴りのめして、赤ヘルとマスクをひっぱがす。
車から降りてオロオロしている北島。
竜「お前もか！」
北島「わ、わしゃ、ち、違うんです……！」
竜「違うことあるかい、共犯じゃ！」
二人を車の脇に立たせ、手荒に所持品検査をして、
竜「舐めた真似しくさって！　誰に命令されて来たんや?!」
若本「わし一人の仕事や……！」
竜「嘘つけ！　組の誰かにそそのかされてきたんやろ！」
若本「ほんまや、ほんまです！　刑事さん、頼むわ、組に迷惑かけたら、わし、頭の姐さんに顔立たへん……！」
竜「警察はお前らの顔なぞどうでもええんじゃ！　お前らがそういう考えなら、西田組ぶっ潰したる！」
北島「ほんまなんや、刑事さん、野球場でハジキ使こうたんもわしら二人や、組は知らんのや……なア、ヒデ……！」
若本「(頷いて)……ああ、わしらでんねや……こうなったらなんでも話しますさかい、わし信じておくんなはれ、ほんまに！」
竜「よし、そのハジキ、どこにあるんや?!」

20　スタンド飲み屋『君ちゃん』（夜）

気味が悪くなるほど厚化粧の女将の君代が労務者風の酔客を相手に飲んでいる。
目許も定まらない乱酔気味。
表から、腫れ上った顔で覗きこむ若本。
若本「母アちゃん……」
君代「英夫か……なんやねんな、その顔……」
若本「預けといたもん、出してんか」
君代、面倒臭さそうに隅の方を探して新聞紙にくるんだ包み（改造ガン）を取り出す。
竜が北島を連れて入ってくる。
君代「(警戒して) 誰や、この人？」
若本「……旅の……兄貴や……」
君代「そうかア……(途端に愛想よく) お世話かけてまんな、あて、この子の親ですねん、こないややこし子ォですねんけど、宜しゅう……」
と早速グラスを出して酒を注ぐ。
若本、包みを竜に渡す。竜、中味を確認してから、出ようとする若本をとどめて腰掛けさせ、自分のグラスを若本の前に置いてやる。
竜「(君代に) こっち (北島) にも頼むわ」
君代「へえへえ、おおきに……」

シュン――と酒をすすっている若本。

若本「母アちゃん……わし、この人と、旅出るかも知れへんよってな……酒飲むのもええけど、あんまりみっともない酔い方、せんときや」

君代「えらそに言うとる！　母アちゃんのこと言うより、自分のドタマ作り直すこと考えたらどやねんな、しょむない喧嘩ばかりして、鏡みてみ、その顔！」

若本「わしゃ、心配して言うてるねんぞ！」

君代「今更心配して貰ろても遅いワ！（と竜に）ほんまにこの子いっぺんドついたっておくんなはれ、極道なってからもチャラチャラしよるばっかりで、よう腰が落着きまへんにゃ」

竜「…………（聞いてやっている）」

君代「そうかいうて、中学しか出てへんさかい、ほかに使い道あらしめへんやろ……ほんまになんでこないなロクデナシに出来たんか……（と段々愚痴話になって）この子育てるのに、そら苦労したんでっせ……この子の父親(てて)いうのんが競輪にトチ狂って、蒸発してもうて……あて一人の稼ぎで、これのほかに四人もの子、食べさせてきましてん……」

若本「そんなん、他人(ひと)に聞かす話やないやないけ！」

君代「すぐこれですねん、こっちの苦労も知らんと……そやけど、この子の理屈もあてにはよう分かっとりまんにや……あては表出て働かななりまへんやろ、これが四人の弟妹(きょうだい)連れて公園であてが帰るまで守りしててくれまんね……その間、そこらの悪ガキに喧嘩売られて……あてが帰るころは、いつもこんなん腫れた顔して待ってまんにゃ……（と泣きながら）……ひとに負けたらあかん、そない気張ってる内、極道なってもうたんでっしゃろなア……」

若本「なんや、しんきくさい！　そんな邪魔な子なら生まんとけばええやないかい！」

君代「なんちゅうこと言いよんね、この子は！　そやったら今更母アちゃんの腹ン中戻れへんよって、そこらのドブ首突っこんで、早くたばったらどやねん！」

若本「おお、くたばったるわい！　勝手にしくされ、クソ婆ア!!」

外へ飛び出してゆく若本。

君代、ヤケになって若本の残していった酒をグイ飲みしている。

竜、勘定を置いて北島を促して立ってゆく。

21　同・表（夜）

若本、そこらの羽目板をガンガン殴ったり蹴ったりしている。

涙が頬をこぼれている。
竜、近づき、包みから改造ガンを出して若本に渡し、
竜「知り合いの堅気のしっかりしたもんに頼んで、これを拾ったと言って最寄りの交番に届けさせい。明日中にや。間違いなくそうするんだぞ」
北島「ほな、わしらは……？」
竜「（若本に店の方をコナして）放っとくと、悪酔いするぞ」
飄然と歩み去ってゆく。

22 「拳義会」空手ジム

『大日本拳義会、館長、岩田五郎』の掲額。
トレーニングに励んでいる会員の呑谷、菅波、西畑らの若者たち。
リングで稽古着姿の岩田が、若本と北島の練習試合を審判している。
竜が表から入ってくる。
岩田気がついて、試合を止めて降りてくる。
岩田「暴行罪でパクリにきたんか？　こっちもそのつもりや。フダ見せい！」
竜「お前に用があってきたんじゃないよ」
岩田行きかけて、立ち戻り、
岩田「わしゃ、ポリスはド好かんのやが（若本たちをコナし）借りは返す……いつでも請求書持ってこい！」
と言い捨て、奥へ上ってゆく。
若本、北島が急いでリングから降りてきて、椅子を持ってきたり団扇で煽いだり、サービスに大童（おおわらわ）。
竜「タボ牛も今日はえろおとなしいな」
北島「叔父貴はああいう気性で……もとは先代の舎弟やったんだすが、いろいろ事情があってちょっと組の中心から外れてるもんやさかい余計に……」
竜「そうか……外れとるというのは、ええこっちゃ」
若本「今日はなんぞ御用でも……」
竜「お前らにチボッと相談があるんや」
若本「へえ、言うたっておくんなはれ、わしらなんでも命投げ出す覚悟ですよってに！」
竜「そんな大層なこっちゃないんや。チョロッと内職したいんやがな……」
若本「内職……？」

23 江崎組のスナック賭場（夜）

竜、若本と北島を供にして、手札を張っている。前にかなりの札束が集まっている。
賭博はサイ本引、電話帳を台代りにカンカラのツボを

振る胴親（常連客の回り胴）、客は軽装の商店主、飲食店主、運転手風情の者、買物籠を脇に置いた中年の主婦の姿もある。

合力は江崎組の若衆（水谷、安西）。

水谷「さ、どんどん張ってや！」

安西「こんなとこか、勝負いきまっせ！　サア、いこう！」

勝負——竜、取られる。

若本「（小声で）そろそろツキがはなれて死に目がらみだっせ。洗った方がよろしで」

竜「これぽっちのゼニじゃバーの一軒も買えへんのや」

若本「誰がバー買いまんね？」

竜「いいから、黙ってろ！」

と、向うぶちの二人連れ（楠本組金井と若衆の三宅昇）がクサッて、手札をシキに放り出して立ってゆく。

チラッ、と見る竜。

金井たち、テラ箱を守っている江崎信久の前に行って、

金井「オシャカや。これで百万貸してや」

信久「てんごも大概にせえ。そんなもん、金に替えられるか！」

と懐から拳銃を抜き出して見せる。

三宅「この盆はワカレも出さんのか。出さんのなら出すようにさしたるで」

信久「いつ返すんや？」

金井「明日になったら返したるわい」

信久「決っとやな。前の分もやで」

信久、札束を数えて渡す。

若本が、見ている竜の耳許で、

若本「あれが金井いうやつでんね。いつもあの手で荒しに来よりまんにや！」

竜「…………」

北島「拳銃不法所持でっしゃろ。部長はん手帳見せて逮捕出来まへんか?!」

竜「アホ、そんなことしたらこっちがワヤや。お前ら、あいつらのあと尾けたおして、ヤサつきとめたら、明日の朝、わしンとこに電話入れい。わしが替りにゆくまで絶対目え離すな」

北島「よろしま！」

若本「インスタント・デカでんな、わしら！」

二人、出てゆく金井たちの後を追って勇んで立ってゆく。

24　ビジネス街のある雑居ビルの表（翌日）

高級自家用車が停まり、金井が降りてビルの中へ入ってゆく。

尾けてきたボロ・マイカーから竜が降りて、尾行して

ゆく。

25　同・中の洗面所

金井が小用を足したあと、鏡に向かって身だしなみを整えている。
竜が入ってきて、黙って手帳を見せる。
金井「なんや……？」
竜「手を挙げて向こう向け！」
身体捜検にかかろうとする。
金井、体当りを喰わせて逃げようとし、取ッ組み合いになる。

26　同・廊下

飛び出してくる金井。竜が追ってきて激しい格斗。
と、一方から駆けつけてきた背広姿の男たち（鬼頭、町永）が強引に割って入り、
鬼頭「こんな所で喧嘩は止せ！」
竜「どけッ、警察官や……（と顔を見て）鬼頭さん……！」
鬼頭「おお、黒岩君か、城北署におった……！」
その間に、金井から町永へ拳銃がひそかにバトンタッチされている。
鬼頭「（それをカモフラージュするように）奇遇やな。ま、中で話しよう。これも（金井）知らん男やないんや」

27　同・『山光総業』事務所

ドアに『金融・防犯コンサルタント、山光総業』の表記。
竜、鬼頭たちに囲まれるように入ってくる。
中で寺光と会談している武田組組長武田健吉と楠本組組長楠本正春。
他にソファでゴロゴロしている社員の吉井、宮崎、堀越たち。
寺光「君……本部の黒岩君じゃないか」
鬼頭「社長も御存知でしたか。お客さん（金井）にバンかけてたんで、一応来て貰ったんですが」
寺光「この男がどうかしたかね？」
竜「はア……拳銃を不法所持している疑いで……」
金井「せやさけ、調べてみろいうとるんや！」
竜「さっきと違ってえらい自信やな……ということは、もう細工は済んだということか」
町永「君イ、わしも本部の四課におったもんだよ。捜査のイロハも分からんヒヨコがカッコつけんじゃねえよ！」

寺光「黒岩君、ウチの社員はみんな元四課の猛者(もさ)ばかりだ。不法行為があればこっちで先にお縄にしてやってるよ」
武田「ここはな、そこらの警察署なんぞ比べもんにならん地獄のデカ部屋や。新入りさんは先ずヤキの打ちこみ方から教えて貰ろたらどや」
竜「武田に楠本か……寺光さん、山城組とも取引があったんですか？」
寺光「ウチは金融がメインの事業だからね、利息を払ってくれれば君にも貸して上げるよ」
と背後の戸袋を開く。そこに山のように万札の束が積まれてある。
寺光、その一束を取って、上の一枚を抜いて竜の前にヒラリと置き、
寺光「御苦労賃に、これは利息は要らんよ」
竜「…………」
寺光「これを縁になんでも相談にきたまえ。警察官の内情はこのわしが一番よく知っとる。人生は一回だよ。一回の人生に一度は花を咲かせんとな……君の勇敢さは、わしは高く評価しておるんだ……」
竜「（神妙に聴きながら一万円札を取って）頂いときます……」
と手に持ったままライターを出して火を点け、燃してしまう。

吉井「この野郎ッ、なんだ、その態度は！」
殺気立って立ち上ってくる吉井たち。
宮崎「ヤキぶちこんだろか！」
寺光「（制止して）まア、まア、やったものなんだから、使い途は本人の自由だ」
竜「（寺光に）気に障ったら勘弁して下さい……わたしはワクはめられるのが大ッ嫌いなもんですから……」
行こうとしたとき、堀越がわざと足を引っかける。つんのめって机にぶつかる竜。思わずカッと身構える。応ずるように対峙する吉井たち。
竜「（薄笑いして）空気が悪いな……窓開けといた方がええですよ」
と、出てゆく。
ゲラゲラ笑っている吉井たち。
金井「兄貴、ゆんべ江崎の盆にアレによう似た男がおったんやが……」
楠本「デカが博奕しとったんか？」
寺光「あり得る話や。あの男、西田組の情報専従員で貼りついてるそうだからな」
武田「オモロイやないけ。金井、江崎のガキにいっぺんカス喰らわせてみ。向こうの出方によって喧嘩買うたったらええ」
金井「へえ！」

28 郊外のマンション一階の喫茶店の中（夜）

金井が三宅をはじめ数人の組員たちと屯している。

表に二台ほど乗用車が着き、江崎信久が水谷、安西ほか数人の組員を引き連れて入ってくる。

すぐテーブルを挟んで向き合い、

信久「約束の時限や。今日まで貸してきた分、綺麗に洗うてや」
水谷「しめて五百二十万や」
金井「銭は用意してきたが、そっちの方のオトシマエ、先に聞かして貰おか」
信久「なんのオトシマエや？」
三宅「言わぬが花とちゃうか」
信久「はっきり言え。遊びにきたんと違うぞ！」
金井「ほな言うたる。われンとこの盆はなにか、デカ客に化けさせてわしらのメン取らせるのが作法か？」
信久「（思い当るが呆けて）なんの話や……?!」
金井「ゆんべの盆に潜りこんでたデカにきっちりオトシマエつけてこい！　勘定はそれからや！」
水谷「兄貴、無駄や！　体で払ろてもらお!!」

叫んで立ち上ると同時に、ほかの組員たちと懐中から拳銃を抜いて一斉に射つ。

瞬時にして金井、ほか三人が朱に染まって倒れる。

三宅たちも拳銃で応射。

店内の客たち、争ってトイレや裏口に逃げる。

信久たち、乱射しながら表へ飛び出し、車に乗って去る。

三宅たちも飛び出してゆく。

金井だけが蠢き、ほかの三人は即死。

×　×

鮮血にまみれた無人のフロアのスチール（モノクローム）に、
新聞記事『喫茶店で拳銃戦。組合三人射殺、一人重傷。山城組・西田組の抗争激化』

29 ドキュメント方式によるモンタージュ（モノクローム）

突っ走るパトカー。

×　×

組事務所を包囲する機動隊。

×　×

あるマンションの廊下から室内に向かって拳銃を乱射する数人の組員。

×　×

新聞記事『暴力団抗争。また短銃発砲。一人重傷』

×　×

現場検証する捜査員。

×　×

捜査員の一行の家宅捜索。

×　×

銃弾で割れた窓ガラス。穴のあいたシャッター。

×　×

新聞記事『西田組系事務所に発砲』

×　×

捜査員に連行される若い組員。

30 西田組事務所の表

パトカーが二三台横づけになって、警官たちが警備している。

若本と北島たちが中に入ろうとして、もめている。

警官A「なんの用だ?」

若本「わしらの事務所や。お前らにいちいち断る必要があるかい!」

警官B「用がなけりゃ帰れ!」

北島「お前らこそ帰れ!」

中から啓子が買物籠を提げて出てくる。

警官A「オイッ、何処へゆく?!」

啓子「マーケットへ買物です」

31 高層アパート・最上階の吹きさらしの廊下

竜が帰ってきて、うっかり行き過ぎて、自室の前に戻り、鍵でドアを開ける。

フト、離れた所に佇む人影に気づく。

振り向く人影は買物籠を提げた啓子である。

竜、ドアを開けて中へ促がす。

32 同・室内(一DK)

竜、窓を開ける。忽ち卓上の新聞紙などが風で吹ッ飛ぶ。慌てて閉めて、

竜「人間の住む所じゃないよ……下へ降りてゆくより、ここから飛行機に乗った方が早いくらいの高さやからな……」

啓子、硬い顔で椅子に掛けている。

啓子「用件だけ言わせて貰います。この前、江崎の盆で遊ばれたときの貸しゴマが百五十万ほどあるんですけど、お支払い頂けますか?」

竜「…………」

啓子「お金の方はともかく、江崎の話では、あなたが賭場にいたことが金井と喧嘩になった理由や言うてます。捜査の係りの方にそのことを洩らしたら、お立場がつかな

くなるのと違いますか？」
竜「（悟って）なにが望みなんや、あんた……？」
啓子「急用があって旅に出たいんですけど、うちも警察にマークされて大阪から出られへんのです。あなたが一緒に行って下さったら、許可が出ると思うんですけど」
竜「何処へ行きたいんや？」
啓子「鳥取です」
竜「鳥取……？」
啓子「松永が向うの刑務所に移されてるんです」
竜「旦那に会いにゆく訳か……なんの話、しにゆくんや？」
啓子「…………」
竜「言えんいうことは、それだけ組の責任を背負った大事な話いうことやな……」
啓子、買物籠の中から、分厚い札束を出してテーブルに置き、
啓子「博奕のホシも水に流しておきます。お金が御入用なんでしょう？　これで足りなければ出来る限りの御用立てはします」
竜「…………」
啓子「聞いて頂けますか？」
竜、黙って札束に手を延ばす。

33　日本海が見える山陰道

重箱のような最新型マーキュリーが突っ走る。
運転する啓子。隣りに竜。
かぶせて――
竜の声『松永はなにやったんや？』
啓子の声『ミナミのチンピラの力道会いうのを潰したときの教唆で』
竜の声『刑期は？』
啓子の声『十五年』
竜の声『長いのう……あんたの顔みたら気が狂うかも知れんぞ』

34　鳥取刑務所の表（実景）

35　鳥取刑務所の面会室

仕切りを隔てて向かい合う啓子と松永。
松永は冒頭の好男子の写真とは違って、卑屈な神経質そうな青白い顔に一変している。
啓子「江崎のことなんやけど……」
松永「なんや？」

啓子「頭(かしら)に上げてやりたいんです……二代目やみんなの意見で……」
松永「アレが頭(かしら)になったら、わしはどうなるんや？」
啓子「二代目が悪いようにはせん、て……」
松永「十四年も先のこと誰が保証するんや？」
啓子「あんた……あんたは知らんことやけど、今、大事なときなんです、誰かが頭(かしら)になって中心にならないと……！」
松永「わしゃ許さん言うとるんや！」
啓子「…………」
立会い看守「その話はそれまでにしなさい」
松永「お前、そんな用でしか、わしに会いに来イへんのか?!」
啓子「…………！」
松永「先が待てんいうのやったら、正直に別れてくれと言うたらどや。え、今、誰とくっついてんのや?!」
啓子「あんた……！」
松永「(狂気のように) お前をそれまでの女にしたったのは誰や。誰のお蔭や思うてンねや。極道の女房やったら、わしの刑決まったとき、なんで首くくって死なんのや！(看守の制止も聞かず) 恩知らずも大概にせえ、売女(ばいた)、朝鮮……!!」

36 鳥取砂丘（夜）

乱酔気味の啓子、靴を手に提げ、裸足でふらつきながら登ってゆく。
あとからウイスキー瓶を提げてついてゆく竜。
竜「オイ……疲れるだけだぞ……」
啓子「うち、海がみたいんや……人間は腐るけど、海は腐らへん……」
竜「松永か……だから会わん方がええ言うたんや……」
足を滑らせて倒れる啓子を竜、抱き支えて、砂丘の頂きまで登らせる。
坐りこむ啓子。
竜「海いうても、怒る時もあるし、笑ってる時もある……ここらの海は色も変るしな……」
啓子「黒岩さん……ここのお生まれ……？」
竜「育ったとこや……生まれたのは、この日本海の向うや……」
啓子「中国……？」
竜「昔は満州いうてた……ガキの頃、いつもここらに登って、海見て……向うへ飛んで帰ってゆきたかったな……といっても記憶はなんにもないんだが……」
啓子「苦労なさったから……？」
竜「土地ッ子にようじめられたもんや、引揚者はな……

親戚はないし喰えんし……わしが警察官志願したのも、警察入ったら喧嘩に強くなるやろ思うたからや……」

啓子「うちも……なん度海を越えて向うへ帰りたいと思ったか……」

竜「あんたも引揚者か……？」

啓子「（首を振って）……父が、向うの半島の出身で……母は日本人やったけど……」

強い感慨にうたれて、啓子を見つめる竜。

啓子「簡易ハウスを転々としている内に母も死んでしまって……父は半島へ帰ろうって一生懸命お金を貯めてたんだけど、仲仕の仕事で船から落ちて……とうとう……」

声が途切れたまま、啓子、不意にふらつく足で立ち上り、暗い波濤が押し寄せる夜の海に向かって、駆けるように砂丘を降りてゆく。

竜、不安な予感で、あとを追ってゆく。

啓子、ひたむきに波打際を目指して進んでゆく。

竜、走る。

啓子、波打際に辿り着いても歩度をゆるめず、轟々と逆捲く波浪に向かって突き進んでゆく。

竜、駆けて波打際まで追いつく。

竜「オイッ、戻れッ……！」

啓子、振り返りもせず、立ち停まりもしない。

竜、波の中を駆けてゆき、啓子にむしゃぶりついて強引に引き戻す。

啓子「放してッ……うち、向うへ帰るんや、向うへ帰る……！」

竜「馬鹿ッ！」

砂浜に突き飛ばす。

仰向けに転がる啓子。

啓子「死ねって言われたんだもの……朝鮮、死ねって……死んでやるもんか……うちにだって帰るとこはあるんや……！」

なおも起き上って行こうとする啓子を力づくで押えつける竜。

張り飛ばす。

びっくりしたように虚脱する啓子。

波をかぶってか、涙か、顔じゅうが濡れている。

竜、力まかせに抱き寄せ、唇を重ねる。

荒々しく啓子を犯しかかる。

砂にまみれた啓子の剝き出しの足だけが白い闇の中に浮いている――。

37 ドキュメント方式によるモンタージュ

警察署の表。
車から降ろされる手錠姿――大村本部長Ⓝ「幸い今回の事件は犯人も検挙され、

の江崎信久、水谷たち。

×　　×

ホテルの個室応接室。
山城組奥谷、竹内と談合する関西連合会の木津、尾藤各組長。

×　　×

西田組事務所の表。
警備中のパトカー、巡査とふざけ合っている若本たち。

38　大阪警察本部・捜査四課会議室

大村、野崎を中心に会議を開いている課員一同。竜も。
大村「ただし今後も警戒は必要であって、特に西田組に関しては、近々の内に極力解散に追いこむように持ってゆきたいので、幹部連中のヒキネタは洗いざらい調べ上げてくれ。上の者を五六人仕掛けたら、あんな組はいっぺんにつぶせる」
竜「しかし……山城組に手をつけんであいつらだけ追いこんでも、いうことは聞かんでしょう」
野崎「山城組は兵庫県警の管轄だ。その後の動静も無事のようである。兵庫県警からの報告によると、在阪諸団体の連合体である関西連合会が某有力者の懇請で仲裁に乗り出し、目下山城組と折衝を重ねているようであり見通しは明るいものと思われる」
竜「極道には……やつらなりの言い分も生活もあるはずです……それを先ず聞いてやった方が……わたしの経験では……」
古島「本部長は君の意見を聞いてるんじゃない！　西田組解散という方針にそって努力すればいいんだ。君はなにかというと経験を持ち出すが、君は捜査活動のコマの一枚にすぎん。うぬぼれるんじゃない！」
野崎「では、解散」
　席を立つ一同。と、そこへ、新任の日高善人警部補が入室してくる。軽いビッコをひいている。
日高「（古島に）日高です。本部長申告にまいりました」
古島「御苦労さん（と大村に）西田組関係の担当班室長になって貰うことになった新任の日高警部補です」
大村「そうか。申告は私の部屋で聞こう」
日高「は！」
　と、部屋を出てゆこうとする竜の姿を見かけて、走り寄る。
日高「オウ、クロさん、ここにおったんか！」
竜「ヨウ……」
　差しのべる日高の手とぶっきら棒に握手する竜。
日高「（陽気に）やア、懐しいな！（と古島たちに）こいつとは警察学校の同期なんです。城北署でも……なア、オイ！」

39 小料理屋の座敷

鍋を挟んで酒を飲んでいる竜と日高。

日高「お前の武勇伝は時々耳にしとったよ。まだ昇進の途がない訳じゃないんやから、少し慎んだ方がいいぞ」

竜「警部補さんとしての忠告か……」

日高「ひねくれた言い方するなよ。俺はあの時の怪我が幸いして、勉強出来る職場に居ただけのことや」

竜「わしにとっては上司や……」

日高「四課のハタケじゃ、お前の方が先輩や。なア、クロさん、昔のコンビを復活して西田組をぶッ潰してやろやないか。これが出来たら、本部長直々の功労賞もんだぞ」

竜「(白けて)…………」

日高「それから……こういう席だからザックバランに言うが、お前、あの時のホトケさんの女と出来とるそうやな?」

竜「(顔色が変って)…………!」

日高「前から面倒みとってやったいうことは知ってたが……惚れたら惚れたで仕方ないこっちゃ。ただ、そこまでいっとるなら、責任取って結婚せないかんぞ」

竜「…………」

日高「世間の評判いうものもあるからな。なんなら、俺が女に話してやってもいい」

竜「(鋭く)……そんなこと、どこで聞いてきたんや?」

日高「本部の警務課や。四課長も知っとる」

竜「(激怒の色で)そんなことまで貴様が調べて回る必要があるのか!」

日高「なにを怒ってるんだ?!」

竜「あの時の、女の目を見たか……あの目を見たら……ほかに何がしてやれる……あの女とは、それだけの関係や……なにも分からんもんが余計な口出すな!」

日高「オイ、上司に向かってそんな口のきき方はないやろ!」

竜「…………!」

竜、席を蹴って立ってゆく。

日高「黒岩ッ、お前を四課に残すも外すも俺の考え一つだ。反省しろ!」

40 高層アパートの部屋(夜)

窓を開け放って、ステレオの強烈なロックの響きを聴きながら、ウイスキーをガブ呑みしている竜。

電話が鳴る。

竜、取り上げる。

竜「……ハイ……だれ……」

41 ホテルの一室（夜）

浴衣姿の初江が掛けている。

初江「うちや……この前あんたが届けてくれたお金でバーの売り物探したんやけど、あんなもん権利金にも足らへんワ。あれはあれで有難く貰ろとくけど……」

42 高層アパートの部屋（夜）

竜「…………」

無言のまま、竜の目は、ドアの内側に包装された箱が届けられてあるのに気づいて、訝って見つめている。

43 ホテルの一室（夜）

初江「それでなア、うち考え直したんやけど、あんたンとこに籍入れてもろて、結婚しよ思うねン……」

バスルームから浴衣姿の中年男が出て来て初江にからみつく。

初江「（サインで男を黙らせて）……あんたも考えてくれる？　ネエ、なんで黙ってんの……なんやの、その音、消してヨ！（ヒステリックに）こんな大事な話なのに真面目に話せへんの、気狂いッ……!!」

44 高層アパートの部屋（夜）

竜、ぼんやり電話を切る。

フラフラと箱を取りに立つ。

乱暴に包装紙を破って箱を開ける。

中に、目を射るよな新調の白背広、その上に一通の回状が載せてある。

『雄心会・西田組、結縁披露』の文字。

竜、背広を拡げてみる。

胸ポケットに赤いバラの造化が挟まれてあり、その茎に『松永啓子』と書かれた小さなカードがつけられてある。

見つめる竜——と、その時、ドアに激しいノック。

竜、開ける。

廊下にパトカーの巡査が立っている。

パトカーの巡査「こんな夜更けに窓開けて、ステレオ鳴らすのは非常識や！　あちこちから苦情の電話がかかっとるんだぞ！」

竜、警察手帳を出してきて見せる。

パトカーの巡査「（確認してから）君イ、警察官なら尚更のこと……！」

言い終らぬ内に、ガツーン、竜の鬱屈を叩きつけるような鉄拳の一撃——

45 レークサイドホテルの表

『雄心会・西田組、結縁披露会場』の掲示。

続々と到着する参会者の車を、盛装の若本、北島、拳義会の呑谷たち西田組若衆がキリキリ舞いで応接している。

他にも雄心会各組の黒背広がズラリと出迎えの陣。

受付に和服礼装の啓子が見違えるような貫禄をみせて若衆を指図している。

乗りつけたハイヤーから竜が降り立つ。

白背広、胸に造花のバラ、サングラス、これまでのムサ苦しい刑事臭は片鱗もとどめない別人のような派手さである。

若本「御苦労さんです！」

若本たちに案内されてゆく。

啓子が近づいてきて、

啓子「お似合いだわ」

竜「ぴったりの仕立てや。どこでわしの寸法知ったんや？」

啓子「鳥取へ御一緒した時に……」

竜「気がつかなんだなア……」

啓子「それがうちらの渡世の秘訣です」

竜「あんた、かしこいヨメはんや」

竜、啓子と睦まじく寄り添って中へ。

その姿を、乗りつけた車から赤間と一緒に降り立った岩田が険しい目で見ている。

46 同・メインホール

豪華な装いをこらしたパーティ会場を埋める参会者たち。それに各組若衆、手伝いのホステスら。

その中には目を奪われるような金髪の外人美女のホステスたちも。壇上に雄心会の波多野武市、山岡進、国崎兼松など各地一家組長たちと杉、岩田、江崎らが勢ぞろいして、波多野が挨拶している。

波多野「只今、雄心会と西田組の結縁の盃を関西国士会久世憲之助先生媒酌にて目出たく済ませてまいりました。これも一重に各位の御声援によるものと雄心会一同深く感謝致しております。関西は侠道の本場であるにもかかわらず、最近、仁義の二字を忘れた馬鹿野郎が大手を振るってノシ歩いているのが現状であり、雄心会としても受けて立つ用意は万端怠りなく進めておりますが、かかる風雲の際、大阪を守る西田組においては、新たに岩田五郎君が組長代行の要職に就くこととなり、杉組長に代ってゴミ掃除の号令を下すことになりました。ひとつ血の雨槍の雨を降らせてでも大阪の空を晴れたものにして貰いたい……」

×　×

パーティたけなわの会場。

ゲスト歌手の歌。

ホステスたちとおどったり飲み騒いだりしている各親分衆。

岩田の側に赤間がやってきて、
赤間「タボ牛、組長代行とはえらいもん引き受けたな」

岩田「今日急に決まったことですワ。まア、イザ鎌倉の時は、署長はんが困らんようにサッサと白い着物着まっさ」

赤間「ええ考えや。お前が早よくたばったら、あの二人も仲良ういけるしな……」

と、目でコナす方に、啓子とペアになってスローテンポでおどっている竜。

見守る岩田の目が尖ってくる。

啓子とテーブルに戻る竜、大分酔っている。啓子の持つグラスにワインを注ごうとして、こぼす。

拭こうとする啓子の手を抑え、胸ポケットからハンカチを取り出して丁寧に拭いてやってから、
竜「いつか、あんたから借りっ放しのもんや……」

とハンカチを畳んで啓子の襟許に差し入れようとする。

その手を、パチン、と払いのける――岩田。

竜「なんや……？」

岩田「ええ加減にさらせ、この外道！」

啓子「叔父貴さん！」

岩田「あんた、黙っとれ（と竜に）この女には松永いう立派な亭主がおるんや。なんぼ団子喰いとうても、空巣狙う泥棒ねこのような真似せんどけ！」

竜の酔眼が凄まじく燃え上り、ものも言わずに岩田の顔面へストレート一発。

岩田、吹ッ飛ぶ。

竜「今のが、わしの返事や！」

言い捨てて後も振り向かず会場から出てゆこうとする。

岩田、猛牛のように追いすがり、竜の襟を摑んで振り向かせ、一撃。

竜、カッと飛びかかる。

岩田も逆上して取ッ組む。

突然の珍事に右往左往する若本たち。

啓子「止めて下さい、止めて！」

二人の格闘の激しさに啓子も近づけない。

ニヤニヤ笑って見ている赤間。

親分衆たちも集まってくる。

波多野「好きじゃのう、タボ牛も」

山岡「相手の男は誰ない？」

国崎「分からんがよか根性しとる」

波多野「（止めようとする若衆たちに）とめるな、とめる

な、出陣の血祭りや、好きなだけやらせたれい！」
杉も駈けつけてきて、啓子や江崎たちに、
杉「あんなもん放っといて、皆さんを上に案内せい！」
啓子たち、急ぎ手分けして、親分衆や参加者たちを階上の方へ誘引してゆく。
辺り構わず激闘を続ける竜と岩田。
金髪ホステスたちが喜んで応援の嬌声を挙げて見物している。

47 同・階上広間（夜）

親分衆たちが揃っての手本引博奕が行われている。

控えの間で若本たちに接待の指図を与えている啓子。

その顔が、フト、愁いのように思い沈んでいる――

48 同・個室（夜）

シャワーを浴びている竜。

顔は赤黒くはれ上っている。

タオルを巻いて部屋に戻る、と、やはり裸身にタオルをまとったはれた顔の岩田が、ウイスキーの瓶を二本提げてツインベッドの一つに腰掛けて待っている。

竜、無視して体を拭く。

岩田、瓶の一つを放る。
受けとめる竜。
岩田「あんたみたいな、アホちゅうか、けったいなポリス、わしゃ初めてや」
竜「………」
岩田「わしも殴られ強い方やが、あんたも大概強いな」
竜「こんなもん、ガキの頃から慣れっこや」
岩田「わしもようやった……ド突き回されてる内に背が伸びたようなもんや……わしのオヤジはアル中で、お母やんはパンパンしとったさけ、わしゃ三度のマンマは万引でしのいどったんや……殴られても殴られても背に腹はかえられん……」
ウイスキーをラッパ飲みする岩田。
竜もつられたようにラッパ飲み。
岩田「喧嘩もようやったが、センズリもよう掻いたな……ゴロまいたあとなんやらこうムクムク立ちよって収まらへんのや……」
竜「わしもよう掻いた……喧嘩のあとのセンズリはええもんや」
岩田「ほうか、わしら、センズリ兄弟やな。どや、ほなダブルでオマツリいこか！」
竜「オマツリ……？」
岩田、ドアの方に向かって大声で、

岩田「エミー、サニー、カモン！」
金髪ホステスのエミーとサニーが艶然と入ってくる。
岩田「カモン、カモン！　早よ脱げ、早よ脱げ！」

×　　×

ツインベッドの双方で、竜とエミー、
岩田とサニーの壮烈な裸身の激突。
竜の荒々しいセックス、野性のような生気。
岩田「兄弟、選手交替、チェンジや！」
竜「よっしゃ！」
二人、パートナーから離れてベッドを交替する。
竜、財布を取ってきて、中の札を全部バラ撒き、
竜「チップや！　取れ、ホラ！」
喚声を挙げて拾い集めるエミーとサニー。竜と岩田、
その尻に猛然と乗りかかってゆく。

×　　×

朝――
金髪女たちの姿はなく、泥のように眠っている竜、フト、目醒める。
額に突きつけられている拳銃。岩田である。
竜「なんや……？」
岩田「あんたに惚れたさけ、命貰いたいんや」
竜「お前ならやるよ……好きなようにしろ……」
岩田「ポリスにしてはええ度胸しとる」
岩田、カラカラ笑って自分のベッドに戻り、拳銃を蔵う。
竜「そんなもん得意がって見せるな。これでもまだ現職やぞ」
岩田「その現職と度胸見込んで、一つ聞いて貰いたいことがあんねや……」
竜「…………」
岩田「わしらンとこの盆の客人で、三千万ものホシ踏み倒してドロンかましよった簡易ハウスの経営者がおるんや。そいつをあんたの方でパクってくれんか……」

49　場末の麻雀屋の表

探し当ててくる竜。
岩田のⓃ「軍資金集めなならん時に三千万いうたら、えらい額や……」

50　同・中

二三組の客。
店主の千崎文平（元簡易ハウス経営者）が茶を配っている。

竜が入ってきて警察手帳を見せ奥のテーブルに連れてゆく。

竜「西田組の常習賭博を内偵しとるんだが、あんたもよう通ってたそうやな？」

千崎「ワシゃ、二三回ひとに誘われて覗いただけで……」

竜「まアまア、あんたを引っ張るつもりじゃないんだから気楽に話して貰いたいんだが、あんた、最近あっちに持ってた簡易ハウス手放したね……？」

詰問する竜。

のらりくらりの千崎。

竜の表情が次第に険しくなり、

テーブルを叩いたりして凄む。

縮み上って話し出す千崎。

51 「山光総業」事務所（スチール）

楠本とその組員、それに鬼頭、吉井らの社員たちに取り巻かれ脅迫まじりの談合で平身低頭している千崎。

竜のⓃ「やっこさんの話だと、善隣防犯協会いう所から労務者の厚生施設として買い取りたいという話があって、五千万で売買の仮契約を済ましたそうや。ところが賛助会員の中に山城組の楠本が入っとって、西田組と話つけてやると脅されて、三千万のほかに口銭も取られて、手許に貰ったのはたったの五百万円ということや……」

52 「拳義会」ジム・道場脇の一室

竜が岩田と啓子とに報告している。

若本、北島、呑谷がテーブルから離れて控えている。

岩田「楠本からそんな話も一度も来たことあらへん。クソッ、わしらダシにしたペテンや！」

啓子「それで、その善隣防犯協会というのは……？」

竜「正体は山光総業や」

岩田「山光総業いうたら、山城組の金庫番や。そうか、山城の代紋の代りにそんなもんでカッコつけて、わしらの鼻の頭にクサビ打ちこむつもりか！　山城ちゅうやつもド汚い手考えよる！」

啓子「黒岩さん、三千万よりその方なんとか打つ手ありまへんか？」

竜「わしの力ではどうもならんが、赤間署長に訳話して、山王署で楠本をショ引いて貰うんだな。恐喝か詐欺で締め上げて、建物の権利を元通りに返すのが先決や」

岩田「啓ちゃん、すぐ赤間のおやじに会ってくれ」

啓子「へぇ！」
　啓子、北島を連れて急ぎ出てゆく。
　岩田、呑谷に合図して用意の金包みを出させ、竜の前に置く。
岩田「気持だけのもんやが、取っといてくれ」
竜「要らん。わしは自分でやりたいと思ったからやっただけのことや」
岩田「そうか……ほな、あんたの気持、素直に貰うとこ……ついでにこの前の詫びも言わせといて貰お」
竜「なんのことや？」
岩田「松永のこと、啓ちゃんから詳しゅう聞いて分った……今度のゴタゴタが片づいたら、わし、松永に会って、啓ちゃんとハッキリ縁切らせるつもりや。アレが出てくるまで十五年も待っとったら、婆ァさんになってまうがな……なァ、クロさん、あのコは昔、松永の下でお春やっとったハーフや。苦労したわりには賢いええコや。こらで人並みないい目みせてやらんとな……あんた、力になってやってくれんか」
竜「…………」
岩田「約束してくれるんやったら、ここでわしと兄弟の盃、飲んでくれんか。そうしてくれたら、啓ちゃんも気兼ねなしあんたとつき合えるやろ」
竜「…………」
岩田「ただなクロさん……あんたに初めて打ち明けるんやが……わしゃ、まじりっけのない朝鮮人や……それでも飲んでくれるか？」
　竜、強く首肯（うなず）いてみせる。
竜「飲もう」
岩田「おおきに！」
　呑谷が道場の神棚に供えてあった清酒を取ってくる。
　岩田、見回して、卓上の瀬戸物の灰皿を取り、それに酒をなみなみと注いで、
岩田「（若本たちに）お前らが見届人や。よう見とれ」
　と自分が先に半分ほど飲み、竜に渡す。
　竜、一気に飲み干す。
　岩田、その灰皿を受け取って、膝に当てがって空手の手刀で真っ二つに叩き割り、その半分を竜に渡す。
岩田「今日から五分のつき合いや、兄弟！」
竜「死ぬまでのつき合いやな」
　大切にポケットに蔵（しま）う竜。

53　山王署・取調室

　梶山刑事が楠本を調べている。
　うしろで黙って見ている竜。
梶山「被害者の調書を取ってあるんや！　お前のやったこ

とは恐喝なんだぞ！」
楠本「わしらの話テープでも採ってあるんか。恐喝なら恐
　喝で証拠見せい！」
梶山「売買契約書は誰が持っとるんや?!」
楠本「そんなもん、見たことないワ」
梶山「なにイ！」
楠本「オイ、わしゃ任意同行で来てやっとるんや。そんな
　態度ならフダ持って出直して来い！」
竜「（楠本に）そうムクれるな……どや、軽く運動でもし
　て気分ほぐしてみんか」
楠本「ゴルフの練習場でもあるんか！」
竜「ああ、なんでもある。な、ちょっと行こ」
　と優しく促がして。

54　同・柔道場

　竜、楠本を中へ突き飛ばして入ってくる。梶山も。
楠本「なにすンのや！」
竜「運動やいうたろ、サ、来いっ！」
　いきなり楠本の襟を摑んで腰車で叩きつける。
　立ち直る余裕も与えず矢継早やに業を仕掛けて投げ飛
　ばす。
　早くも息が切れてヘバる楠本。
竜「デカ部屋のほんまの味分かったか。分たらもう少し素
　直になるんだな！」
　また投げ飛ばす。
　赤間署長が入ってくる。
赤間「黒岩君、本部の四課長から電話ですぐ帰ってこい言
　うとるぞ」
竜「課長が……？（と梶山に）あと頼む」
　と急ぎ出てゆく。
　赤間、息をついている楠本に近づいて、
赤間「こりゃ、警察にきたらもっと愛想ようせなあかん
　ぞ」
　扇子でパチンと頭を叩く。

55　大阪警察本部・大会議室

　入ってくる竜、一瞬、中の空気に異常を感じとる。
　大村本部長、野崎副本部長（警務部長兼任）、西尾刑
　事部長、それに古島、小池、日高の一同が能面のよう
　な顔を並べて見迎える。
竜「わたしに、なにか……？」
古島「黒岩、君は今日限りで四課の一切の担当から外す」
竜「…………」
野崎「本部長とも相談したんだが、君の身辺の調査が済む

まで謹慎を命じておく」
竜「調査、というのは……?!」
古島「君には分からんのかね？　反省も出来ないようじゃ警察官としてのモラルはゼロだ。日高君、君から言ってやり給え」
日高「君は……レークサイドホテルの雄心会と西田組の結縁式の際、西田組の岩田と外人女を買ったそうだな？」
竜「………！」
日高「千崎という麻雀屋の主人を西田組の名を使って脅迫した事実もある」
竜「………」
西尾「その件に関して、山王署を使って容疑者を勝手に拘引したことは重大な勤務規律違反だ！」
日高「それから、これが一番問題になってるんだが……君は西田組の岩田と義兄弟の盃を交わしたそうだな？　事実か？」
竜「………！」
　竜、いつもの癖で拳骨でテーブルをコツンコツン叩いている。
古島「こともあろうに警察官が暴力団員と兄弟盃をするとはどういうことだ！　こんなことが中央に聞こえてみろ、本部長以下全員懲罰もんだ！　黒岩ッ、自分のやったことの意味が分かってるのかッ！」
野崎「それに、君は二年前、城北署勤務中に射殺した暴力団組員の情婦を自分の女にしている。君は警察官として完全な失格者だ」
竜「………」
大村「君に弁明することがあれば聞こう」
竜「……ありません……」
古島「無いで済むか、この馬鹿野郎ッ……（拳骨叩きが気になって）止めろッ！」
竜「（やめない）……わたしにも……血が流れていますそれだけです」
大村「それだけではよく分からんな」
竜「（強い気魄で）あなた方に分かって頂こうとは思っておりません」
古島「なにイ……！」
野崎「（古島を制止して）警察の恥になることだから、公表は差し控えておくが、君は公務員規則に違反した被疑者の立場であることを自覚しておくように。外部との交際、特に西田組の者とは一切接触するな。それを破った場合は、即刻、身柄を拘束する」
　席を立って出てゆく一同。
　竜、側を通ってゆく日高に、
竜「役に立たんで……済まん……」
日高「あとのことは気にするな。また替りを見つけるよ」

竜「…………」

一同の出ていったあと、独りテーブルを叩いている竜。

56 大阪港・岸壁の外れ

雨に打たれているマーキュリー。

その車内で密会している竜と啓子。

竜「わしと岩田のことも、全部キャッチされている……あんたらの近くに誰かタレコミ屋がいるはずや……正体はわしがあばいてやる、それまで気をつけた方がいい、電話の盗聴にも用心して……」

啓子「裏切者はうちらで始末つけます。あんたはもう、うちらとは縁切って、御自分の身を守って……！」

竜「わしは、あんたと岩田に体を預けた………一心同体や……違うか……？」

啓子「…………」

竜「わしに構わんで、代紋を守れ。山城組は大企業に嚙んどる組も多いから警察の出方を怖がってる……明日、山城が退院して最高幹部会を開くはずや。おそらく統制がつかんやろ。西田組が一枚岩でぶつかったら、絶対勝てる相手や」

啓子「…………」

竜「どこで見られてるか分からんから、先に帰ってくれ」

竜、車から出る。

啓子「黒岩さん……！」

竜、振り返り、啓子の熱い視線とぶつかって、惹かれるように唇（くち）づけ。

啓子、マーキュリーを走らせてゆく。

雨の中を歩いてゆく竜――

57 山城本宅の表

パトカーが一台駐まって警官たちが警備に当っているほか、戦闘服姿の山城組員が玄関を固めている。

大型高級車が二台乗りつける。

病院帰りの山城剛志が奥谷や武田らに支えられて降り、玄関に向う。

中からも家族や組長クラスの若衆が迎えに出てくる。

その時、一台のセダンが追尾してきたようにパトカーの横に乗りつけ、半開きのドアから身を乗り出した岩田と呑谷がパトカーの屋根越しに拳銃の乱射。

難を避けてよろめき伏す山城。

蜂の巣をつついたような騒ぎ。

次の瞬間には岩田の車は（若本運転）風のように疾走し去る。

パトカーが追跡しようとするが、山城の大型車に前を塞がれて飛び出せない。

58 「拳義会」ジムの表

岩田が呑谷たちと入ってゆこうとする、と、駐車していた商店用小型ライトバンから拳銃の乱射。

岩田、足を射たれて引っくり返る。

呑谷たちや常駐のパトカー警官たちの追跡を振り切って猛スピードで逃げ去るライトバン。

59 ミナミ歓楽街の路上（夜半）

クラブの前で駐車している大型高級車の運転席で武田組組員の岡本がうたた寝をしている。と、開けた窓の外からヌッと覗きこむ若本と北島。
若本「オイ……」
岡本「（目を醒まして）なんや……？」
若本「武田、どこのクラブや？」
岡本「ここの……（ハッと気づく）おどれら‼」
同時に若本拳銃を発射。
崩折れる岡本。
若本、北島ひた走りに逃げる。

60 杉の自邸・表

杉の妻美香の運転する車から学校帰りの娘明美が降りる。

一方から猛スピードで走ってきたセダンから拳銃数発。

常駐パトカーが直ちに追跡。

玄関ドア、窓の弾痕。

杉と組員たちが中から飛び出してきて、虚脱したように立ちすくんでいる美香と明美を助け起す。

61 大阪警察本部の表

『暴力団対立抗争事件特別取締本部』の掲札が掛けられる。

62 同・記者会見室

記者会見している西尾刑事部長（取締本部副本部長）。
西尾「第一警戒班は機動隊による各組事務所、幹部自宅の重点はりつけ警戒、第二班は交通機動隊、阪神高速道路警察隊による主要道路の警戒と非常時検問……（以下の画面につづく）」

63 モンタージュ

非常検問、機動隊による西田組及び「拳義会」ジムの封鎖、各所賭場の手入れ等の画面にかぶせて
—

西尾刑事部長のⓃ『第三班は各方面機動隊、各署警邏員による要注意地域の重点パトロール。

このほか更に覆面パトカーによるふくろう部隊の動員、三十人の専従捜査員による情報蒐集も行なっています。これらの配備には車輛三百五台、警察官二千二百五十人を動員して……』

× ×

新聞記事『新幹線ホームで射ち合い。雄心会、山城組の対立か』

× ×

新聞記事『阪神の抗争京都にも飛火。金融業者（雄心会系）路上で斬殺』
その他の記事重ねて。

64 場末の料理旅館の一室（夜）

布団に横になった岩田が医者に足の傷の治療を受けながら、電話を受けている。
傍らに竜と啓子。北島や呑谷たちも詰めている。
岩田「（電話に）ああ、こっちは大丈夫や、これからオモロくなるとこや……ウン、そっちもサツにパクられんように気イつけい……（と切って竜に）折角見舞いに来てくれたのに、満足に話も出来んで悪いな」
竜「岩さん、警察も本腰や……大阪離れた方がいいぞ」
岩田「極道がタタミの上で死んだら罰が当るワ。それに、あんたの前で悪いが、桜の代紋は山城組とグルや。あんたが四課からはじかれたオトシマエ、わしがカッチリつけたる（と啓子に）啓ちゃん、あんた、この人になんぞうまいもん喰わしたってや。ヒヤ飯喰わされっ放しやそうやからな」
啓子「へえ」
呑谷「（また電話を渡して）奈良の叔父貴からです」
岩田「（竜に別れのサインを送って、電話に）オウ、ゼニどうした、早よ送ってくれい……」

65 同・表（夜）

竜が啓子、北島と出てくる。

啓子「善隣会館の問題もウヤムヤになってますし、それに、資金作りに組で出した手形が何枚か山光総業の方にサルベージされてるらしいんです」

竜「ゼニの面から締めつけようという作戦か……タレコミ屋もおそらく山光総業の線や。その方はわしが調べてみる

……」
と、ハッと立ち竦む。
目の前の車（覆面パトカー）の横に日高が立っている。
日高「黒岩……気になって尾けてみたんだが……誰に会ってきたんだ……？」
竜「…………」
日高「岩田はここにいるのか……？」
竜「…………」
日高、運転席の無線マイクを取る。
同時に、竜の鉄拳が飛ぶ。
凄まじい勢いで日高を殴りのめし、マイクのコードを引きちぎる。
竜「（啓子たちに）ヤサを変えろ！」
言い捨てて、昏倒した日高と共に車に乗り、走らせる。
啓子「黒岩さん……！」
北島が中へ駆けこむ。

66 とある路上（夜）

車がきて停まり、竜、降りる。
警察手帳を出して、意識を戻した日高の前に放る。
日高「黒岩ッ、お前は……！」
竜「……」
背を見せて歩み去ってゆく竜。

67 大阪警察本部・表

パトカーが着き、日高たちに連行された手錠姿の杉が降ろされる。

68 同・取調室（夜）

電灯のスポットの下で、杉を取り囲んでいる日高と野崎副本部長、西尾刑事部長たち。
西尾「雄心会のメンバーには各県警から強力な警告が出されて、事実上、抗争からは手を引いとる。山城組の方も本家の意向として積極的な攻撃には出ないという方針を樹てておる。お前のとこだけだよ、突っ張ってるのは！」
杉「…………」
日高「どうしても山城組と決着つけるいうんだったら、警察が相手になってやる、あ?!　俺たちとトコトンやるか?!」
杉「…………」
野崎「なア、杉、よく考えてみろ。綺麗な嫁さん持って、可愛い娘つくって、大きな屋敷もあって、なにが不足でクサイ飯喰いたいんだ？　もう残すもんは残したんだろうから、この辺で極道の足洗ったらどうだ？」
杉「（うな垂れて考えこんでいる）……」
日高「オイッ、貴様曳っ張ったのは常習賭博の容疑だが、なんぼでも罪名はつけられるんだぞ！　徹底的に洗って、一生出られんようにしてやろうかッ！」
杉「そうポンポン言わんでも、よう分かってますがな……わしかて、こんな喧嘩してて算盤合う道理あらへん……せやけど、若いもんの言うことも聞いてやらな……」
西尾「じゃアお前のやっとることは教唆だ。教唆は安くても十五年の刑だぞ！」
杉「待っとくんなはれ……わしは神棚に祀られてる金仏（かなぼとけ）や、神輿担いどるのは……」
日高「誰や?!　岩田か?!」
杉「（首肯いて）アレが組長代行で……」
野崎「じゃ岩田がおらなんだら、お前は組まとめて、山城組と和解することも組を解散することも出来ると言うんだな？」
杉「…………！」
日高「どうなんだ?!　イエスなら今夜でも家に帰してやるが、ノーなら真ッ直ぐ刑務所行きだぞッ！」
杉「……しゃアない……手エ挙げまっさ……」
日高「ヨシ！（と紙とペンを突きつけて）これに岩田が隠れてるヤサと、やっこさんのしてきたことを全部書き出せ！」
ホッとしたような顔でペンを取る杉。

69　同・捜査四課室（夜）

古島が寺光と話しこんでいる。
野崎と西尾が入ってくる。
野崎「杉が落ちたよ」
古島「そうですか、そりゃ良かった。今、話してたとこですが、山城組の方は寺光さんが責任もって抑えてくれるそうです」
野崎「（寺光に）頼むよ、君、同期の中じゃ君が一番の実力者だったんだから」
寺光「大丈夫だ。その代り、例の善隣会館の方の応援は頼む」
野崎「オーケイ！」
西尾「（古島に）岩田のヤサなんだが、杉もよう分からんらしいな」
古島「黒岩なら知ってるかもしれませんが……」
聞いている寺光。

70　『山光総業』事務所（夜）

寺光が電話している。ほかに吉井たちも。
寺光「わしや……送ったもんは届いたかネ………?」

71 山王署・署長室（夜）

電話を受けている赤間。

赤間「ハ、頂きました、早速わたしの部屋に飾って置いてありますが……」

机の側に飾ってある見事な剝製の豹。

72 『山光総業』事務所（夜）

寺光「百万はするものだからネ、大切にしてくれたまえ……早速だが、杉が手打ちを呑んだよ。問題は岩田や……君の方でうまく処分する方法は考えられんか……?」

73 山王署・署長室（夜）

赤間「それが一日ごとにヤサを変えとってシッポ摑ませんので……なんとか努力してみますが……で、この前お願いしました件は……」

74 『山光総業』事務所（夜）

寺光「なんや……ああ、本部の幹部連中にはチャンと話しといた……（と急に受話器に蓋をして吉井たちに）音が可怪しい、盗聴かも知れん、調べてこい！」
飛び出してゆく吉井たち。

75 ビルの地下配線室（夜）

竜が盗聴器をセットしてレシーバーで聴いている。側に北島。

赤間の声（効果音）『本部の黒岩君の調査は仰言るように報告致しましたし、私の身分の保証については、ひとつくれぐれも……』

竜、北島に小声で、
竜「大至急、岩田に会いたいんや。明日手があいたら、わしのアパートへ来るように言うてきてくれ！」

北島「へえ！（と出てゆく）」

76 ビルの地下通路（夜）

北島、階段を駆け登ってゆく。

入れ違いにエレベーターが降りてきて、吉井たちが飛び出し、配線室へ駆けてゆく。

77 『山光総業』事務所（夜）

吉井たち、寄ってたかって竜に凄惨なリンチ。

竜、ほとんど抵抗する力を失っている。

寺光「岩田のヤサはどこや？　義兄弟なら知らん訳あるまい？」

竜「（必死に）……………！」

吉井「もう少し可愛いがってやるか！」

と後に回って柔道の締め。

失神する竜を、活を入れて気づかせ、更にまた締めで落とし、活を入れて繰り返す。

寺光「もう一息やな。洋モク（ヘロイン）とポンプ（注射器）持ってこい！」

78 同・倉庫室（翌日）

竜、床を這い回って苦しんでいる。

激しい嘔吐の連続で喘ぐ。

眼球の光りも失っている。

窓のない暗がりで昼か夜かも分からない。

寺光、吉井たちが入ってくる。

寺光「どや、いい加減参ったやろ……岩田のヤサ教えんか……喧嘩止めさせる為にはどうしてもあの男に会わな話にならんのや」

竜「…………」

吉井たち、竜を抑えつけて、用意のヘロイン注射器を射とうとする。

必死に逃げ、暴れて抵抗する竜。

吉井、後に回って締めにかかる。

竜「（堪えられずに）待ってくれ……岩田を……絶対嵌めんと……約束してくれるか……」

寺光「勿論だ。後輩の君に嘘など言うか」

79 高層アパートの表（実景）

80 高層アパートの部屋

岩田と若本、北島の三人がテレビを見ながら待ちくたびれている。

北島「可怪しいな……なにしとんねやろ……！」

岩田「ええやないけ、兄弟が来てくれ言うとるんやから黙って待っとったらええ。酒でも買うてこいや」

北島「ほな、わしが……」

若本「わし、ヤバイからな、済まんな」
北島、岩田から財布を貰って出てゆく。
悠然とテレビを楽しんでいる岩田。
ノックが鳴る。
若本「なんや、早いな……」
立ってゆき、ドアを開ける。
外に立っている山王署梶山刑事らの一行。
梶山「岩田、神妙にしろ！」
令状を見せてドッと踏みこむ。
茫然としている岩田、若本。
梶山たち、素早く二人に手錠をかけて引っ立てる。

81 山王署・取調室

岩田を取調べている梶山。
梶山「ここまで来たら観念するんやな。黙秘権なんか使っても得になることはなんにもないぞ」
岩田「（頑強な黙秘で）…………」
赤間が日高や浅井たちと入ってくる。
赤間「どや、タボ牛、まだ黙秘続けとるんか？」
岩田「…………」
日高「まア今日一ト晩、地元でゆっくりしろ。明日からは本部でミッチリ汗かかしてやるからな」
岩田「おお、そうしてくれ。ここらの二枚舌の百姓どもに手柄は立てさせん。（と赤間に）覚えとれよ、お前らの団子の喰いっぷりは本部で洗いざらい喋ったるさけな！」
赤間「お前の気持はよう分かる。わしも辛いのよ……悪いようにはせんから、な、心を鎮めて落着け……な……」

82 同・留置場（夜半）

看守巡査が缶ビールを持って岩田の独房にゆく。
看守「岩田……署長の差し入れや」
岩田、起きてきて、
岩田「一発きかしたらサービスええな」
とうまそうに飲み干す。
看守「煙草はどや？」
岩田「オウ、くれ！」
看守「ほな、便所で吸ってこい」
と鉄格子の錠を開ける。

83 同・便所（留置場外）（夜）

岩田、満足そうに煙草を吸っている。
吸い終って、廊下へ出てゆく。

84

同・廊下（夜）

岩田、出てきてみると、さっきの看守の姿が見えない。
シン、と人影のない薄暗い廊下。
岩田、フト目を鋭く配って、忍び足で一方へ。
窓の一つを開けて、外を見廻し、乗り出そうとする。
その時、どこに潜んでいたのか数人の警官が左右から
ドッと躍りかかる。
必死に暴れ狂う岩田。
警官たち、岩田を組み伏せ、首に警棒を当てがって、
全員折り重なるようにのしかかって押えつける。
バキッ――鈍く、厭な音。
岩田、首の骨を折って白眼を剝いて絶息している。

85

「山光総業」事務所（夜）

電話が鳴る。
寺光が取る。
寺光「ああ、わしや……そうか……上等……（切る）」

86

新聞記事

岩田の顔写真と、
『西田組幹部、脱走計り転落死』

87

寺の境内

岩田の葬儀が行われているが、西田組の黒背広はほと
んど見えず、警官隊と機動隊で境内は埋め尽されてい
る。弔問客も一人一人氏名を訊かれ、所持品検査を受
けてから通される。

88

寺内・休憩所の座敷

杉をはじめ大河原、矢野、それに啓子も加えた幹部た
ちが集まっている。
杉「表の機動隊見たか……あいつら税金で武装しとるさか
い、わしらがなんぼ逆立ちしても勝てんのや……岩田も
自業自得や、この際泣いて貰うしかあらへん……わしの
目の黒い内は、今後一切、山城組と向き合うことは許さ
ん……辛抱して時節を待つのや……それしかあらへん
……」
その時、幽鬼のように現われる竜。
ドス黒い顔の頰は落ち、目の焦点も落着かず、足許も
よろけている。
啓子「黒岩さん……！」

呆気にとられて見返る一同。
竜、フラフラと啓子の前にきて、バッタリ手をついて首を垂れる。
息を呑む啓子。
竜「(喘ぎながら呟く)……堪忍や……堪忍してくれ……!」
啓子「(竜の異常に気づく)……!」
杉「黒岩はん、あんたはもう縁のない人や。出てってくれ!」
竜「(動かず同じ調子で啓子に)……頼む……わしに出来ることがあったらやらしてくれ……せやないと……わしは……わしは……岩さんに……!」
その時、匕首を抜き放った北島が飛びこんでくる。
北島「このガキッ!!」
竜に突っかかってゆく。
啓子「明ッ!!」
必死に北島を抱きとめる。
杉「アホッ、どこや思てんのや!!」
矢野たちも北島に飛びかかって押えつける。
北島「こいつや! 叔父貴殺したんはこいつや! 叔父貴の居場所知っとったんは、わしとこいつだけやったんや……!!」
杉「どいつもこいつも……警察に囲まれとるんだぞ! 啓子、そいつ表に放り出せッ、放り出せッ!!」
啓子、しがみつくように竜を引っ張って外へ連れ出す。

89 アパートの啓子の部屋(夜)

竜、啓子のベッドの上で、極度の疲労と錯乱でのたうち回っている。

ドアの鍵があき、啓子が外出から帰ってくる。

直ぐ手提げ袋からヘロインのパケと注射器を出し、支度して、竜の腕に射つ。

激しく嘔吐する竜。

が、次第に安静に戻り、平常な表情に落着いてゆく。

ジッと醒めた目で見守る啓子。

竜「済まん……」

うな垂れている竜。

啓子、ハンドバッグから小型拳銃を取り出し、竜に構える。

竜「(気づいて)…………!」

啓子「言って下さい……叔父貴さんを売ったのは、あんた……? ……誰……?」

竜「…………!」

啓子「あんたとしか考えられない……叔父貴さんのオトシマエやあらへん……うちを裏切ったオトシマエや!」

竜「……お前まで……！」

啓子「日本人は信用でけへん！」

　一瞬、竜、啓子に躍りかかり、力づくで拳銃をもぎとる。

　更にあらがう啓子を押えつけながらベッドに押し倒し、乱暴に衣服を剝ぎとってゆく。

　必死に逆らうものの、みるみる裸身が露わになる啓子。

　竜、その上にのしかかり、獣のように犯してゆく——

　　×　　×

　ボロ屑のようにベッドに並んで伏している二人。

竜「……わしが……岩さんを裏切ったのは事実や……もう言うことはない……好きなようにしてくれ……」

啓子「…………」

　啓子、虚脱したようにベッドを降り、さっきのパケと注射器を取って、自分の腕に針を差しこむ。

竜「啓子……！」

　啓子、拒否反応に堪えながら、次第に陶然とした表情になってゆく。

啓子「……うちはネ……十三の年から、お春やって食べてきたんや……淫売や……こうしてペエ射つのだけが楽しみやったんや……そんな女なんや、うちは……男なんて、なんぼでも捨ててきた……男捨てるなんて平気や……松永にも、あんたにも、誰にも惚れてなんかいやへん……あんた、もう用済んだんやろ……早よ出てってや……うちは誰の女でもあらへん……西田組の女でもあらへん……岩田の叔父貴かてそれだけのもんや……うちは朝鮮人でもあらへん……日本人でもあらへん……ハーフでもあらへん……うちは……魂になって、飛んでゆくだけや……」

　竜、立ってゆき、注射器を壁に叩きつけて砕き、パケの粉を勝手場で水に流してしまう。

　薄笑いして見ている啓子。

　竜、啓子の腕を摑む。

竜「啓子……お前はな、わしの女や、わしの女や……！」

啓子「……！」

　不意に、竜にしがみつく啓子、激しい慟哭。

　竜、抱きしめて共に床に倒れる。

啓子「行かないで……行かないで……！」

　竜、いよいよ強く、しっかり抱きしめている。

90 大阪警察本部の表

　啓子の運転するマーキュリーが着く。

　竜だけが降りる。

　見つめ合い、別れて、竜は入ってゆく。

　啓子、そのまま待っている。

91　同・庶務課

竜、入ってくる。課員が気づいて、

課員「黒岩、どしたんや、退職するいうて聞いとったが……」

竜「ああ、罷めるかもしれん……わしの拳銃、課長に直接返すから一度出してくれんか」

課員「ああ」

課員、保管ケースから拳銃を出してきて渡す。

課員「あとで寄れや」

竜「ああ、済まん……」

と出てゆく。

92　エレベーターの中

竜、ひとり、拳銃の弾倉を確認、ベルトに挟む。

93　同・大会議室

大村本部長以下、野崎、西尾、古島、小池、日高、それに赤間と寺光たちが居並ぶ前で、テーブルの一方に山城組の奥谷、竹内、武田、一方に杉が着席、大村の話を聞いている。

大村「山城組、西田組両者がこうして円満に和解のテーブルについたことは、それぞれの諸君の努力の結果であると認める。我々としても、今後も厳正な態度をもって望むが、君らも少しでも社会に役立つよう自戒と更生の努力を続けてほしい。特に西田組は、確約通り、組解散に向って誠心誠意を尽すように……」

不意に、一方を見て絶句する大村。

ノックもなく、竜が入ってくる。

日高「黒岩……！」

唖然と見迎える一同。

竜、テーブルの前に歩み寄る。

古島「なんの用だ、今になって……?!」

竜「（他の者は眼中になく）寺光さん……ここにおられるから丁度いい……これまでのことを、皆さんに正直に話して下さい………」

寺光「なんのことを言っとるんだ、君は」

竜「あんたが一番よく知ってるはずだ……お願いします……正直に言うて下さい……お願いします……この通りです……」

テーブルに手をつき、頭を垂れる。

寺光「なんや、君、クスリでも使ってるような様子やな……」

竜「岩田のことですよ……お願いします……」

寺光「岩田？　そんなもん知らんな！」
日高「黒岩、貴様、ペエにまで手を出したのか?!」
寺光「相手にせん方がいい……ペエ患は精神病院に行って
　貰うほかないな」
竜「四課長、日高……その男を逮捕してくれ……（赤間を
　指して）その署長もだ……！」
野崎「どうかしてるようだ！　日高君、早く警務課に連れ
　て行き給え！」
日高、立上ろうとした時、拳銃を抜き放つ竜、真正面
から寺光に向けて連射――寺光、身動きの余裕もなく
文字通りの血ダルマとなって即死。
仰天して総立ちの一同。
慌てて両手を挙げる者、立ち損なって椅子と共に引っ
くり返る者、テーブルの下に潜りこむ者、無惨な醜態
の混乱。
野崎「君！　落着け！　話せば分かる！　分かる!!」
竜、一同に拳銃を擬したまま楽しむように見回してい
る。
古島が卓上の電話に飛びつく。
竜、一発で電話器を破壊する。色を失って手を挙げる
古島。
竜、ペコン、と誰へともなく一礼を残して出てゆく。

94　同・階段

浮き浮きした足取りで降りてゆく竜、スレ違う同僚た
ちと、
同僚警官「オウ、黒岩！」
竜「オウ、元気か！」

95　同・階上の廊下

会議室から飛び出してくる日高、通りかかった刑事の
腰の拳銃を奪い取って駆けてゆく。

96　同・一階廊下と表玄関

マーキュリーの中から玄関の方を見つめて待っている
啓子。
竜が姿を現わす。
後を追って廊下を走る日高。
日高「黒岩ッ、止まれッ!!」
竜、玄関の階段を降りながら、啓子の方に向かってニ
コッと指でVサインを作って見せる。
日高の拳銃が火を吐く。
崩れるように階段から転げ落ちる竜。

マーキュリーから飛び出す啓子のストップ・モーション。

竜の、Vサインの指のストップ・モーション――に、

〈エンド・マーク〉

沖縄進撃作戦

未映画化作品
昭和五〇年一二月執筆

スタッフ（予定）

企画　日下部五朗
　　橋本　慶一
　　奈村　協
監督　中島　貞夫

登場人物

＊大里派
大里鉄男　沖縄連合琉栄会会長
運天景助　同・理事
＊国上派
国上英雄　沖縄連合琉栄会理事長
玉木　登　同・理事
大浦　満　同・理事
仲宗根朝栄
国上靖子　国上の妻
＊石川派
石川健吉　沖縄連合琉栄会理事
桃原　勇
天仁屋栄治
宮城隆信
金城真二
セパード西銘
新川亀吉　通称・亀小（かみぐわー）
宮里太郎　伊与島出身
金武二郎　同・右
知念三郎　同・右
儀間志郎　同・右
知花律子　石川の妻
知花信子　石川の娘
＊愛国同盟
小波本信永　愛国同盟沖縄支部長
伊波良孝　元・当間派
喜屋武宏一　同・右
恩納昌徳
＊当間派
当間隆介
島袋　保
照間国夫　元・前原派
当間喜美　当間の妻
＊前原派
前原盛一
川平　守
具志川悟

久場喜秀　沖縄連合琉栄会顧問
大田康一　同・右
羽地政雄　同・理事
真栄田誠　同・理事

白川正明　関西侠友会系白川組々長

浅野　寛　関西侠友会若頭
有田　誠　九州小岩組幹部
長井重吉　同・右

塩屋　祖国復帰期成同盟のリーダー後、区長
松美　国上の情婦
百合　ホステス
刑事A
当間家の女中
プリンスのボーイ
マズル　国上の村の農婦

1　タイトル

『この作品はすべて創作であり、実在の個人・団体等
　とは一切関係ありません』

2　（F・I）太古に似た太陽と連峰、海

沖縄の山河を讃える古典琉歌、が流れる内に、
クレジット・タイトルの紹介。
ゆったりと――（F・O）

3　1945沖縄のイメージ・モンタージュ（ニュース・フィルム及びスチール等とドラマの構成で）

天地を裂く米機動部隊の艦砲射撃。
閃光、砲煙、炸裂する島。
メイン・タイトル

米舟艇部隊の上陸、特攻機のダイヴ、米戦車、白兵戦、
火焔放射器等々。
Ⓣ『1945年
　沖縄』

投降する日本軍兵士。
非戦斗員の沖縄県民たちも。
　　×　　×
通称「黒んぼ服」（米軍支給の野戦服）の背に「P
W」（捕虜）の白文字。
トボトボとゆくPWの行列（「郷土防衛隊」四十五才
以下の男子――に召集された県民青壮年たち）。
トラックで運ばれるPWたち。
路端をゆく帰村途中の避難民の列に、煙草やレーショ
ンを放り、口々に家族の安否を尋ね、励まし合い、中
には有り合わせの布地に出身村名と自分の名前、それ
に『生きてる』『元気』『頑張れ』と書いたものを必死
に打ち振る者も。
誰からともなく歌声が起り、コーラスとなり、荷台の
へりを叩き、足を踏み鳴らしながら唄う――
その中に、膝を抱えこん
でいる石川健吉の顔。

（歌詞字幕）
かちいくさ
にがて（ねがって）
やまぐまい（やまごもり）
さしが
なまや（いまは）

　　×　　×
米軍の掃討戦。
日本軍兵士の死体。
　　×　　×
サーチライトが鉄条網を、
キャンプのテント（PW

の）を舐めて横に走る。
その光芒に捉えられて、叢にしゃがみこんでいた一人のＰＷがびっくりして立上り、
ＰＷ「便所ッ、便所ッ!!」
尻を拭きながら必死にテントの方へ駆け出す。
それへ、ダダッ……一連射の銃声。
虫のように転がり、死ぬ。

× ×

米軍に焼き払われる農家。甘蔗畑もガソリンを撒いて焼かれる。
茫然と見守る農民。
震えのとまらぬ少年。

× ×

整列したＰＷたちにビンタを喰わせている二世米兵たち。反抗的に睨み返す石川を列外に引っぱり

アメリカの
ホリョになとさ
ＰＷ　哀りなもん

なちかしや
沖縄（うちな）
いくさばに
なやい
世間御万人（しきんうまんちゅ）の
流す涙
ＰＷ　哀りなもん

（歌はリズミカルなコーラスから、カンカラ三味線のソロの弾き唄いで哀愁濃い調子に変る）

あわれ
屋嘉村の

出し、拳銃を突きつけながらボクシング・スタイルでパンチを叩きこむ。

× ×

焼土の禿げ山。
廃墟の市街。

× ×

暗闇の中、鉄条網の外側の叢から泥だらけの顔がニュッと出てくる。ギラギラ光る目玉、国上英雄、手足をバタつかせて脱出路の穴から飛び出す。後に続く数人。突然、サーチライトが交錯し、銃声。野獣のように駆け抜ける一同。射たれはじけ飛ぶ者も。

× ×

厚木到着のマッカーサー。
Ⓣ『終戦』
南部洞窟内に放置された

闇の夜の
鳥
親おらぬわみ（吾身）の
泣かなおちゅみ
ＰＷ　哀りなもん

イスチャー（石川村は）
かやぶちゃ（かやぶき）
んぞが（あなたの）
しめどころ（すまい）
わんや（わたしは）
屋嘉村の
しなじ（砂地）まくら
ＰＷ　哀りなもん

なんで
焦がりとが
屋嘉村の
枯木
やがて花咲きゆる
節（しち）んあもの

ままの白骨。

——PW　哀りなもん

激戦地跡に残る無人の一軒家（一家全滅の為）。

風の音——

その室内にポツンと置き残された仏壇。

鴨居に飾られたままの御真影の額。

Ⓣ『当時の沖縄県人口　60万人
　戦争による死者　16万人』

4　野天の米軍物資集積所（夜）

トラックの列が横づけになり、米兵の指図で、労働奉仕隊の県民作業員たちが梱包類を荷積みしている。

最後尾のトラックの運転席に石川。

近くにいた米兵ガードが捨てた煙草に目をつけ、トラックを降りて拾い、こっそり火をつけて吸う。

5　山道（夜）

ヘッドライトの行列——曲りくねった坂道を登ってゆく。

最後尾の石川、ライトに浮かぶ前車の尻だけを目当てにしてついてゆく。

6　野原の中の道（夜）

石川、「オヤ?」と首を伸ばして見る。

前を走っている一台を除いて、他のトラックは影形もない。

石川、激しくクラクションを鳴らす。

前車、やっと停止する。

石川、降りて、その方へゆく。

石川「首里へゆく道と違うじゃないか？　他のやつら、どっちへ行ったんだ?」

前車の運転席から降りてくる顔中無精鬚だらけの国上、ニヤニヤ笑いながらポケットから煙草を一箱出して石川に差し出す。

石川「(受け取らず) どこへ行くつもりだ?」

国上「山原（やんばる）さ……俺の村じゃ、みんな腹すかしとる……黙ってついて来い」

石川「俺は給料貰って喰ってるんだ。クビになるようなことは御免だ！」

国上「給料か……アメリカが捨てた煙草を拾わなきゃならんような給料でもか……」

石川「……だから泥棒していいというのか?」

国上「この二台は俺たちがアメリカから分捕ってきた戦果だ。戦利品だ。アメリカと俺たちの戦いはまだ終ってないんだ。やつらがこの島にいる限りはな」

石川、聞き流してトラックの方へ戻ろうとする。その肩をグイと引き戻す国上。

火花散らず二人の視線の間で忽ち結論が出る。

国上「俺は、国上英雄だ」

石川「石川健吉！」

国上「穴を掘るか？」

石川「俺は要らん！」

国上「上等だ！」

ガッ、とぶつかり合う。殴る、蹴る、肘打ち、格斗、首締め、逆手。素手ではあるが酷烈な真剣勝負がつづく。

ついに石川が技に優って馬乗りになり、ガンガン殴りのめす。

血だらけの顔の国上、
国上「オウ……待て……！」

手を止める石川をニヤニヤと見上げながら、
国上「いい腕しとるよ……俺の弟になれ」

石川「クヌヒヤー（この野郎）！」

石川、止どめの一発を喰わしておいてトラックに戻る。

運転席でエンジンをかけていると、グラリグラリ、車が揺れ出す。

驚いて外を見る。

国上がなんと荷台の下端に肩を当てて渾身の力で揺さぶっているのである。

石川「止めろッ‼」

揺れ、次第に大きくなる。

石川、運転席から飛び降りる。

野獣の咆哮のような国上の気合と同時に反動のついたトラックは地響きを立てて横転する。

石川、呆気にとられている。

7 国上の村（別の日）

広場の木に吊した砲弾の薬莢を若者の一人がガンガン叩いている。

若者「英雄が帰ってきたぞォ！」

広場を囲繞するテント小屋、バラックなどから老若男女の部落民たちが総出で走り出てくる。

一本道を土埃りを捲いてやってくるトラック。運転する国上。荷台に石川が乗って、山と積んだ梱包や米袋を片ッ端から道端に抛り落してゆく。

石川「ほれ、メリケン粉！　こいつはシャム米だ！」

争って拾う部落民たち。

広場に到着した時は、荷台はすっかり空になっている。

それでも物欲しげ集まってくる子供等に石川がレーシ

ヨンやガムを配る。

トラックを降りていた国上が、近くの藁葺小屋の中から一メートルほどの長柄の斧を持ち出してきて、ガーン、といきなり運転席をこわし始める。

石川「どうするんだ?!　トラックは高く売れるぞ」

国上「一度スクラップにして改造車にせんとすぐアメリカに摑まる。第一、やつらのもんをそのまま使って喜んでるのは、負け犬根性だ。タイヤを外せ」

石川、子供等とタイヤ外しにかかる。

8　同・広場（夜）

焚火を囲み、老若部落民が寄り集って「毛遊び」（野遊び）。カンカラ三味線（缶詰の胴、パラシュートの布張り、電線の弦で手製）を弾きつつ——

9　同・国上の藁葺小屋の中（夜）

大鍋の雑炊がグツグツ煮えている。中年増のマズル（農婦・未亡人）が国上と石川の茶碗代りのカンカラに盛りつけている。
トラックのバッテリーによるライトの灯り。
国上「アメリカの残飯の雑炊だからうまいぞ。ステーキもチキンもチョコレートも入っとるよ」
食べ出す石川の横に、ヌッと牛の顔が突き出てくる。びっくりして立ち上る石川に大笑いの国上。マズルが牛を追いやる。
国上「あいつが文句言いにくるのも無理ないさ。ここはあいつの小屋だったんだからな」
石川「ここも、焼かれたのか？」
国上「ああ、焼かれた……家も、畠も、山も……昔はヤマトに山の木を盗られて枯木山原（やんばる）と言われたが、今は禿げ山原（やんばる）だ」
石川「俺の村は焼かれなかったが、射爆場になってしまったよ」
国上「どこだ？」
石川「伊与島」
石川、妙な顔になって、口の中からヌルヌルした長い物をひっぱり出す。
石川「ガムが入っとる……！」
異物はゴム・サックである。
大笑いして喜ぶ国上、マズル。
国上「フラー（馬鹿）！　こいつは使うもんだ」
国上、取り上げて、一度しゃぶって形を直してから、マズルを藁の上に押し倒して馬乗りになる。
茫然と眺めている石川。

サックを使ってシコシコ始める二人。
マズル「熱ッう……！」

10　砂浜

「黒んぼ服」を着た若い娘（知花律子）が必死に逃げてゆく。
パン、パン――銃声と共に、足許の砂が弾着ではね飛ぶ。

× × ×

海岸に捨てられた米軍廃品機材の山の間でゼネレーターを物色していた国上と石川が、銃声を怪しむ。

× × ×

ジープのMP二人が棒立ちになってしまった律子に追いつき、拳銃を擬しながら降りてくる。
律子が抱えていた紙包が下に落ち、砂糖が一面に飛び散る。
MP・A「ドロボー、ノーグー、オジョウサン！」
MP・B「ユー、ギブミー。アイ、ギブユー、OK?」
律子「……！」
MPたち、律子の服を脱がしにかかる。

× × ×

近くの叢から見ている国上と石川。

× ×

律子を犯しているMP二人。一人は口にふくませ、一人は馬乗りになって、果てる。
ケラケラ笑いながら、砂まじりの砂糖を律子の顔にふりかけ、ジープに戻る。

× ×

国上、いきなり石川の股間のものへ手を伸ばして摑む。
国上「ええ具合になっとるよ」
石川「……！」
国上「あの女子（うぃなぐ）、抱いてやれ」
石川「（怒る）……！」
国上「（重い声で）……体で汚されたもんは体で、清めてやるしかない……」
石川の背中をドヤしつけ、自分は近くに駐めてあるトラック（改造型）に駆け戻る。

× ×

裸身のままボンヤリ砂糖を掻き集めている律子。
石川、ノソノソと側にくる。
虚ろな乾いた眼で見つめる律子。
石川、立ちすくんでいる。

11　坂道

走るMPのジープ。

後から、国上のトラックが猛スピードで追い抜いてゆく。

MP・A「（英語で）ジャップだ。射ち殺せ！」

トラックを急追するジープ。

カーブを通過した国上のトラック、急停止して、バックで坂落しに逆行。

スピードをつけて曲りッ端のジープ、道巾一杯のトラックを避け切れず、激突、数回転して道路脇の茂みに突ッ込む。

トラックから降りる国上、手に例の長柄の斧。路上に転がっているMPのヘルメットを、その斧で力一杯叩き割る。

12 元の砂浜

交合している石川と律子。

律子、泣いている。

石川も汗と涙を掌で拭う。

砂と砂糖まみれになった二人の顔。

13 警察署の取調室

摑まった国上と石川が、米軍・比島兵MP、通訳、CP（沖縄人民間警備員）たちの調べを受けている。
机上に山と積まれた軽油の缶、煙草、石鹸の類。
訊問は専ら米軍MP将校だけ。
通訳「（以下、MP将校の英語の訊問の後で）これらの品物はお前たちが盗んだものであることを認めるか？」
国上「そうだ！」
通訳「これまでにも盗んだものがあるだろう。どういうものを盗んだか言いなさい」
国上「無い！」
通訳「それは可怪（おか）しい。これは五十番の軽油だ。軽油を盗む以上、それを必要とするなんらかの機械がある筈だ。車とかゼネレーターとか……」
国上「そんなものは無い。軽油は天ぷらを作る為に必要だから盗んだ」
通訳「この油が食料になるのか？」
国上「なる！」
MP将校ニヤッと笑い、軽油缶の口を開いて、二人の前に置く。
通訳「われわれ米軍は諸君たちに寛大な処置を取るであろう。この軽油は、これを必要とする諸君たちに差し上げる。ただし、この場で処分する限りにおいてだ」
国上「……？」

ＣＰ「眼の前で飲んでみせろと言うとるんだ。強情張ってると石鹸まで喰わされるぞ。正直にあやまって、これまでしてきたことはみんな白状した方がええよ」

国上、ジロリとＭＰ将校を一瞥してから、やおら軽油缶を抱え上げて口に当てがい、ゴクゴク飲み始める。

呆れて見ている一同。

石川「残りは俺が飲む！」

たまりかねて石川が缶を奪い取ろうとするのを、国上、足で蹴飛ばして、缶がさかさまになるまで飲み続ける

――

14　同・留置場内（夜）

就寝中の同房者十人ほどの中から、国上が、「グエッ、グエッ……」と異様なおくびを発しながら朦朧と起き上り、隅の便所へ這ってゆく。

臭気と国上のうめき声で眠るどころではない同房者たち（前原盛一と仲間の川平守、照間国夫、具志川悟たち）。

石川も起きて、便器の上でしゃがんだきり動けない国上を懸命に介抱する。

前原「いい加減にしろ！　ここは豚小屋じゃねえんだぞ！」

石川「ＭＰに、戦果の油を飲まされたんだ。お前たちだって覚えはあるだろう。我慢してやってくれ」

前原「そんな詰まらんもの盗むからだ。俺たちみたいにトラックでも盗んでみろ。いくらＭＰでも、トラックを飲めとは言わんからな。頭が足りないんだ、土百姓！」

石川「もう一度、言ってみろ……俺の兄貴をなんと呼んだ……?!」

国上「（苦悶の中で必死に石川を制止）ケン……止せ……俺のことなら……」

前原「土百姓でもそんな臭いクソは垂れやせんわ！」

石川、猛然と前原に突進。

川平たち、総立ちになって石川に向う。

凄まじい格斗、乱打。

石川、滅多打ちに袋叩きにされる。

国上、立とうにも立てないでいる。

鉄格子の表に、カービン銃を擬した比島兵とＣＰたちが駆けつける。

比島兵「（英語）やめろ！　射つぞ！」

ＣＰがＤＤＴ噴射器を持ってきて、吹っかける。

辺り一面、真ッ白けになり、前原たち慌てて毛布の中に潜りこむ。

やっと引揚げてゆく比島兵、ＣＰたち。

国上、顔を血まみれにしてノビている石川の傍らに這いずってゆく。

国上「ケン……大丈夫か……?!」
石川「ああ、……心配すんな……」
国上「済まん……」
石川「よせよ……あんたが俺の代りに油を飲んでくれたん
　だ……」
国上「兄貴、と呼んだな、俺のこと……」
石川「俺……今日から、あんたのウットー（弟分）にして
　くれ……」
国上「チョウデー（兄弟）になってくれるか！」
石川「スイーザ（兄貴）は、あんただけだよ！」
　ＤＤＴで白くなった顔を摺り寄せ、諸手でしっかり抱
きしめ合う二人。

15　モンタージュ

進撃する中共軍。
　×　×
沖縄基地に布陣する米空軍部隊。
海兵部隊の訓練。
基地拡張に大車輪のブルドーザーなどの機械化集団。
奉仕隊の沖縄人労働者たちの作業。
Ⓣ『１９４９年
　中国革命により
　沖縄米軍基地の要塞化進む』

16　コザの中心街

西部劇のような横文字氾濫のシャックハウスが立ち並
び、客引きや娼婦たちが米兵に群がり、原色で塗りた
くったような活気に溢れている。
Ⓣ『コザ』
その往来を、コーラをラッパ呑みしながら闊歩してく
る国上と石川。
国上は、頭に捩り鉢巻、「ＨＢＴ」ファッションと言
われる米軍野戦服をダラリと着て、脚絆づき軍靴の止
め金を外してチャラチャラ音を立てている（以後、例
外のシーンを除き、国上のコスチュームはこの一点張
り）。
いきなり、摺れ違った米兵の肩を叩き、掌を差し出し
て、
国上「テンダラー！」
米兵、怒って身構え、まくし立てる。
国上「（徴発して）オーケー、カモン！」
と飲みかけのコーラ瓶を眼の高さに水平に上げ、右手
の手刀で一撃。
コーラ瓶、引き裂かれたように真ッ二つに割れる。

たじろぐ米兵。

国上「チョウデー！」

とポケットに突っ込んであったサラのコーラ瓶を石川に放る。

石川、米兵の目の前に近づき、歯で口金を抜き、右の掌で力一杯瓶の口を叩くと、圧力で瓶の底が抜け、コーラの液が噴出。

国上「テンダラー！」

米兵、蒼くなってポケットから十ドル紙幣を出して渡し、逃げてゆく。

武芸者のように肩を張り、大手を振って左右を睥睨しながらゆく国上と石川、また一人カモの米兵を摑まえて、
国上「テンダラー！」

17　同・裏通り（夜）

路上に駐めてあるジープのエンジンカバーを台代りにして、「チャンクルー」博奕に興じている国上、石川と、桃原(とうばる)勇、天仁屋栄治、宮城隆信など国上一派の遊人(あしばー)たち。

賭け金はドル札あり、B円軍票あり。

（チャンクルーは、銅貨を指で立てておいて、はじいて回し、茶碗をかぶせて、表か裏で賭ける）

「チク！（表）」

「ジー！（裏）」

そこへ、前原と川平、照間たちが駆け、
前原「飲み逃げだ！」

途端に疾風の如く駆け出す全員。

18　同・バー街の通り（夜）

酔っ払った米兵三人組があとを追いかけてくるボーイを摑まえ、まくし立て、殴り、なぶりものにしている。

そこへ駆け集まってくる国上、石川、前原たち、いつの間にか数十人の大集団に膨れ上り、ジリジリと包囲する。

米兵三人組もさすがに身の危険を感じ、逃げ出す。

ドッと餓狼のように殺到する国上たち。

忽ち米兵三人組を叩きのめし、近くのバーの中へ引き摺りこむ。

19　バーの中（夜）

早くもグロッキーになりかかって、英語で必死に助命を乞う米兵三人に、国上たちの仮借ないリンチが加え

られる。

棍棒で殴りつける。

革バンドで打ちのめす。

ビール瓶の先端を割り、皮膚を切り裂く。

米兵たちの悲鳴、絶叫――

20 前のバー街の通り（夜）

ＭＰのジープが駆けつけてくるが、暴行に加勢した者は通行人になりすまし、目撃していた娼婦たちも知らん顔で、嘘のように閑散とした光景。

ジープ、ウロウロと通り過ぎてゆく。

21 元のバーの中（夜）

素ッ裸にされてノビている米兵三人。

国上がいきなりズボンを下し、米兵の一人を引き摺り起して、一物をその口の中に突っこもうとする。

前原「（制止）もう参ってるんだ。許してやれ」

国上、殺気立った目でその手を払いのける。

国上「俺は戦争やってるんだ！」

米兵に一物をくわえさせ、グリグリ行為を始める国上。

笑って見物している桃原、川平等の一同。

石川、おぞましい思いで目を背け、外へ出てゆく。

22 那覇・ひめゆり通りの古物商市場界隈

廃車や砲弾のスクラップが野積みされ、タイヤ、自動車部品などを店先一杯に並べた板葺、テント小屋が軒を連ねている。
Ⓣ『那覇』
石川が運転する改造トラックが着く。
荷台に、砲身だけ取り去った戦車の砲塔などのスクラップ。
空地で盗品の電線の山にガソリンをかけて燃やしていた（ゴム焼き）、スクラップ商の大里鉄男と当間隆介が石川を迎えて、
大里「今日はどんな物だ？」
石川「見てくれ。戦車の砲塔だ。特殊鋼だからいい値をつけてくれよ」
当間「今は非鉄金属しか売れないんだ。こんな厄介なもん、海に捨てるしかないぞ」
石川「長い取引じゃないか。金にしてくれんかね、大里さん」
大里「値段は飲みながら決めよう」

23　平和通り界隈（夜）

テント張りの市場がスラムのように密集し、生活物資を漁る人々の雑踏。
その一角に、焼きソーメンやおでんの屋台が立ち並び、屋台売春の娼婦たちが客を招いている。
その中の一軒で酒を飲んでいる石川と大里、当間。
大里「スクラップは手間ばかりかかって、たいして儲からん。女を集められんかね？」
石川「女……？」
大里「ここは喰い物で商売してるんじゃない。売春だよ」
石川「……！」
当間「辻町の遊廓が全滅して遊ぶ所がないしな、それに戦争で男はバタバタやられて、女は男の六倍も余ってる。これからの商売はこいつに限るよ」
大里「まァ、一度味をみて、手伝ってくれ」
と立ってゆき、路上で客引きをしていた女を一人連れてきて、石川の横に押しつけ、
大里「今夜の勘定は奢るよ」
と、大里、当間は先に立ち去ってゆく。
目が合う石川と女——律子である。
石川、黙ったままグラスをとって律子の前に置き、酒を注いでやる。
黙って飲む律子。
市場の方から流れてくる陽気なジャズ。
石川「（重く）……借金があるのか？」
律子「（頷く）……」
石川「どのくらい……？」
律子「（答えず）……」
石川「待ってろ」
石川、不意に立ってゆく。

24　附近の裏通り（夜）

暗く、人通りもない所で、石川、軒蔭に身を潜めて窺っている。
貧弱な背広姿の男（小波本信永〔こばもとしんえい〕）が通りかかる。
ゆっくりとその前に立ちはだかる石川。
石川「勝負するか……」
小波本「……」
石川「厭なら金を出して挨拶してゆけ」
小波本「辻決斗か？」
石川「そうだ」
小波本「受けよう」
対峙する二人。
小波本「手は？」

石川、腕を叩いてみせる。

石川「どこからでも来い！」

小波本「俺は、泊手、琉心館道場、小波本信永」

石川の面上にフト逡巡の色が走る。

静かな自然本体の小波本の体が、裂帛の気合と同時に鞭で打つように撓い、貫手、蹴り、手刀が一瞬に集中して石川を襲う。

「あッ」という間もなく、口から血を吹き出して路上に転がる石川。

25 モンタージュ

朝鮮戦争の各種実写フィルム。
沖縄各基地から発進する米空軍、艦隊、輸送部隊。
急激に発展、活況を呈するコザの町。
Ⓣ『1950年
朝鮮戦争が起り、
沖縄は米軍の前線基地として、
〝不沈空母〟〝弾薬庫〟〝慰安所〟と化す』

26 砂浜

十人余の稽古着姿の琉心館門弟が、それぞれの段に応じた練磨をしている。
「サイ」「トイファー」を用いる者も。
その中に、伊波良孝の顔がある。
見回っている師範小波本。
渚の近くで、石川が、砂地に突きを入れる「貫手」の稽古に独り専心している。固い砂地に、掌まで埋まってしまう激しさである。
小波本が歩み寄り、
小波本「石川君……」
石川「はア！」
小波本「貫手もそこまで出来たら、三段の力はある。どうかね、私の道場の師範代になって、武道者として修行をしてみんか？」
石川「私みたいなやくざものでは……」
小波本「私だって戦争直後は泥棒もやった。あそこにいる伊波君も、那覇の大里派の子分になっている遊人だよ。祖国を失なった県民の精神を支えるものは、空手道しかない。この前、東京から愛国同盟の松岡総裁が来島されて、同じことを仰言っておられた。今こそ、空手道と愛国精神の普及が大事だ。私は、むしろ遊人である君の根性に期待する所が大きいんだがね」
石川「仰言ることはよく判ります。先生のお役に立てるようになるまで、もう暫く修行させて下さい」

小波本「うム」

27　米軍病院・地下「死体処理」室

薄暗い照明の下に幾台かの死体処理台があり、箱詰めで送りこまれてくる米軍戦死者の遺体を、白衣にマスクの担当者が一人ずつついて、美粧し、また箱詰めにする作業を行なっている。
石川もその一人で働いている。
ドライアイスで冷却された生々しい赤身のバラバラ死体ばかりである。
側を通りかかった白衣の一人、伊波が気づいて、
伊波「オウ、あんたも来とったのか」
石川「ああ……！」
伊波「たいしたもんだ、慣れた手つきじゃないか」
石川「肉が喰えなくなって困ったよ」
伊波「俺は、小波本先生から、アメリカさんの協力をしてやれと言われて来たんだが、あんたもか？」
石川「俺は、金さ……頑張れば一日五ドルは貰えるからな」
伊波「コザの遊人（あしばー）は景気がいいって噂だったが……」
石川「俺の兄貴は意地ッ張りでな……」

28　灌木林の丘

国上を始め、天仁屋、宮城たちがスコップを振るって、トンネルのような巨大な穴を掘っている。

天仁屋「（一方を見て）来たぞ！」

大型トレーラーが一台、道路から突っこんでくる。

誘導する国上。

国上「そのまま突っこめ！」

トレーラー、頭から穴の中へ突っこむ。

運転席から降りてくる桃原。

国上「かぶせろ！」

天仁屋たちがトレーラーの上から土と伐採した灌木類の枝葉をかぶせてカモフラージュする。

国上「勇、よくやった。中身はなんだ？」

桃原「それが分らんのですよ。ヤードのメスホール（食堂）の横に置いてあったのを、そのまま持ってきてしまったから」

国上「コーヒーか紅茶なら、本土へ運んだらいい値になるぞ」

と尻だけ出ているトレーラーの後部ドアを開けて入る。

中は、ダンボール箱詰めの大きな軍用缶詰ばかり。

国上「なんの缶詰だ？」

桃原「（缶詰の英文のレッテルを読み）兄貴（すいーざ）、こりゃア、

ジャムの缶詰です！」
国上「ジャム……?!」
天仁屋「ジャム！　冗談じゃないぞ、ジャムばかりこんな
　一杯抱えこんだって！」
宮城「蒸れてベタベタになったら売りもんにはならん！」
桃原「済イません……返してきますか？」
国上「（苦い顔で）戦果を返すバカがあるか！」

29　コザ繁華街「タイガー・ビリヤード」内

玉突きに興じている米兵たちに混って、派手な背広姿の前原が一緒になってキューをしごいている。

川平が側に来て耳打ち。

前原、気の進まない顔で出てゆく。

30　同・事務所

国上が来ている。
机上に例のジャム缶一箇。
前原「トレーラー一台分のジャム缶なんて、買うやつがいると思ってるのか」
国上「泡盛の原料としてなら使える。どこかの酒造所に当ってみてくれんか？」
前原「今はどこでも米を使ってる。ジャムの泡盛なんか飲むやつがいるか。もう戦争直後の貧乏時代じゃないんだ。戦果アギャー（達人）で得意になってる時勢じゃないぜ。軍や警察のトバッチリはこっちにもくるんだ。いい加減に止めて欲しいな」
国上「着るものが変ると頭の中も変るのか」
前原「俺と手を組んだら損はさせんと言ってるじゃないか」
国上「俺は戦果だけで喰える。エネミーの機嫌をとって商売することは出来ん」
前原「エネミーはアメリカだけとは限らんよ。見てみろ……」
前原、窓越しに外をコナす。
向いの遊戯場で、ジュークボックスやスロットマシンに群れている米兵や若者たち。
前原「あのジュークボックスやスロットマシンに落ちる金は、どこに流れてゆくと思う？　那覇の大里派の懐へだ。あいつら、俺たちに断りもなく、勝手に那覇から機械を運びこんで、そこら中の店から日銭を巻き上げて大儲けしてやがるのさ……」

31　スチール

高級クラブで米軍上級将校と歓談している大里、当間。

32　コザ中心街

「大里商事・コザ支所」の看板がかかっている小綺麗な事務所。

前原のⓃ（続く）『そればかりか、大里のやつ、ベースの偉いさんにワタリをつけて、ヤードのクリーニングを一手に仕切る工作までしているんだ。俺たちがこのコザで苦労してやっと実らせた実を、野郎は横から掠め取ろうと狙ってるんだ。なァ、国上、商売は俺が引受けた。その代り、戦争は……』

33　大里商事・コザ支所内の社長室

集金の集計をしている大里と当間、それに伊波と、運天景助、島袋保等の幹部身内。

そのドアがいきなり凄い音を立ててへし曲り、ガラスが木ッ端微塵に吹ッ飛ぶ。

例の長柄の斧を片手にした国上を先頭に、石川、桃原たち、拳銃、ライフルを構えて乱入する。

茫然と無抵抗に立ちすくむ大里たち。

伊波の険しい視線だけが石川の前に立ちはだかる。

大里「国上、どういうことなんだ?!」

国上「大里、那覇へ帰れ！」

大里「まァ、話そうじゃないか……」

国上「今直ぐにだ！」

当間「喧嘩なら受けて立つ。こんな田舎遊人（あしばー）みたいな汚い手は使うな！」

国上「アメリカの犬が、大きな口叩くな！　返事は一つだ。イエスか、ノーか?!」

大里「ノー、だ！」

国上「よし、いい度胸だ。大里、俺とお前、サシの勝負で決着つけよう！」

石川「兄貴！」

国上「黙ってろ！　俺のやり方は一つだ。俺が死ぬか、お前が死ぬか、それだけだ」

大里「まァ、待たんか、ビジネスで済むことじゃないか。いくら出したら気が済むんだ？」

国上「俺はお前のツラが気に入らんのだよ。そのツラの皮を剝ぐにはいくら要るんだ？」

大里「（憤然と）ようし、俺も那覇で暴れた大里鉄男だ、そうまで言うなら腕で来い！」

国上「上等だ！」

34　岬の断崖上の原

国上と大里、共にスコップを持って穴を一つ掘っている。

離れた所に、国上のジープと大里のセダン、その前に、見届人としてついてきた石川と伊波。

伊波「石川……貴様だって空手道を学んでいる男じゃないか、あんな無茶苦茶なやり方を黙って放っておくのか?!」

石川「国上さんと俺は、兄弟(ちょうでー)だ……兄弟の義理に背くことは出来ん……」

伊波「下らん義理だ！　それが本気なら、貴様の頭は腐った牛蒡(ぐんぼ)と同じだ。小波本先生が聞かれたら、なんと仰言るか……」

石川「たとえ破門されても、俺は、義理は守る！」

眼下の青海原に目を投ずる石川。

落日が水平線を朱に染めている。

国上と大里、穴から這い上る。

スコップを手に無言で睨み合う。

双方同時に猛然と打ってかかる。

野牛と野牛の角突き合いのように、二つのスコップが力まかせに激突する。

鋼(はがね)の絶叫のような金属音。

凝然と見守る石川、伊波。

国上のスコップが折れ飛ぶ。残った柄で渡り合う。

どちらも、打たれても、切られても、不死身のように立上っては向ってゆき、果てしもなく斗う。

落日、西に没する。

ついに大里が、国上の滅多打ちを受け、倒れる。

その体を穴の中へ蹴落す国上。大里のスコップを取って、上から土をかぶせて埋めてゆく。

うめき声を挙げてもがく大里の姿がみるみる土の中に消えてゆく。

無言で見ている石川、伊波。

ほぼ土をかぶせ終り、墓標代りにスコップをその上に立て、国上、ジープの方に戻る。

石川を促してジープに乗る。

突然、伊波が駆け出してゆき、スコップを抜き取って懸命に穴を掘り返し始める。

カッと見る国上、例の長柄の斧を鷲掴みにジープから降りかかる。

必死に組みついて抑える石川。

石川「勝負はついたじゃないか、兄貴ッ!!」

予想外な石川の激しい語気と力に、呆気にとられたような国上の顔。

35　モンタージュ（ある年のある日）

晴れた日、草原を疾駆するジープ。
上機嫌の国上と石川が乗っている。
Ⓣ『1951年
　奄美群島七島、
　本土復帰』

（この部分には、沖縄歌劇の様式を借り、左記のような内容を琉歌の方言歌詞として、ＢＧＭとして流す）

年月を経て、故里は老い、
昔の美しさを忘れてゆく。

平和に栄えた故里に、危険な英雄は要らない。

人々は日本に返る日を静かに待っていたいだけだ。

しかし、故里に帰る者は、そこはいつも貧しく、美しく、優しい所だと信じこんでいる――。

36　国上の村の一本道

走るジープから愛想よく手を振る国上。が、村人たちは視線が遭うのを怖れるように逃げ散ってゆく。

37　墓地

共同墓の前で縁者の家族たちが多勢寄り集まって、清明祭（先祖祭）のあとの供物の饗宴を開いている。
石川を連れた国上がやってくる。
その姿に気づいた一同、慌てて供物をしまい、莚をまるめて、急いで墓の前から立ち去ってゆく。
呆気にとられている国上、独りだけ腰が立たずに居残っている老婆に、
国上「（方言。翻訳字幕）婆ァさん、どうしてみんな俺の顔を見て逃げるんだね？」
老婆「（方言。同前）先祖の墓を売った男が帰ってきたからさ」
国上「墓を売った？　俺がかい？」
老婆「警察の旦那が来て、言ってたよ。泥棒したり、悪いことばかりしているから、帰ってきたら教えろってね……」
石川「（方言。同前）婆ァさん、兄貴が昔、食糧を運んでやったのを忘れたのか！」
国上「（制止して）いいじゃないか、それだけ俺は有名になったんだ！」
　上機嫌で哄笑しながら、提げてきたウイスキー瓶をラッパ飲みし、老婆にも押しつける。

38　村の一本道（夜）

酔っ払って千鳥足の国上と石川が、それぞれサンシンを抱えて弾き鳴らし、「ハンタバルー」をかけあいで唄いながらくる。

（♪ハンタバルー」は歌喧嘩風の即興歌）

酔ってはいても、サンシンも合いの手の囃子もぴったり息が合っている。

上機嫌で陽気な二人の足取り。と、

「静かにしろ！」

道端にしゃがんでいた若者（新川亀吉）が立上ってくる。

亀吉「集会をやってるんだ」

国上「集会……？」

近くの木立ちの奥に焚火が燃えさかり、それを囲む幾人かの人影が見える。

国上、その方へ行きかける。

亀吉「秘密集会だ、よそもんは入れん！」

国上「よそもん……?!（と亀吉の顔をシゲシゲと見て）そうか、お前は本土に疎開してたガキの一人だな」

亀吉「（カッと）生意気な口叩くじゃねえか！　これを見ろ！」

パッとシャツを脱いで背中を向ける。

その背一面に奇怪な動物のスジ彫りの刺青。

国上「（見て）フン……猫がミミズをくわえてるのか」

亀吉「（尚更カッとして）マングースがハブを喰い殺してるんだ！　マングースの亀小（かみぐゎー）といや、この村一番の厄介もんだ！　お前、ハブになりてえのか！」

国上「ハッハ、ま、仲良くしよう！」

と、ポケットのウイスキー瓶を取って差し出すと見せ、いきなり脳天を一撃。

呆気なくノビてしまう亀吉。

国上、石川と集会の方へ歩み進む。

リーダーの青年、塩屋「英雄だ！」

の声で、急に声を鎮める集会の一座。

若い男女が主で、樹に立てかけた雨戸に「日の丸」が張りつけられ、「祖国復帰期成同盟山原（やんばる）支部」の他、「知事公選・人権擁護・基地撤収・土地奪還」等のスローガンが貼られてある。

ジッとそれらを眺めていた国上、ツカツカと進むと、いきなり雨戸の「日の丸」を引っぱがす。

塩屋「何をする！」

気色ばんで詰め寄ろうとする塩屋と青年たちを、石川が立ちはだかって制する。

国上、着ていたいつもの野戦服の上衣を脱ぎ、雨戸に拡げて掛けると、片手の拇指を割れたウイスキー瓶の角で切り、その血で、上衣の背に大きく「ＰＷ」と書く。
国上「これが俺たちの旗だ！」
日の丸を焚火の中に投ずる。
シン――となる一座の青年たち。
燃え尽きてゆく「日の丸」。
「ＰＷ」の血文字。

39 モンタージュ

夜道に群れをなして揺らぐ提灯。そして「日の丸」の旗。シュプレヒコール。
「沖縄県祖国復帰促進協議会」の幟り。
（一九六〇年四月二十八日の復帰協提灯デモのニュース・フィルム）
Ⓣ『１９５２年４月
　サンフランシスコ平和条約発効。
　日本本土は独立したが、
　同条約第三条により、
　沖縄は米施政権下におかれる』
× ×
アニメの沖縄本島地図に、米軍用地が塗りつぶされてゆく。
Ⓣ『沖縄本島
　山林原野　44％
　市街地　12％
　農用地　22％
　米軍用地　22％』
× ×
（報道写真で）
米軍ジェット機の墜落現場。
用地接収に出動の米軍部隊。
ヘリで吊されて排除される抵抗農民。
米兵による射殺事件。
米兵の車による死亡事故（被害者はＭＰ到着まで路上に放置される）。
× ×
前の提灯デモ、フィルムの続き。
シュプレヒコールのどよめき。
Ⓣ『１９６０年
　沖縄祖国復帰協議会結成デモ』

40 コザ市街

猛スピードで逃げる軽三輪トラック（前原派具志川運転）を大型外車（国上派天仁屋、セパード西銘等同

乗）が猛追。十字路でスピードダウンした所を後から
激突、バンパーに引っかけたままなおも猛スピードで
引き摺り、横転した軽三輪を道の片側のブロック塀に
ぶつけて押しつぶす。
一度バックして、またぶつける。
グシャグシャになった軽三輪の車体の中でヘシ曲って
死んでいる具志川。

41 「タイガー・ビリヤード」内（内部改装）

サンシンを背負った裸身の背中に、鮮やかに色が入ったマングースの刺青、亀吉、ドアを開けて入ってゆき、キューを一本手に取るや、
亀吉「ヤイッ、国上の兄弟分、マングースの亀小（かみぐゎー）じゃ！
スパイ野郎、かかって来い！」
奥から駆け出てきた前原派照間や一味の者と壮烈な乱斗になる。口ほどにもなく、滅多打ちにされる亀吉。

42 コザ市街

信号待ちしているセダン。中に国上と石川（運転）。

突然、歩道から飛び出してきた若者（前原派）が窓ガラスに拳銃を押し当てるようにして発射。

間一髪、フロアに伏せる国上。

石川、車を発進、交叉点を突破――。

43 「キング・パチンコ店」内の社長室（倒叙カットバック）

前原「あんたの持ってるチャカ（拳銃）やライフルを百丁でも二百丁でも売ってくれんかと言うてなさるんだが……」
豪華なソファに見違えるばかりに紳士然とした前原と、その横に、黒背広の襟に金バッジを光らせた見るからに本土暴力団の風態の、九州小岩組幹部有田誠、長井重吉の二人。
国上「ヤマトの遊人（あしばー）にチャカは売らん」
向き合ういつもの野戦服姿の国上。目は有田と長井に鋭く向けられているが、答えは前原にだけ。
前原「せっかく本土からこうして来られてるんじゃないか。こちらさん方の小岩組には、わしが本土へゆく度にいつもお世話になっておるし、小岩のおやじとは兄弟の盃もしとるんだ。黙ってわしの顔を立てなさい」
国上「ヤマトの遊人（あしばー）にはチャカは売らんというとるんだ！」
前原「国上、お前の為を思ってわしは口をきいてるんだぞ。これを縁に小岩組の代紋を借りることが出来れば、イザ本土復帰という時になっても慌てることはない、日本中

の親分衆と対等につき合いが出来るんだ」
国上「前原、お前は沖縄人（うちなんちゅ）か本土人（やまとんちゅ）か？」
前原「わしは、決まっとるじゃないか……」
国上「沖縄人なら、本土の洟垂れ小僧にペコペコするな！」
有田「オイ、そりゃア誰に向いて言うとるんじゃ?!」

44　コザ市街「小岩組沖縄支部」の表（夜）

国上派桃原たちが車で乗りつけ、自動小銃をブチこむ。

二階の窓から泡を喰った有田、長井たちが褌一つの姿でベランダ伝いに逃げてゆく。

45　バー「アダン」（石川の店）中（夜）

ママの律子がボックスの客たちと手拍子で島うたを唄っている。

突然、大音響と同時に表口附近を破壊して突入してくるダンプカーの後部車体。荷台に積んであったコンクリート破片が洪水のように落下してくる。

悲鳴と混乱。

奥から石川と宮城、金城真二たちが拳銃片手に飛び出してくる。

46　同・表（夜）

待伏せていたセダンから長井、川平たち小岩・前原連合の一味が拳銃で狙撃。

応戦する石川たち。

47　「キング・パチンコ店」内の社長室（続き）

長井「なしてわしらにチャカが売れんのか、理由を聞きたいのう」
前原「訳を聞きたいと言ってるんだぞ！」
国上「（方言。翻訳字幕）本土人はアメリカと講和条約を結んで手を組んだ。アメリカはエネミーだ。だから本土人もエネミーだ。エネミーに武器は売れん！」
前原「（方言。同前）そんなケチな根性だから、沖縄人は貧乏ばかりしているんだ。お前もそうだ。アメリカから盗んできた戦果のウイスキーや煙草を売り歩いて、やっとこさソーメンをすすってる身分じゃないか。本土人を利用してうまい米の飯を喰えばいいんだ。わしたちだって日本人なんだからな！」
国上「（方言。同前）俺は日本人じゃない。沖縄人だ！」
有田「日本語でハッキリ言えんのかい！」
国上「（方言。同前）馬鹿野郎、さっさと本土へ帰らんと目の玉引ッこ抜くぞ！」
前原「バカ野郎、と言ってるんだよ」
長井「呆れた田舎もんじゃ！　沖縄の極道は仁義という字も知らんのか！」
国上「そんなもんは腕ッ節がありゃ要らんのよ。口先の文句より、取りたいもんがあるなら、腕で取りに来い。戦争中も、その前も、お前たち本土人は沖縄人にそうやってきただろうが。今は、そうはさせんがね」
有田「そうかい！　じゃったら気合い入れちゃろうかい！」

48 「PAWN・SHOP」（質屋、国上の家）中

狭い居室に溢れんばかりのさまざまな質草の他、戦果で入手した煙草やウイスキーのケースに囲まれた中で、国上を始め桃原、天仁屋たちの一同が、座敷一杯に拡げられた種々の拳銃、ライフル、自動小銃の点検整備をしている。
国上の内妻靖子と亀吉が、天井裏から実弾を詰めた石油缶を下している。
石川が国上に詰め寄るようにして、
石川「前原を敵にしたらいかんよ、兄貴、これだけは聞いてくれ！」
国上「……」
石川「俺たちの商売は、前原が米軍にルートを持ってるから、なんとかやっていけてるんじゃないか。自分で自分の首を締めるようなもんだ」
国上「……」
石川「それに、喧嘩にでもなったら、前原は資金にものを言わせて、業者連中の買収にかかるだろう。そうなったら、俺たちは完全に孤立して、この町から出てゆかなきゃならんことになる……それに対抗するだけの資金は、俺たちにはないしな……」
国上「……」
石川「お互い、日本人なんだから、本土人（やまとんちゅ）の遊人（あしばー）をそう目の仇にせんでも……」
国上、いきなり持っていた大型モーゼル拳銃の台尻で、力まかせに石川の横ッ面を殴りつける。
口の中が切れて血を吐き出す石川。

49 「キング・パチンコ店」内の社長室（続き）

激昂して立つ有田と長井を前原が抑えながら、
前原「国上、わしに逆らうとどういうことになるか、分かっているのか?!　わしが軍司令部のＣＩＣ（米軍犯罪捜査部）に電話一本入れたら、お前たちがやってる店は明日から忽ちオフ・リミッツだ。お前のやってる戦果も全

部あばいて、重労働送りにすることも出来るんだ。それを承知で、わしの客人に恥をかかしているのか！」
国上「アメリカとは口がきけても、俺の片足を持ち上げることがお前に出来るか……出来るものなら、やってみろ」
凄い目で睨み据えながら席を立つ国上。
国上「俺の方は、待たんからな」

50 連れこみホテルの表

国上のジープと桃原、亀吉、天仁屋たちが分乗したセダンが横づけになると同時に、各自武装の銃口を連ねて殺到。

見張りに立っていた小岩組々員二、三人が慌ててドアをロックする。

それへ、国上が例の長柄の斧の強烈な一撃、二撃——ベルトの前に差し込んでいたモーゼル拳銃を抜いて、ドアの裂け目から中へ、轟然、ブチ込む。

51 基地に間近い原（夜）

米軍機のジェットエンジン整備の轟音が耳を聾せんばかりに響く中で、国上たちに捕まった有田、長井、組の若衆数人が車から降される。

国上が斧を提げて立つ前に、亀吉たちがブロックを運んで台を築く。

真ッ先に有田が引き摺り出され、抑えつけられて、右手首をブロック台の上に載せられる。

国上、それを目がけて、大上段から斧を振り下す。

血しぶきと共に吹ッ飛ぶ手首。

失神する有田。

次に長井が引っぱり出される。

必死に抵抗するが、寄ってたかって殴られ、組み敷かれ、国上の斧が一閃——

絶叫もジェット音にかき消されて、すべてはパントマイムのように展開する。

目撃させられているあとの若衆たちの中には、ヘタヘタと坐り込む者も。

52 那覇・十貫瀬特飲街の中の一軒（夜）

薄暗い照明。狭いバー形式のカウンターに石川と律子がむっつりと腰かけている。

戸口から見える表の街路に、客を誘っている幾人かの娼婦たち。

娼婦A「兄イさん、お兄イさん」

娼婦B「ダーリンちゃん、いらっしゃいヨ」
娼婦C「ネエ、ネエったら……チキンシェット！」
表から伊波が業者（店主）の一人を連れて入ってくる。
伊波「この人の店で預かろうと言ってるんだが……前渡し分はさっきの額でいいのか？」
石川「ウム」
業者「（律子を見て）あんたなら売れッ子になれるよ」
と用意の金（ドル紙幣）と証文を出す。
伊波「ケン……金なら俺もなんとか集めてやるよ。もう一度、相談し直した方が……国上がやってる喧嘩の資金に、女房まで売ることはあるまい」
石川「国上の為じゃない、若いもんが多勢、怪我したり店をこわされたりしてるんだ……こいつも判ってくれている……」
伊波「俺の口から言うのも可怪しいが、ここらにくる客はあまり柄のいい連中じゃない。苦労するぞ」
石川「俺は身内に義理を果したいんだ。律子は俺に義理を立ててくれる。夫婦で決めたことだから、人の力は借りたくないんだ。あんたには感謝しているが」
石川、証文にサインして金を受け取る。
そこへ、当間が、島袋を連れて入ってくる。
当間「オウ、石川、こっちへ来たら俺の所にも顔を出せよ」
石川「どうも……」
伊波「兄貴……（と小声で耳打ち）」
当間「そうか……向う見ずの兄貴を持ってケンも苦労するな。前原もなかなか参らんそうじゃないか」
石川「当間さん……もし俺が殺られたら、国上の後始末を見てやってくれませんか」
当間「情ないことを言うな。実はそのことで俺もあんたを探しとったんだ、なア、ケン、今の喧嘩、俺が腕を貸そうか？」
石川「……！」
当間「俺もここらでひと暴れしたいのさ。この那覇は大里の兄貴がすっかり抑えてしまって、面白くも可笑しくもない。俺は俺で、そろそろ自分の旗を掲げないとな……それにな、こいつ（伊波）を可愛いがってる小波本先生が、愛国同盟の沖縄支部をつくって、俺をバックアップしてくれてるんだ」
石川「小波本先生が……」
伊波「先生も、お前のことを心配してらしたよ」
当間「先生なら軍や民政府にも顔がきく。前原なんか石コロみたいなもんだ。ま、席をかえて話そうじゃないか。あんた（律子）も来いよ」
石川「こいつはもう話がついたんだ……」
と、律子に「行け」と目で促す。

律子、立って、指輪を抜きとり、受け取ろうと差し延べる石川の手を抑え、自分の手で石川の胸ポケット深くに入れ——黙ったまま、業者と共に店から出てゆく。

53 **コザ・警察署の表附近**

警察ジープから降される前原派川平、照間たち数人。

川平「なんの調べかハッキリしてくれ！」

刑事A「お前等を保護してやる為だ！」

と署内へ入ろうとした時、近くに駐っていたセダンから伊波を始め、島袋、喜屋武宏一など当間派一味が棍棒、ヌンチャク、サイなどでドッと襲いかかる。川平たちも、防ごうとする警官たちを押しのけて、手当り次第の物を武器にして渡り合う。

そこへ、更にセダンやらジープが続々と乗りつけ、桃原、亀吉等国上派が加勢して乱斗に加わる。

前原派の車も次々と到着、参加。

警官たちも総出で繰り出して、署の内と外とで阿鼻叫喚の大乱斗が展開する。

ヌンチャクで暴れる伊波。

青竜刀を振り回す亀吉。

コーラ瓶の火焔瓶も放りこまれて路上に火の手が上る

54 **新聞記事**

「国上派・前原派、警察署前で大乱斗‼」

「重大な治安問題、米軍当局も警告‼」

55 **「キング・パチンコ店」内の社長室**

刑事たちに囲まれた前原。
刑事B「布令百四十四号、不解散罪で逮捕する！」
前原「国上はどうした！　なぜあいつも逮捕せんのだ！」

56 **ズケラン米軍ヤードのゲート**

小波本が運転するセダンがくる。

後部座席に石川と伊波。

小波本が出したカードを見て、ガードマン丁重な敬礼、なんなく通ってゆく。

一帯は見渡す限りの美しい芝生敷きの米軍宿舎用地で、瀟洒なハウスが無数に整然と立ち並んでいる。

57 **同・ハウスの一軒の表**

小波本の車が着き、クラクション。

中から、アロハ姿の国上と靖子が出てくる。
国上「ヤア！」
握手。
小波本「そう固く考えることもないよ」
国上「第一、喧嘩したいにも相手がおらん。ハッハッハ……」

58　同・ハウスの中

リビングルームで寛ぐ一同。
小波本「日系二世のアメリカ軍将校になった気分はどうかね？」
国上「アメリカの女にも美人がおるよ。浮気したいんだが、こいつ（靖子）が離れんのでね」
伊波「あまり外へ出んで下さいよ。病気療養中ということになってるんだから」
国上「ここを出る頃は子供が一ダースぐらい出来そうだよ」
石川「兄貴、俺はこれから自首してくる。先生の工作のお蔭で一年ぐらいの刑で済みそうだし……」
国上「そうか。体をこわさんようにしろよ」
石川「今度の前原との喧嘩は、あんたは何も知らんということにしといてくれ。俺が一切かぶって済ませるから……。それから、ここも小波本先生の顔で入れたんだから、先生のお許しが出るまでは、自重して動かんように……」

59　福岡県藤崎刑務所・門前附近

亀吉が路傍に腰を下して、サンシンを爪弾きながら唄っている（曲目後考）。
刑務所の長い塀、に、
Ⓣ『1961年』
亀吉の唄――が終る頃、男の影が一つ、その前に立つ。
出所した石川である。
石川「亀小（かみぐゎー）……」
亀吉「兄貴……！」
見上げる亀吉の左眼は無惨な傷でつぶれている。
石川「遠い所をよう来てくれたな……どうしたんだ、その目は……？」
亀吉「……」
答えず、困ったように薄く笑ってサンシンを背負う亀吉。

60　鹿児島へ向う列車の客席

　向き合う石川と亀吉。
亀吉「……兄貴にブン殴られた上、靴でふんづけられて
　……こっちの目玉が飛び出しちゃったんですよ……」
石川「国上に……!」
亀吉「兄貴は気違いになってますよ、今……俺たち若いも
　んも、女も、言うことを聞かないもんは誰彼見境いなく
　鉄拳喰らわすんです……」

× ×

（インサート）
キャバレー「パラダイス」の中で、亀吉を殴り倒し、
顔面を靴で踏みつける国上。
亀吉の左眼窩から血の球が飛び出す。
荒れ狂う国上は、必死に止めようとする桃原やホステ
スたちにも、見境いなく鉄拳を浴せる。
石川の声『なにが原因なんだ……?』

61　列車の中

亀吉「……当間派を叩いてコザから締め出したいハラらし
　いんですが、みんな言うことを聞かんからですよ」
石川「当間と……?!　どうしてだ?」
亀吉「ちょっと前、嘉手納の近くの村で、米軍が基地拡張
　の為に土地の強制収用を始めたんです……」

× ×

（モノクロ画面で）
ウタキを取り巻く農民と
左翼学生。
労働者たち。「愛国同
盟」の腕章を巻いた恩納(おんな)
昌徳等の一団と小競合が
起きている。遠巻きにし
ている完全武装の米軍の
一隊。

× ×

コザの路上で、愛国同盟
の宣伝カーを囲み、左翼
系集団とそれに加担する
国上たちとが、恩納等の
一行と石合戦、殴り合い
の乱斗を展開している。

× ×

国上のポーン・ショップ
前でトラックを横づけ、
投石してショーウィンド

（亀吉のⓃ続く）『その時、
ウタキ（御神木）を切ら
さんと部落の連中が騒い
で、それに左翼が応援に
出たんです。それを小波
本先生の愛国同盟が抑え
にかかって、国上の兄貴
は左翼の尻押しに出てい
って、真ッ正面から愛国
同盟とぶつかってしまっ
たんです。そうしたら、
小波本さんの息がかかっ
ている当間派が兄貴に文
句をつけて……兄貴は兄
貴で、当間は前原派の残
党を抱えこんで勝手にコ
ザに乗りこんできたと怒
るし……』

ウをこわす当間派の島袋、元前原派の照間たち。

×　　×

「当間商事」（当間派事務所）前にコロコロ転がってゆくパイナップル爆弾、轟然と炸裂。

62　沖縄航路の船の甲板

石川と亀吉。

亀吉「わしら、前の喧嘩で当間さんに恩義があるし、黙って見とったら、兄貴が貴様等当間のスパイかって、この通り……」

石川「じゃア、誰が兄貴の手足になって動いてるんだ」

亀吉「玉木です」

石川「玉木……？」

亀吉「玉木登……」

×　　×

（ストップ・モーション）

賭博場を見回る蝶タイ姿の玉木登と子分大浦満、

（亀吉のⓃ続く）『兄貴が隠れていたズケランのハイツでガードマンしてたやつです。本土の大学を出たとかで、若僧なんで

仲宗根朝栄たち（客は米兵が主で、ルーレット、ハイ、ソロなど）。

×　　×

コザ・ハーニー街を巡回する国上と玉木、大浦たち。

女たちにも愛想を振りまく玉木。

すが頭がよくて、博奕場を作ったり、ハーニー街の女どもを前借金でバッチリ契約させたりして、金儲けのうまさで国上の兄貴にすっかり信用されとるんです』

63　船の甲板

石川「そいつが兄貴の尻を煽っているのか……左翼のオルグじゃないのか？」

亀吉「そうじゃないようですが、てめえを売り出すいい機会だと思ってるんでしょう……みんな、首を長くして待ってますよ、兄貴が帰ってくるのを……国上の兄貴みたいに、ああなんでも腕ずくのやり方には、わしらもうついてゆけんのですよ……」

石川「（暗然と）……」

亀吉「兄貴……姐御のことですが……もう那覇にはいませんよ……」

石川「……！」

亀吉「当間派や伊波さんともまずくなって、居たたまれなくなったんでしょうが……自分から、宮古島の方に身売りしていったそうで……同じ店の女（こ）から聞いた話ですが……」
石川「……！」
遠く、水平線を見つめる石川。

64 キャバレー「パラダイス」中（夜）

舞台では賑やかに島うたが演奏されている。
その中央客席を占めて大盤振舞いの宴を繰り広げている国上、玉木たちの一同。中心は石川。出所祝いである（亀吉、桃原、天仁屋、宮城、大浦、仲宗根たちも同席）。国上に抱かれている新しい情婦の松美（ママ）。
国上、石川のグラスにスコッチをドクドク注いでやり、
国上「ケン、乾盃だ！」
石川「兄貴……」
国上「どうした、心配事でもあるのか？　あるなら言え。お前と俺の仲じゃないか！」
石川「それなら言わせて貰うが……当間には手を出さんでくれ。言いたいことがあるなら俺から当間に話す……」
大笑いして逸らす国上。
玉木「石川さん、喧嘩は向うから売ってきたんですよ」
石川「お前は黙っとれ！　当間にはお前等の分からん義理があるんだ。義理を忘れたやつは沖縄の男じゃない！」
国上「（鋭く）俺に言うとるのか?!」
石川「兄貴、小波本先生に受けた恩を忘れてはおらんだろうね」
国上「忘れてはおらんさ。おらんが、義理は義理、エネミーはエネミーだからな」
石川「エネミー……？」
国上「小波本さんの愛国同盟がやっとることは、沖縄人の土をアメリカに売る手伝いだ」
石川「そんなことは先生だって判ってる。先生は、本土復帰を早める為に、今はジッと辛抱してアメリカと争わんようにと努めておられるんだ」
国上「詰まらん辛抱だよ！　アメリカが帰ったら、今度は本土に沖縄の土を売るつもりか」
石川「本土に復帰しないで何処に帰るんだ?!」
国上「沖縄は沖縄に帰りゃええ」
石川「兄貴……兄貴の考えは判らんでもないが、現実を考えてみてくれ。兄貴のやり方でアメリカや本土と対抗出来ると思ってるのか？」
国上「アホ！　出来るからやっとるのよ。那覇の大里派と話をつけたんだが、沖縄各地の遊人（あしばー）を集めて一つの会に統一させるんだ。時間はかかるがな、それが実現したら、

力はある、金はある、武器はある、アメリカともう一度戦争が出来るさ！」
石川「（半ば呆れて）……！」
国上「それには先ず、スパイ野郎の掃除だ。愛国同盟と当間さ！」
そこへ運天を連れた大里が派手な背広姿で、大仰なゼスチュアを振りまきながら乗り込んでくる。容貌も福々しく、富豪気取りである。
大里「オウ、ケン！　いい時に帰ってきたじゃないか！（とオーバーな握手攻め）」
国上「今、いろいろと教えておったとこだよ」
大里「例の件か。ケン、当間みたいな野郎はわしに委せておけ。あいつはわしンとこの若いもんをかっさらって、勝手に名乗りを挙げやがったんだ。制裁はわしがやるよ！」
国上「（石川に）判っただろう。大里もこう言ってるんだ。もう迷うな！」
石川「……！」
玉木「話が決まったら、兄貴、みんなで血判状作りましょう。裏切者が出んように……」
国上「オウ、そりゃアええ。ここで作れ！」
大里「わしの方も作ってくるから交換しよう！」
ギラッと玉木をねめつける石川。
その時、島うたが続いている舞台袖のカーテンの蔭から突然躍り出てくる伊波と照間、喜屋武の三人。
伊波「タックルセー!!（叩き殺せ）」
伊波、抜身の日本刀を振りかざして真っしぐらに国上の方へ突っ走る。
一瞬早く気づいた石川、捨身で体当り、格斗。
照間、ナイフで大里に迫るが、大浦の拳銃で射ち倒される。
石川、亀吉の助勢で伊波の日本刀を奪い取り、渾身の力で斬りつける。
伊波の防ごうとした左腕が吹ッ飛んでフロアに転がる。
倒れた伊波に喜屋武が駆け寄る。
それへ国上、玉木たちが殺到しようとする前に、血刀を大手に広げて立ちはだかる石川。
石川「喧嘩は俺が買う！　手出しするな！」
国上「ケン！」
その隙に、喜屋武、伊波を支えて逃れてゆく。

65　那覇・空瓶集積所

砂塵を巻き、スリップしながら突っ込んできたセダンから、当間派の島袋と連れの女（ホステス百合）が転がり出て、空瓶の堆積の狭間に逃げ込む。猛追してきたもう一台のセダンから大里派の運天の一味が飛び出て、米軍用M16マシンガンで掃射。

砕け飛ぶガラス瓶の破片の雨の中で血ダルマとなって果てる島袋と百合。

66 那覇・「南海建設」（小波本の会社）社長室

卓上に日本刀と血がにじんでいる白布巻きの棒状の包み（伊波の腕）。
壁の「日の丸」を背にした小波本の前の床に、石川が土下座して手をついている。
小波本「（重く）……話は判った……この預かり物は私から伊波君に返そう……そんな真似はやめなさい」
石川「（固く面を伏して）……」
小波本「君も、当間も、どちらも私にとっては失うには惜しい人だが、男の喧嘩だというなら止むを得まい。私は干渉せん」
石川「……」
小波本「（深い吐息で）……君も、星回りの悪い人だ……君は国上の上に立つ男だ……そうなっていたら、もっと秩序がとれていただろうがね……国上の暴走は君にも責任があるんだよ、石川君、兄弟の義理がすべてではない、もっと大乗的な見識というものが男にはあっていい筈だ……」
石川「……！」
小波本「君も、いつかはその分別がつけられるだろうと私は信じている……それまで、私は待ってるよ……」

67 本部（もとぶ）の港

島通いの小さな船から降りてくる少年のような若者二人（宮里太郎、金武（きん）二郎）。どちらも穴のあいたシャツにボロジャンパー、草履ばき、布包みの荷物。

石川「オーイ、ここだ、ここだ！」

近くに駐めたセダンの横で石川が手招いている。

その方へ走ってゆく二人。

68 ステーキ・ハウス

スマートなアメリカン・スタイルに身なりを整えた宮里と金武が、石川の奢りで大きなビフテキをもりもり平げている。
石川「そうか……今年も砂糖キビは駄目か」
宮里「土地もないし、作っても高く売れんし……」
石川「射爆場は相変らずか？」
金武「毎日ですよ。この前は、ウチの庭に模擬爆弾が落ちたですよ」
石川「今日まで、島で何してたんだ？」
宮里「仕方ないから、魚とったり……」
金武「タマ拾い」
石川「まだ喰いたいもの有るか？」
宮里「いえ、もう……生れて初めてですよ、こんな肉」
石川「じゃア女のいる所へ行こう。みんな初めてじゃないだろう？」
金武「ヤガマヤーで、一度……」
石川「夜這いか。俺もよくやって、よく殴られたもんだ」
宮里「先輩がやった女って、どこの家の婆アさんかな」
石川「バカ、そんな昔のことじゃない！」
陽気に席を立ってゆく。

69 当間邸・勝手口（朝）

コンクリート造り二階建て。
犬が吠えている。
ベルを押している金武。
後に、ライトバンが駐まっている。
小窓が開き、女中が顔を出す。
金武「電気屋です。昨夜注文されたクリーナー届けにきました」
女中、ドアを開ける。
金武、ベルトに差してあった拳銃を抜いて突きつける。
同時にライトバンから宮里がカービン銃を摑んで躍り出る。
金武「どこに居る？」
女中「（恐怖で）……！」
宮里「当間だよ！」

70 同・中（階下）

女中を脅しつつ侵入する宮里、金武。
居間で朝食をとっていた当間の妻喜美と二人の子供たちが驚いて立ちかかる。
金武「動くな!!」
金武、女中も居間に入れ、拳銃で威嚇。
その間に階段を駆け上る宮里。

71 同・二階寝室

ドアを開けて入ってくる宮里。
ベッドに寝ていた当間が目をこすって起きかかる。
カービン銃を構える宮里。
当間「あッ!!」と声にならぬ絶叫で、口をあんぐり開けたまま釘づけ。

宮里もなかなか引金を引けない。

奇妙な静止した時間。

二人とも、息遣いが激しくなる。

宮里、射つ。今度は止められずに立て続けの連射。

血しぶきを上げ続ける当間の即死体。

72 海上からの宮古島の遠望

73 宮古島・平良市

ヤシの木も散見されるのどかな南国の町。

74 平良市裏通りの料亭街

古い遊廓に似た三十数軒の料亭。

その一軒の中から、石川が荷物を提げた律子を連れて出てくる。


（沖縄歌劇の様式による琉歌のＢＧＭ。大要以下の如き内容）


夫は妻を迎えに旅立った。

別離はわずかな歳月であったが、二人の間を吹き抜けていった嵐は、荒々しく、激しく、無情であった。

夫の顔には痛みが、妻の面には老いが、消し難く灼きつけられている。

島は明るく、海は青い。

波が二人の心を洗い、鎮めた。

75 道

石垣囲いの民家の並ぶ通りを、夫婦、影を曳いて歩く。

76 平良港

岸壁の外れでしゃがんでいる律子。

石川が缶ビールを二本買ってきて、律子と分ける。

黙ってビールを飲みながら沖を見つめている二人。

77 モンタージュ

ベトナム戦争のフィルム。


夫は夫に返り、妻は昔の妻に返った。

固い誓いを心の中で語りながら――

嘉手納を飛び立つB52。

作戦行動中の米空母。

原潜。

Ⓣ『1964年
米軍、南ベトナム内戦に介入。
沖縄、前線基地と化し、
反米運動、激化』

×　　×

「沖縄連合琉栄会」

の掲示と連名の貼り紙。

「会長、大里鉄男、理事長、国上英雄、理事、石川健吉、玉木登、運天景助、大浦満……（以下）」

結成式会場に集まる国上、大里、石川、玉木等遊人(あしばー)幹部たち（他に顧問久場喜秀、大田康一、理事羽地政雄、真栄田誠など）。

×　　×

コザ暴動。

佐藤・ニクソン会談のフィルム。

×　　×

那覇、コザ等の本土資本の会社、ホテル、飲食店など。

Ⓣ『1969年
佐藤・ニクソン会談。
沖縄を一九七二年に返還と決定。
本土資本、業者、観光団、暴力団の脱出目立つ』

×　　×

南部戦跡めぐりの本土観光団。

×　　×

これ見よがしの黒背広で繁華街をノシ歩く関西侠友会系白川正明組長と組員の一団。

78　ある民謡バーの中（夜）

ムンムンした熱気で島うたが唄われているステージに、いきなり白川組長が登場してマイクを奪い取り、

〽清水港の、名物はア……

と唄い出す。前席を占領した白川組員たちからヤンヤの拍手。

白ける県民の一般客。

突然、一方の席が騒ぎ出す。

大浦、仲宗根、セパード西銘等の国上派の一団である。

大浦「降りろ、この馬鹿!!」

仲宗根「ヤマトへ帰れ!!」

西銘「海へ放り込むぞ!!」

反撃する白川組員。

組員A「白川組や、文句あるか!!」
組員B「土百姓、出て来い!!」
　ビール瓶、グラスの投げ合いから取ッ組み合いも始まる。
　ひとり上機嫌で唄い続けている白川。

79　ホテルの表（夜）

　タクシー二三台を連ねて帰ってくる白川組の一同。車を降りて前庭を横切りホテルへ入ってゆこうとした時、追尾してきた数台のセダンが猛スピードで突っ込んできて、急停止。

　玉木を先頭に先刻の大浦たち一同が、バット、鉄筋、匕首などで白川組員に襲いかかる。

　先手を取られて動揺した白川組は、負けずに応戦するが、玉木たちのタフな馬力に圧倒されて、一人また一人とブチのめされる。

　白川もバットの滅多打ちを受けて昏倒。一台のセダンの中からジッと乱斗を見守っていた国上、車を発車させ、倒れている白川の体を轢く。

　絶叫を挙げつつ必死な力で這って逃れようとする白川を、今度はバックで轢く。まるでローラーにかけるように、白川の体を何度もタイヤの餌食にしている国上。

80　那覇空港

　到着便のタラップをおりてくる二十人ほどのリュウとした背広の一団（侠友会若頭浅野寛と幹部、随伴組員たち）。

　待ち構えていた刑事と警官たちが駆け寄って所持品検査。不敵な笑いで穏やかに受けている浅野たち。

81　那覇港

　本土行き便船に押送員附添いで乗り込む手錠、腰縄の国上。

82　ホテル（A）玄関

　ピカピカの外車を連ねて乗り込んでくる浅野たち。

浅野のⓃ『あんたらが寄ってたかってなぶりもんにした白川いうやつはな、わしら侠友会が盃やっとる直参の若衆や。その男をあないな片輪にしよったいうことは、侠友会に向いて正面から構えるつもりかどうか、確かな返事を貰いにきたんや』
大里のⓃ『そう言われても、喧嘩した本人が九州の刑務所に送られたばっかりで、わしらには……』
浅野のⓃ『わしは琉栄会の返事を貰いに来とるんや。国上いうやつは理事長やないかい。お前等、理事長のやったことにも責任取れんのか』
大里のⓃ『そりゃ済まんことだと思うとりますが

殺気立った目配り。

……』

83　ホテル（A）の会議室

険しい対峙で談合する浅野たちと大里、石川等琉栄会幹部たち。

浅野「ここでなんぼ済まん済まんいうても、海を越えて本家のおやじの耳には届かんのや。オイ、極道が済まんいう時はな、お前等全員坊主になるか片腕斬って差し出すかしてからのこっちゃ。オトシマエのつけ方もよう判らんのなら、俠友会の看板こっちに運んで川中島で決着つけたってもええのやで。明日までに、どっちでもお前等好きな方選んで返事持って来い！」

席を立って出てゆく浅野たち。

途方に暮れたような溜息の一座の中で、

大里「国上の馬鹿め！　玉木は逃げて出てこんし、なんでわしたちがあいつらの尻拭いをしなけりゃならんのだ！」

久場「全くだ！　俠友会とは事業提携する話も進めておったのに……」

大田「あんな大組織に攻めてこられたら、この狭い島で防ぎようがあるまい」

大里「ケン、国上派がやったことだ。お前が責任もって解決しろ！」

無言で一同の非難の視線に耐えている石川。

羽地「出来んのなら、国上派を全員除名するしか手はない！」

真栄田「そんなことをしたら、国上が出てきた時、また大騒ぎが起るだけだ！」

大里「わしに坊主になれというのか！」

それぞれ言い争いになる一座。

石川「待ってくれ！　折角琉栄会をつくって一心同体になったばかりじゃないか。除名とか分裂は沖縄遊人（あしばー）の恥さらしになるだけだ……俺がきっと解決する！」

大里「確かだろうな。首に賭けても、と言え！」

石川「おう！」

84　ホテル（B）の廊下

外出から帰ってきた浅野が自室に向う。見張りに立っていたボーイが、その姿を見て、向いの部屋のドアをノック。

中から、拳銃を構えた恩納、喜屋武等数人が飛び出てきて浅野を囲む。

浅野「なんやお前等……?!」

隣りから出てくる隻腕の伊波。

伊波「愛国同盟沖縄支部のもんです。来て下さい」
浅野「愛国同盟?! 小波本先生のか……?!」

85 同・一室

伊波と入ってくる浅野。
中に小波本が一人で待っている。
浅野「先生！ 知らん仲じゃないのに、非道い扱いですな」
小波本「失礼はお詫びする。ただ、あんたに口実を作られてかわされてしまうと困るんでね」
浅野「琉栄会の話なら堪忍しとくなはれや。先生の運動とは関係のない極道同士のオトシマエですさかい」
小波本「その口実を下げてほしいんだよ。それに、あんたのとこの会長は愛国同盟関西本部の客員ということになっとる。なんならわしが向うまで出向いて行ってもいいが」
浅野「判りました。どうしろと仰言るんです？」
小波本「穏やかな方法で手打ちにして貰いたいんだがね……」

86 同・別室

石川と小波本、伊波。
小波本「見舞い金一千万と、土産が欲しいと言ってるんだが」
石川「土産……？」
小波本「飛び道具だよ。コルトでもM16でも種類は問わない、数も注文つけないと言っている。呑めるかね？」
石川「それだけのことでしたら、会に相談せずとも、私の方で調達出来ます。それだけでほんとに宜しいんですか？」
小波本「白川組長が死なずに済んだということが、不幸中の幸いだったよ」
石川「先生ッ……私は、大里会長に、首に賭けてもと約束してきました……先生のお蔭でもうこの首に用はなくなりました。これまでのお詫びに、先生の御自由にこの首を始末して下さい！」
小波本「私は、伊波君にどうしてもと頼まれて動いただけだよ。そういうことは私より伊波君に言いなさい」
伊波「ケン、昔のことはもういいじゃないか。第一、俺はもう先生に拾われた体なんだから、前のことは全部忘れているよ」
石川「済まん……ほんとに済まん……どうしてもお前に頼むしかなくて……！」
小波本「石川君、君たち二人の友情とは別のことだが……

この際、伊波君と義兄弟の盃を交してくれんか？」
石川「盃を……？」
小波本「私が仲裁をしたと表面に出てしまうと、琉栄会の連中もいろいろ気を回すだろう。私に琉栄会を牛耳る野心があると見られるのが一番かなわん。それで、今度の手打ちはすべて伊波君が君との個人的な友誼に基いて計らった、として置きたいんだが、その明白な証しとして、盃を固めて置いて貰いたいんだがね」
石川「（迷って）……！」
小波本「伊波君には将来この支部を預けようと思っている。君もいつかは琉栄会の頭領の座に就く人だ。琉栄会と愛国同盟が手を携えて働けば、復帰後も秩序正しく本土との一体化が達成されると、私は楽しみにしているんだが……」

× ×

（インサート）

小波本の媒酌で厳粛に兄弟盃を交す石川と伊波。

出席者はすべて紋付袴姿、作法も本土の古式に倣い、一座の背後には「日の丸」。

石川の面上にかすかな苦悩と不安の色。が、ふっきるように、
石川「承知しました」

87

山原（やんばる）地方の海沿いの道

キンキラの外車が十数台連なって驀進する。

先頭のオープンカーに国上、玉木など。後続車にそれぞれ石川、桃原、大浦、亀吉など国上派総員が分乗。

最後尾には、料理用の豚十数頭を載せた金城運転のトラック。

上機嫌の国上の顔。

Ⓣ『１９７１年』

88

国上の村

「祝・公民館落成、歓迎・国上英雄先生」の横断幕の下を、村民多勢（おおぜい）の歓呼に大統領宜しく手を振って応えながら通ってゆく国上と一行のパレード。

89

同・公民館前の広場

紅白の幕を背に神妙な顔で椅子に並ぶ国上、石川、玉木、亀吉たちの一同。かつての青年集会のリーダーで今は区長の塩屋が、壇上から、集まった住民たちに祝辞を述べている。

塩屋「……国上先生は終戦直後より身を挺して当地区の救

援、復興に力を尽され、更に今日、多年の艱難辛苦によって築かれた浄財を擲って、このような立派な公民館を寄贈下さりましたことは、私どものこの上なき感激であります と共に、先生の御偉業を心から讃えてやまぬものであります……」

老女になったマズルが進み出て国上に花束を贈る。

参会者の中には、かつて国上を忌避した者の顔も多く見られるが、国上は少しも屈託なく、晴れやかに、童児のように無邪気に照れている——

90 同・広場

豚の丸焼き、その他の料理に舌鼓を打ちながら、地区青年たちの沖縄相撲を見物している国上や塩屋たち。

勝者には、国上が自ら分厚い賞金の札束を与える。

この上なく陽気で上機嫌な国上。

その顔を、醒めた目でジッと見守っている石川。

91 同・墓地

ある墓の前で、国上が独りで供物を捧げ、身じろぎもせず坐り込んでいる。
石川が歩み寄ってゆく。
気づくが、振り向こうとしない国上。
石川「えらい変りようだな……昔は盗ッ人扱いで追い立てた連中が……あいつらのギブミー精神はいつまで経っても直らんらしい」
国上「食栄いしど我が御生……食いものを呉れる者なら誰でも仕える、のは、貧乏人の知恵だ。ギブミー精神とは違う」
石川「……」
国上「腹がへりゃ誰だって手を出すさ。戦争前、俺はおやじやお袋と本土へ出稼ぎに行ったよ……こっちじゃソテツしか食うもんがなかったからな……だけど、何処へ働きに行っても、朝鮮人と沖縄人はお断り、だ……そうして腹をすかして食いものを貰いに行けば、乞食根性だと笑いやがる……それが、本土の、ヤマトンチュの正体だ……」
石川「(返す言葉がなく)……」
国上「……お袋が病気で倒れて、薬代と交換で俺は漁夫に売られたよ……あんまり辛くて、海を泳いで逃げて、俺だけこの村に帰ってきた……おやじもお袋も、到頭帰ってこなかったよ……」
石川「……」
国上「(立上り)貧乏人根性を笑うより、貧乏人根性にツケこむやつが俺は憎い……」

ギラッと初めて石川を正面から見据える国上。
国上「ケン、愛国同盟の伊波と兄弟の盃をしたそうだな?」
石川「兄貴、その経緯(いきさつ)は……」
国上「小波本は、本土復帰などと騒いでる連中と同じ、俺のエネミーだ。本土に向ってギブミー、ギブミーと言ってるやつと、お前は兄弟になったんだ」
石川「兄貴ッ……!」
国上「二度と俺を兄貴と呼ぶな!」
去ってゆく国上。

92　「本土復帰促進」のデモ(スチール)

93　ある本土系大衆酒場

乗り込む国上たち。
国上「ここは沖縄だ! ヤマトンチュはヤマトへ帰れ!」
手当り次第に破壊して回る。

94　「本土復帰」を訴えるポスター(スチール)

95　ある本土系建設会社の飯場

乱入する玉木たち。
玉木「琉栄会だ!!」
破壊——

96　「本土復帰」支持の新聞記事(スチール)

97　ある本土系クラブ

荒れ狂う仲宗根たち。
仲宗根「琉栄会だ!! 文句あるか!!」

98　「本土復帰」反対の過激派の逮捕(スチール)

99　ある公会堂の楽屋通路

「本土復帰祈願!
日本民謡祭、
本土各地民謡芸能団、大挙来島!」
のポスター。

なだれこんでくる大浦の一行が、ポスターを引き裂き、机を投げ飛ばし、片ッ端から叩きこわして回る。
民謡衣裳をつけた本土民謡芸能団員たちが悲鳴を挙げて逃げ惑う。
奥から愛国同盟の恩納、喜屋武たち、
それに亀吉と金城が駆け出てくる。
恩納「なにをするんだ！」
大浦「貴様等沖縄人（うちなんちゅ）なら沖縄（うちな）の唄を聞け！　ヤマトの唄なんぞ、琉栄会が許さん！」
亀吉「琉栄会がそんなこと決めとりゃせんぞ！　この民謡祭は小波本先生がプロモートしてるんだ。ゴタゴタを起すような馬鹿な真似はやめろ！」
大浦「お前等はどうしてこんな所にいるんだ?!」
亀吉「俺は頼まれて島うたの指導に来てるだけだ」
大浦「嘘つけ！　石川の真似して小波本のスパイやっとるんだろう！」
亀吉、逆上して大浦に飛びかかる。それをきっかけに両派乱斗。亀吉や恩納たちの勢いが圧倒的に強く、大浦たちを袋叩きに殴りのめす。

100　コザ・石川の家（古着店）

石川と律子が店土間に山と積まれた仕込みの古着を一枚一枚整理している。
側で幼い手で手伝う一人娘の信子（のぶこ）。
そこへ表から桃原と宮城が駆け込んできて、
桃原「兄貴ッ、来てくれ、えらいことが起きてるんだ！」

101　国上派事務所の一室

素ッ裸でロープで縛られ、梁から吊された亀吉と金城を、玉木を始め大浦、仲宗根たちがバットなどで滅多打ち。
更に玉木がペンチで亀吉の急所やあちこちの筋肉を捩り上げる。
血まみれ、息絶え絶えでうめいている亀吉、金城。
ドアを蹴り開いて飛び込んでくる石川と桃原、宮城。
石川「玉木ッ、止さんかッ！」
玉木「あんたは口出すな。こいつらは小波本の子分とグルになって、琉栄会のやってることに噛みついたんだ。このぐらいの制裁は当然だろう！」
石川「制裁なら俺がする。若僧のくせに出しゃ張ったことをするな！」
玉木「俺は琉栄会ではあんたと同格の理事だ。何が悪い?!　第一、俺はあんたみたいに二足の草鞋は履いとらんよ！」
石川「（色をなして）そりゃどういうことだ?!」

その時、天仁屋を連れた国上が入ってくる。
国上「ケン、俺がやらせていることに文句をつけに来たのか？」
石川「兄貴……！」
国上「兄貴と呼ぶなと言った筈だ！」
石川「こいつらが何故逆らったか判っているのか?!」
国上「判っている！」
石川「今度という今度は小波本先生も黙ってはおるまい。それも承知でか?!」
国上「無論だ」
石川「あんたという人は……誰が今日まであんたを庇ってきたんだ！　誰が今日まで命がけで防いでくれたのは誰なんだ！　小波本先生が居なかったら、あんたは今日まで生きてはおれなかった筈だ！　その恩も義理も忘れて、なにが沖縄人(うちなんちゅ)だ！　あんたのやってることは根っからの泥棒根性だ！　アメリカや本土人(やまとんちゅ)よりもっと汚ないやり方だよ！」
国上「ケン、俺と喧嘩するのか、それともコザから出てゆくか……今日中に決めておけ！」
石川「……！」
国上「(玉木たちに) その二人は石川に預けてやれ。コザを出てゆくにも土産は要るだろうからな」
冷然と言い捨てて出てゆく。

102　石川の家の中（夜）

床に横たえた亀吉を介抱する石川と律子。

桃原、宮城それに包帯姿の金城も附き添っている。

石川「亀小(かみぐゎー)！　亀小……！」

亀吉はまだ恐怖で錯乱しているが、発作的に脅えたような絶叫を挙げて悶えている。

暗然となる石川たち。

桃原「兄貴ッ……俺はもう、見限った……コザから出て行こう！」

宮城「あんな気違い連中と一緒にはおれん！」

石川「……」

苦悩の色深い石川。

その時、戸外からの銃声——と同時に、窓ガラスが銃弾で砕け散る。

咄嗟に律子と信子を庇う石川。

桃原たち、表へ駆け出ようとする。

その鼻ッ先に表から放り込まれた二、三本の火焔瓶が炸裂、みるみる内に店内の古着に燃え移って火の海となる。

石川「消セッ！　表へ放り出セッ!!」

石川、律子たち、死物狂いで火のついた古着類を外へ放り出す。

桃原、拳銃を引き抜いて通りへ飛び出してゆく。

103　同・表附近（夜）

桃原、探し求めて突っ走る。
闇の中から、銃声――
桃原、射殺される。

104　海上

豪華な大型ヨットが快適なエンジン音をたてて遊弋している。

105　同・キャビン

テーブルを囲む大里、久場、大田の琉栄会首脳と石川、それに伊波。
大里「（石川に）小波本さんも今度ばかりは腹に据えかねておるらしいぞ……愛国同盟が腰を上げるとなったら、この前の俠友会事件の比ではない。日本中を相手に喧嘩するようなもんだ……！」
久場「伊波君もなんとかそういう事態にならんようにと心を砕いて、こうして相談に乗ってくれている……と言って、手土産なしに小波本さんに謝りにゆく訳にはいかん」
石川「（伊波に）頼む……義兄弟の誼みだ……俺の首で先生にお詫びしてくれ！」
伊波「（頑な表情で）……」
大田「ケン、君の首ではもう間に合わんのだよ」
石川「……?!」
大里「国上の馬鹿はもうどうにもならん……あいつ一人の馬鹿なら放っとくしかないが、琉栄会の名で本土からのお客さんに乱暴を働いとるんだ。みんな琉栄会のやったことだと見ておる……こんなことを黙って見ておったら、復帰を前に、大事な本土の業者も資本家も誰一人沖縄に寄りつかんようになる。そんなことになってみろ、沖縄はまた戦前と同じように、ソテツばかり食わなきゃならんようになる！」
久場「国上のようなヤツが居ては、沖縄の近代化は出来ん！」
大田「今どき、まだアメリカを敵と思いこんでるような、変りについてゆけん男は、切り捨ててゆくしかあるまい！」
石川「……」
伊波「ケン、小波本先生と和解する道はただ一つだ……国上の首だ」

石川「……！」
伊波「俺と義兄弟の盃を水に流すか、国上の首を取るか、どっちを選ぶか、その返事だけを俺は聞きにきた」
石川「……！」
大里「ケン、念の為に言うが、これは小波本さんからの注文だけではない。国上派を除く琉栄会全員の一致した結論だ。国上のあとの理事長には、あんたを推すことも決めてある」
久場「資金と武器は幾らでも援助する。タマだけそっちが出してくれればいい」
大田「どうなんだ、ケン？」
石川「……俺には……出来ん……」
伊波「ケン！」
石川「もう言うな!! 俺をここで殺セッ!! あんたらでやれないなら、俺が自分で死ぬッ!!」
内ポケットから用意してきた匕首を取り出す。
その時、運天が紙片を持って入ってくる。
運天「石川さん、あんた宛に無線が入った」
紙片を石川に渡す。
石川、目を通し、ガックリと椅子に凭れてしまう。
伊波が紙片を取って読み、一同に、
伊波「リンチでやられた亀小（かみぐゎー）が死んだそうだ……」

106 海が見える小高い丘の上

草の上に骨壺を置き、その前で正座して、亀吉遺品のサンシンを弾き奏でている石川。（曲目後考）
切なく、昂ぶる思念――

107 那覇・小波本の家の表

ジープが乗りつけ、戦斗服の国上が降り立つ。

警護に当っていた恩納、喜屋武たちが武器を手に駆け出てきて包囲する。

国上、手を挙げて笑いながら、
国上「俺は一人できたんだよ。ここで殺すか、奥の座敷で殺すか、小波本さんに訊いてみてくれんか？」

ド胆を抜かれたような恩納たち。

108 同・座敷

国上と向き合って端然と座に着く小波本。二人きりの対座で、
小波本「話は？」
国上「石川のことであんたに頼みにきた」
小波本「石川を？ 私にどうしろと……？」

国上「あいつと俺とは考えが違ってきた。このままでは、あいつも骨を埋める場所があるまい……琉栄会をやめさせるから、あんたが引き取ってやってくれんか？」
小波本「……！」
国上「使える男だよ、ケンは。義理も固い。あいつと命を賭けて喧嘩することだけは、俺はしたくないのだよ」
小波本「私が引き取っても同じことだろう。君が今の考えを変えん限り……」
国上「小波本さん、俺はそんな気の短かい男じゃないよ。勿論あんたとは死ぬまで争うことになるかも知れんが、今すぐ腕づくで決着をつけようとは思わん。何十年か先、この島の同胞がどっちを向くかで勝負が決まるんだから。あんたの方はやる気かね？」
小波本「私は武芸者のはしくれだよ。こちらから手は出さん」
国上「それなら決まった。ケンを預かってくれるな？」
小波本「私の一存では決められん。考えておこう」
国上「よかった……あんたに会いにきてよかったよ……なア、小波本さん、俺はアメリカやヤマトやあんたらはエネミーだと思っとるが、あんたらを倒しさえすりゃええとは思っていないよ。エネミーはエネミーなんだということを一生忘れたくないだけなんだ。だから戦い続けるしかないわけだよ。沖縄人が沖縄人として生れてきたことを誇りと思うようになるには、自分の力を信ずることしかないからね」
小波本「日本人としての誇りを持つことの方が理想じゃないのかね？」
国上「俺はこの島で生まれたからね、この島の土の味が一番うまいと思うとるのよ。だから、余分な肥料はまくな、と言うとるだけだ」

109 宜野湾・クラブ「プリンス」表（夜）

セダンで乗りつける国上と玉木、大浦たちの一行。

110 「プリンス」クローク（夜）

入ってくる国上、思いついたように電話に向い、ポケットからメモを出して見ながらダイヤルを廻す。

111 アパート・石川の部屋（夜）

夕食の膳を囲んでいる石川と律子、信子の親子、それに島から出てきたらしい二人の青年、知念三郎、儀間志郎も。

電話が鳴り、律子が出る。

律子「ハイ……家内ですけど……（受話器を塞いで石川に）国上さんから……」
石川「……！（代りに聞け、と合図）」
律子「（電話に）今、ちょっとお風呂に……」

112 「プリンス」クローク（夜）

国上「じゃ、こう言うて下さい。今、宜野湾のクラブ・プリンスにおるんだが、二人だけで飲みたいんだがね……兄弟の別れの最後の晩だから、どうしても二人だけで飲みたいとね……返事を聞いてくれんですか……」

113 アパート・石川の部屋（夜）

石川「（考えて）……行く、と言え……」
律子「（電話に）直ぐ伺うそうです……」

114 「プリンス」クローク（夜）

満足そうに電話を切る国上。
国上「（玉木たちに）石川がくる。お前等は他処で飲め」
玉木「兄貴、石川がくるなら……！」
国上「構わん。今夜は喧嘩は抜きだ。あいつと二人だけで二十六年間の思い出話をするだけだ。邪魔するな」

115 夜の道を突っ走る一台のセダン――

116 「プリンス」客席（夜）

国上、ホステスたちに囲まれ、上機嫌でサンシンを自ら弾きつつ「白骨節」を唄っている。

（白骨節――独り心中の唄）

〽白骨になやい、白浜の砂と共にヨー

117 同・表（夜）

乗りつけるセダン。

118 同・客席（夜）

〽骨や、さらさりてでんし……
ボーイが国上の側にきて、
ボーイ「石川さんの……」
国上「オウ、来たか、こっち呼べ！」
歩み寄ってくる知念と儀間。

119　アパート・石川の部屋（夜）

信子を抱き上げてあやしている石川。

120　「プリンス」客席（夜）

ボーイ「使いの方だと言うとられますが」
国上「ン……？」
　初めて、間近に来た二人の若者を見上げる。
　同時に拳銃を抜く知念、儀間。
　強烈な音響と共に国上の体が空中にはね飛んで、フロアに叩きつけられる。
　眉間に大きな血の穴。
　握りしめたままのサンシン。
　見開かれたままの瞳から一滴伝わり落ちる涙。

× × ×

　信子を抱き上げたまま凝固した石川の顔。

× × ×

　拳銃、ライフルで武装して車に乗り込む玉木たち。

（「白骨節」、続く）
惜しさ身や
ねさみ
互に
うみちわみ

Ⓣ『国上派、報復宣言』

× × ×

　路上の車内で射殺される宮城。

× × ×

　昭和四十七年、沖縄復帰時の記念行事のスチール。

× × ×

　琉栄会本部で大里等に激しく詰め寄る玉木たち。
Ⓣ『琉栄会、石川派を除名』

× × ×

　深く掘られた穴の中に立たされた金城、知念、儀間の三人を上から乱射して射殺する大浦たち。

× × ×

　自衛隊沖縄移転と反対運動のスチール。

× × ×

　会談する小波本、玉木、大浦たち。

里とヨー
手ゆちりて
海に
身ゆ投ぎん
離すなよ
死出ぬ旅に
行くまでや
ままどや
一道なて
言ちゃる
言語れや
かたく信じてど
命や

Ⓣ『小波本、伊波良孝を義絶』

×　×

仲宗根たちにナイフで滅多刺しにされる伊波。

×　×

皇太子火焔瓶事件のニュース・フィルム。

×　×

爆砕されたアパートの室内。爆死した律子と信子母子のスチール。

×　×

海洋博の華やかな行事のフィルム。

×　×

ベッドで就寝中の大里の枕許に、長柄の斧をひっさげた人影（下半身のみ）が近づく。

脳天から一撃。

噴出する鮮血。

×　×

捨てたしが
里やヨー
肝変て
死ぬる命
惜しで

かかりわん
離す
しがりわん
うし離ち
無情にヨー
我ん一人
荒波ぬ中に
捨てて

闇の中を逃亡して突っ走るジープ。

（追う側の車の中からのアングル）

ついに数条のヘッドライトの光芒に捉えられる。

ジープから、長柄の斧と拳銃を両手に降り立つ戦斗服、髭だらけの男は石川である（あたかも国上の再現のように……）。

悪鬼の如く、拳銃をカメラの方に向けて射ち続ける石川のストップ・モーション。

行方ねらん

（終末近くより「白骨節」の余韻の上に、ドロドロと砲爆撃の音響。あたかも沖縄決戦の再生のように、次第に轟々と耳をろうせんばかりに鳴り響きつつ）

実録・共産党

未映画化作品
共同脚本　野波静雄
昭和四九年一〇月執筆

スタッフ（予定）

監督　深作欣二
企画　日下部五朗
　　　松平乗道

登場人物

渡辺政之輔　工員・日共中央委員長
徳田球一　弁護士・戦後日共中央委員長
市川正一　ジャーナリスト・党中央委員
川合義虎　旋盤工・共産青年同盟委員長
相馬一郎　事務員・党中央委員
北島吉蔵　工員・南葛労理事
三田村四郎　元巡査・党中央委員
国領伍一郎　織物工・党中央委員
鍋山貞親　工員・党中央委員
河合悦三　京大出・党員

丹野セツ　看護婦・党員
九津見房子　主婦・党員
〃　一燈子　その娘
渡辺テフ　渡政の母・工員
相馬シゲ　相馬の母・モップル
田口ツギ　女工・党シンパ
堀田はる　国領の愛人

森田京子　ハウスキーパー
伊藤千代子　浅野の愛人
徳田よし　徳球の妻
＊共産党幹部
堺　利彦　初代党委員長
山川　均
荒畑寒村
佐野　学
佐野文夫　党幹部再建党委員長
野坂参三
福本和夫
鈴木茂三郎
猪俣津南雄
赤松克麿
高瀬　清
饒平名智太郎
北原竜雄
浅野　晃
小林多喜二　党員作家

丹野一郎　セツの父・大工
〃　トシ　セツの母
〃　一男　セツの兄・自転車屋
〃　四郎　セツの弟
宮崎竜介　帝大新人会
辻井民之助　京都総同盟
吉沢伊助　坑夫
市川正路　市川の父・元警察官

菅野スガ　大逆事件の女囚
加藤タミ　加藤高寿の妻
＊南葛労・亀戸事件の犠牲者
平沢計七
山岸実司
鈴木直一
加藤高寿
近藤広造
吉村光治
佐藤欣治
＊亀戸署
石森署長
蜂巣刑事
安井刑事
三島巡査
同僚の巡査
＊騎兵第十三連隊
田村春吉
兵士A
兵士B

与世山刑事
宮城裁判長
平田検事

Ⓣ『この作品は、大正・昭和の社会主義運動の資料に
基いて創作したフィクションです』

1　タイトル

『共産主義者は、これまでのいっさいの社会秩序を強力的に転覆することによってのみ、自己の目的が達成されることを、公然と宣言する。
カール・マルクス
フリードリッヒ・エンゲルス
（共産党宣言）より』

2　走る丹野セツ（夜）

息も切れんばかりに走っている。

半鐘の乱打。唸り通しのサイレン。

セツ（18）、走りながら、寝巻きの上から看護婦の白衣を着こみ、手拭いでマスクする。

前後周囲に揺れ飛ぶ提灯。

「ガス爆発じゃ、坑口に近寄るな！」

「救護班、救護班！」

Ⓣ『大正七年、日立鉱山』

泣き叫び、狂乱して駆け回る女、子供たち。その中で、被災坑夫の救出に当っている救援隊の工員たち。旋盤工の川合義虎（18）も。

川合「（セツに）こっちだ、この人頼む！」

セツ、坑内から運び出された被災坑夫の一人（吉沢伊助）に駆け寄る。

プルスを確かめ、全身を覆ったススと血を拭き取り、馬乗りになって人工呼吸。

セツ「しっかり、しっかり！　誰か、カンフル下さい、カンフルを……‼」

Ⓣ『丹野セツ
のち、共産党員』

3　鉱山病院の廊下（夜）

吉沢伊助の担架を担ぎこむセツ、川合たち。

どの病室も傷ついた被災坑夫とその家族たちとでごった返している。

セツ「こっちに運んで！」

とセツが先導し、奥の特別病室のドアを開けて担架を入れようとしている所へ、色をなした事務長が飛んでくる。

事務長「オイ、いかん、いかん！　ここは重役さん方の特
　等病室だ、向うへ運べ！」
セツ「一杯なんですよ、空いてるんだからいいじゃありま
　せんか！」
事務長「会社の規則だ、口応えするな！」
川合「死にかかってんだよ、どけッ馬鹿野郎！」
　と突っかかって揉み合う。
事務長「こいつ、貴様どこの工員だ、名前を云え、名前
　を！」
川合「（怒鳴る）旋盤工、川合義虎！」
　Ⓣ『川合義虎
　　のち、青年共産同盟委員長』

4　坑夫長屋の外れの道（何日かのち）（夕）

被災坑夫吉沢伊助が、女房と幼い子供たちを連れて、見送りのセツ、川合、川合の同僚の北島吉蔵（16）たちに旅立ちの挨拶をしている。
側に病院の事務員相馬一郎（18）も。
吉沢は盲目となり、片足を失なった松葉杖姿、顔面にはガス中毒特有の青黒い斑点が浮き出ている。
吉沢「お蔭さまで、命拾いした上に、なんとか巡礼も出来
　そうで……ほんとにお世話になりました……」
セツたち、慰めの言葉が見つからず、替りばんこに手を握りしめてやっている。相馬が、一枚の証明書を吉沢の手に持たせて、
相馬「これが被災証明書だから、失くさないようにね……
　先々のヤマの事務所に寄ってこれを見せれば、きっと幾
　らか生活費を呉れる筈だから」
吉沢「ハイ、有難うございます……皆さんもどうかお元気
　で」
川合「頑張るんだよ！」
セツ「また帰ってきてね！　みんなで待ってるからね！」
それには答えようとせず、吉沢一家は黙って何度も深い挨拶を残して歩み去ってゆく。貧しい親子の旅姿を夕陽が包んでいる。
相馬「……巡礼って言ったって、一生ひとの貰いで喰って
　いかなきゃならない乞食なんだ……散々働かしといて、
　あんな、紙きれ一枚でおっぽり出すなんて……！」
　Ⓣ『相馬一郎
　　のち、共産党中央委員』
川合「組合だなア、組合作って戦わなきゃ、勝てっこない
　んだ、会社には……」
相馬「なにかしなきゃなア、せめて俺たちだけでも……」
北島「あんな広いロシヤでさえ、革命が成功してるんだか
　ら、日本でだって出来ないことはないんだ」

と、北島は、機械事故の為の軽い跛を曳いて歩きながら朗誦を始める。

北島「同志よ、われの無言を咎むることなかれ、われは議論すること能わず、されどわれには何時にても起つことを得る準備あり……」

Ⓣ『北島吉蔵

　のち、南葛労働協会理事』

セツ「誰の詩なの？」

川合「石川啄木の墓碑銘……幸徳秋水の大逆事件に感動して作ったんだよ」

相馬「セッちゃん、幸徳事件で死刑にされた人たちの中には、女もいるんだよ。管野スガ。日本で一番偉い女だ。セッちゃんは、二番目に偉い女になれよ」

セツ「死刑なんて、いやよ！」

5 絞首台

管野スガが、紫の三ツ紋羽織姿で、刑吏に曳かれて台上に登ってくる。

凛然と宙天を睨み、

スガ「われ、主義の為に死す、万才ッ！」

一瞬、その体は宙に躍り、暗黒の虚空に声なく吊り下がる。

Ⓝ『明治四十四年、幸徳秋水、管野スガ等十二名の無政府社会主義者たちは、明治天皇の暗殺を計画したとの罪名によって、死刑に処せられた。だが、事実は、殆どの者が無実の罪を着せられた思想弾圧であり、国家権力に対する反逆は、直ちに死を意味することを、民衆の脳髄に刻みつけた事件であった』

6 資料モンタージュ

ロシヤ革命の報道と、レーニンなどの記録写真。

Ⓣ『大正六年十一月、ロシヤ革命』

×　　×

（以下、解説Ⓣ）

各地の農民争議。

山口県宇部、九州峰地炭鉱などの坑夫暴動と軍隊出動。室蘭日本製鋼所、三菱長崎造船所などのストライキ。その他の争議に関する記録写真資料。

Ⓝ『しかし、そうした抑圧にもかかわらず、第一次世界大戦後の経済恐慌と生活不安の中で、ロシヤ革命の成功を聞いた民衆の間では、貧しさからの解放を求めて、権力階級への公然たる戦いが再び燃え拡がっていった』

7　大阪の街頭（夜）

幟（のぼ）りや蓆旗（むしろばた）を押し立てた群衆が、津波のように喚声挙げて突っ走ってゆく。

道を塞ぐ巡査の一隊と激しい揉み合い。

Ⓣ『大正七年、大阪、米騒動』

デモ隊の後にくっついて走っていた警備の若い巡査（三田村四郎21）が、何を思ったか落ちていた蓆旗を自分で担ぎ、押し合いの乱斗の中に飛びこんでゆく。

三田村「米よこせッ‼　交番ブチこわせッ‼」

制止にかかる同僚巡査に猛然と飛びかかってゆく。

Ⓣ『三田村四郎

のち、共産党中央委員』

8　記録写真

Ⓣ『大正八年、コミンテルン（国際共産主義機構）結成』

9　永峰セルロイド工場

口髭をはやした精悍そうな青年が、台上で、セルロイドのキューピー人形を片手に、集まっている職工たちに吼えるように演説している。渡辺政之輔（21）。

その背後には「東京帝国大学、新人会」と書いた幟りを立てて支援に来ている、角帽、羽織袴の宮崎竜介等大学生たち。

Ⓣ『大正八年、東京、亀戸』

渡政「こいつア誰が作ったんだ、俺たちじゃねえか、なアおい、そうだろ、おい！　それなのに、俺たちは、いや、俺アまだチョンガーだからガキはねえけど、諸君の中の誰が、自分の子供に、この人形を買ってやることが出来るか！」

Ⓣ『渡辺政之輔

のち、共産党中央委員長』

渡政「出来ないッ！　何故だ、何故買えねえんだ！　そんなに賃銀を貰ってねえからだ！」

「その通りッ！」

突然、大声が響く。新人会学生たちの中に、端麗な背広姿で参加している徳田球一（26）である。

徳球「弁士ッ、うまいぞッ！」

と独りでパチパチと拍手。つられたように大拍手の職工たち。

Ⓣ『徳田球一

のち、戦後共産党中央委員長』

渡政「（続けて）俺たちの要求と戦いは、正当なものだ。

それが証拠に、見給え、帝国大学新人会の学生諸君も、こうして応援に来てくれているのだ……！」

その時、職工たちをかき分けて、渡政の母テフ（44）（女工）が飛出してきて、

テフ「政や、連中が来たよ！」

同時に一方から、反対派職工と雇われ用心棒のやくざたちが、武器を手に殴りこんでくる。

渡政「おっかさん、危ないからどいてろ！」

乱斗の中で、渡政は履いていた下駄を両手に、一歩も退かず渡り合う。

10　近くの掘割の岸

宮崎等学生たちが、乱斗で汚れた手や衣服を洗い、引揚げようとしている。

渡政が追うようにやってきて、

渡政「宮崎さん、あんた方の勉強会に俺も入れてくれんですか。これからは、みんなを説得するだけの理論がどうしても要ると思うんだ。社会主義の勉強を徹底してやらなきゃいかんと気がついたんです！」

宮崎「労働者には、学生とは違った別の戦い方があるんじゃないかと思うけど、君がそういう考えなら、新人会としては喜んで迎えるよ」

渡政「（熱っぽく）有難う、有難う！　俺たちもこれから賃銀要求だけでなく、本格的な運動を拡げていこうと思ってるんだけど、いい指導者がいないんだ。あんたが俺たちの指導者になってくれないか！」

宮崎「そりゃ僕も大いに手伝いたいが、僕は今、胸を悪くしている体だから……」

「俺が指導してやるよ、君！」

後から渡政の肩を叩いてくる徳球。

宮崎「（紹介して）徳田球一さんだ。山川均さんの水曜会に加盟している弁護士さんだよ」

渡政「（徳球の尊大な風貌に違和感を持ちながら）……宜しくお願いします！」

徳球「君はすぐれたオルガナイザーだ。今日が初対面だが、君に惚れたよ。女にモテるだろう、君は」

渡政「（面喰らって）……！」

徳球「女にモテないようじゃ、いいオルグにはなれんさ。ところで早速相談があるんだが……君のアジプロの腕前で、鐘紡に潜りこんでストライキを起して貰えんかね」

渡政「（啞然と）鐘紡でストを起して、どうなるんですか？」

徳球「俺は証券会社の顧問弁護士をやってるんだが、鐘紡にストが起れば、当然株の変動が起る。うまく利用すれば、大儲け出来るんだよ。君の所だって運動資金に不自

由してるんだろう。一口、乗らんかね？」
宮崎「徳球さん、純心な労働者に変な政治技術を吹きこまんで下さいよ」
徳球「（破顔一笑して）いやア、済まん、済まん、冗談だよ。じゃア、今日は女を買いにゆくか！」

11　日立本山の劇場の表（夜）

点々と提灯の灯が闇を縫って飛んでゆく。劇場へ駆け集まってゆく坑夫たちのものである。赤旗、黒旗をかざしてゆく者も。
Ⓣ『大正八年、日立友愛会結成』
劇場の表口には、篝火が焚かれ、「友愛会日立支部発会式会場」の垂れ幕が見えるが、その一帯には、入場を阻む会社側職員、在郷軍人会、巡査隊のピケラインが、結集した坑夫たちと対峙して、激しい罵声の応酬。その中には、セツと川合、相馬、北島等の顔も。
坑夫側「中へ入れろッ！」
会社側「解散ッ、会社命令だ、解散ッ！」
坑夫側「イヌ！　貴様たちこそ帰れッ！」
在郷軍人会「非国民はどいつだ、出て来いッ！」
坑夫側「やれるならやってみろッ！」
巡査隊「検束！」
一斉に坑夫たちに挑みかかる巡査、会社勢。一帯は忽ち乱斗の坩堝と化する。
北島が松葉杖を奪われて殴られている。
相馬が庇おうとして巻きこまれる。
そこへ駆け寄ってくる相馬の母シゲ。
シゲ「（会社勢に）何をするんだ、ウチの子に！　あたしは小頭の相馬の家内だよ！」
相馬「おっかさん、こんな所に来るな！」
相馬、シゲと北島を助け出してゆく。
セツは、負傷した坑夫を乱斗から曳き出して介抱している。と、いきなり巡査に髪を引ッ摑まれて、
巡査「邪魔だ、向うへ行ってろ！」
セツ「看護婦ですよ、何が悪いの！」
巡査「こいつッ、来いッ！」
連行しようとする巡査に、川合が飛出してきて体当り、セツの手を引ッ張って逃げる。
セツ「（半泣きで）非道い……こんなことって……！」
川合「畜生ッ……セッちゃん、俺、東京へ出る！　東京へ出て勉強するんだ……勉強して、あんなやつらに負けないような組合を作ってやる！」
セツ「あたしもゆくよ、一緒に……！」
突然、バシッと横ッ面をひっぱたかれる。目の前に立っているセツの父一郎（日立精練所の木型大工）。

セツ「お父っつぁん……！」
一郎「馬鹿ッ、女のくせに……家へ帰れッ！」
　セツの腕を摑んで、力まかせに引摺ってゆく一郎。

12　京都・北野神社境内（夜）

　祝日の屋台が並んで賑わっている。

　その一隅で、「総同盟京都府連合会・西陣織物労働新聞」と書いたチラシを下げて、辻井民之助等二三人の有志が新聞を立ち売りしている。

Ⓣ『大正九年、京都』

　着流しの、近眼鏡をかけた一人の青年（国領伍一郎18）がオズオズと近づいて、
国領「ぼくにも、一部分けてくれはらしまへんか」

辻井「どうぞ、是非読んで下さい！」

国領「（新聞を貰ってから）ぼくも、西陣の織物工なんですけど、組合に入れますやろか？」

辻井「大歓迎ですよ。一度事務所へ来て下さい！」

国領「へえ、おおきに！」

　と嬉しそうな顔で離れた所へゆき、石畳の上に折り目正しく正座して、むさぼるように新聞を読み始める。

　その異様な、端然とした姿勢に振返ってみる参詣人たち。

Ⓣ『国領伍一郎
　のち、共産党中央委員』

13　第一回メーデーの資料写真

Ⓣ『大正九年、第一回メーデー』

14　上野山下附近の道

　メーデー参加の婦人グループが、警官隊に追い散らされながら、「革命歌」を高唱しつつ雪崩を打って駆けてくる。

Ⓣ『大正十年、婦人参加の第二回メーデー』

　赤旗を持ったり、「革命歌」をリードしている者は片ッ端からゴボウ抜きに検束されてゆく。その中で、先頭切って「赤瀾会」の赤旗を振り立てている九津見房子（31）。

巡査「あいつだ、引ッ張れッ！」

　九津見に殺到する巡査たち。九津見、路傍のドブの中に飛び込んで逃げようとする。追う巡査たちと渡り合う。

九津見「こいつら、税金ドロボー!!」

　頭からドブ鼠のような姿になって抑えつけられる。

Ⓣ『九津見房子
　のち、共産党員』

15　資料モンタージュ

社会主義同盟発会式々場での検束騒ぎの資料写真。及び、荒畑寒村、山川均、大杉栄、堺利彦、徳田球一等の実物またはフィクショナル・キャストの顔写真。

Ⓝ『こうした気運の中で、山川均、荒畑寒村等の論壇は、単なる組合中心の経済斗争から、マルクス主義を軸とじた政治斗争への転換を呼びかけ、それに呼応した大杉栄、堺利彦、徳田球一等、無産者運動にたずさわる者約三千名が結集して、社会主義同盟が発足したが、その第一回大会で早くも警察の介入を受け、解散命令を出された。この時の逮捕者の中に、川合義虎の名も見える』

16　巣鴨監獄の面会所

金網をへだてて、川合と、上京したばかりのセツが面会している。
川合「心配するほどの刑にはならないよ。暴れたもんだから、建造物破壊罪ってやつで引っかかッたんだ」
セツ「日立のヤマでも、首切り、首切り……ちょっとでも組合の話しようもんなら……相馬さんも近い内会社やめて、おっかさんと東京へ出てくるって……」
川合「おやじさんがやかましいのに、よく出てこれたね」
セツ「父うちゃんも日立をやめて、小名浜の昔の家に帰ってるのよ。兄ちゃんが向うで自転車屋の店開いたから」
川合「看護婦やめる気なのかい？」
セツ「ヤマに居たって、何にも出来ないんだもの……こっちで勉強したいの。働きながら。義さんの仲間の人、教えて」
川合「北島が亀戸の自転車工場で働いてるけど……だけど、運動っていうのは、セッちゃんが考えてるほど楽なものじゃないよ。俺は、共産主義者だ、とはっきり覚悟が決まってるからいいけど……」
看守「面会中止！」
　看守、川合を引っ立てる。
セツ「（叫ぶように）義さん、あたし、東京で働いてる！待ってるからね、頑張ってね、頑張ってね……！」

17　神楽坂の通り

九津見とセツたち赤瀾会の女性たちが募金と宣伝ビラ配りの運動をしている。
九津見は長女（一燈子（ひとこ））、次女の二人の娘を連れている。
九津見「ソヴィエト・ロシヤの人民を苦しめるシベリア出兵に反対しましょう！」
セツ「ロシヤの飢饉救済運動に御協力下さい！」
Ⓣ『大正十一年五月』
そこへ、くたびれた着物に幼女を背負った三田村が近づいてくる。
三田村「九津見さん……済まんけど、メシをカンパしてくれんかね。俺はいいんだが、この子が可哀いそうでね……」
九津見「どうしたの、奥さんは？」
三田村「逃げられちゃったんだよ、俺が運動ばかりしてるもんだから……」
九津見「まア……！（とセツに）暁民共産党で活動している三田村四郎君よ」
セツ「丹野セツです。宜しく」
三田村「いやア、みっともないとこ見せちゃって……」
九津見「しっかりなさいよ。あんたが奥さんを捨てたと思えばいいじゃないの。あたしだって、この子たちを連れて、家を飛出してきたんだもの……」
三田村、近づいてくる二三人の男に目をやり、
三田村「私服だ……！」
セツたち、それぞれの子供を横抱きにして、人混みに紛れて逃げてゆく。

18 精工舎・工場の中

怖る怖るモーターのスイッチを入れる女工姿のセツ。グワーンと回転するベルトにびっくりして、思わず飛び退く。
側に居た女工の田口ツギ（20）が、
ツギ「大丈夫……？（と小声で）あんた、こんな仕事、初めてなんでしょ？」
セツ「（警戒して）……」
ツギ「組合作りに入ってきた人だって聞いたんだけど……あたしも仲間に入れてくれない……？」
セツ「覚悟が要るけど、いいの……？」
ツギ「うん！　あたし、百姓育ちだから、馬力なら負けないよ！」

19 亀戸の通り（夜）

集会からの帰り道の渡政、川合、相馬、北島たちの一団の中に、セツとツギも加わっている。川合が渡政にセツを紹介している。

Ⓣ『大正十一年十月、亀戸』

川合「この人が丹野セツ君だ」
セツ「仲間の田口ツギさんです。宜しく」
渡政「精工舎に女性の同志が居るって聞いてたが、君だったのか」
セツ「組合を作ろうと思って入ったんですけど、なかなかうまくまとまらないんです」
渡政「そうだろう、経済斗争だけが目当ての組合じゃ説得力がないんだ。例え出来たって、会社から圧力がかかったら、いっぺんにガタガタになる……（と次第に持ち前の熱弁で）第一に、理論を武器として身につけなければ駄目だ。理論、マルクス主義の。判らなければ階級意識と云ってもいい。第二に、政治目標を持つことだ。共産主義革命という目標だ。第三に、こいつは俺たちも今当面している問題だけど、バラバラに運動している各職場の組合や労働者の思想と行動を統一しなけりゃ、敵に勝てないんだ。革命を生涯の事業としてやり抜く中央の組織ってやつをなア」
川合「（セツに）政さんは、その組織を、俺たちで作ろうと云ってるんだ。南葛労働協会ってやつをな！」
ツギ「やりましょうよ、プロレタリア革命を実行に移して！」
北島「そんなお煎餅ひっくり返すみたいに簡単にはいかないけど、この南葛飾の工場街で働いてる者が、原動力にならなきゃいけないことだけは確かだ」
セツ「義さん、あたしたちも仲間に入れて！」
川合「俺に云うより、この政さんに頼めよ（と渡政に）なア兄(あに)さん、この人、これから指導してやってくれないか」
渡政「オウ、婦人同志、大歓迎！　ただ俺アチョット癇癪持ちだからなア」
　グループの中の年長者平沢計七（34）が、
平沢「渡政、チョット癇癪持ちってえのは、謙遜しすぎじゃないか（とセツに）こいつはね、一度癇癪起すと、三日くらい前後不覚になるんだよ」
渡政「（忽ち喰ってかかり）俺がいつそんな癇癪起した?!　云ってくれ、云ってくれ、自己批判するから！」
相馬「（間に入って）十一月七日がソビエトの革命記念日だから、わが南葛労働協会の創立宣言もその日にしないか」
　「賛成！」「大賛成！」
　後のグループからも声が挙り、誰からともなく、「南葛労働者の歌」の意気軒昂たる唱和になる。
　（琵琶湖周航のメロディで）
　〽ああ革命は近づけり
　　潰滅近し資本主義
　　わが南葛の同志らは

熱と力もてきたえゆく

歌う者の中には、平沢を始め、のちの「亀戸虐殺事件」で斃れる山岸実司（20）、鈴木直一（21）、加藤高寿（26）、近藤広造（19）、吉村光治（23）、佐藤欣治（21）たちの顔もある。各自に人物名紹介Ⓣ。

向う所敵なしの青春の熱情と気概に陶酔して、十間川の橋を渡ってゆく一同。

と、橋詰の交番にいた中年の巡査（三島）が血相変えて飛んできて、

三島「待て、コラ！　今歌っとるのは、なんの歌だ！」

川合「革命の歌だよ！」

三島「貴様ッ、チョット来い！」

川合の腕を摑む。突然、渡政が三島に組みつき、格斗。川合たちも勢いづいて、ワッと飛びかかり、必死に抵抗する三島を一同で担ぎ上げて、橋上から川へ放り込む。

大歓声で、

「やった、やった！」

「犬！　パイ公！　泳いでみろ！」

渡政「オイ、逃げろ！」

若さに委せて疾風のように駆ける一同。

セツも、下駄を脱いで、素足で夢中で走る。

20 江戸川堤

蒼天にはためく赤旗。「南葛労働協会」と染めぬかれてある。

渡政、セツ、川合、相馬、北島など協会員一同が全員草鞋ばきで「赤旗の歌」を高唱しながらデモ行進してゆく。

Ⓣ『大正十一年十一月七日
　南葛労働協会、創立』

セツの脇に渡政が寄ってきて、

渡政「セッちゃん……日本に共産党があると思うかい？」

セツ「判らないけど……あると思う……あるの？」

渡政「（明確には答えず）日本にも、いよいよ怪物が現われたんだ、共産党宣言にある二十世紀の怪物がな……もう直き、俺たちの天下がくるぞ！」

21 資料モンタージュ

渋谷区伊達町の現在と往時の写真に解説Ⓣ。

×　×

第二回大会のあった千葉県市川の一直園の写真、

Ⓝ『日本共産党はこの年七月、第一回代表者会議が東京渋谷の民家で開かれ、堺利彦が初代委員長に選ばれていた。党員に

は、荒畑寒村、野坂参三、徳田球一、渡辺政之輔等が加わった。翌大正十二年三月東京石神井の料亭豊島館で開かれた第三回会議は、党の行動綱領を決定する重要な会議であり、天皇制廃止をスローガンに加えるかどうかで、激しい議論が交わされた』

現況と解説Ⓣ。

22　豊島館の座敷（夜）

膳部を前に集まっている堺利彦（議長）、山川均、佐野学、徳田球一、渡辺政之輔、市川正一、猪俣津南雄、鍋山貞親などの幹部党員。堺の議事進行の下、声をひそめてだが激しい論戦を斗わせている。

佐野「天皇制、いや親父（おやじ）廃止は、我々が共産主義の立場にある以上、原理的には賛成なんだが、党の行動綱領として掲げるのは、どうかと思う……」

徳球「そりゃ可怪しいよ、原理として正しければ、それを行動に移すのが我々の運動じゃないか」

山川「日本の親父はロシアの親父とは違うんだよ」

渡政「はっきり言ったらどうです、大逆事件の二の舞いは怖いと。そんなことじゃ、革命ゴッコは出来ても、ほんとの革命は出来やせん！」

堺「戦略的にまづいと言うんだ。どうしても綱領に採択するなら、私は退席する」

鍋山「大衆、一般労働者がどう考えているかだな。大衆は敵が親父であるという考えより、資本家だという見方の方が強い。大衆行動のアジとしちゃ、ピンと来ないだろうな」

Ⓣ『鍋山貞親
　のち、共産党中央委員』

市川「コミンテルンにどう報告するか、でしょう、問題は。向うには、そのまま承認採択したと答えておいて、こっちでは一切文書に記載しないとしたらどうですか」

Ⓣ『市川正一
　のち、共産党臨時中央委員長』

徳球「理論的には認めるが、戦術的には隠しておくということか……」

堺「決をとりましょう。親父廃止を綱領から外すことに賛成の方は挙手を……」

徳球と渡政以外、全員手を挙げる。

堺「徳田君……」

徳球、ギョロッと一同を睨み回してから、渋々手を挙げる。渡政も。

堺「（書記の党員に）親父の件は、議事録からも削除しておいて下さいよ」

書記高瀬清「はア」

一座、冷えた酒と料理に手をつける。
市川だけ、持参の風呂敷包みからジャムパンを出して齧っている。
渡政「今日も弁当持参ですか、変ってるなア、あんたって人は」
市川「(笑って)万人いまだパンを得ざる時、一人の菓子を食うを許さず、とレーニンが言ってるんですが、ぼくは意志薄弱だから、どこまで共産主義者に徹しきれるか、試しているんですよ」
徳球「それもいいが、酒は飲むべし、天下は論ずべし、だよ」

23 徳球の下宿の前の道(朝)

徳球が着流しに角帯というスタイルで二三人の学生たちと朝帰りしてくる。
Ⓣ『大正十二年六月』
道で遊んでいた子供たちがバラバラと徳球の前に駆けてきて、
子供A「小父さん家(ち)に、今、警察の人が来て待ってるよ!」
徳球「(ハッとして)そうか……! 有難う、坊や!」
子供B「今日は、オミヤゲは?」
徳球「あ、電車の中に忘れてきた、直ぐ取ってくるからな!」
と、学生たちと示し合わせて、脱兎の如く逃げてゆく。

24 モンタージュ

昂然と連行されてゆく渡政。
× × ×
同じく市川。
× × ×
徳球も。
× × ×
治安警察法の法文。

25 亀戸・長屋の露地

晴れた日の午近く。
北島が汗を拭き拭き、新品の謄写版を抱えてくる。
Ⓣ『大正十二年九月一日』

Ⓝ『警察は既にスパイ工作によって、共産党の結成を察知しており、この日、一斉検挙に踏みきったのである。第一次共産党事件と呼ばれるもので、堺委員長を始め党幹部の殆どが逮捕されたが、当時の秘密結社に対する罰則は、明治三十三年に公布された治安警察法に依って、最高一年までの刑が適用されるにすぎなかった為、党壊滅に至るほどの打撃にはならなかった。だがこの直後に、国家権力に依る怖るべき暴力テロの嵐が待ち構えていたのである』

26　渡政の家の中

病床に臥しているテフに、セツが昼飯の支度をしてやっている。

北島が入ってきて、

北島「おっかさん、具合いはどう？」

テフ「有難うよ。おセッちゃんが手助けに来てくれてるから、まるでお大名暮しだよ」

セツ「なんなの、それ、謄写版？」

北島「ウン。去年上野の博覧会で見て、どうしても買いたくて、一年間煙草をやめてやっと買ってきたんだ。これで、ウチの工場の機関紙を刷って出そうと思うんだ」

セツ「偉いね、吉っちゃんは。あたしも手があいたら手伝いに行くよ」

北島「ああ、頼む。それから、相馬が新潟のおやじさんの仕事を手伝いに行って留守してるから、何かあったら俺に言ってきてくれよ」

北島、謄写版をまた大事そうに抱えて出てゆく。

セツ、テフと食事を始める。

テフ「（フト思い出して）政は何を食べてるんだろうね……トマトが好きなんだけど差し入れはできないのかねえ……」

セツ「未決監だからすぐ保釈で出られるんじゃないかしら」

テフ「あの子は、お山の大将だから、監獄なんかで辛抱できるんだろうかねえ……学校卒（お）える頃までは苦労知らずだったし……家（うち）は市川で、何人も職人を使って、江戸時代から続いた畳職だったんだよ……あたしの連れが旦那気質（かたぎ）で、のれんを傾けてしまってから、政に苦労を全部おっかぶせる様になっちゃって……」

その時、地鳴りと共に激しい上下動の振動。壁土が落ち、畳が浮く。

セツ「おっかさん！」

セツ、テフを抱きかかえて戸外へ。

27　同・外

石畳が割れ、井戸端の桶の水がはねている。

飛び出してくるセツ、テフ。近隣の人々、座り込んだまま「南無妙法蓮華経、南無妙法蓮華経」叫喚とも悲鳴ともつかぬ騒乱で。

Ⓝ『この日、午前十一時五十八分、大地震が関東地方を直撃した。同時に市内百数十ヶ所から火災が発生し、三日間にわたる阿鼻叫喚の地獄図を展開した。翌九月二日、関東一円に戒厳令発令。同

28　資料モンタージュ

関東大震災の惨状に関する諸資料。

×　　×

被服廠あと、吉原遊廓での惨状。

×　　×

戒厳司令部及び出動軍隊の資料。

×　　×

当時の船橋海軍無電局の写真。

内大臣水野錬太郎の写真Ⓣ。

訓令電報。

×　　×

武装自警団の諸資料。

29　町の辻（夜）

一方の夜空を、まだ激しい火勢が赤く染めている。

日内務省より各地方長官宛に、次の様な公電が発せられた……、

コノ度ノ地震ノ混乱ニ乗ジ、朝鮮人、中国人ニシテ、爆弾ヲタズサエ横行スル者アリ、社会主義者、博徒、ソノ他、不逞無頼ノ徒コレニ和シ、放火略奪ノ限リヲツクス、各地方ニオイテモ手配シカルベシ、内務省——。

当時、既に、こうしたデマが、市民の間に流れはじめていたが、この政府のデタラメな公式訓令によって、市民のみならず、警察軍隊までが暴動の噂に脅え、社会主義者と被差別人民に対する史上未曾有の大虐殺事件に発展していったのである』

天幕、提灯で詰所を設けた自警団の民間人たちが、日本刀、竹槍、木刀などを手に殺気立って、通行人一人一人を誰何している。

自警団員A「（通行人に）五円五十銭と云ってみろ！」

自警団員B「歴代天皇陛下のお名前を云ってみろ！」

自警団員C「パピプペポと云えんか、パピプペポと！」

慌てて口ごもる者は、忽ち袋叩きに遭い、縛り上げられる。その傍らには、既に数珠つなぎにされた朝鮮人らしい男女数名。

避難民の中から、

「朝鮮野郎はみんなブチ殺してしまえ！」

「朝鮮人と主義者が東海道を攻め上ってくるらしいぞ！」

「井戸の水は飲むな！　主義者が毒を放りこんで回ってるらしいぞ！」

などの流言が飛び交っている。

その近くを、出動兵士の一隊が数人の朝鮮人を両手と首を縄で縛って引っ張ってゆく。その中に佐藤欣治の顔も。

佐藤「俺は日本人の職工だ、放してくれッ‼」

兵士Ａ「黙れッ!!」
忽ち兵たちにブン殴られ、引摺られてゆく。

30 「南葛労」本部・二階（夜）

八畳間二つを事務所と宿泊施設に使っている。（階下は普通の住居）
（大火はこの近くまでで鎮火している）
机、雑誌、パンフレット、蒲団などがちらかっている中に、セツ、テフ、川合、北島、近藤、それに相馬の母シゲ、加藤高寿の妻タミ他組合員の家族の女達数人が避難して来ている。停電の為、何本かのロウソクの灯りのみ。北島が、運びこんできた謄写版を大事そうに拭いている。
寝込んでいるテフの側で、川合の背中をさすってやっているセツ。
Ⓣ『九月三日午後十時』
下から加藤高寿が、上って来る。
加藤「（川合に）義さん、どうしたんだ」
川合「胸を殴られたんだ。外歩いてたら、自警団の奴らに朝鮮人と間違えられて」
加藤「そりゃあぶなかったな。実は佐藤が間違えられて軍隊につかまったらしいんだ」
北島「本当か、どこで？」
近藤「いつ！」
加藤「さっき、香取神社の大隊本部の前で、縛られているのを見かけた者がいるんだ」
川合「どうしたらいいかな……」
加藤「吉村君の吾嬬町支部で救出方法を考えているそうだから、その報告を待ってから動いた方がいいだろう」
北島「ひどい話さ、習志野から来ている騎兵十三連隊の奴ら、敵は帝都にありって戦時編成で乗りこんできたらしいぜ」
セツ「敵って？」
川合「朝鮮人のつもりなんだろう。みんな、気をつけてな。咎められたら素直にしてるんだぞ」
そこへ、階下から自警の見廻りから戻って来た山岸、鈴木が上ってくる。
山岸「おい、交替だ」
川合「よし、ご苦労さん」
北島、近藤も応じて、山岸たちから提灯などを受け取る。
北島「（シゲに）そうだ、おっかさん、新潟の相馬に、こんな状態だから帰ってくるのは先に延ばすように、電報打っておこうか？」
シゲ「ええ……でも、こんな大事な時に一郎が留守してしまって、済イませんねえ……」

川合「一生一度の大事件を見損なって、あいつも運の悪い男だよ」

と笑い合って、川合たち階下へ降りてゆく。

31 同・表（夜）

川合たちが出て来て行きかけた時、提灯の灯影に浮ぶ数名の男達。
亀戸署の私服刑事蜂巣、安井と巡査二、三名。巡査たちはいずれも制帽の顎紐をかけ、手に真刀をさげている。
蜂巣「貴様は誰だ?!」
川合「川合義虎です」
安井「みんな署まで来い！　直ぐ来い！」
最後に出かかっていた北島が急いで中へ駈け戻る。

32 同・二階（夜）

駈け上って来る北島。

北島「警察だ!!」

間髪を措かず乱れた足音が駈け上ってくる。

加藤「（咄嗟に）セッちゃん逃げろ！」

セツ、反射的に窓を開けて外に身を乗り出すが、飛び降りられず、出窓のへリにへばりつく様に隠れひそむ。

シゲがすばやく窓を閉める。

乱入して来る蜂巣達、北島と加藤を引ったて、
蜂巣「みんな出ろ、ぐずぐずするとぶった斬るぞ！」

抜刀して威嚇する巡査たち。

蜂巣、懐中電灯でまわりをさぐってから、窓を開けようとする。

出窓で息を呑むセツ。

その時、寝ていたテフが起きあがりざま蜂巣に蒲団を投げつけて、
テフ「なんだ、パイ公、何の用だ、出てけ！」

蜂巣「判った、判った！」

手荒に家宅捜査をはじめる蜂巣たち。

33 亀戸署の留置場内（夜）

もつれ合うように押しこまれている逮捕者たち。

その中に平沢、吉村、佐藤の顔もある。

巡査たちが何人かの朝鮮人を外へ拉致してゆく。


Ⓝ『その頃、平沢、吉村、佐藤の三名も既に逮捕留置されていた。この時の亀戸署内の逮捕者は一千人に達し、その殆どは朝鮮人であった。そうして

警察は、これら逮捕者の処置を、前日来、亀戸に駐屯中の習志野騎兵第十三連隊田村春吉少尉指揮下の一隊に委ねたのである』

戸外から断続して聞える異様な悲鳴と絶叫（署内はすべて停電中）。

34　亀戸署前の郵便局表（夜）

駐屯中の騎兵連隊の兵たちが、叉銃を解いて、実弾を籠め、銃剣を装着している。

35　亀戸警察署の裏手附近（夜）

亀戸第四小学校の校庭に避難している近隣の群衆。近くから何発かの銃声がたてつづけに響く。「何だ、何を撃ってるんだ」と、一同駈けて行く。

Ⓣ『九月三日午後十二時』

亀戸署裏手附近の塵芥埋立地で、数名の兵が、捕縛された一団の朝鮮人を射殺している。

その近くに、両手足を縛られて座っている北島、山岸、鈴木、近藤の四人。安井刑事他二、三の巡査が傍観している。

一連の射撃を終えた兵達に、安井が目くばせで四人の方をコナす。

兵達、北島達に近づき、それぞれの咽喉に銃口を押しつけ、無雑作に引き金を引く。

人形の様に転がる四人。瀕死でうごめく北島に更に一発止どめを射ちこむ。

兵士B「ああ、疲れた……！」

無感動に署の方へ引揚げてゆく兵たち。

さっきの避難民達が駆け集まって来る。それに向って安井が、

安井「皆さん、今殺したこの四人は、朝鮮人ではなくて日本人である。日本人であるが社会主義者で悪い奴だ。こんな奴が、鮮人を扇動したから今度のような騒ぎが起ったんです！」

昂奮した群衆、倒れた北島達に殺到。

男A「この野郎、弾くらってまだ生きてやがる、卑怯者！」と、懐から短刀を抜いて北島の肩口に突き刺す。四人の屍を蹴り、叩く群衆。

Ⓣ『北島吉蔵、二十才』

〃『山岸実司、二十一才』

〃『近藤弘三、二十才』

〃『鈴木直一、二十二才』

36 亀戸署・署長室（夜）

ロウソクの灯の中に、無気味な無表情をさらしている署長の石森。

手錠をかけられた川合と加藤が、蜂巣刑事等に囲まれている。

蜂巣は茶碗酒をぐい飲みしながら、抜身の日本刀を川合達に突きつけつつ、

蜂巣「どうだ、いい気持だろう、金持連中も焼け出されて、お前達の願った通りの革命が出来るようになったんだからな。好きなようにやったらいいだろう。俺たちも焼け出されて、プロレタリアってやつになったから、思う存分のことをしてやるぞ！」

かすかに笑って相手にならない川合。

その時、田村少尉と二、三の兵達が入って来る。石森と蜂巣達は、示し合わせた様に、すっと立って出てゆく。

田村「射て」

思わず立ちかけた川合、加藤に兵達の連射。

Ⓣ『川合義虎、二十二才』

〃『加藤高寿、二十七才』

37 同・署内（朝）

廊下で立ち話ししている三島巡査と同僚。

三島「いやな音だ、ぶすーというんだ、銃剣で刺すとな」

同僚巡査「うまい奴は、グサッと刺してギュッと捩るから、あまり血は出ないんだが、下手な奴は、グサッと刺して返り血を浴びて、みられたもんじゃない」

Ⓣ『九月四日、未明』

× × ×

署内便所脇の狭い敷地に立たされた一団の朝鮮人達が、次々と兵たちの銃剣で刺殺されている。

吉村と佐藤が、巡査隊に拉致されて来る。

返り血を浴びた兵二人が、極めて機械的に、芋でも刺すようにあっけなく二人を刺し殺す。

Ⓣ『吉村光治、二十四才』

〃『佐藤欣次、二十二才』

× × ×

裏の演武場の広場に平沢が素っ裸で引っ張り出されて来る。軍刀を抜きはなった下士官が、平沢を座らせると同時に首を打ち落す。

Ⓣ『平沢計七、三十五才』

× × ×

平沢の首切り死体の写真（現存のもの）。

38　大島八丁目付近の埋立地（夜）

中川べりの蓮田を石炭ガラで埋め立てた地帯。

幌をかけた軍用トラックが着く。兵達が荷台から川合、北島たち九人の死体を引き出してほうり捨てる。

そこには、既に、百名を越える朝鮮人たちが数珠つなぎにされて集められている（約三百名）。泣いている者もあるが、殆どは自失の状態で無言。

さらに、軍用トラック一台が着き、新たに朝鮮人の一団が降されて来る。

指揮者の将校の軍刀が闇に光る。

突如、埋立地の周囲から、軽機小銃が耳を聾して鳴り響く。

閃光と硝煙の交錯する中で、のたうち転がり廻る朝鮮人達。みるみる鮮血に染まった死体の山が築かれてゆく。

39　資料モンタージュ

朝鮮人大量虐殺に関する写真、資料。

× ×

亀戸事件を報ずる新聞記事。

× ×

現在の荒川木根川橋付近、旧四ツ木橋西詰めの風景。

解説Ⓣ（亀戸署が埋葬場所として公表した所）。


Ⓝ『こうして関東大震災に端を発した大虐殺は、朝鮮人約三千六百八十人、中国人四人、一般市民五十七人、社会主義者九名の多きに達した。

そうして、亀戸事件の加害者田村少尉以下は、戒厳令下の当然の処置として不問に付され、警察官僚も誰一人として責任を問われた者はなかった。

しかも、亀戸署では、大量虐殺の事実を隠蔽する為に、被害者の遺族達に正確な埋葬場所さえも教えなかったのである』

40　四ツ木橋のたもと（夜）

荒川開鑿工事の土砂が堆積している一帯。そこで、セツ、ツギ、相馬シゲ、タミたち「南葛労」生き残りの幾人かが、鍬やシャベルを手に土を掘り続けている。川合達の遺体発掘の為である。

誰もが、怒りをたたえた沈黙と必死な願いと力をこめて。だが、掘れども掘れども、遺体らしいものは何も出てはこない。

そこへ相馬が自由法曹団の弁護士たちと駆け寄ってくる。

相馬「やめだ、やめだ、こんな所に埋められてやしないんだ！」

ツギ「でも、署長はハッキリこの四ツ木橋の袂に埋めたって……」

相馬「それが真っ赤な嘘だったんだ。今日になって、川合たちの遺体は、もう焼いて骨にしてあるから渡すと言ってきた！」

茫然と虚脱するセツたち。

相馬「（泣きながら）……その遺骨だって誰のものか判るもんか。何百人もの死体に石油をかけて燃したんだから……みんな、もう遺体探しは止めよう。警察が遺骨を渡すと言っても、断固と拒否しよう。そうしてこのことを世論に訴えて、やつ等の非道をあばいていこう。生き残った俺たちが、川合たちの遺志をついで、最後の血汐の一滴まで、権力との戦いを貫いていこう！」

ツギなど女たちがすすり泣きしている。

セツ、ひとり黙々と掘り続けている。

その掘った穴に、傍らの墓碑代りの大きな石を渾身の力で据え置き、丁寧に土をかきならしてゆく。

シゲ「セッちゃん……！」

セツ「あたしは……義さんはここに眠っているって信じる……警察の嘘を一生忘れない為に……！」

慟哭がこみ上げ、石の前に坐りこんで号泣するセツ。

41　亀戸事件犠牲者の碑

（現存。亀戸四丁目赤門浄心寺境内）

Ⓝ『川合義虎等九名の遺骨は、現在もなお不明のままである。ただ、亀戸浄心寺に一基の殉難慰霊碑が建っているにすぎない』

42　市ケ谷刑務所・接見所

Ⓣ『市ケ谷刑務所』

セツが抑制した語調で、しかし激しい哀傷をこめて、渡政に語っている。

セツ「……義さんは地震が起きた日、上野で三人の子供を命がけで助けて、一晩中お守りしてやったんですって……ここへくる前その子たちに会ってきたけど、みんな元気で……義さんの命があの子達の身体の中に生き続けているみたいで……川合さんみたいないい人が殺される位なら、世の中の人はみんな死ななければならないって、どの人もみんなそういってくれてたけど……」

立会いの看守「その話はそこまでにしておけ！」

渡政、ギュッと口を一文字に引き締めて頷き聞いている。

渡政「……それで今、南葛労に残っているのは誰と誰なんだ？」
セツ「頑張って残ってた人も、田舎に帰ったりして……今
は相馬さんとあたしぐらい……」
渡政「そうか、二人っきりでもいいから、南葛労の看板だ
けはおろさないで守っていってくれ。川合や北島の血は
南葛労の労働者の中にこそ生きているんだ。その為にも、
南葛労の組織は絶対守らなければいかんのだ。川合たち
がいないからといって、何もしないようでは駄目だ。長
屋にでも工場でも一人で入っていって、下からコツコツ
と運動を積み上げていくんだ。南葛精神は一にも二にも
三にも実践だ。判ってくれるな」
セツ、魅せられたように、一語々々を頷いている。渡
政、そのセツを強い眼差で見つめ、
渡政「セッちゃん、君は川合を愛していたんだろう」
セツ「……」
渡政「俺もあいつは好きだった……なあ、セッちゃん、川
合の仇を討つつもりなら、俺について来い！」
立会いの看守「仇を討つとはどういう意味だ！」
渡政「うるさい、黙ってろ！」
立会いの看守「面会中止！　立て！」
渡政、曳いていかれながら、
渡政「俺について来い、セッちゃん、出たら結婚しよう！」
驚いて突っ立ったままのセツ。

43　小名浜の浜辺

Ⓣ『大正十三年三月　福島県小名浜』
廃船の脇にセツ。傍らに弟の四郎（中学生）が監視す
るようにつき添っている。

44　セツの実家

兄一男が経営する自転車屋。働きながら奥を気にして
いる一男。

45　同・座敷

一郎とトシの前に、渡政と徳球が畏まって座っている。
徳球「この渡政、いや失礼、渡辺君は、我が国労働界の前
衛として、今後大衆デモクラシーの先頭に立つ前途洋々
の革命児であります。加えて、渡辺君の御実家は、市川
市では指折りの旧家でありまして、御先祖をさかのぼり
ますとはるか江戸時代の……」
渡政「（徳球を押えて）おセツさんを妻に迎えたいんです。
これは私の本心です。間違いありません。お許しをいた
だきたいんです」
黙りこんでいるトシ。

一郎「（たどたどしく口ごもりながら）セツをうちに戻したのは、今後運動から一切身を引かせる為です……亀戸事件の時にも、新聞にデカデカと写真を出されるし、わしら御近所に顔向けもできずに……コレ（トシ）もどれほど苦労しているか……そういう訳ですから、ここはひとまずお帰りを……（とかたくなに頭を下げて）わしの方からお願いします」

トシも一緒に頭を下げる。

渡政「……」

徳球「いや、それは誤解です。我々の運動は大衆正義にのっとったものです。あんたの頭は少し古すぎますぞ！」

一郎「しかし、あなたは現在、監獄を保釈で出ておられる身分なんでしょう」

渡政「……」

一郎「どう言われようと、あなた方は今の世の中の順序というものを、ひっくり返そうとなさっとるんじゃろう。わしは、順序というものを守るように教えられて育ったもんです。セツも、わしと同じ人間にしたいと思っておる」

徳球「（ムッとして）私も弁護士のはしくれだが、お嬢さんは来年二十五才になれば、御両親の許可がなくても法律的には自由に結婚できるんです。私らは順序を守りたいと思えばこそ、こうしてわざわざ……」

一郎「（激した様子で）とにかく、私は許さん。セツは乞食にやっても、社会主義者の嫁には絶対にせんつもりです！」

46 もとの浜辺

セツがハッと見やる。渡政と徳球の姿が見える。渡政、足をとめて見詰めるのを、徳球が腕をとって引っ張っていこうとする。

茫然と見ているセツ。その時、渡政、いきなり徳球の手を振り切って、真一文字にセツの方へ走って来る。物もいわず、セツの腕を取り、引きずるように駆け出す。

四郎「姉さん、駄目だと言ってるじゃないか！」

セツに組み付く四郎。セツ、思わず激しく突きとばす。

徳球「渡政、おセッちゃん、逃げろ！　責任は俺が持つ！」

懸命に四郎を宥めている徳球。

セツ「四郎！　お母アちゃんにあやまっといて！」

ふり向きもせず、どこまでも走って行く渡政とセツ。

47 黒地に白抜きのタイトルをパン移動

Ⓣ『治安維持法

大正十四年　公布
昭和三年　改正案
（前文　後考）
第一条、国体ヲ変革スルコトヲ目的トシテ結社ヲ組織シタル者、又ハ結社ノ役員其他指導者タル任務ニ従事シタル者ハ、死刑又ハ無期若クハ五年以上ノ懲役若クハ禁錮ニ処シ、情ヲ知リテ結社ニ加入シタル者、又ハ目的遂行ノ為ニ行為ヲナシタル者ハ二年以上ノ禁錮ニ処ス、
私有財産制度ヲ否認スルコトヲ目的トシテ結社ヲ組織シタル者、又ハ結社ノ目的遂行ノ為ニスル行為ヲナシタル者ハ十年以下ノ懲役又ハ禁錮ニ処ス、
前二項未遂罪ハ之ヲ罰ス』

48　森ケ崎・鉱泉旅館の一室

会合している堺利彦、荒畑寒村、山川均、佐野文夫、赤松克麿、饒平名(にへな)智太郎、鈴木茂三郎、北原竜雄、野坂参三の一同。

堺の問いかけに答えて、一人々々賛成の意思表示をしてゆく。

重苦しく、憂鬱な気配が一座を支配している。最後の野坂が、頷く。


Ⓝ『この悪名高い治安維持法が公布されると前後して、大正十三年、日本共産党は幹部会議で解党を決議した。政治状況として、人民革命に至るには時期尚早というのが名目であったが、大逆事件につづく亀戸虐殺事件などで、官憲が示した暴力的弾圧の恐怖に、幹部党員が動揺した為であった』

堺「では、解党は、全員一致の決議ということで……」
荒畑「私は、何度も言うように、将来の再建に備えて、基礎的な組織を、事務局かビューローのような形で残す、という条件つきだ」
赤松が急に大きく両手を伸ばして畳の上に寝転がり、
赤松「あーあ、これで党員の責任から解放されたなア！」
一同、思わずホッとしたような溜息。

49　豊多摩刑務所・面会室

世帯窶(やつ)れした女が、男の赤ン坊を抱いて待っている。
徳球の妻、よし。
Ⓣ『大正十五年七月、
徳球、第一次共産党事件の判決で下獄』
徳球が看守に伴われて出てくる。
徳球「（余り嬉しそうな顔もせず）オら、お前か……何の用だ？」

よし「何の用って……尙（赤ン坊）見て頂戴、大きくなったでしょう……」
徳球「そうかな……この前と余り変っとらんだろう」
よし「これでも一生懸命育ててるんですよ、ネエ尙、お父うちゃんは一文も仕送りしてくれないけど……」
徳球「下らんこと言うな。本を読んでる途中なんだ、用があったら早く言え」
よし「……考えて欲しいんですよ……こんなみじめったらしい暮しは、もう厭だわ……」
徳球「生活費は同志の連中から送ってくれてるだろう」
よし「あんたっていう一家の主人がいるのに、どうしてひと様のお恵みを貰って暮さなきゃいけないんですか。あんたはあたしの夫で、この子の父親なんですよ。少しはあたしたちの身にもなって下さい」
徳球「（冷ややかに）どうすりゃいいんだ、牢屋の中に居るのに……」
よし「だから、今度出たら、運動から一切手を引くって約束して下さい。党も解散したっていうじゃありませんか……」
徳球「（不意に激昂して）お前の知ったことじゃない！　周囲がどう変ろうと、俺の主義に変りはない！　共産党は俺の腹の中にあるんだ！」
看守「注意、一回！」
よし「（ヒステリー気味に）自分の妻子を放ったらかしにしといて、なにが社会主義よ！」
徳球「世界には何億という気の毒な人がいるんだ。俺はそういう人民の為にこそ、この世界に存在しているんだ！」
看守「注意、二回！」
よし「あんたにはもうついて行けませんよ！」
徳球「承知で嫁になったくせに、泣き言いうな！」
よし「（立ち上って）薄情者ッ！」
徳球「帰れッ、馬鹿ヤロー！」
よし「（看守に）こんな男、一生牢屋に繋いどいて下さい！　出さないで下さい！」
徳球「悪魔ッ、帰れッ、帰れッ!!」

50　工場ストでアジ演説をぶつ渡政

にかぶせて、タイトルが流れる。
Ⓣ『渡政、南葛労を解散
　東京合同労働組合を組織』
Ⓣ『東京合同、総同盟に加入』
Ⓣ『総同盟、労資協調主義を唱え右傾化、
　渡政、日本労働組合評議会を結成』
Ⓝ『共産党の組織は解体されたものの、傘下の労働組合は、それからもなお、不況と恐慌の嵐の中で、困難な斗いを

続けていかなければならなかった』

51 日清紡績亀戸工場の正門附近

雨の降る早朝、門の附近には抜き身の日本刀などを提げた御用暴力団と私服の刑事たちがズラリと立ち並び、その間を出勤する女工たちが屠所の羊のように脅えて通ってゆく。

Ⓣ『大正十五年、亀戸、日清紡争議』

その女工たちの中に混って、セツとツギが、カスリの上着と黒木綿の袴、高下駄の女工の制服姿に変装して通ってゆく。

無事門内に入ると同時に、数人の争議団の女工たちが駆け寄ってくる。セツとツギ、肌着の下に隠していたアジプロのビラを出して配る。

セツ「(女工たちに) 評議会がついてるんだから、負けないで頑張って頂戴!」

その時、私服刑事の一人が、
刑事「あの女だ!」

御用暴力団が一斉にセツたちの方に殺到。セツ、ツギ、残りのビラを撒き散らしながら、逃げる。

撒かれたビラを取り合う女工たちと暴力団。

セツ、ツギ、ついに追いつかれ、蹴倒されて、縄でグルグル巻きに縛られる。

(争議の敗北の結果のデータ。タイトル――後考)

52 八幡製鉄所・石炭波止場附近

国領の愛人堀田はると支援団体婦人部の一同が、箱詰めのお握りを満載したリヤカーを曳いてゆく。
波止場の一隅に掘立小屋の争議団事務所があり、赤旗と「首切り反対」のビラなどで飾られている。
Ⓣ『北九州、八幡製鉄所争議』
表にいた争議団員がリヤカーを迎えて、中に、
八幡製鉄争議団員A「オーイ、お握りが来たとばい!」
同B「メシじゃ、メシじゃ!」
同C「国領さーん、奥さんですたい!」
はる「よしてよ、奥さんなんて!」
事務所から他の団員と共に、「評議会」の腕章を巻いた国領が出てくる。
国領「(はるに) 助かったワ、米代ようあったな!」
はる「みんなで農家回ってカンパしてきたのよ」
国領「危いから、君はもう大阪へ帰った方がええな……」
と、その時、波止場に横づけになった伝馬船から、刺青姿の男たちがスコップ、木刀を手に上陸、殴り込んでくる。

争議団も負けず、凄惨な白兵戦が展開。

はるたち、リヤカーのお握りを摑んでやくざたちに投げつける。

国領がスコップで足をなぎ払われて倒れる。はる、駆けつけて、国領を背中に背負い、必死な力で逃げ走る。

（争議の敗北の結果のデータⓉ）

53　浜松市街

走ってきた高級セダンに爆薬が投げられ、轟然と爆発。
×　　×　　×
争議団員を追いかける「労農団同志会（右翼）」の一群。
×　　×　　×
警察署の玄関に、火のついた石油缶を放りこむ争議団員。
炎々たる火焰。
Ⓣ『浜松、日本楽器争議』

54　近くの農家の中（夜）

戸口に「争議団司令部」の掲札。

中では、印伴纒に船引姿の三田村と鍋山を中心に、争議団員との細胞会議が開かれている。

一方では、三田村の妻となった九津見と鍋山の妻うたなど女性陣が宣伝ビラのスローガンを書いたり、謄写版を刷ったりしている。

それを手伝っている九津見の長女の一燈子（12才頃）。

うた「一燈子ちゃんは偉いわねえ、天晴れ一人前のプロレタリアじゃないの」

九津見「他の子と一緒に大阪に置いてこようと思ったんだけど、三田村の側がいいって聞かないのよ」

三田村「房子、腹が減ったな、氷砂糖ないか？」

一燈子「ハイ！」

一燈子が直ぐ側の氷砂糖の袋を持って三田村の許へ届けにゆく。

九津見「（うたに笑って）ネ……あたしの出番がないのよ……」

その時、表から突然乱入してくる、「労農同志会」の一団。

忽ち阿鼻叫喚の乱斗になる。

火鉢の鉄瓶を放って抵抗する三田村。

九津見たちは隅に固まって結束。

そこへ巡査の一隊が踏みこんできて、抵抗する争議団員たちに片ッ端から捕縄かけて結束する。

九津見たち女も表に連行される。

「労農同志会」の一団は、三田村と鍋山の二人を庭に引摺り出して、殴り、蹴り、好き放題のリンチを加え始める。

面白そうに取り巻いて眺めている巡査たち。

日本楽器争議団員A「（絶叫して）巡査のくせに、笑って見てていいのか！」

同B「てめえら、グルになりやがって！」

一燈子「お父うちゃんッ……!!」

九津見、歯を喰いしばって、一燈子を抑えている。

（争議の敗北の結果のデータⓉ）

55　共同印刷工場・通用門附近

二派の工員集団が激しく揉み合う。スト中の組合員と臨時工たち。
赤旗が揺れる中での罵声の応酬。
共同印刷スト工員A「スト破り、帰れ！」
臨時工A「働きに来たんだ、中へ入れろ！」
スト工員B「君等臨時工は会社に騙されてるんだ。争議が解決したら直ぐクビだぞ！」
臨時工B「先のこたアどうでもいいんだ。こっちは今日のメシがかかってるんだ！」
スト工員C「こっちはクビかけてるんだ！」

Ⓣ『東京小石川、共同印刷争議』

56　近くのレストランの二階の一室

昼なのに雨戸も閉め立てた中で、電灯のスポットの下、渡政と市川が組合指導部の工員たちと会議している。
市川「会社は臨時工だけで工場を運転出来ると踏んでるらしい。このままだと、組合側は干乾しになるだけでしょう」
共同印刷組合員A「賃金もそろそろ底をついてきて、家族の方から文句も出始めているんです」
渡政「右翼の協調会から、会社との仲に立って斡旋するがどうか、と言ってきているんだが……」
組合員B「ここまできて妥協は出来ませんよ！」
渡政「気持は判るが、アナーキストのように玉砕するのは、マルクス・レーニン主義に反する。俺に一任してくれんか」
組合員C「会社は警察上層部や政界とがっちりスクラム組んでるんだ。評議会や組合じゃ歯が立たねえんだ……」
その時、ガラス戸を叩き割る音がして、乱れた足音が階段を登ってくる。
渡政「逃げろ!!」
同時に乱入してくる不良工員のグループ、チェーンやナイフをかざして襲いかかる。

窓を開けて、隣家の屋根へ逃げてゆく市川や組合員。

渡政、腹巻きから短刀を抜き放って、

渡政「こいつら、評議会の渡政は、そこらのマルクスボーイとは違うんだ、喧嘩の仕方を教えてやろうか！」

凄まじい渡政の気勢に立往生の不良工員たち。渡政、その隙に身軽く窓を飛び越えて脱出。

57 雨に打たれてしおれた赤旗

（争議の敗北の結果のデータⓉ）

58 上野・西郷隆盛の銅像前

セツとテフが四囲に目を配りながら佇んでいる。

不意に後からセツの袂を引いてゆく者――商人風の変装をした渡政。

三人、無言のまま前後してゆく。

59 浅草の鳥料理屋・個室の座敷

煮える水炊きの鍋。

渡政、セツ、テフが囲んでいる。

渡政「久しぶりだな、こうして三人で飯喰うのは」

テフ「苦労してるんだろ、お前の方も」

渡政「会議会議で宿屋暮しばっかりだから、世間話が無性にしたくなってな」

セツ「相馬さんがモスクワへ留学に行ったわ」

渡政「そうか……なア、おっかさん、これからは、セツにも手伝って貰わなきゃならないんだが……独りで暮せるかい……？」

テフ「あたしのことなんか気におしでない。お前の好きなようにおやり」

渡政「うん……実はな、党をもう一度再建しようと運動してるんだ……」

緊張して見つめるセツ、テフ。

渡政「今までのいろんな争議を通してみて、痛切に判ったんだ……どの争議もみんな惨敗だ……労働者だけがいくら団結しても、政府権力と結託した資本には勝てん。労働者、組合、大衆、それらを結集して資本にぶつかってゆく、前衛としての中央組織がどうしても要るんだよ。それは、党以外にはない……」

セツ「非合法生活に入るのね……？」

渡政「うん……（と財布から幾らかの金を出してセツに渡し）これで、日本橋あたりに一軒アジトを借りといてくれ。会合が出来るような大きな家がいい。近くの交番と抜け道も調べといてくれ」
セツ「はい」
渡政「決まったら、三日後の同じ時間、西郷さんの前で会おう。直ぐ行ってくれ」
セツ「でも、おっかさんを家へ送ってから……」
渡政「(強い語調で) 俺たちには、こうしている時も戦場なんだ」
　セツ、ためらわず、金をしまって出てゆく。
　二人だけになって、テフの小鉢に肉を盛ってやる渡政、フト笑い出す。
テフ「なんだい……?」
渡政「子供の頃さ、学校へ行くのが恐くて、おっかさんによく叱られたなア、甘ったれだってさ……その俺が、今じゃ党を引っ張ってるんだ。軍隊で言や師団長だよ」
テフ「ねえ、政や……」
渡政「なんだい、おっかさん」
テフ「また一緒に暮せる日が来るだろうかねえ……」
　薄く涙ぐんでいるテフ。
　渡政、黙って食べている。

60　現在の五色温泉

Ⓣ『大正十五年十二月
　山形県五色温泉で再建党大会』

61　現在の草津温泉

Ⓣ『昭和二年一月
　群馬県草津温泉で幹部会議』

62　草津温泉の旅館の一室（夜）

　徳球、渡政、佐野文夫（党委員長）、福本和夫（政治部長）等が集まっている。（佐野、福本には人物紹介Ⓣ）
　会談は険しい雰囲気。
徳球「俺はやっと今日出獄してきたばかりなんだから、再建大会をもう一度開いて貰わんことには納得出来んねえ」
渡政「大会での決議事項はチャンと報告したじゃないか。それとも、決議事項そのものが不満なのか」
徳球「ああ、不満だねえ。例えば、俺はコミンテルンの日本代表という役目を仰せつかったらしいが、そんな子供でも出来る仕事は俺はやらんよ」
渡政「獄中にいる人を党中央には据えられんから、みんなでそう決めたんだ。待遇が気に入らんからと言って、大会決議を無視するのは、男らしくないよ」
福井「渡辺君、そうは言っても、徳田さんはなんと言ったって我々の先輩なんだから……」
佐野「私はみんなに推されて成ったんだが、やはり、中央委員は徳田君になって貰おう。僕は辞任するよ。それでいいだろう」
渡政「待ってくれ。人事は大会で決定したことなんだ。ここに居る者だけで、勝手に変える訳にはいかん！」
徳球「君も偉くなったもんだな。そんなに自信があるなら、君が委員長になればいいんだろう。実際に、もうそのつもりになってるらしいから……！」
渡政「（気色ばんで立上り）俺は、あんたの留守の間、夢中になって再建の為に運動してきたんだ。無責任な批判はやめろ！」
徳球「俺の指導で一人前になったくせに、生意気言うな！」
　渡政、いきなり膳を蹴飛ばして、徳球を殴りつける。
　ポカンと呆気にとられている徳球。
渡政「徹底的にやろうじゃねえか！　立て！」
　素知らぬ顔で苦笑するのみの佐野と福本。
　徳球、急に人懐っこい笑顔になって、
徳球「まア待て、待て……悪かったよ、なア、俺が悪かった、謝る、この通りだ……！」
　いきなり渡政の前に手をついて謝る。
　今度は渡政がポカンと見ている。
徳球「（破顔一笑して）君は根性がある！　たいした人物だよ、ウン、君の下なら俺は一兵卒になって働ける！　なア、渡辺君、俺を一兵卒のつもりで使ってくれ！　俺は党が好きなんだ、党の為に働けるだけで、俺は満足なんだよ！」
渡政「徳球さん……！」
　渡政、感極まったように涙を浮かべて、徳球の手を握りしめて坐りこむ。
　徳球が逆に宥めるように肩を叩いて、
徳球「よしよし、いいんだ、いいんだ、一緒に頑張ろう、なア……！」
　徳球も感涙を溜めている。
　二人の真意を計りかねて、索然とした顔つきで酒を飲んでいる佐野と福本。

63　資料モンタージュ

刷り上ってくる「赤旗」創刊号。
渡政の「創刊の辞」。
　×　×
第一回普通選挙に関する

Ⓝ『再建共産党は、それまでの秘密主義を捨てて、公然と大衆の前に姿を現わした。そうして、この年二月に行われた第一回

諸資料。

『普通選挙には、渡辺政之輔が中央委員長として指揮をとり、徳田球一始め十一名の党員を、合法政党である労農党から立候補させて、議会への進出を試みたのである』

64　小樽駅

一面の銀世界。

Ⓣ『小樽駅』

三田村と九津見房子、その娘、一燈子（14）が改札口から出てくる。

壁に貼られてある山本懸蔵候補（共産党系）のポスターを見ていると、物蔭から、一人の青年、小林多喜二が駆け寄ってくる。

Ⓣ『小林多喜二
　のち、プロレタリア作家』

多喜二「ごくろうさまです、小林です」

三田村「あ、どうも。どう、山懸の形勢は？」

多喜二「ええ、苦戦です、でも小樽はプロレタリアの町です。盛りあがりはあります」

三田村「そりゃいい、当落は問題外だ、党の宣伝と選挙戦を通じての組織拡大が狙いだからね」

一燈子、大きくのびをする。

一燈子「きれいねえ……」

房子「一燈子はこんな雪初めてでしょう」

多喜二「お嬢さん、暇をみて、スキー教えてあげますよ」

一燈子「ほんと、嬉しい！」

多喜二「さ、御案内しましょう」

65　下町の工場街（東京）

セツ、ツギ、森田京子たちがビラ（「八時間労働を厳守せよ」、「失業保険制度を制定せよ」、「地主政府の土地を没収せよ」、「帝国主義戦争反対」、「集団結社団結権言論出版の自由をかちとろう」等々）を貼って廻っている。

河合悦三が自転車でくる。

河合「ツギちゃん」

ツギ「アラ、とうしたの？」

セツ、京子も来る。

河合、小さな紙づつみを渡す。

河合「これ、例のや、アブナイからよく注意して貼ってくれ」

ツギ「いいわ」

Ⓣ『河合悦三、党員』

66 露地

見張っている感じのセツと京子。

ツギ、電柱に素早くビラを貼って、三人かけ出す。

『天皇制廃止』とある。

67 工場の一隅（大阪）

国領が工員たちとストーブを囲んで話している。

国領「どうも右翼の妨害がきついのや、君ら、すまんけど演説会場にもぐりこんで、ヤジやなぐりこみを防いでくれんか」

工員A「へえ、やりまっさ。せやけどな、国領はん、この伝単ビラ、天子サンを倒せたらいうスローガン、こら撤けまへんで。わいら、死刑にされてまうがな」

国領「党の決定方針なんやから、勇気を出してやってくれ、頼むわ！」

と国領は立って出てゆく。

重苦しく顔見合わす工員たち。

工員A「どないひょ……」

同B「アホかいな、こんなもん！」

伝単ビラをまとめてストーブの中に放り込む。

68 立候補の襷をかけて演説する徳球

Ⓣ『福岡』

徳球「私はダイナマイトである。皆さん、皆さんの手で私を議会におくりこんでくだされば、私は、反動ブルジョア政府の議会をぶっとばしてみせます。そして、その後に我々プロレタリアのプロレタリアによる」

その時、聴衆の中に散開していた「世界防止団」の団員たちが、一斉に襲いかかって来て、台上の徳球をひきずりおろす。

徳球「無礼者、何をするか！」

乱斗。

Ⓝ「この選挙で、田中義一内閣の露骨な選挙妨害にもかかわらず、無産政党からは、労農党の山本宣治以下八名が当選した。しかし共産党党員は一人も当選しなかった」

69 闇に行き交う懐中電灯の光芒（未明）

× ×

露路を警官が走る。

× ×

辻にたむろしている警官の一班。

駆けて来た刑事が指令書の入った封筒を渡す。

ピッと破かれる封筒。

警官の一人が大きく提灯をまわす。

× ×

闇の中に点々と提灯の描く光の輪が広がって行く。

× ×

火を入れられる提灯。

ボーッと浮かび上がる「警視庁」の文字。

Ⓣ『昭和三年三月十五日、未明』

70 ある党員宅・表

表戸が乱打される。

「電報電報！　電報ですよッ」

開かれる戸。

乱入する警官隊。

71 同・一室

パッとインバネスを羽織って逃げ出そうとした党員に、とびかかる警官たち。

72 町工場の露地

駆けて来た警官隊が一軒に怒濤の如くなだれこんで行く。

女房子供が突きとばされ、党員の一人が腕をねじあげられる。

押入れがハネあけられ、行李の中から、「赤旗」、「無産考新聞」等がつかみ出される。

Ⓣ『赤旗印刷所』

73 札幌警察署・表

雪の中を九津見房子と一燈子が刑事たちにひっぱられてくる。

Ⓣ『札幌』

74 同・取調室

首筋からひっぱがされる着物。

九津見の白い背中一面のミミズばれや傷跡。

刑事（一）「ほう、相当な勲章じゃな、もっとふやしてやるぞ！」

捕縄がうなる。

髪を乱してガックリうなだれた房子が歯をくいしばる。

じっと見開かれた一燈子の瞳。

刑事（二）「（一燈子に）おい、お父うちゃん何処へ逃げたんだ？　何とか言わんか！　でないと母ちゃんがひどい目に合うぞ！」

一燈子、黙って刑事を瞶めている。

刑事（二）「啞か！」

刑事（三）「そんなことはない。鍛えられとるんじゃ、のう」

刑事（三）、一燈子の額を突く。

転げる一燈子。

房子「子供に手を出すな！」

血まみれの房子の凄じい形相。

撲り倒される房子。

75 東京合同事務所・内

Ⓣ「東京合同事務所」
取り散らかされ、蹂躙された内部。
呆然と立つ寝巻姿のテフ。
テフ「政は、政は大丈夫かねえ……」

76 労農党本部・日本労働組合評議会本部、無産者新聞社、マルクス書房等の看板がモンタージュされ、それに焔がメラメラと燃えあがって——

Ⓝ『この三、一五事件当日の逮捕者は全国で千数百名に及び、関係機関五十四ヶ所が検索されたが、当局はとり逃した大物党員を求めて、追求の手をゆるめなかった』

77 市川正一のアジト

整然たる室内。

布団の中で氷のうを頭にのせている市川正一。

枕許に、書きかけの原稿。

セツがとびこんでくる。

ハッと身をおこす市川。

市川「（安堵の色）セッちゃんか」

セツ「此処、危ないわ！　逃げましょう」

市川「僕は動けないから……セッちゃんこそ出歩いたりしたら危ない！」

セツ、構わず市川を起して背負う。

セツ「シッカリつかまってて！」

セツ、市川を背負って、よろめき出て行く。

78 あるアジト

市川が毛布をかぶって柱にもたれ、渡政、セツ、鍋山、国領が額を寄せ合っている。
セツ、市川の手拭いをしぼって替えてやる。
鍋山「今の所、党中央は助かっているようだ」
渡政「しかし、なめちゃいかん。何しろ今度は治安維持法をふりかざして来てるんだ」
国領「死刑または無期、もしくは五年以上か――」
一瞬、顔を見合わせる一同。
渡政が、暗い思いをふっきるように、
渡政「党が公然と名のりをあげた以上、覚悟はしておったが、つかまるわけにはいかん。今後お互いの連絡には二重の予備線をもうけよう。だが用心は用心、工場細胞とのつながりは絶対に切らさぬことだ」
鍋山「わかった、細心かつ大胆にだな、それで資金はどうなっている」
渡政「当面の分として、これだけ渡して置く」
渡政、懐から金をだして分ける。
セツ「今のアジトはどうするの?」
渡政「すぐ引き払うんだ」
セツ「荷物は?」
渡政「小名浜のお前の家に送っといてくれ」
セツ「でも……実家に迷惑はかけたくないんだけど……」
渡政、バシッとセツの頬を張る。
ハッとする一同。
渡政「そんな事をグズグズ云ってる場合か。運動以外の執着は一切断つんだ!」
セツ「……!」

79 床屋(下関)

気持よさそうに整髪中の徳球。

その鏡に映る特高と巡査。

椅子からとび降りる徳球、たちまち床にねじ伏せられる。

Ⓣ「二月二十六日　下関」

80 西洋料理店

浅野晃がたくみにナイフとフォークを使って舌平目のムニエルを食べている。

その前にモダンガール(伊藤千代子)がスッと来てすわり、煙草の箱を置く。

箱の蓋に、

「ジム局イドウセヨ」

浅野が煙草の箱に手をやると同時に、バラバラッと私服と巡査が来る。

私服「浅野と伊藤だな」

浅野、パッと立ちあがってナイフとフォークを構える。

伊藤の悲鳴！

浅野のナイフとフォークがサーベルではねとばされ、伊藤千代子が派手にパンティをみせて転げる。

その上に浅野、折り重なって逮捕。

Ⓣ「四月八日、中央事務局員浅野晃、愛人、伊藤千代子逮捕」

81 隅田川・堤の上

田口ツギが立ってジッと川面をみている。

洋服姿の男（相馬一郎）が来て、並んで立ち、川面を見る。

ツギ「（ポツンと）アシはついてない……？」

相馬「（ポツンと）消毒してきた……」

ツギ、スタスタと歩き始める。

無言で後につづく相馬。

Ⓣ『相馬一郎、クートベ（モスクワ共産大学）より帰国』

82 浪花町・渡政のアジト・内

金ぶち眼鏡にゾロッとした着物を着た渡政がリンゴ箱を机代りに原稿を書いている。（株屋を偽装）

セツが謄写版で「赤旗」を刷っている。

手廻しの蓄音機から「君恋し」の曲が流れている。

渡政「暑いなア、たまらん」

渡政、双肌ぬぎになり、汗をぬぐう。

セツ、背中を拭いてやり、壁側の唐草模様の大風呂敷をかけられた箪笥様の物に手をのばし、風呂敷の裾をめくる。

それは箪笥ではなく、リンゴ箱を積み重ねたもので、印刷用紙が入っている。

セツ、それをとり出して、刷り始める。

スローになる曲。

不意に大きくなる謄写版の音。

渡政「おい（と、表の様子を伺う）」

セツ、あわてて蓄音機のネジをまく。

正常にもどる曲。

刷り続けるセツ。

と、襖がスーッと開かれ、ツギの顔がのぞく。

続いてその上に相馬の顔。

セツ「相馬さん……！」

83 同・一室（夜）

煮えたつスキ焼鍋に、いそがしく箸が出入りする。
渡政、相馬、三田村、鍋山、国領らである。
セツ、ツギ、国領の愛人はるが給仕している。

相馬「そうか、内地はひどい状態だな……市川さんはどうしたんです？」
渡政「コミンテルンの第六回大会に出席する為、出発して貰った」
相馬「僕と入れかわりって訳か……それで僕の当面の任務は？」
三田村「折角モスクワで勉強して来たから、理論面がいいだろう」
渡政「いや、相馬君には、暫く重要な連絡係を頼もう。まだ当局にも目をつけられていまい」
国領「そうや、移動事務局になって貰うとええ」
渡政「うむ、当分の間は直接動くより、赤旗、無産者新聞、マルクス主義の出版で、党の主張と存在を大衆に知らせていくしかない。相馬君にはその配布の中心になってもらおう」
三田村「僕たちも、出来るだけ手伝うよ」
相馬「頼む。何しろ、三年日本をはなれて、大陸ボケになってるかもしれないからね……そうだ、政さん、久しぶりにお得意の明治一代女をきかせてくれないか」
渡政「よおし」
セツ「あなた、あまり大声は出さないで」
渡政「なアに、俺の唄はかえってカムフラージュになるさ。何せ俺は株屋の旦那ってことになってるからな」

渡政、眼をとじてうっとりと「明治一代女」を唄い始める。

84 山口県防府の海岸

市川正一がゆっくりとやって来て立ちどまる。
前方の堤防の上で一人の老人（市川の父、正路）が釣糸をたれている。
その横にやって来る市川。

市川「……お父さん」

正路、無言である。
ピクピクと動くウキ。

市川「ひいてますよ」
正路「……もう行くんか」
市川「ええ……」
正路「……折角、大学でて、新聞記者になって……やれやれと思うとったが……」
市川「……（苦渋）」

正路「……ま、好きにするしかなかろうて……」
　正路、市川をみあげる。
市川「……」
正路「やるからにゃ、とことんやってみい、儂は、もうお前は死んだもんと思うとるきにの……」
市川「……」
　市川、ジッと父の痩せた背のあたりを見つめてから、祈りを籠めるように頭を垂れ、踵を返してゆく。振り向こうともせず、堤防上にポツンと残っている正路の姿。

85　神田・末広町・河合悦三とツギのアジト（夜）

　ツギが寝床に腹ばいになって南京豆を食べながら、キングを読んでいる。

　フラッと河合が入ってくる。

ツギ「おかえんなさい」

河合「暑いなア」

　河合、裸になって坐る。

ツギ「疲れたでしょう」

河合「うん、毎日、毎日工場との連絡レポばかりじゃ、まるで伝書鳩になったみたいで情のうなるわ」

ツギ「でも大事な仕事なんでしょ」

河合「そりゃ、そうだが……（とキングを手に取って）またこんなしようもないもん読んで。共産党宣言、読み終ったんか」

ツギ「難しくて……、一緒に読んでよ、ね」

　ツギ、甘えるように河合にもたれかかる。

　口づけ。

　河合、次第に燃えて来てツギにのしかかってゆく。

　その時、ドンドンと表戸が叩かれる。

　ハッと窓辺にとぶ河合、下を見る。

河合「あかん、警察や！」

　河合、素早く畳をめくって、下から、一枚の紙（党員名簿の類）をとり出し、丸めて口の中へ押しこみ、シャツをとって物干台の方へ。

ツギ「あんた！」

　ドヤドヤッと乱入してくる私服たち、ツギを突きとばして物干台に出て河合をつかまえ、ひき戻す。

　私服、河合とツギを撲り蹴る。

　ゲッと紙片を吐き出す河合。

86　道（昼）

　相馬が汗を拭き拭きくる。

　一軒の家の前で立ちどまる。

ピッタリと閉ざされている戸。

相馬、叩いてみる。返答がない。

近くで、道路工事をしている土方たち。

相馬、その方に行こうとしてハッとなる。

背後に接近してくる二人の私服を横眼でとらえる。

相馬「――！」

相馬、脱兎の如く駆け出す。

私服（一）「泥棒だッ」

私服「泥棒だぞォ」

アッとなった土方たちが前を駆けてゆく相馬にとびかかる。

もつれて転倒。

相馬「はなしてくれッ、俺は泥棒じゃない。君たちの仲間なんだ！　共産党の党員なんだッ！」

土方（一）「何をぬかすか！」

土方（二）「アカなら泥棒より悪い！」

土方（三）「国賊！」

土方たち、相馬を目茶苦茶になぐり、蹴る。

かけつける私服。

私服「相馬！　渡政のアジトはどこだ！　吐かんか！」

私服、泥靴で相馬の顔をギリギリと踏みつける。

87　警察署・取調室（夜）

天井からブラ下っている二本の女の脚、逆さに垂れて胴と頭部をおおっている浴衣。

刑事がその下の部分をめくると、充血したツギの顔。

刑事「おい！　河合はお前が渡政らのアジトを知っとると吐いたぞ！　ええ！　渡政はどこだ」

バシッ。

太股にみみずばれが走る。

大きくゆれるツギの身体。

ツギの鼻から血がタラタラと落ちる。

刑事「渡政はどこだ！」

88　伊豆への道

ハイヤーが土埃をあげて海岸を走って行く。

後部坐席に渡政とセツ。

渡政は例の金縁眼鏡で株屋風。セツは丸髷で、その囲われ者といった恰好。

Ⓣ『伊豆、熱川』

89　熱川の温泉宿・浴室

セツが浴衣をからげて渡政の背を流している。

眼を閉じている渡政。

セツの手がとまり、嗚咽が洩れる。

渡政「……どうしたんだ……」

セツ、涙の顔を渡政の背に押しつける。

セツ「あんたがつかまったら、あたしも死ぬわ！」

渡政「セツ……！」

渡政、ふり向いてセツの両腕をつかむ。

渡政「馬鹿なこと考えるな……俺は摑まっても、絶対死刑になんかならん……死刑にならんように頑張り通すよ……俺たちは、例え一生、無期懲役を喰って監獄暮しをすることになっても、どんなことをしても生き続けていかなけりゃいけないんだ……俺たちが監獄の中で生き続けているってことを、大衆が判ってくれてる間は、共産党は日本に存在しつづけるんだ……生き続けるんだ、なア、セツ……生き続けるんだぞ！」

セツ「え、ええ……」

ジッと瞶め合う二人。

90 同・一室（夜）

机の上に書きかけの原稿。
眠っている渡政とセツ。
虫の音——
ガバッととびおきる渡政。
セツも驚いて——
セツ「どうしたの?!」
渡政「どうもおかしい……予感がするんだ……出よう！」
渡政、着がえを始める。
渡政「早くしろ！」
セツ「ハ、ハイ」

91 夜の浜辺

渡政とセツが手に手をとって駆けて行く。

当て途もなく、ただ必死に——

92 大洗の浜（昼）

打ちよせる太平洋の波濤。
Ⓣ『昭和三年八月茨城県大洗海岸』
その雄大な眺めにのみこまれている渡政とセツの姿。
彼方から、二人の男女が駆けてくる。
「オーイ」
ハッと見る渡政とセツ。
渡政「国領だ」

セツ「おはるさんも！」
渡政とセツ、駆ける。
ガッとぶつかるように渡政と国領、セツとはるが抱き合う。
はる「元気だったのねえ！」
セツ「うん！　でも毎日心細くって！」
はる「何云うの、政さんが一緒だったら、千人力でしょ。私ね、一寸無理言って連れて来てもらったのよ（クスッと笑う）」
セツ「大丈夫、家、留守にして？」
はる「そんなこと、もう考えないことにしたの。私たちいつ別れ別れになるか分らないんだから、こんな機会に出来るだけ楽しんどかないと損だもの」
渡政と国領、ややはなれて並んで歩いている。
渡政「そうか、上海支部と連絡がついたか――」
国領「どうやら今度は資金だけでのうて、重要な極東全般の会議があるらしい。あんたに是非来てくれと指名して来よったんや」
渡政「ふーむ……」
国領「しかし、今政やんに出られたら、党の動きが止まる。それに、上海行きは昔とちがって危険になってる。どやろ、代理に俺をいかせてくれへんか」
渡政「……」
国領「俺はやられても代りがあるが、政やんの代りは……ない」
渡政「ちがう！」
国領「――?!」
渡政「俺たちは皆、かけがえがないと云えば、いえるが、代りは必ずいる。階級斗争が続くかぎり、党も党員も不死身だ！」
みつめあう二人。
国領「……わかったよ、だけど、くれぐれも気をつけて行ってや……」
渡政「うん……あとを頼むよ……あいつもな……」
白く砕ける波頭とたわむれているセツとはる。
男二人は、その妻二人の姿をジッと見守って。

93　平磯・平野屋旅館・一室（夜）

原稿用紙の束がさし出される。

受けとるセツ。

表題に「戦略問題の要項」。

セツ、一頁をめくって読む。

セツ「……日本のプロレタリアの戦略というごとき重要なる問題は、簡単にしかも容易に決定しえられるものではない。戦略は前衛の組織を離れて存在しない。前衛の組織がこれまた、一朝一夕に完成されるものでもない……」

セツ、じっと渡政の顔をみる。

渡政「この原稿を、〝マルクス主義〟にのせてくれ。筆名は今まで通り、山名正照でいいだろう」

セツ「あなた……これを最後の原稿のつもりで……」

渡政「変に気を回すなよ（と笑って）しかし、俺はこれで、革命への戦略を、批判と反省をこめて、洞察したつもりだ。一区切りつけただけさ」

セツ「……」

渡政「俺は上海へゆく準備もあるから、明日の朝、ここから姿を消す。お前は一応三田村のアジトへ行って隠れてくれ。あいつなら大丈夫だ」

セツ「……」

渡政「それから、例え、三田村とはなれ、党と連絡がとれなくなっても、決してへこたれないでくれ。一人でも、細心かつ大胆に行動して、細胞をふやしていってくれ。頼むよ」

セツ「……」

渡政「……おっかさんのこともな……」

セツ「……」

渡政「おい、判ってるのか」

セツ、突然、渡政にすがりつく。

セツ「私も上海へ連れていって‼」

渡政「バカ！」

セツ「バカでもいい、なんでもいい、連れてって……いやよ、独りぼっちなんて……！」

渡政「どうしたんだ、半年や一年くらいの辛抱は、今までだってしてきたじゃないか」

セツ「あんたはもう帰ってこない……帰ってこないのよ、きっと！」

渡政「帰ってこない……？」

セツ「コミンテルンが、あんたを亡命させて帰さないわ……！」

渡政「（不意に厳しい表情で）セツ……覚えているか、俺が結婚してくれと言った時……川合の仇をとるつもりなら俺について来い、そう言った筈だ……俺はまだ、河合の恨みを晴らしてやっていない……その俺が、どうして亡命出来るか」

セツ「（心を鎮めて）……」

渡政「俺は、どんなことをしたって、帰ってくるよ」

× ×

後刻――古ぼけた枕許のスタンドの灯の中に、それぞれの布団の中で就床している二人。

渡政「（天井を仰ぎながら）……俺ア、何にもしてこなかったなア……党だ、組合だ、大衆だと言っても……誰一人、解放してやれなかった……こんな委員長なんてあるか……！」

セツ「（背を向けて）……」

渡政「クソッ……今度戻ってきたら、命がけで戦ってやる……！」

セツ「（ポツリと）……子供が欲しかったわ……」

渡政「……居なくて良かったんだ……」

セツ「……」

渡政「子供は、革命家にはしたくなかったからな……」

スタンドを消す渡政。

無言のしじま——

フト、渡政、起き上り、ソッとセツの傍らに寄り添い、両手で頰を抑えて顔を覗き込む。

その腕に縋り寄るセツ。

渡政「子供……産めよ……なア、セツ……」

抱き縋るセツ。

渡政、抱きしめる——

（エフェクト）船の汽笛の遠い響き……

×　×

上海航路の客船の白い航跡。

その甲板上の渡政。

夢幻のように、霞み、消えてゆく。

94 浅草・三田村のアジト・表（夜）

屋並の中のありふれた二階屋。
Ⓣ『浅草　聖天町、三田村とセツのアジト』
『昭和三年十月二日、午後八時四十分』
黒い影がサッと画面をよぎって——

95 同・内（夜）

三田村とハウスキーパーの森田京子が卓袱台を前に坐っている。
京子「セッちゃん、おそいわねえ……」
と時計を見あげる。
三田村「うん、大丈夫だと思うがな……」
京子「先にたべちゃいましょうよ」
三田村「そうするか。たまには夫婦気取りもいいだろう」
京子「薄情な人、奥さんの身の上も考えてあげなさいよ」
京子、卓袱台にかぶせてあった布巾をとる。と、ガラッと表戸の開く音。
京子「セッちゃんかしら（と立つ）」
男の声「ごめん下さい」
京子と三田村の眼がブツかる。
玄関に出て行った京子がアッとなる。

巡査が立っている。

京子「（とぼけて）アラ、お巡りさん、何ですの？」

座敷の三田村、裏口に飛んで様子をうかがう。

他の巡査の姿が裏通りを行き来している。

玄関で巡査の質問を懸命にはぐらかしている京子。

京子「いいえ、私は丸山きみですわ。森田京子とか、三田村とか、そんな人、全然知らないわよ」

巡査部長の高木が来る。

高木「踏みこめ！」

巡査「ハッ」

高木と巡査が京子を突きとばすようにして上る。

京子、二人の腰を必死でつかんで叫ぶ。

京子「犬、パイ公！　帰れ！」

高木、京子を振り払って突進、それに裏口から突入して来た巡査が合流して、押し入れ等をあけ放ち、階段へ向う。

その時、階段上にスッと姿をあらわした三田村が、駆けあがってくる高木めがけて、モーゼル銃を構えざまにブッぱなす。

轟音。

階段を転落する高木。

上を見あげて立ちすくむ巡査、警部たち。

三田村の姿が消える。

ダッダッと階段をかけ昇る巡査ら。

物干台にとび出して来た三田村が下の屋根にとびおり、更に露地へ。

96　ひた走る三田村

97　三田村のアジト・表（夜――後刻）

人だかりがしている。
Ⓣ『同日、午後十時』
セツが来てそっと人垣の中から見る。
家の中から明るい光が洩れ、巡査の姿。
セツ「何かあったんですか？」
見物人「ええ、ちょっと前にピストル事件があったんですよ」
セツ「えっ……あぶないですねえ」
セツ、スッと退いて足ばやに去る。

98　江戸川橋・国領のアジト・二階（朝）

Ⓣ『翌、三日、午前九時・国領のアジト』
セツ、国領、はるの三人がまんじりともしなかった様

子で坐っている。

セツ「――やっぱりここ出ましょうよ」

国領「しかしなあ、バレてたら夕べのうちに来る筈やろ。何べんもいうように動いたらかえって危ないとちがうやろか」

セツ「だけどね、万一、万一よ、三田村さんは別にしても、お京ちゃんが口を割ったら一発よ」

たじろぎ顔をみあわせる国領とはる。

セツ、襟を破いて十円札をとり出し、国領に握らせる。

セツ「男のあなただけでも逃げて。女はつかまっても大したことないから」

国領「うーん（とはるに）どうしよ……」

はる「女ばかりじゃ心細いわ。もう一晩ここですごして、あすの朝、早く出ましょうよ、みんな一緒に」

セツ「駄目よ！　ぐずぐずしてちゃ。私、いやな感じがするのよ、サア」

セツが立ちあがったとたん、階段をダダッと上ってくる跫音。

一瞬、こわばって階段口を見る三人。

ピストルを持った刑事の姿。

国領が懐からピストルを摑み出して、構える。

国領「射つぞ！」

棒立ちの刑事。

対峙。

国領「う、射つぞ！」

刑事「う、射つぞ！」

セツ、パッと屋根にとび出す。

ドッと加勢の刑事たちが上ってくる。

国領が引き金をしぼる。

カチッ、不発。

体当りの刑事にはねとばされる国領とはる。

99　屋根の上

よろめきながら走り、転げそうになって這うセツ。

その尻を見つける刑事。

刑事「あそこだッ」

セツ、驚いて起きあがった時、バランスを崩して転落する。

100　露路（A）

夢中で起きあがるセツ。

その向うの道を巡査の一隊が通る。

セツ、身を壁に寄せながら反対方向に走り、道に出て、一軒の裏木戸を突破し、家の中へ駈け込む。

キャッと驚く家人。

セツ「追っかけられてるんですッ、済みませんが隠して下さいッ」

セツ、廊下の端の便所にとびこみ、壁にへばりつく。

表の道を二、三人の巡査が駈けて行く。

呆然とつっ立つ家人。

セツがとび出して来て、庭におり、横手の垣根の茂みにかくれる。

息をひそめるセツ、懐から握りバサミをとり出し、髪をくずし、振り乱して、短く切ろうとして、ハッとなる。

家人に案内されて近づいてくる刑事たち。

セツ、パッと身を踊らせて、垣根をとびこえようとするが、着物がからんで、垣根にしがみつきながら転落。

その眼に、土を蹴たてて迫る数人の刑事たちの革靴。

101 富坂署・取調室

Ⓣ『富坂署』

椅子に縛りつけられたセツの頬がバシッと張られ、その膝の上に刑事がとび乗って跨がる。

セツの顔前に迫る刑事の顔。

刑事「渡政はどこにいるんだッ」

セツ、顔をそむける。

刑事「吐け！」

刑事、セツの髪をひっつかんでしゃくる。

のけぞるセツ。

その鼻を掌でこするように突きあげる刑事。

鼻血が吹き出る。

刑事「三田村はどこだッ」

セツの眼がキラッと光る。

セツ「三田村さん、まだ無事なんですか！」

刑事「バカにするな！」

刑事、立ちあがりバシッと張りとばす。

椅子ごと転倒するセツ。

×　　×

竹刀でめったうちにされるセツ。
刑事「渡政はどこだ！　吐け！　吐け！　吐け！」

102 同・留置場（夜）

女ばかりの房内。食事をしている。
Ⓣ『昭和三年十月五日』
セツ、毛布にくるまって、ガチガチ歯を鳴らして震えながら目前の食器に手をつけようとしない。
女Ａ「（セツに）早く食べちまわないと、下げられちゃうよ」

セツ「いいんです……」

女B「ハンガーストライキってやつか。面白いや、どこまで続くもんか」

女C「食べなきゃ、あたしが貰っちゃおう」

　と延ばした手を、女Aがバシッと叩く。

女A「(伝法肌で) 狭い所で仲間虐めするもんじゃないよ(とセツに) あんた、アカだってね?」

セツ「……」

女A「アカだったら、食べるものは食べて、トコトン警察に楯ついてやりゃいいじゃないか。あんた一人がこんな所で飢え死にしたって、貧乏人が助かる訳じゃないだろ」

　胸をつかれたように女Aを見返すセツ。

(エフェクト) 渡政の声『生き続けるんだ。セツ、生き続けるんだぞ……!』

　セツ、痛む体を起して、モッソ飯を口に入れる。

　その時、女たちの悲鳴。

　薄暗い房内の空間に、どこから飛んできたのか、一羽の黒い大きな蝶が羽ばたき回っている。

女A「気味が悪いねえ、人魂みたい……」

(エフェクト) 渡政の声『生き続けるんだぞ、セツ……』

　蝶を凝視するセツ。

　黒い蝶は、渡政の声の主となって、大きく画面一杯に拡大して――

103　セツの夢（モノクローム）

　黒い蝶がスーッと鉄格子を抜けて飛び去ってゆき、ある刑務所(市ケ谷刑務所)の接見所正面の待合箱(囚人が面会の時、前もって入れられているボックス、前が眼かくし程度の開き扉になっている)の扉にとまる。

　面会室で待っているセツとツギ。(盛装)

ツギ「ホラ、もうすぐ政さんが出てくるわ」

　ギイッと待合箱の扉が開く。

セツ「政さん!」

　立ちあがるセツとツギ。

　待合箱の中から渡政が出てくる。が、その首がない。

セツ「(可笑しそうに) アラ、首がないわ」

ツギ「おかしいわネェ……」

　ツギ、少しあわてた動作で、長椅子の上に置いてあった、差し入れの弁当箱の包みをあける。

　その中に、渡政の首。

ツギ「アラ、こんなとこにあるわよ」

セツ「ほんと!」

　パッと飛び立つ黒い蝶。

首のついた渡政の後姿が待合箱に消える。
セツ「政さん!」

104 元の留置場（夜）

ハネおきるセツ、ジットリと油汗。

105 基隆港の当時の写真

Ⓝ「昭和三年十月六日、台湾の基隆（キールン）港は、即位御大典の祝賀行事に備えて、夥しい警官が配置されていた」

106 潮北丸・船上

一等船室で臨検を受けている渡政。
新調の結城の対に、博多の角帯、金縁眼鏡をかけ一見相場師風。
与世山刑事「お名前は?」
渡政「米村春太郎です」
渡政、名刺を出して渡す。
与世山「(受けとって) どうも」
渡政、与世山につづいて甲板に出て基隆港を見はるかす。
その甲板の一隅で与世山がもう一人の刑事と何事か話し合って、渡政の側に戻ってくる。
与世山「もし、もし」
振り向く渡政。
与世山「船客名簿に米村春太郎という方はないですがね」
渡政「(チラッと後悔が走って) ……!」
刑事「(名簿を手に) 一人づつ当って見たが、残るのは、この台北市竜口町一ノ十五、堀口吉三しかないが……」
渡政「ハハ、そうですか、じゃアそれでしょう。渡航手続をしてくれた奴が間違ったに違いない」
与世山「(ジッとみつめ) ひとまず氏名詐称として署に来ていただきます」
渡政「いいですとも」

107 ランチ

与世山と同行する渡政。
キッと結ばれているその唇。

108 基隆港・岸壁

集合している多くの私服、制服の警官たちの威圧するような姿が近づいてくる。

渡政、グッと肩に力をいれて、手を懐に入れる。

岸壁につくランチ。

突然、渡政が与世山刑事を突きとばすと、岸壁にとびあがり駈け出す。

追う与世山。

岸壁の警官は、まだ事件と気づいていない。

与世山「まて！」

渡政、逃げながら腹巻きの中から、ブローニング小型六連発のピストルをとり出し振り向きざまに発射する。

ブッ倒れる与世山刑事。

アッと気づく警官が渡政めがけて殺到する。

109　必死で逃げる渡政

110　土壁の間の露路

渡政が走って来て角を曲る。

続いて警官たち。

その一人の姿が同じく角を曲って消えたとたん。

銃声、二発。

息をのむしじま。

胸部を押えた警官が血をしたたらせながらよろめき出て来る。

カメラ、急速にまわり込むと、
突き当りの白い土壁に十字架の如く張りついている渡政。

その額にポツンと穴があき、一筋の血が流れ出る。

カッと見開かれ、虚空を睨むようなその眼。

ズルッ、ズルッとズリ落ちて行く渡政の体。

白っぽい道にポトッと落ちて、真紅の花と散る血。

転倒する渡政。

画面、ストップして、

Ⓝ「ここに渡辺政之輔は二十九年の嵐のような青春を閉じたが、その死が自殺か、他殺か、それは今もって謎である。だが、妻の丹野セツ氏はハッキリと言いきる。官憲による虐殺であると。なぜなら、いずれにしても渡政の命は革命に捧げられたにちがいないのだから」

111　モンタージュ（拘置所内）

レンガ塀に釘で彫りこまれてある「マサ、ヤラレタ」の文字。
×　×　×
木の幹に彫られた「マサ・ヤラレタ」の字。
×　×　×

石をどかすと、その下の地面に、「マサ・ヤラレタ」の字。

×　×

掃除する囚人の口から耳へ、次々と、

「マサ・ヤラレタ」

の囁き。

その囁きがエコーとなって、プツンと切れる。

112　市ケ谷刑務所の囚人運動場

女囚たちが輪になってグルグルとまわっている。

その中に、セツ、ツギ、京子、はる、千代子もいる。

女看守の号令。

黙々と歩むセツ。

フト、下を見ると、

前の女囚の両掌が腰のあたりでヒラヒラとする。

その両掌に逆さに書かれた文字。

「10・6、マサ、テロ」

「キールン」

硬張るセツの顔。

その女囚はすぐ掌を揉んで文字の墨を消す。

何事もないように回り続ける女囚の群れ。

セツ、高鳴る胸を抑えるように空を仰ぐ。

燦、と白光に輝く冬の太陽。

セツ、見上げ、見つめ、同じ歩度で歩き続ける。一滴の涙も垂れない。

怒りとか情感とか以上の、ある静かに研ぎ澄まされた力が、今、セツを占めている。

回り続ける女囚の群れ。その黒い輪が、あたかも渡政の死を悼む喪の花輪のように見える。

113　資料モンタージュ

机の上に並べられる日共印鑑、党員名簿、暗号符、党予算書、党会計報告書、機関紙全国配布図、赤旗等の各種機関誌、アジビラ等の押収品。

×　×

原稿執筆中、踏みこまれ、布団むしにされて逮捕される市川正一。

×　×

赤坂の料亭で密談中の所を踏みこまれ逮捕される

Ⓝ『昭和四年、三月二十八日、官憲は、党中央事務局の間庭末吉を逮捕して、党の重要書類を根こそぎ手に収めるや、四月十六日、全国的な大検挙を行なった。この検挙で、帰国後、党再建に奔走していた市川正一、労組の全国組織、全協をつくりあげた三田村四郎、鍋山貞親らが相ついで逮捕され、上海の極東ビューロ

三田村と鍋山。

× ×

上海のホテルで、支那官憲にピストルをつきつけられ逮捕される佐野学。

ーにこもっていた佐野学もつかまり、ここに日本共産党は壊滅的な打撃を受けた』

114 暗黒の画面に流れる文字

Ⓣ『共産党関係ノ公判起訴者、二百八十名』

115 東京地方裁判所

その赤レンガの冷厳な外観。

厳然と輝く菊の御紋章。

控え廊下で、徳球、三田村、市川、国領、相馬、鍋山、佐野らの被告が、編笠を上に持ちあげるようにして話し合っている。

相馬「あ、セッちゃんだ！」

廷吏に連れられて来たセツが編笠をあげる。

その喜びに輝く顔。

相馬、徳球、市川らが廷吏、警官をしりめにセツに駈け寄り、

「セッちゃん！」

「セッちゃん！」

「元気でよかったな！」

と、喜びと懐しさを一杯にこめて、次々と強く握手し、肩を叩く。

セツの眼に感激の涙が光っている。

廷吏「早く入廷しなさい！」

廷吏、警官がせきたてる。

陪審二号法廷の正面に着席する宮城裁判長以下三人の判事、検事、書記ら。

続々と入廷する被告たちを、廷吏、警官、憲兵がビッシリと取り囲んでゆく。

その物々しい動きの中で、チラッと傍聴席に振り向くセツ。

セツ「――！」

傍聴席にテフ、正路、一燈子、シゲの顔。

被告席に端然と坐る市川、相馬、三田村。

宮城裁判長「それでは、これより開廷する。それに先だって注意しておくが、被告並びに傍聴人は互いに私語したり、拍手、合唱その他の法廷を騒がす行為をすれば、ただちに退廷を命ずる」

徳球「裁判長！」

宮城裁判長「（ジロッと見て）何かね」

徳球「訊問に入る前に、昭和三年十月七日、台湾のキール

ンに於いて虐殺された同志、渡辺政之輔、及び、三・一五以来、獄中獄外に於いて命を落した我が同志たちに、哀悼の意を表して黙禱を捧げたいと思います」
宮城「渡辺政之輔は自殺であるよ」
徳球「虐殺だ！」
「虐殺だ！」の声。
宮城「静粛に！」
看守、警官の制止の動き。
宮城「徳田、共産主義者は宗教をアヘンと決めつけておるのに、祈るのかね」
徳球「人間として、当然である」
宮城「――よろしい。ただし着席のままだ」
徳球「黙禱！」
全被告、傍聴人、一斉に頭をさげて、黙禱する。
× × ×
市川、安国院の渡辺政之輔の墓。
× × ×
青山墓地の無名戦士の墓。
× × ×
平田検事が立ちあがる。
検事「各被告に対する各予審終結決定書記載の事実につきまして審理を求めます。なお、本件は安寧秩序を害するの虞(おそれ)あるものと認めますが故に、公開を止められんことを望みます」
佐野が立ちあがる。
佐野「唯今の検事の請求に対して、吾々の考えを述べて置きたいと思います。まず、吾々は日本の労働階級の前衛として、この法廷に立つ者であることを声明します。そして、吾々共産党員の権力斗争こそ未来の新しい社会を作り出すための、最大の進歩的仕事であり」
裁判長「宣伝的発言は慎しんで貰いたい」
佐野「宣伝ではありませぬ」
裁判長「宣伝である……」
佐野「いえ、これが宣伝ととれるのは今迄、当局が共産党の真相を弾圧により無理に隠して来たからであり、その故にこそ、吾々は今、公判の絶対的公開を要求するのであります」
鍋山が立つ。
鍋山「吾々共産党員は、例えば天皇制の廃止の如きことを主張し、不逞の輩(やから)と決めつけられておるようであるが、吾々は吾々の主張ならびに行動に於いて、決して俯仰天地に恥ずるところはありませぬ。よって、国民の面前において胸を張って所信をのべ、裁きを受け、国民に直接、その是非を判断して貰いたいのであります」
三田村が立ちあがる。
三田村「検事は、公開禁止の理由として、安寧秩序を害するの虞があると申されましたが、これは独断であります。今日既に全労働者の半数、二百五十万人が失業しております。従って昭和四年以来、労働争議が年をおって急激に増大し、又全人口の四十パーセントを占める小農民の小作争議がこれまた頻発しており、まさに世の安寧秩序は害されておる。つまり、民衆の安寧秩序を乱しておるのは無能無策の政府に他ならないのであります」

拍手が傍聴席のあちこちにおこる。

裁判長「静粛に！（廷吏に）今拍手した人を、名前を聴いて退場を命じろ」

廷吏、警官が傍聴席に殺到して、拍手した傍聴人たちの腕をとり、ひったてて行く。徳球が立ちあがる。

徳球「只今の拍手こそ、声なき大衆の声であります」

裁判長「一部尖鋭分子にすぎない」

徳球「裁判長、それははなはだしい認識不足でありますぞ。このくらいのことは小学校の鼻たれ小僧でも知っておる」

傍聴席に笑声。

徳球「なぜならば、只今、同志三田村がのべた失業状況以上に、この国では、十時間、十一時間労働が常であり、しかも、失業保険等の保障も何らなく、男女平均一ヶ月二十円前後という低賃銀。かように劣悪な労働条件を誰が甘受できるか！　鼻たれ小僧でも甘受できない！　裁判長、そんな所に坐ってないで、一度工場で働いてみなさい」

裁判長「そのような事は関係ない」

徳球「大ありである。今あなたが裁いておる、この共産党は、さような劣悪な労働条件のもとに苦しんでおる労働者農民の中から、まさに歴史的必然として、生まれて来たのである。それが判らなくて、どうして吾々が裁けるのであるか！」

徳球が、グイと詰め寄った時、突如、一般傍聴者出入口、特別傍聴者出入口、新聞記者出入口の三方より、『愛国勤労党前衛隊』のタスキをかけ、日の丸の鉢巻をした男たちが乱入して来て、ビラをまき、叫ぶ。

「アカを殺せ！」

「非国民に裁判は無駄だ！」

騒然となる廷内。

ふりかえる被告たち。

セツの怒りの顔に、「売国奴！」「赤イヌ！」「国賊！」

その叫び、ズリ下って、

116　小名浜・セツの実家

公判記事を読む一郎とトシ。

突然、部屋の窓ガラスが投石で破られる。

おびえ、身をすくめる二人。
罵声「非国民！　出てゆけ！」

117　**前橋の村はずれ**

のどかな田園風景の中を出征兵士とその見送りの人々が、日の丸幟をはためかせて行く。

ポツンと一軒の掘建小屋。

そのうす暗い内部。

破れ目から射し込む光線の中で、病み衰えたツギがボロのような布団をまとって寝ている。

弱々しい咳。

ギイッと板戸が開かれ、親戚の男が入ってき、飯碗をツギの枕頭に放るように置く。

男「この穀潰しが……！」

男、舌うちして、出て行く。

ツギ、やっと身をおこし、碗をかかえて食べようとして、激しく咳こむ。

喀血。

近くを通る子供たちの歌声。

ツギ、もがき、苦しんで、のけぞり倒れる。

その表に、子供たちが来て立ちどまり、見る。

男の子「こいつはアカだ。近よるとうつるぞ！」


ウアッと一斉に駆け去って行く子供たち。

ツギのやつれてはいるが美しい死顔。

Ⓣ『昭和十年、田口ツギ、病死』

そのツギの死顔に、まるでツギ自身が語るように、市川正一の陳述がかぶる。

市川の声『一言にすれば、私の全生活は、日本共産党員となった時代と、それ以前の時代と、この二つに分けられます……』

オーバーラップして……

118　**法廷（別の日）**

陳述する市川。

市川「……そうして、日本共産党員となった時代こそ、自分の真実の時代、真実の生活であるということだけを申し述べておきます」

市川の声、ズリ下り、画面、オーバーラップして、

119　**裁判所附近の大衆食堂**

混みあっている。

その一卓で、市川の父、正路がウドンをすすっている。

正路、ふと横の卓をみる。

ポツンと一燈子、その横で二人の幼い妹が一つのカレーライスを食べている。

一燈子「仲よく食べるのよ……」

一燈子、ふと正路の視線に気づく。

眼が合う。

二人、ある悲しみと、恥じらいを一瞬うかべて、互いに目礼し、一燈子は茶をすすり、正路はウドンの汁をそっと飲む。

給仕の女が通りかかる。

正路「あの……ちょっと……」

給仕「何ですか」

正路「(眼で示し) あそこの子たちにカレーをもう一つ……勘定は一緒に頼みます」

給仕「(見てうなずき) ハイ、わかりました」

ハシをおいて、そっと立ちあがる正路。

120　法廷 (別の日)

国領が身をのり出すようにして陳述している。
国領「我々はいずこにあっても凡ての努力を集中して、プロレタリア革命の準備のために斗わねばならないのであります」
国領、突如、傍聴席に向って叫ぶ。
国領「労働者よ、貧農よ、資本主義独裁を顚覆し、プロレタリア独裁を樹立するために、日本共産党の旗の下に陣列を固めよ！」
裁判長が思わず腰を浮かして叫ぶ。
裁判長「煽動である！　裁判所構成法第百九条により」
国領「もう終りました」
国領、落着いて微笑を浮べて着席。

121　東京地裁の構内・横門附近

数台の護送自動車。

物々しい警備。

編笠をかぶせられた被告たちが出て来て、自動車にのせられる。

セツ一人が乗用車の方へ。

徳球「(看守に) おい、セッちゃんも一緒にのせろ」

看守「それは……」

徳球「お前も一緒にのってけばいいんだ」

相馬「のせろよ」

三田村・国領「のせろ、のせろ！」

一同、セツを看守もろとも自動車に押し込んでしまう。

被告一同の拍手とにこやかな笑顔。

122　市ケ谷拘置所・応接室

わざと明りをつけないのか、薄暗い室内に担当検事と相馬一郎。

検事「(煙草を出して) どうだね……」

相馬「欲しくありません」

検事「そう……」

検事、煙草に火をつける。

相馬「……検事さん、何べん会っても同じことです。転向はしない」

検事「まアそうあせることはないだろう……」

相馬「あせってなんかいやしない」

検事「そうかな……もう随分仲間が転向してるよ」

検事、妙に哀れむような眼でじっと相馬をみつめる。

相馬「……」

検事、煙草を急にもみ消して、

検事「……気の毒な報せだがね……」

相馬「……(不安)」

検事「昨日、君のお父さんが亡くなられた」

相馬「……！」

検事「お父さんはね、君のことで、世間様に申し訳がないと、この所ずっと家から一歩も出ずにいたんだ」

相馬「……」

検事「親不孝だと思わないかね。幸い、まだお母さんが健在だ。今からだって遅くはないんだよ……」

相馬、拳を握りしめて悲しみに耐えている。

検事の冷めたく狡猾な眼。

検事「君ら党員は、祖国ソヴィエトなどと口走っているらしいが、もし向うと戦争になったら、奴らの撃ってくる鉄砲玉は君をよけてくれやしないよ」

相馬「……」

検事「それに、君もモスクワに行ってたから、知っているだろうが、ソヴィエトは君、スターリンが粛清をやって、血で血を洗う同志うちをやっている。それでも理想の国といえるかね」

相馬「……」

検事「それにひきかえ、我が国は、君のような罪人でも、心を入れかえれば、罪一等を減じてやろうという、仁慈あふれる国なんだよ」

相馬「……一本、いただきます」

検事「(快心の笑み) どうぞ」

相馬、震える手で煙草をとる。

検事、火をつけてやる。

123　同・セツの独房

セツがじっと獄窓の青空をみつめている。

どこからか、

〝チイチイパッパ、チイパッパ……〟

と、澄んだ、それでいて妙に暗い歌声が聞えてくる。

セツ「……？」

124　同・伊藤千代子の独房

千代子が「雀の学校」をうたっている。

そのうつろな眼。

突然、両手をあげて叫ぶ。

千代子「天皇陛下万才！　天皇陛下万才！」

125　同・通路

驚いて各独房から顔をのぞかせるセツ、京子、はるたち。
セツ「千代ちゃんじゃない？」
京子「そうだわ……」
はる「どうしたのかしら……」
きこえてくる千代子の叫び。
セツ「狂ってるわ……（戦慄）」
京子「浅野さんが転向したからよ、千代ちゃんを党に入れた、浅野さんが……」

126　同・千代子の独房

まるでバネ仕掛の人形のように両手を振りあげては天皇陛下万才と叫びつづける千代子。

その蒼ざめ、ひきつった顔、うつろな眼。

Ⓝ『公判斗争中、すでに多数の脱落者が生じていた。いわゆる解党派であり、その中に、伊藤千代子の愛人、浅野晃、田口ツギの愛人、河合悦三もいた……』

127　走る護送車の中の河合と浅野

Ⓝ『彼等は刑期も短くなり、更に仮釈放されて、獄外へ出て行った……』

128　法廷

市川正一が静かに、しかし力強く陳述する。

市川「しかしながら、党は決して敗北したのではなくして、たび重なる弾圧、裏切りによって一時的な打撃は受けたが、今日依然として日本共産党の旗は高く掲げられている。そして、吾々はもはや現体制に一片の希望もよせてはいない。議会制民主主義は偽瞞であり、革命によってしかプロレタリア大衆の長い、長い夜は明けないのであります」

その時、法廷の窓外に号外売りの鈴が鳴り、満州事変の勃発を知らせる。

場内、粛然として声なく、緊張が漲る。

その緊張を突き破るように、徳球が立ちあがって、傍聴席に向って叫ぶ。

徳球「ただ今、日本帝国主義は満州に出兵しましたッ。我々は、これに対して、精力的に、断固として戦うでありましょう！」

129　満州事変のニュース・フィルムのモンタージュ

Ⓝ『昭和六年九月十八日に、突如勃発した満州事変をきっかけに、日本は果てしない戦争の泥沼に踏み込み、国をあげてファッショ化の波にのみこまれていった。その中で、党は、次々と再建されたが、そのたびに弾圧され、あえなくつぶされていった』

以上のナレーションの流れる間に、次のようなモンタージュが入る。

×　×

公判判決を報ずる新聞紙面。

Ⓣ『昭和七年十月二十七日　判決下る』

×　×

岩田義道の虐殺写真。

Ⓣ『岩田義道（党中央委員）、昭和七年十一月三日、虐殺』

×　×

小林多喜二の虐殺写真。

Ⓣ『小林多喜二（党員作家）、昭和八年二月二十日、虐殺』

×　×

佐野、鍋山、三田村、相馬の転向を報ずる新聞紙面と顔写真。

Ⓣ『佐野学、鍋山貞親、三田村四郎、相馬一郎、転向』

×　×

野呂栄太郎の虐殺写真。

Ⓣ『野呂栄太郎（戦前最後の委員長）昭和八年十一月逮捕、のち虐殺』

×　×

日中戦争のニュース・フィルムのモンタージュ。

Ⓝ『昭和十二年七月七日、ついに日本は中国に侵入した。

獄外にすでに党なく、労働組合すら、挙国一致の旗印のもとに骨ぬきとなり、社会主義運動は一切とだえていった』

130 宮城刑務所

降りしきる雪。
面会室で、相馬の母、シゲが赤ン坊を背おって待っている。
セツが来る。
セツ「おばさん……」
シゲ「（立ちあがって）セッちゃん……」
感無量で、金網越しにみつめ合う二人。
暫くは言葉が出ない。
シゲが、グッとこみあげる悲しみを押えるようにうつむいて、ポツリと言葉を吐く。
シゲ「……一郎は死にました……」
驚きに息をのむセツ。
× ×
ダラリとぶら下っている相馬の首つり死体。
その下に泣き伏しているシゲと相馬の新妻（妊娠中）。

シゲのⓃ『あれから、一郎は、ロシア語が出来るからと、ある陸軍の中将に満州に連れて行かれて、軍の情報の仕事をしていたんです……』

× ×
シゲ「帰って来て、結婚してこの子が出来たんですが、ある日、私にこう云いましたよ。向うに行ってみて、党の運動がやっぱり間違っていなかったことがよく分った。もうすぐ労働者の時代が来る。だけど俺にはもう資格がないって……」
セツ「……（涙があふれてくる）」
シゲ「セッちゃん、許してやってね……あの子も苦しんで、苦しみぬいて……」
セツ「おばさん、許すだなんて、そんな……！」
シゲ「（背の子を示しながら）せめて、この子は強い男に育てますから……（嗚咽）」
セツ、鉄格子にすがって号泣する。
× ×
降りしきる雪の中を、シゲの傘が、高い塀沿いにひっそりと去ってゆく。
シゲの背で、無心に笑っている赤ン坊。
× ×
セツが獄窓に降る雪を、ジッとみつめている。
そのセツの唇から、まるで祈るかのように、あの「南葛労働者の歌」が洩れ出てくる。

セツ「（唄）……やがて勝利の栄光に……紅もゆるバラの花……わが南葛の同志らは……（途切れて）」

131 太平洋戦争開戦のニュース・フィルムのモンタージュ

真珠湾奇襲成功、シンガポール、コレヒドールの占領等のカクカクたる戦果を積みかさねて、

Ⓝ『日本は緒戦の勝利に酔い、戦線は拡大の一途をたどっていった』

132 堺刑務所・独房

看守が覗き窓からのぞく。

看守「国領、国領」

返答なし。

看守が入ってくる。

机上の読みかけの本の上に突っ伏している国領。

看守「おい、どうしたんだ⁉」

看守が国領をおこすと、バタンと倒れる。

看守「し、死んどる！」

Ⓝ『国領伍一郎、昭和十八年三月十七日、堺刑務所にて獄死』

133 宮城刑務所・廊下

看守に曳き出されてくる病みおとろえた市川。

看守「おい、本当に歩いていけるのか」

市川「ええ……大丈夫だから手を放して下さい……」

看守の手を振りきり、渾身の力で自力で歩いてゆく。

看守「病監に行けば、少しは楽になるからな」

市川「よろしく……」

市川、不意に、ガックリとうずくまる。

看守「お、おい！」

死んでいる市川。

Ⓝ『市川正一、昭和二十年三月十五日、宮城刑務所にて獄死』

134 ホルマリン漬けの骨

Ⓝ『これは市川正一の骨である。東北医科大で、実験解剖されたのち、ホルマリン漬けにされ、今も残されている』

135　終戦のニュースフィルム（例えば、厚木におり立つマッカーサーの姿）

解説Ⓣ

136　府中刑務所・正門

ひるがえる赤旗。
徳球らが得意満面で出所してくる。
出迎える人々との感激と昂奮の対面。

137　小名浜の浜辺

静かに打寄せる波。
一人の老人が魚運搬用の木箱をつくっている。
セツの父、一郎である。
その背後にセツがゆっくりと歩いて来て、並んでしゃがむ。
無言で木箱を作りつづける一郎。
セツ「父ちゃん、昔のまんまね……」
一郎「わしは、これしかすることがねえものな……」
セツ、脚をのばして海を眺める。
手は、自然に砂とたわむれ、握ってはサラサラとこぼす。
セツ「それでいいのよ。父ちゃんがそうやって、それしか出来ない仕事をする。それが皆の生活に役立って、父ちゃんも、好きなお酒を、子供たちのためにやめたりせずに楽しめる。そんな時代になるのよねこれから」
一郎「……セツ、お前、東京へ行け」
セツ「……（父の顔をみる）」
一郎「……」
セツ「あたし……これから父ちゃんや母ちゃんに孝行のまね事でもいいからしようと思って帰って来たのよ……」
一郎「……わしの面倒は一男がみてくれるから、心配ない」
セツ「でも、兄さんだって生活が大変でしょう……」
一郎「お前は気んせんでいい……」
セツ「父ちゃん、まだあたしのこと、許してくれないのね……（悲しい）」
一郎「ちがうよ……」
セツ「……」
一郎「お前は東京へ出て、共産党の仕事を存分にやれ」
セツ「ほんと！　判ってくれたのね、父ちゃん」
一郎、喜びに輝くセツの顔をまぶし気に見る。
一郎「……だけどな、籍はぬいて、分家していってくれ……」

セツ「分家……？」
一郎「家の者みんなに迷惑をかけとうはないんじゃ」
セツ「……」
一郎「……わしら年寄りは、苦労性かもしらんが……正しい事でも、仲々世の中にゃ認められんということを、あんまり見すぎて来ておるからな、仕方がないんじゃ……」
セツ「そうね……確かにそうだわ。父ちゃんのいうこと、あたしにもよく判るわ。あたしだって二十年以上も、その事のために命がけで戦って、何一つ実らせることは出来なかったものね」
一郎「……」
セツ「川合さんも、北島さんも、相馬さんも、政さんも倒れてしまった……その他に何人の人々が命を落し、傷ついたか……」
一郎「……」
セツ「でも、もうそろそろそうでなく、正しい事が通る世の中にしなくてはいけないわ」
　セツ、立ちあがって海を見はるかす。
　一郎も、うなずくように海を見る。
　輝く海。
セツ「それが、私たち、生き残った者の務めですものね」
　セツの厳しい、決意を秘めた横顔に、浜風に吹かれた髪が乱れかかる。
　まるで、これからの苦難の道を暗示するかのように。
〈エンド・マーク〉

解題

伊藤彰彦

『仁義なき戦い』

日本映画史上、『仁義なき戦い』（四部作）ほど脚本に関する資料が遺されている映画はほかにあるまい。

日本映画の脚本の傑作と目される『東京物語』も『七人の侍』も『飢餓海峡』も――それぞれの脚本家の労苦は並大抵ではなかったろうが――『仁義なき戦い』ほどには資料が公表、刊行されていない。

第一作から第四作の創作ノートは笠原により「『仁義なき戦い』の三百日」（「シナリオ」一九七四年二月号）としてまとめられ、脚本の詳細な分析は荒井晴彦、絓秀実によるインタビュー『昭和の劇』（二〇〇二年、太田出版）でなされ（「『仁義なき戦い』の三百日」も同書に収録）、大西政寛、佐々木哲彦、山中正治らモデルについてのエッセイは笠原の著作、『鎧を着ている男たち』（八七年、徳間書店／のちに『破滅の美学』と改題され幻冬舎アウトロー文庫、ちくま文庫から再刊）、『映画はやくざなり』（〇三年、新潮社）に収められ、これらの原資料といえる詳細な日記と取材帳は『「仁義なき戦い」調査・取材録集成』（〇五年、太田出版）で笠原の死後、公にされている。

『「仁義なき戦い」調査・取材録集成』所収の日記によれば、笠原が第一作の執筆依頼を受けたのは一九七二年九月一日のことである。七二年は日本映画の転換期にあたり、前年に大映が倒産、日活が経営不振により一般映画の製作をやめ「ロマンポルノ」路線に方向転換、東宝も本体での製作を中止し、興行収入がトップの東映も十年続いた着流し任俠映画がしだいに当たらなくなり、次のヒットシリーズを探し求めていた。笠原自身も同年三月公開の『純子引退記念映画　関東緋桜一家』（監督＝マキノ雅弘）のあと、〈現代ギャングもので『日本暴力団　殺しの盃』を書いてみたがうまくいかず、飯干晃一氏の原作で「オトリ捜査」という麻薬Gメンの話を渡哲也主演でやろうとして、麻薬関係は警察が五月蠅くてモノにならず、『海軍特別攻撃隊』というのを書いてみたが実現せず、おまけに盲腸になるし、ちょうど自宅改築中のこととて東映に大借金もあり経済状態は火の車〉（『映画はやくざなり』）という八方塞がりのなか、呉・広島のやくざの抗争を題材にした『仁義なき戦い』の脚本を書いてみないか、と俊藤浩滋プロデューサーから注文が入り、渡りに船と引き受ける。しかし、オファーされたとき、飯干晃一の原作はまだ「週刊サンケイ」に連載中で未完、広島抗争はまだ渦中でモデルになったやくざの抵抗が予想された。〈広島のやくざがうるさいから、当事者に取材なんかせず、パッとホンを纏めて、チャッと撮って、正月第二週あたりの添え物で、ノン・スター、一時間十分くらいの尺の白黒映画でやりたい〉

（『映画はやくざなり』）と当初、東映は考えていたというが、「それじゃ、いいものは書けない」と笠原は日下部五朗プロデューサーをともない広島県呉市に赴き、原手記者の美能幸三に会う。笠原が呉に行ったのは、これまで述べてきた彼の実証主義によろうが、十八歳のころ海兵団として過ごした曽遊の地、呉を再訪したいという甘やかな思いもあったのだろう。そしてその呉が笠原の代表作の舞台となる。「映画人は信用ならない」と映画化を拒む美能から事件の真相を聞き出した笠原は、広島抗争の発端となった「呉の事件」だけならまとめられると考え、山村組長に造反して射殺された佐々木哲彦組長に狙いをつけ、京都に帰って書き始める。しかし、美能から聞いたやくざのズッコケ話は従来の折り目正しい任侠映画の文体では書けず、笠原の筆は止まった。そんな折り、町の映画館で『一条さゆり　濡れた欲情』（七二年、脚本・監督＝神代辰巳）を観た笠原は、こういう露骨でエゲツないタッチで行こうと腹をくくり、六十九日目に初稿を書き上げる（神代への謝意なのか、第三部『代理戦争』には「神代巳之吉」という名前の親分が登場する）。

　後世語り草になった「あんたは初めからわしらが担いどる神輿じゃないの。組がここまでなるのに、誰が血流しとるんや。神輿が勝手に歩けるいうんなら歩いてみないや、のう！」「山守さん……弾はまだ残っとるがよう……」といった台詞は原作になく、すべて笠原が取材で拾い、磨き上げたものである。

　また、ひとりの主人公を追う任侠映画とは異なり、美能幸三をモデルとした広能昌三を狂言回しに、佐々木哲彦をモデルとする坂井哲也、大西政寛（「悪魔のキューピー」）をモデルとする若杉寛が等分の比重で描かれる本作は、笠原が描いた本格的な集団・群像劇となった。登場人物のなかで出色なのは山村辰雄をモデルとした山守義雄である。山守は恫喝、泣き落とし、奸計を駆使し対立するやくざや子分を続々殺してゆく。山守の人物像のもっとも重要なことは、彼が「やくざではなかったから」と笠原は『「仁義なき戦い」調査・取材録集成』で書く。『仁義なき戦い』は親分とか仁義に幻想を抱く純粋な若者たちが「やくざですらない親分」に翻弄され、続々と犬死してゆく物語であり、このテーマは『日本の首領（ドン）』三部作（七七～七八年、脚本＝高田宏治、監督＝中島貞夫）以降の経済ヤクザものに引き継がれる。しかし、映画化当時六十七歳の事業家、呉の名士であった山村辰雄（第二作『広島死闘篇』のときまで存命だった）が自身をかくも戯画化した役に文句を付けなかったことは驚くほかない。

　脚本の準備稿には広能昌三と女性の関係が濃やかに描かれ、ラストは当初、広能とバーの女性との別れのシーンだったが、「何だ、こりゃあ。俺はこんなこと、しとりゃせんぞ」と美能に抗議され、現行の、広能が坂井の位牌に拳銃を打ち込み、しかし山守は殺さない折衷案に落ちついたと『昭和の劇』で笠原は語る。

　また、この第一作には殺伐とした第三部、第四部にはないリリシズムが漂う。悪辣な親分と袂を分かち、仲間を設立発起人にし「したいことが自由に出来る組を作り直す」夢を坂井哲也が抱き、それが潰えるまでをジュリアン・デュヴィヴィエ監督『我等の仲間』（三六年、脚本＝シャルル・スパーク、デュヴィヴィエ）に重ね合わせて笠原が描いたからだ。

準備稿を読んだあと、当時企画部長だった渡邊達人は〈これは笠原さんが書いてきた中でも凄いものだよ。……ただ一点、この映画が成功すると、もう任俠映画は作れなくなると僕は思う〉と言ったという（日下部五朗『シネマの極道』）。脚本の読み筋に定評がある渡邊は、仁義を踏みにじり欲望を剝き出しに殺し合う本作が、万事きれいごとの任俠映画を絵空事に見せ、衰退させることを予見し、それは現実のものとなる。

笠原和夫は任俠映画の最高峰である『博奕打ち　総長賭博』を書き、『関東緋桜一家』で任俠映画を締めくくり、『仁義なき戦い』を書くことで実録やくざ映画路線を切り拓いた。

ひとりの脚本家がひとつの路線を終わらせあらたな路線を作ったことは、日本映画史上稀有のことであり、小林信彦が「『仁義なき戦い』スクラップブック」（「キネマ旬報」七四年十二月上旬号）で笠原のポルトレを描くなど、『仁義なき戦い』は日本映画史上いまだかつてなかった脚本家の存在と功績がクローズアップされたシリーズとなった。

脚本について多くの書物が遺されている所以である。

『仁義なき戦い　広島死闘篇』

一九七二年十二月二十一日、『仁義なき戦い』の撮影中、笠原和夫は日下部五朗から続篇の執筆依頼を受ける。東映は第二部をゴールデンウイークに封切りたいという。『仁義なき戦い』は東映におけるいわゆる「関西モノ」（西日本を舞台にした映画）と呼ばれる企画で、任俠映画路線以降、スマートで洗練された東日本のやくざより、ド派手でドぎつくえげつない西日本のやくざのほうが東映の客層に受けが良く、「関西モノ」は当たるとされてきた。そんななかでも『仁義なき戦い』はとりわけ劇場主の期待値が高く、会社は第一作の興行成績が出ないうちに早々と続篇の製作を決めた。

会社は「広島抗争」を描けと言うが、笠原はそれを拒む。プログラムピクチャーを永年書き続けてきた経験からこう考えたからだ――複雑怪奇な広島抗争を描くには、取材も時間も足りない。第二部はいったん、一部のラストより前の時期を扱い、東映固有のお客さんに向けて、一部のような集団・群像劇ではなくひとりの主人公の情念を描き、前作では薄かった人情面での突っこみを深くしたい――。かくして『広島死闘篇』は飯干晃一の原作第二章「岡組対村上組」に少しだけ記述のある山上光治（映画のなかでは山中正治）という二十四歳で自殺したやくざを主人公にした、シリーズのいわば「番外篇」となった。

広能昌三の役を完全に狂言回しにし、山中の敵役として呉のテキ屋、村上正明がモデルの大友勝利を設える。戦争をひきずる山中と対照的に大友はアプレゲール（戦後派）として描き、「わし等うまいもん喰ってよ、マブいスケ抱く為に生れてきとるんじゃないの。それも銭がなけにゃア出来やせんので。ほうじゃけん、銭に体張ろう言うんが、どこが悪いの⁉」など大友の台詞は冴え渡っている。

一方、笠原が当初考えていた山中正治のキャラクターはさまざまな条件で変更を余儀なくされた。

取材のなかで、山中が服役していたため兵役につけず、少量の酒に酔うたび「若鷲の歌」（いわゆる「予科練の唄」）を口笛で吹いていたことを聞き出した笠原は、戦争に行き遅れた軍国少年が四五口径の拳銃（リボルバー）を「わしのゼロ戦」と言い、予科練の唄をハミングしながら殺人を重ねてゆく姿を描く。しかし、会社が第一部のラストから終戦直後に年代が逆行することを嫌い、朝鮮戦争のころに時代を繰り下げたため、終戦直後だからこそ意味を持った山中の心情が三十年代に入った状況下では薄れてしまった。

また、第一稿で、山中が殺人マシンとなる起点として、獄中で尻を掘られ「アンコ」にされかけ、生き恥をさらすシーンを当初、笠原は考える。〈殺人という異常行動は、やっぱり自分が一度、本当の被虐者になったことがないとできないんですよ。要するに、自分が受けた屈辱というものを跳ね返したい――つまり、男になりたい、と〉（『昭和の劇』）と考えた笠原は殺人の動機を「男性性の復権」と定める。しかし、第一稿を読んだ美能幸三から、広島やくざの典型として畏敬を集める山上光治を貶めるな、と修正を要求され、殺人マシンとなる動機は曖昧になってしまう。

加えて、山中の親分（村岡）と山中が思慕する村岡の姪（靖子）が被差別部落出身であることが削られた。『「仁義なき戦い」調査・取材録集成』所収の笠原の取材ノートには、親分や姪のモデルが被差別部落出身であり、そのために「金筋やくざ」との繋がりを求めるが、部落出身の引け目で疑心暗鬼になり、先手を打って山中を使って殺していった、と書かれ、親分は姪を一般人の山中と結婚させたがった、とある。しかし、差別の問題を一般映画のなかに持ち出すことは不可能で、笠原は靖子を「死んだ特攻隊員の未亡人」と設定し、「戦争に行き遅れた軍国少年」山中との恋を脚本の縦糸とした。

『広島死闘篇』が四部作のなかでもっともロマンティシズムの香気が漂うのは、やくざ映画には稀な、このような「恋情」が描かれているからだろう。

服役中に自らの親分が靖子を死んだ特攻隊員の夫の弟に嫁がせたと聞いた山中は脱獄して親分の家に真偽を確かめにゆく。しかし、そこには変わらぬ靖子の姿があった。親分を疑った山中は己を恥じ、親分にいっそうの忠誠を誓う。しかし、山中の脱獄を知った親分が嫁いだ靖子をあわてて実家にもどした真相を知った山中は、まもなく警察に包囲され、侵入した民家の風呂場で絶望の果てに「わしの零戦」をこめかみに当て引鉄を引く（深作欣二は映画で、実際の山上同様、拳銃を口に咥え自裁させる）。大詰めの山中の描写に、笠原が青春時代に傾倒したアンドレ・マルローの小説『人間の条件』の主人公・陳（チェン）がコミンテルンの指令に背いて蔣介石暗殺を決行し、未遂のまま爆死する描写が重なる。

本作は『仁義なき戦い』四部作のなかでもっとも評価が分か

れる作品で、批判する者は、主人公山中の像が不鮮明であることを衝いた。

〈(……)しかも眼玉だけをギョロギョロさせるヒーロー山中(北大路)は分別くさくなったり幼児的になったりで、わけがわからない〉と書いた映画評論家・波多野哲朗に対し、〈人間とは、もともとわけがわからないものではないだろうか〉と反論した当時十九歳の伝説的な詩人、帷子耀は同時に笠原に舌鋒を向け、〈この作品に戦後史はない。右翼。いうところの第三国人。部落民。さらには公安。これらを不明のままにして、戦後史はありえない〉と書いた(「映画芸術」七三年十二月号)。この在日の詩人に対して笠原が「こんどそれをやりますから待っていてください」と手紙を出し、のちに『やくざの墓場　くちなしの花』(七六年、監督=深作欣二)で有言実行し、二人の交流は笠原の死まで続いた、と本稿の取材で帷子は語った。

さて、第一部、第二部で「呉の抗争」を描き終えた笠原はいよいよ、第三部で「広島での抗争」に足を踏み入れる。

『仁義なき戦い　代理戦争』『同　頂上作戦』

やくざ映画の歴史のなかで、何度も企画されながら実現にいたらなかった幻の企画がいくつか存在する。幕末の侠客「会津の小鉄」(上坂仙吉)の映画化は東映において何度も検討されながら、小鉄が京都のやくざの始祖に当たる人物のためにさまざまな思惑が乱れ、横槍が入り、実現にいたらなかった(笠原も内田吐夢のために企画した)。小鉄の映画化は、京都の侠客「松本組」の直系に当たるプロデューサー、松本常保が手がけることで初めて『炎のごとく』(八一年、脚本・監督=加藤泰)として実現した(しかし、松本は出資者の極道から加藤泰がリアリズムで描いた小鉄像に対する不満を浴びせられた、と自伝『みなさん、ありがとう　松本常保自伝』〔九一年、エクラン社〕のなかでコボす)。

「広島抗争」も同様の企画で、暴力団告発側からのドキュメント『ある勇気の記録——凶器の下の取材ノート』(六五年、中國新聞社報道部、青春出版社)の映画化や『仁義なき戦い』の直前に石堂淑朗と斎藤龍鳳が脚本にしようとして頓挫するなど、何度も映画人が手を出し、断念した鬼門ともいうべき企画であった。〈要は、当事者であるやくざ同士の関係が錯綜して極めてややこしいのと、まだ広島が手をつけるにはいささかヤバい状況であるのとで、持ち上がっては必ず流産する企画だった〉(『映画はやくざなり』)と笠原はその理由を述べる。

一九七三年四月、『仁義なき戦い』二部作のヒットにより、東映はとうとうこの難題に挑む。

笠原はこの第三部を完結篇=最終作と考えていたが、七三年五月、シリーズ化を目論む東映は「広島抗争」を第三部、第四部に分けて描いてくれと注文してくる。笠原は第三部を「抗争にいたるまでの内紛劇」、第四部を「抗争の顚末」と分けようと思い定める。

しかし、広島での再取材において、「広能昌三」のモデルである美能幸三と「武田明」のモデルである服部武の間で抗争に関する見解がまったく違った。当時敵同士だった二人は自分の視点で抗争を語り、真実は〝藪の中〟の様相を呈し、加えて自分のために犠牲になった子分のことに質問が及ぶと二人は口を貝のように閉ざしてしまうのだった。

笠原は抗争の実態を知るために何度も広島での取材を重ねるが、納得できる真相に行き着かず、「矛盾」や「相違」をはらんだままの情報を年譜、人脈の系図にまとめあげる。しかも、第三部の「広島村岡組の跡目を巡る打本組と山守組の神戸明石組を巻きこんでの争い」には、第一部や二部のようなリリシズムやロマンティシズムの欠片もなく、爽快なアクションを期待して観に来る東映の男性客を満足させる要素も見当たらず、執筆は捗らなかった。

〈政治闘争で、しかも利益追求の思惑の戦いで、イデオロギーの衝突も性格の葛藤もない。これで客の溜飲が下がる映画になるのかどうか甚だ疑問だ〉（五月十一日の日記）。〈利己主義者のズッコケ話ばっかりで、これでマトモな映画になるのか、一層不安になる〉（五月十四日の日記）。〈夜の孤独な作業には、もう堪えられない年になった。それ程打ちこめるヤクザ映画ではないということだ〉（五月二十六日の日記）。〈この仕事は断るべきだったし、一時かなり拒否したのだが、会社に押し切られて手をつけたのが失敗であった。仕事の回転は遅滞し、何の得にもならない〉（六月六日の日記）。

しかし、笠原が九十日かかり不安なまま擱筆した第三部は、試写を観た岡田茂東映社長から「感激した」と電話が入り、三作のなかで最大のヒット作となり、笠原は〈愕然、憮然、呆然とした哀れなライターはますます混迷した〉と書き記す（『映画はやくざなり』）。観客は等身大のやくざのズッコケ芝居に快哉を送ったのだ。

第四部は、十月一日に起筆される。本作は三部に続いて、かつての〝野良犬たち〟が権謀術数に長けた大幹部に成長、腹のさぐり合い、電話でのかけ引きをしているうち、かつての自分たちのような若者たちが跳ね上がり犬死する諧謔的な群像劇である。主役の広能昌三らはいずれも組長クラスに昇格していて抗争の現場に出て来ず、若者たちが血腥い殺戮を繰り広げる。笠原は前作に続いて、手持ちの材料を細大漏らさずかき集め、モザイク模様のように、広島やくざの生態を通しての「人間喜劇」を組み立ててゆく。三部では各エピソードを厚くする形にしたので、この四部ではエピソードをパノラマのように羅列し、その結果、四作品はすべて違う作りになった（『昭和の劇』）。また、暴力描写のオンパレードである第四部を書きながら心を平静に保てたのは、俳人大山澄太の『人間愛慕』を傍らに置いていたからで、とりわけ種田山頭火の章に慰撫されたと笠原は述懐している（「『仁義なき戦い』の三百日」）。

第四部のラストシーンは日本映画史上屈指の名ラストといっても過言ではなかろう。死者十七人、負傷者二十余人を出した二十年にわたる広島抗争の末、広能は山守を倒せず、武田は抗争のために全財産を失い、二人は雪の降りこむ極寒の広島刑務所で「間尺に合わん仕事したのう」「わしらの時代は終いで」

と語り合う。この余韻嫋々たる幕切れが笠原和夫四部作の大団円となる。

しかし、七三年十一月、『頂上作戦』の封切り前、東映本社での企画会議の席上、社長の岡田茂は「まだ完結篇が出てないやろ」と日下部五朗に第五部の〝研究〟を指示し、笠原は日下部から研究を打診されるが、「四部作でもう過去の広島抗争事件はすべて描き尽くした。あとは現在につながるので書けないことが多い」と執筆を断わる。この時点で『跡目争い』と仮題されていた企画は高田宏治が引き継ぎ、笠原は第五部についての事件メモを長い巻き物にまとめ、後輩である高田に手渡す。高田がいかに笠原『仁義』に挑んだかは拙著『映画の奈落　北陸代理戦争事件』に詳述したので参照してほしい。

さて、『仁義なき戦い』四部作は興行成績と批評家の評価が両立した初めての東映作品になった。第一部はやくざ映画としては珍しく『朝日新聞』（七三年一月二十二日夕刊）で取り上げられ、「古い〝ヤクザ物〟脱皮　面白さは一級の娯楽作」と題された堀英三の映画評は〈アメリカ映画の〝実録〟ヤクザ映画『バラキ』よりはるかにおもしろい〉〈旧来のヤクザ映画にキッチリと引導をわたした〉と第一部を絶賛。『キネマ旬報』では七三年、七四年ベストテンに第一部、第三部、第四部が選ばれ、七三年には読者選出日本映画監督賞が深作欣二に、男優賞が菅原文太にあたえられるとともに笠原和夫に脚本賞が授与され、笠原の労苦は報われたのだ。

いままで「当たる映画が名作や、東撮（東映東京撮影所）みたいなベストテン入るようなもん作ったらクビやで」と言い続けてきた東映京都撮影所の首脳陣は「ようやった、（キネ旬の）二位やで！」と快哉。『博奕打ち　総長賭博』の試写のとき「芸術やないか、芸術はあかん！」と言った岡田茂も笠原を称賛。撮影所長は食堂に『仁義なき戦い』シリーズが獲得したキネ旬、新聞各紙の賞の一覧を掲示したことを付記しておきたい。

『県警対組織暴力』

『仁義なき戦い』の大ヒットは着流し任俠映画路線を終わらせ、鶴田浩二や高倉健の出番をなくした。任俠映画の生みの親である俊藤浩滋は、自分が作った任俠映画を踏みにじることで時代を作った『仁義なき戦い』を（第一部では企画に名前を連ねながら）本心では苦々しく思っていた。そこで、『仁義』の向こうを張って、山口組三代目田岡一雄を（『仁義なき戦い』のやくざの対極にある）理想の俠客として描いた、極め付きの任俠映画『山口組三代目』（脚本＝村尾昭、監督＝山下耕作）を高倉健主演で作ろうとした。七三年のお盆に封切られた同作は『仁義』を上回る空前のヒットとなり、東映は「山口組映画」を、かつての『日本俠客伝』と『昭和残俠伝』のように『仁義なき戦い』と並ぶ東映のドル箱シリーズにしようと目論み、第二作『三代目襲名』（七四年、脚本＝高田宏治、監督＝小沢茂弘）に続いて第三作『山口組三代目　激突篇』の製作を発表したのだった。しかし映画の製作資金が山口組に流れていると疑った警視庁は七四年十一月、商品券取締法違反容疑で東映本社と俊藤宅を家宅捜索し、『激突篇』は製作中止を余儀なくされてしまう。連日警察に締め上げられた私怨と、週刊誌、スポーツ新聞各紙がせっかく書き立ててくれた自社のスキャンダルを興行に結びつけようという〝商魂〟から岡田茂が企画したのが『県警対組織暴力』である。

　題名だけが決まったお仕着せ企画をもらった笠原和夫は、『仁義なき戦い』四部作の取材でやくざから聞いた警察の話を本作にもれなく叩きこむ。笠原の取材ノート（『破滅の美学』「旅路の果て」の章に所収）に出てくる、小学校の同級生同士がばったり刑事とやくざとして再会したり、警官とやくざが一緒にパトカーでピクニックに行ったり、やくざを張るために刑事がやくざの分際まで落ちるといったエピソードを、笠原は昭和三十八年の地方都市を舞台に描く。本作の刑事とやくざは、集団就職に売れ残り民間会社に入れなかった、高度経済成長の恩恵にあずかれないいわゆる貧困層で、たがいに持ちつ持たれつ地方都市の下層を支えている。

　主人公は地方警察署・捜査二課の叩き上げの刑事、久能（くのう）徳松とやくざの組の若衆頭、広谷賢次。二人の関係はアメリカの文学研究者、イヴ・コゾフスキー・セジウィックがいう「ホモソーシャル」の好個の例だろう。久能は広谷の男に惚れて、殺人を犯した広谷を見逃し、彼を組の二代目にし「旗を立てさせる」ことを人生の目標としている。この「自分の旗を挙げられない」、警察の体制からもやくざの側からもはじかれ、右にも左にも行けない男の「半端さ」に笠原はおのれの心情を仮託した。

　脚本のなかに頻発する「米」の描写にも笠原の思いがにじんでいる。久能は警察官になった動機を「……あの頃は食いもんがのうて、ほいでヤミ米買い出しに行くたんび警察の一斉に引っかかって、みんな没収されるんじゃ。じゃったら、没収するほうに回っちゃろうと思うてのう」と語り、相手の親分を殺し自首してきた広谷がガツガツと茶漬けをかっこみ、共同流し場で一心に使った茶碗を洗っている姿を見て広谷を見逃す。また、エリート警部の海田が食べる夜食のカレーライスを引っ繰り返し、「あの頃はの、上は天皇陛下から下は赤ン坊まで、みんな横流しのヤミ米喰らって生きとったんで！　あんたもその米で育ったんじゃろうが。綺麗ヅラして法の番人じゃなんじゃ言うんじゃったらの、十八年前わりゃアが冒した罪ハッキリ清算してから、うまい飯喰ってみイや！」と啖呵を切る。この演説は理屈になっていない、と『昭和の劇』のなかで荒井晴彦が指摘し、確かに「十八年前わりゃアが冒した罪」という「罪」の底意は摑みづらい。これに対して笠原は、戦後まもなく、食うためにはずいぶん悪どいことをやり、浮浪児を見て見ぬふりをし、他人を傷つけ、肉親さえも振り捨てた。〈そういうものが傷として残ってるわけですよね、何かしら自分が罪を犯しているという……〉と語っている。

　このように本作は笠原が戦中派としての思いのたけを吐露した脚本（笠原自身、『博奕打ち　総長賭博』『仁義なき戦い　広島死闘篇』と並んでもっとも愛着のある一本という）で、そうした作家の心情が塗りこめられた脚本でありながら、笠原の職業脚本家としての技倆がいかんなく発揮され、脚本を読んだ深作欣二はその完成度に「オレはこれをやれる自信がない」と怯んだという。たとえば「ダンヒル・ライター」の扱いひとつ取ってみても、この脚本は考え抜かれている。①冒頭で久能は殴り込みに行くチンピラ（庄司）が持っているダンヒルを取り上げる。②次に久能は身代わりで出頭して来た庄司が取り調べの最中に失禁するのを見て「市役所の戸籍係にでもなれ」とダンヒルを返してやる。③敵を殺し、納屋に隠れる庄司を見つけた久能に庄司はダンヒルを見せ、見逃してくれと震えながら拝む。久能は見逃すが、海田が庄司を見つけ、庄司は久能を罵倒しながら逮捕されてゆく――三シーンにわたるダンヒルという小道具とチンピラの久能への絡ませ方ひとつを見ても、本作は脚本の教科書というよりほかない。

　また、本作の広島弁の台詞、「チョンガーの腐れマラみたいなもんじゃのう」「金ン玉がこまアて、こまアて、ガセは勤まらんよ」「あんたが屋台裏教えてくれにゃア、こっちゃヤカンの蛸で手も足も出んのじゃ」「おどれの頭ア、コンマ以下じゃ！」「来なけりゃア町中鍋に入れてチンチン回しちゃるけん」などの躍動感、語彙の豊かさは『仁義なき戦い』に匹敵、むしろ凌駕しているのではないか。

　構成もまた堅牢というほかなく、エリート警部補海田が登場するＳ72の前後で、くっきり二幕に分かれている。また、笠原の綿密な取材に裏打ちされた地方都市の「闇」、政治家がやくざと結託し土地を買収し、その土地に大資本の石油コンビナートが建設されるという、やくざと政治と経済界の癒着、利権の力学も娯楽映画のなかにはっきり描かれている。

　ラスト、僻地の派出所に飛ばされた久能は暴走車にはねられ非業の死を遂げる。一見、犯人は久能が射殺した広谷の子分と思えるが、『昭和の劇』で笠原は、石油コンビナート建設のからくりを知っている広能の口を封じるために海田が殺ったこととして書いた、と述べている。犯人を曖昧にしたラストの彼方に日本の深い闇が浮かび上がる、見事な結末というほかない。

　『県警対組織暴力』は一九七五年のゴールデンウイークの番組として封切られ、ヒットする。この年は二月にこの路線の極北、『仁義の墓場』（脚本＝鴨井達比古・松田寛夫・神波史男、監督＝深作欣二）が公開されるなど実録やくざ映画路線が毒々しい花を開かせた絶頂期であり、翌七六年になるとその勢いは翳り、この路線は七七年の『北陸代理戦争』（脚本＝高田宏治、監督＝深作欣二）が興行的に失敗し、映画に描かれた殺人事件をなぞる形でモデルの組長が殺害される事件を誘発するにいたって、実質的な終焉を迎える。

『やくざの墓場　くちなしの花』

　東映は高倉健の次世代のスターとして松方弘樹とともに渡哲也に白羽の矢を立てた。渡の日活ニューアクション映画のスターとしての可能性は東映のアクション映画のなかでこそ活きると考えたからだ。七一年の日活のロマンポルノ路線への転換により映画俳優としての舞台をなくした渡の争奪戦を映画会社各社は繰り広げ、東映も専属契約を持ちかけるが、石原裕次郎との友誼を重んじた渡は石原プロに入社する。それ以降も東映はたびたび出演要請を行なうが、七四年のＮＨＫ大河ドラマ『勝海舟』の収録中に渡が肋膜炎で入院したこともあって実現せず、初めての東映主演作『仁義の墓場』で肺疾患を悪化させ長期療養を余儀なくされたことから、『県警対組織暴力』の菅原文太との共演も断わり、渡の東映作品への出演は途絶えた。病が癒え、再起第一作となったのがこの『やくざの墓場　くちなしの花』で、渡は本作でブルーリボン賞、毎日映画コンクールの主演男優賞に輝いた。しかし、本作が渡哲也・深作欣二コンビの最終作になったことは残念というほかない。同時に、本作は『仁義なき戦い』から始まった笠原と深作のコンビにとっても最後のタッグになった。『実録・共産党』の解題で詳述するが、笠原和夫脚本、深作欣二監督、渡哲也主演（渡辺政之輔役）の『いつかギラギラする日』（七六年、角川映画／未映画化）が流れ、渡は『やくざの墓場』以降、石原プロ製作のテレビドラマに軸足を移したからだ。

　本作の渡の役名は、同年一月六日～八月六日に日本テレビ系列で放映された『大都会　闘いの日々』の役名と同じ「黒岩」である。笠原の七三年二月十七日の日記（『「仁義なき戦い」調査・資料録集成』所収）には、倉本聰が『仁義なき戦い』第一部を観て感激し電話をしてきたと書かれ、笠原は第三部の渡瀬恒彦が演じた役の名を「倉元猛」にし、本作では倉本が脚本を書いた『大都会　闘いの日々』で渡が演じる刑事から役名を借用した。笠原脚本には倉本聰へのさまざまな目くばせがあるが、『やくざの墓場』は笠原にとって、『大都会』を嚆矢とし七〇年代に隆盛をきわめたテレビの刑事ドラマへのアンチテーゼではあるまいか。『破滅の美学』のなかで笠原が書くように、〈最近はテレビドラマで刑事ものが大はやり〉であるが、〈犯罪の摘発という使命は否応なしにチンコロ的な下司（げす）根性を内包する〉〈刑事という職業が下司だというのは、戦前では常識であった〉。『やくざの墓場』には『県警対組織暴力』同様、笠原のこうした刑事観が滲み出ている。

　その他、さまざまな点で『やくざの墓場』は『県警対組織暴力』と対をなすいわば姉妹篇といえる。

　労務者風の服装の主人公の刑事が、罪を重ねるチンピラのあとを尾け、やおら警察手帳を見せて叩きのめす鮮やかな導入は二作品ともに共通している。そして、序盤で主人公の刑事とやくざのホモソーシャルな関係が描かれ、中盤のエリート警部の登場によって主人公とやくざの関係が瓦解してゆき、ラストで刑事がいわば自分の分身であるやくざを殺し、それが主人公の精神的な自殺を意味する構成は両作に共通している。

　しかし、『県警』はエリート警部（海田）が登場しなければ主人公とやくざの蜜月は続き、一方『やくざの墓場』はかりにエリート警部（日高）が現われなくても、早晩主人公は破滅したように思われる。つまり、『やくざの墓場』は（渡の前作『仁義の墓場』同様）冒頭から主人公がすでに奈落の淵に足をかけているのだ。それは菅原文太と渡哲也のキャラクターの差、『昭和の劇』で絓秀実が指摘した、菅原文太のニヒリズムと渡哲也のデカダンスの違いであると思われる。笠原は渡哲也の持つ危うさと脆さを見抜き、黒岩に当てて書いたのだ。

そして、『やくざの墓場』と『県警』のもっとも大きな違いは、前者の舞台が公開当時の「昭和五十一年」で、後者の舞台が「昭和三十八年」である点、十三年の時代の流れである。『県警』の刑事とやくざが戦後の共通体験と貧しさを引きずっているのに対し、『やくざの墓場』の舞台は高度経済成長後の日本で、もはや戦後の影はないからだ。

そうしたなか、笠原は『やくざの墓場』で、黒岩を「満州からの引き揚げ者」に、やくざの岩田を「在日朝鮮人」に、ともに戦後の繁栄に違和感を持ち、弾き出された存在として設定する。本作の特筆すべき点は、『仁義なき戦い』シリーズでは匂わせるに留めた「在日朝鮮人」問題を笠原が初めて真っ向から描いたことで、笠原は『仁義なき戦い』で詩人、帷子耀に指摘された差別問題に本作で答えたのだ。岩田は「まじりっけのない朝鮮人」の出自ゆえにやくざになり、黒岩は岩田に惚れて兄弟の盃を交わす。刑事とやくざが兄弟分になるやくざ映画はおそらく前代未聞だろう。岩田を演ずるのは梅宮辰夫。東映実録路線で初めて在日問題を扱った『日本暴力列島　京阪神殺しの軍団』（七五年、脚本＝松本功・野波静雄、監督＝山下耕作）の「金光」（モデルは柳川組の谷川康太郎）に続いて、ここでも梅宮は在日やくざを演じた。また、黒岩が思いを寄せる啓子も父親が半島の出身で母親は日本人のハーフという設定である。自白剤を打たれて岩田の居所をしゃべり、岩田を殺してしまった黒岩に啓子は「日本人は信用でけへん！」と銃口を向ける（映画では「デカなんかヤクザより信用できへん」と改変されてしまう）。その後、「簡易ハウスを転々としている内に母も死んでしまって……父は半島へ帰ろうって一生懸命お金を貯めてたんだけど、仲仕の仕事で船から落ちて……」「……うちはネ……十三の年から、お春やって食べてきたんや……淫売や……こうしてペエ射つのだけが楽しみやったんや……そんな女なんや、うちは……」と述懐する啓子に黒岩は惚れなおす。ともに梶芽衣子が演じる啓子と『仁義なき戦い　広島死闘篇』の（モデルが被差別部落出身の）靖子は、笠原が実録やくざ映画路線で描いた女性像の白眉だろう。

『県警』は笠原がドラマをがっちり組んだ、寸分の隙もない脚本を深作がそのまま撮った映画であるのに対し、『やくざの墓場』は笠原が書いた脚本に深作が満足せず、さまざまな註文をつけ、ラストの三シーンを改変して撮った映画である（笠原は完成作品を観ていないと『昭和の劇』で語っている）。同様に、深作・渡コンビの前作『仁義の墓場』も深作が脚本を気に入らず、撮影当日にその日の分を書きながら撮っていった作品である。笠原は『昭和の劇』で、自身の脚本を寸分違わず映画にした『県警』より『仁義の墓場』を〈もうバランバランで、つながりが悪いんだよ。悪いんだけど、その迫力たるやね……〉とより映画の魅力があると評価している。優れた脚本からしか良い映画は生まれないが、脚本に隙がないと演出家は想像力を飛躍させられない、と言っているのだ。ここに、脚本と映画の玄妙で複雑な関係がある。

『沖縄進撃作戦』

東映は実録やくざ映画路線をやっと探り当てたドル箱シリーズと考え、全国各地のやくざの抗争（『山口組外伝　九州進攻作戦』［七四年、脚本＝高田宏治、監督＝山下耕作］、『日本暴力列島　京阪神殺しの軍団』［七五年、脚本＝松本功・野波静雄、監督＝山下耕作］）や伝説的なやくざの伝記（『実録・飛車角　狼どもの仁義』［七四年、脚本＝佐治乾、監督＝村山新治］、『山口組三代目』、『実録安藤組』シリーズ［七三年〜］）を続々と映画化した。

笠原は『仁義なき戦い』シリーズを書いたため、世間では「実録やくざ映画の脚本家」と思われているが、実際は七五年に『県警対組織暴力』を書いたあと、暴力団抗争映画に背を向け、総会屋を描いた『暴力金脈』（七五年、監督＝中島貞夫）、沖縄の戦後稗史である『沖縄進撃作戦』、戦前の共産党員を描いた『実録・共産党』といった、やくざが主人公ではない脚本を手がけた。実録やくざ映画路線について笠原がこう考えていたからだ。

〈実録路線ということについて語らせて貰うと、私は実は諸手を挙げて賛成は出来ない。この種の映画は作れば作る程刺激だけをエスカレートさせていく性質のもので、その結果は例のマカロニ・ウエスタンの轍を踏むことになりかねない。このシリーズを引き受けた時の私の任務は、任侠ものを作り過ぎて停滞してしまった東映の娯楽路線に、ショック療法を施して他の活路を探す糸口を作ることであり、若い俳優さん方の衣替えを促進することの二つの目的にあったように思う。烏滸（おこ）がましい云い方だが、どちらも成果はあったように思う。しかし、実録ものがいまの映画界の停滞を救う活路そのものだとは思えない〉（『映画はやくざなり』）。

このように新路線に懐疑的な笠原は、やくざではなく総会屋や遊人（あしばー）や非合法時代の共産党員に目を向け、彼らアウトサイダー／アナーキストを生み出した日本の戦中戦後史の闇に目を凝らした。『暴力金脈』『沖縄進撃作戦』『実録・共産党』が居ならぶ笠原の一九七五年のフィルモグラフィーはさながら日本の戦中戦後史であり、この年が笠原の作家としてのピークをなすといっても間違いはないだろう。しかし、そのなかの『沖縄進撃作戦』と『実録・共産党』の映画化はついに実現しなかった。

『沖縄進撃作戦』は七五年、沖縄を舞台にした笠原和夫脚本、中島貞夫監督のやくざ映画として企画が立ち上がった。かつて『日本女侠伝　激斗ひめゆり岬』（七一年、監督＝小沢茂弘）で藤純子をひめゆり部隊の生き残りにし、その戦後史を描いた笠原は、日下部五朗とともにふたたび返還後の沖縄にわたる。『破滅の美学』「遊人」の章に取材ノートが収められているが、笠原の沖縄人への共感は次の一文に尽くされていると思う。

〈沖縄戦では、民間人十六万が犠牲になっている。当時の人口は五十万といわれているので、およそ三割強に当る。従って沖縄県民には戦争被害による欠損家庭が多く、いわゆる〈チャンとした家庭〉というものに反感を抱くものが少なくない。皇太子御夫妻の来島の際、一部の過激派が騒いだのも、そうした県民感情に依拠したものである。天皇御一家はまさに〈チャンとした家庭〉の象徴だからだ〉

幼少期、家庭に恵まれなかった笠原和夫は、〈チャンとした家庭〉の天皇制を支えるヤマトンチュ（本土人）の支配に対し「沖縄ナショナリズム」（＝沖縄独立）のために不屈の意志で闘い続け、射殺された新城喜史という実在の人物をみつけ、それを国上英雄として渾身の筆で描く。

国上は遊人（空手の他流試合をし続ける血気盛んな勇士）として、戦後沖縄に駐留した米兵に対し「俺は戦争やってるんだ！」と徹底抗戦、米軍の食糧や資材を盗み出し、故郷の貧しい人々に分けあたえる。国上の矛先はやがて沖縄に進出してきたヤマトンチュ（本土人）に向けられ、「沖縄の土を本土に売ろうとする」ウチナンチュ（沖縄人）をも敵に回す。国上にとっての「エネミー」は「沖縄が沖縄に帰る」ことを阻むすべての者で、沖縄人であろうと容赦はしないのだ。「沖縄各地の遊人を集めて一つの会に統一させるんだ。時間はかかるがな、それが実現したら、力はある、金はある、武器はある、アメリカともう一度戦争が出来るさ！」と願う国上が近代化を目指すウチナンチューに射殺されるところで脚本は幕を閉じる。

この国上英雄ほど、笠原が思い入れ、畏怖して描いた主人公はおそらくいまい。そう思えるほど、脚本は沖縄戦後史を背景に、ひたすら国上だけを追っている。副主人公である国上の弟分の石川健吉も、ほかのエネミーたちも、誰も国上の思いと行動を諌めることはできない。国上は沖縄の魂を象徴する荒ぶる神というほかなく、『沖縄進撃作戦』は一篇の神話のように思える。この脚本は、先進国に蹂躙され、植民地化された、中近東、アジア、南米などあらゆる国に翻訳可能な物語で、笠原和夫の作品のなかでもっとも普遍性を持つ作品といえよう。

しかし、この企画は東映作品の配給系列の琉球映画貿易の宜保俊夫（脚本の役名は「小波本」）への岡田茂の配慮によって中止にされる。宜保は、岸信介が朴正熙とフィリピンのマルコスの三者の提携という形で沖縄をふくめて反共デルタ地帯を作ろうとし、これに抵抗する沖縄の地元の組を押さえるために暗躍した人物で、笠原は宜保を「小波本」という役名にし、米軍や民政府に顔が利き、愛国同盟の沖縄支部をつくり沖縄の本土復帰を画策し、国上を謀殺する近代主義者のフィクサーとして描いた。笠原は沖縄戦後史をありのまま描き、事件の当事者で当時は東映の小屋主だった宜保の逆鱗に触れることを恐れた岡田茂は「俺は命がいくつあっても足りないから、頼むからやめてくれ」と笠原に頼んだ、と『昭和の劇』にある。

この企画は半年後に『沖縄やくざ戦争』（七六年、脚本＝高田宏治・神波史男、監督＝中島貞夫）としてふたたび浮上するが、中島は宜保に配慮し、反共デルタをふくめた笠原の狙いを外し、沖縄遊人の抗争だけを映画化した。

笠原はこのあと、前述した『やくざの墓場　くちなしの花』を最後に、やくざ映画の筆を擱く。その理由として笠原は、いままでアナーキーなやくざ映画を支えたブルーカラーがいなくなったこととともに、「現代劇」としてのやくざ映画を作るならば、やくざと銀行（とりわけ四大銀行）、企業、政治家らをはじめとする日本のあらゆるエスタブリッシュメントとの裏の繋がりを描かなければならない。しかし、銀行や政財界と繋がりのある株式会社の東映にそれはできないと思ったから、と述べている（『昭和の劇』）。

本作が書かれて四十年の間、井筒和幸を始めとするさまざまな監督がこの脚本の映画化に食指を動かし、現在も企画されている。

『実録・共産党』

坊主と政治はあかん――それが岡田茂の口癖だった、と東映の元宣伝プロデューサー、佐々木嗣郎（つぐお）は本稿の取材で語る。〝坊主〟とは宗教映画のこと、〝政治〟とは文字通り政治をテーマにした映画のことである。宗教映画は宗門の註文がうるさく、東映映画がターゲットにする「山谷の労働者」に小難しい政治のリクツはわからないと考える岡田茂は、企画会議に坊主と政治が出てくると前述のフレーズで即座に否定したという（「山谷の労働者にもわかる映画を作れ」が東映のモットーだった）。

そんな岡田が『実録・共産党』を企画したのは、一九七二年十二月の衆議院総選挙で日本共産党が大都市圏で票を集め三十八議席を獲得、自民、社会に次ぐ第三党に躍進したからだ、と本作のプロデューサー、松平乗道は同じく本稿の取材で語った。総選挙後の翌七三年一月に『仁義なき戦い』が大ヒットしたことにも背中を押され、岡田は企画部長の渡邊達人を呼び、「共産党の実録はどうや」と〝研究〟を指示する。そのとき岡田は、共産党員や「赤旗」購読者層の組織動員を狙っていたわけではなく、話題だからやってみようくらいの軽い気持ちだった、と松平は証言する。その岡田の思いつきから、四年におよぶ『実録・共産党』の迷走が始まり、二冊の脚本が産み落とされた。

七三年一月、渡邊は脚本を『仁義なき戦い　広島死闘篇』執筆中の笠原に依頼する。しかしその頃、笠原が『仁義なき戦い』四部作と『あゝ決戦航空隊』（七四年、野上龍雄と共作、監督＝山下耕作）にかかりきりだったことから、会社は共作者に野波静雄を指名した。野波は『明治・大正・昭和　猟奇女犯罪史』（六九年、石井輝男・掛札昌裕と共作、監督＝石井輝男）で阿部定本人を取材、『日本暴力列島　京阪神殺しの軍団』や『狭山裁判』（七六年、監督＝阿部俊三）、『夜明けの旗　松本治一郎伝』（七六年、棚田五郎と共作、監督＝山下耕作）で被差別問題を綿密に調査するなど調べものに定評がある脚本家だった。本稿の取材で野波は、半年以上かけて資料集めと年表作り、登場人物の履歴書からハコ書き（全体の構成表）にいたる作業を行ない、それぞれがまとまった段階で笠原と打ち合わせたと語る。最初に当たったのは『現代史資料』（みすず書房）などの共産党員の公判記録だったが、公式的な文章ばかりでドラマのネタにならず、切り口をどうするか、主人公を誰にするか、笠原と野波は思いあぐねていた、と松平は証言する。そんな二人に、松平は『丹野セツ　革命運動を生きる』（六九年、山代巴・牧瀬菊枝編、勁草書房）を薦める。松平は東大国史学科卒の、博覧強記で鳴るプロデューサーだった。同書は女性史研究家の牧瀬による丹野の聞き書きで、福島の小名浜に生まれた丹野が看護婦になり、社会の矛盾に目覚めて家出し共産党に入り、投獄されても転向せず、戦後貧しい地域民のために診療所をつくるまでの半生が語られていた。一読した笠原は、丹野セツと夫の渡辺政之輔（共産党中央委員長）を主人公にしよう、と即座に決めた。折りしも『亀戸事件の記録』（七三年、日本国民救援会）で亀戸事件（関東大震災に乗じた朝鮮人、共産党員の虐殺事件）の全貌が明らかになり、松本清張の『昭和史発掘』（六四～七一年）の連載が「週刊文春」が完結し単行本化されたところで、同書の第二巻で松本は「三・一五共産党検挙」に一章を割いていた。渡邊と松平は松本の自宅に、同書の一部を脚本に使うことの許諾をそのとき取りに行った。

七三年七月、笠原は渡邊、松平、野波とともに東京四ツ木の丹野セツのアパートを訪ねた。丹野は当時七十二歳、意気軒昂として当時の共産党の平和路線を批判した、と松平は語る。丹野は本来なら共産党の幹部になってしかるべき経歴だったが、党と確執があって除名され、そのころは四ツ木でささやかな診療所を営んでいた。笠原は一日かけて、丹野から初恋の人である川合義虎や仲間のエピソードを聞き出す。川合が亀戸事件で行方不明になり、一晩中気が狂ったように捜し、殺されて（旧）四ツ木橋のたもとに埋められているという噂を聞いて、それ以来四ツ木を離れられなくなった、という話を丹野は涙ながらに語った、と『昭和の劇』にある。

渡邊と松平は、岡田茂の熱が冷めないうちに台本にしようと、笠原と野波に執筆を急がせた。野波が第一稿を書き、笠原が第二稿でそれを直していく形で作業が進んだが、丹野セツ以外の取材ができず、また戦前の共産党員の「肉声」をつたえる資料が少なく苦労した、と笠原はさまざまな著作で語っている。

笠原と野波は本作を、大正七年（＝米騒動）から昭和二十年（＝終戦）までの二十七年にわたる、丹野セツと渡辺政之輔という縦糸に徳田球一を始めとする共産党員たちが絡む群像劇として構成した。すべての登場人物を実名で描いている点（そこには作家の覚悟がある）、貧困を解決するために一命を賭す若者たちを描いている点で、『実録・共産党』は『日本暗殺秘録』（六九年、監督＝中島貞夫）とともに、笠原による昭和アナーキスト二部作というべきだろう。

笠原が本作でもっとも苦心したのは、代々木（共産党）および東映京都撮影所の労働組合の了解を得ることだった。たとえば天皇制の扱いについて、笠原は事実に基づき、昭和三年の総選挙の前に共産党が天皇制打倒のビラを撒いているシーンを書く。しかし組合から、「今、こういうことを撮られたら困る」「ホンから外してくれ」とクレームを付けられ、共産党の綱領に天皇制廃止を加えるかどうかを議論するシーンを書くに留めた。また、渡辺政之輔の台湾基隆（キールン）での死因についても代々木と揉めた。当時の検死結果や新聞記事から渡辺が自殺をしたことは明白だが、共産党と丹野セツは、渡辺が警官と撃ち合い〝虐殺〟されたと主張、笠原は「その死は自殺か、他殺か、それは今もって謎である」というナレーションで彼らに配慮した。

完成した脚本について、笠原は「とにかく形にしておこうと書いたものなんで、僕としてはちょっと不満がある」、このあとの稿でドラマとしてメリハリを付け、緊密なドラマにしようと思っていた、と『昭和の劇』で悔やんでいる。しかし、たとえ未完成稿であっても、本作は疑いなく傑作である。戦前の共産党史を知るうえで第一級の資料であり、深作欣二が演出すれば『仁義なき戦い』のような群像劇になり、同時代のフランチエスコ・ロージ監督の『黒い砂漠』（七二年、脚本＝トニーノ・グエッラ、ロージ）や『ローマに散る』（七六年、脚本＝トニーノ・グエッラ、リノ・ヤナッツィ、ロージ）と優に渡り合えるポリティカル・アクションになったと思わせる。また、歴史を語りながら、その狭間に人間のドラマを入れてゆく、ドキュメンタリーとドラマのタペストリー（綴織（つづれおり））とでもいうべき手法は、『仁義』四部作から始まり、本作で完成され、笠原が八〇年代に描く『大日本帝国』（八二年、監督＝舛田利雄）や『２２６』（八九年、監督＝五社英雄）など昭和史脚本の先蹤となっている。

また、本作は貴重な昭和の女性史でもある。丹野セツはいうまでもなく、娘二人を連れて闘争に邁進する九津見房子、その娘一燈子（ひとこ）（彼女には母房子を回顧した『母と私　九津見房子との日々』［八四年、大竹一燈子著、築地書館］がある）、故郷の掘立小屋で襤褸切れのように病死する田口ツギ、息子の演説を見守り、雇われやくざが来たことを知らせて息子を逃がす渡辺政之輔の母テフなど、女性たちが鮮やかに描かれている。女性たちは男たちの運動を支え、男が下獄したときには自ら闘争の最前列に立つ。本作は笠原の脚本のなかでもっとも女性が前面に出た作品といってもいいだろう。

しかし、予想通りというべきか、本作は共産党および東映京都撮影所労働組合の許諾をついに得られず、最後は岡田茂が投げ出す形で頓挫した。

だが、二年後の七六年五月二十四日、東京プリンスホテルに百名を超えるマスコミを集め、本作は『いつかギラギラする日』と改題され、角川春樹事務所による角川映画第一弾として賑々しく製作発表された（同時に製作が公表された作品は、『犬神家の一族』、『オイディプスの刃』）。七月に撮影を開始、翌年春に公開、とその席で角川春樹は語る。当時、角川と昵懇の間柄だった女優の川口晶が社外秘である『実録・共産党』の脚本を入手し、自身が丹野セツを演ずることを条件に角川に薦めたことが企画再浮上の舞台裏だったのだ。

『俺たちに明日はない』（六七年、脚本＝デヴィッド・ニューマン、ロバート・ベントン、監督＝アーサー・ペン）や『明日に向って撃て！』（六九年、脚本＝ウィリアム・ゴールドマン、監督＝ジョージ・ロイ・ヒル）のような映画にして欲しいという角川の要望を受け、笠原は神波史男の助けを借り、山の上ホテルに缶詰めにされ、『実録・共産党』をアメリカンニューシネマに寄せる作業を行なう。爆弾の実験を行なう北島と相馬、続いて海原の小舟で全裸で抱き合う丹野セツと恋人の川合から始まる『いつかギラギラする日』と『実録・共産党』を読み比べると、角川の狙いと笠原の本来の意図が齟齬をきたし、『いつかギラギラする日』は明らかに改悪されている。角川の要求はしだいに多くなり、亀戸事件を削ってくれ、と注文された時点で、笠原は「もう付き合っちゃおれん」と降板し、この企画は映画史の闇に消えた（九二年の深作欣二監督『いつかギラギラする日』は題名は同じだが、丸山昇一脚本によるまったく別企画のアクション映画である）。

松平乗道の手元に残る『いつかギラギラする日』のキャスト・スタッフ表には、丹野セツ＝川口晶以下、渡辺政之輔＝渡哲也、徳田球一＝加藤武、九津見房子＝岩下志麻、渡辺テフ＝田中絹代、丹野一郎＝東野英治郎などオールスターキャストが並び、撮影＝吉田貞次、照明＝中山治雄、監督＝深作欣二といった『仁義なき戦い』のスタッフが予定されていたと知ると、あらためてこの企画が実現しなかったことが惜しまれる。

丹野セツはそれから十年後の八七年に八十五歳で身罷った。しかしこの不世出の女性の人生は、牧瀬菊枝の聞き書きと本作で現在に伝えられている。また、四ツ木診療所（医療法人財団健和会）は、亀戸事件で虐殺された同志が眠る旧四ツ木橋のたもとから五百メートルの場所で、現在も丹野の遺志を受け継ぎ、存続している。

そして、『実録・共産党』をステップボードに、笠原は昭和史のさらなる闇に足を踏み入れる。

伊藤彰彦（いとう　あきひこ／映画史研究・映画製作）
愛知県生れ。著書に『映画の奈落　北陸代理戦争事件』（二〇一四年、国書刊行会）、『無冠の男　松方弘樹伝』（一六年、講談社、松方弘樹と共著）など。プロデュース作品に『明日泣く』（一一年、内藤誠監督）、『スティルライフオブメモリーズ』（一八年、矢崎仁司監督）。

協力

荒井晴彦
飯干洋子
帷子耀
日下部五朗
楠瀬啓之（新潮社）
小林渉（東映ビデオ株式会社）
佐々木嗣郎
笹沼真理子（国立映画アーカイブ）
芝田文乃
治郎丸慎也（徳間書店）
高田宏治
高橋賢
中川麻子
野波静雄
藤脇邦夫
松平乗道
吉田伊知郎

協同組合シナリオ作家協会
協同組合日本脚本家連盟
東映ビデオ株式会社

笠原眞喜子

主要参考文献

『昭和の劇　映画脚本家笠原和夫』（笠原和夫・荒井晴彦・絓秀実、太田出版）
『笠原和夫　人とシナリオ』（「笠原和夫　人とシナリオ」出版委員会編、シナリオ作家協会）
『映画はやくざなり』（笠原和夫、新潮社）
『破滅の美学　ヤクザ映画への鎮魂曲（レクイエム）』（笠原和夫、幻冬舎アウトロー文庫）
『「妖しの民」と生まれてきて』（笠原和夫、講談社）
『笠原和夫シナリオ集　仁義なき戦い』（笠原和夫、映人社）
『仁義なき戦い――仁義なき戦い・広島死闘篇・代理戦争・頂上作戦』（笠原和夫、幻冬舎アウトロー文庫）
『実録・共産党／日本暗殺秘録』（笠原和夫、「en-taxi」11号別冊付録、扶桑社）
『「仁義なき戦い」調査・取材録集成』（笠原和夫、太田出版）
『仁義なき戦い　死闘篇・決戦篇』（飯干晃一、角川文庫）
『仁義なき戦い　浪漫アルバム』（杉作J太郎・植地毅、徳間書店）
『東映実録バイオレンス　浪漫アルバム』（杉作J太郎・植地毅、徳間書店）
『東映実録やくざ映画　無法地帯』（高橋賢、太田出版）
『『仁義なき戦い』をつくった男たち　深作欣二と笠原和夫』（山根貞男・米原尚志、ＮＨＫ出版）
『シネマの極道　映画プロデューサー一代』（日下部五朗、新潮社）

著者略歴

笠原和夫（かさはら　かずお）

昭和二年（一九二七）東京生まれ。新潟県長岡中学を卒業後、海軍特別幹部練習生となり、大竹海兵団に入団。復員後、様々な職につき、昭和二十九年東映株式会社宣伝部に常勤嘱託として採用される。昭和三十三年、脚本家デビュー。美空ひばりの主演作や時代劇、『日本侠客伝』シリーズ、『博奕打ち　総長賭博』をはじめとする任侠映画、『日本暗殺秘録』、『仁義なき戦い』四部作、『二百三高地』、『大日本帝国』、『２２６』等を執筆。平成十四年死去。

笠原和夫傑作選　第二巻

仁義なき戦い――実録映画篇

二〇一八年九月二十五日　初版第一刷発行

著者　笠原和夫
発行者　佐藤今朝夫
発行所　株式会社国書刊行会
東京都板橋区志村一－十三－十五　郵便番号一七五－〇〇五六
電話〇三－五九七〇－七四二一　http://www.kokusho.co.jp
印刷製本所　中央精版印刷株式会社
装幀　山田英春

ISBN978-4-336-06310-6

長谷川伸傑作選（全三巻）

四六判

日本人の美しいこころ、義理と人情の世界をうたいあげた大衆文学の父、長谷川伸。戦前・戦後を通じて日本人に最も愛された作家の戯曲・時代小説・歴史小説を集成する待望のシリーズ。歿後四十五周年記念出版。

瞼の母

三四八頁／一九〇〇円

〈こう上下の瞼を合せ、じいッと考えてりゃあ、逢わねえ昔のおッかさんの俤が出てくるんだ〉——不朽の名作「瞼の母」他「沓掛時次郎」「一本刀土俵入」「雪の渡り鳥」などの傑作戯曲を全七篇収録。解説＝平岩弓枝

股旅新八景

三八〇頁／二〇〇〇円

縞の合羽に三度笠、軒下三寸借り受けての仁義旅——渡世人の意地と哀歓を鮮やかに描く股旅小説の決定版！短篇集「股旅新八景」に傑作中篇「人斬り伊太郎」を合わせた全九篇を収録。解説＝北上次郎

日本敵討ち異相

三三二頁／一九〇〇円

執念の鬼と化した人間と人間との、壮絶なる葛藤絵図——物語として美化されてきた〈敵討ち〉を史実にのっとって再構成し、冷徹な筆致で描いた著者晩年の代表作。解説＝池波正太郎・吉田健一

年齢は53.8.当時

(計236人)

(明石組)
明石宏男—宮地輝男—柳川甲録
李
岩石井信一—和田作次
相東重雄—泉米光—[illegible]田忠孝

(打本会)89人
打本昇 44
(打本会[illegible])
高石功(稲穂[illegible]紀)
福田豊
島田英一 26
黒川一孔 34
藤原竹4
貞森守 34
上本昌史 21
杉村裕八
安田昌史
柳秀雄
李粉根
倉本正夫 22
東井[illegible]
草 26

(計379人)

(山本組)220人
山本[illegible]雄
神仏[illegible]
伊田義市

(明[illegible]組)
明武
[illegible]孝 33
武[illegible]
江[illegible]
江田健三 29
勝[illegible]士 23
岩[illegible]輯 20
(武田組)
(早川組)
早川英雄 35
(江原[illegible]十一会[illegible])
江[illegible]健 23
江[illegible]
桃子